民大记忆
业务志录

# 中央民族大学图书馆业务志

徐丽华 编著

学苑出版社

图书在版编目（CIP）数据

中央民族大学图书馆业务志 / 徐丽华编著.
—北京：学苑出版社，2022.2

ISBN 978-7-5077-6377-5

Ⅰ.①中… Ⅱ.①徐… Ⅲ.①中央民族大学—院校图书馆—图书馆史 Ⅳ.① G259.256

中国版本图书馆 CIP 数据核字（2022）第 026430 号

**责任编辑**：周　鼎
**封面设计**：康　妮
**出版发行**：学苑出版社
**社　　址**：北京市丰台区南方庄 2 号院 1 号楼
**邮政编码**：100079
**网　　址**：www.book001.com
**电子邮箱**：xueyuanpress@163.com
**销售电话**：010-67601101（销售部）、010-67603091（总编室）
**印　刷　厂**：英格拉姆印刷(固安)有限公司
**开本尺寸**：787mm×1092mm　1/16
**印　　张**：28.25
**字　　数**：535 千字
**版　　次**：2022 年 3 月第 1 版
**印　　次**：2022 年 3 月第 1 次印刷
**定　　价**：480.00 元

# 《民大记忆》系列丛书
## 学术委员会

主　任：张京泽　郭广生
副主任：麻国庆
委　员：（按姓氏笔画排序）
　　　　马文喜　王丽萍　石亚洲　田　琳
　　　　李计勇　邹吉忠　宋　敏　张艳丽
　　　　张铭心　张　焰　董真祎

# 《中央民族大学图书馆业务志》
## 整理编辑工作小组

组　长：张铭心　贾仲益
组　员：（按年龄排序）
　　　　索文清　定宜庄　张龙翔
　　　　马晓华　高　源　蓝咏石

# 总 序

1950年4月，中共中央政治局做出了在北京设立中央民族学院的决定。6月30日，中华人民共和国政务院任命中央民委副主任乌兰夫、刘格平分别兼任中央民族学院正副院长，由中央民委主持的中央民族学院建校筹备工作正式启动。9月，政务院任命刘春出任中央民族学院副院长，主持日常工作。在北京市政府的支持下，确定将校址选在北京西郊的魏公村，著名建筑学大师梁思成亲自设计了风格古朴典雅的校舍建筑群。11月24日，周恩来总理主持政务院第60次政务会议，通过了《培养少数民族干部试行方案》和《筹办中央民族学院试行方案》两个重要文件。1951年4月12日，政务院第78次政务会议决定任命费孝通为中央民族学院副院长。6月11日，中央民族学院举行开学典礼，中央人民政府副主席朱德、政务院副总理董必武出席并讲话。一所新型的、富有中国特色的现代大学在北京诞生了。

此时的中国，刚刚结束了长期的战乱，硝烟尚未散尽，疮痍触目可及，河山亟待重整。在这百废待兴之际，新生的人民共和国为什么要急于创办中央民族学院这样一所大学？这所大学的使命何在？这份使命有怎样的特殊重要性？要回答这些问题，就必须回顾中国历史，了解中国基本国情，认识中华人民共和国这个新生政权的性质，理解执政的中国共产党的历史使命。

中国是一个历史悠久的文明古国，她幅员辽阔，疆域广袤，地理复杂，生态多样，资源丰富，人口滋繁。生息在这片土地上的人民，自新石器时代以来，筚路蓝缕，开辟家园，创造了形态各异、优势互补、互惠共生的地域和族群文化，并在你来我往的交流互鉴、相互激荡、此消彼长的复杂历史进程中，逐渐汇聚成由政治、经济、文化、社会等多重纽带紧密维系、"你中有我，我中有你""谁也离不开谁"的"多元一体"文明复合体和多民族大家庭。这种多元共生、和而不同、富有张力的特殊结构，既保障了扬长避短、物尽其用的资源开发格局与生产生活方式的成长和争妍斗艳、充满活力的多元文化的持续繁荣，又促进了互通有无、交流互惠的社会交往格局的深化发展。这是中华文明之所以光辉灿烂、绵延不绝、充满活力的根本原因，也是中国疆域不断扩大、民族大家庭聚而不散、大一统政治格局始终是人心所向大势所趋的深刻缘由。

1840年以来，以资本扩张和开辟原料生产及商品倾销市场为动力、用近代科技制造的坚船利炮武装起来的西方列强，倚靠军事优势，冲开了中国防守薄弱的大门。躺在祖先辛苦经营、财富遍地的富饶温馨家园中沉睡不醒的东方巨人，仓皇失措，任人宰割，剧变之烈，千年未有；锦绣河山被瓜分豆剖，边疆危机日深，百姓流离失所，奸雄为虎作伥。不甘亡国奴命运的仁人志士，前仆后继，赴汤蹈火，抛头颅、洒热血，不断探索出救人民于水火、挽狂澜于既倒的民族独立解放道路。十月革命一声炮响，给中国送来了马克思主义。用马克思主义这一先进的思想理论武装的无产阶级政党中国共产党，从诞生之日起，就自觉肩负"为人民谋幸福，为民族谋复兴"的历史使命，经过二十八年艰苦卓绝的斗争，最终团结带领中国各族人民推翻了帝国主义、封建主义、官僚资本主义三座大山，取得了新民主主义革命的伟大胜利。这一曲折的争取中华民族独立解放的奋斗史深刻昭示：马克思主义是全世界被压迫民族和劳苦大众谋求翻身解放的科学理论，由马克思主义理论武装起来的中国共产党的正确领导是中华民族实现独立解放和伟大复兴的必然选择，中国各民族人民团结奋斗、共御外侮是中国革命取得胜利的磅礴力量源泉。历史和国情还深刻昭示：中国是各民族共同缔造的统一多民族国家，各民族相互依存、互惠共生、唇亡齿寒，民族关系关乎国家治乱兴衰，促进各民族大团结是维护国家统一、实现中华民族伟大复兴的重要保证。

正因为中华民族大家庭的民族关系关乎国家治乱兴衰，多元一体格局是中华文明源远流长、中华民族不断发展壮大的基础条件，探索符合中国国情、有中国特色解决民族问题的道路，保证各族人民享有当家作主权利，确立和不断巩固发展平等、团结、互助、友爱、和谐的社会主义新型民族关系，自然成为中华人民共和国维护领土完整和国家统一、巩固新生的人民政权的紧迫任务，成为摆在党和政府议事日程中的重大议题。因此，党中央第一代领导集体深入分析中国国情和历史经验教训，遵循马克思主义民族理论，及时总结新民主主义革命时期特别是延安时期创办民族学院、培养民族干部、发动各族人民支持和投身革命斗争的成功经验，决定将创建中央民族学院作为建国初期的一项重要任务。

在《筹办中央民族学院试行方案》这份重要文件中，明确规定了学校的使命：(1) 为国内少数民族实行区域自治及发展政治、经济、文化建设培养高级和中级干部；(2) 研究中国少数民族问题及各少数民族的语言文字、历史文化、社会经济，发扬并介绍各民族的优良历史文化；(3) 组织和领导关于少数民族方面的编辑和翻译工作。在《培养少数民族干部试行方案》中规定：(1) 为了国家建设、民族区域自治与实现共同纲领等民族政策的需要，从中央到有关省县，应根据新民主主义的教育方针，普遍而大量地培养少数民族干部。初期以开办政治学校与政治训练班，培养普通政治干部为主，培养专业技术干部为辅。尽量吸收知识分子，培养一定数量志愿做少数民族工作的汉族干部，帮助少数民族的解放事业和建设工作。各民族的军事干部，在初期一般进政治学校和政治训练班学习，同时逐步准备在军事学校开设民族班。(2) 在北京设立中央民族学院，并在西北、西南、中南各设分院，必要时还可增设。在各有关省设立民族干部学校，各有关专区或县根据实际需要和力量设立临时性质的民族干部训练班。有关各级人民政府应有计划地逐步整理或设立少数民族中小学、少数民族的高等学校。(3) 民族学院设长期、短期两种班次。长期班用2年—3年时间培养知识分子，并培养相当数量兼通本民族语文和汉民族语文的干部；短期班训练区级及营连级以上干部。(4) 以学习中国历史、中国现状（包括各民族历史和社会经济情况）、共同纲领、民族问题与民族政策、毛泽东思想与马列主义理论为政治课基本内容。一切民族学校应发扬共同纲领精神，克服大汉族主义与狭隘民族主义倾向，培养民族间互相尊重、平等、团结、友爱合作的作风。(5) 各民族学校应聘用适当翻译人员帮助教学，逐渐做到用本民族自己通用的语文授课。少数民族学生除学好本民族语文外，亦应学习汉语汉文。(6) 中央民族学院及其分院应设立少数民族问题研究室，负责研究少数民族语言文字、历史文化和社会经济等，组织和领导这方面的著作出版，用各民族文字翻译马列主义、毛泽东思想的各种文献和其他书籍。(7) 中央民族学院及其分院的经费统一由中央财政部拨给，有关省、县民族干部学校与民族干部训练班经费在中央规定的各级干部训练费中拨给，以上各校学生均享受供给制待遇。(8) 凡考入高等学校的少数民族学生一律享受公费待遇。民族中学和若干指定的中学亦得设立少数民族学生的公费名额。适当照顾少数民族的文化水平，规定高等学校与一般中学的入学成绩标准，入学后予以适当补习。

上述两份重要文件对中央民族学院及其分院的办学宗旨、目标、任务、地位、分工等做出了明确规定。根据这两份重要文件的规定和要求，中央民族学院于1951年6月开学后招收的第一批276名学员，分为军政干部培训班3个班、少数民族语文1个班，学员来自24个省份，涵盖33个民族。10月10日，在中央民族学院党组第二次会议上，决定在教务处领导下成立研究室，下设5个研究组，即：民族问题研究组，组长由副院长刘春兼任；马列主义研究组，组长由院办主任兼总务处长刘冠英兼任；中国问题研究组，组长由教务处处长尹育然兼任；中共党史研究组，组长胡嘉宾；中国情报研究组，组长由副院长费孝通兼任；以及中国通史研究组。1952年7至8月间，成立了学院直属的政治理论教研室，下设马克思主义教研组、政治经济教研组、中国革命史教研组、民族问题教研组。9月，成立中央民族学院文工团。10月，先后成立少数民族语文系、政治系、研究部。

少数民族语文系一经成立，又接收了因院系调整从北京大学东方语言文学系民族班转校而来的90余名在校生，以及由教育部指令全国各大学保送的数十名在校一二年级学生，分编为藏、维吾尔、蒙古、苗、瑶、壮、布依、纳西、景颇等民族语文班。

研究部成立时，有民族学、人类学、社会学、语言学、历史学、文物博物馆学等多学科领域的45名专家学者，分别来自清华大学、燕京大学、辅仁大学、中山大学、北平研究院史学所等高校和研究机构，一时名家荟萃、人才济济。根据分区开展少数民族调查研究的分工需要，下设5个研究室，即：中南、西北、东北、内蒙古、西藏研究室，另还设有图书资料室、文物陈列室。由翁独健先生任研究部主任。

1953年7月，中央民族学院党组决定，由政治系招收研究班，招生对象为民族地区县长以上少数民族上层人士，包括阿訇、喇嘛及其他爱国人士。9月，决定试办预科班，对象是当年未能完全达到高中毕业程度而具备长期学习条件的边疆少数民族子弟或青年干部。同时决定试办政治系本科班，学制二年，其生源多来自预科班。

1954年8月底，中央民族学院领导班子决定根据民族地区建设发展和开展民族问题研究的需要，设置以专业人才培养为目标、符合高等院校办学规范的专业系科，包括原有的民语系、政治系，新增历史系、文艺系等，同时明确应与其他高校、地方民族院校和民族干校形成合理分工。

中央民族学院在短短4年左右的时间里，经历了从无到有、从仅能开办短期干部训练班和民族语文班到基本具备现代大学特征、负有特殊使命的民族高等院校的飞跃性发展，特别是经由费孝通先生等创校领导集体的精心运作，潘光旦、吴文藻、翦伯赞、闻宥、于道泉、杨成志、林耀华、冯家昇、程朔洛、傅乐焕等一大批享誉海内外的学界翘楚先后来到中央民族学院，使这所尚处草创时期的特殊高校一跃成为全国民族研究和人才培养的重镇和高地。第四个周年校庆之时，在校师生员工已达1600多人。今天，已经跻身国家重点建设的"双一流"高校之列、在国内国际有较高知名度和影响力的中央民族大学，正是以此为张本一步一步成长壮大的。中央民族大学的优势、特色、地位、作用，也植根于初创时期打下的坚实基础。

不忘初心，方得始终。今天，正奋进在创建国内一流、国际知名综合性研究型大学征程中的中央民族大学各族师生，一定不能忘记：中央民族学院是中华人民共和国建立初期筹建的最早一批高等院校之一，是党和政府为了探索中国特色解决民族问题道路而创建、承继了延安民族学院红色基因、有着光荣传统的特殊高等院校，肩负着为国家大量培养坚定维护祖国统一、促进民族团结和坚定贯彻落实党和国家民族政策的干部人才，大量培养热爱祖国、扎根家乡、发展民族地区和少数民族政治、经济、文化的各类中高级专门人才，为党和国家民族工作提供高水平智库服务，为传承弘扬中华民族优秀传统文化，确保历史悠久、光辉灿烂的中华文明历久弥新、永葆活力提供人才服务和智力支持的重要使命；一定不能忘记：党和政府一直亲切关怀、大力支持中央民族大学的建设和发展，全国各族人民特别是边疆和民族地区各族人民对中央民族大学师生一直寄予殷切的期望、高度的信任。只有一代又一代的民大人，牢记使命、担当使命、不辱使命，学生才能顺利成才，学科才能枝繁叶茂，学校才能持续发展。

正是为了清晰地铭记历史，清醒地牢记使命，学校在2013年10月启动了"民大记忆"口述史研究，努力通过深入访谈曾经为中央民族大学从筹建、创办到建设、发展不同成长期奉献了心力的领导者、亲历者、见证者以及相关知情者，记录下这所凝聚着老一辈无产阶级革命家智慧和心血的特殊高校行进历程中一个个珍贵的瞬间、一个个探索的足迹、一个个感人的形象、一桩桩重大的事件、一段段耐人寻味的往事、一片片带着生命温度的记忆，使国家寄望之殷切、人民托付之深沉，如同烛照；让前辈筚路蓝缕的艰辛、负重前行的勇毅，激发后人。因为只有知所从来，才能鉴所以往，才能保持前行的动力、定力，把握前进的目标和方向。

这是一项浩大工程，是一项具有重要学术价值和重大现实意义的抢救性工程。

它将以"民大记忆"系列出版物的形式公开刊布。通过这些作品,读者将不仅能更深入、全面、细致、生动地了解中央民族大学的历史,也可以借由中央民族大学口述历史这一扇窗,以微见著,了解中华人民共和国民族高等教育事业的发展进程,了解中国共产党探索有中国特色解决民族问题道路的初心、信心、决心、耐心、勇气与成就。

中央民族大学"民大记忆"编委会

2019 年 6 月 2 日

# 序

> 在民族学院工作,就要实实在在地学习少数民族文化,研究和整理少数民族文献,尤其是我们在图书馆工作的人。
>
> ——吴丰培

这句话是我进馆工作时吴丰培先生对我的教诲,我一直铭记于心,未敢有丝毫懈怠,一直默默地为之努力着,在民族文献整理和研究方面虽无穷源极底之功,但也做到了尽心尽力,问心无愧。

1984年,我调入中央民族大学工作。人事处原先安排我去藏学研究所工作,恰巧因图书馆急需藏文编目人员,我被分配到图书馆工作。进馆时,张绍孔馆长对我说:在图书馆工作要耐得起寂寞,什么工作都要做,不能挑三拣四。图书馆的工作主要是为师生提供服务,要把服务放到第一位,同时也要提高自己的业务水平,没有水平,服务也搞不好。张馆长是一位讲原则、工作认真、不讲空话、实事求是的领导,全馆上下都很敬重他。

我进馆后的第一年,第一个月在书库跑条(借书还书)。当时的书库主任是苏伦嘎老师,她出生在科尔沁蒙古亲王家,从小锦衣玉食,但她来京参加工作后对待工作却一丝不苟,自己任劳任怨,也要求所有员工"勤跑条,勤上书,勤顺架"。工作期间她从不休息,只在课间操时喝水休息一会。头几天跑条我的腿有点吃不消,一周后就习惯了。第二、第三个月到采编室登财产账,即在账本上填写书名、出版社、价格和打流水号(又叫财产账目号),在图书的卷首卷尾打号。第四、第五个月刷卡片。刷卡片有两项工作,一是刷著者卡、书名卡、分类卡、教员阅览室卡、民族阅览室卡、公务卡(内部使用的分类卡)和参见卡;二是在封底、内页和借书卡上刷索书号。这个工作看似简单,但要做好还真不易。

孟珂和余小苏二位老师是我的师傅。我起初帮她们搬书、送书，课间操时用废蜡纸在报纸上训练印刷，几天后开始刷卡片，刚开始刷的卡片要么力重，油墨过浓，要么力轻，笔画太浅。经过一周多的训练，我基本掌握了要领，刷卡片的技术逐渐熟练起来。第六个月由于刻卡片的人手不够，我又去刻卡片。我读大学时刻过蜡纸，有一点经验，又在全心和梁晓雯两位老师的指导下，很快掌握了刻卡片的技术。他俩是刻卡片的高手，所刻卡片有轻重合适、笔画清晰、大小一致和经久耐看的特点。第七个月排书名、作者、分类和参见卡片。书名和作者卡片按笔画排，要求背笔画的先后顺序和笔画多少。第八个月，在何稚洁和王银娥二位老师的指导下学习汉文图书分类编目。

1985年新春伊始，馆里安排我和钟善华、马丽敏三人整理藏文古籍，我负责整理出书名、作者、版本等基本信息，由马丽敏抄卡片，钟善华用打字机打印书条和目录卡片。不久马丽敏老师调走，我和钟善华负责编目和借阅。藏文古籍在"文革"前没有编目，有的七八种书用一块护书巾包着，有的书页散乱严重，顺序混乱，有的多种书页混在一起，整理工作比较辛苦，经过很长时间才整理完成。在整理过程中我得到东噶·洛桑赤列教授、洛桑群觉教授的指点。没有他们的指导，我是很难完成此重任的。

负责藏文古籍编目工作后，我与3楼古籍室的吴丰培、李蕊、乔仁诚、丁良等老师有了接触。吴丰培和李蕊老师在306办公室工作，他们用的办公桌是陈述和吴文藻两位老馆长使用过的。2003年从旧馆搬到新馆时，我特意把这两张桌子搬到新馆收藏。在负责藏文古籍的日子里，我经常被抽调到古籍部去搬书、上报刊等，在劳动中经常接触到方方面面的资料，也随之浏览了很多涉及各少数民族的古籍和报刊。遇到不懂的、新奇的内容，就请教吴丰培、乔仁成、李蕊和丁良等老师。他们见我好问，都特别乐意为我答疑解惑。也就是在这一阶段，我得到他们的很多指导，受益终身，没齿难忘。

在古籍室最先吸引我的是民国时期的旧杂志，在课间操的时候，我就到古籍室翻看民国杂志。有一次，我正在翻看《藏文白话报》，乔仁诚先生看见后说，"这是吴先生父亲他们办的杂志"。我一听，太激动了，竟然能够见到出书者的家人！于是，我拿着杂志去请吴先生看，吴先生微微一笑，说当时各省都在出版白话报，这是蒙藏院办的报纸。他们先写成汉文，再翻译成蒙古文、藏文和回文（维吾尔文）。我说，我对民国杂志记载的内容和图片很感兴趣。吴先生说："可以选民族方面的杂志进行研究，先查看目录，目录是一切学问的路径。在民族学院工作，就要实实在在地学习少数民族文化，研究和整理少数民族文献，尤其是我们在图书馆工作的人。"此后，我给吴先生送过几次工资和书稿，请教的次数也多了。有一次，我看见古籍室放着一份清代新疆粮草账目清单，上面的数码我不认识，但我见过木匠在梁柱上使用这种数码，于是就到306室请教吴先生。吴先生说，这种数码叫"柴码"，也叫"账码"，叫法很多，是旧时记录账目的数字。他用钢笔，一笔一画把1至0的数码写了一遍。从此，我了解了这种数码的写法。

古籍室有乔仁诚、李蕊、丁良等老师。李蕊老师，经常拿着卡片查对古籍，在书库里上楼下楼，一天反复很多次。她给我的印象是：短发，有几丝白发，清瘦，矮个子，眼角上总是带着一丝淡淡的微笑，在书架之间，不慌不忙，来回查对，有时请教吴先生，有时与乔先生交谈，他们交谈的内容都是古籍版本、作者、年代、纸张、字体等方面的问题。古籍室的老师们说"她不爱说话，从来不生气，工作兢兢业业，一丝不苟"。乔先生在民国时期是古籍书店的店员，接待过很多知名学者，熟悉古籍的版本情况，掌握很多古籍的主要内容。记得很多历史系和中文系的学生写论文，学生们把要找资料内容告诉他，他很快就能从古籍库拿出学生需要的线装书，在交给学生之前，他还要拍一拍书上的尘土。有一次，我在查看"清代少数民族图谱"资料时发现有一种清代图谱，有两本内容几乎是完全相同的手绘本，只是两书的纸张、色彩、画法有区别。一本纸张、封面装帧、人物形象、色彩比较粗糙，题词书法欠佳；而另外一本的封面装帧美观，人物、色彩和书法都特别好。于是，我问乔先生，他说没有接触过，让我去请教吴先生。吴先生说，清代在编纂地方志的同时，也曾经要求各地送风俗图。所以，地方上送来的原始画稿，水平参差不齐，而宫廷整理的本子，画工好，纸张、装帧也都很好。但是，地方上送来的本子虽然画工有差别，但它是原始稿，是第一手资料，很重要。

我刚进馆时，民族阅览室的马国庆老师正在编纂《中央民族学院图书馆馆藏中国民族研究参考简目》，经常看见马老师拿着稿子请教吴先生。一年半后，此书由本校科研处内部铅印出版。从此，这本目录成为我经常翻阅的工具书，伴我走过了30多年。

得到吴先生的指导之后，我开始搜集北京和外省图书馆的少数民族报刊资料，时间长达16年之久。在此期间，我搜集了北京各大图书馆收藏的藏学方面的旧期刊，并对每一种期刊的创刊时间、栏目等进行了梳理，编写成《藏学报刊汇志》一书出版。这本工具书为开设藏学的大学、研究所，提供了藏学报刊的基本信息，既可以作为搜集、采购目录，又可以作为藏族新闻学的教学参考书，还成了"藏学报刊专题库"必备的目录。同时，我又先后到南京、成都、重庆、武汉、上海、兰州、呼和浩特、昆明等地的图书馆，查阅少数民族报刊资料，经过近16年努力，搜集、整理出300余种少数民族报刊资料，从中精选100余种，编辑成《中国少数民族旧期刊集成》（16开本，100册），于2006年由中华书局出版。该丛书的内容涉及少数民族的政治、经济、历史、宗教、军事、教育、习俗、地理、生活等各个方面，也是中国新闻史不可或缺的重要史料。这套书出版之后，关注的群体来自两方面，一是新闻传播、民族史、民俗、旅游等专业的本科生和硕博研究生，他们根据这套丛书撰写的学位论文逐年增多。二是研究民国时期边疆史地、民族风俗、旅游、建筑等方面的工作者，该书成为他们的重要参考资料之一。这套丛书的编辑出版，离不开吴丰培先生的指导。在古籍室工作的日子里，在了解汉文古籍中的少数民族资料方面，我还得到过贾敬颜、苏晋仁、陈燮章和黄灏（中国社会科学院民族研究所研究员）等先生的具体指导，资料室的黄思正（土家族）、马骋（回族，摄影师）、赵金燕、范学宗、裴琳等老师也给予了我很多教诲。

当时，图书馆的年轻人都要在学生阅览室和民族阅览室值夜班，而我住在学校，值夜班的次数较多，与各部室的老师接触和请教的机会也就多了。如学生阅览室的韩竹松（朝鲜族）、罗廷兰（壮族），民族阅览室的马国庆（回族）、张津沛、董玉梅（藏族），教师阅览室的霍云彪、蔡雨生，报刊阅览室的金顺子（朝鲜族）、杨坚伟（藏族）、图拉罕（维吾尔族）、赵笑都等。

藏文古籍目录初稿完成后，藏文古籍书库合并到古籍部，我调到古籍部后同时负责藏文古籍的借阅工作。此时古籍部由陶凤珍负责，丁良老师返聘后在古籍部负责古籍目录的后期修改、校对和指导工作。

我在古籍室工作期间，修改过一些古籍目录。起因是我在翻阅一些古籍的时候，发现很多吴丰培先生夹在古籍中的小纸条，有毛笔写的，钢笔写的，还有圆珠笔写的。其中大部分是钢笔写的，以直行居多，也有一些横行的。但字体较小，且集繁简行草于一纸，辨认有一定难度。纸条上写的内容涉及题名、作者、卷次、出版年等，具体而言，就是纠正著录中的一些错漏。如出版年代和作者不详或错误、卷次混乱、装订错误、两书合一书、夹杂他书序言、封面题签混淆、书页倒装、缺页、缺册，等等，有的纸条里还写有提要和参考书目。吴先生的纸条在经史子集各部都有，其中以史部为最。这些纸条说明，吴先生在阅读一本书的时候，只要发现问题，就要查阅其他古籍，加以稽考，查证如实，便记录下来。纸条上虽然只有几行字，但这几行字，可能要花费几天、几周，甚至几个月的时间，为此他不知付出了多少心血和汗水。这些纸条，大部分是1950—1966年的和1976—1986年写的。

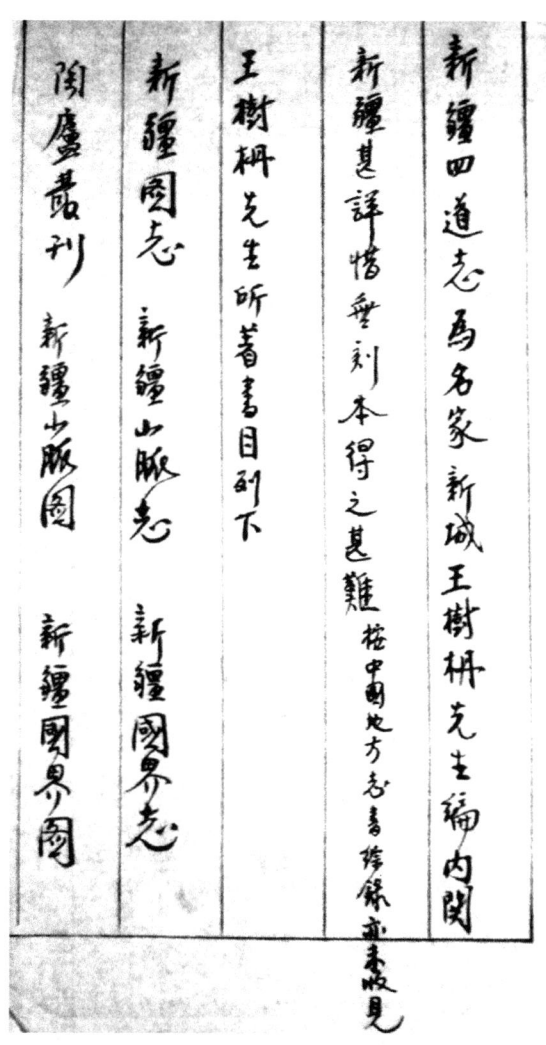

图1 吴丰培先生夹在《新疆四道志》里的纸条

上书："《新疆四道志》为名家新城王树枏先生编，内关新疆甚详，惜无刻本，得之甚难。按《中国地方志书综录》亦未见。王树枏先生所著书目列下：《新疆图志》《新疆山脉志》《新疆国界志》《陶庐丛刊》《新疆山脉图》《新疆国界图》。"

1984年到1988年，我住在小东院，这个小院一共有5排平房，都是建中央民族学院时的工棚，单砖墙、水泥瓦，没有天花板，也没有地板，潮湿异常。据说很多老先生都曾在此"锻炼"过,似乎这是个"磨炼"知识分子的场所。两年后,因家属院建高层家属楼,贾敬颜先生他们腾地搬迁到小东院新建的周转房居住。我在洗菜时、晚饭后、上班路上,都会见到贾先生。熟悉之后,他给我谈元代藏族的历史,还谈过六世达赖喇嘛仓央嘉措圆寂于阿拉善的一些说法。他说,在图书馆工作要学习和研究文献发展史、目录学,整理古籍和鉴别版本。在与贾先生接触的日子里,我得到不少教诲,获益匪浅。从此,案头除了普通图书馆学、分类法和藏学图书外,最多的就是古典文献学和图书目录、版本考证等方面的书籍。小东院住着 30 多户人家,在公共空地有两个打水处,也是小东院住户打水、洗菜、聊天的地方。1985 年,小东院有电视机的人家不多,每到晚 7 点,有一户人家(儿子是个体户)会把一台小的黑白电视摆在空地,让大家看露天电视。邻居们拿着小板凳,摇着扇子,嗑着瓜子,边聊天边看电视。当时正在播放西班牙电视剧《女奴》。邻居有汉、朝鲜、维吾尔、满、壮、蒙古等民族的老师,头一户是一家地道的老北京人。我们邻里关系非常好,互相照看孩子、借用油盐酱醋菜是常事,还学会了做朝鲜泡菜、北京炸酱面、饺子、冬储大白菜等,人情味十足,其乐融融。

1989 年 9 月,我向李作霖馆长提出搜集民间古籍的建议。是年 10 月,我正式调古籍室工作,从事倒书架、写书套、编目、借阅等工作。此后,我翻阅了大量古籍和民国期刊,抄了数千张民族资料卡片。1992 年至 1993 年,我考察北京地区藏文古籍收藏情况,并于 1994 年向全国少数民族古籍整理出版规划领导小组办公室提交《关于编纂北京地区藏文古籍目录》的报告,申请资金,但未能实现。1995 年,"国家教委民族学科文献信息中心第一次学术咨询委员会会议"召开,会下我向任继愈先生请教了一些问题,不但得到了耐心细致的解答,任先生还说你喜欢古籍很好,汉文古籍里头少数民族的资料多得很,可以搜集、整理和研究。从此,我更加注重搜集汉文古籍中的少数民族资料。1996 年,一个偶然的机会,我有幸参与《四库全书存目丛书》的编辑工作,并与多家图书馆的同仁一道遴选存目版本、补充缺失,圆满完成了分配的任务。当时,负责人是刘俊文和倪晓建两位老师,而李国新、罗琳、杜泽逊、吴华、刘蔷等都是业务骨干。他们也给予了我很多指导,令我受益匪浅,为日后整理、编辑民族史料奠定了基础。1997 年,我提出补充各民族出版社民族类图书的建议和加强少数民族文献建设的构想,并开始进行补购。2002 年 12 月,向国家民委提交《关于少数民族文字信息技术现况及其对策》一文,旨在推动民族文字数字化,并为以后民族文献数字化做准备。

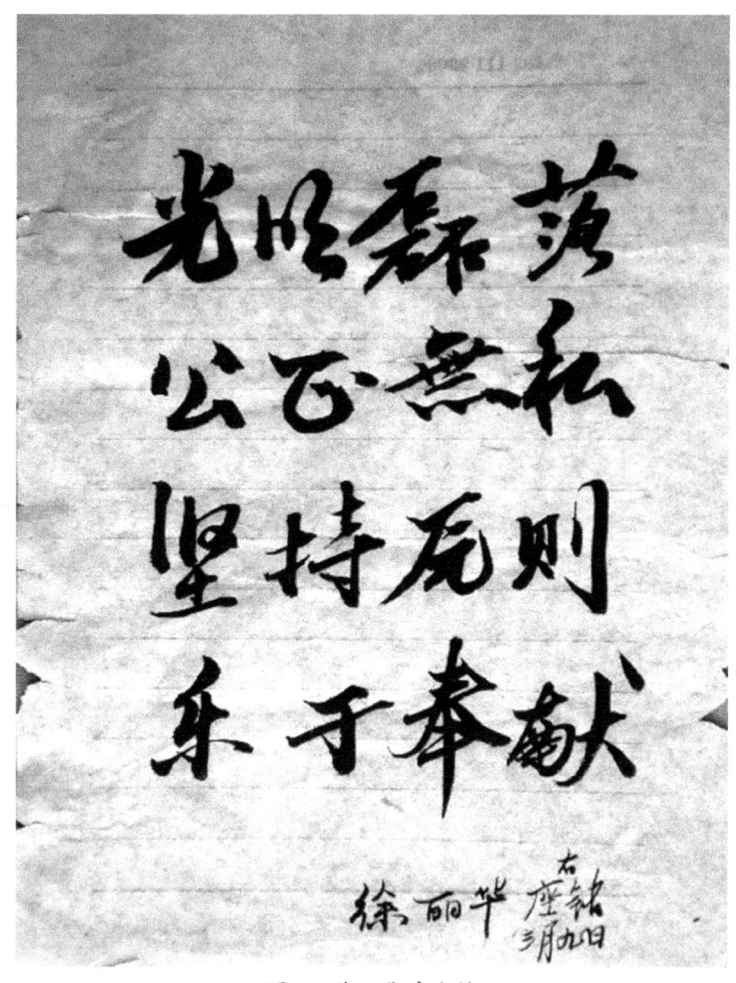

图 2　徐丽华座右铭

1995年担任中央民族大学图书馆副馆长后,我把"光明磊落,公正无私,坚持原则,乐于奉献"作为自己的做人原则和工作方向。压在桌子玻璃板下,时刻提醒自己。

2006年,我提出建立"中国少数民族田野调查数据库"的建议,即13所民族院校把各自从1950年以来收集到的田野调查原始材料,通过扫描、拍照和编辑,共同建立共享数据库。2007年,为浙江省丽水学院图书馆介绍建立畲族文字、音像和文物资料库的具体方法。2010年,为中央民族大学博物馆、大连民族大学图书馆等单位鉴定古籍四十多种。2012年4月,策划并主持编纂《北京地区少数民族古籍研究丛书》,该丛书包括《藏文古籍概览》《满文古籍概览》《蒙文古籍概览》《彝文古籍概览》《回族古籍概览》《水书古籍概览》《回鹘文古籍概览》《藏族古日历和祭祀图谱研究》《傣族文献研究》《吐蕃御制目录研究》《东巴文古籍艺术》

《藏文古籍艺术》《藏族古代三大目录》《九世班禅与北京藏密古籍》《藏文古典文献学概论》和《〈章嘉若必多吉传·酬愿如意经〉研究》。2012年9月，设计"中央民族大学本硕博学位论文藏文数据库"。2015年9月，参与哈佛大学图书馆藏传佛教资源中心（TBRC）建设，满足了我渴望建设少数民族文献数据库的部分愿望，但离我想象中的目标还很远。2016年5月，应内蒙古地区图书馆之邀，前往鄂尔多斯地区的康巴什图书馆、鄂托克旗图书馆、鄂托克前旗图书馆、东胜图书馆进行学术访问，讲授民族古籍整理、地方文献研究方法，并与当地同行一道利用"广州图创图书馆管理系统"成功在马克格式中实现藏文编目、检索、统计等业务，结束了长期以来藏文图书用汉文编目、汉文检索的历史。

作为图书馆人，尤其是业务领导，一要了解学校的一般学科和重点学科的特点，在此基础上确定购书经费的分配原则。二要利用网络和专家，去追踪、咨询既定图书类目的出版信息并指导采购工作，及时采购、补充。三要对编目质量、典藏、借还、顺架、清点、统计、修补、咨询、检索、值班、设备维护、设备更新、数据备份、数据安全、馆舍和图书安全等工作做到细致入微，没有死角。这样才能建成一个"突出重点，保证专业、兼顾一般，书刊并重，保持特色"的图书馆。这种理念需要一代接一代的业内领导和专家去完成。这是一份光荣而辛苦的工作，只想当官和投机取巧的人是绝对不可能做好这个工作的。

我曾有一个建设民族研究资料和中央民族大学文库（原中央民族学院文库）纸本库和数据库，以及馆藏民族古籍数据库的梦想，也为之奋斗过，但因条件所限，未能如愿。因此，我近十年来的研究主要集中于古籍整理和文献学研究，利用所学专业做点有益于民族文化传承的具体事情。经过多年废寝忘食、夜以继日的努力，今日回眸，不免令人欣慰。我撰写的著作有《藏学图籍录》、《藏学报刊汇志》、《藏文古籍概览》、《藏文古籍志》、《藏文古典文献学概论》（初稿）、《藏族古代日历和祭祀图谱研究》、《旁唐目录研究》、《藏文导论》（安徽时代新媒体出版社约稿，尚未出版）、《苯教古籍珍本》（福建人民出版社特约）、《藏传佛教探秘》、《藏区名胜》、《锦心素手：手绘唐卡填色练习簿》（海南出版社约稿，但未能出版），编辑的民族文献目录有《回族研究题录》《北京地区东巴文古籍总目》《北京地区彝文古籍总目》，编辑的民族类大型丛书有《中国少数民族古籍集成》（100册）、《中国少数民族旧期刊集成》（100册）、《康区藏文古写本丛刊》（60册）和《北京地区少数民族古籍研究丛书》等。

我一直认为在中央民族大学图书馆工作期间就要专注于图书馆建设和民族文献研究，"吃民族的饭，干民族的事"，不能"挂羊头卖狗肉"，要对得起图书馆人的称号。而退休之后则想用全部精力来编纂《香格里拉文化大辞典》和出版《香格里拉汉藏史料丛刊》，为故乡也做点文化积累和宣传工作，以回报故乡的养育之恩。

在图书馆工作的30多年里，我的学术生涯不但顺利，而且十分幸运。在编纂《中国少数民族古籍集成》（汉文版，100册）时，在中国民族图书馆馆长李久奇的推荐下得到国学大师季羡林先生的认可，季先生在百忙中抽空为这部丛书撰写了序言，此书出版后获国家图书出版奖。王钟翰、刘俊文两先生还特意撰文推荐该丛书，引起很大社会反响。在编纂《中国少数民族民国旧期刊集成》（汉文版，100册）时，得到中国人民大学教授方汉奇先生的指导。这两套丛书的出版为研究少数民族文化提供了重要史料，也是我国历史上首次出版的民族文献大型丛书之一，得到民族研究者的广泛关注。这些年来，使用这两套丛书对少数民族政治、历史、军事、经济、文献、报刊、民俗、艺术等方面进行研究的硕士研究生、博士研究生和学者越来越多，有的甚至以其中一部丛书作为一个大型课题来研究。在编纂《北京地区东巴文古籍总目》一书时，在黄润华先生的推荐之下，我得到著名学者任继愈先生的支持和帮助，他亲自为这部书题写书名。此书出版后获北京市优秀成果奖。在一个学人如林的泱泱大国，能够得到国学大师的指导和帮助，我认为这是读书人的最大荣誉和福报，倍感幸福和自豪。对如此美好的机缘，我一直激励和鞭策自己，要努力学习和加倍工作，不辜负大师的厚望，回报师长，回报社会。正因为如此，我对业务和科研工作从未放松，同时也尽量帮助他人，曾指导过福建、湖北、内蒙古、云南、四川、新疆等省区的部分大专院校图书馆和公共图书馆的特藏文献建设、民族文献建设、科研工作。在即将退休之际，回顾三十多年的图书馆生涯，我无怨无悔，祝愿我们的图书馆越办越好。

张绍孔馆长将我带进了图书馆，从此我与图书馆难舍难分，结下一生情缘。吴丰培、乔仁诚、贾敬颜、王扶汉、裴家麟、王钟翰、丁良、陈燮章、刘俊文、倪晓建等先生是我在古籍知识和古籍整理方面的导师，他们传授的知识和古籍整理的经验，坚定了我整理和搜集民族古籍的决心。三十多年的图书馆生涯，使我对图书馆有着深厚的情感，尤其是对前辈们的那种兢兢业业的工作态度，难以忘怀。正因为有这份情感，我在心里早就许下了这样一个诺言——把他们的工作记录下来，无论是教授，还是普通职工和工人，都要把他们的名字镌刻在图书馆的历史上，这便是我编写此书的目的。

　　前言至此已告结束，但在 2016 年 3 月 21 日下午 2:30 分有幸参加由黄泰岩校长、青觉副校长主持召开的"中央民族大学'十三五'发展规划讨论会"，黄校长要各个部门拿出"干货"，即拿出实实在在的项目。马传连、张铭心发言之后，我毫不迟疑地提出了三条建议：目前，西南民族大学的少数民族文字资料在民族院校中名列第一，西北民族大学排位第二。我校要建设一流学校，就要有一流的图书资料，文科假如没有文本研究，理论水平就上不去。因此，中央民族大学图书馆在"十三五"期间的工作，可列入三条：一是建设少数民族文字古籍数据库，二是建设 1950 年以来的少数民族文字论著数据库，三是搜集少数民族古籍。黄校长表示赞同，并于会后给编写组打电话了解少数民族文字的具体情况，我都一一做了解答。这件事在我心头已积压多年，有人赞同但无人支持，我以为这事将会静悄悄地消失，没想到在我退休之前还有一个机会提出来，并得到校长的认可，真不知道这是什么样的一种机缘巧合，在我毫无准备和绝望的时候了却我的一个心愿。规划办来电要加内容，于是我又提出建设"中央民族大学教工论著数据库"的建议，这也是我多年前的一个愿望。这些计划虽然我不能直接参与，但只要列入十三五计划，我想成功的胜算十有八九。遗憾的是，此事在 2017 年流产，没有了下文，真所谓"谋事在人，成事在天"，但我相信总有一天，此事必将如我所愿。

徐丽华

2020 年 8 月于中央民族大学

# 目 录

一、中央民族大学发展简史 ........................................... 1

二、中央民族大学图书馆概况 ....................................... 5

 （一）中央民族大学图书馆发展简史 ........................... 5

 （二）关于组建中央民族大学信息资料中心纪要（2003 年 5 月 12 日）...... 21

 （三）关于中央民族大学信息资料中心的管理方案 ............... 27

  1. 建立中心的原则 ........................................... 27

  2. 根据以上原则作以下归并和划分 ............................. 27

  3. 中心的管理办法 ........................................... 28

  4. 院系资料员归属问题 ....................................... 29

三、管理制度与相关文件 ........................................... 31

 （一）《在文化大革命运动中遗失图书赔偿办法》（1973 年）...... 31

 （二）《中央民族学院文库暂行办法》（1989 年）............... 32

 （三）1996 年举办"中央民族大学文库建设成果展的通知" ...... 33

 （四）1997 年《中央民族大学文库征集图书的通知》............ 34

 （五）采购制度及流程（1997 年）............................. 38

 （六）典藏制度和流通方法（1997 年）......................... 38

（七）剔旧制度（1997年）·······························39

（八）收费制度（1995年）·······························40

（九）分类法·······························40

（十）本馆自编各种分类手册、业务表格·······························43
    1. 分类手册·······························43
    2. 业务报表·······························43
    3. 书袋卡、还书记录卡·······························44

（十一）1998年以前的目录体系·······························46
    1. 目录厅目录·······························46
    2. 艺术室书库目录·······························48
    3. 艺术阅览室目录·······························48
    4. 外文目录·······························48
    5. 民族资料阅览室目录·······························48
    6. 学生阅览室目录·······························49
    7. 理科、工具书阅览室目录·······························49
    8. 古籍部目录·······························50
    9. 国家教委中央民族学院文科文献信息中心目录·······························50

（十二）计算机与网络建设·······························53
    1. 计算机、网络、数据库建设·······························53
    2. 关于少数民族文字信息技术现况及其对策·······························58

# 四、藏书来源·······························65

（一）古籍·······························65

（二）旧平装图书·······························67

（三）旧报刊杂志·······························67

（四）部分著名捐赠者·······························70

（五）新平装图书和各种报刊杂志·······························76

（六）外文图书、报刊 ································································· 76

（七）历年馆藏图书、经费统计 ······················································ 77

## 五、图书馆文物 ··················································································· 97

（一）古籍书箱 ············································································ 97

（二）讲台 ··················································································· 98

（三）书架阅览桌椅等 ··································································· 99

（四）图书馆印章 ········································································ 103

    1. 图书馆公章 ········································································· 103

    2. 图书馆业务章 ····································································· 107

    3. 其他印章 ············································································ 114

（五）证件、手册、公用信笺、职工证件等 ···································· 115

## 六、后勤保障 ······················································································ 121

（一）中央民族大学图书馆馆舍历史 ············································· 121

（二）机构设置 ··········································································· 126

    1. 图书馆 ················································································ 126

    2. 院系科资料室 ····································································· 127

（三）阅览座位 ··········································································· 134

（四）新馆功能、设备、搬迁计划 ················································· 134

    1. 预备阶段 ············································································ 134

    2. 中央民族大学图书馆搬迁方案及日程 ···································· 140

    3. 搬迁阶段 ············································································ 144

    4. 院系上报资料汇总及计划 ····················································· 148

    5. 不寻常的日子 ····································································· 150

## 七、学术活动 ································································ 163

### （一）学术机构 ······························································ 163
1. 中央民族学院图书情报工作委员会（简称院图工委） ············ 163
2. 国家教育委员会中央民族学院文科文献信息中心 ·················· 164
3. 全国民族高校图书工作委员会 ············································ 168
4. 图书馆学术研讨会、学术交流 ············································ 169

### （二）中央民族大学民族图书信息研究所 ··································· 170

### （三）北京藏文古籍调查与研究 ············································· 172
1. 清代及清代之前的藏文文献 ············································· 173
2. 民国时期的藏文文献 ······················································ 174
3. 新中国成立后的藏文文献 ················································ 175
4. 藏文及藏学杂志 ···························································· 177
5. 藏文图书典藏 ······························································· 178
6. 藏文文献的价值 ···························································· 182

### （四）金石匾额著录格式探索 ················································ 183
1. 钟的著录格式 ······························································· 183
2. 锅的著录格式 ······························································· 183
3. 碑刻的著录格式 ···························································· 183
4. 匾额的著录格式 ···························································· 184

## 八、研究成果 ································································· 185

### （一）目录索引（内部铅印本） ·············································· 186
### （二）目录索引（内部油印本） ·············································· 189
### （三）汉文古籍（内部油印本） ·············································· 191
### （四）其他油印本 ······························································ 192
### （五）公开出版的著作 ························································· 192
### （六）吴丰培著作目录 ························································· 194
### （七）徐丽华成果目录 ························································· 204

## 九、直属党支部、职工名录 ... 213

（一）直属党支部 ... 213

（二）职工名录 ... 218

## 参考文献 ... 245

## 附 录 ... 247

一、陈时夏先生捐赠古籍书目 ... 247

二、张荣昌先生捐赠古籍书目 ... 262

三、吴丰培同志赠书草目 ... 270

四、中央民族大学特藏目录 ... 296

五、中国少数民族图像总目（初稿） ... 414

## 后 记 ... 424

# 一、中央民族大学发展简史

1950年6月，中央民族学院筹备工作启动。同年12月28日，在乌兰夫被任命为中央民族学院院长。万宪章和王玉珍在教务处领导下筹办图书馆。1951年2月，在国子监建立临时学校，教职工280多人。3月招生，设军政干部班、藏语文班，学员260多人。5月28日正式开课。6月11日，召开中央民族学院成立大会，中央领导朱德、李济深、董必武、李维汉、马叙伦、刘格平等莅临，朱德、董必武在会上讲话。1952年，从国子监迁至海淀区白石桥路27号，即新建中央民族学院。是年全国院系调整，清华大学社会学系、北京大学东语系的部分专业和燕京大学社会学系，以及专家先后调整到中央民族学院。他们当中有杨成志、吴文藻、潘光旦、费孝通、傅乐焕、杨堃、翁独健、闻宥、林耀华、冯家昇、于道泉、吴泽霖、马学良、王锺翰、张锡彤等著名社会学家、民族学家、语言学家和人类学家。这些专家的学术成就奠定了学校的社会和学术地位。此后，民族语言文学系、历史系、政治系、艺术系、汉语系、研究部、预科部和图书馆等相继建成。

1957年6月，毛泽东、刘少奇等领导接见中央民族学院师生。1966年2月，"文化大革命"进校园，停止教学，关闭图书馆。9月，成立中央民族学院"文化革命委员会"，学校和图书馆陷入瘫痪状态。1966年6月至1978年8月，学校发展受"文革"严重影响。1968年7月，中共中央、国务院、中央军委、中央文革成立了军事管制小组，对教育部及其所属大中小学实行军事管制，派军宣队和工宣队进驻学校。几年后，于1971年4月15日至7月31日在北京召开全国教育工作会议，参会者631人，会期长达107天。经毛泽东圈阅之后，于是年8月13日下发会议文件，即《全国教育工作会议纪要》〔1971（43）号文件〕。该文件提出"两个估计"，即：解放后十七年"毛主席的无产阶级教育路线基本上没有得到贯彻执行"，"资产阶级专了无产阶级的政"；大多数教师和解放后培养的大批学生的"世界观基本上是资产阶级的"。从这"两个估计"出发，会议确定和重申了一整套政策，包括"工宣队"长期领导学校；让大多数知识分子到工农兵中接受再教育；选拔工农兵上大学、管大学、改造大学；缩短大学学制，将多数高等院校交由地方领导等。这"两个估计"的提出让所有知识分子感到震惊，但并不令人过于意外。早在1957年毛泽东就说过："我们现在的大多数的知识分子，是从旧社会过来的，是非劳动家庭出身的。有些人即使是出身于工人农民的家庭，但是在解放以前受的是资产阶级教育，世界观基本是中产阶级的，他们属于资产阶级的知识分子。"1966年3月，毛泽东批评《二月提纲》时又讲到："事实上，学术界、教育界是在资产阶级和小资产阶级手里掌握着。现在，大中小学大部分都是被资产阶级、小资产阶级、地主、富农阶级出身的知识分子垄断了。"在1966年中共八届十一中全会通过的《关于文化大革命的决定》中便提出："在这场文化大革命中，必须彻底改变资产阶级知识份子统治我们学校的现象。""两个估计"是最高决策层对教育工作和教育工作者的基本判断，对教育实践所产生的决定性影响显而易见。

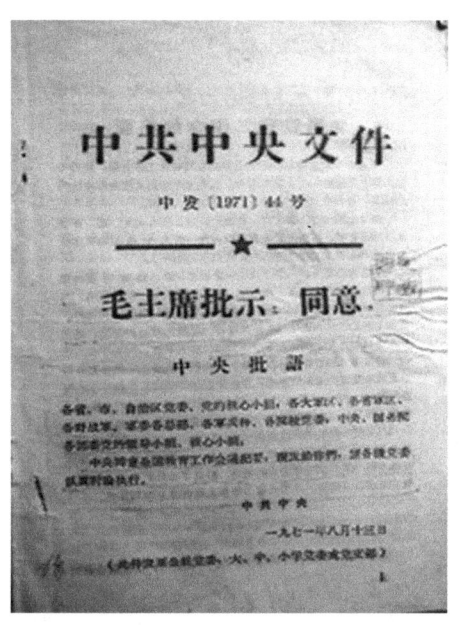

图1-1 1971（43）号中央文件

1969年10月，中央民族学院图书馆职工"备战疏散"到湖北省潜江县"沙洋五七干校"劳动，制作战备箱，收藏主要图书和文物。"文革时期"中央民族学院图书馆闭馆"闹革命"。1970年，中央发布部分大学于1971年招生决定。中央民族学院图书馆职工于是年年底准备返回北京。

1971年2月，中央民族学院图书馆开馆，选定部分图书开放借阅。1973年3月，撤销"沙洋五七干校"，大部分教工返校，部分教工迁入河北省定兴县古城农场。图书馆职工基本返校上班。1974年，云南省委副书记七林旺丹向周恩来总理提出培养云南省藏文师资的建议，得到批准。1975年，国内高校图书馆恢复报刊互赠交换业务，因此，各图书馆都要向交换单位发出通知。这种通知的行文格式、语气、用词基本相同。如上海师范大学图书馆革命委员会于1975年3月3日的通知如下：

> 图书馆同志们：胜利的一九七四年已经过去，新的一九七五年迎来了四届人大的胜利召开，在国内外形势一片大好之际，我们更要以饱满的精神抓革命，促生产，促工作，促战备。在过去的一年里，承蒙你处惠赠多种书刊资料，对我校革命师生员工学习马列主义、毛泽东思想，开展批林批孔和教育革命等工作起了很大的作用。特此感谢！遵照毛主席"互通情报"的教导，希望在新的一年里继续进行联系，以求互相学习、帮助，继续作好书刊、资料的交换工作。团结起来，争取更大的胜利！图书馆（上海师范大学图书馆革命委员会章）（1975年3月3日）
>
> 附告：1."教育实践"即将正式出版，以后不再奉寄，请按报上的征订启事，向当地书店订购。2.原华东师范大学、上海师院、上海体院、上海教育学院、上海半工半读师范合并成上海师范大学。3.上海师大地址：上海中山路3663号。

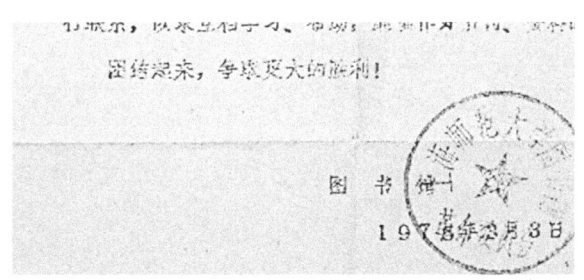

图1-2 上海师范大学图书馆革命委员会通知书局部（1975）

1976年，中央民族学院民语系根据周总理1974年的指示，招收云南藏区学员16名。学员们于1978年11月圆满毕业。在实习期间，他们翻译电影《达吉》，搜集民歌并油印了《迪庆藏族民歌谚语汇编》。云南藏区解放前只有寺院教育，社会上没有藏文学校。在周总理的关怀下，这批师资力量成为云南藏区开办藏文学校的坚实基础。1977年10月9日，华国锋、乌兰夫、胡耀邦、阿沛·阿旺晋美、赛福鼎·艾则孜、杨静仁等党和国家领导人接见中央民族学院师生。1978年9月至1993年10月，学校发展成为以文科专业为主体、以民族学科为特色，文、理、工、艺、管等专业兼备的综合性大学，1978年2月被确定为国家重点大学。此后，陆续建立物理、应用数学、生化、计算机科学技术等理工系科，从文科高等学校发展成为一所综合性大学。1993年11月，中央民族学院更名为中央民族大学，国家主席江泽民为学校题写校名。1999年，确定为"211工程"重点建设大学。2001年6月，在50周年校庆之际，国务院总理朱镕基到校视察，并代表中央政府提出了"把中央民族大学建成世界一流民族大学"的奋斗目标。2002年6月，国家民委、教育部、北京市人民政府签署了《关于重点共建中央民族大学的协议》，将学校的发展又推上一个新的台阶。2004年，中央民族大学列入"985工程"重点建设大学。

# 二、中央民族大学图书馆概况

## （一）中央民族大学图书馆发展简史

中央民族大学图书馆馆藏丰富，特色鲜明，民族学科文献尤为突出。1998年以前，馆内文献总藏量、古籍和少数民族文字图书在北京地区高校图书馆中名列前6位。自1952年以来，图书馆先后接受禹贡学会、故宫博物院、中国佛教协会、北京大学、北京图书馆、江苏省文管会等单位和张涛卿、洪煨莲、陈时夏、张荣昌、潘光旦、吴文藻、林耀华、吴丰培、张维、张琨、陈永龄、宋蜀华、王钟翰等个人的大批古籍、旧平装书、旧报刊的捐赠，极大地丰富了馆藏资源。

1952年至1992年，中央民族大学图书馆以"重点突出，特色鲜明，兼顾一般"为图书建设宗旨，1994年改为"突出重点，保证专业、兼顾一般，书刊并重，保持特色"。

目前中央民族大学图书馆图书馆及各院系资料室共拥有纸质图书201万余册、电子图书176万余册。其中线装古籍22万余册，旧平装书3万余册。古籍包括宋、元、明、清各种善本1434种。馆内线装地方志3000余种，约占全国该类地方志总量的三分之一。其中大部分是边疆少数民族地区方志，内容涉及政治、历史、地理、民俗、气象、水利、物产等，如《新疆四道志》（手抄本）等方志，系稀世珍本。古籍中众多的汉文年谱、家谱、传记等珍善本古籍和20余种少数民族文字的写本、刻本、金石拓片、清人画册等，不乏稿本、孤本，可谓价值连城。如明万历刻本《两朝平攘录》、清乾隆武英殿本《平定准噶尔方略》等为全国所罕见。清朝驻新疆大臣饶应祺的《饶应祺奏稿》等是中央民族大学图书馆独有的重要史料。2008年3月，中央民族大学图书馆被国务院正式命名为首批"全国古籍重点保护单位"。

作为民族类高等院校图书馆，多年来，中央民族大学图书馆秉持"突出重点，保证专业、兼顾一般，书刊并重，保持特色"的建馆方针，在保证本校学科专业文献覆盖面的基础上，兼顾一般参考书和工具书，强化民族图书文献典藏。目前图书馆共有少数民族文字图书17万余册，包括蒙古、藏、维吾尔、哈萨克、朝鲜、傣、彝等20多个文种以及藏文古籍2000余函。纳塘版藏文《甘珠尔》、满文《盛京赋》、满汉合璧《金瓶梅》《西厢记》、蒙古文《蒙文汇书》、蒙汉合璧《圣谕广训》等珍贵古籍为本馆特藏。缅甸文贝叶经、纳西象形文字抄本、察合台文手抄本等，都是不可多得的珍贵文献。

图 2-1　2007 年中央民族大学图书馆老馆员合影

图 2-2　2007 年中央民族大学图书馆老领导合影

图 2-3　第二届民族高校图工委参会人员合影（1999）

图 2-4　第二届民族高校图工委秘书组成员合影（1999）

图 2-5　中央民族大学图书馆新老领导交替（2000）

图 2-6　中央民族大学图书馆图书馆老馆员合影（2004）

图 2-7　李德龙馆长接受老馆员范学宗捐赠书法作品（2004）

图 2-8　2004 年元旦中央民族大学图书馆老同志茶话会

图 2-9　2008 年中央民族大学图书馆全馆职工海南度假

图 2-10　1997 年中央民族大学图书馆职工参加北京市图书馆界运动会

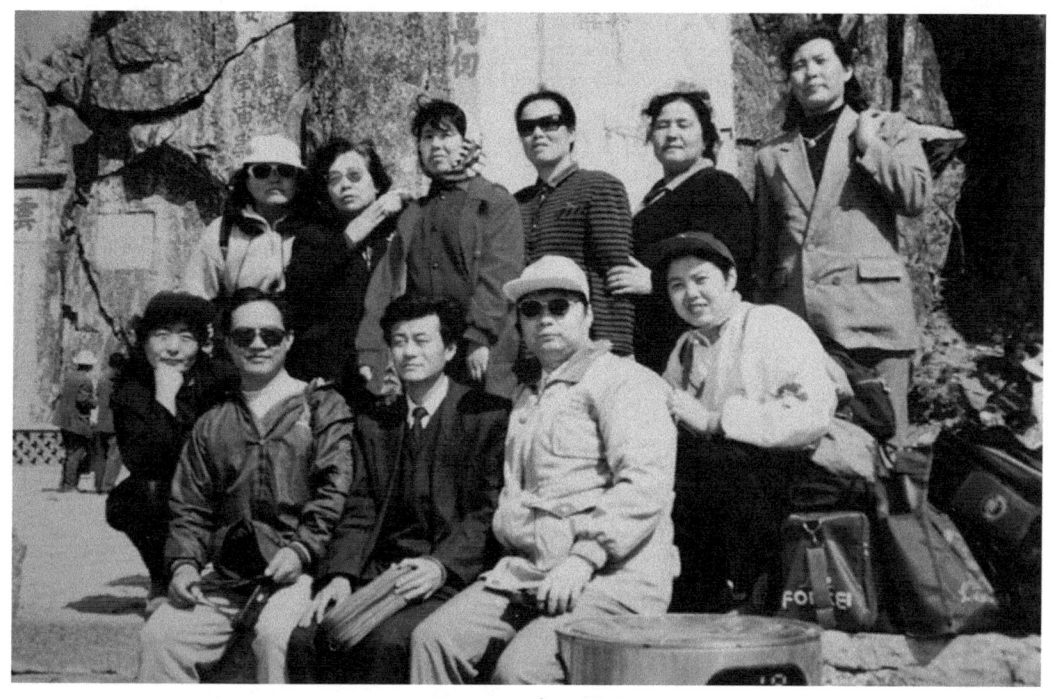

图 2-11　泰山揽胜

目前，馆藏英、法、德、日、韩、俄等 47 个文种的外文图书 7 万余册，其中民族学科的外文图书 2 万余种。馆藏报刊合订本 10 万余册，包括报纸合订本 4.4 万余册，期刊合订本 6.2 万余册。其中《政府公报》（1912—1928 年）《西藏班禅驻京办公处月刊》《康藏研究》《康藏前锋》《康导月刊》等，尤为珍贵。

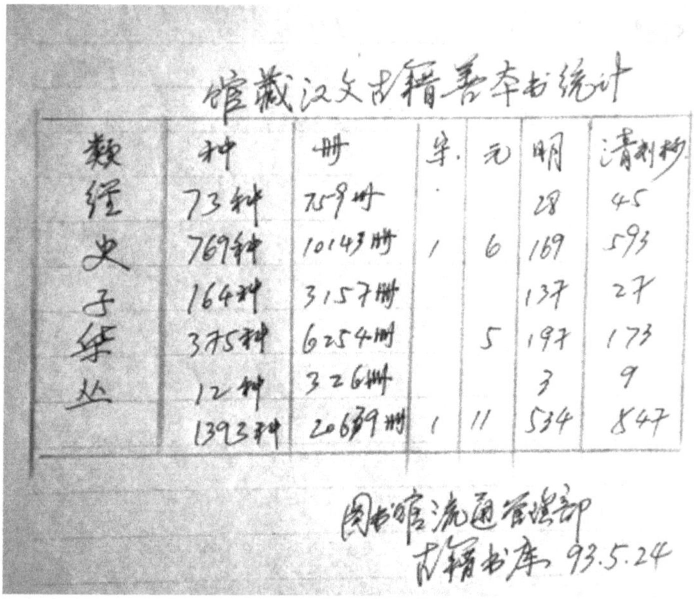

馆藏汉文古籍善本书统计

| 类 | 种 | 册 | 宋 | 元 | 明 | 清刻抄 |
|---|---|---|---|---|---|---|
| 经 | 73种 | 759册 | | | 28 | 45 |
| 史 | 769种 | 10143册 | 1 | 6 | 169 | 593 |
| 子 | 164种 | 3157册 | | | 137 | 27 |
| 集 | 375种 | 6254册 | | 5 | 197 | 173 |
| 丛 | 12种 | 326册 | | | 3 | 9 |
| | 1393种 | 20639册 | 1 | 11 | 534 | 847 |

图书馆流通管理部
古籍书库 93.5.24

图 2-12　中央民族大学图书馆古籍室数据统计（1995 年）

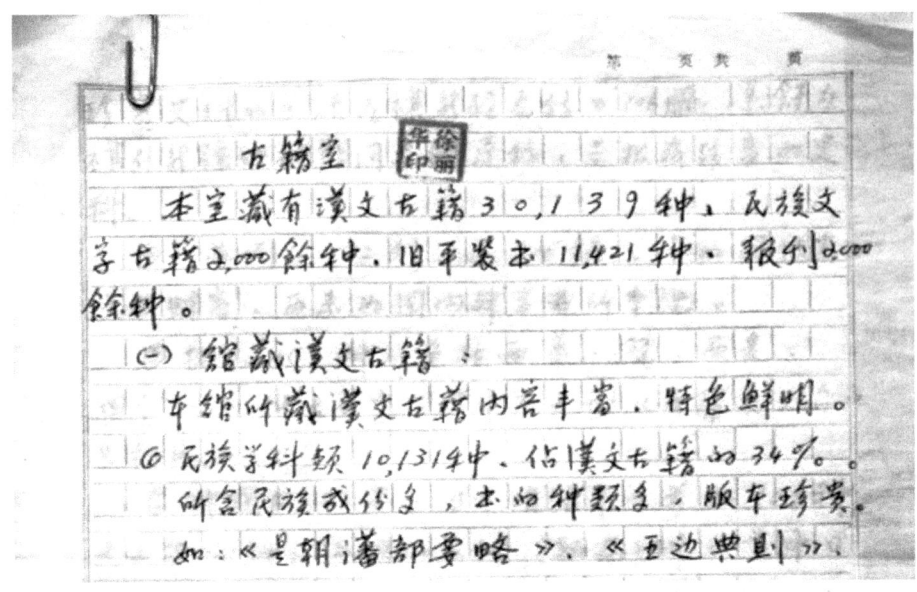

图 2-13　中央民族大学图书馆古籍室介绍（1996 年）

1986 年 5 月，张绍孔馆长清退部分"文革"期间没收的图书和物品。还亲自带徐丽华去东四十条胡同归还木制大型书架 6 个和 2 册影集等物件。8 月，开展剔旧工作。1988 年，馆藏统计：图书总量 148570 种，含民族学科图书 48248 种，占总藏量的 32%。其中，蒙古、藏、维、哈、朝等 20 个文种的民文图书 12531 种（含藏文古籍 826 种）；汉文新平装书 83044 种，含民族学科图书 19992 种，占汉文新平装书总量的 24%；汉文古籍 30139 种，含民族学科图书 10131 种，占汉文古籍的 34%。其中，地方志图书 3200 种，善本 1434 种（含方志 400 种）；外文图书 22856 种，含民族学科图书 5594 种，占外文图书总藏量的 25%；旧平装图书 11421 种（已编 29469 册，未编约 12500 册）；拓片 1153 张，除汉文外，还有藏、满、蒙古、梵、西夏、回鹘、突厥和女真文字；新旧汉文期刊 3073 种（其中民文期刊 194 种，外文期刊 296 种，汉文民族学科类期刊 201 种，相关学科类 270 种，民国期刊 1000 多种）；剪报资料合辑 2722 册（1955 年至 1987 年）。

1989 年 10 月，为落实教育部《普通高等学校图书馆规程》，中央民族大学成立了图书馆工作委员会。委员会由主管图书馆工作的副校长担任主任，图书馆馆长任副主任，各院系主要领导任委员。1992 年 1 月，国家教育委员会在中央民族大学图书馆设立了国家级民族学科文献情报中心，1994 年 1 月，更名为"国家教育委员会民族学科文献信息中心"，为国内外从事民族研究的专家学者提供民族文献信息服务。1993 年 9 月，因阅览室和书库的书架不够，采取撤复本上新书的方法，缓解了空间不足的情况。同时，建立旧书和复本备用库。由丁良、徐丽华、张津沛和张燕着手进行时旧平装书和古籍的分类编目及方志改号工作。这一时期国内出版的民族类图书，中央民族大学图书馆所藏占92%，在全国高校图书馆中遥遥领先。同年12月，成立图书馆服务部，人员由侯式亨、侯振洪和顾晓明组成。

1994年2月24日，李德君馆长组织编写《中央民族大学图书馆岗位职责及工作条例》和《大学生导读手册》，并开展剔旧工作。6月，组织相关人员讨论计算机编目一事。9月，古籍室方志改号工作结束，验收合格。9月，更换图书馆暖气，因施工影响停止部分借阅窗口。10月，确定4项工作。第一，清理旧账，理顺关系。1.利用4台计算建立小型联网系统。2.采购图书馆管理软件，学习机编和计算机的借阅工作。3.清理开架书库图书，以此作为机编试点。4.手工编目继续进行，时间成熟时停止。5.机编数据录制光盘。第二，加强管理，1.情报室新编制的索引、工具书目录、民族图书目录用计算机录入。2.馆编各种目录索引集中5套，分发给大库、文献信息中心和各阅览室。3.整理目录厅目录，做好新书介绍和剔旧工作。第三，继续整理大库，明清家底。1.做好备用库目录、顺架、导标等收尾工作。2.清理大库平装书、古籍库打捆书和《山东法》图书（堆放在西校门2间平房的1950年至1960年以前的图书），同时古籍室开始执行"只阅不借"的服务方式。3.开展以图书馆学、计算机使用为主的培训，同时着重图书馆和民族文献的研究。第四，完成《中央民族大学图书馆岗位职责及工作条例》初稿的编写工作。

1995年1月2日，向图书馆所有离退休职工送鸡蛋等元旦慰问品。18日，召开"国家教委民族学科文献信息中心第一次学术咨询委员会会议"，参会者有任继愈、庄守经（北京大学图书馆馆长）、张公瑾、马学良、陈永龄、宋蜀华、胡振华、和润、王尧、陈连开、施正义、丹珠昂奔等，与会专家提出各种办好文献信息中心的建议。部分与会专家的发言如下。

陈永龄：1.建议各系科编制各自资料室图书目录，总后由图书馆编成总目录，存放文献信息中心和发放到系科，达到资源共享之目的。2.要注重购买中文和外文旧书，外文的可以请出国人员购买，还可以联系国外学者捐书。有一位印度学者想把藏书捐给我院，但拿不出运费而放弃了。南开大学外文书库是在加拿大学者所捐图书基础上建立起来的。

王尧：建议印制《外文图书推荐书目》，由各类专家圈选和推荐。石泰安先生与本校联系捐书一事，本校未接受，很遗憾。建议加强与专家的联系和交流，接受各种专家的捐书。

国家教委代表：国外捐书，国家教委可以帮助联系并给予支持。各个院校应有捐书条例和规定。很多老先生留下了很多图书，他们的子女大多数不搞专业，凡是有意愿捐赠的，我们一定帮助，全力联系。

马学良：第一，国外（捐书）的谈得多，国内的（捐书）也有，也要联系。吴文藻、闻宥等人的书，差2000元，就到了外边的大连图书馆。我去大连看书，发现一本未发表的手迹，珍贵得很。后调到省图书馆保存，这种宝贝从本校流出了。（这种情况）就在本校就很多。第二，建议从3万元中提出部分钱，将本校老先生的书买回，（价格）很低。这事可由（文献信息）中心承担。第三，文献信息中心成立时来过一次，怎样调动咨询委员的作用，如何给师生阅读方便，（图书馆）人才如何培养，图书建设和图书保管方面要加强。张琨送的书，只能借一下，又送回去，到目前锁在柜子里，是否可将图书馆一些珍贵图书调到中心，便于老师借阅。民族文献良莠不齐，糟粕精华杂糅一起，有的书太次。要甄别，要研究。少数民族祖先的文献，也要搜集，不可放松，这也是中心的职责所在。

宋蜀华：一是要加强中心与咨询委员之间的联系，中心可经常出工作简况，印一两页，如《工作通讯》。二是国内有关书刊，每年出了什么，要搜集，掌握动态，不仅为学科，更重要的是为国家民族地区的建设服务。三是中心资料的目录，可分两部分，一是国内研究资料，二是国际研究资料，有关机构需要某些资料，如西藏问题、新疆边界问题等资料，过去的老先生就提供这种资料，很重要。西藏新疆的边界等资料，中心应搜集，可利用国家民委，要掌握这些资料，如不掌握，那就失职了。现实问题，要掌握。外交部、民委问我们，我们不知道，就是失职了。国内期刊、报纸上的针对我国问题的资料要搜集，要掌握。

任继愈：1.要舍得花钱买书。现在书多，只能查阅（目录），不能看完（内容），（购书时）不能省。唐代书目，可以看全，宋时就看不完全，当代的就更看不完全了。所以，凡是学科需要的书，学者写的书，都要买，不花钱，做什么？2.要编制馆藏目录，扩大一点，参与编制北京市目录，以及全国目录、国外目录等。3.国外的书库，专家可进去查阅，有些书专家只看一部分，不看全部。因此，要为专家提供摘要。中心可做这项工作。4.你们与北图近，你们买不到的书可以把信息提供给北图，由北图购买，可以配合。只要把目录编好，方便检索，图书不一定集中一处，可从目录得知，便可到存书单位看。5.老专家老先生的藏书要收藏，我们可以给些奖金。北图愿意与"中心"合作,支持你们的工作。

施正义:1.中心人员要受训,要掌握现代技术,回来再当先生,培养中心和图书馆员工。2.中心除搜集和交流信息外,可搞点文献和信息方面的研究,加上图书馆员工和系科资料员,扩大中心工作范围,挂一张"信息中心研究所"的牌子,把离退休的专家学者组织起来。目前学校离退人员有900余人,副高近200人。3.中心还有一个搜集少数民族地区(印制的)小册子等资料的工作。4.从中心的性质、任务来考虑,我认为图书馆、民族学研究院、科研处来参加领导班子,研究生部可以不参加,当个委员即可。

庄守经(北京大学图书馆馆长):文献建设和现代化建设是图书馆建设中的两大问题,其中就包括少数民族文献建设。国家教委高教中心各级领导对中央民族大学民族学科文献信息中心的建立很重视。少数民族文献的现代化,是从一户到全体联网的发展过程,少数民族学科文献信息中心很有特色,希望有计划进行各民族学科文献的搜集、建设和加工,如联合目录和数据库。把七个学科分组,各类咨询委员便可针对性地进行咨询,如蒙古学设在内蒙古大学,这是内蒙古大学的强项。所以,民大中心要做统筹工作。此外,中心还要抢救老专家手中的文献和资料,如民族地区的、涉及国家问题的、少数民族文字的,等等。搜集了文献,就要编制目录,做成数据库,自动化、网络化才能资源共享。此外,中心还应当考虑少数民族文字处理和网络化问题,有了文字和网络,才能真正体现共享。

1995年2月,李德君馆长提出由文献信息中心负责编制《民族工作文献文摘》的设想,向国家民委、统战部、民族自治区和民族院校提供相关信息。3月,古籍室由丁良在原善本规定的基础上扩大收录范围,从普通古籍中抽取善本。《馆藏人物传记目录》和《馆藏工具书目录》(2集)、《馆藏港澳台书目》、《馆藏民族书目》、《馆藏民俗书目》、《馆藏维哈图书索引》、《馆藏高山族图书索引》、《馆藏期刊索引1949～1993》、《旧期刊目录》作为馆项目立项,其余《1994年民文新书简介》、《丛书目录》《少数民族文字书目》《民族核心期刊索引》等四项则暂缓立项。并拟定1996年举办图书情报档案学术研讨会,提前准备,提高论文质量和研究水平。

1996年1月,学校批准成立中央民族大学民族图书馆信息研究所,徐丽华任所长。是年,重申采购图书原则,即突出采购涉及民族、少数民族文字、民族史、宗教、民博、民族经济、民族理论、藏学、影视民族学的书刊,兼顾文艺类书刊,在数量上采取"种多册少"方法。外文以英文为主,日文次之,港台、朝鲜文适量采购,均定为一种一册。6月13日,徐丽华向学校汇报吴丰培先生藏书一事,校办公室主任吴志恒说,吴先生的书是珍贵的财富,同时还有一些机密,不能外流,要做工作,工作要做到家,图书馆要主动联系。事后图书馆与吴先生家人联系后,请家属写出具体意见。

1997年3月24日,图书馆收到吴丰培先生之子吴锡祺于写于3月22日的书信,信中提出三点请求:一是请学校于1998年11月举办"吴丰培先生纪念学术会",二是出版《纪念文集》,三是在纪念会上举办"吴丰培成果展",并向来宾赠送吴先生的著作。图书馆经请示,校方要图书馆写具体报告给科研处。4月2日,图书馆上交报告,内容涉及纪念会、成果展和出版纪念文集的时间、经费,以及在纪念会上家属捐赠吴先生藏书等内容。4月3日,科研处俞琛批复"拟同意图书馆的意见,同时应动员其家属将吴先生藏书捐赠我校"。4月8日,哈经雄校长批示"同意俞琛意见"。4月10日上午,将结果电话告知吴锡祺,吴锡祺说还要设立吴先生奖学金。经请示,学校同意设立吴先生奖学金。4月26日,接吴锡祺电话,说纪念会要有学术性,吴先生藏书丰富,需要编目录,正式出版,让社会了解。关于捐赠,还要再商量。事后得知,家属认为吴先生藏书是家族的传家之宝,难舍难分,原意供大家阅读使用,但暂时决定"不卖不捐不分散"。

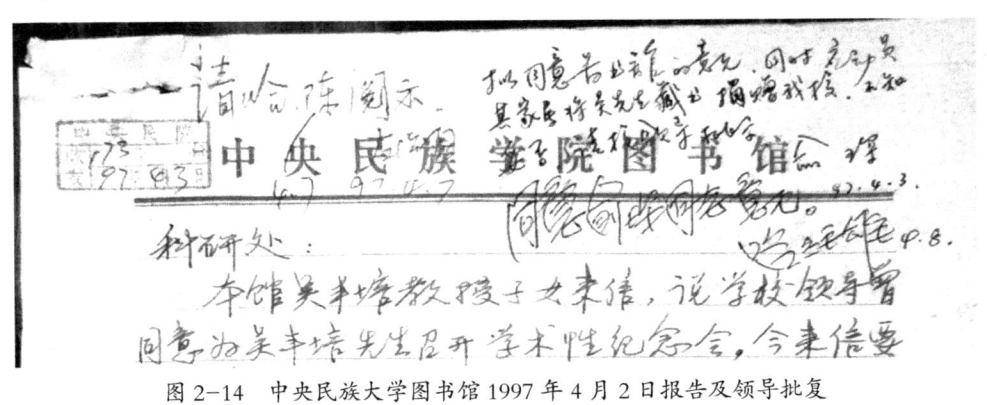

图 2-14 中央民族大学图书馆 1997 年 4 月 2 日报告及领导批复

1997年3月,图书馆各部室定员:办公室5人,中心2人,古籍室4人,情报室5人,阅览室11人,大库12人,汉文采编部12人,期刊部5人,自动化部2人,文检课1人,服务部1人。12月3日,成立图书馆"211立项小组",徐丽华任组长,李婷、侯力军、乌日、葛歆为组员。负责撰写公共服务体系、图书馆自动化等有关立项报告。各单位分值:教学展览25分、民博20分、出版社10分、图书馆 20 分、语言文学系 20 分、电教 20 分、民族学 20 分、计算机系 15 分、美术系 15 分、学校总体会规划 10 分

1999 年 1 月 15 日，图书馆成立中文采编部和少文采编部，少文采编部由金贞爱负责。3 月，基建处召开新馆图纸审定会。新馆地址选在原博物馆旧址，即今之文华楼所在地。新馆主体为圆柱形，左右为方形。不久，新馆之事不了了之。3 月 2 日，图书馆接校办公室电话，吴丰培先生家属只要捐赠全部藏书，本校将按已定方案，举办纪念会和成果展及出版纪念文集。5 月，为提高服务质量和增加服务时间，馆长会议决定取消周三下午做内部工作不对外开放借阅服务的制度。6 月，中央民族大学出版社向图书馆捐赠 600 余册图书。7 月，中央民族大学研究生部向图书馆"中央民族大学文库"捐赠 6000 多册图书。同年 8 月，全国民族高校图书馆工作委员会秘书处在中央民族大学图书馆设立。

2000 年 4 月 1 日，图书馆按人事处指示分流人员。25 日，进行部室主任聘任暨颁发科级干部聘书大会。徐丽华主持，张儒副校长、李德龙馆长发言并颁发聘书。于显中任图书馆办公室主任，崔莲任采编部主任，满达日花任流通部主任、麻晓红任副主任，董印红任阅览部主任、洪社娟任副主任，李静任期刊部主任，李婷任古籍部主任，侯力军任技术部主任。5 月 10 日，李德龙馆长主持召开修订《图书馆工作条例》部室主任会议。

2001 年 6 月，学校 50 周年校庆之际，司马义艾买提邀请时任国务院总理朱镕基到校视察，并代表中央政府提出"把中央民族大学建成世界一流民族大学"的奋斗目标。2002 年 6 月，国家民委、教育部、北京市人民政府签署了《关于重点共建中央民族大学的协议》，将学校的发展又推上一个新的台阶。

2003 年 10 月，中央民族大学图书馆启用新馆，新馆建筑面积 24500 平方米，阅览座位 2100 个。馆内设有网络系统、自动化图书管理系统、门禁系统、消防报警系统、电视监控系统、中央空调系统、恒温恒湿系统等现代化设施及近千个网络端口。层层设有无线上网发射器，可以实现无线上网。12 月 16 日，全面启动回溯建库工作。随着信息技术的发展，中央民族大学图书馆进行了"数字化图书馆"的建设，馆内自动化管理系统和电子文献资源有了很大的发展。图书馆采用"汇文自动化"系统，采访、编目、流通、公共检索、期刊等图书管理功能等全部自动化，并实现了图书的网上检索、预约和续借等服务，可以对馆内各类资源进行"一键式"搜索。2005 年，经过一年多的回溯建库，基本完成建库工作。从 2005 年 3 月开始，

进行分楼层验收工作。

表 2-1 图书馆新馆各层图书情况表

| 楼层 | 原编/种 | 港台册 | 中文册 | 验收 | 时间 |
|---|---|---|---|---|---|
| 1 | — | — | — | — | — |
| 6 | — | — | 71982 | 马丽敏 | 2005.6 |
| 7 | — | — | 126259 | 满达日花 | 2005.9 |
| 8 | — | — | 12109 | 洪社娟 | 2005.6 |
| 10 | — | — | 129691 | 卢娜 | 2006.3 |
| 12 工具书室 | — | — | 7900 | 刘培红 | 2005.11 |
| 12 经济系 | 1787 | — | 781 | 刘培红 | 2005.11 |
| 12 经济所 | 1325 | — | 960 | 刘培红 | 2005.11 |
| 12 法律系 | 1658 | 450 | 3391 | 刘培红 | 2005.11 |
| 12 马列 | 871 | — | 1277 | 刘培红 | 2005.11 |
| 12 陈永龄赠书 | 194 | — | 224 | 刘培红 | 2005.11 |
| 12 王钟翰赠书 | 86 | — | 215 | 刘培红 | 2005.11 |
| 12 吴文藻赠书 | 35 | 26 | 55 | 刘培红 | 2005.11 |
| 12 艺术室 | — | — | 2185 | 刘培红 | 2005.12 |
| 合计 | 357029 册 | | | | |

表 2-2 图书馆新馆各层图书情况表

| 楼层 | 种 | 册 | | 种 | 册 |
|---|---|---|---|---|---|
| 9层民文 | 18515 | 34042 | 英文 | 10903 | 16148 |
| 11层古籍 | 36704 | 211631 | 民国报刊 | — | 5141 |
| 11层旧平装 | — | 3002 | | | |

表 2-3 图书馆新馆各层图书情况表

| 5层期刊 | 种 | 册 | | 种 | 册 |
|---|---|---|---|---|---|
| 蒙古文 | 43 | 484 | 中文 | 1886 | 18369 |
| 藏文 | 17 | 190 | 日文 | 75 | 690 |
| 维吾尔文 | 48 | 502 | 英文 | 230 | 2345 |
| 哈萨克文 | 15 | 218 | 俄文 | 253 | 2515 |

续表

| 5层期刊 | 种 | 册 |  | 种 | 册 |
|---|---|---|---|---|---|
| 朝鲜文 | 29 | 269 | 外朝 | 36 | 598 |
| 港台 | 29 | 263 | 索引 | 39 | 454 |
| 人大报刊 | 201 | 3359 | | | |
| 合计：2910种；册数30156册 | | | | | |

2014年1月8日，召开校图工委会议，会议提出：1.加强各学科纸本图书和数据库建设，加强网络化服务。2.继续加强"中央民族大学文库"建设。3.建立民族文字图书数据库。

2014年2月11日，交接院系资料室图书。10月，图书馆开通了超星移动图书馆。移动图书馆的建成，实现了将图书馆随身携带的目标，使中央民族大学图书馆自动化服务水平又上了一个新的台阶，为教学和科研更好地提供服务。图书馆社会科学类图书借阅室采用了自助借还系统，极大方便了读者，真正实现了自动化服务。图书馆自助文印系统、电子读报系统的使用，使图书馆又朝着现代化方向迈进了一步。图书馆采用了国内外较为先进的自助选座系统，学生可利用"一卡通"完成对阅览座位的选择。该系统的使用，有效地加强了对图书馆阅览座位的管理，缓解了阅览座位紧张的问题，实现了公共资源共享。"数字化图书馆"建设也使图书馆电子文献资源有了很大的发展，截至2014年图书馆拥有电子图书1763581册，拥有中文期刊数据库104个，外文期刊数据库9个。同时拥有馆藏民族资料数据库、大学英语网考等各类型数据库22个，视频数据库"名师讲坛"12大类5500集。另外图书馆还拥有大型古籍数据库"中国数字方志库"，该数据库收录了1949年以前不同时期编撰的不同版本的旧志书10000余种、总册数近10万册。图书馆电子文献资源使用快捷、方便，每天24小可随时上网检索、阅读、下载。

截至2014年，图书馆设有办公室、采编部、技术部、流通部、阅览部、报刊部、古籍部、参考咨询部、国家民委五种丛书办公室等9个部门。图书馆工作人员有56人，含13个民族成分。人员中高级职称13人，中级职称27人，其他16人；有博士6人，硕士9人，大学本科31人，其他10人。

图 2-15　中央民族大学图书馆历年工作总结

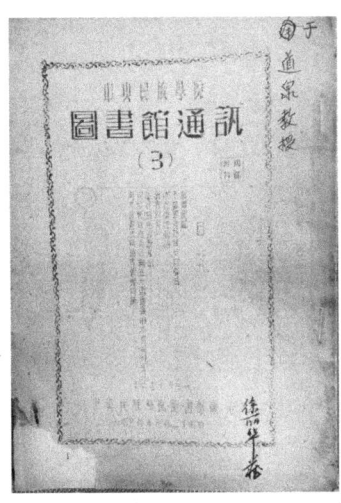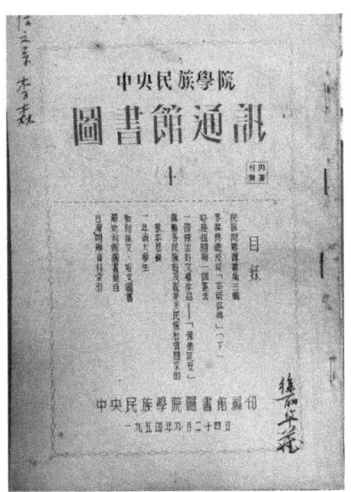

图 2-16　中央民族学院图书馆通讯

图 2-17　中央民族大学图书馆馆刊

图 2-18　全国民族高等学校图书馆工作委员会会议简讯

中央民族大学图书馆不仅是广大师生获取信息、扩展思维、开拓视野的重要基地，而且是学校对外交流的一个重要窗口。每年都有来自国内外的众多专家、学者到图书馆参观、访问。目前，中央民族大学图书馆正在朝着世界一流民族大学图书馆的目标迈进，正在成为全国民族文献信息中心和学校学科建设的文献资源保障基地、成为学生学习专业、提高素养的知识宝库和全校文献资源建设的指导和管理机构。

## （二）关于组建中央民族大学信息资料中心纪要（2003年5月12日）

按学校安排组织全校院系讨论。本次讨论分三组进行，参会意见如下。

**第一组参加单位**：图书馆、经济管理系、维哈柯系、哲学系、民族学与社会学学院、蒙语系、朝语系、历史系、语言文学学院、舞蹈学院、美术学院、音乐学院。会议由任副校长主持。

徐丽华副馆长介绍学校成立中央民族大学信息资料中心（以下简称中心）的方案和设想：第一，院系资料室的图书所有权仍然归各院系所有。各院系图书分区域排架；借阅方式按现行院系资料室的方法借阅；由图书馆派人统一管理。今后各院系所购买的图书，继续放在信息资料中心的各院系资料室。图书馆每年向该中心提供部分专业图书，充实中心的图书建设。第二，院系资料室的图书全部归属图书馆，由图书馆统一管理。其管理方式分二。其一，各系资料室图书按财产账向图书馆中心移交。分区域保留现有院系资料室图书。借阅方式按现行院系资料室的方法借阅，由图书馆派人统一管理。其二，待图书馆回溯建库完成之后，再将所有院系资料室图书统一编目，与馆藏图书合并统一排架。在图书馆现有阅览室的情况下，将继续保留和扩大一些重点学科和基地资料中心的阅览室，如：民族学、民族史、民族语言等专业图书借阅室。

对成立中央民族大学信息资料中心暨各系资料室归并图书馆后的管理问题，各院系提出以下意见。①语言文学系（莫福山）：图书馆的建设问题是学校的一件大事，做得好对学科的发展有利。同意第一个方案，即人员、图书集中管理，但要设立相应学科的大型借阅室。院系图书和图书馆合并资源更丰富，解决图书分散，资源不能共享的问题，实现资源共享很好。现在系资料室只起到藏书的作用，而没有借阅的能力，应最大限度地满足读者对资料的需求，这是件好事。每个专业阅览室应与相关学科联系，对图书的采购起到指导的作用。各院系担心的是资料室归图书馆后学校不再给系里拨资金。系里有书，学科有钱，如果归并，系里就不会增加书了。学校要考虑，其中一部分图书入图书馆，加强学科资料室。要有教员阅览室，学科、"211"的钱统一起来。②朝文系（太平武）：我们几十年建立这个资料室投入了相当大的精力，因本系的特殊性，图书利用率较高。朝文、日文图书较多，我们与朝、韩联系交换多，他们对我们的支持也大。国外的赠书有许多，韩国两个大学与我们系共建是谈过协议的。系资料室开放时间长，老师借阅图书、研究生写论文可随叫随到，包括星期六、日，很方便。担心交由图书馆管理后，新书不能及时上架借阅。我们的主张是资料室不动，保留现在资料室。民族文字专业的图书应分别对待。③维哈柯系（力提甫）同意将人员、图书归图书馆统一管理，提倡资源共享，最大限度利用有限的资源。考虑到此种图书的独特性和阅览人群，应保留突厥语图书。各语言图书要单独设一个库或地方。系里资料员很多都不会电脑，系里资料室没有图书资料数据。归图书馆后可以有数据上网，很方便，读者只要在电脑上一查就能借到所需图书。④蒙语系（拉斯格玛）：本系图书从20世纪50年代积累至今，特别是近年来有关蒙古族研究的成果、历史文献、语言学类、工具书类有比较丰富的收藏，加之对外交流广泛，某种意义上已取代了图书馆在蒙古文收藏方面的地位。类似读者服务方面的问题，图书馆有的只有一本书，不能外借，有的放了很多年，不利于系科老师借阅。校、院均有资金投入，同意第一方案。图书资料财产归院系，人员归图书馆管理，建议不同专业单独管理，能否对少数民族语言文字专业采取倾斜政策？我们也有一个不太好处理的问题，现在图书数字化，我们还做不到，我们希望给它一个地方，图书原封不动，以后再怎么动那是图书馆以后的事。⑤历史系（尚衍斌）：我想就两个问题说明以下我的看法，一是经费问题，二是利用问题。从这个问题分析，1956 年就有了历史系资料室，目前来讲，历史系资料室属于国家重点项目，每年文科基地都有经费用来买书，本专业文献资料很多，老师和学生利用这个资料室频率很高。我同意腾出一块地方，由历史系管理。"211 工程"十五规划计划投资 100 万元用于学科建设，现正拟建"中国民族史资料信息中心"，而这个中心的建设应由历史系来完成。考虑到资料的建设问题、利用问题，同意资料室归图书馆，但要由历史系管理。现在书不宜再动，既节省人力又节约资金。⑥音乐学院（王华）：同意第一方案。但应突出各系的特色。我系拟成立"中国少数民族音乐信息库"。因为本系的特殊性，有许多原声音像资料，如在民间采集的真人真声、婚庆音乐、仪式音乐等宝贵资料，而这些音像资料需要借助视听器材来阅览，由于专业性很强，由专业人员做比较贴切一些。阅览室的场所如何让读者接受，我们现在也在考虑开辟一块地方，建立一个声像室。我同意第一个方案，建议为他们建立专门的借阅室。⑦哲学系（靳小芳）：站在学生的角度上，不管图书放在什么地方都可以借。图书馆的服务对象应是老师、学生，应实现资料共享，按学科分类，利益挂钩，借鉴其他学校的方式，如北大、人大等。尽快实现网上查找资料。⑧民族学与社会学学院（冯秋菊）：同意第一方案。本系资料室专业性强、工具书较多，且购书资金来自多方面，有教师的课题费，也有研究生的研究费。资料室开放时间长，利用率很高。⑨经济管理系（张五全）：本系现有资料室空间小，图书陈旧，人员管理不到位。归图书馆管理后以上问题都能得到解决。同时也提出图书馆的服务对象要明确，对学生太宽松，就会影响教师的借阅，应建立教员阅览室。⑩舞蹈系（苏自红）：同意第一个方案，本系主要有音像资料，应当考虑其特色问题。⑪美术系（陈刚）：对统一管理没有意见，但这次也要考虑到统一后的图书资料建设，如视听器材，音乐、舞蹈、美术资料等，本系有一部分幻灯资料需要配备幻灯机。空间应合理利用，现在各院系都已投入很多资金，如果统一到图书馆后，往后各系是否会有很高的积极性？而且美术书籍价格都很高，统一到图书馆后能否保存好？保存完整？学校在这个时期应大建特建信息网络，大量独本要想看很困难，学校在统的过程中要考虑在网上利用。

**第二组参加单位**：图书馆、成教学院、藏学研究院、外国语学院、管理学院、教育系、生命与环境科学学院、数学系、计算机系、物理系（5月13日上午），各系科发言如下。①教育系（董艳）：我们系建立资料室时间不长，一些专业书都是近几年买的，不仅对老师也对学生借阅，服务性很强。如果放在学校，对各个学科是否能发挥其优势，是否能真正达到资料共享，应当考虑。另外，方案一中，统归后可能造成职责不清，出现谁都管又谁都不管的问题，从而影响各系的积极性。方案二全归图书馆管理问题，我们自己看目前的图书资料对学生投入不足，拿到图书馆对学生和教学支持不太大，要么都拿，要么不动。教育学科老师对其他系老师也提供服务，也起到了资源共享。②生化系（冯金朝）：我认为理科书该淘汰的很多，我同意归并图书馆，但图书馆要考虑"211工程"重点学科资料的要求，理科书我们统起来要好些，保留重点学科书。资料员也统一管起来。③管理学院（徐永志）：我们资料室刚成立不久，资料是从部分系补充的。成立"中心"很必要，对学校改革和发展有帮助。但要考虑怎么强调重点，还要兼顾一般的关系。第一，有的系资料室很成规模，如历史系、民族学与社会学学院等。他们有相应的资金，舍得投入，资料室相当好。有的系建设就很困难。处理好这些关系有利于调动各系的积极性。第二方案可能造成院系对图书建设投入减少。整合在一起有利于发挥效益，但要处理好。怎么处理好这种关系？保留现有的重点学科，让系里继续对图书资料的投入。第二，特色建设问题，中心建设要突出重点，要做到"人有我有，人无我有"，保证特色和强调重点、兼顾一般是一致的，主要是强化特色。第三，如何让老师利用图书更方便。各系科的合理要求，主要是因为（系里图书）便于老师利用图书，这是有关系的，利用方便是主要原因。我也担心整合后利用不方便。以后如何提供方便？应当考虑。这3个方面关系处理得好，有利于学校的发展和建设。第一个方案比第二个方案面大一些，要考虑人、书怎么归口，人是部分脱离还是全脱离？我认为一部分归属，一部分分离要好些，这样能处理好系里的关系，不要一刀切。我认为这两个方案还不够，应当还有第三个方案。人、书、管理要一致。建议成立"中心"后，利用现有设备，再上一个新的台阶，希望起到便于老师利用的要求。④数学系（邢富冲）：我同意归并图书馆。从发展来看归并是有利的，不要将图书分散在各系，等检查时各系资料都不够，还不如归在一起。现在一些系的图书管理也不严，许多图书在老师手里，有的老师没有还的意识，只有在搬家的时候，没处放了才还。人员要按图书馆条件聘用，竞聘上岗，经费方面学校要加大投入。⑤外语系（钟林元）：我们希望归图书馆，但工具书归系里，我们不知道图书馆专业书这一块是哪些？图书馆的外文书，大多是民族学和民族问题等方面的，我们需要教学方面的图书。我们希望管外语的人员要真正懂一些外语，便于掌握系里专业教学书籍的订购。⑥藏学研究所（黄波）：我们同意归并过去，采取什么方案，是第一还是第二方案甚至还有其他方案，我们担心的是能不能保证我们教学科研所需的图书资料，（资料）在系里老师可以随时知道一些信息，利用这些信息老师随时可以去买。⑦物理系（宋志光）：我赞同学校意见，同意第二种意见。收回之后是否考虑在买书时征求各系意见？⑧计算机系（赵斌）：同意归学校管理。⑨成教学院（金学振）：同意大家的意见。

**第三组参加单位**：图书馆、文学与新闻传播学院、国际语言文化学院、马列部、经济所、预科部、民族研究中心（5月13日下午）体育部。各系科发言如下。

①预科部（郑婕）：我们系过去没有资料室，预科在北京地区只有我们一家，它是高中强化班，预科不同于本科和其他的教学和科研。为了教学需要，在2001年底到2002年初，经过强烈要求和努力，荣仕星校长拨经费，买了2000多册书刚建立资料室。我们有汉语言文学、基础写作、数学（微积分）、物理、化学等学科，所用的图书在图书馆是没有的，大部分是高中图书，融进图书后预科的利用会减少。我们用的书和新疆等地有很多联系。归图书馆后实际利用会很少，查找借阅很难。我们也呼吁图书馆为预科提供帮助。我们的资料员不仅要管图书还要负责其他的工作。②国际语言文化学院（翁燕汧）：我同意学校意见，但在做的时候确实也有困难，在购书上有3点要求，一是新书书目应当及时发到各系，各系根据系里需要提供目录。二是图书馆应当做新书通报工作。三是图书馆出面经常性地组织各系进行交流，及时了解各院系学科和科研动向。及时将所购新书信息提供给老师，便于充分利用。③马列部（康基柱）我系资料室建立时间比较长，但由于资金问题，图书比较陈旧，更新比较慢，因为这些书的利用比较稳定，变化不大，资料基本够用。本系主要订购有关杂志，本学科有阶段性，时间性很强，教学必须跟上政治形势的变化。归并是可以的，但学校在资金的投入上要加大，这样对系里会有好处，能够调动系里的积极性。对于书的投入使用上，应当考虑如何便于老师借阅。北京市对马列学科考察的目标其中就有资料建设，因为我们的资料室不行，所以没有参加评

比。人员问题。我们搞行政的有 2 人，加上资料员才 3 人，许多与教学有关的工作需要资料员来做。如果减少资料员，我们的工作压力就很大。其实我们也经常投入一点钱买资料，报刊除了图书馆给一点外其余自己解决。④体育部（韦小康）：把资料归图书馆很好，但资料怎么去共享，如果原封不动搬过去比较好，开辟一个阅览室，资料员也好与系里保持联系，了解系里所需图书状况。人员怎么解决，要慎重考虑。⑤民族研究中心（黄建明）：两个方案都可以，第一个方案更可以调动系科的积极性。我们中心教育部对资料有硬性指标，我们的图书资料建设，采取与图书馆共建，牌子挂在图书馆的阅览室，单靠我们是不行的。我们担心的是，今年快要检查了，如果有独立的资料室更好。在图书馆也要求有一个独立的阅览室。我们的经费还是给图书馆，如果搬走我们希望还保留我们的资料室，保留牌子，靠我们自己是不可能达标的。⑥经济所（张丽君）：同意学校统起来。我们的特点是以教学科研为主，我们面临的问题主要是受场地限制。另外，就是没有资料员，如果统起来会好些，我同意第一个方案，有利于调动各系积极性。至于采用什么模式，只要管理得好就行，管理得不好就达不到预期的效果。⑦文学与新闻学院（傅承洲）：归并利弊都有，有利的一面是资源共享。不利的一面是各系科对投入就会打住，不再进行投入。我们就是利用创收经费进行贴补的。需要的图书资料，我们和老师到图书城去购买，回来后再登记，借阅比较方便。如果将来归过去调动不了各系的积极性，肯定不会愿意投入的。集中起来既要调动各系的积极性，又能达到为教学服务的要求，学校在经费上应当有所投入，据我知道图书馆的经费少得可怜，如果还这样肯定调动不了积极性。相对保留各院系资料比较好。归过去后要按各系老师优先借阅的情况下保证系科的教学。

组建中央民族大学信息资料中心座谈会意见归纳如下：

全校有 24 个系科赞同第一方案，将各院系图书资料归并图书馆，认为组建中央民族大学信息资料中心有利于资源共享，并对"中心"的管理提出以下建议：

①图书资料建设问题：图书资料建设可以采取"保证重点，兼顾一般"的原则。"保证重点"就是保持我校民族学科的特点，即保证国家级、"211 工程"和委属重点学科、基地的图书资料需求。"兼顾一般"就是兼顾非重点学科的图书资料建设。非重点学科可以大合并，但也要加强专业学科图书资料建设。

②图书管理问题：院系图书资料集中到中心后，相关学科进行整合，设立国家级、211 工程和委属重点学科、基地等大型阅览室，由图书馆统一管理。在这些大型

阅览室可以挂上相关学科、基地资料室的标牌，保证学科、基地图书资料数量和场地面积达标。

院系教师借阅图书，可以采取本院系教师优先，借阅时间灵活等措施。

③人员问题：同意按图书馆要求聘任中心的图书管理员。中心的图书管理员要求具备一定的相关专业知识。

④经费问题：院系拿出部分基地、学科和"211"经费继续建设中心各资料室，但是，要搞好中心图书资料建设，最主要的是学校必须加大资金投入。目前图书馆的经费太少，不可能调动院系的积极性，也不可能建设成为一个理想的中心。

⑤设立联络组：中心设立一个专门与院系联络采购专业图书的联络组，定期到各院系了解新书信息，按各院系要求及时采购。各院系也要及时向中心联络组提供新书信息。

不同意归并图书馆的只有朝语系和预科部，其中，朝语系的理由是：该系有特殊性，图书多为朝文、日文，且国外赠书多，与韩国两个大学有共建协议。系资料室开放时间长，老师借阅方便。担心归图书馆管理后，新书不能及时上架，借阅不方便。预科部的理由是：2002年初刚建立2000多册图书的资料室。预科不同于本科和其他系的教学和科研，主要是以汉语言文学、基础写作、数学（微积分）、物理、化学等学科为主，所用图书大部分是高中图书，在图书馆是没有的。预科部的图书资料归图书馆后，其他院系也不可能共享。

## （三）关于中央民族大学信息资料中心的管理方案

根据各系的意见和建议，经过认真分析研究，提出以下方案：

### 1. 建立中心的原则

保持我校民族学科的特点，建立国家级、"211工程"和委属重点学科、基地的大型图书阅览室。兼顾非重点学科的图书资料建设。保证重点，兼顾一般原则。

### 2. 根据以上原则作以下归并和划分

图书馆新馆设立9个阅览室：理科阅览室、艺术阅览室、外文阅览室、民族文字阅览室、工具书阅览室、文学阅览室、库本库（教师阅览室）、报刊阅览室和古籍阅览室。根据"保证重点，兼顾一般"的原则，拟将 26 个资料室（约 18 万册图书），按国家级重点学科 2 个、委属 8 个（重复 2 个）、国家级学科基地 2 个、"211 工程"项目等，进行如下归并和划分。

### （一）划分学科区域阅览室

12 层：工具书阅览室、经济系（经济所）、法学院、马列部、阅览室、艺术阅览室。

13 层：民族学与社会学学院、民族理论部、民族研究中心、阅览室、哲学系（宗教）、历史系、阅览室、少数民族语言文学院（语言文学学院）、藏学院、阅览室。

14 层：成教学院、体育系、教育学院、外国语学院资料（中文资料）、管理学院（无书）、文学与新闻传播学院资料室集中到图书馆 14 层阅览室。

### （二）归并的院系资料室

数学系资料室、计算机系资料室、物理系资料室、生命与环境科学学院资料室归并到图书馆理科阅览室。

美术学院资料室、音乐学院资料室、舞蹈学院资料室归并到图书馆艺术阅览室。

国际语言文化学院资料室归并到图书馆外文阅览室。

### 3. 中心的管理办法

（一）接收院系图书办法：按院系图书资料财产账向图书馆移交。

（二）挂标牌办法：在整合、归并的大型阅览室挂相关学科、基地资料室的标牌，保证重点学科、基地图书资料数量和场地面积达到学科验收标准。

（三）中心人员配置办法：根据重点学科选派具有一定专业素养的管理员，并负责与各院系专业联络、提取新书信息。

（四）图书借阅办法：院系专业教师在整合、归并后的阅览室，优先借阅本专业图书，延长借阅时间，增加借阅数量。非专业教师的借阅时间、借阅数量相对减少。

（五）图书采购办法：中心设立院系图书采购联络组，由中心管理员组成。管理员定期到各院系了解新书信息，按各院系要求及时采购图书。各院系也要及时向中心联络组提供新书信息。

（六）中心图书资料建设办法：1、院系继续拿出基地、学科和"211"项目的图书资料建设经费建设"中心"各专业阅览室，或学校集中基地、学科和"211"项目的图书资料建设经费，拨图书馆统一使用。2、学校加大对图书馆和"中心"的资金投入。

### 4. 院系资料员归属问题

目前各系资料员共24名（其中3人为兼职人员），2个系无资料员。搬入新馆后，图书馆需要职工64名。图书馆现有职工45名，需增人员19名。增加人员中需要专业人员6名（计算机网络管理2人，数据管理1人，彝文、傣文、壮文编目员3人），阅览室、书库等普通管理员13名。6名专业人员待以后解决。13名普通管理员可从院系资料员中按图书馆上岗条件聘任。具体方案与人事处协商。（2003年5月19日）

表2-4 系科资料室归并情况表（2003年3月5日）

| 阅览室划分 | 单位 | 图书 | | 期刊 | | 管理人员 |
|---|---|---|---|---|---|---|
| | | 种 | 册 | 种 | 册 | |
| 12层<br>C艺术阅览室 | 音乐学院 | 4000 | 10000 | 54 | 84 | 斯琴 |
| | 舞蹈学院 | 2 | 300 | 0 | 0 | |
| | 美术学院 | 1800 | 2500 | 20 | 20 | 张莉 |
| 13层<br>A阅览室 | 民族学与社会学学院（民族理论） | 20000 | 32000 | 200 | 3000 | 冯秋菊 |
| | 民族研究中心 | 390 | 5000 | 32 | 768 | 刘岩（兼） |
| 13层<br>B阅览室 | 历史系 | 20000 | 30000 | 150 | 4000 | 刘培红 |
| | 哲学系（宗教学） | 10000 | 20000 | 60 | 4000 | 高惠芳 |
| | 马列部 | 2500 | 2500 | 0 | 0 | 宁玉 |
| 13层<br>C阅览室 | 语言文学院 | 3653 | 5021 | 0 | 0 | 董应敏 |
| | 维哈柯系 | 1500 | 3925 | 83 | 4430 | 康巴尔尼沙 |
| | 朝语系 | 8500 | 12200 | 0 | 0 | |
| | 蒙语系 | 2000 | 4500 | 35 | 2000 | 包七月 |
| | 藏学院 | 0 | 2000 | 0 | 0 | 孙雨志（出国） |

续表

| 阅览室划分 | 单位 | 图书 种 | 图书 册 | 期刊 种 | 期刊 册 | 管理人员 |
|---|---|---|---|---|---|---|
| 8层 理科阅览室 | 计算机系 | 272 | 272 | 0 | 0 | 英锋 |
| | 物理系 | 0 | 2800 | 0 | 0 | 董舒平 |
| | 生化系 | 0 | 1335 | 0 | 0 | （无） |
| | 数学系 | 1700 | 4289 | 11 | 6000 | 周新 |
| 12层 B阅览室 | 管理学院 | 0 | 0 | 0 | 0 | |
| | 成教院 | 0 | 3500 | 50 | 700 | 赵建华 |
| | 教育系 | 2000 | 5000 | 0 | 0 | 马燕 |
| | 体育系 | 0 | 1000 | 0 | 0 | 刘秀芳 |
| 12层 B阅览室 | 经济学院 | 5055 | 6547 | 0 | 0 | 宋明淑 |
| | 法学院 | 50 | 4550 | 34 | 1000 | 李焕生 |
| 9层 A外文阅览室 | 外语系 | 5389 | 5849 | 9 | 9 | 居雁春 |
| 6层 文学阅览室 | 中文系 | | 20000 | 0 | 0 | 杨建群 |
| | 预科部 | 800 | 1500 | 0 | 0 | 阿米娜 |
| | 教育技术部 | 0 | 0 | 0 | 0 | 张迎芬（兼） |
| 合计 | | | 186588 | | 26011 | |

# 三、管理制度

中央民族大学是一所以民族学科为特色，兼有外语、艺术、理科的综合性高等院校。因此，民族文献建设是中央民族大学图书馆的一个重要工作。中央民族大学图书馆的文献，曾为解放少数民族地区、解决我国的边界冲突、勘定国界、识别少数民族、制定民族政策、发展边疆和少数民族地区经济等国家大事，提供过大量资料，为国家的统一和民族发展做出过巨大贡献。以下选取了一些有代表性的规章制度，以展现中央民族大学图书馆业务发展的历史轨迹。

一般而言，图书馆的规章制度要求有一致性。如：分类法中的大类不能改动，只能补充和加以说明，而细目则可进行微调和补充，保持一级、二级类目主体的一致性、延续性。因此，分类、编目、典藏、阅览和流通方面的制度，一般改动不大。如果更换图书分类法，也需要规定更换时间，保持两种分类法图书都可以同时流通，待回溯完毕后才能取消旧号。因此，以下仅选取了一些有代表性的规章制度。

## （一）《在文化大革命运动中遗失图书赔偿办法》（1973年）

说明："在文化大革命运动中遗失图书赔偿办法"于1973年4月4日院行政办公会议通过，现转印发给各系（部、班）组、室，希各单位领导协助我们做好这一工作。现将《在文化大革命运动中遗失图书赔偿办法》附后。图书馆1973年4月16日

---

**在文化大革命运动中遗失图书赔偿办法**

最近我馆清理了教职工丢失图书的情况，拟做一次全面的统一解决。根据图书丢失情况，涉及的面广。这些图书系多年不还的，多数为1964、

1965、1966 年借的书。少数是 1963 年借的书，至今未还。这也说明图书馆执行制度不严，另外，也有的人，经多次催还而长期不还。有些人说书是武斗丢的，我赔不起，等等。我们本着既不使国家财产受损失，又要使读者受到教育的原则。而文化大革命中的武斗是个特殊情况。由于这次清理丢书涉及面广、人多。因此，我们提出以下解决办法：

一、关于"武斗"时间计算问题。自 1967 年 1 月 1 日至 8 月 7 日，为武斗期间（主要指在这一时期内丢书）。而在 1967 年 1 月以前所借的书，应还而未还的图书，完全应由本人负责，按规定赔偿。

二、在"武斗"期间丢失图书：1. 个人丢失图书，本人写明情况，本单位审查属实，签署意见，按原价 50% 赔偿。2. 个人为集体借的图书，确在武斗期间丢失，本人写明情况，经本单位领导审查批准，免于赔偿，报图书馆予以注销。3. 资料室所丢失图书，原资料员应认真清点。凡个人在资料室所借的图书应继续追回，丢失的按本规定赔偿，并将资料室丢书写明情况，本单位领导审查批准交图书馆，给予注销，不予赔偿。如因失职丢失图书，个人检讨，给予批评。

三、赔偿金额数目较大，本人确有困难，提出要求，可分期交款。

四、赔钱后，又找到原书，在本年内可以送还图书馆，将赔书款退回本人。

五、以上丢失图书，均在 73 年 7 月 1 日以前，处理完毕。

六、如本人超过期限仍不赔偿，则由财务部扣款。

妥否，请党委批示。

中央民族学院图书馆 1973 年 4 月

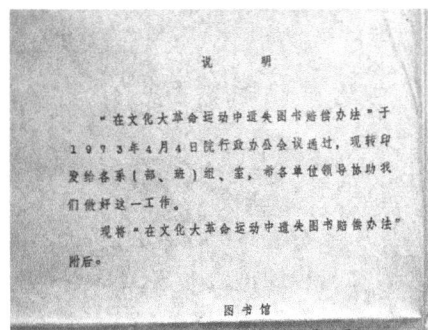

图 3-1 《在文化大革命运动中遗失图书赔偿办法》（原件）

## （二）《中央民族学院文库暂行办法》（1989年）

全校各处及科研单位：

一、宗旨：中央民族学院文库以宣传、保存我院学术研究成果，加强图书馆与教学、科研活动的联系，大力推进我院学术研究的开展为宗旨。

二、收藏范围：1.中央民族学院文库以收藏我院教职员工在校任职或学习期间撰著（编、译）的正式出版物为主，并注意收藏有学术价值的其他信息、资料载体（如画集、摄影集），已通过学位的硕士、博士生学位论文合集、著名专家、学者重要专著的手稿、少数民族语言研究、教学成果合辑等。2.以我院教职工为主编，与外单位人员共同著作、编译的正式出版物。文库将以征集到的符合上述条件的著者签名本，作为自己的藏书基础。

三、征集、收藏办法：1.集中本院图书馆馆藏之本院教职员工的编、撰、译、著的图书。2.通过本院科研处、研究生部、教务处等单位协助收集。3.作者本人捐赠（包括家属捐赠）。4.本院出版社赠送。

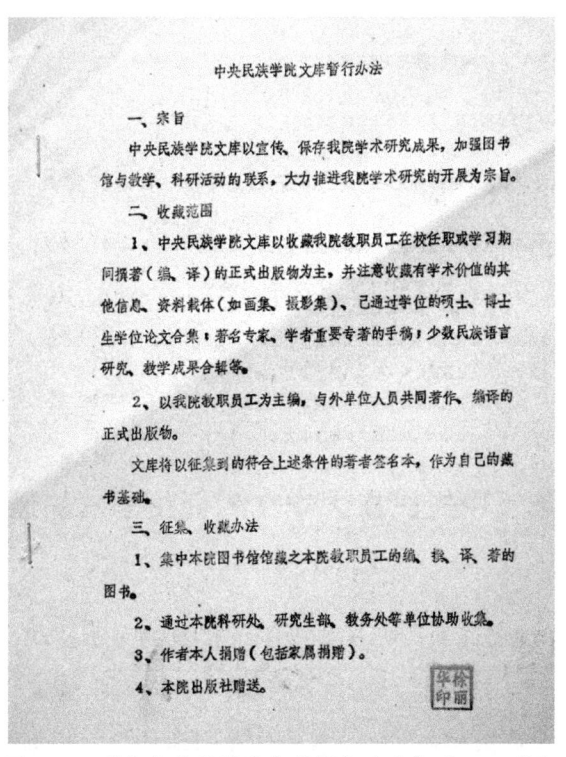

图 3-2  《中央民族学院文库暂行办法》（1989年）

## （三）1996 年举办“中央民族大学文库建设成果展的通知”

各单位：

在建校 45 周年之际，为检阅我馆文库建设成果，图书馆拟举办“中央民族大学文库建设成果展”。本馆于 1989 年建立“中央民族学院（大学）文库”以来，征集了我校教职工公开出版的专著、编著、译著等书籍，这充分显示我校教职工在科研工作上的丰硕成果和雄厚实力。为办好这个展览，敬请各单位领导重视和关心，并动员本单位职工大力支持这个展览。

一、征集范围：凡是我校教职工，在校工作期间公开出版的专著、编著、译著等书籍。汉文、民族文字均可。民族文字书籍，烦请作者将书名翻译出来，以便展览。

二、凡愿赠送的，或因该书价较贵，或因留书有限等诸多原因，不便赠送者，我馆可暂时借用，展毕即还。请于 5 月 20 日前送交图书馆办公室徐丽华、张晖同志处。1996.3.10

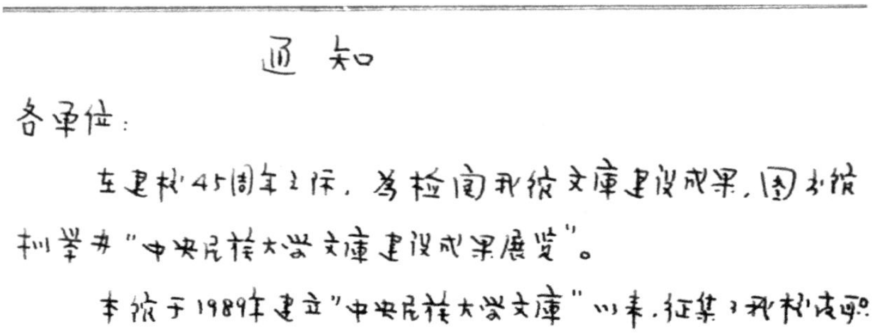
通知

各单位：

在建校45周年之际，为检阅我馆文库建设成果，图书馆拟举办“中央民族大学文库建设成果展览”。

本馆于1989年建立“中央民族大学文库”以来，征集了我校教职

图 3-3　1996 年“中央民族大学文库成果展览”通知（黄思正手稿）

## （四）1997 年《中央民族大学文库征集图书的通知》

全校各处即科研单位：

因《中央民族学院文库暂行办法》中的征集范围有所变动，加之本校已更名。故本次做如下调整。（1）名称：原“中央民族学院文库”正式更名为“中央民族大学文库”。（2）宗旨：保存和展现本校教职工科研成果，积累资料，以推动本校教学科研水平。（3）征集范围和时限：中央民族大学全体教职工的科研成果。征集自

三、管理制度

建校以来的以本校教职工为第一作者的科研成果和作品，如：撰著、翻译、编著、编辑的图书；摄影集、画集、书法集；声乐舞蹈个人专辑（录音带、录像带、光盘）；各种手写书稿。（4）征集办法：教职工自愿捐赠，并在所捐图书扉页署名，图书馆开具赠书证。（5）《中央民族大学文库》借阅办法：本库图书不外借，一律在本室阅读。（6）《中央民族大学文库》接受捐赠处设在图书馆办公室，联系人徐丽华。

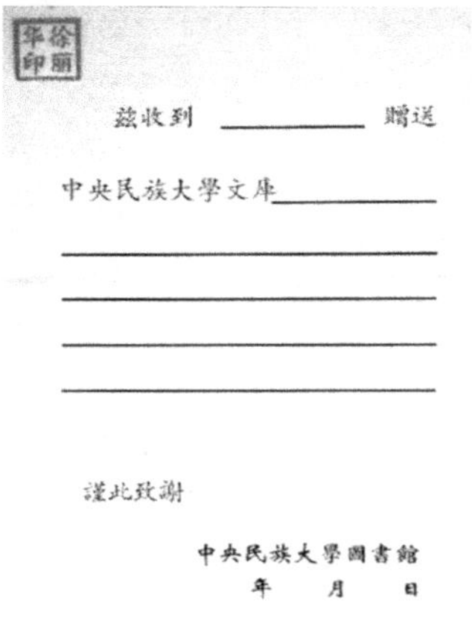

图 3-4  中央民族大学文库临时赠书证（1997）

图 3-5  中央民族大学文库赠书纪念册封面（1998年 陶凤珍设计）

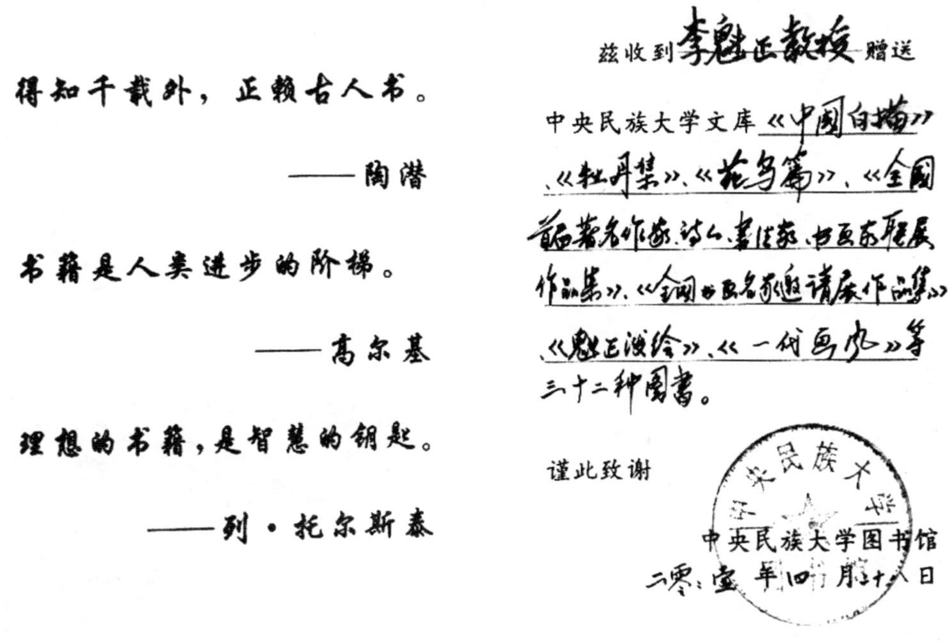

图 3-6  中央民族大学文库赠书纪念册内页

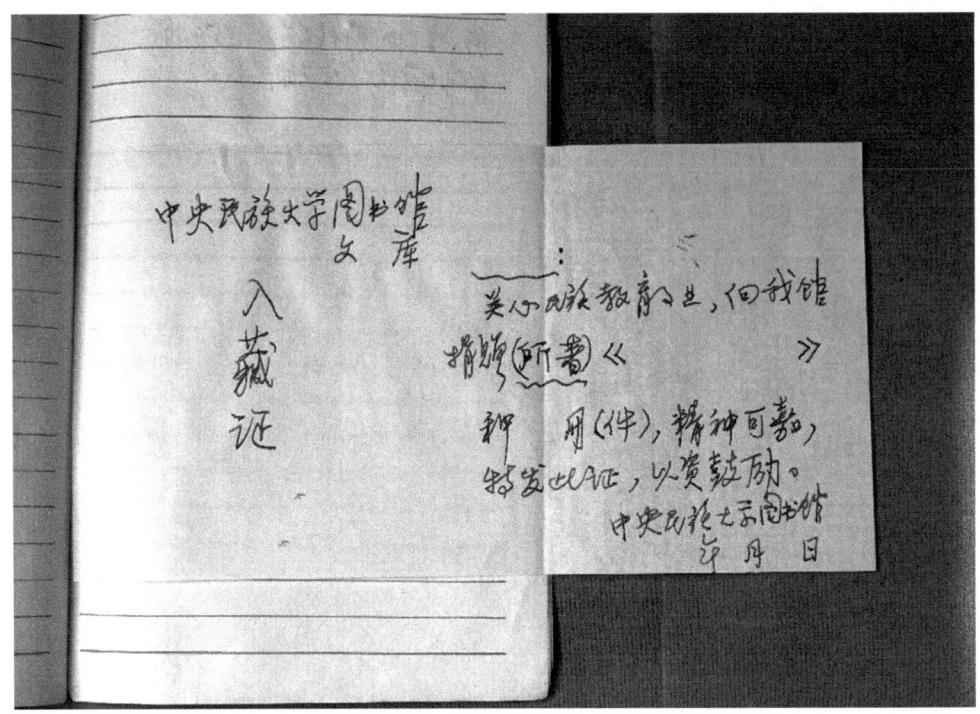

图 3-7 "中央民族大学文库"入藏证设计草稿(徐丽华手稿)

图 3-8 于显中主任接受杨嘉森捐赠法文图书

三、管理制度

图 3-9　举办第一届中央民族大学文库展览期间接受刘魁正教授捐书

图 3-10　参加人民大会堂举办的《四库全书存目丛书》庆典大会

## （五）采购制度及流程（1997年）

（1）以"突出重点，保证专业、兼顾一般，书刊并重，保持特色"为宗旨，即以民族学科为重点，以蒙古、藏、维、哈、朝等各民族为特色，兼顾历史、哲学、汉语文、法律、经济、舞蹈、音乐、美术等学科。（2）"三提两审"制度："三提"指学生、师生和本馆采购员提出购买的图书目录；"两审"指采编部主任审查购买书目，再报业务副馆长和馆长审查，确定后签字生效。大型丛书需上报学院审批。（3）新购图书验收制度：采买按审批单购买→进馆→送交采编部两人接受新书和验收对账（册数、单价、总价、发票→验收两人签字→馆长签字→会计到学校报销→支付）。（4）复本制度：普通图书和民族类图书1种3册；普通工具书1种3册；一般大型工具书和大型丛书1种1套；民族类大型工具书和丛书1种2套；画册1种1册。（5）编目流程：采编室登账→加盖藏书章→登录号→分类→校对→刻片→印制目录卡片→刷索书号→排公共目录卡片/典藏目录卡片→图书移交流通部。（6）图书交接手续：购买→进馆→验收（发票、对账、采买接受两人签收、馆长签字、会计到学校报销、支付）→登账。

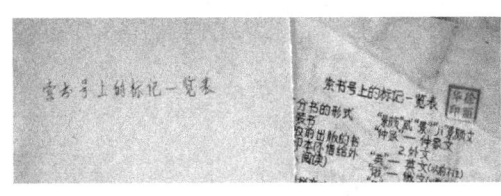

图3-11 索书号上的标记一览表

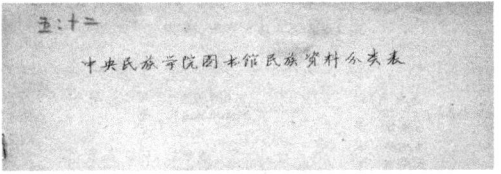

图3-12 民族资料分类表（1964年）

## （六）典藏制度和流通方法（1997年）

1. 新书入库

新书入库时，由流通部专门人员对入库新书的批次、册数、登记号、库本号与典藏片进行核对，符合后验收。再由典藏部分出库本、流通和阅览图书即目录卡片，通知各室验收入库、上架。（1）新书入库第二天要上架流通。（2）各阅览室图书分配原则：艺术类图书入艺术阅览室，涉及少数民族的图书入民族资料阅览室，学生参考用书入学生阅览室，教员参考用书入教员阅览室，线装古籍入古籍室。工具书入学生阅览室、民族阅览室和教员阅览室，工具书一般不流通。（3）排架法：本馆所有图书均按《科图法》第二版分类排架，同类号图书按种次号大小顺序排架。（4）借书制度：学生借书5册，借期1—2月；教工借书8—10册，借期2—3月。（5）图书移交制度：各部室主任退休、转岗时，要按各部室目录清点图书移交。（6）查架制度：暑假和寒假之前，各部室按各自目录顺架和清点图书。（7）赔偿办法：按原有制度执行。（8）查架制度：学期结束时主任负责查架。部室主任转岗时需及时移交工作并查架。

1997年，对书库的工作要求：1.收书、抽库本：采编室按时送书，大库按时交接。（1）书库按登录号验收新书，发现问题及时处理。如错号、重号等，退回采编改正。（2）抽库本只抽中文，限抽一本，如有5本，抽最后一本，并将登录号记在内部目录上。加盖库本库章后入库本库。（3）民族文字图书和外文图书不留库本，直接上架。2.图书调拨。（1）抽完库本后，各阅览根据自己的阅览室的特点挑选图书。（2）将各阅览室所选图书的登录号记录在内部目录上。（3）剩余图书全部入藏流通部大库，记入总账。（4）系科资料室用书，随用随借。3.库藏账。库藏账反映藏书数量、种类、库本，以及各阅览室藏书、注销图书等信息。（1）新书入库，一定要入账，并定期整理和检查。（2）调拨账目分各阅览室和各系科资料室图书账目两种，并包括所提图书的所有书袋卡及总数。（3）提完书后，要及时将书袋卡排入各自的账目，并将总数入账。（4）图书归还后，抽出书卡（及时销账），或入藏流通。4.剔旧：每一学年（暑假前）一次剔旧工作。（1）暑假前对库内流通的图书做一次清理，将借阅量低的图书做下架处理，以确保入库新书及时上架流通。（2）剔旧：自然损耗严重的图书可作剔旧处理，凡是剔旧书都要记性注销，在封底和书袋卡上盖销章，并把书袋卡送采编室。5.备用库：复本数量大的图书，上架流通3—4本，其余下架。但是，有一定价值的旧书，入备用库上架。备用库图书要及时上架，定期整理、顺架，以保证补充流通和各阅览室及系科资料室提书。每年书库和阅览室要进行图书完好率统计。

## （七）剔旧制度（1997年）

根据我馆的藏书特色，5—8年进行一次图书剔旧工作。剔旧工作前召开馆务会，制定本次剔旧细则。剔旧要严格按照规定执行，剔旧后的图书要分类造册和注销。

剔旧标准：①外观陈旧、书页污损严重而不能流通的图书。②读者极少且复本较多的图书。③入库长达 30 年左右且失去使用价值的理科和部分文科图书。④滞架图书。污损严重但具有收藏价值和使用价值的图书不在剔旧范围。剔旧图书最后还需馆长、业务员复核。

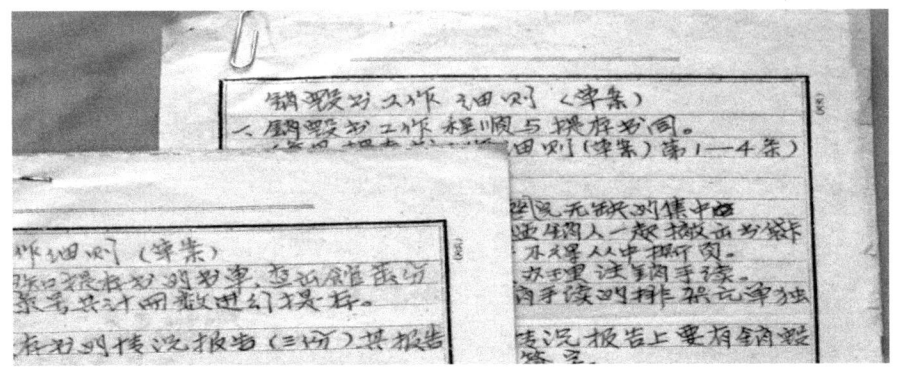

图 3-13　1960 年提存书和剔旧销毁书细则

## （八）收费制度（1995 年）

关于收取保护古籍专用费的规定：根据有关保护古籍文件精神，参照兄弟院校收取保护古籍专用费的规定，经研究决定，凡复印 1949 年 10 月 1 日前的馆藏图书、报刊等文献资料的校内、校外读者，均收取保护古籍专用费，每面 0.2 元。校外读者复印古籍，除交纳保护古籍专用费外还应交纳利用资料费。保护古籍专用费和利用资料费由各室收取。（图书馆 1995 年 11 月）

## （九）分类法

中央民族大学图书馆成立以来使用的图书分类有四种：其一，《山东省立图书馆图书分类新法》以下简称《山东法》。图书馆成立之初，国内比较成熟的图书分类法只有《山东法》。这个分类法是依据 1932 年所编《山东省图书馆图书分类法》（1932 年由济南学者王献唐与山东省图书馆编目部馆员共同编制）编制的。此分类法于 1950 年编制完成并以油印本流传征求意见，1951 年经修改后以铅印本出版，并明确提出"图书分类法是包含有一定阶级立场和观点的。"在当时还有东北图书馆编制的《图书分类法》（1948年8月出版），由于《山东法》比《图书分类法》晚出一年，在体系和理论上都要完善一些，更主要的是具有"阶级性"，因而中央民族大学图书馆根据当时政治至上的原则就采用了《山东法》。1951年6月至1958年12月间所购置图书（汉、蒙古、藏、维、哈、朝、西文等）均按《山东法》分类编目。此法分类大纲是"100总类，200哲学，300文化教育，400社会科学，500语文学，600自然科学，700应用技术，800文艺，900史地"。

其二，《科图法》。中央民族大学图书馆自1959年1月至1998年7月之间使用《科图法》，长达39年，积累图书近90万册。《科图法》始编于1954年，经修改后于1958年正式出版，1959年增编索引，1972年出版自然科学类修订版，1979年出版社会科学类修订版，1994年12月出版第三次修订本。其主要分类大纲是"00马克思列宁主义、毛泽东思想，10哲学，20社会科学，21历史、历史学，27经济、经济学，31政治、社会生活，34法律、法学，36军事、军事学，37文化、科学、教育、体育，41语言、文字学，42文学，48艺术，49无神论、宗教学，50自然科学，51数学，52力学，53物理学，54化学，55天文学，56地质、地理科学，58生物科学，61医药、卫生，65农业科学，71技术科学，90综合性图书"。

其三，《中图法》。鉴于国内绝大多数图书馆使用《中国图书馆图书分类法》（简称《中图法》），考虑到今后的馆际互借、资源共享、计算机编目、减少编目成本等因素，中央民族大学图书馆于1996年3月决定改用《中图法》。启动之前，对普通书库、开架库、阅览室图书、古籍、报刊和备用库图书进行了调研，做了充分的准备工作。1998年10月正式启用《中图法》第三版编目，机编用鑫盘图书馆集成管理系统，工具书用《中国机读目录格式使用手册》《汉语主题词表》等。《中图法》由北京图书馆等36个单位联合编辑，1973年拟出草案，翌年以试行本的形式出版，1975年正式出版发行，1980年出版修订本，1990年2月和1999年3月又分别出版修订后的第三、四版。其主要分类大纲是"A马克思主义、列宁主义、毛泽东思想，B哲学，C社会科学总论，D政治、法律，E军事，F经济，G文化、科学、教育、体育，H语言、文字，I文学，J艺术，K历史、地理，N自然科学总论，O数理科学和化学，P天文学、地球科学，Q生物科学，R医药、卫生，S农业科学，T工业技术，U交通运输，V航空、航天，X环境科学、劳动保护科学，Z综合性图书"。为便于区分外文图书与民文图书，自2004年10月12日起，中央民族大学图书馆民文图书文种代码由2位阿拉伯数字组成，文种代码取自《中图法》四版"H2 中国少数民族语言"。

表 3-1 少数民族语言文种代码表

| 序 | 语种 | 代码 | 序 | 语种 | 代码 |
|---|---|---|---|---|---|
| 1 | 蒙古语 | 12 | 12 | 锡伯语 | 43 |
| 2 | 藏语 | 14 | 13 | 傣族 | 53 |
| 3 | 维吾尔语 | 15 | 14 | 哈尼语 | 54 |
| 4 | 苗语 | 16 | 15 | 瓦语 | 55 |
| 5 | 彝于 | 17 | 16 | 傈僳于 | 56 |
| 6 | 壮语 | 18 | 17 | 纳西语 | 57 |
| 7 | 朝鲜语 | 19 | 18 | 拉祜语 | 58 |
| 8 | 满语 | 21 | 19 | 景颇语 | 59 |
| 9 | 达斡尔语 | 22 | 20 | 布依语 | 68 |
| 10 | 哈萨克语 | 36 | 21 | 侗语 | 72 |
| 11 | 柯尔克孜语 | 37 | 22 | 侬语 | — |

2001年，日文图书采用《植村长三郎著者号码表》，俄文图书用《俄文三位著者号码表》。2001年，停止使用鑫盘图书馆集成管理系统，改用北京邮电大学研制的现代电子图书馆信息网络系统。

以上三种分类法在图书馆目录（分类目录、作者目录、书名目录）中，各学科的名称均用数字和字母代替，《山东法》用100—900分别代替9大类学科名称，《科图法》用00—90分别代替25大类学科名称，《中图法》用A等22个字母分别代替22大类学科名称。因此，掌握各分类法纲目，对图书分类就有一个大概的了解，能够基本确定所需内容的查找范围和归属问题。

其四《四库分类法》。建馆之初，古籍先用"经、史、子、集"分编，后用《山东法》，继之改《科图法》，最后用《中图法》，因此，汉文古籍主要使用后三种分类法。

中央民族大学图书馆参考过的图书分类法有三种，其一，由中国人民大学图书馆编的《中国人民大学图书馆图书分类法》（简称《人大法》），1952年出版，是一部以马列主义、毛泽东思想作为指导方针编制的分类法。其二，由中央文化部社会文化事业管理局和北京图书馆组织力量编制的《中小型图书馆图书分类表草案》

（简称《中小型表》或《中小型法》），1956年6月拟出初稿后，湖北、山东、南京等省市图书馆举办培训班，广东、湖北、浙江、陕西、上海、南京、重庆等七个省市图书馆组织行内专家和学者研讨。该分类法于1957年8月公布试用。其三，由武汉大学图书馆学系师生合编的《红旗分类法》，1958年正式出版，1959年更名为《武汉大学图书馆分类法》（简称《武大法》）。

## （十）本馆自编各种分类手册、业务表格

### 1. 分类手册

图3-14　1995年、1997年、2007年图书馆管理制度

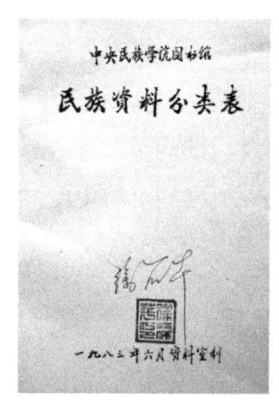

图3-15　民族资料分类表（1983年）

### 2. 业务报表

业务报表是反映各部室工作情况的记录，各部室每月上报一次，年底由办公室汇总。1995年的报表包括采编部门工作流量月报表、采编部各文种编目统计表、阅览部门月进出书刊统计表、情报室工作量月报表、流通部门读者书籍流量统计表、期刊部阅览流量统计表和阅览部读者书刊流量统计表。

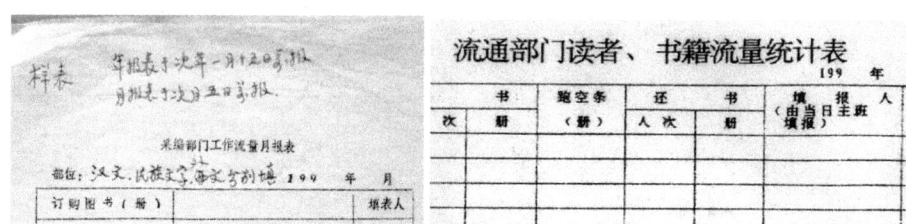

图3-16　李德君馆长修改批注的报表（1995年）

## 3. 书袋卡、还书记录卡

### （1）书袋卡

1952 年至 1957 年使用有注意事项的折角卡袋，袋上印有 3 个信息，一是繁体字的注意事项，即"注意：1. 借書到期即送還。2. 請勿批改、圓點、折角、丟失書籍。中央民族學院圖書館"。二是蓝色财产账号和民族文字的红色代号。如"00495 藏"，数字为财产账号，藏即藏文。这一时期的书袋卡贴在封底内页下端。办馆初期，图书流通标签贴在书脊，因流通中易损，后改为蜡纸刻印，印在封底右上角。

1958 年至 1959 年使用无字折角卡袋，贴在封底内（环衬）下端。这一时期的分类号印在封底内页和封底右上角，折角书袋上不再印号码和文字代号。

1960 年至 1967 年期间，使用印有注意事项的书袋卡，即"读者注意：1. 爱护公共图书切勿任意卷折和涂写，损坏或遗失照章赔偿。2. 请在借书期限前送还以便他人阅读，请赐予合作"。

1976 年至 1979 年期间，使用两种书袋卡，一是有注意事项的书袋卡，即"登记 NO 1. 为了充分便利读者和提高图书的利用率，读者借书应按期归还。2. 图书不得污损、折角、涂写、撕毁或遗失，否则照章处理。"二是没有文字的书袋卡。

1980 年后，使用画格子的书袋卡，印有"还期"和"借期"及填写借还日期的格子。

### （2）还书记录卡

登记借还书时间的卡片，也叫还书卡、读书者卡。1960 年以前，使用蜡版刻印的纸条，后来使用读者填写姓名、还书时间的记录卡。后发现这种卡片容易插错和丢失，因此改为"借书还期表"，此表印有"证号"（读者借书证号码）和"还期"，新书贴在封底，旧书用此覆盖原来的书袋卡的袋子上。使用计算机后废除书袋卡、还书表等。

三、管理制度

图 3-17 折角袋

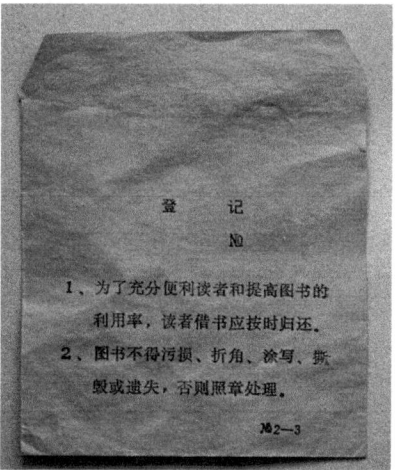

图 3-18 书袋卡之一

图 3-19 书袋卡之二

图 3-120 书袋卡之三

图 3-21 书袋卡之四

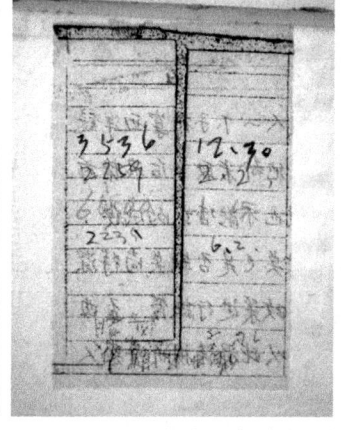

图 3-22 还书登记卡（1958）

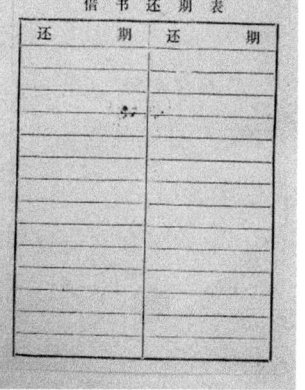

图 3-23 借书还期表

## （十一）1998 年以前的目录体系

图书馆目录有公务目录（亦称内部目录、工作目录）和读者目录之分，公务目录是图书馆工作人员所使用的内部工作目录；读者目录有书名目录、分类目录和作者目录。本馆目录分目录厅目录、艺术室目录、古籍部目录等 9 处。

### 1. 目录厅目录

（1）汉文目录：书名目录（《山东法》和《科图法》书目混合排）；分类目录（《山东法》目录和《科图法》目录分开排）；著者目录（《山东法》和《科图法》书目混合排）；丛书目录。（2）英文目录：分类目录（《山东法》和《科图法》目录分开排，《科图法》书目在前，《山东法》书目在后）；著者目录（《山东法》和科图书目混合排）；书名目录（《山东法》和《科图法》书目混合排）。（3）俄文目录：分类目录（《山东法》和《科图法》书目分开排，《山东法》书目在前，《科图法》书目在后）；著者目录（《山东法》和《科图法》书目混合排）。（4）日文目录：书名目录（《山东法》和《科图法》书目混合排）；分类目录（两法单独排，《山东法》书目在前，《科图法》书目在后）；著者目录（《山东法》和《科图法》书目混合排）。（5）德文目录：书名目录（《山东法》和《科图法》书目混合排），分类目录（两法单独排，《科图法》书目在前，《山东法》书目在后），著者目录（《山东法》和《科图法》书目混合排）。（6）法文目录：书名目录（《山东法》和《科图法》书目混合排）；分类目录（两法单独排，《科图法》书目在前，《山东法》书目在后）；著者目录（《山东法》和《科图法》书目混合排）。（7）塔塔尔文目录：书名目录（《山东法》），其余为《科图法》。从（8）塔吉克文目录、（9）越南文目录、（10）阿拉伯文目录、（11）阿尔巴尼亚文目录、（12）泰文目录、（13）土尔其文目录、（14）印度尼西亚文目录、（15）希腊文目录、（16）意大利文目录、（17）挪威文目录、（18）瑞典文目录、（19）丹麦文目录、（20）荷兰文目录、（21）西班牙文目录、（22）葡萄牙文目录、（23）世界语目录、（24）巴西文目录、（25）古巴文目录、（26）斯洛文尼亚文目录、（27）芬兰文目录、（28）墨西哥文目录、（29）保加利亚文目录、（30）匈牙利文目录、（31）罗马尼亚文目录、（32）波兰文目录、（33）捷克文目录、（34）南斯拉夫文目录、（35）

塞尔维亚文目录、(36)爱沙尼亚文目录，到(37)阿塞(捷尔)拜疆文目录，共30种文字目录均为《科图法》，三套目录齐全。(38)柯尔克孜文目录：分类目录（《山东法》和《科图法》单独排，《山东法》书目在前，《科图法》书目在后）、书名目录和著者目录。(39)立陶宛文目录、(40)哈萨克斯坦文目录和(41)乌孜别克文目录与"(38)阿尔克孜文目录"的分类法同。(42)蒙古文目录：分类目录（《科图法》书目排在前，《山东法》书目在后）；书名目录（《山东法》和《科图法》书目混合排）；著者目录（《山东法》和《科图法》书目混合排）。(43)藏文目录：分类目录（《科图法》书目排在前，《山东法》书目排在最后）；书名目录（《山东法》和《科图法》书目混合排）；著者目录（《山东法》和《科图法》书目混合排）。(44)维吾尔文目录分3种：①旧维文目录（阿拉伯文字母）：分类目录（《山东法》书目）；书名目录；著者目录。②新维文目录（拉丁字母）：分类目录（《科图法》书目）；书名目录；著者目录。③维文目录（阿拉伯字母）：分类目录（《科图法》书目）；书名目录；著者目录。（注："旧维文"是维吾尔族的传统文字；"新维文"是指1964年根据拉丁字母创制的维文，一直延用至1983年，1984年后，恢复传统维文，废止"新维文"。）(45)哈萨克斯坦文目录（斯拉夫字母）：分类目录（《科图法》书目排在前，《山东法》书目排在后）；书名目录（两法书目合排）；著者目录（两法书目合排）。(46)哈萨克文目录二种：①新哈文目录（拉丁字母）：分类目录（《山东法》书目排在前，《科图法》书目排在后）；书名目录（《山东法》书目和《科图法》合排）；著者目录（《山东法》书目和《科图法》合排）。②哈文目录（阿拉伯字母）：分类目录（《科图法》）；书名目录；著者目录。（国内哈萨克族于1958年以前使用传统哈萨克族文，即阿拉伯字母的文字；1962年至1981年使用拉丁字母的文字，称新哈文；1982年恢复使用阿拉伯字母的传统萨克族文字，称旧哈文。）(47)朝鲜族文目录：分类目录（《科图法》）；书名目录；著者目录。（国内朝鲜族、朝鲜人民共和国和韩国文均混合排，在著录中注"外"字以示区别。）(48)傣文目录：分类目录（以《科图法》书目为主，有少量《山东法》书目）；书名目录（《科图法》和《山东法》书目合排）；著者目录（《科图法》和《山东法》书目合排）。傣文以西双版纳傣文为主。从(49)布依文目录、(50)景颇文目录、(51)哈尼文目录、(52)佤文目录、(53)傈僳文目录、(54)拉祜文目录、(55)苗文目录、(56)壮文目录、(57)侗文目录到(58)彝文目录，其图书目录较少，三套目录均在一个目录盒内，分类法均为《科图法》。

## 2. 艺术室书库目录

艺术室所收图书资料为美术、音乐、舞蹈及其相关的资料。本室目录不包括在"目录厅目录"中，是单一的艺术类目录。（1）汉文书目：分类目录（《科图法》书目排在前，《山东法》书目排在后）；书名目录（《科图法》和《山东法》书目合排）；著者目录（《科图法》和《山东法》书目合排）。（2）少数民族文字目录：分类目录（《科图法》书目）；书名目录；著者目录。少数民族文字目录中有蒙古文（包括外蒙古文）、维吾尔文、哈萨克文（包括外哈文）、乌孜别克文、朝鲜文、藏文等文种。

## 3. 艺术阅览室目录

本室主要收藏汉文和外文有关美术类的各种画册、杂志。

## 4. 外文目录

外文目录有俄文、英文、德文、日文、捷克文、匈牙利文、法文、保加利亚文、罗马尼亚文等文种。有《科图法》的分类目录、书名目录和著者目录。

## 5. 民族资料阅览室目录

本室只藏中国少数民族图书资料，包括古籍、1949年以前的旧平装图书、1955年以来的报刊资料的剪报合辑和1950年以来的新平装图书资料。（1）线装书目录：分类目录（按地区、省分类，《山东法》和《科图法》书目混合排）；书名目录（与旧平装、新平装合排）；著者目录（无）。（2）旧平装书目录：分类目录（按地区、省分类，《山东法》和《科图法》书目混合排）；书名目录（与线装、新平装合排）；著者目录（无）。（注：旧平装图书于2000年6月16日撤回古籍部书库。）（3）新平装书分类目录：①一般目录（《科图法》）。②各地区民族情况目录（按地区、省和民族分类，《科图法》书目在前，《山东法》书目在后）。③民族语言文字目录（按中国各少数民族分类，《科图法》和《山东法》合排）。④民族文学目录（按《科图法》文学体裁分类）。⑤工具书目录（《科图法》）。⑥汉文工具书目录（《科图法》书目和《山东法》书目合排）。⑦少数民族工具书目录（按民族分类，《科图法》、《山东法》书目合排）。（4）书名目录：此目录为民族阅览室线装书和新旧平装书的总目，《科图法》和《山东法》书目按笔画顺序混合排例。（5）剪报合辑目录：该资料采集于国内各种报刊和杂志。自1955年至2003年9月，共剪贴、装订3328册。2003年装订1册，当年根据中国知网、报刊数据库的出现，决定停止编辑《民族剪报资料》。2012年停止装订《人大复印报刊资料》。《剪报合辑》是国内各种报刊杂志上关于少数民族的剪报资料。1955年开始搜集、剪贴和装订。2003年，因中国知网、网络资源的兴起，停止《剪报合辑》工作。《剪报合辑》的工作流程由圈选、分类、剪贴、按年装订成册组成。分类按本馆编制的《民族资料分类表》进行，其主要类目有"0.马克思列宁主义，1.民族情况总论，2.综合，3.政治社会，4.财政经济，5.文教卫生，6.文学艺术，7.语言文字，8.历史，9.地理边界问题。" 2001年1月1日停止使用此法，改用《中图法》分类。《剪报合辑》的排架顺序为：①全国综合（政治社会、财政经济、文教卫生、文学艺术、语言文字、历史地理）；②地区（华北、东北、西北、西南、中南、华东）；③各民族。每个民族的内容集中排放，跨省民族按省排例在族称之后，如：蒙古族：下分内蒙古自治区（分类内容同①）、辽宁省蒙古族、吉林省蒙古族等；藏族：下分西藏自治区、青海省藏族、甘肃省藏族、云南藏族等。

## 6. 学生阅览室目录

（1）复印报刊资料目录：该室除一般图书外，主要收藏中国人民大学书报资料中心编印的《复印报刊资料》，这个资料的内容，全部摘自国内各种学术报刊，是国内各类研究所科研人员和大学生撰写论文的重要参考资料。采用《中图法》分类。本馆订购其中的十个大类，即A马列主义毛泽东思想，B哲学，C社会学，D社会主义，F经济，G教育，H语言文化，J文学艺术，K历史，N科学技术。这个资料从1978年开始收藏至今，从未间断。目录按《中图法》编排。（2）图书目录：图书目录有书名目录和分类目录（《科图法》），另有现代文学家著者目录、中国历代诗词和文选目录。

## 7. 理科、工具书阅览室目录

1998年8月30日前的各类图书目录，均使用目录厅目录。自1998年9月1日起按《中图法》分编的图书，有2种目录：（1）卡片式目录：有书名目录和分类目录。（2）机检目录：这种目录用计算机检索，可从书名、作者、分类、出版社、出版时间等多途径检索。

## 8. 古籍部目录

1999年之前称为古籍室，2000年4月改为古籍部。收藏有汉文古籍（线装书）、满蒙藏等民族文字古籍、旧平装书（1910年至1949年10月间的洋装图书）、旧报纸杂志（1896年至1949年10月间的报纸和杂志）、1950年以来的报纸、杂志合订本；各类拓片（各种文字）等。有七种目录：（1）线装书目录：书名目录（繁体字。《山东法》和《科图法》书目混合排）；分类目录（《山东法》和《科图法》书目单独排列）；著者目录（繁体字。《山东法》和《科图法》书目混合排）。（2）旧平装书目录：书名目录（繁体字。《山东法》和《科图法》书目混合排）、分类目录（《山东法》和《科图法》书目单独排列）和著者目录（繁体字。《山东法》和《科图法》书目混合）。（3）旧报刊目录：刊名目录（简体字）和分类目录（《科图法》）。（4）满文目录：书名目录（按汉译文书名，繁体字排）、分类目录（《科图法》）和著者目录（按汉译文著者姓氏，繁体字排）。（5）藏文目录：书名目录（按藏文字母排）、分类目录（藏文传统分类法）和著者目录（按藏文字母排）。（6）万有文库目录：书名目录（繁体字）；著者目录（繁体字）；（7）拓片目录：本室拓片共1153种，包括汉文、藏文、蒙古文、满文、西夏文、回鹘文、突厥文等文种，拓片大者长5—6米，其中不乏珍贵史料。拓片目录按年代先后顺序排列。

1994年古籍室工作计划：其一为《馆藏善本书目》的编辑工作。第一步，1995年2月至10月，从大库抽善本（原则另页），由丁良负责完成。第二步，1995年11月，抄目录片，由丁良、徐丽华、张津沛、张燕四人共同完成。第三步，校对工作。由丁良完成。打印等扫尾工作由徐丽华完成。其二为《馆藏拓片目录》的编辑工作。（1）由徐丽华抄写目录。（2）所抄《馆藏拓片目录》由丁良校对。（3）1995年3月完成。（4）结尾工作由徐丽华完成。

## 9. 国家教委中央民族学院文科文献信息中心目录

本中心为教育部16所中心之一，受教育部高教司领导。中心以收藏外文有关中国少数民族图书资料为主，目录分两种：（1）外文目录。①旧书目录：（指按《科图法》所编图书）包括英、俄、日、朝鲜（韩）、蒙等五种文种。还有一套按《科图法》编的分类目录。②新书目录：（指按《中图法》编的图书）有分类目录、书名目录和作者目录。③内部目录一套。（2）汉文目录，有4种：①港台图书目录，有二套：一为按《科图法》所编目录，有书名目录、分类目录和作者目录。一为按

《中图法》所编目录,有书名目录、分类目录和作者目录。②汉文图书目录。此目录的图书原为教员研究生阅览室所藏,于1999年并入文献信息中心阅览室。这批图书均为各学科的研究级文献资料,十分珍贵。有按《科图法》分类编制的书名目录、分类目录。③内部目录一套。④中央民族大学文库目录一套。这套目录所收图书均为本校教工的著作,不定期举办展览,以宣传本校的科研水平和科研成果。2005年后,除少数古籍目录外,其余均使用计算机查询。

图 3-24 中央民族大学图书馆老馆出纳台

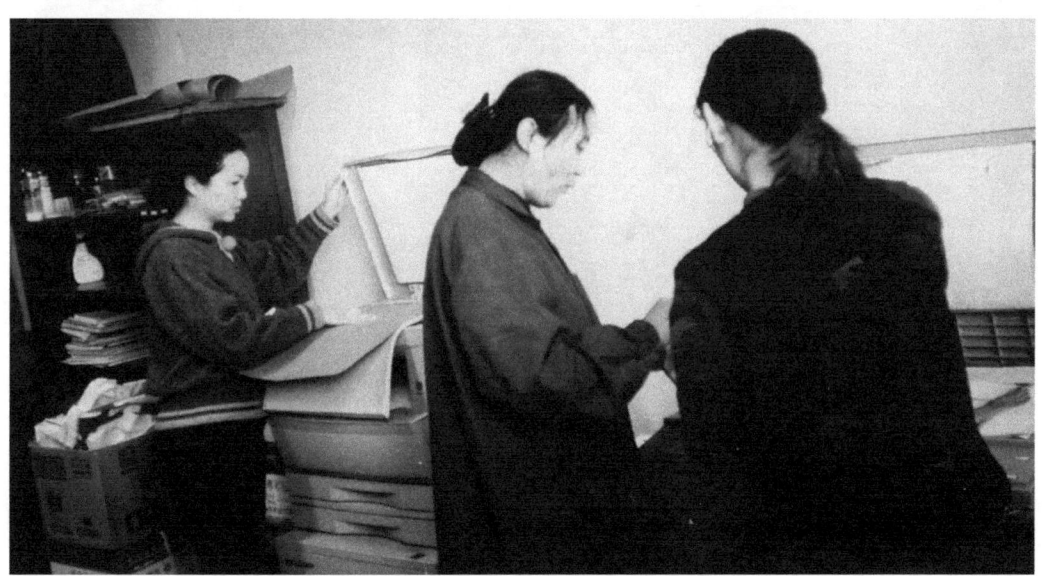

图 3-25 中央民族大学图书馆老馆复印室

图 3-26　中央民族大学图书馆新馆艺术借阅室工作台

图 3-27　中央民族大学图书馆民族文字借阅室工作台

图 3-28 中央民族大学图书馆采编部工作室

## （十二）计算机与网络建设

### 1. 计算机、网络、数据库建设

这个阶段，可分为两个小阶段。

（1）第一阶段

1993 年 3 月，办马克格式著录学习班。4 月，第一台 286 计算机进馆。1994 年 5 月、11 月办马克格式著录学习班。6 月，组织相关人员讨论计算机编目一事。9 月，古籍室方志改号工作结束，验收合格。9 月，更换图书馆暖气，因施工影响停止部分借阅窗口。分部停止借阅门和施工，尽量提供借阅服务。10 月，清理旧账，理顺关系。3 台计算建立小型联网系统。考察采购图书馆管理软件、机编和计算机借阅工作。清理开架书库图书，并拟定以此作为机编试点。完成《中央民族大学图书馆岗位职责及工作条例》和《大学生导读手册》初稿。

1995 年 3 月，组建图书馆自动化小组，商讨图书管理软件等问题。4 月，举办新职工业务培训。《中央民族大学图书馆岗位职责及工作条例》（试用本）付梓。

6月，举办中央民族大学图书馆第二次学术研讨会。9月，修改《中央民族大学图书馆管理制度》，其中包括岗位设置、馆长条例、部室主任条例、部室工作条例、书库管理条例、读者条例、职工请假条例、安全条例等。

1996年6月，举办中央民族大学图书情报文博档案第三次学术研讨会。

1997年3月，议定建立馆内局域网和购买清华鑫盘图书馆管理软件，决定计算机编目先从汉文图书做起，外文和民族文字图书等待条件成熟后再启动。6月建成馆内局域网，9月、10月两个月用先写编目卡后录入计算机的方法编目，11月改为直接使用计算机编目。

1998年10月，启用鑫盘图书馆集成管理系统。11月1日，汉文图书正式使用计算机编目，并使用《中图法》。

1999年5月4日，徐丽华担任回溯建库工作小组组长，李婷、其其格负责中文图书，董印红负责西文图书。

2000年11月10日，正式使用北京邮电大学图书馆研制的图书管理软件。

2001年，停止使用鑫盘图书馆集成管理系统，改用北京邮电大学研制的现代电子图书馆信息网络系统。4月25日，崔莲、卢娜、赵洪帅参加"CALIS联机合作编目培训班"。11月6日，购买北邮××公司电信有限公司小型机服务器1台，价格15万元。

2003年12月1日，蒙藏维哈文图书使用机编，打印民文卡片。

2004年7月，请大新洋公司承保古籍的回溯建库项目，李婷负责质量监督。常州春晖公司承保普通汉文和民文图书的回溯建库项目，满达日花等负责质量监督。

（2）第二阶段

2005年9月，北邮××公司来人介绍MelinetsII产品功能和界面，相关业务科室参加。11月，李德龙馆长带队就数图和自动化项目实地考察北邮××公司。自动化主服务器Sun E3500之前由网络中心代为管理，因北邮××公司在对Sybase数据库做段扩容时失败，系统需要重装，考虑到E3500一颗CPU已频繁报错，并已出保，故决定报废，启用本地机房闲置的一台Sun E250服务器。本次北邮××公司MelinetsI版重装后，不仅扩充了数据库的容量，满足了大量回溯数据的导入需要，同时，启用了WebOpac服务器，馆内所有检索机从C/S检索方式过渡到B/S方式，首次实现了图书的网络在线检索。

2006年5月，自动化主服务器硬件设备采购招标完成，设备型号SunFire

V490。6月，在图书馆六层会议室召开了北邮××公司II版软件升级项目实施计划会，会上李馆长及各主要部室主任与北邮××公司李高虎总工程师共同商定了项目实施计划、主要工作内容与时间安排。8月，利用暑假完成北邮××公司Melinets系统从I版到II版的数据迁移。9月，新版北邮××公司MelinetsII正式启用。10月，北邮××公司董晓霞来处理一卡通问题，基本解决了单位信息同步的问题。

2007年5月，因北邮××公司MelinetsII问题过多，建立BBS服务器，在全馆范围内收集错误信息，最终收到有准确描述的错误130条。（从2006年9月至2014年8月系统停用，其中大部分主要问题没有得到解决，包括sybase数据库运行缓慢、WebOpac线程僵尸、统计功能触发系统崩溃、分类号丢失、一卡通功能缺失、多卷册金额统计错误、以及大量的数据库底层错误、业务功能错误和界面表示错误等）。7月，启用北邮××公司MelinetsII的附件借阅功能。9月，更改北邮××公司MelinetsII的读者最大借阅数量为15册。10月，手工输入一卡通2007级新生数据。11月，以色列Exlibris公司来人介绍Apleph系统。11月，柜台机样机完成，确立柜台机专用管理模式。12月，组织馆内主要技术人员调研北师大Aleph软件的使用情况。

2008年1月，提交计算机管理办法，其中包括柜台机的管理办法。2月，馆务会决定读者最大借阅册数改为10册，修改MelinetsII参数。3月，启动全馆范围的Aleph500软件试用评估工作。4月，北邮××公司完成分馆设置，支持7个分馆，包括民族学信息资料中心、少数民族语言文学信息资料中心、历史文化学院资料室、边疆中心、法律系资料室、预料教育学院资料室、文传学院资料室（不包括）、哲学系资料室。6月，逐步完成柜台机18台、检索机19台的设备更新，操作系统为WinXP。9月，安排罗惠琼参加为期一周的北邮××公司Melinets系统管理培训。10月，参观调研首师大Aleph500软件的使用情况；北邮××公司演示编目系统对少数民族语言的支持功能；评估Aleph500对民文的支持程度；安排罗惠琼到Exlibris公司培训。12月，在Cisco525到货之后，确立了自动化系统服务端（80）和客户端（40）两个独立的网段的网络结构，从根本上解决了系统安全问题。

2009年3月，北邮××公司客服更换期刊子系统；开展针对以色列Exlibris公司的自动化软件系统Aleph的评估工作。4月，开展针对自动化系统软件其他主要厂商的调研；文传学院资料室和预科教育学院资料室安装北邮××公司MelinetsII

客户端；与海恒、远望谷探讨 RFID 实施的技术问题；图书馆邀请北京交通大学、北京师范大学、首都师范大学、北京外国语学院有关人员就自动化系统软件采购提供咨询意见。5 月，采编部计划完成民文和外文图书回溯 17 万条。6 月，提交自动化软件采购招标公告文字说明。9 月，因北邮××公司 MelinetsII 无法处理单位信息同步，技术部完成 300 余条、4300 余条新生一卡通数据的手工录入。10 月，艾比布拉主持自动化软件采购会议，何玉明、蒙海方、张艳丽、李德龙、崔莲、于显中、金丹峰、王延与会；因针对以色列 Exlibris 公司的 Aleph 系统采购不符合《鼓励进口技术和产品目录》的国家相关文件，项目宣告终止。11 月至 12 月，北邮××公司自动化系统软件，包含流通、编目、采访、典藏、期刊、系统管理等子模块和 OPAC 公共查询系统分别更新至 2009 年最新版本。12 月，开展对鑫盘、汇文、iLas 系统的评估工作。

2010 年 1 月，评估北邮××公司 MeilinetsII 系统的短信平台功能；根据阅览部要求，从北邮××公司 MeilinetsII 系统数据库中提取 2009 年度各读者类型在八层和九层的总借阅人次。3 月，根据阅览部要求，从北邮××公司 MeilinetsII 系统数据库中提取八层借阅室未流通且复本量在 4 册以上分类号是 N 类的图书 155 种；O 类图书 843 种；P 类图书 69 种；Q 类图书 104 种；R 类图书 45 种；S 类图书 30 种；T 类图书 274 种；U 类图书 8 种；V 类图书 6 种；X 类图书 2 种。7 月，因北邮××公司 MeilinetsII 问题长期痼疾，公司领导现场亲临解决。

2011 年 3 月，古籍部启动回溯工作。4 月，自动化系统在服务器硬件 Sun Fire V490 已运行 5 年，故提交设备更新报告。6 月，安排刘洋参加北邮××公司为期 4 天的技术培训。11 月，民国期刊回溯工作结束，设备归还。12 月，馆务会强调数图三期的技术准备工作。

2012 年 1 月，调研自助借还系统，上海阿法迪公司递交 RFID 整体解决方案。5 月，数字化三期项目申报，其中含自动化软件和 RFID 项目，总金额 505 万。6 月，根据阅览部的下架检索要求，对 8 层借阅室提供符合下架标准数据。12 月，根据流通部的下架检索要求，对 6 层借阅室提供符合下架标准数据：复本量在 3 册以上的图书 13729 种、2010 年 1 月 1 日后无人借阅的图书 3594 种。4 月，启用 MelinetsII 提供图书附件的借阅功能。5 月，法律系资料室开始回溯工作；MelinetsII 重建数据库索引表，并作 dbcc 检查。6 月，北邮××公司客服远程修复主 MARC 表，解决因缺失分类号不能借书的问题；提交《图书馆自动化系统升级及电子阅览室改造项目》申报材料。；开始江苏汇文自动化系统 Libsys 的软件评估工作。9 月，敦促北邮××公司修改一卡通新生数据同步问题；MelinetsII 期刊客户端更新。10 月，教育学院启动回溯工作；MelinetsII 数据库从 8GB 扩容到 10GB；图书借阅逾期罚款规则调整，关于节假日和周末的计算规则。12 月，新版畅想之星随书光盘系统挂接 MelinetsII 成功。

2014 年 3 月，根据审计处要求，按照建筑类招标示范文本重新编写《图书馆自动化系统升级及电子阅览室改造项目招标文件》。6 月，毕业生离校一卡通数据处理 4165 条。7 月，安装部署蒙古文 Yeliba 系统。8 月，北邮××公司 MelinetsII 停止使用。9 月，汇文 Libsys V5.0 正式安装投入使用。主要完成了从 MelinetsII 迁移数据，服务器、检索机、柜台机、编目机的安装，调试一卡通接口，图书 Email 催还、随书光盘链接、移动图书馆等工作，并完成了培训工作；启用联想 ThinKServer RQ940 虚拟化平台，将所有软件系统服务器迁入其中。包括与自动化系统相关的服务器，汇文 Libsys 数据库服务器、OpacWeb 服务器、一卡通服务器、自助借还机管理端等。中心存储迁移至 EMC VNX5100。11 月，7 层社科借阅室正式开通自助借还系统。11 月，因磁盘阵列故障，原北邮××公司 OpacWeb 服务器丢失。12 月，汇文 Libsys 违章扣款开通一卡通刷卡。

2015 年 1 月，正式采用汇文掌上终端下载馆藏图书和上传外采数据；7 层社科借阅室完成 21 万册图书盘点；对北邮××公司 MelinetsII 数据库做最后一次数据库定义备份。6 月，办理离校手续，从汇文 Libsys 读者库中，注销账户 4050 人。9 月，汇文 OpacWeb 修复被远程攻击漏洞，升级到 V5.0.15.08.27 版本。9 月，一卡通学号出现 3 位字母（如博士后 BSH200501），读卡器只取读取前两位字母，第三位用 0 代替，与汇文 Libsys 数据库同步的学号不一致，这类读者只能通过其正确的学号查询到卡号后，手工录入条码号方可进行图书借阅或阅览；蒙古文 Yeliba 系统导入汇文 Libsys 读者数据成功。10 月，更新 12 台柜台机，12 台检索机，操作系统为 Win7 x64；在汇文 Libsys 中增加 Calis 虚拟参考咨询系统读者认证接口；购买汇文数字化校园接口程序，为数字校园提供读者借阅信息；增加期刊索引字段 590 字段，并完成重新抽取索引。11 月，支付汇文 Libsys 系统 2016 年维护费 1 万元；因柜台机更换，其商务账号填写错误造成 2015 年 10 月 8 日至 2015 年 11 月 2 日的图书逾期罚款 3609.8 元刷卡未入账，与一卡通账目不平；与汇文协商解决有关文种的索书号书标打印问题，可定制一个单独的版本进行维护，因 8000 元费用问题搁置；评估次年准备采购的"自动缴费系统"和"自动化系统短信平台"。12月，解决学校信息门户单点登录时字母的大小写问题，汇文将传过来的字符转换成大写后，再与汇文Libsys数据库进行匹配；汇文邮件服务器的重新部署，原有程序已丢失。

2016年3月，在OPAC检索系统的简单检索界面上，添加民国图书和古籍图书两大类；在多字段检索中，添加分类号检索字段。；完成汇文中间库同步程序（card6主机）的更新，添加一卡通的失效时间字段同步到汇文系统。4月，选派罗惠琼参加汇文Libsys高级班培训。

### 2. 关于少数民族文字信息技术现况及其对策[①]

我国是一个由56个民族组成的多民族国家。光辉灿烂的中华文明是各民族在长期共同生活和劳动中共同创造出来的，是各民族人民智慧的结晶。少数民族文化是中华文化宝库中的重要组成部分，极大地丰富和发展了中华民族文化。新中国成立以来，在政府的关怀下，少数民族文字得到了空前的发展，近二十年来，计算机、数字化等信息技术逐渐成为各行各业不可缺少的工具。本文就加强少数民族文字信息技术建设及相关问题谈谈个人的看法，不妥之处请方家指正。

#### （1）创建民族文字平台的必要性

①符合与时俱进的精神

江泽民同志说："中华民族是有悠久历史和优秀文化的伟大民族。我们的文化建设不能割断历史。对民族传统文化要取其精华、去其糟粕，并结合时代的特点加以发展，推陈出新，使它不断发扬光大。"这一实事求是的重要论述明确了中国特色社会主义文化建设的方向，我们在弘扬传统文化的同时，必须结合"时代的特点加以发展"，取其精华、去其糟粕，才能使中华文化发扬光大，保持其先进文化的方向不变，并适应世界文明的发展进程。当今是数字化、信息化时代，同属中华优秀文化的少数民族文化及其文字，也要沿着这一重要论述的方向，与时俱进，用信息技术发展少数民族文化，使之与世界文化接轨。目前，汉文的信息技术（包括微波接力通讯、卫星通讯、光纤通讯、通信网络、信息高速公路）已基本与世界信息技术接轨，对发展我国的综合国力起了巨大的推动作用。汉文信息技术的不断发展，

---

① 按：这是2002年12月在国家民委举办的为期3个月的学习期间，徐丽华向民委提交的报告，旨在建设民族文字平台，加快少数民族信息交流，以促进民族文化和经济建设。

也带动了少数民族文字信息技术的起步。优秀的中华文化包括少数民族文化，只有少数民族文化和汉文化共同繁荣、共同进步，才能充分展示全面的中华文化。任何一个民族、任何一种文字，要生存就必须发展，在发展中不但要对传统文化去粗取精，还要汲取其他民族的先进文化并在发展中力求创新，否则将被历史淘汰。少数民族文化如果远离信息技术，就会与时代的发展脱节，文化范围逐渐缩小在本民族圈内，不能与时代先进文化交流和共享，这将是人类文化遗产的可悲结局。因此，加强少数民族文化信息技术建设是全面弘扬中华文化、促进少数民族文化和经济建设的需要，也是"坚持团结一切可以团结的力量，不断增强中华民族的凝聚力"的需要，这项工作具有重要的历史意义和现实意义。

②有利于民族文化和经济的发展

我国少数民族聚居地有许多都地处西北，自然条件差、经济基础薄弱，现代文化、科技滞后于内地。如果抓住当前改革开放、开发西部的机遇，大力建设和开发少数民族文化信息技术，在网络上向世人展示少数民族文化，使少数民族利用计算机、网络学习他人的先进文化、先进科技，科学种田、科学放牧及学会商品交易，少数民族文化和经济将会有一个崭新的面貌。这项工作符合党的十六大提出的"互联网要成为传播先进文化的重要阵地"的精神。3.有利于边疆安定和民族团结。我国陆地边境线上居住的都是少数民族。少数民族文化、经济的发展直接影响边疆的稳定和国家的安全。文化的发展必然带动经济的发展。边疆少数民族的文化和经济得到全面发展，边疆的少数民族就安居乐业，分裂主义分子和敌对势力就无机可乘。民族团结、边疆安定，无外忧内患，国家就能富强起来。

（2）民族文字基本状况

①我国的民族文字

目前我国少数民族文字有蒙古文、藏文、维吾尔文、哈萨克文、朝鲜文、彝文、壮文、傣文、锡伯文（满文）、柯尔克孜文、东巴文、傈僳文、水文、苗文、瑶文、西夏文、契丹文、回鹘文、突厥文、女真文、察合台文、八思巴文等，其中西夏文、契丹文、回鹘文、突厥文、女真文、察合台文、八思巴、东巴文等是古文字，蒙古文、藏文、维吾尔文、哈萨克文、朝鲜文、彝文、壮文、傣文、锡伯文（满文）、柯尔克孜文是目前使用较广的文字，国内有公开出版的报刊、图书、声像资料，其语言使用于广播、电影、电视。

②民族文字信息化现状

20世纪80年代以来，在政府支持下各地方大学和科研单位根据各自的力量，对使用较广的民族文字进行了计算机文字处理系统的开发研制，取得了可喜的成绩。蒙古文、藏文、维吾尔文、哈萨克文、柯尔克孜文和彝文已经制订了字符集国家标准、键盘国家标准、字模国家标准，其中蒙古文、藏文、彝文字符集国家标准已经获得国际标准化组织（ISO）审定，正式编入国际标准编码体系结构中。

### （3）操作系统和电子出版系统

蒙古文的操作和电子出版系统有：①内蒙古计算机中心的蒙汉英操作系统；②内蒙古计算机中心和潍坊计算机照排所的华光V型蒙古文书刊、图表、报纸激光照排系统。③内蒙古大学的IMU-I蒙古文排版系统和MPS蒙汉混合字处理系统。④北大方正电子出版系统蒙古文版等。藏文的操作系统和电子出版系统有：①青海师范大学的藏文操作系统TCDOS2.0版，现已升级为TCDOS2RM和基于WINDOS的藏文操作系统TCDOS FOR WIN。该系统可以挂接在CCDOS或UCDOS汉文系统上，实现藏英汉混合处理。②西北民族学院的兰海藏文系统和虹元藏文软件。③华光藏文文字处理及激光照排系统。④北大方正藏文书版系统和基于WIN31的藏文维思彩色印刷系统。⑤西南民族大学的基于DOS平台的SPDOS汉藏文版操作系统和Windows 95藏文文字平台。⑥西藏大学的基于藏文编码字符集国际标准字处理系统。此外还有几种正在研发的系统。国外有桑不扎藏文操作系统、降央藏文操作系统等多种。

维吾尔文、哈萨克文、柯尔克孜文的操作系统和电子出版系统有：①新疆语言文字工委会的博格达维哈柯英汉俄多文种排版系统。②北大方正维哈柯书版系统。③华光维哈柯文字处理及激光照排系统。④未来多文种操作系统UTDOS6.1。⑤新疆大学的维文之星Windows 95操作系统平台。朝鲜文有：①北大方正朝鲜文书版系统和维思彩色印刷系统。②华光朝鲜文文字处理及激光照排系统。

彝文的操作系统和电子出版系统有：①北大方正彝文书版系统。②西南民族学院的UCDOS汉彝文双语平台、SPDOS汉彝文版操作系统和Windows 95彝文文字平台。傣文的操作系统和电子出版系统有北大方正傣文电子出版系统。锡伯文（满文）的操作系统和电子出版系统有：①新疆民族语文工委会的锡伯文（满文）字处理和印刷系统。②内蒙古大学满文系统。③辽宁省的满文系统。④北大方正满文电子出版系统（研发中）。

以上研制的各种少数民族文字操作系统和电子出版系统，证明我国在少数民族文字信息处理技术方面取得了较大成绩，但也充分暴露了在研制过程中存在的问题：①重复研制。造成重复研制的原因是国家没有一个机构来统管，各省市各自为政各行其是，在小天地闭门造车，有的系统在研制中因技术薄弱而夭折，有的因缺乏资金而无法升级，有些文种研制出来的大小系统有四五个，但没有能够推广应用的高级系统，只能打字。只有少数单位研制的系统是在各部委和北京等地科研机构的支持下完成的，达到了一定水平，有升级的空间，如北大方正蒙藏维哈朝柯彝傣满等文种出版系统、华光蒙藏维哈朝柯文字处理及激光照排系统等。②浪费资金。各省市部委出资研发少数民族文字操作系统和电子出版系统，这本是件好事无可非议，但是这种各自为政的做法却造成了很大的资金浪费。目前，研发一种文字的操作和电子出版系统，往往是各部门重复投资，二三家一起上，从零起点研制，技术薄弱，在研发中必然遇到技术力量不足和资金短缺的问题，有的部门有条件追加资金、联合技术力量强的科研机构协作共同完成，有的部门因资金和技术的原因半途而废，结果延误了少数民族文字信息化的进程。③缺乏高级技术支持。有的虽然研制完成了操作系统和电子出版系统，但因缺乏升级、维护的高级技术支持而停留在低水平，不能满足信息技术发展的需求。鉴于以上原因，国家指定一个机构来组织研制少数民族文字信息处理系统是很有必要的。

### （4）有组织有计划地创建民族文字平台

从上面的介绍中可以看出研制蒙古文的操作和电子出版系统的机构主要在内蒙古、北京和山东潍坊，研制藏文的机构分散在西藏、青海、甘肃、北京和山东潍坊，研制维哈柯文的机构主要在新疆、北京和山东潍坊，研制朝文的操作和电子出版系统的机构主要在北京和山东潍坊，研制彝文的操作和电子出版系统的机构在四川和北京，研制傣文的操作和电子出版系统的机构在北京，研制锡伯文和满文的操作和电子出版系统的机构在新疆、内蒙古、辽宁和北京。这种一个文种的操作和电子出版系统分散在多个地方、多个机构各自研发的状况，不利于少数民族文字信息处理技术的发展，不利于少数民族经济、文化的发展。因此，统一全国少数民族文字信息处理系统建设势在必行，而这个光荣而艰巨的任务非国家民委莫属。

由国家民委牵头有4个好处：①.国家民委负责全国少数民族工作，在组织、协调民族地区工作方面有丰富的实践经验。而且发展少数民族文化本来就是国家民委分内的工作之一，名正言顺。②数字化发展日新月异，每一种软件不是研制完成后便可高枕无忧长期不变的，而是要与时俱进不断更新、不断升级，才能跟上电脑、网络、信息的发展。这项工作具有长期性，必须有一个固定的领导机关负责。国家民委有这个能力和条件，能够保证这项事业的延续发展。③在组织的统一安排下进行全国性有计划有步骤的研制，可以集中地方的与北京科研部门技术力量，避免重复投资、重复开发，便于加快研发速度，既能为国家节约大量资金，又能使少数民族信息技术紧跟时代前进的步伐。国家民委组织专家统筹制定研发少数民族文字信息技术的计划，负责向国家申请经费（把过去教育部、国家计委等部门分散投入研制少数民族文字信息技术的经费集中起来统一使用），负责协调地方和国家科研部门的合作研制工作，组织有关部门对研制的系统进行不间断地研究和升级。④北京是我国数字化、电脑、软件最发达的城市，集中了我国掌握高精尖技术的技术员、科学家和科研单位。国家民委可利用行政上的优势和在北京的一切有利条件，向上联系中央、各部委和国家科研单位，向下联系少数民族地方，完全有能力解决研制过程中遇到的难题。

### （5）建立资源共享体系

民族文字平台是发展民族文化的工具，而资源共享体系是发展民族文化的"物质"基础。民族文字有丰富的文献资料，大多数收藏在少数民族地区，部分收藏于内地图书馆、博物馆等单位，形成了内地科研院所需要的大量各少数民族文献资料分散于边疆各少数民族地区，而边疆各少数民族地区所需汉文资料又集中于内地各类图书馆的现象。此外，少数民族资料文种多、范围广、数量多、藏书布局广，造成了边疆少数民族地区研究着由于受经济的制约很难到内地查询资料，内地的研究者也同样存在着由于经费、路途遥远等原因而得不到边疆民族资料的问题。因此，解决这一矛盾的最好方法就是实现文献资源的共享，建立一个全国少数民族文献资料中心。

### （6）设立全国少数民族文献资料中心

该中心（可设在中国民族图书馆或中央民族大学图书馆或国家图书馆）负责制定实现中国少数民族文献资源共建共享的目标、原则、策略，组织、协调各级各地图书馆的业务工作，进行标准化、网络化的整体化建设，采用现代信息技术手段，建立由国家图书馆、省市图书馆和地市图书馆组成的三级网，层层负责落实具体业务。一级网以中国民族图书馆（或中央民族大学图书馆或国家图书馆）为中心，包括部委各科研院所和大学图书馆，保证内地出版的少数民族文献的完备收藏以及与下级网的联系、协调；二级网以省市图书馆为中心，包括省级各科研院所和大学图书馆，建立以重点文字和重点学科为主的局域网，对主要文字和学科文献进行完备收藏，并保证数据质量；三级网以地市图书馆为中心，建立地区特色藏书，为上级网提供数据与服务。这个少数民族文献资料中心要建成一个比较科学和实用的中国少数民族文献资源藏书体系，此藏书体系主要由民族地方文献（民族地方出版的报纸、杂志、图书、重要档案、手稿、图片、会议文件、考古报告、民间旧书刊）和有关少数民族的内地出版物组成。建设全国少数民族文献资料中心的目的是进行全方位共享，要求对文献资源进行技术支持，我国图书馆工作自动化在大中城市中已初具规模，但在边远地区，特别是边疆少数民族地区，自动化和网络化程度不高，各地方馆对文献资源的采购、保存、加工、利用等都还处于手工加工状态，不利于文献资源的共建共享。因此，全国少数民族文献资料中心要首先筹建三级网，依托计算机（互联网）和（全国的 Internet 主干网），建立科学的中国少数民族文献资源共享数据库体系。三级网可分步建立，从各地图书馆局域网起步，逐渐发展到地区网、国内网，直至国际网。在该中心的统一指导下通过各级网络实现著录、文献传递方式、硬件设备等方面的标准化，使信息和系统能够良好地相互兼容、相互识别和相互传递。

### （7）编制民族文字图书管理软件

图书馆向科学家、工程师、教师、学生、工人、农牧民、市民、军人、商人、等提供他们所需的一切资料，包括电子、纸质出版物。如果没有适应现代社会的计算机图书管理系统，必然影响教学、科研和社会的方方面面。少数民族在文化和经济上本来就比较落后，如果在信息技术上跟不上时代的发展，与信息技术脱节，必将被历史淘汰。目前国内没有少数民族文字图书管理软件，所有图书馆的少数民族文字图书都是人工管理，不但编目、典藏等工序多、加工时间长，而且严重影响了资料、信息的时效性，使用率低，查询和借阅也极为不便，更谈不上资源共享。编制民族文字图书管理软件是一项艰巨的任务，但并不是高不可攀无法完成的工程，只要国家民委以主人翁的姿态担负起这一重任，在国家的支持下这项任务一定能够成功。业内人士都知道汉文图书管理软件有十余种，水平参差不齐，很多研制单位不用自己研制的软件，有的软件在研制完成之后便退出了历史舞台。此外，使用这些软件的单位，由于软件不同，不但造成联网、资源共享等方面存在诸多困难，其人力财力浪费也是惊人的。如果能把经费集中起来使用，不但可以节约大量经费，研发的水平也一定会令人满意，在使用过程中的升级、维护、资源共享等问题也会迎刃而解。造成目前这种水平低、浪费大局面的原因主要是政府管理无序、各部委各自为政。因此，研制民族文字图书管理软件一定要杜绝这种情况，要在国家民委的统一组织下，有计划、有目标、有步骤地进行，为弘扬少数民族先进文化添砖加瓦。

# 四、藏书来源

建馆之初,国家向故宫博物院、北京图书馆、社会科学院图书馆等单位下达向中央民族学院捐赠图书馆的指示,各馆纷纷响应,向中央民族大学图书馆捐出了以民族类古籍、旧平装和旧期刊为主的大批图书,同时也得到了社会名流、学者也纷纷慷慨捐助,国家也拿出专款购书。因此,中央民族大学图书馆建馆初期的馆藏中有不少珍贵古籍。

## (一)古籍

中央民族大学图书馆汉文古籍有 30139 种,共 250000 余册。其中,民族学科的古籍 10130 余种,占古籍总藏量的 34%,其中不乏珍本、孤本,如《皇朝藩部要略》《五边典则》《颚尔太奏疏》《新疆四道志》《饶应祺奏稿》《两朝平攘录》《平定准噶尔方略》《黔南十集》《河套新编》《裕刚奏稿》《讯鲜录》等。方志 3200 余种,占汉文方志的 30% 左右,在国内图书馆界属于藏量较多的馆,其中有《颖州志》《昆明新志》等罕见本和孤本;善本 1430 多种,其中宋版 1 种(《通鉴记事本末》残本),元版 11 种(如《文章规范》七卷,宋·谢枋得批点本),明版 503 种,余下的是清初刻本、稿本、名家题跋本等。善本中有《宋史记》、明万历刻本《两朝平攘录》等罕见本和孤本;民族图谱中有绘本《苗蛮图》《荀格图》《维西夷人图》等 12 种,约 500 幅;民族文字古籍 2000 多种,其中不乏珍本、善本,如藏文的《甘珠尔》《多仁班智达传》《青史》《贤者喜宴》《大宝伏藏》等,满文的《金瓶梅》《盛京赋》,蒙古文的《蒙文汇抄》,傣文的《六种夷语》等。1997 年汉文古籍善本统计:经部 73 种,759 册,其中明本 28 种,清本 45 种;史部 769 种,10143 册,其中宋本 1 种,元本 6 种,明本 169 种,清本 593 种;子部 164 种,3157 册,其中明本 137 种,清本 27 种;集部 375 种,6254 册,其中元本 5 种,明本197种,清本173种;丛书12种,326册,其中明本3种,清本9种;种数合计1393种,20639册,其中宋本1种,元本11种,明本534种,清本847种。英文728种,法文11种,德文8种,俄文10种,日文52种,合计809种。2003年搬迁新馆时,发现受"文革"牵连的一批老先生的除古籍、旧平装书和民国期刊之外的资料(文稿、报纸、老先生笔记本、来往书信、老先生子女的日记本等杂七杂八的各种文字资料)和其他一些非图书的文字资料。笔者认为这些是极为重要的资料,故将散乱的资料全部装箱,有的箱子原封不动,连同图书馆历年各种材料共计20多箱,全部存放于地下书库,放在书架上,准备日后编目。但由于能力有限,不但未能如愿,还有诸多损失和遗憾,不一而足。

图4-1 中央民族大学图书馆第二代古籍室工作人员

图 4-2 聘请老专家指导古籍室工作

## （二）旧平装图书

旧平装图书是指 1949 年 10 月 1 日前出版的平装图书。中央民族大学图书馆旧平装图书有 12500 种，近 35000 册。其中与民族学科相关的图书约有 3000 种，近 5000 册。其中不乏珍本、孤本和绝版书，如《爱新觉罗宗谱》《康藏韶征》《苗族救星》《瑶山艳史》《藏语》等。

## （三）旧报刊杂志

旧杂志是指 1949 年 10 月 1 日前出版的报纸、杂志。本馆收藏的旧报刊杂志有 2000 余种，其中有 30 余种珍贵刊物，如《政府公报》《时务报》《藏文白话报》《班禅驻京办公处月刊》《康藏前锋》《康导月刊》《醒回篇》《蒙藏月报》《湘学报》《时务报》《汇报》《点石斋画报》等。中央民族大学图书馆馆古籍由近千种年谱、900 多种文集、800 多种相关的目录索引、3000 多种方志、旧平装书、民国报刊和 2000 多种民族文字古籍构成。这些珍贵的图书来源有三：其一，采购图书。

主要从中国书店和琉璃厂古旧书店采购而来。据吴丰培和乔仁诚两位先生讲，办馆初期，他们在琉璃厂等地论堆买古书，一天能买几百本。其二，受赠图书。建校伊始，国家号召北京和上海向中央民族学院捐赠图书，先后有禹贡学会、故宫博物院、北京图书馆、北京大学图书馆、中国佛教协会、江苏文管会等单位响应号召捐赠了大批珍贵汉文古籍和部分北京版和内蒙古版的藏文古籍。1953—1959年期间，国家明确中央民族大学图书馆以民族学科为主，故购买古籍也以民族学类为主。当时派贺云彪、李仲楹等人前往浙江等地购买，得到浙江省副省长杨思一的大力支持，从没收地主富豪的图书中挑选出地方志和与民族学科相关的古籍赠送给中央民族学院。其三，个人捐赠。建馆初期，先后有江苏武进张涛卿、美籍华人洪煨莲、浙江鄞县陈时夏、无锡张荣昌、潘光旦、吴文藻、林耀华、张维、张琨、吴丰培、贾敬颜等老一辈学者捐出家藏。纳西族学者方国瑜先生捐赠东巴文抄本。2000年后王钟翰先生捐赠了汉文古籍，还有宋蜀华、陈振铎、李森等先生家属捐赠了新书刊。

2003年3月31日，王钟翰先生到图书馆小坐，笔者向王先生请教几个清代民族史问题，之后谈及图书馆藏书时，王先生说：

> 洪煨莲先生去美国之前，要我处理他的书，大概有三万多本，本来应该给北大，但他们（指北大）不感兴趣。翁独健主张半送半卖，洪先生说"我银行里有钱，不要卖。"于是，洪先生把处理书的事情交给我，翁则有意留点。当时中南民族学院要出钱买，我没有同意，就按洪先生的意愿送给了民院（中央民族学院）。吴丰培是秘书，他就刻了一枚"洪煨莲赠书"的印章。……潘光旦是清华大学图书馆馆长，他收藏地方志，琉璃厂开明书店姓郭的店员，常常为潘先生和我送书。……我18岁立志，起名忠汉，即忠于汉室，后来改为钟翰。我小时候不怕吃苦，甜的酸的辣的都吃，长大到什么地方也能适应。《三国志裴注考证》是我只花了三个月写成的。要锻炼，身体好才能吃苦。我去过青海、内蒙古，都能够适应，就是没有去过西藏拉萨，太可惜了。……70岁时我去东洋文库，头一年华罗庚去世，他们不敢请我了，只请了3个月，怕我死在那里。……什么都要管，什么都要做，但要专一门。我学秦汉史，而专清史。洪先生把《清实录》借我看，我看完了一遍。后来他把书给我，说"你在书上画，送给你了。"要我看《东华录》，我把关于清史部分看了一遍。看古籍，不但看正文，还要看序和后记，这里边的内容与正文密切关系。做学问，要做到

五勤，即：眼睛勤，一部书前后看；手勤，看后要写心得，什么都背不得，有用的要抄下来，还要注明出处；腿勤，多走多问；耳勤，听不同意义，什么意见都要听，才能升华；心勤，要常常思考，心知其宽，……下棋，能看三、四步，别人要胜你就难。看书也一样，要比较，不能人云亦云。做学问要能坐冷板凳，十年八年，甚至二三十年。我九十岁，坐冷板凳也有几十年。……与人交往，要言而有信，如果说话不算数，不可交。有特殊情况做不到，要说明。办不到、想不到，要说明。"有约就要办"，这些是我十岁以前我哥告诉的，此后，又得到洪先生、郭老师的教导。

1953年的账本中有一纸条，上书"1953年购置《历代班禅传》40包"，但现存藏文古籍中只有《达赖喇嘛传》而无此书。1954年9月的账本中有一个纸条，上写"研究部购置藏文古籍一批"。1954年9月15日，十四世达赖喇嘛和十世班禅额尔德尼到北京参加第一届全国人民代表大会，十四世达赖喇嘛向中央民族学院赠送第二、五、七至十三世达赖喇嘛的传记和第一、三、五、七、八、十三世达赖喇嘛文集，以及《五世达赖喇嘛金塔目录》《七世达赖喇嘛金塔目录》《八世达赖喇嘛金塔目录》和《十世达赖喇嘛金塔目录》，共65函拉萨雪印经院刻本。2006年藏历年笔者采访据格桑居冕，他说中央民族大学图书馆藏文古籍主要来源有二，一是十四世达赖喇嘛所赠历代达赖喇嘛文集，当时他是接收赠书的成员之一。二是佟锦华先生专程去德格印经院采购的古籍。问及纳塘版《甘珠尔》是否为达赖喇嘛所赠时，他说"在达赖喇嘛来京之前就有了，达赖喇嘛当时所赠藏文古籍中没有纳塘版《甘珠尔》，主要是拉萨的刻本"。据格桑居冕和黄明信两位先生回忆，这部纳塘版《甘珠尔》刻本是国家调拨来的，可能是清代章嘉国师时期某个寺院的藏书。1957年，国家统战部将陈毅自拉萨带回的藏文古籍一批赠与中央民族大学图书馆。1958年春，在于道泉先生的策划和主持下，北京图书馆和中央民族学院合作，选派佟锦华先生赴德格印经院和八邦寺印经院购买藏文古籍，大约在德格住了6个月。购买的古籍主要有文学、历史、人物传记和《大宝伏藏》（62函）等内容。当时印经院缺藏纸，故部分古籍是用带去的山东宣纸印刷的。此次购买的古籍共三套，分藏于北京图书馆、中央民族学院图书馆、民族文化宫图书馆，之后中国社会科学院民族研究所图书馆也购买了部分德格印经院和八邦寺的刻本。[①]

2004年9月4日，举行王钟翰先生捐书仪式。

---

① 以上资料由黄明信、格桑居冕、黄润华和黄布凡教授提供。

2007年5月9日，举行宋蜀华先生捐书仪式。

## （四）部分著名捐赠者

自建馆以来先后有250多人捐赠图书，其中捐赠古籍较多的先生如下。

洪煨莲：男，汉族，原名业，字鹿岑，谱名正继，号煨莲，英文名William。1893年10月27日生于福州，1980年12月22日在美国去世，终年87岁，福建侯官（今闽侯）人。著名历史学家。其父洪曦是光绪十七年（公元1891年）辛卯科举人。他自幼在家读书，1904年，随父到山东曲阜，进县立新式学堂读书。后到福州，1910年就读于美国传教士开办的英华书院。1915年毕业后，得到书院董事汉福德·克劳弗德的资助，赴美国留学。先后就读于卫斯良大学、哥伦比亚大学、纽约协和神学院，获得文学士、文硕士、神学士等学位。1933年、1940分别落得美国俄亥俄韦斯良大学名誉文学博士和名誉神学博士称号。1920—1922年在美国巡回演讲，争取美国援助中国抵抗日本强占青岛。1923年受燕京大学之聘，协助哈里·卢斯参与新校舍建设，并任燕京大学历史系教授。在燕京大学期间，历任文理学院院长、历史系主任、图书馆馆长、研究院文科主任等职。1924年为创立哈佛燕京学社和争取查尔斯·马丁·霍尔的亚洲文化教育事业基金作出了重要贡献。1925年赴哈佛大学讲学。1930年回国，任燕京大学国学研究所所长兼导师。1937年获巴黎茹理安奖金。1941年12月被日军逮捕入狱，次年出狱后拒绝为日伪工作。1945年燕京大学复校，任历史系教授。1946年赴哈佛大学讲学，1947年任夏威夷大学客座教授，1947—1948年任哈佛大学东亚语文系客座教授。1948年起担任哈佛燕京学社研究员。1958年兼任新加坡南洋大学校务委员会委员。1973年获美国匹兹堡大学"中西文化学术交流倡导者奖状"。任燕京大学图书馆馆长期间，不但注意国内外新版书刊和明清史志善本图书的采购，特别关注图书目录，并自创"中国字庋撷法"，组织编纂经、史、子、集引得64种，81册，为学术界提供了很大便利。他毕生致力于教育事业和中西文化交流事业，为发展燕京大学、创立哈佛燕京学社作出了很大的贡献。著作有《中国最伟大的诗人杜甫》（英文专著）、《洪业论学集》等。胡适曾称赞道："我趁此向燕大的中国学人致敬，特别要向洪业博士致敬；他建立的燕京图书馆，出版《燕京学报》，而且创办一项有用的哈佛燕京引得丛书，功劳特别大。他有计划的在学生中培养历史人才，在他的鼓励下，学生郑德坤专攻考古，齐思和研究春秋战国，瞿同祖专攻汉代，周一良研究魏晋六朝，杜洽研究唐代，冯家升研究辽代，聂崇岐研究宋代，翁独健研究元代，王钟翰研究清代。他的这些学生都成长为中国历史学界的中坚力量，作为先生当可笑慰九泉了。"他情系故国，常说"我爱美国，我更爱祖国，祖国是我父母之邦。"晚年他让弟子王钟翰处理留在国内的三万多册书籍和私人用品。王钟翰遵照老师嘱咐，将有保存价值的东西捐给图书馆或博物馆，把图书分给了做学问的朋友们，古砚台分送给学术上有成就的学生，象征着自己的学术后继有人。洪煨莲先生向中央民族大学图书馆捐赠的图书有汉文古籍、旧平装书和英文图书，据说有捐赠图书登记，但未发现，故未能刊出。（与赠书有关的4张洪煨莲先生手稿复印件和张积明书记接收赠书时的说明文字复印件2张，在图书馆搬迁时放错地方而不幸遗失，实为憾事。）

张涛卿：男，汉族，江苏省武进县人，生卒年不详。武进是历史上有名的文化地区，曾出过进士1546名，其中状元9名，为全国县级之冠。张氏祖辈均为读书人，其自幼在家读四书五经，因其聪慧过人，誉满乡里。1959年张涛卿响应政府号召向支援政府办学，将其三代人之家藏捐赠国家。国务院又将其均赠图书悉数转赠中央民族学院。张涛卿先生捐赠图书未能统计，实为憾事。

陈时夏：男，汉族，字季衡，号于庵，附生，浙江省鄞县人，常署名浙江鄞县陈时夏，1876年出生，1928年去世，享年52岁。中国民主革命家、法学家。1898年考科举，岁试和县试均为第一。1904年，由浙江省府派遣留学日本，毕业于日本政法大学法律专业速成科，加入中国同盟会。1909年任浙江省咨议局议员。1909年当选为浙江省咨议局副议长。1911年与陈训正、张进杓、林端辅等成立宁波国民尚武分会。1911年辛亥革命爆发后积极参与浙江光复运动，杭州于11月5日宣告起义，成立浙江都督府，陈时夏任秘书长，后代理过浙江督军兼省长。浙江光复后作为浙江军政府都督代表之一前往武昌参与中央政府和中华民国南京临时政府的筹建工作。1912年4月任中华民国北京临时参议院议员，后当选为浙江省议会议员，后曾任北京临时参议院议员、浙江省司法长、政法学校校长，长期担任浙江省参议会副议长。1923年曹锟贿选，宁波籍议员陈时夏、张申之均拒贿，与其他浙江籍议员褚辅成、沈钧儒、陈黻宸等返回浙江。不久，他南下广州任非常国会参议会议员。后因积劳成疾回家养病，不久病逝。陈时夏之父好书，生活俭朴，不吝啬购书，陈时夏亦好聚书，父子两代所藏之书编成《说诗旧庐藏书目》。1924年后，"陈时夏先生杜门不复出，安贫若素，日以讲习为事，常语子弟曰：贫者士之常，汲汲于货利，是商贾之所为，我甚耻之。汝辈引为深戒。"陈时夏之子陈宗亮为上海国营新沪钢铁厂会计，通过潘光旦介绍，自愿将其父藏书悉数捐赠中央民族学院，认为"将书捐赠中央民族学院，公诸国家，为教学研究之用，正是先父素志。何况旧日之图书文献，为量无多，私藏究不如公有之流传广远，遗惠无穷。"这等思想境界，就是我国文人的气质所在。1954 年，潘光旦和穆衡伯自宁波将陈氏所捐赠古籍 820 种，10668 册、地图 3 幅（实际数字略有出入。当年估价 24052300 元。）运抵北京，入藏中央民族学院图书馆。

张荣昌：男，汉族，生卒年不详，无锡人士，清末学者，常署名"无锡张荣昌"。张荣昌出身书香门第，粗茶淡饭，清风傲骨，解放初期自愿将家藏古籍 408 种，5272 册（实际数字略有出入）悉数捐赠国家，于 1952 年 8 月 27 日由文化部将其赠书分配给中央民族学院图书馆。

潘光旦：男，汉族，字仲昂，原名光亶，又名保同，笔名光旦，英文名 Quentin Pan。汉族，江苏人。1899 年 8 月 13 日生于江苏省宝山县罗店镇，1967 年 6 月 10 日去世，享年 68 岁。社会学家、优生学家和民族学家。1927 年参与筹办新月书店，著作有《优生学》《人文生物学论丛》《中国之家庭问题》和译著《性心理学》等。学界称其为清华百年历史四大哲人之一（其余三人为叶企孙、陈寅恪、梅贻琦）。1952 年教育部二、三级教授之一。论著有《冯小青》《中国家庭之问题》《日本德意志民族性之比较的研究》《性心理学》《读书问题》《画家的分布、移植与遗传》《中国伶人血缘之研究》《近代苏州的人才》《明清两代嘉兴之望族》《家谱学》《优生概论》《人文史观》《民族特性与民族卫生》《优生与挑战》《自由之路》《政学罪言》《优生原理》《苏南土地改革访问记》《中国境内犹太人的若干历史问题——开封的中国犹太人》《湘西北的"土家"与古代的巴人》等。

吴文藻：男，汉族，1901 年 12 月 20 日出生于江苏江阴，1985 年 9 月 24 日在北京去世，中国著名社会学家、人类学家、民族学家，1952 年教育部二、三级教授之一。吴文藻先生是中国社会学、人类学和民族学本土化、中国化的最早提倡者和积极实践者。论著有《社会科学与社会政治》《中国少数民族情况》《见于英国舆论与行动中的中国鸦片问题》《现代法国社会学》《德国系统社会学》《功能派社会人类学的由来与现状》《现代社区研究的意义和功能》《中国社区研究的西洋影响与国内近况》《社区的意义与社区研究的近今趋势》《社会制度的性质与范围》《社会学与现代化》《英国功能学派人类学今昔》《战后西方民族学的变迁》《吴文藻人类学社会学研究文集》等。吴先生捐赠图书未能统计，故未能刊出。

林耀华：男，汉族，1910年3月27日出生于福建省古田，2000年11月27日去世。著名民族学家、人类学家、历史学家、社会学家和民族教育家。中央民族大学博士生导师、终身教授，1952年教育部二、三级教授之一。1935年获北平燕京大学硕士学位，1940年获美国哈佛大学哲学博士学位。著述有《金翼》（英文版）、《凉山夷家》《从猿到人的研究》《原始社会史教学大纲》《原始社会史》《民族学研究》《民族学通论》《凉山彝家的巨变》《林耀华先生学述》《从书斋到田野》《义序的宗族研究》《三上凉山》等。林先生捐赠图书未能统计，故未能刊出。

张维：男，汉族，生卒年不详。民国初期学者，1956年响应政府号召，把家藏古籍捐献给国家，国务院又将其所赠图书转赠中央民族学院。张先生捐赠图书未能统计，故未能刊出。

王钟翰：男，汉族，1913年出生于湖南省东安县芦洪市伍家村，2007年12月12日在北京去世，享年95岁。中央民族大学历史系及民族史研究所教授、博士生导师、终身教授，兼任历史系名誉主任，满学研究所所长，中国社会科学院民族研究所兼职研究员，北京市历史学会顾问和中国民族史学会顾问。1934年，长沙雅礼中学毕业后考入北平燕京大学历史系，师从著名历史学家洪煨莲、邓之诚、顾颉刚诸大师。1938年、1940年，分别获北平燕京大学历史系学士和硕士学位，1943年在成都燕大历史系任讲师，1946年赴美国哈佛大学进修两年，回国后在燕京大学历史系任副教授，兼任哈佛燕京学社引得编纂处代副主任。1952年调至中央民族学院任教。论著有《辨纪晓岚手书简明目录》《谈军机处》《清三通之研究》《读张孟劬先生史微记》《清史杂考》《清史稿》《满族简史》《朝鲜李朝实录中之女真史料选编》《清代旗地性质初探》《战国秦汉辽东辽西两郡县考》《雍正西南改土归流始末》《沈阳锡伯族家庙碑文浅释》《对清前期历史必须作综合比较研究》《关于满族形成中的几个问题》《藤花会逸事》《洪煨莲先生传略》《洪业论学集序》《国语骑射与满族的发展》《清国史馆与清史列传》《对编修清史的一点意见》《清政府对台湾郑氏关系之始末》《什么是清初四大疑案》《邓文如传略》《自传》《清史研究中的几个问题》《满族之今昔》《洪煨莲先生与引得编纂处》《满族历史与文化》《试论理藩院与蒙古》《论袁崇焕与皇太极》《从满族的命名谈起》《清实录与清史研究》《悼独健同志》《满文老档中计丁授田商榷》《释马法》《释汗依阿玛》《清圣祖遗诏考辨》《清实录与清史研究》《清代官制简述》《东北考察记》

《清史续考》《清宫斗争内幕序》《满族八旗制国家初探序》《四库禁毁书丛刊》《明代漠南蒙古研究序》《清史研究与民族古籍》《清代内务府序》《中国北方民族政权研究序》《王钟翰学述》《王钟翰学术论著自选集》《清史余考》《清前期八旗土地制度研究序》《清代翰林院制度序》《满文档案与清史研究》《清心集》《王钟翰清史论集》《王钟翰清史论集叙言》等。

吴丰培：男，汉族，又名玉年、廑年。祖籍江苏省吴江县，1909年11月生于北京，1996年3月22日病故，享年87岁。著名文献学家，历任中国地方志集成编辑指导委员会委员、西藏社会科学院西藏学汉文文献编辑顾问、全国图书馆文献缩微中心顾问、中国边疆史地研究中心学术顾问，中央民族大学图书馆研究馆员、顾问。1930年就读北京大学研究所研究生，师从朱希祖、孟森研习明史，完成《明驭倭录校补》（16卷）一书，1935年毕业。1936年任北平研究院史学研究会编辑，研究明史、整理家藏蒙藏旧档并开始研究西藏史地。1948年以前出版《清代西藏史料》《清季筹藏奏牍》《达赖出亡事迹考》《西藏志版本同异考》等论著。参与《清实录·藏族史料》《中国历史地图集》《明代西北区图幅说明书》《辞海》等编纂工作。几年后接受6个月的组织调查，他一边交待解放前的历史问题，一边还创作了《三反五反》和《贪污鉴》两部京剧剧本。1956年，撰写了关于朝鲜史的文章，关注抗美援朝。"文革"期间被下放到五七干校，他将家藏古籍分成三份。一份是随身古籍，这是其父吴燕绍的亲笔抄本，一共3大箱。第二份是刻本和部分旧平装，共10箱，交图书馆。第三份，准备"论斤卖"的图书，抄家期间由中央民族学院接收。他在学校的几十年时间里，编纂和撰写的论著有《馆藏中国民族问题研究文献书籍草目》《关于达赖喇嘛的封号、地位、职权等的考证》《中国地方志联合目录》《廓尔喀纪略补辑》《联豫驻藏奏稿》《豫师青海奏稿》《清代驻藏官员的设置和职权》《民元藏事电稿》《藏乱始末见闻记》《宗教源流考·番僧源流考》《卫藏通志著者考》《唐代吐蕃名臣禄东赞后裔五世仕唐事略》《赵尔丰川边奏牍》《清代藏事辑要续编》《川藏游踪汇编》《平定金川方略》《平定两金川方略》《巴勒布纪略》《西域同文志》《丝绸之路资料汇抄》《桂祥科布多奏稿》《连魁科布多奏稿》《钦定理藩部则例》《有泰驻藏日记》《清代驻藏大臣传略》《清代驻藏大臣制度的建立与沿革》《藏学研究的历史进程》《班禅额尔德尼传评述》《清末蒙古史地资料荟萃》《明代宫廷杂录汇编》《抚远大将军允禵奏稿》等。

方国瑜：男，纳西族，字瑞臣，云南省丽江县人，1903年生，1983年去世。著名社会科学家、教育家，九三学社成员。著作有《云南史料目录概说》《中国西南历史地理考释》《彝族史稿》《元代云南行省傣族史料编年》《纳西象形文字谱》《方国瑜纳西学论集》《滇史论丛》《抗日战争滇西战事篇》等。方国瑜先生向中央民族大学图书馆捐赠东巴文古籍。

1996年，中央捐赠维文、汉文图书共680册（这批书是"文革"前和改革开放初期为培养维吾尔族学生购买的维文和汉文的中小学生读物）。

1999年11月，香港石汉基先生捐赠价值10万元人民币的港台图书458册。

2001年至2017年期间，土登尼玛活送徐丽华的300多册藏文和《格桑善言文集》（64册藏文），均转赠图书馆。

2016年，美国学者捐赠5000多册英文图书。

此外，捐书者还有陈振铎、李森、宋蜀华、禹克坤、李绍尼、热依木、才让太等教授。以上诸多先生所捐书目因未统计，未能刊出，祈恕懒惰之过。由于材料不全，捐赠者名单也不全，敬请谅解。

2014年，将中央民族大学民族语言文学系的东巴古籍2500多册联系入馆，无果。2018年再次联系，这批东巴文古籍终于入馆收藏。这批东巴文古籍是1952年由和发源与和志武教授（中央民族学院民语系纳西族学者）从云南中甸（今香格里拉县）的三坝、维西、丽江东坝等地用茶叶、红糖、火柴、盐巴、水桶、脸盆等换回来的，部分用现金购买。当时有5箱，4箱书约2500多册，1箱是法器，还有几幅唐卡。另外，还有7册是著名学者方国瑜在中央民族学院成立五周年时赠送的。和志武先生等千辛万苦、不远千里得来的东巴文古籍中，今存两个木箱和1500余册东巴文古籍，其余法器和唐卡等不知所踪。这批东巴文古籍，于1965年之前，由周汝城、和志武等人编纂目录，当时还帮助北京图书馆（今国家图书馆）编纂了东巴文古籍目录。中央民族大学的东巴文古籍目录是把写有目录的方纸块贴在古籍封面，目录纸上有国际音标读音、汉译名、古籍来源地等内容。这批东巴文古籍目录已收入《北京地区东巴文古籍总目》。

图 4-3　1952 年从丽江寄到中央民族学院的装书木箱

## （五）新平装图书和各种报刊杂志

自 1951 年开始，国内出版的新平装图书和各种报刊杂志，主要从新华书店、邮局订购，只有部分图书和报刊直接从出版社和报刊社订购，此外有部分民族地区报刊为互相交换获取。截至 2000 年 9 月，新平装书有：汉文图书 78 万册（已减去剔旧图书 13 万余册），民族文字图书 12 万册，报刊合订本 6.6 万册。

## （六）外文图书、报刊

1949 年 10 月 1 日前的外文图书，来源于北京旧书市场、单位和个人捐赠。主要是英文、日文、俄文、法文图书。其中于 1910 年以前出版的图书约 130 种，已定为中央民族大学图书馆善本。1951 年以来的外文图书，主要从中国教育图书进出口公司订购。新旧图书近 6 万册，共 47 种文种。1975 年、1996 年专门为云南藏文师资班购买一批师资读物。2005 年 1 月，徐丽华和刘培红负责将合并到图书馆的五个民族语言文学系原院系资料室的蒙古、藏、维、哈、朝五种民族文字及其他民族文字的各种杂志装订成册，妥善保存了五千多册民文珍贵资料，极大丰富了中央民族大学图书馆民族文字杂志的收藏。2004 年艺术室收藏少数民族音乐磁带 274 盒，其中蒙古族 25 盒、侗族 12 盒、朝鲜族 32 盒、新疆各族 7 盒、台湾 11 盒、中国传统音乐 27 盒、全国第四届音乐作品评比 14 盒、各少数民族民歌 28 盒、少数民族声乐作品与演奏 58 盒、少数民族声乐作品与演唱 60 盒。其他录音带 198 盘（长度 180—250m）。10 月，组织采编部、艺术室相关人员，分派到昆明、贵阳、成都、呼和浩特等地专门购买少数民族的音乐、歌曲、舞蹈方面的民族声像资料，搜集数量和语种几乎覆盖全国。这次采购汇集了这一时期的民族音乐、民族歌舞资料，堪称国内之最。

图 4-4　2003 年中央民族大学音乐系归入中央民族大学图书馆的珍贵唱片

## （七）历年馆藏图书、经费统计

1951 年至 1989 年图书、经费未作统计。

表 4-1　1989-1997 年馆藏图书、经费统计表

| 时间 | 书刊数量 | 经费 | 其他经费 |
| --- | --- | --- | --- |
| 1989 | 101.0 万册 | 22 万元 | 0 |
| 1990 | 101.82 万册 | 22 万元 | 0 |
| 1991 | 102.7089 万册 | 22 万元 | 0 |
| 1992 | 103.4644 万册 | 22 万元 | 1.7 万美元 |
| 1993 | 104.3635 万册 | 22 万元 | 1.7 万美元 |
| 1994 | 105.2 万册 | 22 万元 | 1.7 万美元 |
| 1995 | 102.0 万册（剔旧 3 万册） | 22 万元 | 1.7 万美元 |
| 1996 | 102.6 万册 | 22 万元 | 1.7 万美元 |
| 1997 | 103.2054 万册 | 22 万元 | 1.7 万美元 |

**表 4-2　1998 年馆藏图书、经费统计表**

| | 当年入藏书刊数量 | | 书刊累计总量 |
|---|---|---|---|
| | 书刊类型 | 数量 | 数量 |
| 1 | 中文图书 | 7,946 册 | 1,040,000 册 |
| 2 | 外文图书 | 408 册 | 60,000 册 |
| 3 | 入库中文期刊 | 429 种 | 16,256 种 |
| 4 | 入库外文期刊 | 72 种 | 3,105 种 |
| 5 | 入库报纸 | 131 种 | 43,992 种 |
| 6 | 书本型报刊 | 0 | 2,722 册 |
| 7 | 缩微胶卷 | 0 | 350 种 |
| 8 | 音像资料 | 6 种 | 80 种 |
| 9 | 机读文献 | 4 种 | 50 种 |
| | 合计 | 9,006 册（种） | 1,166,555 册（种） |

| 当年订购报刊 865 种 | | 当年经费 | 实际支出 |
|---|---|---|---|
| 1 | 中文期刊 | 742 种 | 25 万元 | 40 万元 |
| 2 | 外文期刊 | 36 种 | 文科转款 1.7 万美元 | 1.7 万美元 |
| 3 | 报纸 | 87 种 | | |

## 表 4-3 1999 年馆藏图书、经费统计表

| | 当年入藏书刊数量 | | 书刊累计总量 | |
|---|---|---|---|---|
| | 书刊类型 | 数量 | 数量 | |
| 1 | 中文图书 | 5,680 册 | 1,045,680 册 | |
| 2 | 外文图书 | 522 册 | 60,522 册 | |
| 3 | 入库中文期刊 | 1,233 种 | 17,489 种 | |
| 4 | 入库外文期刊 | 40 种 | 3,145 种 | |
| 5 | 入库报纸 | 127 种 | 44,119 种 | |
| 6 | 书本型报刊 | 750 册 | 3,472 册 | |
| 7 | 缩微胶卷 | 0 | 350 种 | |
| 8 | 音像资料 | 5 种 | 80 种 | |
| 9 | 机读文献 | 5 种 | 55 种 | |
| | 合计 | 8,362 册（种） | 1,174,912 册（种） | |
| 当年订购报刊 833 种 | | | 当年经费 | 实际支出 |
| 1 | 中文期刊 | 706 种 | 30 万元 | 45 万元 |
| 2 | 外文期刊 | 40 种 | 文科转款 1.7 万美元 | 1.7 万美元 |
| 3 | 报纸 | 87 种 | | |

表 4-4  2000 年馆藏图书、经费统计表

|  |  | 当年入藏书刊数量 | 书刊累计总量 |
|---|---|---|---|
|  | 书刊类型 | 数量 | 数量 |
| 1 | 中文图书 | 2966 册 | 1,048,646 册 |
| 2 | 外文图书 | 638 册 | 61,160 册 |
| 3 | 入库中文期刊 | 473 种 | 17,926 种 |
| 4 | 入库外文期刊 | 116 种 | 3,261 种 |
| 5 | 入库报纸 | 132 种 | 44,251 种 |
| 6 | 剪报资料 | 0 | 3,472 种 |
| 7 | 缩微胶卷 | 0 | 350 种 |
| 8 | 音像资料 | 3 种 | 80 种 |
| 9 | 机读文献 | 0 | 55 种 |
|  | 合计 | 4,382 册（种） | 1,179,237 册（种） |

| 当年订购报刊 1,055 种 |  |  | 当年经费 | 实际支出 |
|---|---|---|---|---|
| 1 | 中文期刊 | 827 种 | 30 万 | 45 万 |
| 2 | 外文期刊 | 116 种 | 文科转款 1.7 万美元 | 1.7 万美元 |
| 3 | 报纸 | 112 种 |  |  |
| 当年剔旧书刊 合计：26,645 册（种） 10,868 册（种） | 中文图书 | 民文图书 | 外文图书 |  |
|  | 15,702 册 | 75 册 |  |  |

## 四、藏书来源

**表 4-5　2001 年馆藏图书、经费统计表**

|   | 年当年入藏书刊数量 | | 书刊累计总量 |
|---|---|---|---|
|   | 书刊类型 | 数量 | 数量 |
| 1 | 中文图书 | 4,972 册 | 1,026,049 册 |
| 2 | 外文图书 | 1,032 册 | 62,192 册 |
| 3 | 入库中文期刊 | 540 种 | 18,482 种 |
| 4 | 入库外文期刊 | 148 种 | 3,305 种 |
| 5 | 入库报纸 | 196 种 | 44,447 种 |
| 6 | 书本型报刊 | 0 | 3,472 册 |
| 7 | 缩微胶卷 | 0 | 350 种 |
| 8 | 音像资料 | 3 种 | 80 种 |
| 9 | 机读文献 | 0 | 55 种 |
|   | 合计 | 6,891（册）种 | 1,155,160（册）种 |

| 当年订购报刊 943 种 | | | 当年经费 | 实际支出 |
|---|---|---|---|---|
| 1 | 中文期刊 | 840 种 | 40 万元 | 60 万元 |
| 2 | 外文期刊 | 37 种 | 文科转款 1.7 万美元 | 1.7 万美元 |
| 3 | 报纸 | 106 种 |  |  |
| 当年剔旧书刊<br>合计：27,999（册）种 | 中文图书 | 民文图书 | 外文图书 |
|  | 2 册 | 27,994 册 | 3 册 |

### 表 4-6  2002 年馆藏图书、经费统计表

| | 当年入藏书刊数量 | | 书刊累计总量 | |
|---|---|---|---|---|
| | 书刊类型 | 数量 | 数量 | |
| 1 | 中文图书 | 9152 册 | 919601 册 | |
| 2 | 外文图书 | 1679 册 | 63871 册 | |
| 3 | 民文图书 | 924 册 | 113252 册 | |
| 4 | 中文期刊 | 530 种 | 19012 种 | |
| | 外文期刊 | 37 种 | 3342 种 | |
| 5 | 报纸 | 186 种 | 44633 种 | |
| 6 | 剪报资料 | 16 种 | 3488 种 | |
| 7 | 缩微胶卷 | 0 | 350 种 | |
| 8 | 音像资料 | 0 | 80 种 | |
| 9 | 机读文献 | 0 | 55 种 | |
| 合计 | | 12524 册（种） | 1167684 册（种） | |
| 数据库 | | | | |
| 当年数据库 | | | 数据库总量 | |
| 中文图书（回溯） | | 34700 条 | 76000 条 | |
| 中文图书（新书） | | 2451 条 | 6000 条 | |
| 外文图书 | | 1679 条 | 200 条 | |
| 中文期刊 | | 5241 条 | 18335 条 | |
| 研究生论文 | | 200 条 | 200 种 | |
| 民族文字 | | 0 | 0 | |
| 合计 | | 44271 条 | 102535 条 | |
| 当年订购报刊 1054 种 | | | 当年经费 | 实际支出 |
| 1 | 中文期刊 | 872 种 | 60 万元 | 65 万元 |
| 2 | 外文期刊 | 37 种 | 文科转款 1.7 万美元 | 1.7 万美元 |
| 3 | 报纸 | 145 种 | | |

## 四、藏书来源

### 表 4-7  2003 年馆藏图书、经费统计表

| | 当年入藏书刊数量 | | 书刊累计总量 | |
|---|---|---|---|---|
| | 书刊类型 | 数量 | 数量 | |
| 1 | 中文图书 | 112760 册 | 1032361 册 | |
| 2 | 外文图书 | 4030 册 | 67901 册 | |
| 3 | 民族文字 | 10550 册 | 123802 册 | |
| 4 | 入库中文期刊 | 42243 种 | 6125 种 | |
| | 入库外文期刊 | 146 种 | 3379 种 | |
| 5 | 入库报纸 | 184 种 | 44817 种 | |
| 6 | 剪报资料 | 13 种 | 3501 种 | |
| 7 | 缩微胶卷 | 0 | 350 种 | |
| 8 | 音像资料 | 30 种 | 110 种 | |
| 9 | 机读文献 | 0 | 55 种 | |
| 10 | 研究生论文 | 230 种 | 430 种 | |
| 合计 | | 169956 册（种） | 1337531 册（种） | |
| 当年订购报刊 1283 种 | | | 经费 | |
| 1 | 中文期刊 | 1101 种 | 当年经费 | 实际支出 |
| 2 | 外文期刊 | 39 种 | 80 万元 | 80 万元 |
| 3 | 报纸合订本 | 143 种 | 文科转款 1.7 万美元 | 1.7 万美元 |
| 数据库（条） | | | | |
| 中文图书（回溯） | | 86600 条 | 中文期刊 | 23710 条 |
| 中文图书（新书） | | 8062 条 | 研究生论文 | 630 条 |
| 外文图书 | | 2368 条 | 民族文字 | 0 |
| 合计 | | 121370 条 | | |

### 表 4-8　2004 年馆藏图书、经费统计表

|  | 书刊类型 | 当年入藏书刊数量 数量 | 书刊累计总量 数量 |
|---|---|---|---|
| 1 | 中文图书 | 76218 册 | 1108579 册 |
| 2 | 外文图书 | 1116 册 | 60099 册 |
| 3 | 民族文字 | 14393 册 | 138195 册 |
| 4 | 中文期刊 | 1100 种 | 40442 种 |
|  | 外文期刊 | 1564 种 | 4943 种 |
| 5 | 报纸合订本 | 146 种 | 43495 种 |
| 6 | 剪报资料 | 231 种 | 3732 种 |
| 7 | 缩微胶卷 | 0 | 350 种 |
| 8 | 音像资料 | 0 | 110 种 |
| 9 | 机读文献 | 0 | 55 种 |
| 10 | 研究生论文 | 200 种 | 630 种 |
| 合计 |  | 94968 册（种） | 1400630 册（种） |

| 数据库 | | | |
|---|---|---|---|
| 当年数据库 | | 数据库总量 | |
| 中文图书（回溯） | 32096 条 | 118696 条 | |
| 中文图书（新书） | 387 条 | 8449 条 | |
| 外文图书 | 556 条 | 2924 条 | |
| 中文期刊 | 3533 条 | 27243 条 | |
| 民族文字 | 0 | 0 | |
| 合计 | 36572 条 | 157312 条 | |

| 当年订购报刊 1244 种 | | 经费 | |
|---|---|---|---|
| 1 | 中文期刊 | 1072 种 | 当年经费 | 实际支出 |
| 2 | 外文期刊 | 34 种 | 190 万元 | 190 万元 |
| 3 | 报纸合订本 | 138 种 | 文科转款 1.7 万美元 | 1.7 万美元 |

## 四、藏书来源

表 4-9  2005 年馆藏图书、经费统计表

| | 当年入藏书刊数量 | | 书刊累计总量 |
|---|---|---|---|
| | 书刊类型 | 数量 | 数量 |
| 1 | 中文图书 | 33043 册 | 1141622 册 |
| 2 | 外文图书 | 534 册 | 60633 册 |
| 3 | 民族文字 | 3073 册 | 141268 册 |
| 4 | 中文期刊 | 770 种 | 41212 种 |
| | 外文期刊 | 85 种 | 5028 种 |
| 5 | 报纸合订本 | 179 种 | 43674 种 |
| 6 | 剪报资料 | 0 | 3732 种 |
| 7 | 缩微胶卷 | 0 | 84 种 |
| 8 | 音像资料 | 2249 种 | 5028 种 |
| 9 | 硕士论文 | 2407 种 | 2987 种 |
| 10 | 博士论文 | 631 种 | 681 种 |
| 合计 | | 42971 册（种） | 1445949 册（种） |
| 12 | 购买电子图书 | 413514 种 | 413514 种 |
| | 加工电子图书 | 18060 种 | 18060 种 |
| 合计 | | 431574 册（种） | 431574 册（种） |
| 当年数据库 | | | 数据库总量 |
| 中文图书（回溯） | | 54826 条 | 78000 条 |
| 中文图书（新书） | | 9365 条 | 17814 条 |
| 外文图书 | | 10806 条 | 13730 条 |
| 民文图书 | | 3188 条 | 3188 条 |
| 报刊 | | 1612 条 | 28855 条 |
| 当年订购报刊 1293 种 | | | 经费 |
| 1 | 中文期刊 | 1032 种 | 当年经费 | 实际支出 |
| 2 | 外文期刊 | 82 种 | 190 万元 | 190 万元 |
| 3 | 报纸合订本 | 179 种 | 文科转款 1.7 万美元 | 1.7 万美元 |
| 4 | 数据库 | 10 个 | | |

表 4-10  2006 年馆藏图书、经费统计表

| | 当年入藏书刊数量 | | 书刊累计总量 | |
|---|---|---|---|---|
| | 书刊类型 | 数量 | 数量 | |
| 1 | 中文图书 | 58551 册 | 1200173 册 | |
| 2 | 外文图书 | 1268 册 | 61901 册 | |
| 3 | 民文图书 | 5453 册 | 146721 册 | |
| 4 | 中文期刊 | 805 种 | 42017 种 | |
| 5 | 外文期刊 | 169 种 | 6103 种 | |
| 6 | 民文报刊 | 42 种 | 2230 种 | |
| 7 | 报纸合订本 | 179 种 | 43871 种 | |
| 8 | 缩微胶卷 | 0 | 84 种 | |
| 9 | 音像资料 | 0 | 5028 种 | |
| 10 | 硕士论文 | 2 种 | 2989 种 | |
| 11 | 博士论文 | 0 | 681 种 | |
| | 合计 | 66467 册（种） | 1511798 册（种） | |
| 12 | 电子图书 | 45093 种 | 458630 种 | |
| 当年数据库 | | | 数据库总量 | |
| 1 | 中文图书（新书） | 11500 条 | 190421 条 | |
| 2 | 外文图书 | 921 条 | 14324 条 | |
| 3 | 民族文字 | 7260 条 | 11855 条 | |
| 4 | 中文期刊 | 1432 条 | 28855 条 | |
| | 合计 | 21113 条 | 245455 条 | |
| 当年订购报刊 1416 种 | | | 经费 | |
| 1 | 中文期刊 | 1188 种 | 当年经费 | 实际支出 |
| 2 | 外文期刊 | 87 种 | 228 万元 | 228 万元 |
| 3 | 报纸 | 141 种 | 文科转款 1.7 万美元 | 1.7 万美元 |
| 4 | 数据库 | 10 个 | | |

## 表 4-11  2007年馆藏图书、经费统计表

| | 当年入藏书刊数量 | | 书刊累计总量 | |
|---|---|---|---|---|
| 1 | 书刊类型 | 数量 | 数量 | |
| 2 | 中文图书 | 125225 册 | 1480292 册 | |
| 3 | 外文图书 | 1832 册 | 63733 册 | |
| 4 | 民文图书 | 2519 册 | 149240 册 | |
| 5 | 中文期刊 | 2919 种 | 4408 种 | |
| 6 | 外文期刊 | 88 种 | 6192 种 | |
| 7 | 民文报刊 | 168 种 | 2399 种 | |
| 8 | 报纸合订本 | 206 种 | 44077 种 | |
| 9 | 缩微胶卷 | 0 | 84 种 | |
| 10 | 音像资料 | 0 | 5028 种 | |
| 11 | 硕士论文 | 501 种 | 3490 种 | |
| 12 | 博士论文 | 125 种 | 806 种 | |
| 合计 | | 133583 册（种） | 1759749 册（种） | |
| 13 | 电子图书 | 2519 种 | 461149 种 | |
| 当年数据库 | | | 数据库总量 | |
| 1 | 中文图书 | 5 条 | 续订 | |
| 2 | 外文图书 | 1 条 | 续订 | |
| 3 | 民族文字 | 0 | 0 | |
| 4 | 中文期刊 | 18 条 | 续订 | |
| 合计 | | 26 条 | 同上年 | |
| 当年订购报刊种 | | | 经费 | |
| 1 | 中文期刊 | 978 种 | 当年经费 | 实际支出 |
| 2 | 外文期刊 | 65 种 | 430 万元 | 430 万元 |
| 3 | 报纸 | 21 种 | 文科转款 2.5 万美元 | 2.5 万美元 |

### 表 4-12 2008年馆藏图书、经费统计表

| | | 当年入藏书刊数量 | 书刊累计总量 | |
|---|---|---|---|---|
| | 书刊类型 | 数量 | 数量 | |
| 1 | 中文图书 | 48142 册 | 1429028 册 | |
| 2 | 外文图书 | 3119 册 | 66852 册 | |
| 3 | 民文图书 | 2336 册 | 151576 册 | |
| 4 | 中文期刊 | 845 种 | 44930 种 | |
| 5 | 外文期刊 | 210 种 | 6402 种 | |
| 6 | 民文报刊 | 961 种 | 3359 种 | |
| 7 | 报纸合订本 | 195 种 | 44272 种 | |
| 8 | 缩微胶卷 | 0 | 84 种 | |
| 9 | 音像资料 | 0 | 5028 种 | |
| 10 | 硕士论文 | 632 种 | 4122 种 | |
| 11 | 博士论文 | 123 种 | 929 种 | |
| | 合计 | 56563 册（种） | 1756582 册（种） | |
| 12 | 电子图书 | 1005026 | | |
| 当年数据库 | | | 数据库总量 | |
| 1 | 中文图书（新书） | 24 条 | 24 条 | |
| 2 | 外文图书 | 9 条 | 9 条 | |
| 3 | 民族文字 | 0 条 | 0 | |
| 4 | 中文期刊 | 45 续订 | 45 条 | |
| 合计 | | 78 条 | 78 条 | |
| 当年订购报刊 1830 种 | | | 经费 | |
| 1 | 中文期刊 | 1664 种 | 当年经费 | 实际支出 |
| 2 | 外文期刊 | 147 种 | 345 万元 | 345 万元 |
| 3 | 报纸 | 19 种 | 文科转款 2.5 万美元 | 2.5 万美元 |

## 四、藏书来源

表4-13　2009年馆藏图书、经费统计表

| | | 当年入藏书刊数量 | 书刊累计总量 |
|---|---|---|---|
| | 书刊类型 | 数量 | 数量 |
| 1 | 中文图书 | 34989册 | 1464017册 |
| 2 | 外文图书 | 2128册 | 68980册 |
| 3 | 民族文字 | 8413册 | 159989册 |
| 4 | 中文期刊 | 890种 | 45820种 |
| 5 | 外文期刊 | 193种 | 6595种 |
| 6 | 报纸合订本 | 211种 | 44483种 |
| 7 | 民文报刊 | 74种 | 8413种 |
| 8 | 缩微胶卷 | 0 | 84种 |
| 9 | 音像资料 | 0 | 5349种 |
| 10 | 硕士论文 | 619种 | 4741种 |
| 11 | 博士论文 | 145种 | 1074种 |
| 合计 | | 47662册（种） | 1809545册（种） |
| 12 | 电子图书 | 1000000种 | 2480000种 |
| 当年数据库 | | | 数据库总量 |
| 中文图书 | | 24条 | 24条 |
| 外文图书 | | 1条 | 1条 |
| 中文期刊 | | 67条 | 67条 |
| 民族文字 | | 0 | 0 |
| 合计 | | 92条 | 92条 |
| 当年订购报刊1387种 | | 当年经费 | 实际支出 |
| 1 | 中文期刊 | 1259种 | 325万元 | 204.2232万元 |
| 2 | 外文期刊 | 111种 | 文科转款2.5万美元 | 2.5万美元 |
| 3 | 报纸合订本 | 17种 | | |

表 4-14　2010 年馆藏图书、经费统计表

|   | 当年入藏书刊数量 | | 书刊累计总量 |
|---|---|---|---|
|   | 书刊类型 | 数量 | 数量 |
| 1 | 中文图书 | 23498 册 | 1487515 册 |
| 2 | 外文图书 | 637 册 | 69617 册 |
| 3 | 民文图书 | 4735 册 | 164724 册 |
| 4 | 中文期刊 | 989 种 | 46809 种 |
| 5 | 外文期刊 | 199 种 | 6794 种 |
| 6 | 民文报刊 | 138 种 | 3571 种 |
| 7 | 报纸合订本 | 0 | 44483 种 |
| 8 | 硕士论文 | 826 种 | 5567 种 |
| 9 | 博士论文 | 203 种 | 1277 种 |
| 10 | 缩微胶卷 | 0 | 84 种 |
| 11 | 音像资料 | 0 | 5349 种 |
| 合计 | | 31225 册（种） | 1835790 册（种） |
| 12 | 电子图书 | 1000000 种 | 1763581 种 |
| 当年数据库 | | | 数据库总量 |
| 中文图书 | | 30 条 | 54 条 |
| 外文图书 | | 0 | 1 |
| 中文期刊 | | 71 条 | 138 条 |
| 民族文字 | | 0 | 0 |
| 合计 | | 101 条 | 193 条 |
| 1 | 中文期刊 | 1252 种 | 当年经费 | 实际支出 |
| 2 | 外文期刊 | 105 种 | 325 万元 | 325 万元 |
| 3 | 报纸合订本 | 18 种 | 文科转款 2.5 万美元 | 2.5 万美元 |

## 表4-15 2011年馆藏图书、经费统计表

| | 当年入藏书刊数量 | | 书刊累计总量 | |
|---|---|---|---|---|
| | 书刊类型 | 数量 | 数量 | |
| 1 | 中文图书 | 24534册 | 1512049册 | |
| 2 | 外文图书 | 626册 | 70243册 | |
| 3 | 民文图书 | 3642册 | 168366册 | |
| 4 | 中文期刊 | 1583种 | 49392种 | |
| 5 | 外文期刊 | 105种 | 6899种 | |
| 6 | 民文报刊 | 186种 | 3757种 | |
| 7 | 报纸合订本 | 191种 | 44674种 | |
| 8 | 硕士论文 | 1105种 | 6672种 | |
| 9 | 博士论文 | 216种 | 1493种 | |
| 10 | 缩微胶卷 | 0 | 84种 | |
| 11 | 音像资料 | 0 | 5349种 | |
| 合计 | | 32188册（种） | 1868978册（种） | |
| 12 | 电子图书 | 1000000种 | 1763581种 | |
| 当年数据库 | | | 数据库总量 | |
| 中文图书 | | 11条 | 41条 | |
| 外文图书 | | 53条 | 124条 | |
| 中文期刊 | | 1条 | 1条 | |
| 自建数据库 | | 3条 | 3条 | |
| 民文图书 | | 0 | 0 | |
| 合计 | | 68条 | 169条 | |
| 当年订购报刊1375种 | | | 经费 | |
| 1 | 中文期刊 | 1252种 | 当年经费 | 实际支出 |
| 2 | 外文期刊 | 105种 | 330万元 | 330万元 |
| 3 | 报纸合订本 | 18种 | 文科转款2.5万美元 | 2.5万美元 |

表 4-16　2012 年馆藏图书、经费统计表

|  |  | 当年入藏书刊数量 | 书刊累计总量 |
|---|---|---|---|
|  | 书刊类型 | 数量 | 数量 |
| 1 | 中文图书 | 29497 册 | 1541546 册 |
| 2 | 外文图书 | 1203 册 | 71446 册 |
| 3 | 民文图书 | 4809 册 | 173175 册 |
| 4 | 中文期刊 | 850 种 | 50242 种 |
| 5 | 外文期刊 | 243 种 | 7142 种 |
| 6 | 民文报刊 | 71 种 | 3828 种 |
| 7 | 报纸合订本 | 110 种 | 44784 种 |
| 8 | 硕士论文 | 1138 种 | 7810 种 |
| 9 | 博士论文 | 196 种 | 1689 种 |
| 10 | 缩微胶卷 | 0 | 84 种 |
| 11 | 音像资料 | 0 | 5349 种 |
| 合计 |  | 38117 册（种） | 1907095 册（种） |
| 12 | 电子图书 | 1000000 | 1763581 |
|  |  | 1038117 | 3670676 |
| 当年数据库 |  |  | 数据库总量 |
| 中文图书 |  | 10 条 | 59 条 |
| 中文报刊 |  | 29 条 | 104 条 |
| 外文报刊 |  | 0 条 | 8 条 |
| 其他资料 |  | 9 条 | 22 条 |
| 合计 |  | 48 条 | 193 条 |
| 当年订购报刊 1243 种 |  |  | 经费 |
| 1 | 中文期刊 | 1027 种 | 当年经费 | 实际支出 |
| 2 | 民文报刊 | 109 种 | 330 万元 | 330 万元 |
| 3 | 外文期刊 | 95 种 | 文科转款 2.5 万美元 | 2.5 万美元 |
| 4 | 报纸合订本 | 12 种 |  |  |

## 四、藏书来源

### 表4-17 2013年馆藏图书、经费统计表

| | 当年入藏书刊数量 | | 书刊累计总量 | |
|---|---|---|---|---|
| | 书刊类型 | 数量 | 数量 | |
| 1 | 中文图书 | 26797册 | 1568343册 | |
| 2 | 外文图书 | 1120册 | 72566册 | |
| 3 | 民文图书 | 3579册 | 176754册 | |
| 4 | 中文期刊 | 1057种 | 51299种 | |
| 5 | 外文期刊 | 212种 | 7354种 | |
| 6 | 民文报刊 | 77种 | 3905种 | |
| 7 | 报纸合订本 | 169种 | 44953种 | |
| 8 | 硕士论文 | 1163种 | 8973种 | |
| 9 | 博士论文 | 179种 | 1886种 | |
| 10 | 缩微胶卷 | 0 | 84种 | |
| 11 | 音像资料 | 0 | 5349种 | |
| 合计 | | 34353册（种） | 1941466册（种） | |
| 12 | 电子图书 | 1000000种 | 1763581种 | |
| 当年数据库 | | | 数据库总量 | |
| 中文图书 | | 10条 | 59条 | |
| 中文期刊 | | 29条 | 104条 | |
| 外文图书 | | 1条 | 9条 | |
| 其他资料 | | 9条 | 22条 | |
| 合计 | | 49条 | 194条 | |
| 当年订购报刊1394种 | | | 经费 | |
| 1 | 中文期刊 | 1166种 | 当年经费 | 实际支出 |
| | 民文报刊 | 118种 | 374万元 | 374万元 |
| 2 | 外文期刊 | 95种 | 文科转款2.5万美元 | 2.5万美元 |
| 3 | 报纸合订本 | 15种 | | |

表 4-18  2014 年馆藏图书、经费统计表

|  |  | 当年入藏书刊数量 | 书刊累计总量 | |
|---|---|---|---|---|
|  | 书刊类型 | 数量 | 数量 | |
| 1 | 中文图书 | 26797 册 | 1568343 册 | |
| 2 | 外文图书 | 1120 册 | 72566 册 | |
| 3 | 民文图书 | 3579 册 | 176754 册 | |
| 4 | 中文期刊 | 1057 种 | 51299 种 | |
| 5 | 外文期刊 | 212 种 | 7354 种 | |
| 6 | 民文报刊 | 77 种 | 3905 种 | |
| 7 | 报纸合订本 | 169 种 | 44953 种 | |
| 8 | 硕士论文 | 1163 种 | 8973 种 | |
| 9 | 博士论文 | 179 种 | 1886 种 | |
| 10 | 缩微胶卷 | 0 | 84 种 | |
| 11 | 音像资料 | 0 | 5349 种 | |
| 合计 |  | 34353 册（种） | 1941466 册（种） | |
| 12 | 电子图书 | 1000000 种 | 1763581 种 | |
| 当年数据库 |  |  | 数据库总量 | |
| 中文图书 |  | 10 条 | 59 条 | |
| 中文期刊 |  | 29 条 | 104 条 | |
| 外文图书 |  | 1 条 | 9 条 | |
| 其他资料 |  | 9 条 | 22 条 | |
| 合计 |  | 49 条 | 194 条 | |
| 当年订购报刊 1394 种 |  |  | 经费 | |
| 1 | 中文期刊 | 1166 种 | 当年经费 | 实际支出 |
|  | 民文报刊 | 118 种 | 374 万元 | 374 万元 |
| 2 | 外文期刊 | 95 种 | 文科转款 2.5 万美元 | 2.5 万美元 |
| 3 | 报纸合订本 | 15 种 |  |  |

## 表 4-19  2015 年馆藏图书、经费统计表

| | 当年入藏书刊数量 | | 书刊累计总量 | |
|---|---|---|---|---|
| | 书刊类型 | 数量 | 数量 | |
| 1 | 中文图书 | 26797 册 | 1568343 册 | |
| 2 | 外文图书 | 1120 册 | 72566 册 | |
| 3 | 民文图书 | 3579 册 | 176754 册 | |
| 4 | 中文期刊 | 1057 种 | 51299 种 | |
| 5 | 外文期刊 | 212 种 | 7354 种 | |
| 6 | 民文报刊 | 77 种 | 3905 种 | |
| 7 | 报纸合订本 | 169 种 | 44953 种 | |
| 8 | 硕士论文 | 1163 种 | 8973 种 | |
| 9 | 博士论文 | 179 种 | 1886 种 | |
| 10 | 缩微胶卷 | 0 | 84 种 | |
| 11 | 音像资料 | 0 | 5349 种 | |
| 合计 | | 34353 册（种） | 1941466 册（种） | |
| 12 | 电子图书 | 1000000 种 | 1763581 | |
| 当年数据库 | | | 数据库总量 | |
| 中文图书 | | 10 条 | 59 条 | |
| 中文期刊 | | 29 条 | 104 条 | |
| 外文图书 | | 1 条 | 9 条 | |
| 其他资料 | | 9 条 | 22 条 | |
| 合计 | | 49 条 | 194 条 | |
| 当年订购报刊 1394 种 | | | 经费 | |
| 1 | 中文期刊 | 1166 种 | 当年经费 | 实际支出 |
| | 民文报刊 | 118 种 | 374 万元 | 374 万元 |
| 2 | 外文期刊 | 95 种 | 文科转款 2.5 万美元 | 2.5 万美元 |
| 3 | 报纸合订本 | 15 种 | | |

### 表4-20 2016年馆藏图书、经费统计表

| | 当年入藏书刊数量 | | 书刊累计总量 | |
|---|---|---|---|---|
| | 书刊类型 | 数量 | 数量 | |
| 1 | 中文图书 | 26797 册 | 1568343 册 | |
| 2 | 外文图书 | 1120 册 | 72566 册 | |
| 3 | 民文图书 | 3579 册 | 176754 册 | |
| 4 | 中文期刊 | 1057 种 | 51299 种 | |
| 5 | 外文期刊 | 212 种 | 7354 种 | |
| 6 | 民文报刊 | 77 种 | 3905 种 | |
| 7 | 报纸合订本 | 169 种 | 44953 种 | |
| 8 | 硕士论文 | 1163 种 | 8973 种 | |
| 9 | 博士论文 | 179 种 | 1886 种 | |
| 10 | 缩微胶卷 | 0 | 84 种 | |
| 11 | 音像资料 | 0 | 5349 种 | |
| 合计 | | 34353 册（种） | 1941466 册（种） | |
| 12 | 电子图书 | 1000000 种 | 1763581 种 | |
| 当年数据库 | | | 数据库总量 | |
| 中文图书 | | 10 条 | 59 条 | |
| 中文期刊 | | 29 条 | 104 条 | |
| 外文图书 | | 1 条 | 9 条 | |
| 其他资料 | | 9 条 | 22 条 | |
| 合计 | | 49 条 | 194 条 | |
| 当年订购报刊 1394 种 | | | 经费 | |
| 1 | 中文期刊 | 1166 种 | 当年经费 | 实际支出 |
| | 民文报刊 | 118 种 | 374 万元 | 374 万元 |
| 2 | 外文期刊 | 95 种 | 文科转款 2.5 万美元 | 2.5 万美元 |
| 3 | 报纸合订本 | 15 种 | | |

# 五、图书馆文物

## （一）古籍书箱

1995年请黄思正馆长撰写馆史的同时，凡是与本馆历史有关的物品我都开始留意收藏。在部室搬家、调整办公室、年底大扫除的时候，我总是注意搜集有关物品。1990年6月的一天，下着小雨，中午上班时看见门口垃圾堆上有一块刻着字的书箱盖子，我把它捡起拿回古籍室收藏。从此，凡是各个办公室堆放杂物、弃而不用的书箱，我都收集起来，放在古籍室。久而久之，搜集了近四十个书箱和几十块书箱门板。

图 5-1  中央民族大学图书馆古籍书柜和柜门板

## （二）讲台

1996年4月的一天，我到3号楼办事返回图书馆时，在16号楼前发现有一个讲台，旁边堆满了旧桌椅和垃圾，看到讲台的第一眼，我眼前闪现出马学良、王扶汉、裴家麟（裴斐）、东噶·洛桑赤列、庄晶、黄布凡、图丹旺波、旺秋、王辅仁、胡振华、史有为等，许许多多老师站在讲台前上课的身影。当时，校内正在更换旧桌椅和讲台及粉刷墙壁。于是我想到了收藏，问清理旧桌椅的人："这个讲台还要吗？"他说"这些东西都是废品，都可以拉走。"于是，我叫来顾晓明等四五个人，把讲台搬回图书馆收藏。搬进馆里后，先放置在前台，后来因为前台装玻璃，又把讲台搬到文学书库（开架库），2003年搬入新馆地下室。这可能是中央民族大学保留下来的一个具有历史意义的讲台了。

图 5-2 1952 年的讲台

## （三）书架阅览桌椅等

2003年图书馆搬迁时，各个时期图书馆用的各种器具和办公家具都留下了一件或多件，或全部。其中凡是有文字标记的、式样不同的都保留下来。保留的物品大致如下：六人阅览桌（约9张）、四人方桌（2种若干）、两人桌（1种）、一人桌（2种）、椅子（普通椅37把、圈椅若干、写字板椅若干）、办公桌（普通桌37个；陈述、吴文藻、吴丰培、李蕊等使用过的大办公桌2张）、书架（木制6层、4层、5层4种，铁制6层架3种）、杂志架（2种）、报纸架、报夹（3种）、工具书架（1种）、大书柜（木门和玻璃门，3种）等，有的保留了一二件，有的保留了四件，有的则全部保留，还有打字机（西文、日文、中文）、交卷阅读器（3种）、古籍压书铁、钢板铁笔蜡纸（若干）、油印机（2台）、分片盒（排卡片盒）、不同式样的大小书档、大小目录柜（大柜、六抽小柜、纸质一抽盒和两抽盒）、纸张（厚薄的旧宣纸、封面纸、衬纸）、书签箱、书套桌、茶几、衣架、花架、垫书板、战备箱、大展柜、展览桌、李德君馆长请费孝通先生书写的"图书馆"立轴和图书馆铜字门牌等。总之，凡是能够保留的都尽量做了收藏。

个人的力量是渺小的。就拿收集本馆旧物品这件事来说，从旧馆搬家时我对于4每一种阅览桌、书架、椅子、办公桌、书挡、各种工具、不同文字的大小打字机、排片盒、不知名旧物件，凡是旧馆使用过的器物、工具，都做了搜集和保存。做这件事挺累人的，但我做到了。但是，要保存这些物件却不是一件容易的事，在各种复杂的关系中，又过了十几年，这些物件虽然遗失了不少，但至今还能够保下来一些，还是值得庆幸的。2004年，原准备在新馆6层建一个图书馆史展厅，计划表如下。但未能如愿，致使许多物件流失。

表5-1　2004年图书馆史展厅计划表（此计划未能实施）

| 物品名称 | 时代 |
| --- | --- |
| 印章 | 所有印章 |
| 书挡 | 各个时期的书挡 |
| 分类法 | 三部分类法、三类图书样品 |
| 油印工具 | 蜡纸、刻笔、卡片、借书条盒 |

| 物品名称 | 时代 |
|---|---|
| 大目录柜 | 1952年—1996年，不同年代5种 |
| 6抽目录盒 | 3种（1950年、1957年、1976年） |
| 2抽目录盒 | 1种（1970年代） |
| 排片盘（拍片盒） | 2种（1950年、1957年） |
| 大讲台 | 1种（1952年） |
| 学生借书证 | 5本（1951年、1958年、1963年） |
| 读者指南 | 8本 |
| 修补图书工具 | 1套 |
| 修补纸张 | 若干 |
| 标语 | 4张 |
| 古书柜 | 37个 |
| 各种打字机 | 6台：英文3台、俄文1台、日文1台、汉文1台 |
| 阅读设备 | 12种：交卷复读机、交卷打印机、交卷阅读架 |
| 1952年衣架 | 8个 |
| 茶几1个、沙发一对 | 1952年 |
| 电风扇 | 不同年代的7种式样 |
| 椅子 | 1952年—2003年：7种式样 |
| 20世纪80年代黑板报 | 1块 |

## 五、图书馆文物

图 5-3 蒙古文：请勿在图书馆抽烟
（20 世纪 60 年代）

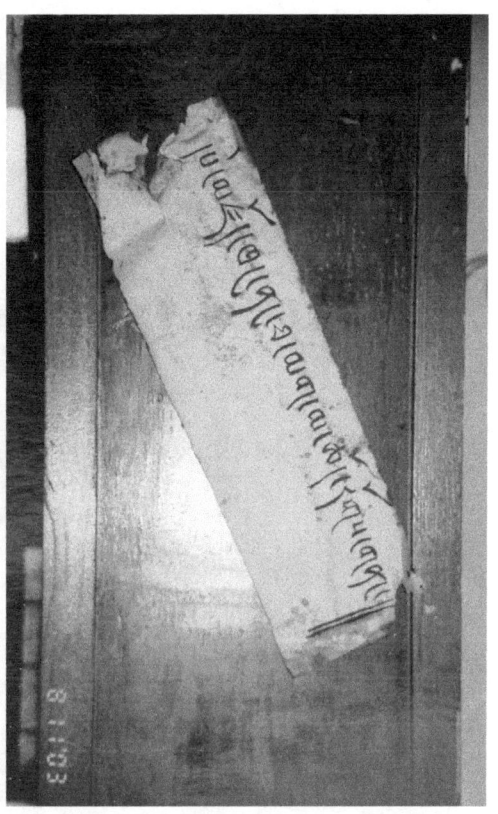

图 5-4 藏文：请勿在图书馆抽烟
（20 世纪 60 年代）

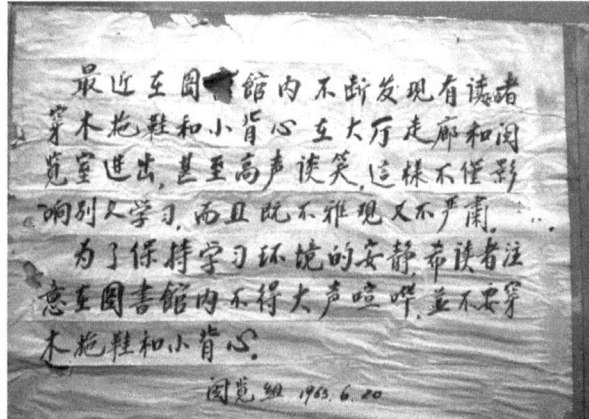

图 5-5 阅览组临时规定
（1963.6.20）

图 5-6 20 世纪 80 年代《科图法》导标
（范学宗书）

图 5-7 阅览室书架上的提示语（1994）

图 5-8 20世纪50年代《山东法》导标

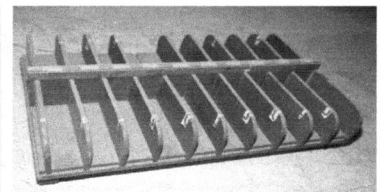

图 5-9 20世纪60年代切纸刀　　图 5-10 1950—1987年的电风扇　　图 5-11 20世纪50年代排片盒

图 5-12 20世纪50年代工具书书架　　图 5-13 20世纪50年代至1987年代5种目录柜

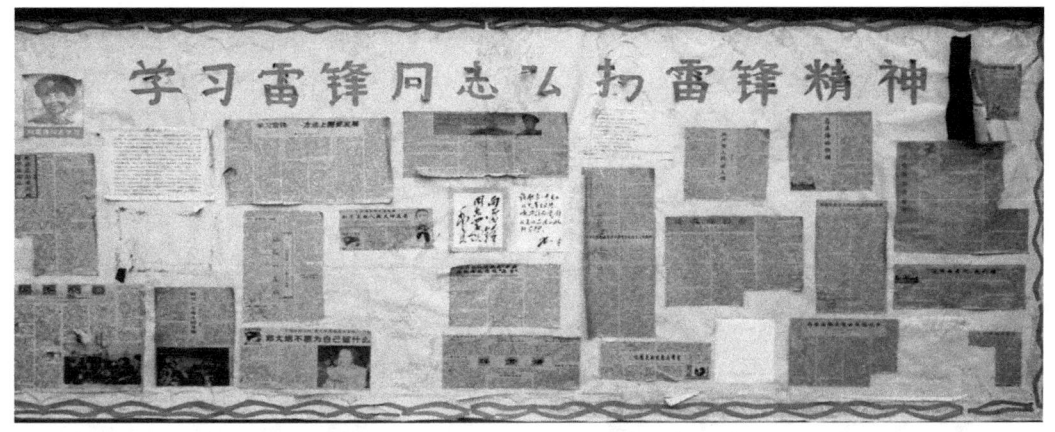

图 5-14　20 世纪 80 年代黑板报

## （四）图书馆印章

2001年，考虑到今后老馆搬迁，必然会有诸多影响，担心资料和实物遗失。因此，笔者想到写一份资料留下来。于是，从库本库中找出不同年代的藏书和藏书章，通过分析藏书时间得出藏书章的启用时间和终止时间，并找出办公室的旧章对比，又请教了几位图书馆老前辈，在他们的支持和帮助下，得以顺利完成。据统计，自1950年起，中央民族大学图书馆已启用各种印章40余枚。这些印章是图书馆历史的一部分，印在每一册馆藏书刊上，成为永久之印记。

### 1. 图书馆公章

自1950年以来，中央民族大学图书馆共使用过大小尺寸不一的各类公章12枚。具体内容如下。

（1）中央民族学院教务处图书馆（章）（图5-15）：公章兼藏书章。椭圆形，木柄胶皮，规格4.3×3.3（厘米），双线边框，楷体，阳文，繁体字，分内外圈，左行3行：第1行（外圈，上弧形）"中央民族學院"；第2行（內圈居中，橫行）"圖書館"，左右各刻一枚五角星；第3行（外圈，下弧形）"教務處"。中央民族学院成立之初，图书馆是教务处的一个科室，故此章既是行政用章，也作为藏书章使用，也是第一枚馆藏章，1950年6月启用，使用时间较短。原件无存。

（2）中央民族学院图书馆（章）（图5-16）：公章兼藏书章。椭圆形，木柄胶皮，规格4.1×2.7（厘米），楷体，阳文，双线边框，繁体字，分内外圈，右行3

行：第1行（上弧形）"中央民族學院"；第2行（横行）五角星居中，左右一字蝌蚪纹；第3行（横行）"圖書館"。图书馆脱离教务处之后，成立单独机构，直属学院领导。此章既是单位公章，又是藏书章，大致从1951年3月开始启用，使用时间较短。原件无存。

图5-15　中央民族学院图书馆公章(1950年6月)　　图5-16　中央民族学院图书馆公章(1951年3月)

（3）中央民族学院图书馆（章）（图5-17、图5-18）：公章。圆形章，钢印，直径4厘米，单线边框，楷书，繁体字，子印阳文，母印阴文，左行3行：第1行（上弧形）"中央民族學院"；第2行（横行），一颗大五星居中，左右各两颗小五星；第3行（横行）"圖書館"。1957年启用，1966年停用。原件存图书馆。

图5-17　中央民族学院图书馆钢印阳文(1957年)　　图5-18　中央民族学院图书馆钢印阴文(1957年)

（4）中央民族学院图书馆（章）（图5-19）：图书馆公章。圆形章，橡胶，直径3.4厘米，宽单线边框，仿宋体，阳文，简体字，右行2行：第1行（上弧形）"中央民族学院"；第2行（横行）"图书馆"。1963年4月启用，1966年停用，原件无存。

图 5-19　中央民族学院图书馆公章（1963 年）　　图 5-20　国家民委民族问题五种丛书编辑委员会办公室公章（1979 年）

（5）中央民族学院图书馆（章）（图 5-20）：公章。圆形章，橡胶，直径 4.2 厘米，单线边框，宋体，简体字，右行 3 行：第 1 行（上弧形）"中央民族学院"；第 2 行五星居中，五星左右一字线；第 3 行（横行）"图书馆"。1970 年启用，1983 年复刻，1994 年 3 月停用。原件存图书馆。

（6）国家民委民族问题五种丛书编辑委员会办公室（章）（图 5-21）：公章。圆形章，橡胶，直径 4.3 厘米，单线边框，宋体，简体字，右行 3 行：第 1 行（上弧形）"国家民委民族问题五种丛书编辑委员会"；第 2 行五星居中，五星左右一字线；第 3 行（横行）"办公室"。1979 年启用。原件存图书馆。

（7）中央民族学院图书情报工作委员会（章）（图 5-22）：公章。圆形章，橡胶，直径 3.8 厘米，单线边框，宋体，简体字，右行 3 行：第 1 行（上弧形）"中央民族学院图书情报工作委员会"；第 2 行五星居中；第 3 行（横行）"工作委员会"。1989 年 8 月启用，1994 年 3 月停用。原件存图书馆。

（8）中央民族大学图书情报工作委员会（章）（图 5-23）：公章。圆形章，橡胶，直径 4.2 厘米，单线边框，宋体，简体字，右行 3 行：第 1 行（上弧形）"中央民族大学图书情报"；第 2 行五星居中；第 3 行（横行）"工作委员会"。1994 年 4 月启用。原件存图书馆。

图 5-21　中央民族学院图书情报工作委员会公章（1989 年）　　图 5-22　中央民族大学图书情报工作委员会公章（1994 年）

（9）中央民族大学图书馆（章）（图5-24）：公章。圆形章，橡胶，直径4.2厘米，单线边框，宋体，简体字，右行3行：第1行（上弧形）"中央民族大学"；第2行五星居中，五星左右一字线；第3行（横行）"图书馆"。1994年3月启用，2009年停用。原件存图书馆。

（10）国家教育委员会民族学科文献信息中心（章）（图5-25）：公章。圆形章，橡胶，直径4.2厘米，单线边框，宋体，简体字，右行2行：第1行（上弧形）"国家教育委员会民族学科文献信息中心"；第2行五星居中。1994年1月启用，2000年停用。原件存图书馆。

图5-23　中央民族大学图书馆公章（1994年）　　图5-24　国家教育委员会民族学科文献信息中心公章（1994年）

（11）国家教育委员会民族学科文献信息中心财物专用章（图5-26）：公章。圆形章，橡胶，直径4.2厘米，单线边框，宋体，简体字，右行3行：第1行（上弧形）"国家教育委员会民族学科文献信息中心"；第2行五星居中；第3行（横行）"财物专用章"。1994年1月启用，2000年停用。原件存图书馆。

（12）中央民族大学图书馆（章）：公章。圆形章，铜质，直径4.1厘米，单线边框，宋体，简体字，右行3行：第1行（上弧形）"中央民族大学"；第2行五星居中；第3行（横行）"图书馆"。边框有防伪标识。2010年启用。原件存图书馆。

图5-25　国家教育委员会民族学科文献信息中心公章（1994年）　　图5-26　中央民族大学图书馆公章（2010年）

## 2. 图书馆业务章

自 1950 年以来，中央民族大学图书馆共使用过尺寸大小不一的业务章 38 枚，其中有图书专用的藏书章（亦称馆藏章、典藏章）、报刊章、库底章（库本库）、善本库章、报刊库底章等。本书收录 29 种。

（1）中央民族學院圖書館藏書（章）（图 5-27）：藏书章。方章，木柄胶皮，规格 3.2×3.3（厘米），单线边框，隶书，阳文，繁体字，下行（直行），自右至左 3 列：第 1 列"中央民族"，第 2 列"學院圖書"，第 3 列"館藏書"。这是图书馆使用"藏书"字样的第一枚正规的藏书章，从 1950 年 6—7 月开始启用，大致于 1954 年因使用时间长，胶皮变形而停用。原件无存。

（2）中央民族学院图书馆报纸期刊图章（章）（图 5-28）。报刊章。长方形章，木柄橡胶，规格 5×1.8（厘米），单线边框，仿宋体，阳文，右行 2 行：第 1 行"中央民族學院圖書館"；第 2 行"報紙期刊圖章"。此印是报刊阅览和收藏的专用章，1951 年启用，1966 年停用。原件存图书馆。

图 5-27　中央民族学院图书馆馆藏书章（1950 年）　　图 5-28　中央民族学院图书馆报纸期刊图章（1951 年）

（3）中央民族学院图书馆藏书（章）（图 5-29）：藏书章。圆角方章，木柄橡胶，规格 3.2×3.3（厘米），单线边框，隶书，阳文，繁体字，下行，自右至左 3 列：第 1 列"中央民族"，第 2 列"學院圖書"，第 3 列"館藏書"。大致于 1953 年启用。笔画比第一种略细，"馆"字的写法也略有不同。原件残，存图书馆。

（4）中央民族学院图书馆藏书（章）（图 5-30）：藏书章。圆角方章，木质，规格 3.2×3.3（厘米），单线边框，隶书，阳文，繁体字，下行，自右至左 3 列：第 1 列"中央民族"，第 2 列"學院圖書"，第 3 列"館藏書"。以上三种隶书方章的笔画都细微差别。1954 年启用。原件无存。

图 5-29　中央民族学院图书馆藏书章（1953年）　　图 5-30　中央民族学院图书馆藏书（1954年）

（5）中央民族学院图书馆藏书（章）（图 5-31）：藏书章。方章，石质，规格 2.4×2.4（厘米），单线边框，篆书，阳文，繁体字，下行，自右至左 3 列：第 1 列"中央民族"，第 2 列"學院圖書"，第 3 列"館藏書"。1956 年启用。当时的馆领导认为第 3、4、5 枚藏书章太大，有碍美观，故改刻此方章。原件无存。

（6）中央民族学院图书馆藏书（章）（图 5-32）：藏书章。长方形匾章，木柄橡胶，规格 1.7×3.2（厘米），单线边框，隶书，阳文，繁体字，下行，自右至左 2 列：第 1 列"中央民族學院"，第 2 列"圖書館藏書"。此印章于 1957 年启用。原件无存。

 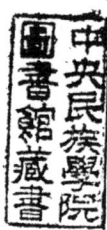

图 5-31　中央民族学院图书馆藏书章（1956年）　　图 5-32　中央民族学院图书馆藏书（1957年）

（7）中央民族学院图书馆藏（章）（图 5-33）：藏书章。长方形匾章，石质，1957 年 11 月少丞刻，规格 1.1×3.4（厘米），单线边框，篆书，阳文，繁体字，下行，自右至左 2 列：第 1 列"中央民族學"，第 2 列"院圖書館藏"。1958 年启用，1994 年 3 月停用。原件藏图书馆。

（8）中央民族学院图书馆藏（章）（图 5-34）：藏书章。鹅卵石形匾章，石质，钮刻二龙戏珠，规格 1.9×4.1（厘米），单线边框，篆书，阳文，繁体字，下行，自右至左 2 列：第 1 列"中央民族學"，第 2 列"院圖書館藏"。启用时间约在 1958 年，于 1994 年 3 月停用。原件藏图书馆。

图 5-33　中央民族学院图书馆藏章（1957 年 11 月）　图 5-34　中央民族学院图书馆藏章（1958 年）

（9）中央民族学院图书馆藏（章）（图 5-35）：藏书章。长方形匾章，材质待考，规格 0.6×4.7（厘米），无边框，行楷，阳文，繁体字，右行，1 行"中央民族學院圖書館藏"。1957 年启用。原件无存。

（10）中央民族学院图书馆藏书章（图 5-36）：藏书章。椭圆形章，材质待考，规格 2×3.1（厘米），单线边框，有椭圆形内圈，仿宋体，阳文，简体字，右行，3 行：第 1 行（外圈上）"中央民族学院"，第 2 行（内圈）"图书馆"。第 3 行（外圈下）"藏书章"和两颗五角星。1957 年 11 月启用。第一次正式使用"藏书章"字样。原件无存。

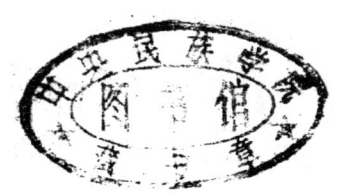

图 5-35　中央民族学院图书馆藏章（1957 年）　　　（10）图 5-36　中央民族学院图书馆藏书章（1957 年）

（11）中央民族学院图书馆藏书章—書（章）（图 5-37）：藏书章。圆形章，橡胶，直径 2 厘米，单线边框，仿宋体，阳文，简繁混合，右行，分内外圈，外圈上部简体字"中央民族学院"，外圈下部简体字"藏书章"和两颗五角星，内圈繁体字"書"。1959 年启用，此印沿用"藏书章"三字。原件无存。

（12）善本（章）（图 5-38）：古籍善本库藏书章。椭圆形章，木柄橡胶，规格 2×1.4（厘米），单线边框，宋体，阳文，简体字，右行，自左至右 1 行"善本"。1965 年启用，1996 年停用。原件存图书馆。

图5-37 中央民族学院图书馆藏书章章(1957年)　　图5-38 古籍善本库藏书章（1965年）

（13）库底（章）（图5-39）。平装书库底（库本库）藏书章。椭圆形章，木柄橡胶1枚，橡胶1枚，直径2×1.4（厘米），单线边框，宋体，阳文，简体字，右行，自左至右1行"库底"。1965年启用至今。

（14）中央民族学院图书馆—书（章）（图5-40）：藏书章。圆形章，橡胶，直径2厘米，单线边框，仿宋体，阳文，繁简混合，右行，分内外圈，外圈上部简体字"中央民族学院"，外圈下部简体字"图书馆"和两颗五角星，内圈繁体字"書"。因第11种"藏书章"缺"图书馆"三字而改刻，"藏书章"三字以"书"字替代。此印章启用时间待考，1972年11月停用。原件藏图书馆。

图5-39 平装书库底章（1965年）　　图5-40 中央民族学院图书馆藏章（启用时间不详）

（15）中央民族学院图书馆—书（章）（图5-41）：藏书章。圆形章，材质待考，直径2.1厘米，单线边框，仿宋体，阳文，简体字，右行，分内外圈，外圈上部"中央民族学院"，外圈下部"图书馆"和两颗五角星，内圈"书"。约于1972年11月启用。原件无存。

（16）中央民族学院图书馆—书（章）（图5-42）：藏书章。圆形章，橡胶，直径3厘米，单线边框，隶书，阳文，简繁混合，右行，分内外圈。外圈上部"中央民族学院"，外圈下部"图书馆"和两颗五角星，内圈繁体字"書"。1972年12月启用，1994年3月停用。原件存图书馆。

图 5-41　中央民族学院图书馆藏书章（1972 年？）　　图 5-42　中央民族学院图书馆藏书章（1972 年）

（17）借完（章）（图 5-43）：流通部业务章。长方形，橡胶，1.1×4.1（厘米），单线边框，简体字，楷书，右行，自左至右 1 行"借完"。1980 年启用。原件存图书馆。

（18）中央民族学院图书馆采购图书专用（章）（图 5-44）：采编部业务章。长方形章，木质，1.8×3.1（厘米），单线边框，繁简混合，阳文，宋体，右行，自左至右 3 行：第 1 行"中央民族学院"；第 2 行"图书馆"；第 3 行"採购图书专用"。1983 年启用，停用时间不详。原件存图书馆。

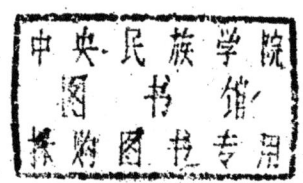

图 5-43　借完章（1980 年）　　图 5-44　中央民族学院图书馆采购章（1983 年）

（19）中央民族学院图书馆—销（章）（图 5-45）：销书章。圆形章，木质，直径 3.5 厘米，单线边框，仿宋体，阳文，简体字，右行，分内外圈。外圈上部（上弧形）"中央民族学院"，外圈下部（下弧形）"图书馆"和两颗五角星，内圈"销"。约于 1987 年启用，1994 年 3 月停用。原件上缴。

（20）民院图书—销（章）：销书章（图 5-46）。圆形章，木质，圆形章，木质，直径 3 厘米，单线边框，隶楷混合，阳文，简体字，右行与下行结合，分内外圈：外圈右行"民院"，下行"图书"（即"中央民族学院图书馆"之缩写）；内圈"销"。当时因需要剔旧的图书太多，一枚销章不够用，故由全心等馆员自刻。1987 年 5 月启用，停用时间不详。此章不存。

图 5-45　中央民族学院图书馆销书章（1987 年）　　图 5-46　中央民族学院图书馆销书章（1987 年）

（21）已还（章）（图 5-47）：书库业务章。长方形，骨质，0.5×1.1（厘米）单线边框，隶书，简体字，右行，自左至右 1 行 "已还 7"。"已还章" 用于还书日期表，最初的 "已还章" 只有 "已还" 两字，后来为了增强责任感，责任到人，流通处工作人员每人一号，当时约有 9 人。此为 "第 7 号" 工作人员专用章。启用和停用时间不详。原件存图书馆。

（22）中央民族大学图书馆—书（章）（图 5-48）：藏书章。圆形章，橡胶，直径 3 厘米，单线边框，隶书，简繁混合，右行，分内外圈。外圈上部（上弧形）"中央民族大学"，外圈下部（下弧形）"图书馆" 和两颗五角星，内圈繁体字 "書"。1994 年 3 月中央民族学院更名为中央民族大学，故馆藏章更换为 "中央民族大学图书馆'書'"。这枚章除了更换 "学院" 两字之外，完全沿用了第 16 枚（中央民族学院图书馆—書）的字体、规格、材质和款式。此印章于 1994 年 3 月启用。

图 5-47　中央民族大学图书馆已　　　图 5-48　中央民族大学图书馆藏书章
　　　　　还章（启用时间不详）　　　　　　　　　（1994 年）

（23）中央民族大学图书馆—赠—请交换（章）（图 5-49）：采编部和期刊部图书期部用于交换书刊的业务章。长方形章，橡胶，2×5（厘米），双线边框，宋隶混合，右行，印文自左至右分 3 行：第 1 行宋体 "中央民族大学图书馆"；第 2 行隶书

"赠"和左右一字线；第3行隶书"请交换"。1994年3月启用。原件存图书馆。

（24）中央民族大学图书馆—销（章）（图5-50）：书库业务章。圆形章，橡胶，直径3厘米，单线边框，楷宋混合，简体字，右行，印文分内外圈：外圈上部楷书（上弧形）"中央民族大学"，外圈下部宋体（下弧形）"图书馆"；内圈宋体"销"字。1994年4月启用。原件存图书馆。

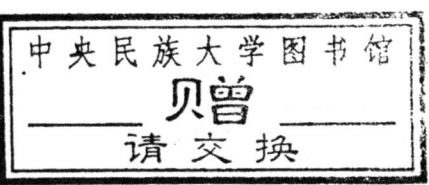

图 5-49　中央民族大学图书馆书刊交换章
（1994 年）

图 5-50　中央民族大学图书馆销书章
（1994 年）

（25）中央民族大学图书馆—存（章）（图5-51）：报刊收藏章（报刊藏书章）。圆形章，橡胶，直径4厘米，单线边框，宋隶混合，简体字，右行，印文分上下，上为宋体（上弧形）"中央民族大学"，下为横行宋体"图书馆"，中心为隶书"存"。1994年3月启用，原件存图书馆。

（26）中央民族大学图书馆一楼借书处（章）（图5-52）：流通部业务章。圆形章，橡胶，直径3厘米，单线边框，宋体，简体字，右行，印文分内外圈：外圈上部"中央民族大学"，外圈下部"图书馆"，左右两颗五角星；内圈2行"一楼借书处"。1995年5月启用。此章为办理毕业生离校手续而刻制。原件存图书馆。

图 5-51　中央民族大学图书馆报刊收藏章
（1995）

图 5-52　中央民族大学图书馆一楼借书处章
（1995 年）

（27）中央民族大学图书馆三楼借书处（章）（图5-53）：古籍部业务章。圆形章，橡胶，直径3厘米，单线边框，隶书，简体字，右行，印文分内外圈：外圈上部

（上弧形）"中央民族大学"，外圈下部（下弧形）"图书馆"，左右两颗五角星；内圈 2 行"三楼/借书处"。1996 年 5 月启用。此章为办理毕业生离校手续而刻制。原件存图书馆。

（28）中央民族大学图书馆图片（章）（图 5-54）：采编部图片业务专用章。长方形章，橡胶，单线边框，3.1×5.3（厘米），宋体，右行，印文分 3 行：第 1 行"中央民族大学图书馆图片"；第 2 行分"登录号"和"分号"两格；第 3 行"到馆日期 年 月 日"。1996 年启用。原件存图书馆。

图 5-53　中央民族大学图书馆三楼借书处章（1995 年）

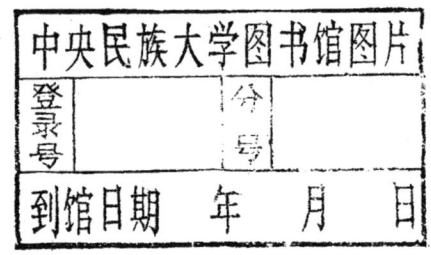
图 5-54　中央民族大学图书馆图片章（1996 年）

（29）中央民族大学图书馆馆际互借专用章（图 5-55）：书库业务章。长方形章，橡胶，1.8×3.1（厘米），单线边框，宋体，右行，印文分 3 行：第 1 行"中央民族大学"；第 2 行"图书馆"；第 3 行"馆际互借专用章"。1996 年启用。原件存图书馆。

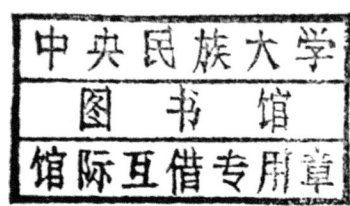
图 5-55　中央民族大学图书馆馆际互借章（1996 年）

### 3. 其他印章

敬祝毛主席万寿无疆：苍松翠柏纪念印章。长方形，胶皮，1.2×9.3（厘米），无边框，隶书，简体字，右行，印文"敬祝毛主席万寿无疆"下刻苍松翠柏。1969 年刻制。原件存图书馆。

# 五、图书馆文物

## 敬祝毛主席万寿无疆

图 5-56　敬祝毛主席万寿无疆（1969 年）

## （五）证件、手册、公用信笺、职工证件等

### 1952 年借书证

学生毕业交回借书证后，借书证内的姓名、班级、借书记录会被撕下，所以现在所见的借书证没有内页（见图片）。1952 年学生借书证及证件上的文字：借书证封 2 为高尔基语，即"热爱书吧——这是知识的泉源！只有知识才是有用的，只有它才能够使我们在精神上成为坚强、忠诚和有理智的人，成为能够真正爱人类、尊重人类劳动、忠心地欣赏人类那不间断的伟大劳动所产生的美好果实的人"。封 3 为"注意事项：一、借书时必须携带此证。二、每人限借文艺类一中一册，其他各类三种（不得超过八册）。三、借书以两星期为限，期满如欲续借请至本馆借书处办理手续，如无他人需用，可续借一周（一次为限），借书期满应自动归还。四、借出图书如本馆需要，一经通知应即交还。五、此证只限本人持用，不得转借他人。六、离校或毕业应将此证送还本馆借书处。七、如有遗失，须立即向本馆借书处书面挂失，申请补发，否则如被他人拾得，一切损失应由原领证人负责。"

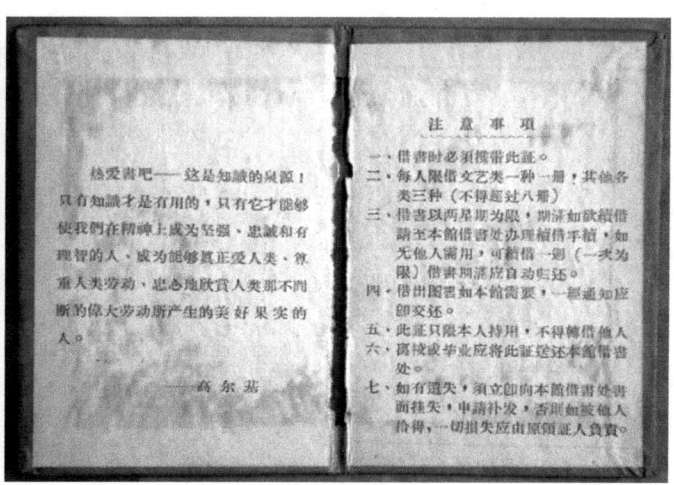

图 5-57　1952 年借书证

图 5-58　1956 年印制的图书馆手册　　　　图 5-59　1990—2006 年读者手册

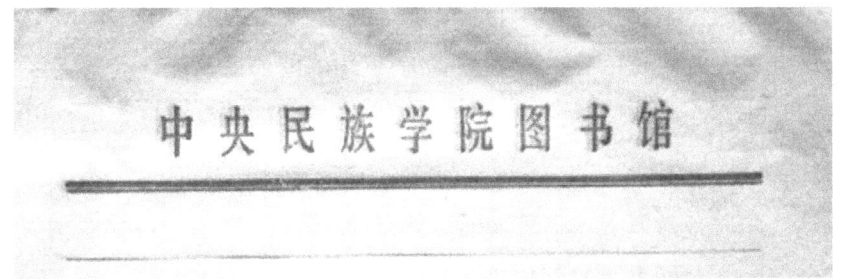

图 5-60　中央民族学院图书馆用笺

图 5-61　国家教委中央民族学院文科文献中心信封

图 5-62　中央民族大学图书馆信封

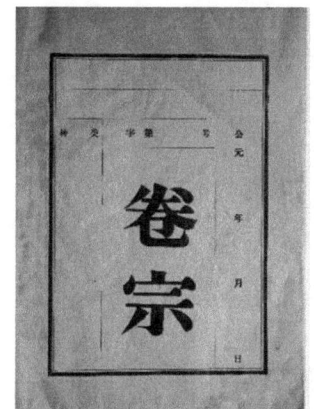 

图 5-63　中央民族学院图书馆文件袋和大信封（1985 印制）

图 5-64　中央民族学院建校三十五周年纪念封

图 5-65　中央民族学院工作证

 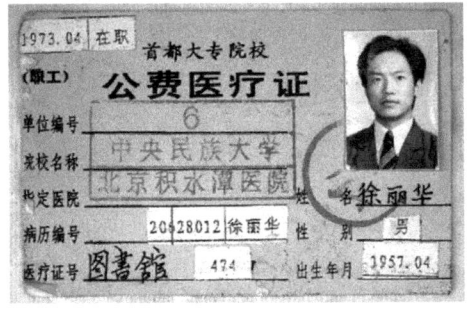

图 5-66　中央民族学院公费医疗证

图 5-67　中央民族学院结业证书　　　　图 5-68　中央民族学院毕业证书

图 5-69　毛体中央民族学院模板

## 五、图书馆文物

图 5-70 中央民族大学工作证

图 5-71 中央民族大学第一本电话簿（1997）

图 5-72 中央民族大学 2001 年电话簿

图 5-73 中央民族大学 2004 年电话簿

图 5-74 中央民族大学 2007 年电话簿

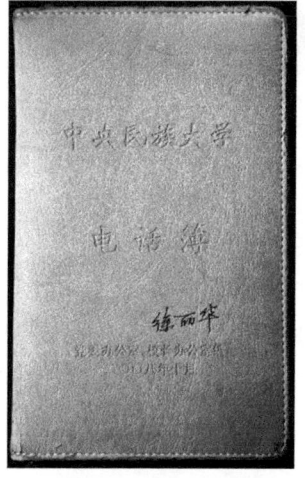

图 5-75 中央民族大学 2008 年电话簿

图 5-76 中央民族学院单车出入证（1985）

图 5-77 2004年中央民族大学首次统一使用胸卡

图 5-78 2004年中央民族大学首次统一使用的桌签（正）

图 5-79 2004年中央民族大学首次统一使用的桌签（背）

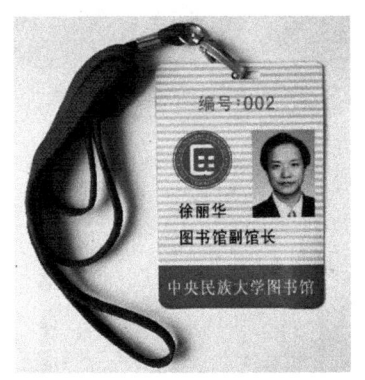

中央民族大学图书馆首次自制挂证（2004）

2012年中央民族大学图书馆第一次使用条形码借阅证

# 六、后勤保障

图书馆由馆舍和图书构成,缺一不可。馆舍的历史是图书馆发展史的重要组成部分之一。

## (一)中央民族大学图书馆馆舍历史

1950年4月,中共中央政治局决定在北京建立中央民族学院。同年8月,中央民族学院图书馆成立,馆舍设在国子监的8间清代平房。1951年6月,位于魏公村校区的教学楼、礼堂、教工宿舍建成,1952年图书馆搬入8号平房,作为临时图书馆。1961年,4800平方米的图书馆落成,当年正式入住。1991年,因17号楼下沉,计划拆除后建图书馆,张绍孔馆长拿着新馆图纸向专家和图书馆同行征求意见,之后未能实现。1996年,拆除博物馆(今文华楼址)后,决定建图书馆,并请人设计了效果图和楼层图。设计图中此馆主楼为圆形、左右两翼为方形,在处级干部会上得到一致通过,但事后又没有了消息。1997年,学校计划在图书馆旧馆的东边占用中心花园建新馆,但之后又被搁置。

图 6-1 据1997年校办新馆计划自绘的草图

1998 年，学校再次讨论建图书馆事宜，因场地和经费问题未果。1999 年年末，教育部和国家民委教育司领导视察中央民族大学，在巡查图书馆时提出图书馆太小，不适应发展，应建新馆。大家一同议论新馆的地点，最后教育部和民委领导指着旧馆南侧（今新馆址）说"这个地方可以建"，校领导也一致赞同，于是决定在旧馆南侧建新馆。2000 年，国家民委向所属六家民族院校发话，允许建新校区。于是西南、西北、中南三所民族院校先后筹建新校区，其中西南民族大学最积极，于 2003 年建成千平方米新校区，当年 9 月招生，实现学生住宿 "421" 标准（本科生 4 人 1 间，硕士研究生 2 人 1 间，博士生 1 人 1 间）。当时成为教育部的典型，各大院校纷纷前往参观和学习经验。是年 12 月，中央民族大学也派出 30 多人的学习小组，在西南民族大学进行为期 5 天的考察和学习。笔者重点考察了图书馆馆舍设计、布局以及建馆经验等。中央民族大学也在筹划第二校区，有兼并外地高专和在京郊买地建新校区两种设想。2002 年在大会上说过在京郊购置了 2000 亩土地，赢得教工一片欢呼，但未能实现。2001 年 4 月 24 日，校领导决定在建馆资金尚未到账的情况下开始挖地基建馆，搬迁加油站，平整土地。2001 年 6 月 14 日，朱镕基总理参加中央民族大学建校 65 周年大会，拨款几个亿，支持民族教育事业，建馆资金就这样落实了。2003 年中央民族大学图书馆新馆落成时司马义艾买提出席了落成典礼。原先新馆的设计是一个办公、图书、教学为一体的建筑，叫"图书办公综合楼"。第 1、2 层是出版社，3、4 层是计算机教室，其余是图书馆、档案馆和一些科研机构。后来在图书馆等单位的呼吁下，新馆以图书馆为主，仅把 3、4 层分给教务处作为计算机教室，把 14 层部分区域划给档案馆。新馆的功能设计、书架配置、阅览座位设计、楼层学科分布、综合布线、安全监控等工作均由徐丽华、于显中完成，但由于设计方的风机设计有误而浪费了 2 层和 8 层近 200 平方米的面积。

图 6-2 中央民族大学文库第一次展出文库图书（1999 年）

图 6-3 中央民族大学图书馆旧馆南侧（1999 年）

图 6-4　中央民族大学图书馆新馆（2005 年 2 月 18 日）

图 6-5　中央民族大学图书馆新馆东侧（2005 年 8 月 24 日）

六、后勤保障

图 6-6　中央民族大学图书馆新馆（2005 年 9 月 2 日）

图 6-7　即将竣工的文华楼和筹建中的理工楼

## （二）机构设置

### 1. 图书馆

1950 年，中央民族学院建立图书馆筹办小组。1951 年，成立办公室、采办组、阅览室和书库，之后逐渐增加部室。1971 年以前，有办公室、采编室、流通室（大库、古籍室）、情报室、阅览室（民族资料阅览室、教员研究生阅览室、学生阅览室、艺术阅览室）、报刊室。1972 年—1989 年的机构设置与 1971 年同。

1990 年：有办公室、采编室、流通室（大库、古籍室）、情报室、阅览室（民族资料阅览室、教员研究生阅览室、第一学生阅览室、第二学生阅览室、艺术阅览室）、报刊室。1991 年的机构设置与上一年相同。

1992 年：有办公室、采编室、情报室、流通室（大库）、古籍室、阅览室（教员研究生阅览室、民族资料阅览室、综合阅览室、艺术阅览室）、报刊部、文献检索与利用教研室、教委民族学科文献信息中心。

1993 年：有办公室、采编室、情报室、流通室（大库）、古籍室、阅览室（教员研究生阅览室、民族资料阅览室、综合阅览室、理科工具书阅览室、艺术阅览室）、报刊部、文献检索与利用教研室、教委民族学科文献信息中心。

1994—1998 年：有办公室、采编室、情报室、流通室（大库、文学开架库）、古籍室、阅览室（教员研究生阅览室、民族资料阅览室、综合阅览室、理科工具书阅览室、艺术阅览室）、报刊部、文献检索与利用教研室、教委民族学科文献信息中心。

1999—2000 年：有办公室、采编室、情报室、典藏流通部（大库、文学开架库）、技术部、古籍室、阅览室（教员研究生阅览室、民族资料阅览室、综合阅览室、理科工具书阅览室、艺术阅览室、音响室）、报刊室、文献检索与利用教研室、教委民族学科文献信息中心。

2001—2002 年：有办公室、采编部（中文采编、外民采编）、流通部（开架库—文学书借阅室、大库—社会科学图书借阅室）、报刊资料部、教委民族学科文献信息中心、阅览部（理科阅览室、外文民文阅览室、保存本港台书阅览室、工具书阅览室、学者文库）、技术部、古籍部、资料室。

2003—2006年：有办公室、采编部（中文采编、外民采编）、流通部（新书借阅室、文学书借阅室、社会科学图书借阅室、少数民族艺术资料中心、阅览部（理科阅览室、外文民文阅览室、保存本港台书阅览室、工具书阅览室、学者文库）、报刊部、古籍部、技术部、情报室、教委民族学科文献信息中心。2003年7月，国家民委民族问题五种丛书编辑委员会办公室（简称五丛办）并入图书馆，该办公室金晖同志调入图书馆。

2007年—2016年：有办公室、采编部、古籍部、流通部（新书借阅室、文学书借阅室、社会科学图书借阅室、少数民族艺术资料中心）、阅览部（理科阅览室、外文民文阅览室、保存本港台书阅览室、工具书阅览室、学者文库）、报刊部、参考咨询部、技术部、五丛办。

图6-8 2009年中央民族大学图书馆办公室全体成员合影

## 2. 院系科资料室

系科资料室面积、人员见1989、1993年中央民族学院图书馆各系科资料室统计表。此外，曾经担任资料员的退休职工还有马秀兰（1987年退，馆员）、李霞（1987年退，馆员）、蔡应琳（1989年退，馆员）尹素卿（1990年退，馆员）、何亨琴

（1991年退，馆员）、常明贤（1992年退，馆员）、孟克（1992年退，助理馆员）、秦新民（1993年退，馆员）、斯琴毕力（1993年退，馆员）、吴绍伦（1995年退，馆员、高惠芳（1995年退，馆员）、李丽君（1996年退，馆员）、刘芝桂（1997年年退，馆员）、刘玉尧（1997年退，馆员）、叶提（1997年退，馆员）、晓雁（1998年退，馆员）、王文芝（2000年退，馆员）、李海淑（2000年退，助理馆员）、董秀英（2000年退，助理馆员）、孙晓萍（2014年退）、麻齐坤（1987年退，助理馆员）、田桂英2000年退，馆员）等。

表6-1　1989年中央民族学院图书馆各系科资料室统计表

| | 单位名称 | 面积（平方米） | 藏书数量（册） | 人员（人） | 资料员 |
|---|---|---|---|---|---|
| 1 | 历史系 | 45 | 15000 | 1 | 刘培红 |
| 2 | 法律系 | 15 | 5000 | 1 | 哈宁 |
| 3 | 哲学系宗教所 | 30 | 1000 | 1 | 鲁筱玲 |
| 4 | 汉语系 | 30 | 2000 | 2 | 杨建群 |
| 5 | 研究生部 | 80 | 7780 | 3 | 斯琴 |
| 6 | 出版社 | 30 | 300 | 1 | 吕莉娜 |
| 7 | 古籍办 | 18 | 1000 | 1 | 吴肃民 |
| 8 | 科研处 | 15 | 1000 | 1 | 孙英善 |
| 9 | 民族学与社会学学院 | 64 | 50000 | 2 | 刘玉莲 |
| 1 | 经济系 | 32 | 1152 | 1 | 蔡应林 |
| 11 | 文艺所 | 32 | 1000 | 3 | 沈秀荣 |
| 12 | 学报 | 16 | 5000 | 1 | 戴苏雅 |
| 13 | 干训部 | 32 | 2000 | 3 | 吐提 |
| 14 | 电教中心 | 80 | | 3 | 彭书华 |
| 15 | 民族理论 | 19 | 300 | 1 | 于学凤 |
| 16 | 外语系 | 32 | 3000 | 3 | 任兰萍 |
| 17 | 三系语言所 | 40 | 3000 | 2 | 黄玉玲 |
| 18 | 藏学所 | 16 | 700 | 1 | 孙雨志 |
| 19 | 生物化学数学系 | 32 | 10000 | 3 | 左凤红 |

续表

|  | 单位名称 | 面积（平方米） | 藏书数量（册） | 人员（人） | 资料员 |
|---|---|---|---|---|---|
| 20 | 民语一系 | 32 | 3300 | 1 | 李锡珺 |
| 21 | 民语二系 | 32 | 3200 | 2 | 康巴尔妮莎 |
| 22 | 音舞系 | 200 | 12000 | 5 | 王 力 |
| 23 | 美术系 | 45 |  | 1 | 张 莉 |
| 24 | 预科 | 32 | 4000 | 1 | 李凤兰 |
| 25 | 宣传部 | 15 | 450 | 1 | 李凤莲 |
| 26 | 经济所 | 20 | 1000 | 1 | 唐 羽 |
|  | 总计 | 1034 | 5450 | 46 |  |

表6-2 1993年中央民族学院图书馆各系科资料室统计表

|  | 单位名称 | 面积（平方米） | 藏书数量（册） | 人员（人） | 资料员 |
|---|---|---|---|---|---|
| 1 | 历史系 | 45 | 15000 | 1 | 刘培红 |
| 2 | 法律系 | 15 | 5000 | 1 | 哈 宁 |
| 3 | 哲学系宗教所 | 30 | 1000 | 1 | 鲁筱玲 |
| 4 | 汉语系 | 30 | 2000 | 2 | 杨建群 |
| 5 | 研究生部 | 80 | 7780 | 3 | 斯 琴 |
| 6 | 出版社 | 30 | 300 | 1 | 吕莉娜 |
| 7 | 古籍办 | 18 | 1000 | 1 | 吴肃民 |
| 8 | 科研处 | 15 | 1000 | 1 | 孙英善 |
| 9 | 民族学与社会学学院 | 64 | 50000 | 2 | 刘玉莲 |
| 1 | 经济系 | 32 | 1152 | 1 | 蔡应林 |
| 11 | 文艺所 | 32 | 1000 | 3 | 沈秀荣 |
| 12 | 学报 | 16 | 5000 | 1 | 戴苏雅 |
| 13 | 干训部 | 32 | 2000 | 3 | 吐 提 |
| 14 | 电教中心 | 80 |  | 3 | 彭书华 |
| 15 | 民族理论 | 19 | 300 | 1 | 于学凤 |
| 16 | 外语系 | 32 | 3000 | 3 | 任兰萍 |

续表

| | 单位名称 | 面积（平方米） | 藏书数量（册） | 人员（人） | 资料员 |
|---|---|---|---|---|---|
| 17 | 三系语言所 | 40 | 3000 | 2 | 黄玉玲 |
| 18 | 藏学所 | 16 | 700 | 1 | 孙雨志 |
| 19 | 生物化学数学系 | 32 | 10000 | 3 | 左凤红 |
| 20 | 民语一系 | 32 | 3300 | 1 | 李锡珺 |
| 21 | 民语二系 | 32 | 3200 | 2 | 康巴妮莎 |
| 22 | 音舞系 | 200 | 12000 | 5 | 王 力 |
| 23 | 美术系 | 45 | | 1 | 张 莉 |
| 24 | 预科 | 32 | 4000 | 1 | 李凤兰 |
| 25 | 宣传部 | 15 | 450 | 1 | 李凤莲 |
| | 总计 | 1014 | 1132182 | 45 | |

图 6-9 图书馆活动

六、后勤保障

图 6-10　图书馆活动

图 6-11　下班途中留雪景

图 6-12　考察韩国中南大学图书馆

图 6-13　考察韩国中南大学图书馆

六、后勤保障

图 6-14　考察韩国中南大学图书馆

图 6-15　于显中向韩国中南大学图书馆赠送书法作品

## （三）阅览座位

旧馆总阅览座位468个，各个阅览室分布情况如下。民族阅览室：阅览桌19张，座位114个；教员阅览室：阅览桌7张，座位42个；学生阅览室：阅览桌14张，座位84个；报刊阅览室：阅览桌15张，座位90个；艺术阅览室：阅览桌5张，座位30个；理工阅览室：阅览桌10张，座位60个；民族文献信息中心阅览室：阅览桌6张，座位36个；古籍阅览室：阅览桌2张，座位12个。

新馆总阅览座位设计数量为2144个，实际数量为2010个，分布情况如下。一层新书借阅室：阅览桌28张，座位150个；二层电子阅览室：座位100个；二层自习室阅览桌12张，座位76个；三层自习室：阅览桌21张，座位124个；四层自习室：阅览桌16张，座位98个；五层报刊阅览室：阅览桌33张，座位198个；六层文自习室：阅览桌16张，座位98个；七层自习室：阅览桌16张，座位98个；八层理科借阅室、自习室19张，阅览桌共60张，座位332个；九层民族文字借阅室、自习室：阅览桌共40张，座位216个；十层库本库、自习室：阅览桌26张，座位160个；十一层古籍室阅览室：阅览桌5张，座位30个；十二层民族语言文字借阅室、自习室：阅览桌30张，座位180个，专家研究厢6个；十三层历史法学借阅室：阅览桌30张，座位180个，专家研究厢6个；十四层艺术借阅室、自习室：阅览桌8张，座位36个，专家研究室13间；十五层报告厅自习室：阅览桌10张，座位50个；地下一层，座位10个；地下二层，座位24个。

## （四）新馆功能、设备、搬迁计划

### 1. 预备阶段

2001年4月24日，中央民族大学图书馆动工开挖地基。2002年12月，根据新馆面积，计算书架占地面积、阅览面积、阅览室和自习室座位数量。徐丽华和于显中根据新馆面积计算书架、阅览桌椅、各种办公家具和器材数量。

表 6-3　新馆书架分配方案表

| 旧馆书架分配情况 | | 新馆书架分配情况 | |
|---|---|---|---|
| 部室 | 书架（个） | 部室 | |
| 大库 1 层 | 135 | 一层新书借阅室 | 95 组 |
| 大库 2 层 | 135 | 二层电子阅览室 | 0 |
| 大库 3 层 | 135 | 三层自习室 | 0 |
| 古籍库 4 层 | 135 | 四层自习室 | 0 |
| 古籍库 5 层 | 135 | 五层报刊阅览室 | 176 组 |
| 古籍库 6 层 | 135 | 六层文学书库 | 221 组 |
| 藏文古籍室 | 14 | 七层社科书库 | 366 组 |
| 1 层开架库 | 128 | 八层理科借阅室 | 186 组 |
| 民族阅览室 | 40 | 九层民族文字借阅室 | 300 组 |
| 教员阅览室 | 40 | 十层库本库 | 400 组 |
| 学生阅览室 | 40 | 十一层古籍室 | 440 组 + 单面架 120 |
| 报刊阅览室 | 48 | 十二层民族文字借阅室 | 202 组 |
| 艺术阅览室 | 40 | 十三层历史法学借阅室 | 300 组 |
| 中心阅览室 | 54 | 十四层艺术借阅室 | 120 组 |
| 采编室 | 18 | 十五层报告厅自习室 | 0 |
| 报刊室 | 10 | 地下 1 层密集柜 | 84 节 |
| 情报室 | 6 | 地下 2 层密集柜 | 800 节 |
| 其他 | 20 | 采编部 | 6+12 个 |
| 总计 | 1268 | 报刊部 | 20 个 |

地下地下一层：消防、配电设备、旧报刊库（400M，密集报架 120 节）；地下地下二层：人防工事，库本库（1000M，密集架 800 节）。

旧馆旧家具、旧设备、书架、桌椅处理情况：计算机、服务器、复印机和桌椅，全部搬到新馆使用。铁制书架 315 个、木制书架 300 个、桌子 20 张、椅子 80 个和办公桌 30 张，搬新馆收藏。新馆办公桌椅：设计六人桌共 256 张，四人桌 103 张，二人桌 20 张，木制椅子 1988 把，办公桌椅 54 套。监控点 39 个，红外线点 36 个，信息点 1000 个，千兆交换机，全交换网络，电话交换机，内部电话 100 部。

### 表6-4 2003年图书馆搬迁工作表

| 时间 | 负责人 | 工作内容 |
|---|---|---|
| 2002.12.3 | 徐丽华 于显中 | 统计旧馆书刊数量 |
| 2003.1.9 | 徐丽华 于显中 | 1. 根据钢制书架容量计算新馆书架总数<br>2. 预计10—15年的发展空间 |
| 2.24—25 | 赵庆 | 考察南方键兴、家乐威顿、长江、圣达、东海、新宇、万马等家具公司的产品、规模、技术等以及密集书架、单面架、双面架、存包柜、桌椅等样品。 |
| 2.27—28 | 赵庆 | 考察北方的二七厂、红星、瑞宝、独秀等家具厂及其技术和产品。 |
| 3.10 | 金雅生 赵庆 | 图书馆家具招标会<br>组员：叶孔敏、云峰、何玉明、兰凤祥、徐丽华 |
| 3.10 | 赵庆 | 徐丽华等考察中南民族学院图书馆 |
| 3.17 | 徐丽华 | 请艺术系主任殷会利和图书馆部室主任看书架、座椅样品、出纳台，殷会利主任确定书架、阅览桌和出纳台的式样和颜色。 |
| 3.20—21 | 赵庆 | 考察北京昌达肯特、北师大、长城等家具厂。 |
| 4.1 | 徐丽华 于显中 | 根据学校领导小组的决定，制定购买计划。 |
| | 于显中 | 1. 查看阅览室、书库图书，计算数量<br>2. 计算中主楼图书数量<br>3. 计算古籍纸箱数量并订购 |
| 4.8 | 徐丽华 于显中 | 1. 确定搬运图书用平板车<br>2. 打捆机<br>3. 考察打捆机使用情况 |
| 4.12 | 徐丽华 于显中 | 1. 确定搬书先后顺序和运书路线<br>2. 分打捆小组 |
| 4.22—27 | 于显中 王延 | 1. 购买写号笔墨<br>2. 购买打捆用牛皮纸<br>3. 购买平板运输车<br>4. 购买口罩 |
| 4.28 | 徐丽华 于显中 | 1. 设计搬运路线<br>2. 拆大库书梯<br>3. 预备滑道 |

## 六、后勤保障

续表

| 时间 | 负责人 | 工作内容 |
|---|---|---|
| 5.12 | 于显中<br>王延 | 分配打捆机、绳子、包装纸、笔墨 |
| 5.14 | 金雅声<br>赵庆 | 确定门禁、监控、电话、网络、档案馆事宜 |
| 5.15 | 徐丽华<br>于显中 | 1. 制定门禁、监控、电话、网络计划<br>2. 培训使用打捆机技术和填写捆号方法 |
| 5.16 | 徐丽华<br>于显中 | 搬家打捆小组负责人：崔莲、董印红、满达日花、麻晓红、洪社娟 |
| 5.18 | 王延 | 购买和分发饮水机、口罩、洗涤用品 |
| 5.19 | 徐丽华<br>于显中<br>王延 | 图书馆接受新馆钥匙 |
| 5.20 | 徐丽华<br>于显中<br>王延 | 1. 搬迁动员会<br>2. 普通图书上下垫纸打捆，古籍装箱<br>3. 装订2002年杂志 |
| 5.21 | 徐丽华<br>于显中 | 1. 上午开始分组打捆<br>2. 请殷会利主任审查、挑选门牌、窗帘式样和色彩 |
| 5.21 | 徐丽华<br>于显中 | 拆墙、拆电梯间木板和准备长滑板 |
| 5.21—25 | 徐丽华<br>于显中<br>王延 | 开始打捆、装箱。 |
| 5.26—30 | 徐丽华<br>于显中 | 任中夏副校长检查搬迁准备工作 |
| 5.27 | 徐丽华<br>于显中 | 严玉明、金雅声两位副校长和兰凤祥等检查图书馆 |
| 5.28 | 金雅声 | 召开"中央民族大学网络设备竞价会议"，赵庆、兰凤祥、叶孔敏、肖波等参加。 |

表 6-5 新馆设备购置表

| 序号 | | 设备名称 | 技术指标 | 规格（米） | 数量 | 单价 | 合计 | 备注 |
|---|---|---|---|---|---|---|---|---|
| 1 | 阅览室 | 6人阅览桌 | 加厚中密、防火实木皮 | 2.1*1.1 | 230张 | 1200 | 27.6 | 阅览室 |
| 2 | | 4人阅览桌 | 同上 | 1.5*1 | 60张 | 900 | 5.4 | 阅览室 |
| 3 | | 2人古籍阅览桌 | 实木雕刻、进口漆 | 1.5*1 | 8张 | 1500 | 1.2 | 古籍室 |
| 4 | | 4人休息桌 | 木制围桌 | 1.5*1 | 10个 | 400 | 0.4 | 休息室 |
| 5 | | 2人阅览桌 | 木制 | 1.2*0.45 | 50个 | 400 | 2 | 书库 |
| 6 | | 1人阅览桌 | 木制 | 0.6*0.4 | 30张 | 250 | 0.75 | 书库、古籍库 |
| 7 | 办公桌 | 办公桌 | 木制 | 1.2*0.6 | 69张 | 350 | 2.415 | 阅览室 |
| 8 | | 组合办公桌（带副台） | 木制 | 1.5*1.5 | 2张 | 800 | 0.16 | 办公室 |
| 9 | | 馆长办公桌（带副台） | 优质中密、防火实木皮、环保漆 | 2.4*1.2 | 2套 | 950 | 0.19 | 办公室 |
| 10 | | 会议桌 | 优质中密、防火实木皮、环保漆 | 8*2<br>4*1.5 | 各1套 | 1.8 | 1.8 | 会议室 |
| 11 | 电脑桌 | 电脑桌 | 优质中密、防火板、环保漆 | 1.2*0.6 | 65张 | 350 | 2275 | 阅览室 |
| 12 | | 单人电脑桌 | 桦木色、防火板、立式柜箱 | 1*0.6 | 260张 | 210 | 5.46 | 阅览室 |
| 13 | | 电脑台 | 桦木色、防火板、立式柜全包箱 | 0.8*0.6 | 48个 | 450 | 2.16 | 大厅 |

续表

| 序号 | | 设备名称 | 技术指标 | 规格（米） | 数量 | 单价 | 合计 | 备注 |
|---|---|---|---|---|---|---|---|---|
| 14 | 工作台类 | 机房工作台 | 优质防火板、桦木色 | 1.4*0.7*0.75 | 6个 | 420 | 0.252 | 机房 |
| 15 | | 讲台 | 优质防火板、桦木色、脚踏 | 1.8*0.6*1.2 | 1个 | 1100 | 0.11 | 电子阅 |
| 16 | | 出纳台 | 胡桃木、钢质腿、钢化玻璃 | 1*0.7*1.2 | 145节 | 1100 | 15.95 | 阅览室 |
| 17 | | 柜台 | 铝合金 | 1*0.5*1.2 | 10节 | 800 | 0.8 | 休息室 |
| 18 | 椅类 | 会议椅 | 实木、防皮垫背、扶手 | 常规 | 62把 | 380 | 2.356 | 会议室 |
| 19 | | 休息椅 | 实木、固椅 | 常规 | 40个 | 350 | 1.4 | 休息室 |
| 20 | | 电脑椅 | 钢制 | 常规 | 359把 | 230 | 8.257 | 阅览室 |
| 21 | | 古籍室专用扶手椅 | 红实木雕刻 | 特制 | 20把 | 650 | 1.3 | 古籍 |
| 22 | | 板凳 | 实木 | 常规 | 1704位 | 220 | 37.48 | 阅览室 |
| 23 | | 办公椅 | 实木、绒垫 | 常规 | 69把 | 350 | 2.415 | 办公室 |
| 24 | | 扶手椅 | 实木、绒垫 | 常规 | 40把 | 350 | 1.4 | |
| 25 | | 仿皮办公椅 | 钢制 | 常规 | 4把 | 450 | 0.18 | 馆长公室 |
| 26 | 沙发 | 普通双人沙发 | 仿皮、木扶手、钢脚 | 常规 | 40个 | 1950 | 7.8 | 大厅、会议、办公室 |
| 27 | | 高级双人沙发 | 进口意大利皮、木扶手、钢脚 | 常规 | 5个 | 2800 | 1.4 | 办公室 |
| 28 | | 普通单人沙发 | 进口意大利皮、木扶手、钢脚 | 常规 | 12个 | 1300 | 1.56 | 贵宾室 |
| 合计 | | | | | | | 134.47 | |

## 2. 中央民族大学图书馆搬迁方案及日程

### （1）图书馆搬迁工作小组

组长：徐丽华；组员：于显中、侯力军、崔莲、李静、李婷、满达日花、董印红、赵洪帅、王延、王朝平。

### （2）分工

徐丽华：搬迁工作总负责；于显中：规划协调搬迁工作；王延、王朝平：后勤保障等。

新书借阅室（理科、工具书）——董印红、洪社娟负责。

学生阅览、民族室——满达日花、董印红负责。

开架库文学书——满达日花、麻晓红负责。

基藏库——满达日花、麻晓红负责。

库本库——满达日花、麻晓红负责。

大库民文、外文、港台图书——董印红、洪社娟负责。

教员阅览室——董印红、满达日花负责。

古籍——李婷负责。

三层待编书——崔莲负责。

报刊、报纸——李静负责。

主楼山东法待编书——崔莲负责。

主楼中厅书、备用库——满达日花负责。

技术部——侯力军、赵洪帅负责。

各办公室、小阅览室、小型设备。于显中负责。

### （3）各室图书搬迁位置

库本：搬入10层，按《中图法》排架。

大库：搬入7层基藏库，按《科图法》排架。（学生室、民族室、教员室、主楼备用库按类打捆，按类搬入7层。）

民族室：按类打捆搬到7层基藏库。

教员：库本书单独打捆搬入10层，其余按类打捆搬到7层基藏库。外文入9层。

港台：大库港台书搬至9层。

外文：大库外文书搬至9层。

民族文字：大库民族文字全搬至9层。

文学：文学库搬至6层。

新书：1998年以来新书搬至1层。新书库本搬10层。

主楼图书：《山东法》分类的图书、外文未编书入地下二层。主楼中厅和南厅书文学搬至6，其他搬7层）。

报刊：搬入5层。学生室人大报刊、古籍新刊入5层。院系报刊入5层。

旧报：新馆地下一层堆放。建议购买密集架，后搬报。

学生室：书按类打捆入7层基藏库。人大报刊入5层。旧报入地下二层。

理科：搬入8层。

艺术：搬入12层C阅览室。

工具书：搬入12层A（大套丛书归工具书范围）。

古籍：古籍、旧平装、旧报刊搬入11层。未编书入地下二层。新刊入5层。新合订报入地下地下一层堆放。

旧馆四楼图书：地图等入7层。

旧画册柜：搬14层。

### （4）打包工作及打包代码

打包工作暂分2组，每组2台打包机，每台机器配置1名职工、2名打包工人，职工负责指挥、写号工作。各部室自己排班。

根据打包进度的变化，随时调整打包组和本馆职工的搭配。

第一组：文学、大库（书库、采编参与）。

第二组：新书、民族、学生（阅览部、技术部参与）

### （5）各室打包代码

①新书用"X"表示，如X1、X2……。即"X"表示新书，"1、2……"表示第几包（下同）。

②理科用"L"表示，如 L1、L2……。

③二楼工具书用"g"表示，如：g1、g2……；大库工具书用"dg"表示，如：dg1、dg2……；教员工具书，用"jg"表示，如：jg1、jg2……。

④古籍室报刊用"B"表示，如：B1、B2、……；学生室人大报刊：用"人"表示，如：人1、人2……；民族室剪报资料用"0"表示，如：01、02……。

⑤文学库用"W"表示，如：W1、W2……。

⑥大库基藏库用"大"表示，如：大1、大2……。

⑦民文分别用"蒙古、藏、维、哈、朝……"等表示。如：蒙1、蒙2……；英、日、俄和港台等书用"英、日、俄、港、台"的表示。如：英1、英2……2、日1、日2、俄1、俄2、港1港2、台1、台2……。

⑧学生室用"学"表示，如：学1、学2……。

⑨教员室用"教"表示，如：教1、教2……。

⑩古籍库用"古"表示，如：古1、古2……。三楼古籍待编书用"古待"表示，古待1、古待2……。

⑪《山东法》分类的图书用"山"表示。如：山1、山2……。

⑫中主楼外文待编书用"外待"表示。如：外待1、外待2……。

⑬艺术室图书用"艺"表示。如：艺1、艺2……。

⑭民族室图书用"民"表示。如：民1、民2、……。（3月5日制）

### （6）新馆人员需求及院系资料员归属问题

新馆需要正式职工62人，临时工8人。现有44人，需要增加正式职工18人，临时工8人。新馆人员安排计划：地下1层：报纸库0人；地下2层：库本库2人。咨询部4人。采编6人（采访组4人，中文编目2人）。办公室4人（馆长、副馆长、办公室）。总计：62人。新进馆人员均需按图书馆聘任条件聘任。包括院系资料员及毕业生。

1层9人：新书阅览室5人，机检台1人，还书处3人。

2层5人：技术部5人（3人待定）。

3层、4层：人员待定。

5层3人：报刊阅览室3人。

6层3人：文学书借阅处3人。

7层4人：基藏库4人。

8层3人：理科阅览室3人。

9层4人：民族、外文、港台阅览室4人。

10层3人：库本库3人。

11层4人：古籍库4人。

12层3人：A室（工具书）、B阅览室、C艺术室共3人。

13层5人：院系综合阅览室ABC室共5人。

14层0人：A室、研究室、研究厢。

### （7）物业管理问题

新馆安全管理由保卫部承包管理。

新馆卫生、水电、设备等由后勤集团承包管理。

4月30日前，购置打包机、打包绳、打包箱、包装纸等。5月6日，招聘打包、拆包临时工。5月6日，打包技术培训。5月7日开始打包。

### （8）搬迁日程

图书馆搬迁日程（5月18日—8月28日）

① 1998年以来新书搬1层。董印红、洪社娟负责。

②理科图书搬至新馆9层。董印红、洪社娟负责。

③工具书搬至新馆13层A室。董印红、洪社娟负责。

④报刊搬新馆5层。李静负责。

⑤开架库文学书搬新馆6层。满达日花、麻晓红负责。

⑥民文、外文、港台图书搬至新馆8层。董印红、洪社娟负责。

⑦学生阅览室与基藏库、工具书搬至新馆13层A室

⑧库本库、教员阅览室库搬迁至新馆10层。满达日花、麻晓红负责。

⑨基藏库搬新馆7层。满达日花、麻晓红负责。

⑩古籍搬迁至新馆11层。李婷负责。

⑪主楼书（《山东法》分类的图书和待编书）搬新馆地下二层。满达日花、麻晓红负责。

⑫旧报纸搬新馆地下二层。李静负责。

⑬各办公室、小阅览室、小型设备。于显中负责。技术部搬至新馆2层。侯力军、赵洪帅负责。

院系资料室搬迁日程（9月4日—9月18日）：①历史系；②经济学院；③法律学院；4④语言学院；⑤民族学研究院；⑥藏学研究院；⑦中文系；⑧理工学院、环境科学院；⑨计算机系、外语系、体育系；⑩马列部、教育系、管理学院；⑪艺术学院；⑫干管院、哲学系。

## 3. 搬迁阶段

准备阶段：①分配新馆各层书架、桌椅等。②分配新馆部室办公室、交接钥匙等。③培训使用打捆机技术和填写捆号方法。④拆墙、拆电梯间木板和准备长滑板。拆开架库南墙第三个窗户和下边的墙体，做一个直接通往新馆的通道，这即使刮风下雨也不影响搬书，同时也安全。⑤确定打捆书架顺序、搬书顺序、运书路线。先搬开架库图书。⑥检查运书工具、安全措施等。⑦各部室安排值班员。⑧奖励办法：在非典期间坚守工作岗位并参加打捆者，每天奖励30元，不参加者不得享受。

打捆搬迁阶段：第一阶段的任务和进度计划：在搬迁之前，徐丽华、于显中、王延等，根据图书数量、劳动强度、劳动时间等计划购买了人工平板运输车、打捆机、包装纸、纸箱、手套、口罩、饮用水、清洁用品、购买预防非典的中药等，安排分组安排整理图书、打捆、写号。按楼层搬迁，即先搬一层，再搬二、三四、五、六层。最后搬各办公室。为防止人员集中，分成多个小组流水作业，人员接触少，避免"非典"的恐慌情绪。在新旧馆图书的安全工作方面，安排白天分组值班，夜间派专人值班和夜间巡视。经过3个月奋战，终于完成搬迁任务。全馆员工共同克服困难，用较短的时间顺利完成搬迁任务。5月21—25日，将开架库、学生阅览室、民族阅览室、教员阅览室图书打捆。次序为：①搬开架库图书，让出新开辟的通道，便于大规模搬迁。②搬学生阅览室图书。③搬运民族阅览室和教员阅览室图书，打捆时民族阅览室的古籍、旧平装、外文图书分别打捆，并直接交于古籍室。5月26—30日，打捆中主楼备用库、大库1—3层图书，并确定搬运时备用库新书直接归流通部理科阅览室图书直接运新馆8层，《山东法》分类的图书运至新馆地下地下二层待编。第二阶段的任务和进度计划：6月2日，办理学生离校手续，满达日花负责办理。6月3—5日，打捆位置是报刊室期刊、报纸、资料和古籍库新报刊。6月5日，打捆4层书库杂志、报纸。徐丽华、于显中在古籍库写顺序号。6月

7日，古籍库纸箱不够，于显中去顺义县购买纸箱。6月7—8日，党员加班打捆、装箱。6月9日，清理1—3层书库、开架库、各个阅览室。6月12日，荣仕星校长、任中夏副校长检查图书馆工作，表扬图书馆职工在非典期间坚守工作，说"搬家工作很辛苦，大家不怕脏，不怕累，能吃苦，提前完成了任务，感谢你们。"6月12—14日，于显中等在古籍库负责装箱、打捆、写号。6月12日，所有图书打捆、装箱完毕，进行全面检查，统计打捆数量：开架库图书，1851捆；教员阅览室中外文图书，2590捆；民族阅览室图书，503捆；新书理工类图书，1728捆；学生阅览室，882捆；艺术阅览室，843捆；大库1层图书，3218捆；大库2层图书，1782捆；大库3层图书，1003捆；大库4层图书，280箱；大库5层图书，906箱；大库6层图书，840箱；中主楼中厅备用库、《山东法》分类的图书旧书共5711包。6月15日，向学校提交搬迁计划。6月16日，校办公会开会讨论院系资料室问题，荣仕星校长主持，会议决定重点学科的保留，有的阅览室可以挂两个牌子，其余院系资料室并入图书馆。6月17日，安排安全值班员，全馆职工分两班搬书，一是避免搬书通道、电梯拥堵，二来可以避免劳累，提高效率。

各室图书具体搬迁顺序如下：第一，中主楼搬迁方法和顺序：①中主楼3层图书用滑木从窗子滑下，提高效率。②1层、2层图书，手提下楼、下台阶装车。第二，按以下先后顺序搬运：①新书。数量少，直接进新馆1层新书阅览室，以便及时向读者开放。②文学图书（开架库）。这里是连接新旧馆的通道，清理出来便于后期搬迁。③大库1—3层图书，2层、3层从书梯洞用滑木板传书捆，既可减轻劳动强度，又可以加快搬书速度。④大库4—6层图书馆是古籍，全部已装箱，要注意安全，不得损坏。⑤零散图书。⑥报刊阅览室的期刊、报纸。⑦零散家具、设备。⑧各办公室按采编、报刊、流通部、阅览室、古籍部、馆办公室依次搬迁。以上顺序是在第一稿基础上做了一些调整，在搬迁中如果遇到其他情况，将视情况不同调整。6月18日，徐丽华、于显中制定《院系资料图书打包计划》和《院系资料室少数民族文字期刊装订计划》，院系资料室少数民族文字期刊于2004年1月7日全部装订完毕。6月20日，搬完中主楼1层过道里的《山东法》图书。6月21日，搬完中主楼《山东法》图书。6月22日，搬完中主楼2层中厅图书。6月23日，搬完中主楼1层文献信息中心新书。6月24日，中主楼图书全部搬完，并检查完毕。6月25日，上午搬完开架库文学图书。下午搬完报刊部书刊，并开始上架。6月26日，搬大库1层图书。6月27日，搬大库2层图书。6月28日，搬大库3层图书。6月

29日，搬学生阅览室、民族阅览室图书。6月30日，检查各部室，清理杂物。崔丽群书记说：图书馆在抗非典、搬家工作中徐丽华、于显中两位党员在危急时刻勇挑担子，站在前面，临危不乱，计划缜密，指挥搬迁有序，校领导也一再表扬，王彦书记说"劳苦功高"。王朝平说：非典时期，只要有一点风吹草动，搞得人心惶惶，这个时候，徐、于两同志站出来主持工作，天天上班，搬家计划、人员调整等工作，安排得井井有条，是经得起考验的优秀党员。彭守亮说：徐、于两同志这几月里，没有休息1天，周六周日都在工作，尽心尽力，特别感动。崔莲说：这半年来是图书馆工作最繁重、压力最大的时期。在抗非典、图书馆搬迁和开图书馆这三项工作中，体现了熟悉图书馆工作和领导才干。这几月来，这三项工作的计划细致，劳动方式都为我们省时省力，提高工作效力。在这段时间里，图书馆最团结，凝聚力最强，这是从来没有过的局面。洪社娟说：这次搬迁，领导具有前瞻性、计划性，各方面都非常完备，劳动强度适当，避免职工疲劳，关心职工。满达日花说：危难之中见真情。在非典时期，大家都非常害怕，在这种严峻的情况下，领导要处理搬家的事，向开放读者，又要抗非典，但是这些大事的处理，措施得力、周到。在大事面前经得起考验，有处理突发事件的能力，表现出领导能力。搬迁工作中，全馆职工从上到下团结协作得很好，群众心里都很高兴，在下边议论说，非常认可领导的能力，党员起到了表率作用。李婷说：在生命临危时刻，领导以身作则，坚守岗位，搬家、抗非典的工作做得很全面，很细致。木哈白提：抗非典和搬家期间，领导措施得当。非典期间，原来很害怕，但在领导有计划的安排中，消除了恐惧心理。在搬家时，领导利用各种方法尽量减轻职工的劳动强度，关心群众，我们即使苦点也感到很高兴。于显中说：我直接接触徐馆长，了解较深，他在抗非典的非常时期，又遇到搬家这件大事，困难可想而知。但没有把困难交给学校，而是尽心尽力地去克服，精心设了新馆的功能、书架数量、式样、计搬迁计划等，经常是周六周日加班，几乎天天7点下班，有时候10点钟还要巡查旧馆的安全。热爱图书馆，有奉献精神，也展现出了组织能力和实干精神。7月6日，全馆人员搬古籍和上架。7月23日，院系资料室的资料员归入图书馆。

### 六、后勤保障

**表 6-6　搬家顺序、时间、负责人表**

| 搬迁顺序 | 搬迁时间 | 搬迁地点 | 负责人 |
|---|---|---|---|
| 1 | 5.15—19 | 搬 98 年以来新书至 1 层 | 董印红、洪社娟 |
| 2 | 5.20—5.21 | 搬理科图书至 9 层 | 董印红、洪社娟 |
| 3 | 5.22—5.26 | 搬工具书至 13 层 A 室 | 董印红、洪社娟 |
| 4 | 5.27—6.3 | 报刊室、报刊合订本搬新馆 5 层 | 李静 |
| 5 | 6.4—6.12 | 开架库文学书搬新馆 6 层 | 满达日花、麻晓红 |
| 6 | 6.13—6.25 | 民文、外文、港台图书搬至新馆 8 层 | 董印红、洪社娟 |
| 7 | 6.26—7.1 | 学生阅览室与基藏库；<br>人大报刊搬至新馆 5 层；<br>工具书搬至新馆 13 层 A 室 | 满达日花、麻晓红<br>李静<br>董印红、洪社娟 |
| 8 | 7.2—7.9 | 教员室普通书搬 7 层，库本搬 10 层；<br>库本库搬至新馆 10 层 | 满达日花、麻晓红 |
| 9 | 7.10—7.18 | 基藏库搬新馆 7 层 | 满达日花、麻晓红 |
| 10 | 7.21—8.1 | 古籍搬迁至新馆 11 层；<br>古籍库待编书搬新馆 11 层北屋 | 李婷<br>崔莲 |
| 11 | 8.4—8.7 | 主楼北过道书和外文待编书搬新馆地下二层 | 崔莲 |
| 12 | 8.8—8.15 | 主楼中厅书和备用库书搬新馆 6、7 层 | 满达日花、麻晓红 |
| 13 | 8.18—20 | 1950 年后报纸搬新馆地下二层 | 李静 |
| 14 | 8.21—25 | 艺术室新馆 12 层 C 室 | |
| 15 | 8.26 日—29 | 各办公室、小阅览室、小型设备；<br>技术部搬至新馆 2 层。 | 于显中<br>侯力军、赵洪帅 |

表 6-7　院系资料室搬迁顺序表

| | | 册 | 地点 | 时间 |
|---|---|---|---|---|
| 1 批 | 历史系 刘培红 | 30000 | 中主楼 3 层 | 14—15 日　早 8:00 开始 |
| | 哲学系 高惠芳 | 20000 | 1 号楼 4 层 | 14—15 日　早 8:00 开始 |
| | 中文系 杨建群 | 20000 | 1 号楼 4 层 | 14—15 日　早 8:00 开始 |
| | 法律学院 李焕生 | 4550 | 1 号楼 3 层 | 16 日　早 8:00 开始 |
| | 维哈柯系 康巴 | 3925 | 1 号楼 2 层 | 16 日　下午 2:00 开始 |
| | 蒙语系 包七月 | 4500 | 1 号楼 2 层 | 16 日　早 8:00 开始 |
| | 物理系 董舒平 | 2800 | 1 号楼 1 层 | 16 日　下午 2:00 开始 |
| 2 批 | 朝语系　无 | 12200 | 2 号楼 1 层 | 16 日　早 8:00 开始 |
| | 藏学研究院 孙雨志 | 2000 | 2 号楼 1 层 | 16 日　下午 2:00 开始 |
| | 语言文学院 董应敏 | 5021 | 2 号楼 1 层 | 17 日　早 8:00 开始 |
| | 外语系 剧艳春 | 5849 | 2 号楼 1 层 | 17 日　下午 2:00 开始 |
| 3 批 | 成教学院 赵建华 | 3500 | 主北楼 7 层 | 16 日 早 8:00 |
| | 民族学与社会学学院 冯秋菊 | 32000 | 主北楼 6 层 | 16 日 下午 2:00 |
| | 教育学院 马燕 | 5000 | 主北楼 5 层 | 17 日 早 8:00 |
| | 经济学院 宋明淑 | 6547 | 主北楼 5 层 | 17 日 下午 2:00 |
| 4 批 | 马列部 宁玉 | 2500 | 主南楼 5 层 | 17 日 早 8:00 |
| | 数学系 周新 | 4289 | 主南楼 4 层 | 17 日 下午 2:00 |
| | 体育系 刘秀芳 | 2500 | 体育馆 | 18 日 早 8:00 |
| 5 批 | 音乐学院 斯琴 | 10000 | 18 号楼 2 层 | 17 日 早 8:00 |
| | 舞蹈系 赵承彤/兼 | 300 | 18 号楼 2 层 | 17 日 下午 2:00 |
| | 美术学院 张莉 | 2500 | 18 号楼 3 层 | 18 日 早 8:00 |
| | 计算机系 英锋 | 272 | 6 号楼 | 18 日 下午 2:00 |
| | | | 注：如有变动，临时通知。 | |

## 4. 院系上报资料汇总及计划

全校共 26 个资料室，18 万册图书。在图书馆回溯建库未完之前将 26 个资料室合并为一个院系综合借阅室、一个艺术借阅室。搬至图书馆新馆12、13层。

各系上报资料室及资料员名单：

历史系（刘培红）、体育系（刘秀芳）、经济学院（宋明淑）、马列部（宁玉）、法律学院（李焕生）、教育系（马燕）、语言学院（董应敏）、音乐学院（斯琴）、民族学研究院（冯秋菊）、美术学院（张莉）、中文系（杨建群）、舞蹈学院（赵承彤/兼职）、环境与生命科学学院（无）、成教院（赵建华）、信息与计算科学系（周新）、蒙语系（包七月）、物理系（董舒平）、朝语系（无）、计算机系（英锋）、维哈柯系（康巴尔尼沙）、藏学研究院（孙雨志，出国）、现代技术教育部（张迎芬/兼）、哲学系（高惠芳）、民族研究中心（刘岩/兼）、外语系（居雁春）、预科部（阿米娜）。2003年4月27日

地下书库分配方案：地下一层：库1（中库）杂物、待编杂书；库2（西南）旧报刊。地下二层：库1（西南），旧报纸，密集书架；库2（中库），旧报纸；库3（西北），古籍待编书；库4（东北）《山东法》图书5711捆。

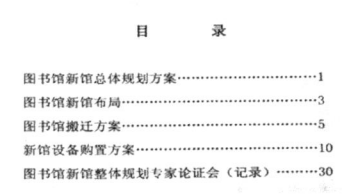

图6-16 搬迁方案目录（2003年）　　图6-17 搬迁方案内页（2003年）

在搬迁中，采取了很多行之有效的措施，如：①实验打捆，实验搬运：在打捆、搬书前，实验打捆，摸索经验，根据实际情况测算打捆时间和制定各种具体实施方案。②分类分堆摆放打捆图书：按类和捆的号数分堆，便于调整多出图书合并集中。③分层分点打捆：为避免职工集中，分散打捆，有效避免非典疫情。④天窗传递：书库有6层，楼道狭小，只能走一人。如果靠人背，要将书全部搬出，10个劳动力大约要背90多天。于是，徐丽华拆下送书梯，用长板子制作滑梯，从一楼至六楼用了5个滑梯，一包包、一箱箱的书，层层接力传送，六层大库的图书仅用15天就运完了。中主楼三四层的图书，也采取了滑梯传送方法，顺利解决了搬运难题。⑤打洞开道：在靠新馆一侧的开架库南墙，拆下窗子和墙，做成联通新馆与旧馆的通道，形成"内部通道"，不管白天黑夜都可以自由运送图书，既保证了图书安全，又避免了因刮风下雨而影响搬书。⑥合理安排人员：把老同志和身体较弱的职工安排在资料室和报刊室，做些力所能及的工作。打捆、运送等体力活都由青年职工承担。⑦先搬旧馆，后

搬资料室：旧馆图书搬迁完毕并上架之后，把图书馆职工分派到系科资料室帮助进行图书打捆与搬迁工作。由于搬迁之前做了大量准备工作，旧馆和系科资料室图书，仅用三个月的时间就搬迁、上架完毕。此后有多家图书馆前来实地查访取经。

新馆地下地下一层收藏旧馆所有有纪念意义的物品、古籍残本、古籍资料、零散图书、本校各单位捐赠图书等，是记录图书馆历史的文物大库，也是记录民族大学历史的文物大库。报纸库按笔画顺序排架，国家级和省级大报纸从"1区"的《人民日报》开始，到"2区"的《潮汕日报》结束。地市县中文小报、民文报和外文报纸排在"3区"。

表6-8 新馆地下一层（A）书库分布表

| | 圈椅 | |
|---|---|---|
| 水箱 | 零散书、旧桌椅、民研所报纸、旧办公用品、 | 电机房 |
| 水泵 | 古籍资料箱、古籍残本、馆文物、文革没收图书、各种资料、杂物、古书箱 | 《山东法》分类的书 研究生院书零散书、古书箱等 |
| 新桌椅 | 空调 | |

## 5. 不寻常的日子

2003年4月25日，北京发现非典病人数百人，之后几乎天天在增长，非典在北京肆虐，越来越多的医生、护士被传染，形势严峻，让人们感到无比恐惧。4月22日，北京中小学停课，接着高校停课，大学生纷纷离京。中央民族大学图书馆图书馆面临着搬迁的各项工作，工作难度大。2003年5月，距离旧馆搬迁的时间只有3个月，时间短任务重，不巧又赶上"非典"，雪上加霜，给搬迁带来很大困难。为了避免人员集中，图书馆职工分几组打捆。早6—9点打捆和装箱（普通图书打捆，古籍装箱），工作人员按顺序编写序号。5月14日，安排夜间进京的运货车辆进校、工人住宿、检查书架安装进度和质量。

（1）以下是麻晓红撰写总结

中央民族大学图书馆是一所具有五十年历史，藏书百万册，教学服务及相关研究配套齐全的国内知名图书资料专业机构，承担着为教学、科研服务的繁重的任务。新的2.4万平方米的现代化图书馆大楼于2003年初落成，标志着中央民族大学在图书资料管理及教学服务方面将达到新的里程碑，受到了国家民委、教育部等部门领导的重视。因此，2003年上半年很重要的一项工作就是在保证图书馆正常为教学服务的情况下,将百万册的图书资料及相关设施安全顺利地搬迁进入新馆址。

学校和图书馆各级领导为此进行了精心的安排和动员,面临"非典"的袭扰,领导们以身作则、坚守岗位,关心广大职工的"非典"防护措施,极大地鼓舞了职工的士气,调动了大家的工作热情。在"严防非典"与图书馆搬迁、毕业生离校手续的办理等多项工作任务交织在一起时,图书馆上上下下呈现出"万众一心、众志成城"的局面,有条不紊地仅用一个月就完成了百万册珍贵图书的打包、装箱任务。全体职工的心愿就是"让新图书馆开放不受非典的影响,要让图书按时、按量,完好无损地迁入新"家"。

图书馆领导也始终把国家和北京市要求的"严防非典"作为大事来抓,随着天气渐热,身体容易疲劳,合理安排大家的休息时间,保证广大职工身体健康不受影响。

新馆全部搬迁完成后,将成为占地一百万平方米,拥有二百万册藏书及电脑检索、电子阅览、互联网服务等多项功能的现代化图书馆,为中央民族大学的教学、研究以及国际文化交流提供良好的服务。搬迁工作的顺利进行也是中央民族大学图书馆广大职工在抗击"非典"这场战役中谱写的赞歌,正如王彦书记到图书馆打捆现场检查、指导工作时对徐丽华副馆长所说:作为一个从事图书馆事业的人来说,一生中能组织完成这么一次搬迁任务,是值得庆幸的。你们所做的事,将在中央民族大学历史上写下可贵的一笔。

崭新的中央民族大学图书馆将以丰富的文献资源和数字化、网络化等现代信息技术手段,迎接 2003 年新生的到来。

图 6-18 麻晓红、龙冬云搬运图书

图 6-19 李侠、郭伟时搬运图书

图 6-20 卓玛措等摆放图书

图 6-21 洪社娟等整理图书

六、后勤保障

图 6-22　彭守亮等整理图书

图 6-23　白秀荣、于显中、彭守亮等整理图书

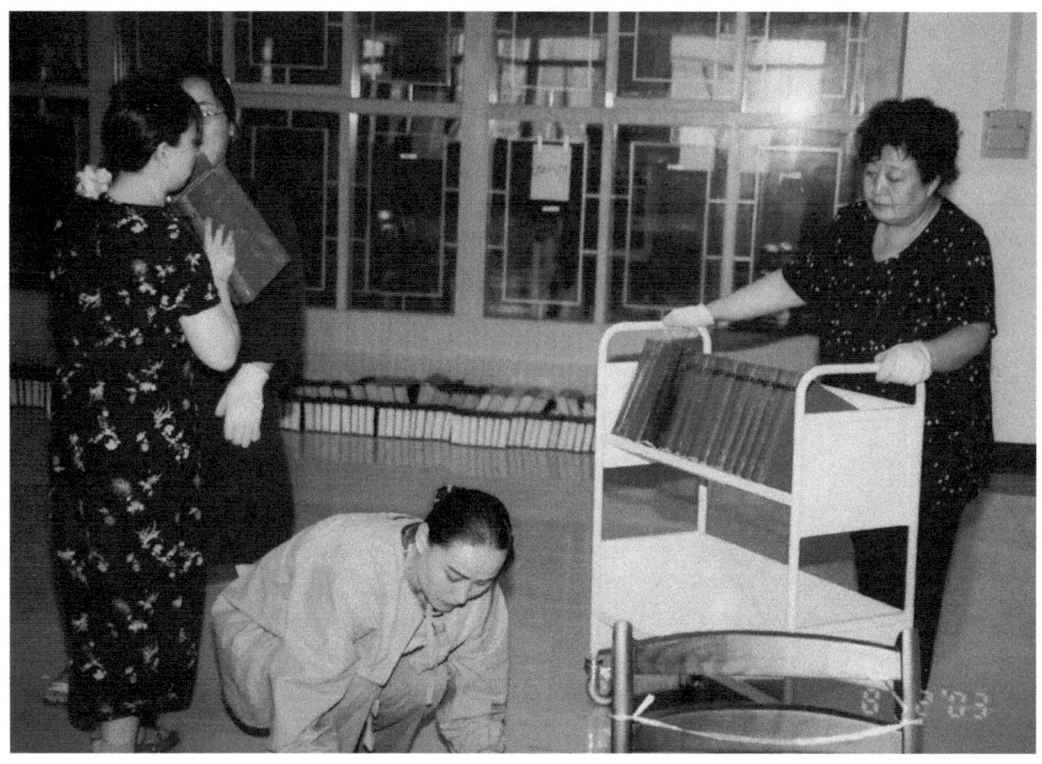

图 6-24 贾风琴、吕林慧等整理图书

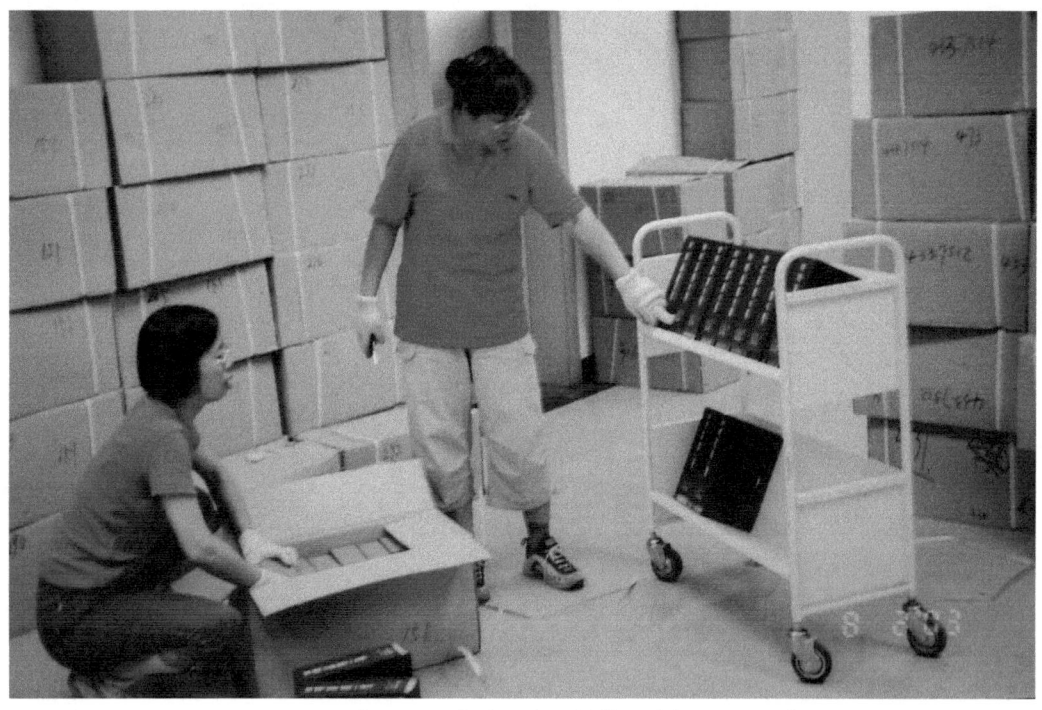

图 6-25 李婷、马丽敏整理图书

六、后勤保障

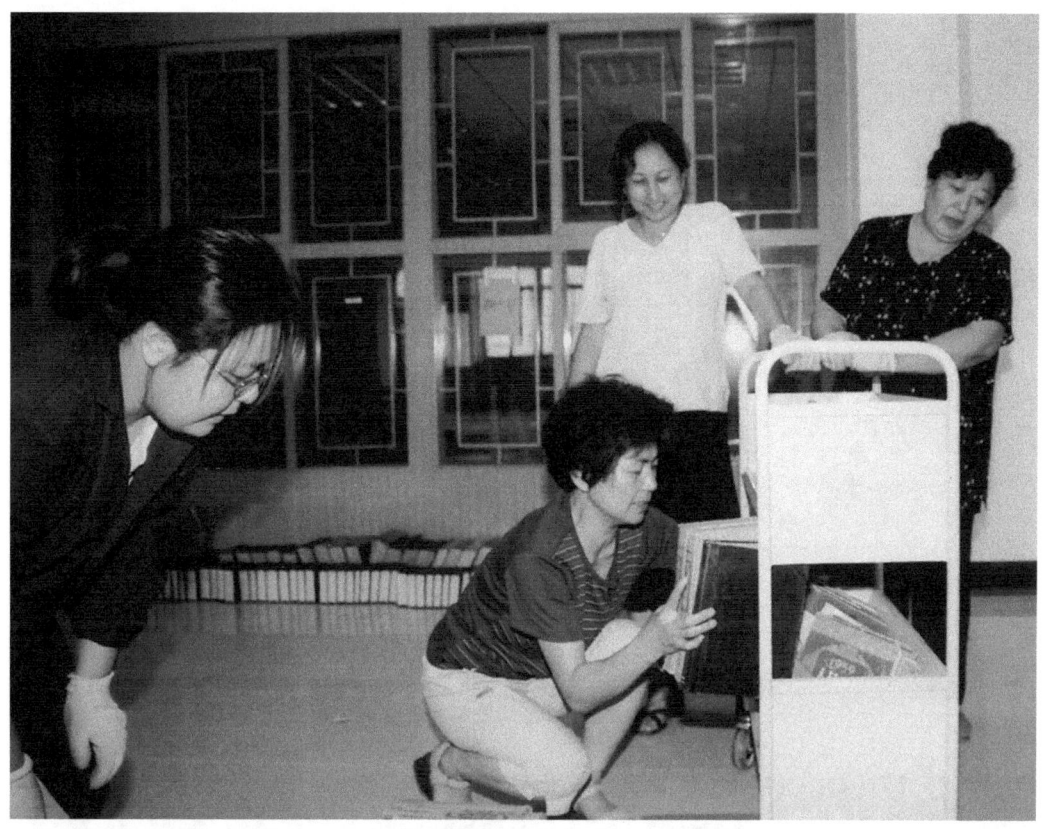

图 6-26　穆哈拜提、吕林慧、崔莲等

图 6-27　李静、卓玛

图 6-28　于显中等整理报刊

图 6-29　徐丽华等整理报刊

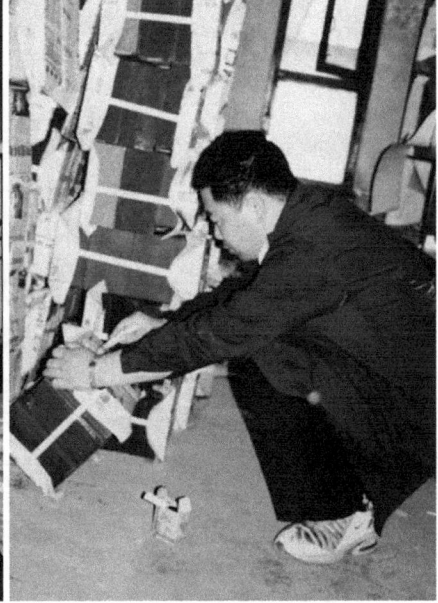

图 6-30　王旭东打捆图书

六、后勤保障

图 6-31 白秀荣打捆图书

图 6-32 穆合拜提清点图书

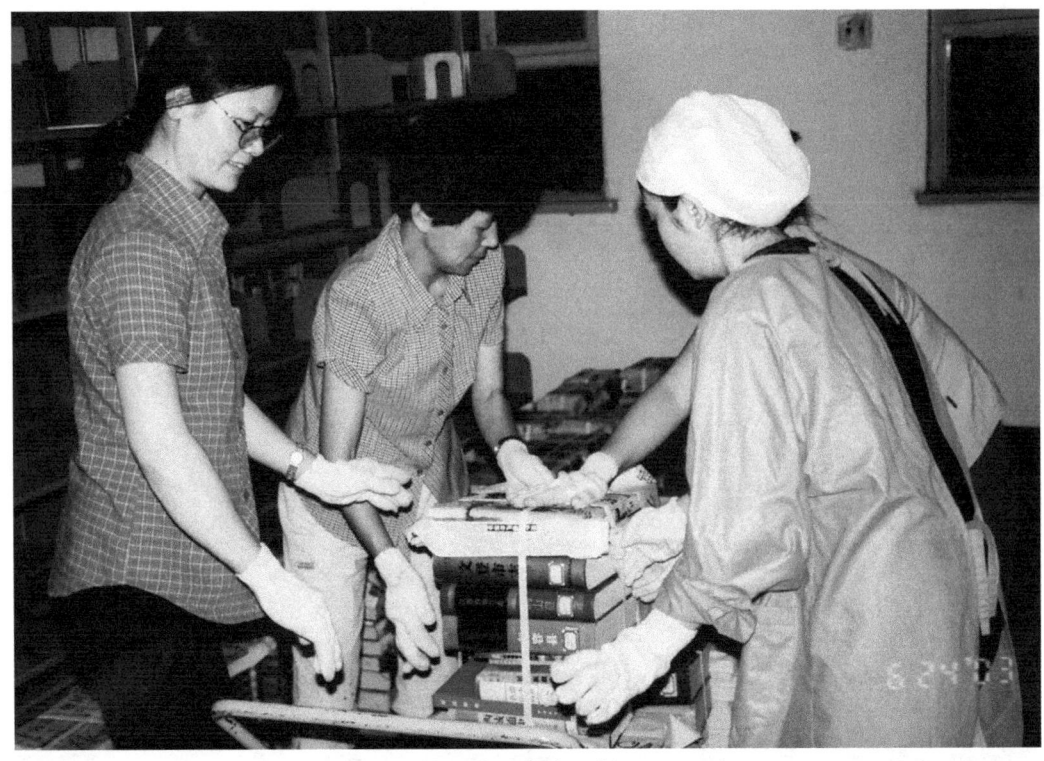

图 6-33　宗玉梅、崔莲、卢娜搬运图书

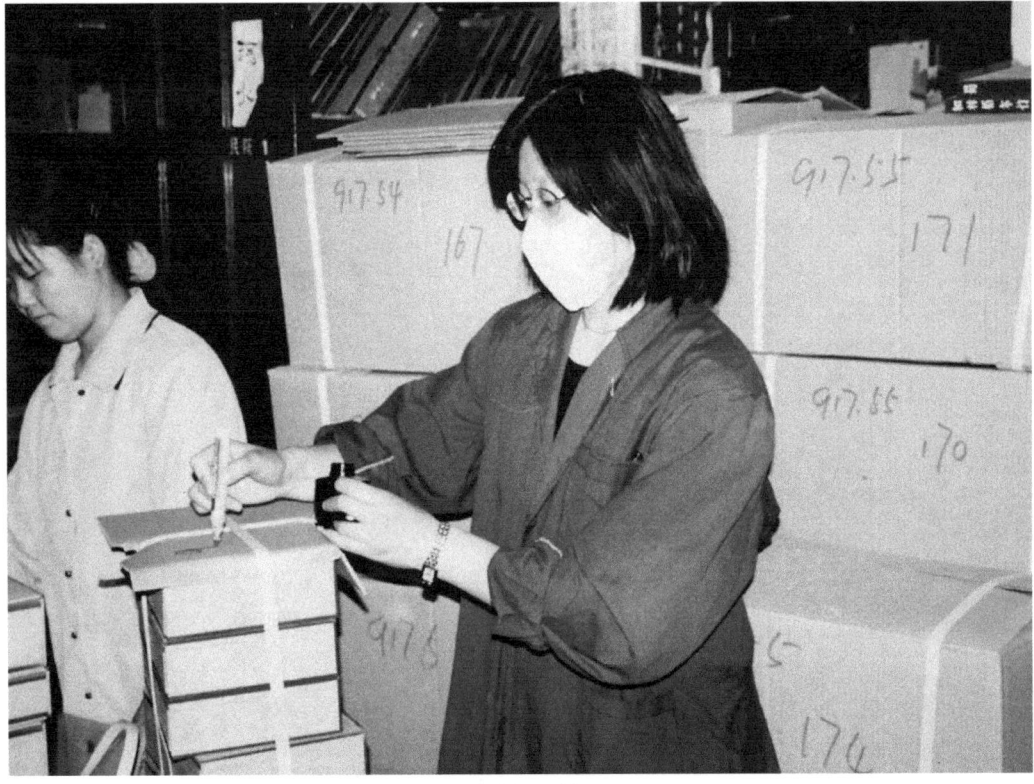

图 6-34　董印红等做标记

六、后勤保障

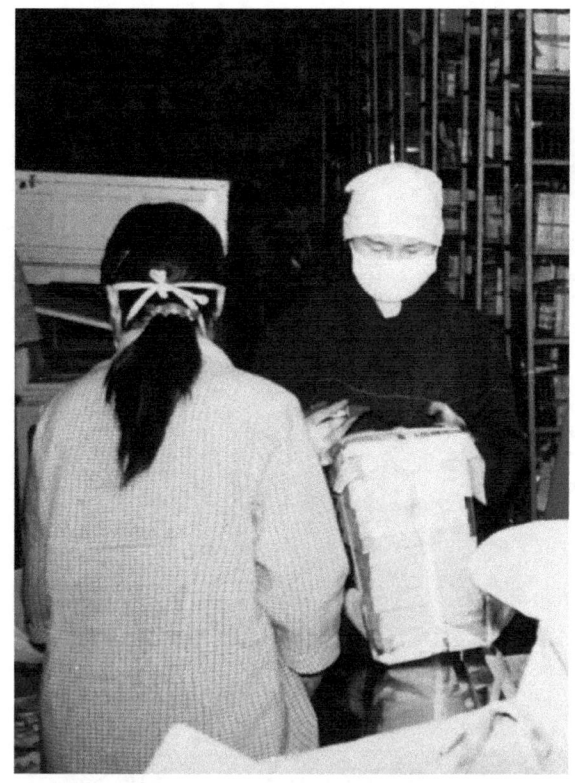

图 6-35　其其格等做标记

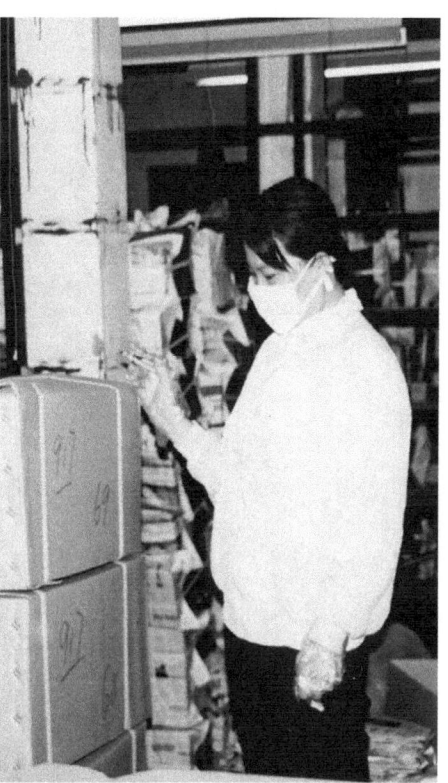

图 6-36　金桂红做标记

图 6-37　图书排架（一）

图 6-38 图书排架（二）

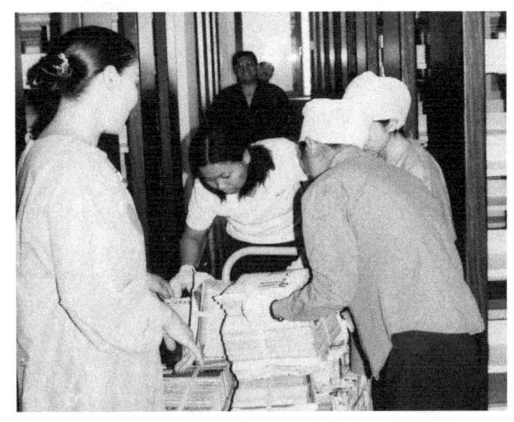

图 6-39 穆军、顾晓明等摆放图书

图 6-40 荣仕星、任中夏视察搬家情况

（2）指挥得当，工作扎实，成绩斐然

当中央民族大学荣仕星校长亲临现场检查指导和在校办公会议上对图书馆在抗击非典的特殊时期，坚守岗位，努力工作，克服重重困难，有条不紊地开始图书馆庞大的搬迁工作给予了高度评价和赞扬的消息传到图书馆搬家现场时，图书馆广大职工为之欢欣鼓舞，大家疲惫不堪的脸上露出了欣慰的笑容。

光阴荏苒，转瞬间几个月过去了。记忆的镜头闪到了几个月之前，从中央民族大学新图书馆大楼落成典礼降下帷幕的那一刻起，全校各族教职员工和学生就翘首以盼，希望能早日坐在这功能齐备的现代化的图书馆里工作学习。为此学校领导高度重视图书馆的搬迁工作，多次做出具体指示。特别是任中夏、金雅声两位副校长更是把图书馆的搬迁工作当作头等大事来抓。首先在设备订购过程中亲自牵头负责，遴选投标厂家，为了保证质地的优良和价格的合理，赵庆、叶孔敏、兰宏祥等领导走南奔北，四处奔波到各地厂家实地考察。在确定了设备供应厂家后又逐一对各类物品进行选定。书架的样品一一拿来了，有关人员不厌其烦地进行比较和筛选，式样和颜色通过了专家的考证……"管中窥豹，可见一斑"，其他的设备也以同样的方式很快确定了。为图书馆的搬迁工作如期顺利地进行提供了有力的物资保障。

突如其来的非典疫情，像一场的噩梦降临在人们头上，让一切都偏离了预定轨道。使得图书馆本来就繁重和艰难的搬迁工作犹如雪上加霜。危急时刻，图书馆领导处变不惊，重新调整了部署，迅速成立了以副馆长徐丽华同志为总指挥，由馆办公室人员和工会委员组成的搬迁工作领导小组，当机立断地决定搬迁工作分三个阶段进行：打包——搬运——新馆布置和整理，并且立即展开。计划得到了任副校长和金副校长的支持，并特别指示要做好"非典"时期的防范工作，确保广大职工的身体健康。在图书馆搬迁工作开始打包阶段，也是"防疫"最危急的时刻，王彦书记、任副校长和金校副长多次到现场检查指导，及时解决搬迁工作中出现的问题和困难，这极大地鼓舞了图书馆职工的士气，进一步激发了大家的工作热情。使得百余万册藏书仅在一个多月内丝毫无损地打包装箱完毕，等待搬运，创下了图书馆界打捆装箱之最。

北京的六月骄阳似火，比这更热烈的是图书馆的搬家现场。图书馆接到了任副校长："从学校大局出发，一定要尽最大地努力抢时间尽快搬迁。因为博物馆装修等待图书馆搬迁，学校综合楼的建设等待博物馆搬迁。一环扣一环，不得有半点松懈"的指示。同时金副校长、陈副校长也多次强调，中主楼在9月份要做实验室和教室，要把中主楼先腾出来。图书馆领导急学校之所急，忧学校之所忧，根据学校领导指示调整工作部署，并制订了周密的计划，克服了新图书馆大楼因电梯等不能正常运营所带来的重重困难，以迅雷不及掩耳之势投入到搬迁工作的第二阶段——搬运。"积力之所举，即无不胜也；积智之所为，即无不成也"先哲的感悟在图书馆搬迁工作中得到最好的证明。经过紧张的奋斗，于6月24日先把中主楼的图书全部搬运完毕。又马不停蹄地集中全部力量搬迁图书馆本部。以如此惊人的速度，预计图书馆搬迁工作将很快进入第三阶段。

中央民族大学图书馆的搬迁工作牵动全校师生员工的心，得到了全校各个部门全力的支持。美术系殷会利主任以一个民大人的平常心默默地关注和支持图书馆史无前例的巨大的搬迁工程。当需要他以专业人士的眼光对图书馆设备的式样和颜色及布置等等进行品评时，多次在百忙中抽出时间进行现场指导。就是在非典肆虐，人们最惶恐的时候，也是随请随到。为图书馆搬迁顺利进行做出了贡献。

在全国人民"万众一心"抗击非典疫情的日子里，我们从前赴后继、视死如归的医务工作者身上，从披荆斩棘、奋力攻关的科技工作者身上，从临危不惧、抗击病魔的全国人民身上看到一个民族不屈的崇高品格，看到了源自民族灵魂深处强大的凝聚力。同样在这非常时期的图书馆搬迁工作中，我们从上到校长下到工作人员；从教师到学生；从党员干部到群众身上，看到了源于中央民族大学人所特有的精神风貌。令人可歌可赞的就是这种精神，它将是把中央民族大学建设成世界一流的民族大学的精神支柱。

王彦书记到图书馆打捆现场检查、指导工作时对徐丽华副馆长所说：作为一个从事图书馆事业的人来说，一生中能组织完成这么一次搬迁任务，是值得庆幸的。你们所做的事，将在中央民族大学历史上写下可贵的一笔。

# 七、学术活动

## （一）学术机构

### 1. 中央民族学院图书情报工作委员会（简称院图工委）

1989年8—10月成立，主任由主管图书馆的副院长担任，副主任由图书馆馆长、副馆长担任。第1届主任：哈米提；副主任：李作霖、黄思正、张积明；秘书长：黄思正、索文清；委员：耿金声、孙英善、李文朝、何川、佟德富、赵秉坤、恩和赛音、吐尔逊吾守尔、张元生、刘善良、祁庆富、苏垣、满达日花、王家才、陆吟芳、金在清、李景彬、周洪政、苏玉明、禹克坤、杨武、那日、金炳镐、海棠、贺希格、孙雨志、左治国、马学良、王钟翰、陈永麟、丁良、高淑贤、金顺子、候世亨。第2届主任：朱玛洪；副主任：李德君、黄思正、张积明、王家才、徐丽华；秘书长：张积明；副秘书长：张晖；委员：各院系主任。第3届主任：朱玛洪；副主任：李德君、黄思正、张积明、王家才、徐丽华；秘书长：黄思正；委员：各院系主任。第4届主任：朱玛洪；副主任：李德君、黄思正、张积明、王家才、徐丽华；委员：各院系主任。第5届主任：王美孚；副主任：兰荃彬、黄思正、张积明、王家才、徐丽华；委员：各院系主任。第6届主任：张儒；副主任：兰荃彬、黄思正、王家才、徐丽华；委员：各院系主任。第7届主任：任中夏；副主任：兰荃彬、王家才、徐丽华；委员：各院系主任。1998年后停止活动。

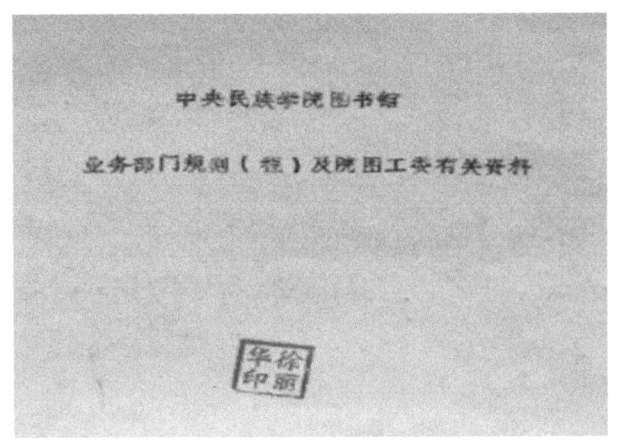

图 7-1 中央民族学院图书馆业务部门规则（程）及院图工委有关资料

## 2. 国家教育委员会中央民族学院文科文献信息中心

1991年，国家教育委员会决定在国内建立15所文献信息中心，将期中的国家教育委员会民族学科文献情报中心（以下简称中心）设立在中央民族学院。中心宗旨是集中财力，购买外文民族学科图书资料，为全国民族学科的教学科研提供文献服务，实现资源共享，为提高文科高层次人才的培养和科学研究提供文献保障。对所采集的文献情报根据国家有关规定、标准和规范进行加工，及时报道，尽快流通使用，并建立各种书目数据库；分阶段建立完整的文献情报服务体系，搜集国外有关学科的研究信息和动态；逐步建立现代化的文献情报检索系统，努力实现联机检索等。1992年4月15日至20日，在厦门大学召开由九所院校参加的筹建中心的工作会议。1992年6月29日至7月22日国家教育委员会文科文献信息中心领导小组委托，在北京大学图书馆举办"西文编目标准化培训研讨班"；

1992年10月26日，中央民族学院党委行政会议决定，任命李登福（兼）为中心主任，黄思正、罗安源、张积明为副主任，费孝通、林耀华、任继愈、马学良、王钟翰、宋蜀华、陈永龄、吴丰培为中心学术咨询顾问，马树钧、王尧、丹珠昂奔、乌普尔江、牟钟鉴、陈连开、李德君、何润、罗贻、金在清、金宏达、施正一、张公瑾、张克武、胡振华、徐永燮、满都呼、裴家麟、戴庆厦等为中心学术咨询委员。1992年12月1日，根据国家教育委员会教高（92）2号文件精神，在中央民族学院成立国家教育委员会中央民族学院文科文献信息中心，成为全国十五所高校文献中心之一，每年拨款1.5万美元购买外文图书。中心依托中央民族学院图书馆，实行统一采购、统一分编、统一加工、统一管理的运作方式，有一套规范的民族学科书目数据库、独立的图书阅览室，开展参考咨询和专题服务，定期编制民族学科新书目，参加国家教育委员会文科文献信息中心西文图书、西文期刊联合目录的编辑工作，自编《馆藏民族研究西文参考书目》《馆藏民族研究俄文参考书目》《馆藏民族研究日文参考书目》《馆藏民族研究外文新书目录：英文》和《馆藏西文期刊目录》。接替图书馆国际书刊交换工作，与美国、日本、韩国以及港、澳、台地区图书馆有交换关系。1993年11月22日至25日，"国家教育委员会文科文献信息中心图书联合目录编委会"正式成立，在北京大学召开了第一次"联合目录"编委会。1993年11月30日，国家教育委员会批准中央民族学院更名为中央民族大学。1994年1月，"国家教育委员会中央民族学院文科文献信息中心"更名为"国家教育委员会民族学科文献信息中心"。1994年5月23日至6月4日，举办西文主题标引（LCSH）培训班。1994年6月7日至8日，在武汉大学召开"中心"学术咨询委员会第一次工作会议。1995年1月18日，召开国家教育委员会民族学科文献信息中心第一次学术咨询委员会会议，参会者有任继愈、马学良、陈永龄、宋蜀华、施正义、张公瑾、胡振华、王尧、陈连开、和润、丹珠昂奔、庄守经等。大会选举李登福副院长担任中心主任，黄思正、罗安源、张积明任副主任，聘请费孝通、林耀华、任继愈、马学良、王钟翰、宋蜀华、陈永龄、吴丰培为学术顾问；聘请马树钧、王尧、丹珠昂奔、乌普尔江、牟钟鉴、陈连开、李德君、何润、罗贻、金在清、金宏达、施正一、张公瑾、张克武、胡振华、徐永燹、满都呼、裴家麟、戴庆厦为学术咨询委员。并成立第1届咨询委员会，主任为朱玛洪，副主任为黄思正、张积明。咨询委员会分4组，第1组为民族学科组，包括民族学、宗教学、民族理论与政策、藏学、影视民族学、民族文物与博物馆学、民族史，召集人为陈连开，组员有王尧、丹珠昂奔、李德君、和润、牟钟鉴、金宏达；第2组为少数民族语言文学学科组，召集人为胡振华，组员有马树钧、张公瑾、满都呼、徐永燹、裴家麟、戴庆厦、乌普尔江；第3组为少数民族与经济学科组，召集人为张克武，组员施正一；第4组为民族艺术学科组，召集人罗怡，组员金在清。从第2届开始，规定主任由主管图书馆的副校长担任，副主任由图书馆馆长担任，咨询委员会分组成员由各系科学科带头人担任。1995年2月27日，在广州中山大学召开"中文文献数据库国际研讨会"。1995年4月10日至13日，在四川联合大学召开"国家教育委员会文科文献信息中心图书联合目录编委会第二次会议"。1995年10月22日至11月5日，在北京大学举办"国家教育委员会文科文献信息中心"中文图书联合目录数据库建设培训研讨班。1995 年 11 月 28 日至 12 月 1 日在上海复旦大学图书馆召开“国家教育委员会文科文献信息中心期刊联合目录编委会工作会议及研讨会”。1996 年 6 月 26 日至 7 月 1 日，在厦门大学图书馆召开“国家教育委员会文科文献信息中心图书联合目录编委会”和“国家教育委员会文科文献信息中心期刊联合目录编委会”。1998 年后，中心停止召开校内会议。2003 年 5 月 13 日至 17 日，在广州大学召开“国家教育委员会文科文献信息中心文献资源建设会议”。

徐丽华印

全国民族学院研究生教育协作会

开　幕　词

尊敬的各位领导、各位来宾、各位同志：

今天，　我们在这里隆重召开“国家教委中央民

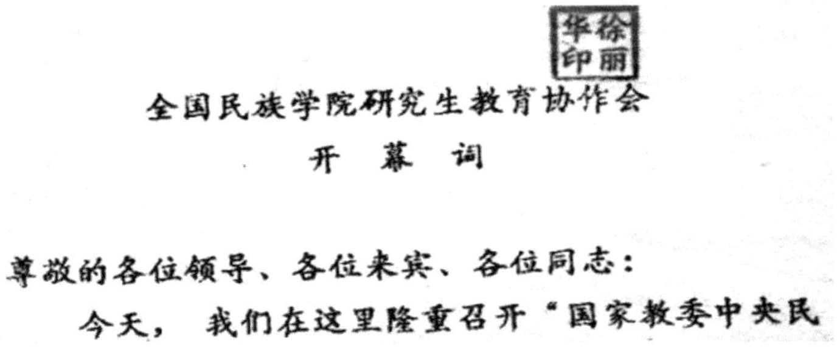

图 7-2　国家教委中央民族学院文科文献
情报中心成立大会暨文科文献
情报工作研讨会
大会开幕词（1992 年）

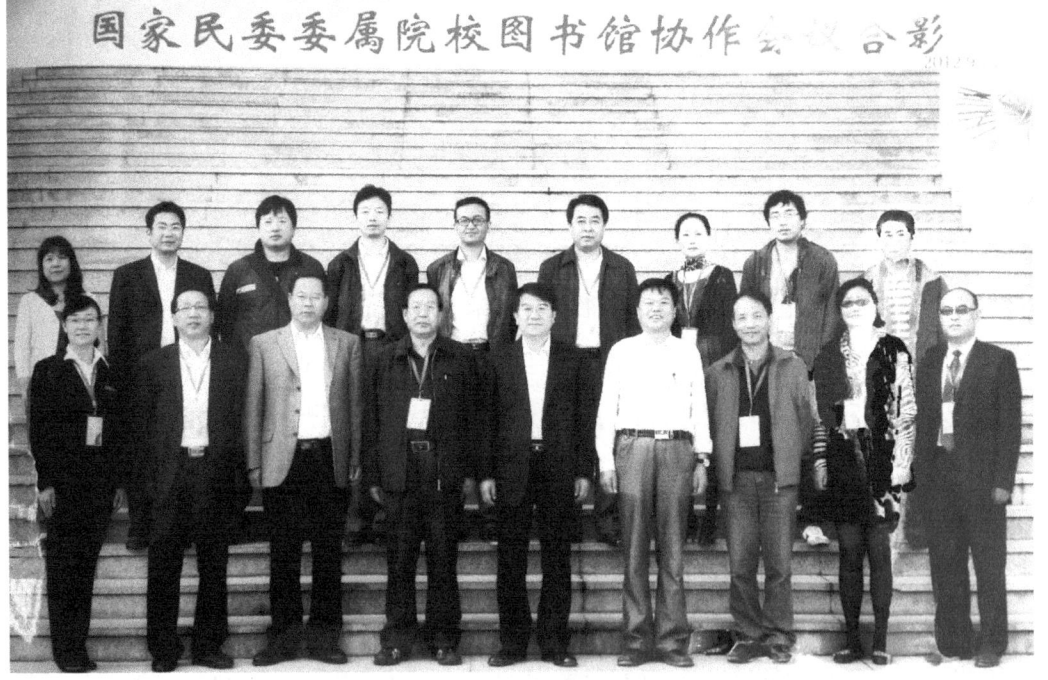

图 7-3　2012 年国家民委委属院校图书馆协作会议合影

七、学术活动

图 7-4　1996 年图书馆办公室赴山西考察

图 7-5　2005 年本馆主持的会议

图 7-6　于显中、徐丽华参加韩国图书馆学术研讨会

### 3. 全国民族高校图书工作委员会

1990 年，国家民委教育司在云南省大理州下关市举办"全国少数民族地区图书馆研讨会"，会上提出成立"全国民族高校图工委"的议题。1991 年，国家民委教育司主持在广西南宁市召开"全国民族高校图工委成立暨学术研讨会"。1993 年，全国民族高校图工委主持在广西南宁市召开"全国民族高校图工委傩文化学术研讨会"。1995 年，全国民族高校图工委主持在咸阳西藏民族学院召开"全国民族高校图工委学术研讨会"。1997 年，全国民族高校图工委主持在中央民族大学召开"全国民族高校图工委学术研讨会"。1999 年，全国民族高校图工委主持在中央民族大学召开"全国民族高校图工委学术研讨会"。是年，全国民族高校图工委秘书处设在中央民族大学图书馆。2008 年，全国民族高校图工委主持在大连民族学院召开"全国民族高校图工委工作会议"。2010 年，全国民族高校图工委主持在新疆师范学院召开"全国民族高校图工委工作会议"。2012 年，全国民族高校图工委主持在内蒙古农业大学召开"全国民族高校图工委工作会议"。2014 年，全国民族高校图工委主持在新疆召开"全国民族高校图工委工作会议"。2015 年，全国民族高校图工委主持在广西民族大学召开"全国民族高校图工委工作会议"。

## 4. 图书馆学术研讨会、学术交流

1991年6月16日，中央民族学院图书馆举办首届图书情报文博档案学术讨论会，收论文36篇，其中，徐丽华的论文被选中参加在咸阳西藏民族学院举办的全国高校民族图工委召开的学术讨论会。1993年2月26日，举办第二届图书情报文博档案学术研讨会，会上哈经雄院长、朱玛洪副院长到会讲话，李德君馆长致开幕词，黄思正副馆长致闭幕词。会上有19人发表论文，后摘录，汇编成《中央民族学院图书馆第二届学术讨论会文集》。1996年3月10日，发"征文通知"。1996年11月，举办第三届图书情报文博档案学术研讨，收到论文32篇。1997年，举办图书馆第四届学术研究会。提交论文28篇。2012年，中央民族大学图书馆与韩国中南大学达成每年互派2名馆员学习的协议，先后有十几名馆员赴韩国中南大学学习。

图7-7 举办第二届图书情报文博档案学术研讨会文集（1993）

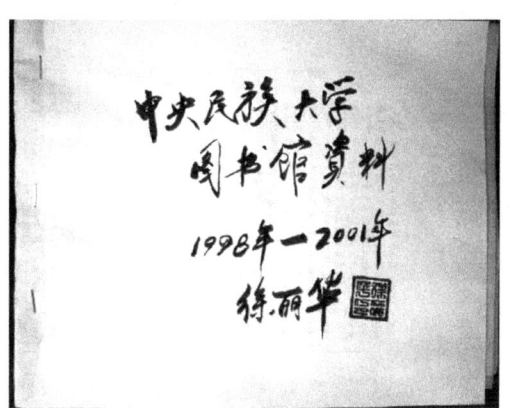

图7-8 中央民族大学图书馆资料

图7-9 1998年中国图书馆学会会员证　　图7-10 1990年中国图书馆学会会员证

## （二）中央民族大学民族图书信息研究所

中央民族大学民族图书信息研究所于 1997 年成立，所长徐丽华。该所先后承担国家民委、北京市、四川省的少数民族文献整理、编目、普查等工作。1999 年，北京市少数民族古籍整理出版规划办公室批准在信息研究所成立"北京地区少数民族古籍总目提要多文种编辑部"，开展对北京地区各大图书馆、博物馆、研究机构所藏东巴文、彝文、傣文、察合台文等少数民族文字古籍的普查工作。

1999 年 9 月 6 日，国家民委立项编纂《中国少数民族古籍总目提要》，北京市少数民族古籍整理出版规划办公室委托徐丽华草拟《关于编纂〈北京地区少数民族古籍总目提要〉的报告》，是年 11 月北京市人民政府批准立项，11 月 11 日由北京市民族事务委员会（以下简称北京市民委）皮光禄、张炳宇、徐丽华等制定北京市少数民族古籍普查工作计划。11 月 27 日，金毓嶂、皮光禄、张炳宇、徐丽华、阿华等确定《北京市地区藏文古籍总目》作为试点，先行启动相关工作。

2000 年 7 月 4 日召开北京市民委古籍办会议，成立《北京地区少数民族古籍总目提要》总部和蒙古文、满文、藏文和多文种编辑部，总部和蒙古文编辑部设在国家图书馆，黄润华任主任；满文编辑部设在第一历史档案馆，屈六生任主任，吴元丰任副主任；藏文编辑部设在藏学研究中心图书馆，阿华任主任；多文种编辑部设在中央民族大学民族图书信息研究所，徐丽华任主任。

2001 年 6 月 10 日，多文种编辑部接待国家民委东巴文专家组，张公瑾、木仕华、黄建明陪同，专家组有和即贵（76 岁）、和发源（76 岁）、王世英、和力民、李丽芬、和虹一行六人，考察了北京地区东巴文古籍收藏情况。和发源先生在 20 世纪五六十年代，在中央民族学院工作期间与纳西族著名学者和志武，一同去云南丽江县、维西县、中甸县（今香格里拉县）搜集东巴文古籍。据和发源先生口述，有的东巴文古籍是用红糖、搪瓷盆、搪瓷水缸等换来的，部分用现金购买。6 月 19 日上午，东巴文专家组前往清华大学图书馆考察，该馆高瑄、刘蔷介绍馆情，查看民族古籍，长期以来一直传言清华大学藏有东巴文古籍，清华大学图书馆因无人从事少数民族文字工作，五十多年前打包的书籍从未打开过，当天是五十多年后第一次打开。没想到打开纸包一看，原来都是彝文古籍。1943 年春，马学良被中央研究院历史语言研究所派到云南省武定彝区考察和学习彝语，并在武定彝族土司衙门居住，向毕摩学彝文。恰巧女土司那安和清聘请毕摩办彝文学校,马学良既向毕摩学彝文又给他们教汉文,在女土司召开的毕摩大会上建议搜集彝文经书,得到土司赞许,会上土司宣布搜集彝文经书,一个月后集中了两千多册彝文古籍。[①]1942 年底北平图书馆馆长袁同礼得到教育部经费,故请马学良在云南购买少数民族文字古籍,这就是这批彝文古籍的来源。1949 年解放前夕,马学良所搜集的两千多册彝文古籍被分成两份,一份运往台湾,一份又分成三份,分别入藏北平图书馆、清华大学图书馆和南开大学图书馆。此后,朱崇先帮助清华大学图书馆对这批藏书进行编目。2005 年,编目工作结束,共整理彝文文献 252 册。刘蔷和朱崇先撰写了《清华大学图书馆收藏古彝文典籍述论》,对这批彝文文献的来源、分类、特点等做了论述。

图 7-11　中央民族大学民族图书馆信息研究所奖状（2003 年）

清华大学藏有东巴文古籍的传说不是空穴来风,因为凌纯声、芮逸夫曾赴滇西、川西调研和搜集东巴文等少数民族资料,他们带回的资料也分成几份,一份运往台湾,一份藏北平图书馆,另外一份,有的说藏北京大学,有的说藏清华大学和南开大学。2003 年笔者前往南开大学图书馆和天津图书馆查看,都未发现彝文古籍,只有一部巴利文古籍。

2003 年,笔者编纂《中国少数民族古籍集成》;2005 年,编纂《中国少数民族旧期刊集成》。同年,提出 6 项开发计划,开发 6 个数据库:1.《中央民族大学文库·著作数据库》。2.《中央民族大学文库·论文数据库》3.《中央民族大学硕博论文数据库》。4.《中央民族大学图书馆善本数据库》。5.《中央民族大学图书馆手稿数据库》。6.《中央民族大学民族文字图书数据库》。

2003 年 12 月 8 日,中央民族大学考察组在西南民族大学考察,结束后召开座谈会,我在会上建议我校建设五个数据库,即:中央民族大学教师著作库、中央民族大学教师论文库、中央民族大学硕博论文库、中央民族大学少数民族文字库、中

---

[①] 刘蔷、朱崇先:《清华大学图书馆收藏古彝文典籍述论》,《文献》,2006 年第 2 期。

央民族大学古籍库。2011年，多文种编辑部编纂出版了《北京地区东巴文古籍总目提要》和《北京地区彝文古籍总目提要》。2012年，多文种编辑部策划并主持编纂了《北京地区少数民族古籍研究丛书》，丛书包括：《藏文古籍概览》《满文古籍概览》《蒙文古籍概览》《彝文古籍概览》《回族古籍概览》《水书古籍概览》《回鹘文古籍概览》《藏族古日历和祭祀图谱研究》《傣族文献研究》《吐蕃御制目录研究》《东巴文古籍艺术》《藏族古代三大目录》《九世班禅与北京藏密古籍》《藏文古典文献学概论》和《<章嘉若必多吉传·酬愿如意经>研究》。现已经出版《藏文古籍概览》《东巴文古籍艺术》《藏族古日历和祭祀图谱研究》《回鹘文古籍概览》《吐蕃御制目录研究》。

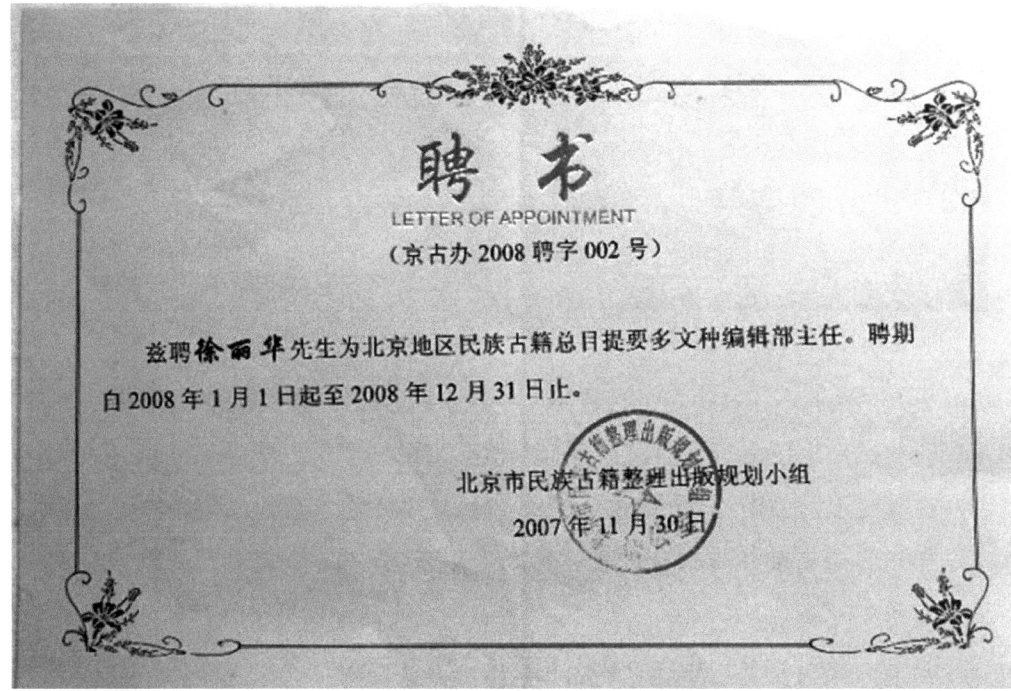

图7-12 北京市民族古籍整理出版规划小组聘书

## （三）北京藏文古籍调查与研究

北京的藏文文献及其出版业具有悠久的历史。自元朝以来中央政府虽然都在北京出版和收藏藏文文献，但数量有限。1950年以来北京藏文文献的出版发行和藏文藏书量远远超过了历朝历代的总和。

## 1. 清代及清代之前的藏文文献

八思巴任元朝国师期间，在北京（当时称元大都）翻译和出版了大批藏文典籍，如《金刚经》（藏汉对照本）、《八千颂》、《妙法莲花经》等。明朝永乐年间在南京出版了第一部刻板（一说铜板，一说木板）藏文《大藏经·甘珠尔》部。这部书的问世，对藏族文化的传播有着极其重要的意义。因为在此之前，藏区只有少量雕板技术，而藏区大规模的雕板印刷，是在永乐版藏文《大藏经·甘珠尔》部问世之后，因此人们认为藏区雕板印刷术始于明朝永乐年间。明朝除刊刻藏文《大藏经》之外，还刻印了大量藏汉文对照的经典，如《妙法莲花经》《金刚经》等。到了清代，在北京刊刻印刷藏文佛经成为一种时尚，这首先是出于政治目的，其次才是因为信仰。当时北京的刻版印刷所有十余处，其中最著名的是：①嵩祝寺天清经局：乾隆十六年（1751年）移建于北京城内明朝番经汉经厂旧址（今北京市地安门内）。嵩祝寺为清代章嘉活佛的驻锡之地，倍受清朝重视。康熙三十二年（1693年），章嘉呼图克图二世阿旺罗桑却丹（1642—1715）应召进京，驻锡法源寺，在该寺讲经传法并主持刊刻藏文佛经。章嘉呼图克图三世若必多杰（1717—1786）应召进京后，于乾隆七年（1742年）在法源寺将藏文《甘珠尔》译为蒙古文，并主持刊刻藏文、蒙古文和汉文佛经。此后该寺一直由格鲁派僧人主持，故寺内之天清经局除刊印一般藏文和蒙古文的公共佛经（各教派共同念诵的佛经）外，主要刻印格鲁派的藏文、蒙古文佛经，以及世俗图书，如《智慧之源》（即《藏蒙合璧海比忠乃词典》）为乾隆七年（1742年）刻印；《详解月光词典》为道光八年（1828年）刻印；此外还有《易学藏文》《古旧字韵》《药方》等；宗教经典有《御制满蒙汉西番合璧大藏全咒》《诸佛菩萨圣像集》《首楞严经》《造像度量经》《金刚经》《章嘉宗派源流》。刻印的图书分藏于北京、承德和内蒙古的格鲁派寺院之中，部分佛经和图书则作为礼物，分赐给赴京朝贡的西藏各地佛教僧俗信众。②文成堂：清代京城著名书坊之一，从嘉庆年间开始刻印藏文和蒙古文图书。③官方刻经处：清代的官方刻经处在北京有多处，主要刻印藏、满、蒙古、汉文的《大藏经》、《大藏经》单行本和格鲁派的经典。藏文《大藏经》的《甘珠尔》和《丹珠尔》，刻印于1737年，同时还刻印了《宗喀巴文集》《克主杰文集》《贾曹杰文集》《贤愚经》《度母经》《缘起赞》《八千颂》《菩提道次第论》《入行论》《慈氏五论》等经典和祈请文共数百种，印刷后除分藏于北京的雍和宫、广济寺、法华寺、颐和园、故宫、普济寺、东黄寺和西黄寺之外，分赐给赴京朝贡的西藏、青海、甘肃、四川、云南和蒙古族地区的佛教僧俗官员。其中东黄寺和西黄寺被清政府指定为达赖喇嘛和班禅额尔德尼两大活佛贡使入京朝贡时的驻锡地，两寺几经扩建，规模宏大。乾隆四十七年年底，又在西黄寺西侧兴建清净化城，在京城形成了极其浓厚的藏文化氛围。在这几座寺庙里收藏了大批极其珍贵的京版和藏区版的各类藏文图书及文物，遗憾的是在第二次鸦片战争和八国联军侵略北京期间，被侵略者洗劫一空。清朝末期，由于时局动荡，刻经之事也随之停止。有清一代，除刻印大量藏文佛经之外，还把藏文佛经译为满文、蒙古文和汉文，并付梓印刷，对促进少数民族文化发展有一定作用。此外，许多文人墨客和将领及驻藏大臣等，也撰写了不少有关藏族的诗文、奏折、游记、志书、历史等，并刻印或传抄流行于世，如《西藏诸水篇》《西藏纪程记》《西藏小识》《拉萨厅志》《藏纪概》《西昭五种》《卫藏通志》《金川琐记》《平定两金川述略》《平定金川诗》《卫藏诗》《乾隆初定、再定金川土司记》《西番译语》《西藏志》《西藏赋》等百余种。

### 2. 民国时期的藏文文献

清末民初，西方的珂罗版影印技术、石印技术和铅字排印技术相继传入中国，与中国的传统木刻印刷术并存。民国时期，印刷技术逐步从刻版、石印，转向了铅印技术。1911—1949年间，北京的藏文出版业和藏文图书的发展，大致经历了4个时期：①民国初期（1911—1918年），废除清政府掌理蒙古、西藏、新疆等边疆诸少数民族及宗教事务的机构理藩部，于1912年在北京设立蒙藏事务处，同年7月改为蒙藏事务局，又于1914年5月改称蒙藏院，直属大总统，下设秘书、民治、宗教、翻译、边卫等科室，并在秘书科设立办报处。该处于1913年1月创办《藏文白话报》，此时之白话报均装订成册，其规格稍大于现今通行的32开本。其内容丰富，涉及历史、文学、教育、经济、新闻、广告等内容，故这类白话报有时称为刊。该报为月报，石印本，藏汉文对照。1915年4月之后，汉文改为铅印，藏文沿用石印。其办报宗旨十分明确："今幸共和国体，告成万人一心，扫除数千年君主专制余毒，以建此灿烂庄严之中华民国。蒙古、回、藏，不能离中华民国，别自成其为蒙古、回、藏；中华民国不能离蒙古、回、藏，别自成其为中华民国。况蒙古、回、藏，享权利与汉、满平等，合于选举及被选举资格，人人有选举大总统之权，人人有被选举为大总统之权，无近陲歧视，无种族谬说。卫蒙古、回、藏，即以卫中华民国，即以卫蒙古、回、藏。自今以往，我四万万同胞，一德一心，尊重国权，崇尚人道，新邦缔造，正中华民国英雄立功之秋也。本报发刊，其用意以中华民国优待蒙古、回、藏，与已前君主专制时代不同；蒙古、藏事务局优待蒙古、回、藏，与已前理藩部时代不同。取其施行政令公布周知，免致传闻失实，且冀蒙古、回、藏同胞，以中华民国为前提，合力并进，岂不懿欤。"此报免费邮寄赠阅，体现了建立共和制的初衷，收到了一些效果。这一时期，在京城刻经处，还印刷少量藏文佛经。②五四运动至北伐战争时期（1919—1927 年）。1919 年五四运动，打击了北洋军阀的统治。随着新文化运动的兴起，在京城成立了数家出版局，在出版汉文著作的同时，也出版一些蒙古、藏文对照的佛经和字典。③国民党政权统治前期（1928—1936 年）。这一时期，时局相对稳定，虽然首都迁至南京，但北京的出版业还是发展较快，蒙古文书社用铅印技术出版了藏文佛经。嵩视寺还新刻了一批木刻版藏文佛经和蒙藏文对照佛经、医学著作。在南京则出版了《班禅驻京办公处月刊》，该刊以汉文为主，每期载一篇藏文，初为石印，后改铅印。可以说，这一时期的藏文铅字出版技术，对于藏文化的传播和发展有较大推动作用。④抗日战争至解放战争时期（1937—1949 年）。由于日本侵略者入侵，北京汉文书局大多数停业，只有少数书局继续出书，而藏文图书印刷则几乎完全停业。在战争中藏文出版受到严重冲击、破坏，甚至于毁灭。日寇占领北京期间，大肆抢掠文物和珍贵图书，其中就掠走了大批藏文图书，但在一些图书馆、寺院等处，还有一批藏文图书幸存。由于北京在 1949 年是和平解放的，所以各大佛教寺庙、图书馆、博物馆保留下来的藏文图书未遭战火之灾，完整地保留下来，成为北京独有的藏文文献珍品。

## 3. 新中国成立后的藏文文献

自 1949 年 10 月中华人民共和国成立至 2000 年间，北京的藏文出版业和藏文文献的馆藏及流通，从无到有，从小到大，走过了漫漫五十年的历程。藏文图书出版主要以民族出版社和中国藏学出版社为主，个别出版社也出版极少藏文书籍。①民族出版社藏文图书编辑部：中央为了解放新疆、西藏等少数民族地区，于 1949 年 12 月在北京华北印刷厂筹备出版民族文学书刊，并从翌年开始，用铅印技术印刷和出版蒙古、藏、维、哈文的《中国人民政治协商会议共同纲领》《民族区域自治纲领》等政策文件及少量的毛泽东著作单行本，并以汉文出版若干民族政策文件。1953 年，在国务院民族事务委员会的关怀下，在京成立民族出版社，负责出版蒙古、藏、维、哈、朝等民族文字的各类图书。是年以出版少数民族文字的教科书及一般通俗读物、民族干部读物和一些急需读物（指地方出版社不能出版急需满足实际的图书）为主。共出版藏文图书16种、画片10张。1954年主要翻译出版了党和国家的政策文件、政治图书，以及法律、语言、艺术方面的图书，共出版藏文图书37种。从1955年开始，除了出版马列主义经典著作、毛泽东著作、党和国家政策文件、宣传党的民族政策的图书之外，还出版了大量的经济、民族、语言文字、文学、艺术、历史、教育等方面的图书。1955年至1966年间，共出版藏文图书736种。1967年至1976年，由于受"文化大革命"的影响，主要出版马克思、列宁和毛泽东的著作、语录和政治宣传图片。1976年至1979年，除了出版领袖著作之外，还出版部分《人民日报》特约评论员的小册子。1979年秋，全国进行改革开放，结束了极左路线的干扰，迎来了社会主义全面发展的春天。1980年—1992年共出版藏文图书619种。1993年至2000年，共出版藏文图书358种，共1588150册。从成立民族出版社到2000年，共出版藏文图书2175种，其中马恩列斯著作68种、国家领导人的著作291种、政策文件137种、哲学（宗教）64种、社科总论6种、政治418种、法律57种、经济47种、民族64种、文化教育67种、语言文字97种、文学191种、艺术314种、历史（地理）126种、科普读物82种、综合性图书146种。②中国藏学出版社：1986年12月29日成立，隶属中国藏学研究中心，主要任务是出版发行藏、汉文的各类藏学专著、丛书、古籍、史料、图册及其他与藏学有关的书籍。从1986年建社至2000年，共出版各类图书229种，其中藏文图书115种、汉文图书114种，这些图书中精品图书有：《中华大藏经丹珠尔》（藏文版对勘本），该书由中国藏学研究中心数十名藏学家组成的"藏文《大藏经》对勘局"校勘整理，为国家"七五"重点项目，全书150册，2010年出齐。此项出版工程耗资巨大，是世界藏学出版史上的壮举，也是藏族文化史上的一件盛事。《五明精选丛书》（藏文版），此套丛书是精选藏文古籍中的诗学、医学、历法、哲学、声韵学、宗教学等大小五明学科的藏文古籍图书汇编而成，现已出版20余种。《藏族学者文集》（藏文版），此文集是当代藏族学者撰写的各种具有较高水平的藏文论文集。《苯教文献集成》由著名苯教学家才仁太主编，已出版4部。该社出版的书籍95%以上都是以藏族文化为主要内容的文献、档案和学术著作。③《民族画报》社藏文编辑组：1985年成立（1955年—1984年12月间，《民族画报》编辑部隶属民族出版社），于是年从民族出版社独立出来，成为专门的出版机构，隶属国家民委领导。④中国民族语文翻译中心藏文部：1974年在北京成立（原名少数民族语文翻译局),其主要任务是翻译马克思、恩格斯、列宁、斯大林、毛泽东等人的著作、全国人民代表大会和全国政治协商会议的会议文件、党和国家的重要文献、重要政策等。此外,藏文部还翻译和编写文学、历史、文化、法律等方面的论著。⑤中国民族摄影艺术出版社:1988年7月在北京成立,隶属国家民委领导。主要出版我国少数民族的经济建设、社会生活、传统文化、自然风光等方面的画册、图片、年画、挂历及相关的图书。藏文精品出版物有:《热贡藏传佛教艺术》、《哲蚌寺》(汉、藏、英文对照画册)等。⑥中国民族音像出版社:1990年12月在北京成立,隶属国家民委领导。主要出版我国少数民族的传统文化、风俗风情、自然风光、宗教、艺术等方面的影视、音像制品。藏文制品有《雪域油塑艺术》《扎什伦布寺的佛光》《藏歌卡拉OK》《雪域佛光》《拉卜楞寺祈愿大法会》《佛——芸芸众生》《藏医药》《第十世班禅喇嘛》《藏族人与佛教》《藏传佛教礼赞祈原文》《话说格萨尔》等。⑦中央民族大学出版社。1985年在北京成立,主要出版中国少数民族各方面的汉文图书和民族院校的教材,同时出版一些少数民族文字的学术论著,近年出版了《拉萨口语会话手册》、《藏文文法》、《西藏法典》、《语言学概论》(译著)、《历辈达赖喇嘛和班禅额尔德尼年谱》《藏历精要》等藏文图书。除以上出版社之外,北京的几十家出版社也经常出版和发行一些有关藏族文化、历史、风情等方面的汉文图书和英藏汉对照的大型图册,如《西藏木刻艺术》《布达拉》《西藏》《古格王朝遗址》《珍宝》《中国藏传佛教白描图集》《西藏艺术》《藏传佛教金铜佛像图典》《西藏脱模泥塑》《中国西藏阿里东嘎壁画》《藏传佛教艺术》等。

### 4. 藏文及藏学杂志

北京的藏文及藏学杂志主要由民族出版社藏文编辑部、中国藏学研究中心、统战部等单位出版。

(1)《民族画报》

1955年创刊,月刊,以汉、蒙古、藏、维、哈、朝六种文字出版。该报的主要任务是:报道我国少数民族地区的政治、经济、文化教育等方面的建设成就,介绍56个民族的社会生活、风土人情、名胜古迹、自然风光、民族文化、优秀人物,宣传党的各项方针政策、传播科技知识和民族文化,加强和增进各民族人民之间的了解、团结。截至2000年12月共出版447期,其中刊登了数千幅有关藏族社会历史、宗教、文化、民族等方面的珍贵图片和相关文字。

（2）《知识火花》

1981年创刊，藏文版，不定期，民族出版社主办，该社藏文编辑部编译。至1996年停刊时为止，共出版52期。藏文编辑部筹划将该刊办为综合性刊物出版发行。

（3）《中国藏学》

1988年创刊，季刊，藏汉两种文版，是国家级学术刊物和国内核心刊物，隶属于中国藏学研究中心。是国内少数民族杂志中仅有的省部级刊物，可见中央政府对藏文化的重视。至2000年年底，共出版52期藏文版。

（4）《藏学研究通讯》

1987年5月20日创刊，季刊（后改为不定期），藏汉两种文版，是中国藏学研究中心科研处主办的内部刊物，至2000年年底共出版15期。

（5）《中国西藏》

1990年创刊，季刊，藏汉英三种文版，是中央统战部主办的综合性刊物。至2000年年底，共出版45期藏文版。

除以上几种杂志有藏文版外，经常刊载藏族文化的汉文杂志则有数十种，如《民族团结》《民族译丛》《民族语文》《民族研究》《中央民族大学学报》《民族教育研究》《民族古籍研究》《民族博览》《法音》《佛教文化》等。

## 5. 藏文图书典藏

北京市的藏文图书主要收藏于国家图书馆、故宫、民族文化宫、中国藏学研究中心等单位。

（1）国家图书馆

该馆的民族语言部收藏有藏文古籍3000余函，有明、清刻本和民国刻本，大部分为德格印经院和北京刻本。其中，北京版藏文《大藏经》为珍贵版本，1984年编制完成目录，向读者开放。该馆收藏的藏文平装书（1950—2000年）约10000册。

（2）故宫博物院

故宫博物院图书馆和故宫保管处，均收藏有藏文古籍和藏文档案，两处的藏文藏书约有2000函，档案卷宗约2000件。其中乾隆三十五年（1770年）的藏文大藏经《乾隆御制甘珠尔》是磁青纸泥金写本，共108函，其经板、捆书绳、包书布、页码和卷册完整无损，每函首页均为贴锦木版，有精美的插图和珍珠璎珞装饰，共用了14364颗珍珠，是价值连城的珍贵版本和文物。馆内有的古籍和卷宗尚未整理编目。

（3）中国民族图书馆

1958年8月，在国务院的关怀下，国家民委在民族文化宫设立图书馆，1989年改称中国民族图书馆。建馆后收购和接受捐赠了大量民族图书、文物。该馆藏书52万册，其中藏文文献160,416册，藏文古籍近3200函，其中有1000余函为珍贵的抄本和写本。版本有明、清到民国的刻本、写本和抄本，其中孤本500余函。如《红史》《萨迦班智达贡噶坚赞本生传》《萨迦世系史》《拔协》《医药十八支及医疗法宝》，以及梵文贝叶经《妙法莲华经》《菩萨地》等贝叶经259函，均为世界级善本。1990年，编制完成《馆藏藏文典籍目录〈文集目录〉》，并于1997年出版，共3巨册，收180家文集，附子目和作者简介，查询十分方便。该馆各种目录具备，便于查阅和检索。

（4）中央民族大学图书馆

中央民族大学图书馆成立于1951年，成立之初，北京各大图书馆、博物馆和社会名流，都捐赠了大批图书，其中就有部分藏文古籍。1953年购置一批藏文古籍还有一批藏文古籍是1957年陈毅副总理从西藏带回北京的，由统战部转给图书馆。20世纪50年代中后期，从四川省德格县德格印经院购进一批古籍，1000余函。1957年，西藏上层人士进京开会，赠送了藏文古籍数百函。到2000年，该馆藏书110万册，其中藏文平装书20400册，藏文古籍1900余函。藏文古籍中有珍贵的纳塘版《甘珠尔》、精抄本《多仁班智达传》《热琼巴传》、精刻本《达赖喇嘛传》、《大宝伏藏》、《布顿传》、《宗喀巴三师徒传》等。除纳塘版外，还有拉萨版、德格版、萨迦版、北京版、拉卜楞版等。该馆各种书目完备，在国内外有一定知名度。此外，该校博物馆、藏学学院均有藏文文献，近2000册。

（5）雍和宫藏经楼

雍和宫为清代皇家佛堂，其传承属藏传佛教格鲁派，历来受到朝廷的重视，珍藏有嵩祝寺、章嘉活佛和朝廷赠送的藏文古籍，约有4500函左右，其中以北京版居多，内蒙古、库伦、塔尔寺、拉萨等地的版本次之。还有藏蒙汉印版19000多块，其中主要是藏文印版，有清代早期的《三师徒文集》《章嘉传》等早期的刻版。这些图书和印版的来源是：1949年12月，北京市将32所喇嘛庙（藏传佛教寺）的僧人集中于雍和宫，同时也把32所喇嘛庙的藏文和蒙古文图书集中于雍和宫收藏。雍和宫解放后一直受到国家的保护，故该寺图书没有任何损失。由于僧人管寺，对编制藏书目录不大重视，长期无人整理编目。2000年，雍和宫寺管会经与雍和宫主持协商，开始由僧人整理经版。2001年4月，又决定由僧人整理图书目录。

（6）中国社会科学院民族研究所图书馆：1957年建馆，藏书41万册，其中藏文平装书共1200册，藏文古籍1300函。古籍中大部分为德格版，部分为北京嵩祝寺版和甘南版。各种图书均已编制系统目录，供读者查阅。

（7）法源寺藏经楼

该寺收藏有1949年以前的藏文古籍1000余函，其中有的是藏汉对照本，也有的是藏汉蒙满四体对照本。内容以佛经为主。其版本主要是嵩祝寺刻本。该寺最珍贵的版本是西藏纳塘版藏文大藏经《甘珠尔》和《丹珠尔》部，共300余函，经板、捆书绳、包书布、页码和卷册完整无损，书品极好。每函首页和末页均为贴锦木版，有十分精美的插图。此套《大藏经》在版本学、文献学、宗教学等方面具有极高的学术价值和文物价值。

（8）中国社会科学院少数民族文学研究所图书馆

1980年建馆，藏文藏书400余册。此外，该所格萨尔研究室从80年代开始搜集关于《格萨尔王传》的各种资料，并成立资料室。该室搜集有数十部藏文《格萨尔王传》的抄本、刻本，以及200余册有关《格萨尔王传》的图书和其他资料，成为研究《格萨尔王传》的资料中心之一。

（9）中国藏学研究中心图书馆

1986年建馆，藏书97000余册，其中平装藏文图书3000余册、藏文古籍3300余函、外文图书2000余册。大部分藏文古籍是该馆从西藏、青海、甘肃、四川等省购进的旧刻本的复印本，版本主要有纳塘版、塔尔寺版、拉卜楞寺版、拉萨雪版和德格版。各类图书均有系统书目。该馆是收藏1990年以来新版藏文图书较多的图书馆之一。

（10）中国藏语系高级佛学院图书馆

该馆以收藏藏文图书为主。自1987年以来，购买、受赠的藏文图书共有5000余册，其中20世纪80年代后的新刻本藏文古籍1600余函，藏文平装书3000余册，有系统目录可供检索。

（11）民族出版社图书馆

该馆藏书10万册，其中藏文旧刻本200函，藏文平装书2200余册。有系统目录可供检索。

（12）中国民族语文翻译中心图书馆

该馆于 1975 年建馆，藏书 5 万册，其中藏文旧刻本 120 余函，藏文平装书 2500 余册。有系统目录可供检索。

（13）中国第一历史档案馆特藏部

1951 年建立，藏有明清宫廷档案 1000 万余件，其中有上千件藏文文献和档案。图书目录尚未编制完成。

（14）个人收藏

北京涉及藏学的单位很多，如国家民委及所属单位、中央人民广播电台等，大大小小近 30 家。在这些单位中约有 2000 余人从事藏学工作和研究，他们都有极丰富的个人藏书，如：东嘎洛桑赤列、多结杰博、曲喜仁波且、那仓仁波且、阿旺晋美、格桑居冕、土登旺波、索嘉、木雅贡布、才仁太、贡交等。

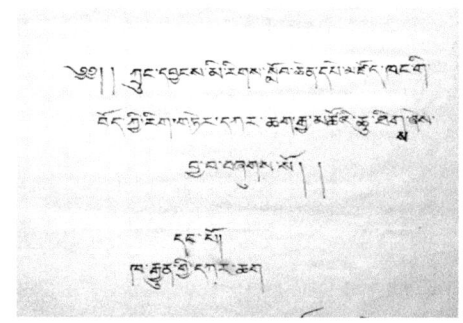 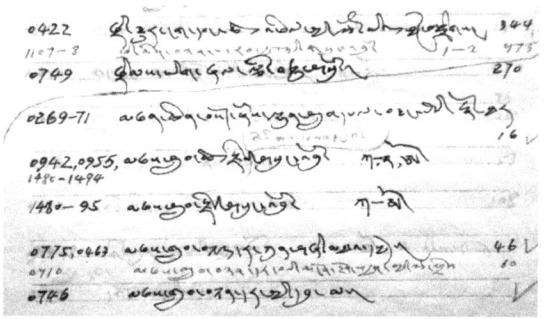

图 7-13　中央民族学院藏文古籍简目封面（1992 年）　　图 7-14　中央民族学院藏东嘎教授修改藏文古籍简目手稿

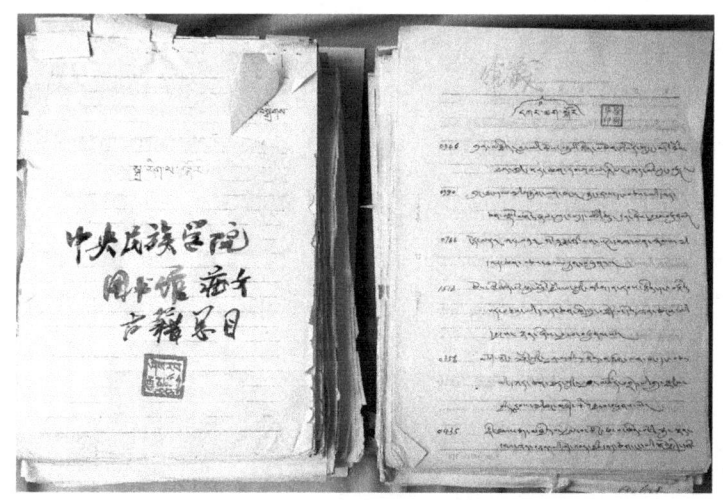

图 7-15　中央民族学院图书馆藏文古籍总目手稿

### 6. 藏文文献的价值

根据以上调查，以及对各种学术论著的引用情况进行分析，北京所收藏的藏文文献，其价值主要表现在以下几个方面。

（1）政治、法律方面

1950年以来，国外反华势力与国内外分裂主义分子互相勾结，沆瀣一气，攻击和歪曲我国在西藏实行的各项政策、鼓吹"西藏是一个独立国家""历史上西藏与中国是'供施'关系""中国在西藏侵犯人权"等谬论。为此，我国政府有关机构和学者引经据典，撰写文章，以事实给予有力批驳。在西藏主权归属问题上，从《关于和平解放西藏办法的协议》公布以来，约有30余部专著和近3000多篇文章，根据藏文和汉文史料，以严肃的科学态度，全面、公正地论证和阐明了西藏是中国不可分割的一部分、解放以来西藏的发展变化和人民当家作主的事实，为维护祖国统一作出了贡献。其藏文史料主要来源于历代《达赖喇嘛传》、历代《达赖喇嘛文集》、历代《班禅额尔德尼传》、《多仁班智达传》、历代《章嘉活佛传》、《萨迦世系谱》、《萨迦五祖全集》、《十六法典》等。

（2）历史方面

解放以来有关西藏的历史著作约50余部、论文数千篇，这些论著以历史唯物主义的立场和观点，科学地划分了藏族社会从原始社会到封建农奴制社会的历史发展进程，同时也阐明了公元13世纪纳入中国版图的详细过程。除以上资料之外，还有《贤者喜宴》《青史》《红史》《白史》《拔协》《五部遗教》等。

（3）宗教方面

解放以来在宗教方面的著作约30余部、论文数上千篇，从不同角度论述了藏传佛教的产生、发展、教义、仪轨，以及宁玛、萨迦、噶举、格鲁等派的理论、各派与中央政府的关系等。其资料来源有：藏文《大藏经》《慈氏五论》《入行论》《时轮金刚》；宁玛派的《隆钦七宝藏论》《莲花生遗教》《大圆满法》；噶丹派的《噶丹六论》《菩提道灯论》；萨迦派的《三律仪论》《正理藏论》《量释论》《道果法》；噶举派的《解脱道庄严论》《大手印法》；格鲁派的《菩提道次第广论》《土观宗教派源流》等。

（4）文学方面

解放以来有关文学的著作近40部、论文上万篇，其中由中央民族大学主持编写的《藏族文学史》，初步确定了藏族文学史的分期年代，界定了作家文学和民间文学的条件、范围、特点、体裁。其资料来源于《玛尼全集》《敦煌吐蕃文书》《萨迦格言》《米拉日巴传》《西藏王统记》《西藏王臣记》《国王修身论》《迅努达美》《格萨尔王传》《莲池歌舞》《康珠诗论》《如意藤》等。

此外，经济、艺术、文化、教育等方面的研究中，北京的藏文文献引用率也较高。因此，北京各图书馆收藏的藏文文献除了具有很高的文献价值、使用价值和文物价值之外，其政治价值也是不可估量的。

## （四）金石匾额著录格式探索

徐丽华在主持古籍室期间，抄录拓片目录，并开始着手搜集金石铭文资料，由此开始在金石著录格式、著录内容方面的探讨。之后扩展到匾额著录规则的编制。以下是关于金石和匾额著录格式编制的初步方案。

### 1. 钟的著录格式

包括6部分：①基本情况：名称、收藏地点、主持铸造者（包括撰文者、金火匠）、材质、形制（浅波形、平直形、喇叭）、文种（汉文、藏文、满汉二体等）。②规格：通高、直径和壁厚，也可细分为蒲牢钮、钟顶、钟肩、气孔、上下钟壁棂格、钟裙等，以及重量。③纹饰：钮、钟顶、钟肩、钟壁、钟裙上的纹饰。④铭文：分阳刻和阴刻、藏文行数，汉满文列数；译文。⑤内容提要。⑥备注：各种与该钟有关的信息。另，大铃的著录格式，参照此。

### 2. 锅的著录格式

包括6部分：①基本情况：名称、收藏地点、主持铸造者（包括撰文者、金火匠）、材质、形制（直腹、鼓腹、束颈、束腰等）、文种（汉文、藏文、满汉二体等）。②规格：通高、直径和壁厚，也可细分为口沿、颈、腰、圜底尺寸。③纹饰：沿口、内外锅壁上的纹饰。④铭文：分阳刻和阴刻，藏文行数，汉满文列数；译文。⑤内容提要。⑥备注：各种与该锅有关的信息。

### 3. 碑刻的著录格式

包括6部分：①基本情况：碑名、立石地点、某人撰书、岩质、碑的形制（如摩崖石刻、螭首龟趺碑、方柱宝珠素坡盝顶碑、方柱宝珠瓦垄盝顶碑、四棱螭首龟趺碑、经幢碑等）、文种（汉文、藏文、汉藏二体、满汉蒙藏四体等）、几面刻（如一面刻、三面刻、四面刻等）、高浮雕、浅浮雕、阴线刻等。②形制：碑首，几石组成、碑首式样（如圆首、螭首、宝珠素坡盝顶、宝珠瓦垄盝顶等）纹饰（如浅浮雕双龙戏珠、高浮雕六龙螭首等）、天宫式样（如方形天宫、宝顶形天宫等）；碑身，几石组成、四周花栏纹饰（如云龙纹、回纹、缠枝纹等）；碑座，几石组成、式样（如龟趺座、三层叠涩座、方座、须弥座等）。③规格：通高、碑首高宽厚、碑身高宽厚、碑座高宽厚。无数据者，注明不详。④碑文：碑阳，文种（如汉文、满文、蒙古文、藏文，或左藏右汉、左满右汉等）、额题（包括字体、题名）。碑文正文（包括字体、列/行数、首题和落款）；碑阴，同碑阳。⑤内容提要。⑥备注：各种与该碑刻有关的信息。

### 4. 匾额的著录格式

包括6部分：①基本情况：名称、悬挂收藏地点、题词和书写者、材质、形制（如意斗匾、云龙斗匾、横匾、异形匾等）、文种（汉文、藏文、满汉二体等）。②规格：高、宽尺寸，也可细分为御押和字的高宽。③纹饰：四周边框的纹饰。④铭文：分阳文和阴文、铜镀金字、木胎批灰字、木字等。⑤题词及释文。⑥备注：各种与该匾额有关的信息。

# 八、研究成果

建馆以来,中央民族大学图书馆就有编辑参考目录、整理古籍和研究文献的传统,早先以吴丰培为代表。他一生整理民族古籍数十部,撰写边疆史料题跋、论文、词条百余篇,是民族古籍整理研究领域的前辈。截至 2017 年 4 月 28 日,馆内共编辑铅印本目录 8 种、油印本目录 61 种、油印本和内部影印本 99 种、油印本文史资料 23 种,公开出版目录、古文献、研究著作等 90 多种,发表各种论文 650 多篇。随着互联网、数据库后,停止了编辑目录索引工作。1990 年,黄思正副馆长支持举办首届图书、博物馆学术研讨会,油印会议论文集。1993 年,李德君馆长主持举办第二届学术研讨会,油印会议论文集。2006 年 3 月 9 日,中央民族大学图书馆讨论编辑出版论文集,向全馆征求论文集名称,有《民族图书馆研究》《图书馆学研究》《图书馆学论集》《中央民族大学图书馆论文集》等,最后由历史系一位教授建议,起名为《石渠论坛》,取清乾隆年所编"《石渠宝笈》"①之"石渠"一词。"石渠"即石筑的水渠。如"清川过石渠,流波为鱼防"(汉·刘桢《公宴》)、"石渠流雪水,金子耀霜橘"(唐·孟浩然《病愈过龙泉寺精舍呈易业二公》)等。

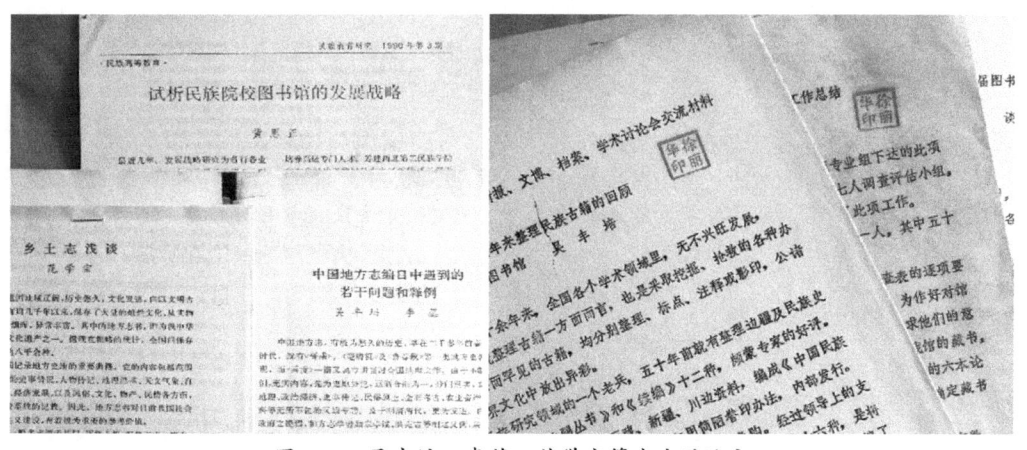

图 8-1 吴丰培、李蕊、范学宗等先生的论文

---

① 古代以"石渠"为名的有《石渠记》《石渠随笔》《石渠意见》等。

## （一）目录索引（内部铅印本）

中央民族大学图书馆编辑完成的内部铅印本目录索引有：《少数民族研究数据索引》（第1辑，1954年）、《少数民族研究数据索引》（第2辑，1955年）、《少数民族研究数据索引》（第3辑，1955年）、《少数民族研究数据索引》（第4辑，1956年）、《中央民族学院图书馆馆藏中国民族研究参考简目》（第1册古籍史料，第2册民国资料，第3册索引，1985年）、《苏联共产党第二十一次非常代表大会数据索引》（外国文书籍出版社，1959年）、《中国少数民族史论文资料索引》（3册，中央民族学院历中系七八级、图书馆合编，1982年）、《中国少数民族文学论著索引：88、89、90、91、92》（徐丽华参编，中国社会科学院民族研究所铅印本）。

图 8-2　中央民族学院图书馆关于台湾的参考书目（1954年）

图 8-3　中央民族学院图书馆民族资料合辑本目录 1955.1—1956.4

八、研究成果

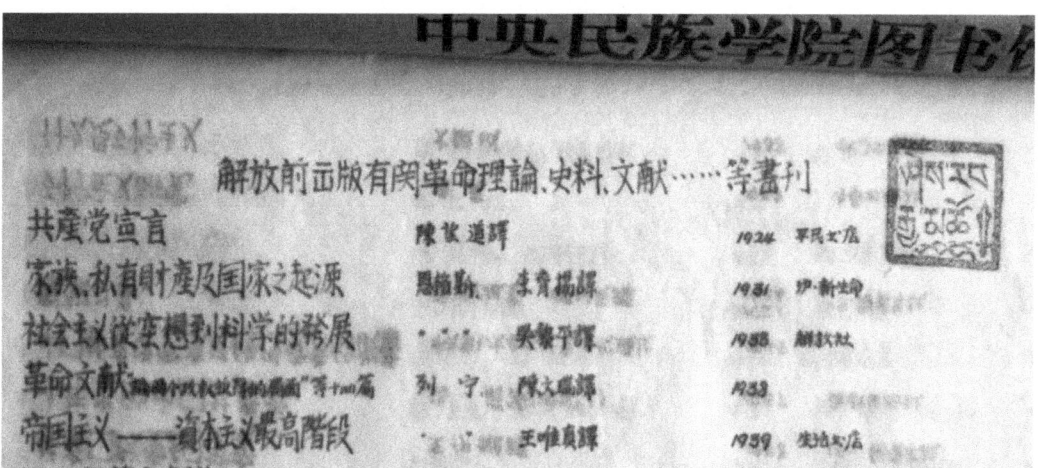

图 8-4 中央民族学院图书馆解放前出版有关革命理论、史料、文献等书刊目录（1960 年）

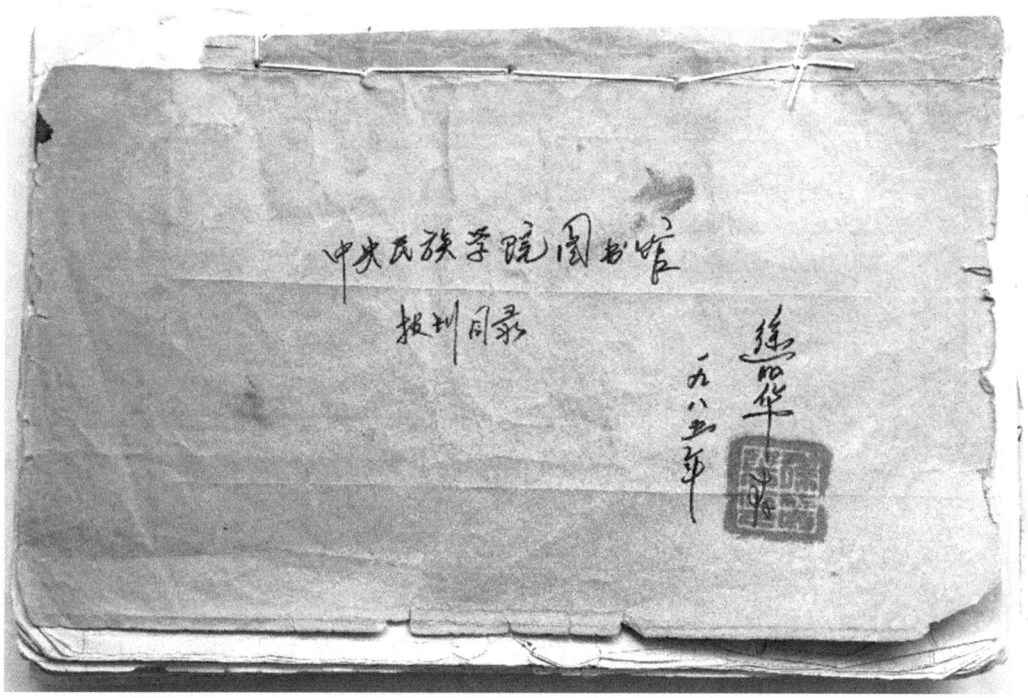

图 8-5 中央民族学院图书馆报刊目录（1960 年）

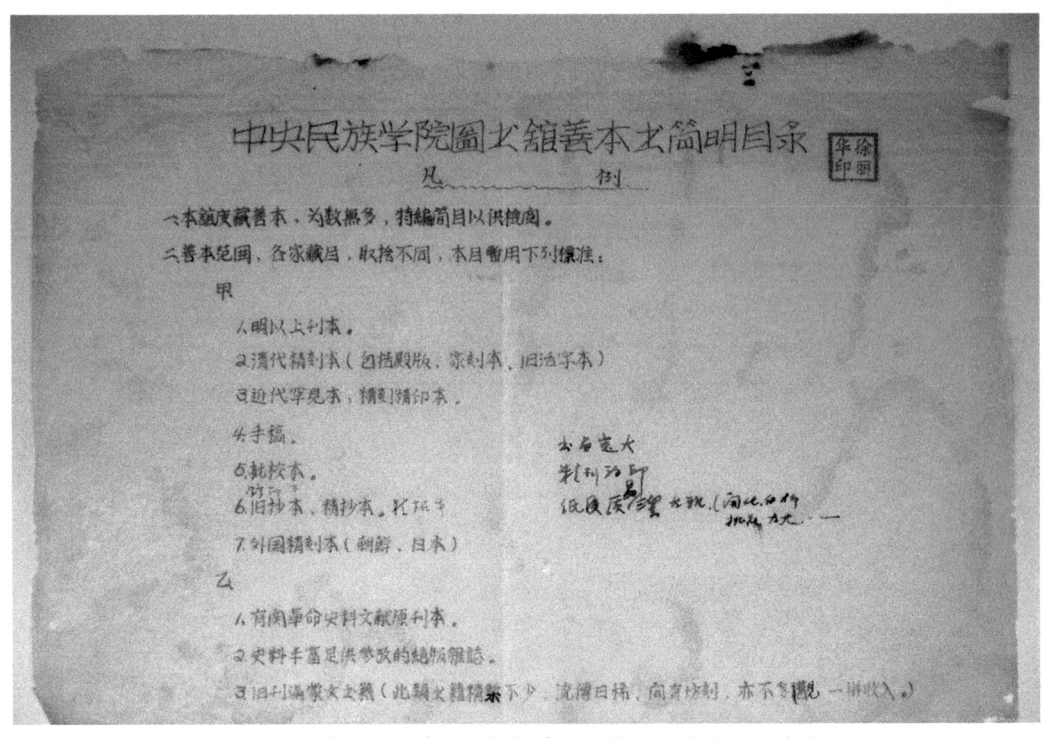

图 8-6　中央民族学院图书馆善本书简明目录（1956 年）

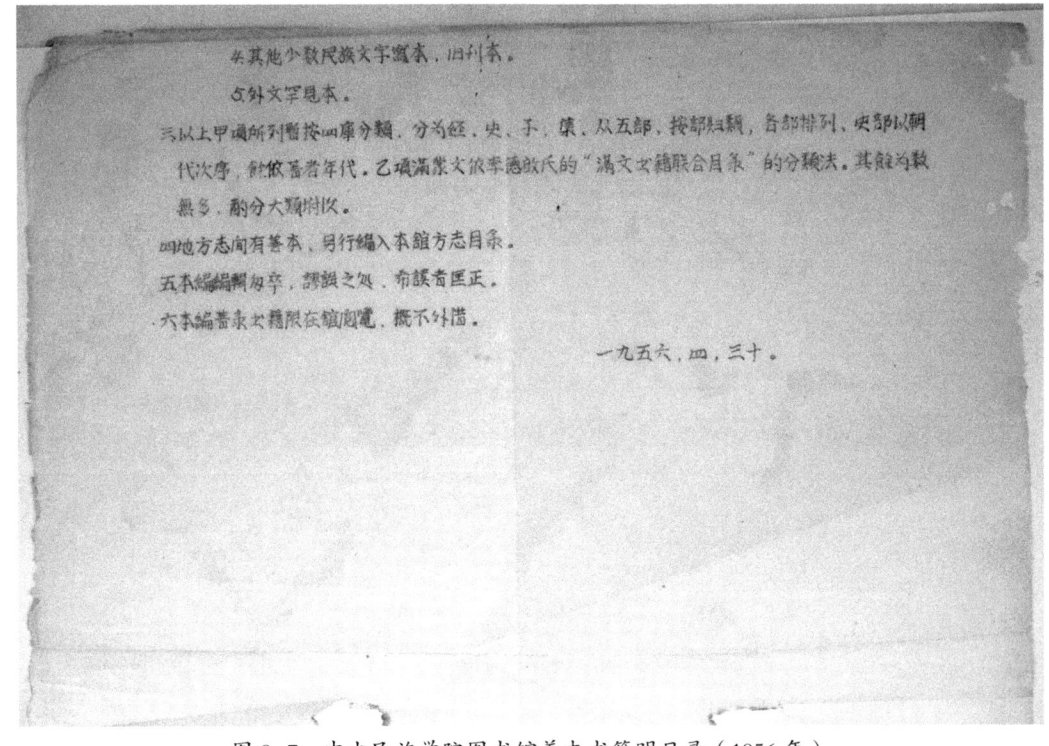

图 8-7　中央民族学院图书馆善本书简明目录（1956 年）

## （二）目录索引（内部油印本）

《关于台湾的参考书目》（1954年）、《中央民族学院图书馆方志目录》（1956年）、《中央民族学院图书馆馆藏有关中国民族问题研究文献书籍草目》（1958年）、《中央民族学院图书馆馆藏有关中国民族问题研究文献参考书籍草目·少数民族文字部分》（1958年）、《中央民族学院图书馆馆藏马克思、恩格斯、列宁、斯大林、毛泽东著作书目》（1958年）、《中央民族学院图书馆馆藏少数民族文字毛泽东著作书目》（1958年）、《共产主义教育方针参考数据索引》（1958年）、《有关中国民族问题研究文献书籍草目》（1958年）、《馆藏拉丁转译藏文古籍书目及提要》（1958年）、《民族数据合辑本目录：1955.1—1956.4》（1958年）、《批判地方民族主义数据索引》（第1辑1958年）、《少数民族研究资料索引》（1959年）、《民族问题与民族政策报刊资料索引1958.9—1959.3》（第一期1959年）、《西藏民主改革资料索引》（1960年）、《关于全面贯彻党的宗教信仰政策资料索引》（1959年）、《少数民族研究资料索引》（1960年）、《西藏民主改革资料索引》（1960年）、《中央民族学院图书馆馆藏马克思、恩格斯、列宁、斯大林著作书目》续一（1960年）、《资产阶级学术思想批判参考资料索引》（1960年）、《"一分为二"和"合二为一"问题讨论资料索引》（1964年）、《关于李秀成评价问题讨论资料索引》（1964年）、《社会主义教育资料选编》（1964年）、《中央民族学院图书馆馆藏阶级教育书籍目录》（1964年）、《中央民族学院图书馆馆藏有关中国民族问题研究文献参考书籍草目：外文部分》（1964年）、《报刊资料索引：建国十五周年民族工作成就》（1965年）、《社会主义教育资料选编》第2辑（1965年）、《批孔斗争参考资料》（1973年）、《中俄关系图书联合目录》中文部分（1974年，张绍孔参编）、《历代法家和进步思想家著作、传记及其研究资料目录，两汉、三国部分》（1975年）、《历代法家和进步思想家著作、传记及其研究资料目录，清及近代部分》（1975年）、《历代法家和进步思想家著作、传记及其研究资料目录，唐、宋、元、明部分》（1975年）、《历代法家和进步思想家著作、传记及其研究资料目录，先秦部分》（1975年）、《历代法家和进步思想家著作、传记及其研究资料目录，引用书目及勘误、补遗》（1976年）、《少数民族语言文字报刊资料索引：1949—1977》（1978年）、《中央民族学院图书馆馆藏关于中越关系书籍论文草目：目录丛刊》汉文部分，（1978年）、《中央民族学院图书馆馆藏中国丛书目录：目录丛刊之一》（1978年）、《中国少数民族民间文学作品目录索引》（1979 年）、《中国少数民族作家作者文学作品目录索引》（1979 年）、《中央民族学院图书馆馆藏地方志目录》（2 册，1982 年）、《中央民族学院图书馆馆藏中国家谱目录》（1987 年）、《蒙文联合目录》（张绍孔主持编辑并校订，1988 年）、《中国少数民族研究资料索引·文学艺术：1982—1983 年》（2 册，1987 年）、《中国少数民族研究资料索引·综合介绍：1982—1983 年》（2 册，1987 年）、《中国少数民族研究资料索引·文学艺术：1984 年》（2 册，1988 年）、《中国少数民族研究资料索引·综合介绍：1984 年》（2 册，1988 年）、《中国少数民族研究资料索引·文学艺术：1985 年》（2 册，1989 年）、《中国少数民族研究资料索引·综合介绍：1985 年》（2 册，1989 年）、《中国少数民族研究资料索引·文学艺术：1986 年》（2 册，1989 年）、《中国少数民族研究资料索引·综合介绍：1986 年》（2 册，1989 年）、《中央民族学院图书馆馆藏年谱目录》（2 册，1988 年）、《中央民族学院图书馆馆藏丛书目录》（吴丰培主编，1989 年）、《中国少数民族研究资料索引·综合介绍·文学艺术：1987 年》（2 册，1992 年）、《中央民族学院民族学专业参考书目：专业文献情报资料研究集》（白研编，1991 年）、《中央民族大学图书馆馆藏工具书目录：1951—1991》（汉文书目索引分册，金贞爱编，1994 年）、《中央民族大学图书馆馆藏人物传记目录》（侯振洪、龙冬云编，1994 年）、《中央民族大学图书馆馆藏宗教文献目录：报刊资料目录、索引分册》（任永萍、张润霞、陶凤珍编，1994 年）、《中央民族大学图书馆馆藏宗教文献目录：汉文书目、索引分册》（1994 年）、《中央民族大学图书馆馆藏台、港、澳文献目录》（张积明、李侠、陶凤珍编，1995 年）、《中央民族大学图书馆馆藏民族学科图书内容提要 1994》（金贞爱、卢娜、洪社娟、李侠编，1996 年）、《中央民族大学图书馆馆藏书目 1994》（采编部编，1996 年）、《中央民族大学图书馆馆藏宗教文献目录》（1994 年）。

中央民族大学图书馆编辑的专题目录都是有针对性的，如《当代藏族文学作者名录》，其《编后话》中写道："为配合 1981 年 8 月在西宁召开的六省（区）藏族文学创作会议，我们赶编了《当代藏族文学作者名录》，供会议工作参考。也为组织藏族文学作者队伍提供基本资料。本名录分两部分编排：一、用藏文写作的作者；二、用汉文写作的作者。每个部分，再分创作者、民间文学工作者和文学评论者三部分。还收录了少数将汉文作品译为藏文的作者及藏族文学评论者，供检索。由于我们水平所限，加之时间仓促和馆藏报刊资料有限，定有遗漏和不当之处：一、作者、民间文学工作者和评论者有没列入的;二、作品有没列入的;三、有不少作者的所在地区不详;四、汉文作品译为藏文的作者,仅提出了个线索,大量的作者尚不掌握。这些均有待参加会议的同志补充。在编辑本名录的过程中,得到我院少数民族文学艺术研究所和一些在京藏族同志的支持和帮助,在此谨致谢意!中央民族学院图书馆,1981.7。"

### (三)汉文古籍(内部油印本)

《景纹驻藏奏稿》(二卷附录一卷,2册,1979年)、《中国民族史地资料丛刊三十种》(1978—1982年,21册:《藏纪概》《西藏见闻录》《西藏志》《巴塘志略》《裹塘志略》《定瞻厅志略》《镇西厅乡土志》《和阗乡土志·叶城县乡土志·新平乡土志》《喀喇沙尔事宜》《章谷屯志略》《打箭炉志略》《炉霍屯志略》《盐井乡土志》《道孚风俗纪略》《藏乱始末见闻记·西藏篇·藏事陈略·藏乱经略》《松筠新疆奏稿》《布彦泰叶尔羌奏稿》《奕山新疆奏稿》《萨迎阿新疆奏稿》《乾嘉道三朝哈萨克史料·科塔边务纪要》《叶尔羌守城纪略·乌鲁木齐守城纪略》《塔尔巴哈台志略·乌什事宜》)、《甘新游踪汇编三十六种》(1980—1985年,36册:《百日赐环集》《北征日记》《冰岭纪程》《从军杂记》《东归日记》《东征日记》《度岭吟》《额鲁特行程日记》《抚新纪程》《甘肃至新疆路程》《哈密至准噶尔路程》《河海昆仑录》《荷戈纪程》《昆仑旅行日记》《濛池行稿》《南疆勘垦日记》《遣戍伊犁日记》《壬子回程记》《入关日记》《莎车纪行》《栎游见闻录》《万里荷戈集》《万里行程记》《西陲竹枝词》《西行日记》《西行往返记程》《西行往返日记》《西辕琐记》《西征纪程》《西征纪略》《西征日记》《西征续录》《辛卯侍行记》《叶栎纪程》《游历蒙古新疆日记》《泽雅堂纪行诗》)、《川藏游踪汇编二十八种》(1981—1982年,8册:《使吐番经见纪略》《藏程纪略》《定藏纪程》《藏行纪程》《进藏纪程》《西藏往返日记》《由藏归程记》《桐华吟馆卫藏诗稿》《百一山房赴藏诗集》《西藏巡边记》《西招纪行诗》《丁巳秋阅吟》《壬午赴藏纪程诗》《西征日记》《晋藏小录》《西輶日记》《使廓纪略》《察炉道里考》《川藏哲印水陆记异》《藏輶随记》《炉藏道里最新考》《三省入藏程站纪》《喀木西南纪程》《西康行军日程附藏卫矿山纪略》《藏游日记》《二十种地名综合索引》)、《兰州纪略》(二十卷,卷首一卷,线装,1985年)、《五边典则》(24卷,线装6函(34册),1985年)、《河套新编》(2函,吴丰培主编，1991年）《鄂尔泰奏疏》（1991年）。

## （四）其他油印本

《少年文艺》（1956年）、《中华俄语》（1956）、《农业技术》（1959年）、《东周列国志》（1959年）、《论神以及其他》（1960年）、《社会主义教育资料选编》（1964年）、《民院学术论文集（上中下，1979年）、《当代藏族文学作者名》（1981年）、《昭忠祠列传续》（集六卷，1981年）、《当代藏族文学作者名录》（1981年）、《第十四世达赖喇嘛荏藏及坐座典礼记》（钟善华译，1982年）、《中国少数民族大事记：1977—1986》（高淑贤参编，1986年）、《李太白诗句索引》（乔仁诚参编，1987年）、《全唐诗诗题索引》（乔仁诚参编，1987年）、《全元诗》（翁独健主编，乔仁诚参编，1987年）、《三百种清代传记综合索引》（乔仁诚参编，1987年）、《哲学通俗读本》（教材，李作霖主编，1987年）、《西藏和祖国内地的经济文化关系》（王银娥参编，1988年）、《中国共产党历史资料选辑》（第1集，高淑贤合编，1989年）、《中央民族学院图书情报、文博、档案学术讨论会论文选编》（1991年）、《马克思主义哲学原著宣读和注解》（教材，李作霖主编，1993年）、《哲学总复习指导》（教材，李作霖主编，1993年）、《中央民族学院图书馆第二届学术讨论会论文集》（1993年）。

## （五）公开出版的著作

《中国历史地图集》，乔仁诚参编，1975年。

《彝族民间故事选》，李德君、陶学良编，上海文艺出版社，1981年。

《中国少数民族简介》，马骋摄影，中国对外贸易发行公司，1984年。

《明代西域史料辑要》，2册，天津古籍出版社，1985年。

《中国地方志联合目录》，吴丰培、张绍孔、范学宗、李蕊、王纯洁参编，中华书局，1985年。

《化不开的深情》，李德君参编，民族学电视片，1986年7月25日中央电视台播出。

《西藏研究文献目录》，钟美珠译，中洲古籍出版社，1986。

《入藏纪行》，钟美珠译，中州古籍出版社，1987年。

《汉书古今人表疏证》，乔仁诚参编，齐鲁书社，1988年。

《全唐文全唐诗吐蕃史料》，范学宗、吴逢箴、王纯洁等编，西藏人民出版社，1988年。

《中国少数民族风俗》，陶风珍编，农村读物出版社，1988年。

《丝绸之路史研究》，钟美珠译，天津古籍出版社，1990年。

《北京老字号》，侯式亨编著，中国环境科学出版社，1991年。

《中国少数民族艺术词典》，殷海山等主编，金贞爱参编，民族出版社，1991年。

《中文核心期刊要目总览》，庄守经主编，于显中、卓玛、赵笑都参编，北京大学出版社，1992年。

《韩国语》，黄有福、崔莲编译，中国社会科学出版社，1993年。

《99首蒙古民歌精选》（马玉蕤编，民族出版社，1993年。

《妙语辞典》（于显中参编，科学技术出版社，1994年。

《中国商业文化大辞典》，崔莲参编，中国发展出版社，1994年。

《中国朝鲜学—韩国学研究文献目录：1949—1990》，崔莲、金顺子编，中央民族大学出版社，1995年。

《千古文化的百科全书——漫谈敦煌文献》，李德龙著，北京燕山出版社，1996年。

《人的灵魂塑造》，蓝荃彬著，广西民族出版社，1996年。

《社会科学文献检索教程》，试用本，杨兰主编，李静副主编，成都科技大学出版社，1996年。

《中国家谱综合目录》，乔仁诚参编，中华书局，1997年。

《北京老字号》，侯式亨主编，中国对外经济贸易出版社，1998年、

《我们的家园——内蒙古》，满达日花日花、那木吉拉编，山东画报出版社，1998年。

《中国军事通史：西汉军事史》，陈梧桐、李德龙等著，军事科学出版社，1998年。

《中华文化习俗辞典》，崔莲参编，中国国际广播出版社，1998年。

《中国蒙古文古籍总目》，其其格参编，北京图书馆出版社，2000年。

《汉初军事史研究》，李德龙著，民族出版社，2001年。

《中国古代史论稿》，姜镇庆、李德龙译，北京大学出版社，2001年。

《成人历史教材》，李德龙著，人事出版社，2002年。

《中国韩国学（朝鲜学）文献资料目录：1991—2000》，崔莲等编，韩国外国语大学出版部，2002年。

《中国华南民族社会史研究》，赵令志、李德龙译，民族出版社，2002年。

《这样的干部才称职》，赵静、赵玉华译，东方出版社，2004年。

《京旗人家：〈儿女英雄传〉与民俗文化》，李婷著，黑龙江人民出版社，2005年。

《历代日记丛钞》，201册，李德龙、俞冰主编，学苑出版社，2006年。

《黔南苗蛮图说》研究》，李德龙，中央民族大学出版社，2008年。

《朝鲜族的经济文化社会研究》，郑喜淑副主编，民族出版社，2008年。

《石渠论坛：图书文献信息研究文集》1—3，李德龙主编，北京图书馆出版社，2008年—2011年。

《新疆巡抚饶颖祺稿本文献集成》，陈理、李德龙、李婷、黄金东、侯爱梅等编，学苑出版社，2008年。

《中国塔吉克族婚礼》，李德君参编，民族学电视片，2009年。

《彝族撒尼人民间文学作品采集实录（1963—1964）》，李德君著，2009年。

《敦煌文献与佛教研究》，李德龙著，中央民族大学出版社，2010年。

《中国边疆民族地区抄稿本方志丛刊》，李德龙、李婷、黄金东、侯爱梅编，中央民族大学出版社，2010年。

《古籍杂谈》，穆衡伯著，南京凤凰出版社，2010年。

《新疆四道志》校注，李德龙著，中央民族大学出版社2014年。

《李德君影视人类学文集》（李德君著，2017年，未刊稿）

## （六）吴丰培著作目录

《夷氛记闻》，梁廷枬撰，吴丰培校勘，上海商务印书馆，1937年。

《边疆丛书甲编六种》（《西域遗闻》、《哈密志》、《科布多政务总册》、《西藏日记》、《敦煌杂钞》、《敦煌随笔》），吴丰培校订，禹贡1937年。

《清代西藏史料丛刊——藏印往来照会、班禅赴印纪略》，吴丰培辑，北平商务印书馆，1937年。

《清季筹藏奏牍》，吴丰培辑，国立北平研究院史学研究会，1938年。

《联豫驻藏奏稿》，吴丰培主编，西藏人民出版社，1979年。

《两朝平攘录五卷》，吴丰培编，书目文献出版社，1980年。

《豫师青海奏稿》，吴丰培编，青海人民出版社，1981年。

《番僧源流考、西藏宗教源流考》，吴丰培校订，西藏人民出版社，1982年。

《西招图略、西藏图考》，吴丰培校订，西藏人民出版社，1982年。

《民元藏事电稿、藏乱始末见闻记四种》，吴丰培编订，西藏人民出版社，1983年。

《清代藏事辑要》，吴丰培增辑，西藏人民出版社，1983年。

《清代藏事辑要续编》，吴丰培辑，西藏人民出版社，1984年。

《赵尔丰川边奏牍》，吴丰培编，四川民族出版社，1984年。

《川藏游踪汇编二十六种》，吴丰培辑，四川民族出版社，1985年。

《廓尔喀纪略》，吴丰培编，中州古籍出版社，1985年。

《明代西域史料辑要》，吴丰培主编，天津古籍出版社，1985年。

《安南纪略》三十卷，卷首二卷，吴丰培编，书目文献出版社，1986年。

《科布多史料辑存四种》，吴丰培编，书目文献出版，社1986年。

《刘襄勤公奏稿》十六卷，吴丰培整理，书目文献出版社，1986年。

《丝绸之路资料汇钞》，吴丰培整理，书目文献出版社，1986年。

《景纹驻藏奏稿》，吴丰培编，四川民族出版社，1986年。

《皇明肃皇外史》四十六卷，吴丰培整理，全国图书馆文献缩微复制中心，1987年。

《钦定理藩部则例》，吴丰培标点，中国藏学出版社，1987年。

《陶勤肃公新疆奏稿》，吴丰培整理，全国图书馆缩微文献复制中心，1987年。

《宪章录》四十七卷，吴丰培整理，全国图书馆缩微文献复制中心，1988年。

《有泰驻藏日记》十六卷，吴丰培整理，中国藏学出版社，1988年。

《清代驻藏大臣传略》，吴丰培、曾国庆编，西藏人民出版社，1988年。

《清朝驻藏大臣制度的建立与沿革》，吴丰培、曾国庆著，中国藏学出版社1989年。

《明代宫廷杂录汇编十三种》，吴丰培整理，全国图书馆文献缩微复制中心，1990年。

《清代新疆稀见史料汇辑》，吴丰培参编，全国图书馆文献缩微复制中心，1990年。

《清末蒙古史地资料荟萃：蒙古卷》，吴丰培编，全国图书馆文献缩微复制中心，1990年。

《壬辰之役史料汇辑》，吴丰培编，全国图书馆文献缩微复制中心，1990年。

《鄂尔泰奏疏》，吴丰培主编，全国图书馆文献缩微复制中心，1991年。

《抚远大将军允禵奏稿》，吴丰培编，全国图书馆文献缩微复制中心，1991年。

《河套新编》，吴丰培编，全国图书馆文献缩微复制中心，1991年。

《清同光间外交史料拾遗》，吴丰培等编，全国图书馆缩微文献复制中心，1991年。

《世庙识余录》二十六卷，吴丰培编，全国图书馆缩微文献复制中心，1991年。

《四镇三关志》十卷，吴丰培整理，全国图书馆文献缩微复制中心，1991年。

《康輶纪行》，吴丰培编，全国图书馆文献缩微复制中心，1992年。

《清初稀见方略四种汇编》，吴丰培整理，全国图书馆文献缩微复制中心，1993年。

《丝绸之路资料汇钞增补》，吴丰培整理，书目文献出版社，1993年。

《清代藏事奏牍》，吴丰培编，中国藏学出版社，1994年。

《西域同文志》二十四卷，吴丰培校勘，中国藏学出版社，1995年。

《清光绪朝布鲁克巴秘档》，吴丰培整理，中国藏学出版社，1995年。

《宋元资治通鉴》，吴丰培整理，全国图书馆文献缩微复制中心，1996年。

《西园闻见录》，吴丰培整理，全国图书馆文献缩微复制中心，1996年。

《清代新疆稀见奏牍汇编：道光朝》，马大正、吴丰培编，新疆人民出版社，1996年。

《清代新疆稀见奏牍汇编：同治、光绪、宣统朝卷》，马大正、吴丰培编，新疆人民出版社，1997年。

《吴丰培边事题跋集》，吴丰培著，新疆人民出版社，1998年。

题跋：《有泰日记》跋（1933年）、《明代倭寇考略》介绍（1934年）、《兴登堡自传》介绍（1934）、《缘督庐日记钞》介绍（1934）、《西域闻见录》跋

（1936年）、《抚远大将军奏议》跋（1937年）、《西行日记》跋（1937年）、读驻藏大臣有泰日记（1943年）、《西藏志》版本异同考（1943年）、《角单庐文集》跋（1946年）、《防浦纪略》跋（1957年）、《川藏游踪汇编》题记（1982年）、《西陲今略》考（1983年）、《甘新游踪汇编》题记（984年）、《秦边纪略》注记（1985年）、《中央民族学院图书馆馆藏中国民族研究参考简目》前言（1985年）、《全唐文全唐诗吐蕃史料》序（1988年）、《北京老字号》序（1991年）、《兰州辑略》序（1992）、《安南纪略》序（1992年）、《川康边政资料辑要》序（1992年）、《饶应祺新疆奏稿》序（1992年）、《中央民族大学图书馆馆藏工具书目录：1951—1991，汉文书目索引分册》序（1994年）、《历代藏族名人传》（1996年）、《太平天国史料三种辑存》前言（1996年）、《新疆图志》序（1998年）、《抚苗录》序（1998年）、《明代各民族入仕中原考》序（1999年）。

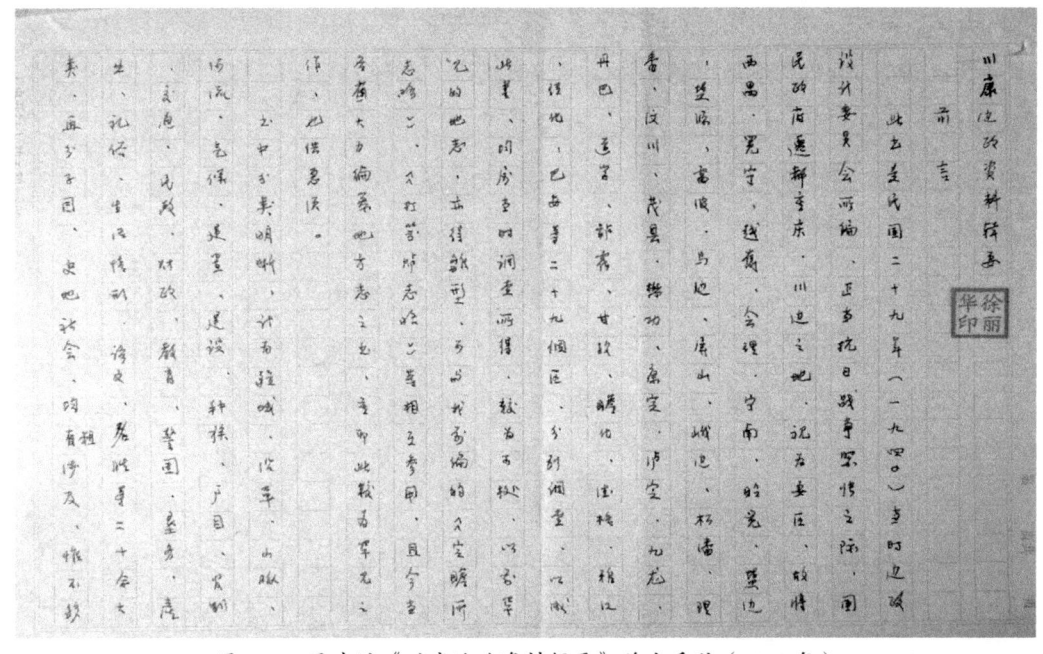

图8-8　吴丰培《川康边政资料辑要》前言手稿（1992年）

1992年9月18日，吴丰培先生让徐丽华核对《川康边整资料辑要》页码、录入前言目录和做出版计划。该书16章，每一章的目次一致，如：理番县（扉页1页、目录1~4页、图1页、正文1~54页、勘误表1页，小计61页）、汶川县（扉页1页、目录1~4页、图1页、正文1~29页、勘误表1页，小计36页）、峨边县（扉页1页、目录1~4页、图1页、正文1~51页、勘误表1页，小计

58 页）、屏山县（扉页 1 页、目录 1—4 页、图 1 页、正文 1—43 页、勘误表 1 页，小计 50 页）、雷波县（扉页 1 页、目录 1—4 页、图 1 页、正文 1—56 页、勘误表 1 页，小计 63 页）、松潘县（扉页 1 页、目录 1—5 页、图 1 页、正文 1—56 页、勘误表 1 页，小计 63 页）等。除封面封底为单页外，全书目录和正文均为两面一页（1436 页 ×2 面），共计 2871 页。预计出版经费为"718 版 ×9.00 元 =6462.00 元"，装订费为"4 册 × 每册 5.00 元 =20.00 元"，印数为"300 部 ×20.00 元 =6000.00 元"，印刷纸张费用为"29 令 ×90.00 元 =2610.00 元"，总计费用约为 16600.00 元。该书收西昌、冕宁、越嶲、会理、宁南、昭觉、盐边、盐源、雷波、马边、屏山、峨边、松潘、理番、汶川、茂县、懋功、康定、泸定、九龙、丹巴、道孚、炉霍、甘孜、瞻化、德格、雅江、理化和巴安，共 29 县的基本概况，内容包括各县的疆域、沿革、山脉、河流、气候、建置、建设、种族、户口、官制、交通、民政、司法、行政、财政、教育、警团、储蓄、垦务、产业、物产、礼俗、生活情形、语文、宗教、名胜、古物、古迹、人物、大事记等 30 项内容。做完计划和录完前言、目录后，将计划书、原书复印、经费预算等交给吴先生。之后生先生患病，搁置出版。1995 年先生对前言作了大的修改。

1992 年第一次录入的前言，全文如下（录后递交了电子版和打印稿）：

## 川康边政资料辑要前言

此书为民国二十九年（一九四○）当时边政设计委员会所编，正当抗日战争紧张之际，国民政府迁都重庆，川边之地，视为要区，故将西昌、冕宁、越嶲、会理、宁南、昭觉、盐边、盐源、雷波、马边、屏山、峨边、松潘、理番、汶川、茂县、懋功、康定、泸定、九龙、丹巴、道孚、炉霍、甘孜、瞻化、德格、雅江、理化、巴安等二十九个区，分别调查，汇成此书。均属当时调查所得，较为可据。以前罕见的地（方）志，亦得雏形，可与我所编的《定瞻厅志》、《打箭炉志略》等相互参用，且今当各省大力编纂地方志之书，重印此较为罕见之作，也供急需。

书中分类明晰，记为疆域、沿革、山脉、河源、气候、建置、建设、种族、户目、官制、交通、民政、财政、教育、警团、垦务、产业、礼俗、生活情形、语文、名胜等二十余大类，再分子目、史地社会。均粗有涉及，惟不够详备。视今日五套民族丛书的编纂，自不可及，但在五十年前也属难得之作了。自清季先室之际，改土归流，建成行省，改变了封建奴隶制度，对于生产，稍有改进，民族生活，略有变化，但因四十年前政治腐败，民不聊生，遑论建设，若较今日民族地区的兴旺发达，迥乎不侔。今若对此，则此资料的重印，更有价值，则不仅以罕见为可贵了！今耄耋之年，以炎热之季，挥汗完成此项资料的出版工作，也算对于民族研究小小贡献吧。吴丰培谨识 一九九二年夏，时年八十有三

1994年修改后的前言全文如下：

## 前言

此书为1940年边政设计委员会所编，是一部实地调查较为可据的资料。计为：西昌、冕宁、越巂、会理、宁南、昭觉、盐边、盐源、雷波、马边、屏山、峨边、松潘、理番、汶川、茂县、懋功、康定、泸定、九龙、丹巴、道孚、炉霍、甘孜、瞻化、德格、雅江、理化、巴安等二十九县的资料。以现在行政区划则分跨四川和西藏。每县又分为疆域、沿革、山脉、河源、气候、建置、建设、种族、户口、官制、交通、民政、财政、教育、警团、垦务、产业、礼俗、生活情况、语文、名胜等项。各项之中，再分子目。又每县附绘本县三十万分之一地图一幅。章举目张，多为实地调查可得，虽距今已半个世纪，第一手调查资料，于今尚有参考价值的。时当抗日战争前期，许多有志于边疆研究者，云集于四川云南各地，而西康建省不久，更谋开拓。如名教授顾颉刚先生创刊《边疆研究》《益世报》，任乃强先生致力于西康研究，不遗余力，而李安宅教授更投身于川边研究，都有非凡的成果。此书的调查是当时环境的响应，确为今人留下有用的资料。此书当时印行不多，现除四川一带学术单位尚有印本，其他各地，很难求得。当年朱士嘉先生主编《中国地方志联合目录》时多方调查，才见有数部，更多残缺。兹由政府展开民族研究，大力开发边疆之际，又在各省区开展新旧地方志的编纂工作，感到此项资料尚有广泛印传的需要。各地读者，往往不惜长途，远来借用。今中央民族大学图书馆藏有原印本，今保存原貌，因为影印。不当之处，诸希方家指正。一九九四年十月八五老人手术后整理第一部资料。

1990年根据馆领导安排，据吴丰培手稿录入有关编辑《饶应祺奏稿》的计划、

前言如下（按：《饶应祺奏稿》录入打印后由丁良老师校对，但未见出版）：

(1) 编纂《饶应祺新疆奏稿》的设想

一、人力：暂定三人，吴（吴丰培）、丁（丁良）、侯（侯式亨）；二、方法：拟目、断句、除去题行，打印，校对（三次），撰写传略、序言、编例、分类索引；三、数量：原稿874,000（字），加目录、索引、序言等46,000（字），共为920,000字；四、时间：编纂1年，印装三月，至1991年底完成（亦可分批付印）；五、印刷：微机打印，再用胶版印刷；六、装订：约计1400页，分为三四册精装；七、经费：借支四万元；八、成本：编辑费5,000元，打印费7,000元，复印费1,500元，书号费3,000元；九、印数：暂定四万部；十、定价：每部180元；十一、收回：交新华（书店）300部，6.7折，约为36,000元；自己发行60部，约8,600元；国外发行40部，按美金7折，合650元，共约26,000元。共计6,8000元。可余20,000元；十二、宣传：写专论在院报即其他刊发表简介，报上发预告；十三、推销：新华，约定本市；新疆、西安、兰州，代销人员。

(2) 封面和扉页设计

| 古籍珍本丛书<br>饶应祺新疆奏稿<br>××出版社 | 古籍珍本丛书<br>饶应祺新疆奏稿<br><br>编印：中央民族学院图书馆<br>编委会：李 黄 张<br>　　　　×××吴<br>主编：吴丰培<br>责任编辑：丁良<br>题签：<br>日期：<br>定价： |
|---|---|

## （3）版式设计

```
饶应祺新疆奏稿卷一
    吴丰培    编纂
    丁  良    校订
奏报光绪二十一年十月份粮价并得事情形折 光绪二
    十年二月二十三日
    为恭报光绪二十一年十月份粮价…………
```

## （4）后记

《饶应祺函牍奏稿》后记：饶应祺，字子维。湖北恩施人。同治元年举于乡，后入左宗棠幕，以军功洊擢知府。光绪十年授甘州知府，十三年补新疆喀什噶尔道，明年擢镇迪道，十七年署新疆布政使，二十一年署新疆巡抚寻实授。二十八年调安徽巡抚，十二月行抵哈密卒。《清史稿》及《清史列传》均有传。应祺先后宦新十三年，正当新疆建省之始，分区设治，有所措施。此函牍墨稿百余册，均属原稿，由其后人饶毓苏所捐赠。内容为自陕至新各地，经办之公牍函电。墨稿除七篇已著录于《新疆图志奏议》中，其余例行公文较多，而函电中反多重要资料。外交事件亦在其中。又有《西征日记》一册，乃摘记官陕时军务要事，惜太简略，无多可取。另有《左恪靖侯奏稿、信稿》七册，意为其助左幕时所代拟之稿，犹于左宗棠前在张亮基、骆秉璋戎幕曾将其代拟之文稿，重刊于《左之全集》之例相同欤。若得暇以《左集》相核，汰其重复，著其未备，似可补《左集》之不足矣。此稿若能加以厘定，可成民族研究之小重要资料，并供近代史研究者有所取材焉。吴丰培记

（按：《吴丰培边事题跋集》中的《饶应祺函牍奏稿后记》与本文墨稿稍有出入，研究者可对比阅读。）《吴丰培边事题跋集》之《饶应祺函牍奏稿后记》如下：

饶应祺，字子维，湖北恩施人。清同治元年举人，后入左宗棠幕，以军功荐擢知府。光绪十年授甘州知府，十三年补新疆喀什噶尔道，明年擢镇迪道兼按察使衔，十七年署新疆布政使，十九年实授，二十一年署新疆

巡抚，寻实授。二十八年调安徽巡抚，十二月行至哈密，卒于途。《清史稿》及《清史列传》均有传。此函牍、电文、奏稿百余册，均属原稿，为自陕至新各处经办之公牍。其奏稿中大部分为例行公文，惟信件及电稿中则重要资料较多。应祺[宦]新疆前后十三年之久，正当新疆建省之初，分区设诏[治]，百废待举，其政绩尚有可取。关于中俄、中英界务、商务，颇多交涉事件极为珍贵，尚有《西征日记》一册，乃摘记官陕时军务要事，太为简略。另有《左恪靖侯奏稿、信稿》七册，意为其佐左幕时，所代拟之稿，犹之左宗棠前在张亮基、骆秉章[璋]戎幕，曾将其代拟文稿，刊入左之全集中之例相同，今后得暇，当以《左文襄公全集》相核，汰其重复，著其未及，可以补左集之不足矣。《新疆图志》奏议中，曾著录其奏疏七篇，仅为全稿百分之一，若能将此稿去芜取精，加以整理，其数量将不雅于《锡良奏稿》，可为近代史增加一重要史料矣。

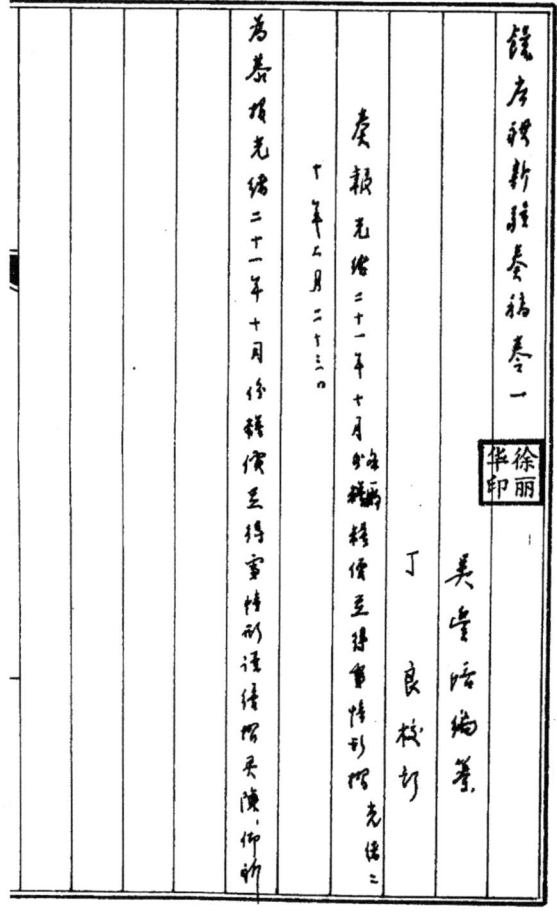

图 8-9　编纂《饶应祺新疆奏稿》的设想（吴丰培手稿）

# 八、研究成果

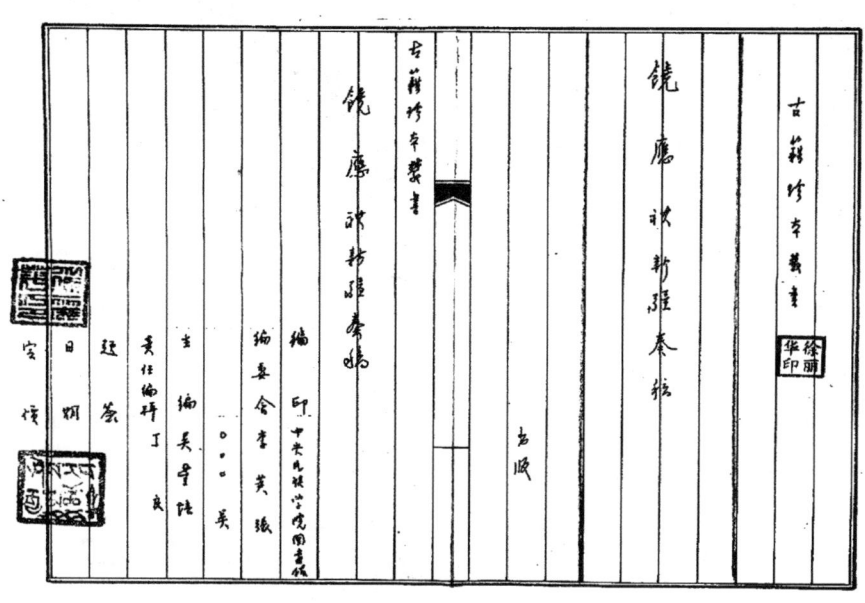

图 8-10　《饶应祺函牍奏稿》封面设计（吴丰培手稿）
《饶应祺函牍奏稿》版式设计（吴丰培手稿）

图 8-11　《饶应祺函牍奏稿》后记（吴丰培手稿）

吴丰培先生的部分古籍由徐丽华联系出版，每次联系前吴先生都要写一封信。如其中一封信是这样写的：

陆宏基同志：

兹介绍民大图书馆副馆长徐丽华同志前往你处联系出版事宜，希面洽是荷。

此颂

近祉

吴丰培 9.13

601−6633−320

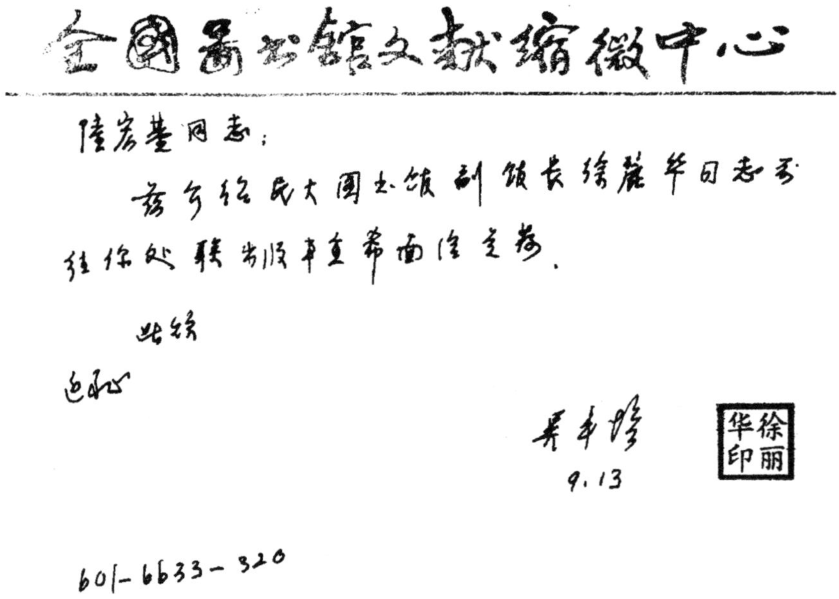
全国图书馆文献缩微中心

陆宏基同志：

兹介绍民大图书馆副馆长徐丽华同志前往你处联系出版事宜希面洽是荷。

此颂

近祉

吴丰培

9.13

徐丽华印

601-6633-320

图 8−12 吴丰培给陆宏基的信

## （七）徐丽华成果目录

《教育大辞典》，徐丽华参编，上海教育出版社，1992 年。

《藏族传统文化辞典》，徐丽华参编，甘肃人民出版社，1993 年。

《西藏传统音乐集粹》，徐丽华参编，西藏人民出版社，1997 年。

《达赖班禅年谱》，徐丽华参编，中央民族大学出版社，1998 年。

《中华地域文化集成——青藏高原地域文化》，徐丽华参编，群众出版社，

1998年。

《东北亚地区中国少数民族研究论著目录》，中央民族大学民族图书信息研究所编，中央民族大学出版社，1998年。

《中国大学生手册》（1998年版），徐丽华参编，高等教育出版社，1998年。

《中国少数民族文化大辞典》，全5卷，徐丽华、于显中参编，民族出版社，1999年。

《中央民族大学年鉴》，徐丽华、高桂芬参编，中央民族大学出版社，1999—2016年。

《维吾尔历史文化研究题录》，徐丽华、白梅花、图拉汗参编，民族出版社，2000年。

《藏传佛教探秘》，徐丽华著，巴蜀书社，2001年。

《中国少数民族古籍辞典》，徐丽华参编，云南教育出版社，2001年。

《中国西藏历史文化大图集》，徐丽华参编，重庆出版社，2001年。

《中国少数民族古籍集成》，100册，徐丽华主编，四川民族出版社，2002年。

《北京图书馆藏家谱丛刊·民族卷》，100册，郭又陵、徐蜀、张志清主编，徐丽华副主编，北京图书馆出版社，2003年。

《藏区名胜》，徐丽华、冯智著，巴蜀书社，2003年。

《藏学报刊汇志》，徐丽华编著，中国藏学出版社，2003年。

《藏学图籍录》，徐丽华编著，广西师范大学出版社，2005年。

《中国少数民族旧期刊集成》，100册，徐丽华主编，中华书局，2006年。

《康巴论藏》，徐丽华著，云南民族出版社，2009年。

《苯教密法》，译著，徐丽华译，云南民族出版社，2009年。

《北京地区东巴文古籍总目》，徐丽华主编，民族出版社，2009年。

《回族研究文献题录》，徐丽华、孔丽华编，中央民族大学出版社，2009年。

《北京地区彝文总目提要》，徐丽华主编，民族出版社，2012年。

《藏文旁唐目录研究》，徐丽华著，民族出版社2012年。

《藏文古籍概览》，徐丽华著，民族出版社2013年。

《东巴文古籍艺术》，徐丽华编，民族出版社，2013年。

《嘉岭传奇之鬘》，徐丽华编，民族出版社2014年。

《藏族古日历与苯教祭祀图谱研究》，徐丽华著，民族出版社，2016年。

《南瞻部洲胜敌宝征服丽江王官地之歌·聪慧甘露》，徐丽华整理，民族出版社，2017年。

《苯教古籍珍本》（3册），徐丽华搜集整理，福建人民出版社，2017年。

《康区藏文古抄本丛刊》（60册），徐丽华编，巴蜀书社，2019年

《吐蕃御制目录研究》，徐丽华著，巴蜀书社，2019年。

《北京地区东巴文古籍荟萃》，徐丽华编，民族出版社，2020年。

待出版的著作有《九世班禅与北京藏密古籍》、《藏族古代三大目录》、《藏文古籍艺术》、《藏学金石匾额汇志》（暂名），撰写中的有《藏文古典文献学概论》和《香格里拉文化大辞典》。

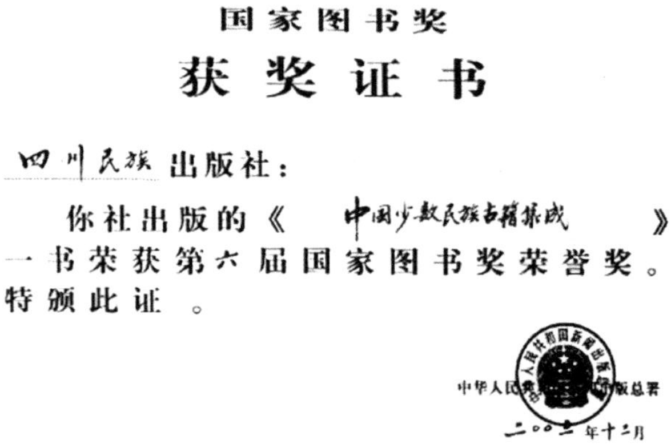
国家图书奖

获奖证书

四川民族出版社：

你社出版的《中国少数民族古籍集成》一书荣获第六届国家图书奖荣誉奖。特颁此证。

中华人民共和国新闻出版总署

二〇〇二年十二月

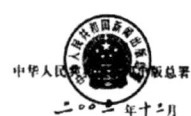

图8-13 《中国少数民族古籍集成》获奖证书

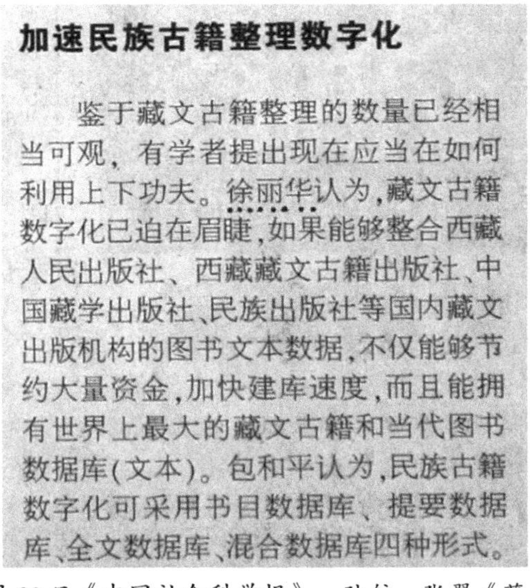
**加速民族古籍整理数字化**

鉴于藏文古籍整理的数量已经相当可观，有学者提出现在应当在如何利用上下功夫。徐丽华认为，藏文古籍数字化已迫在眉睫，如果能够整合西藏人民出版社、西藏藏文古籍出版社、中国藏学出版社、民族出版社等国内藏文出版机构的图书文本数据，不仅能够节约大量资金，加快建库速度，而且能拥有世界上最大的藏文古籍和当代图书数据库(文本)。包和平认为，民族古籍数字化可采用书目数据库、提要数据库、全文数据库、混合数据库四种形式。

图8-14 2014年1月20日《中国社会科学报》：陆航、张翼《藏文古籍整理稳步推进民族古籍研究有序展开》一文所引徐丽华关于藏文数字化建设的建议

八、研究成果

图 8-15　《中国少数民族古籍集成》宣传册

图 8-16　《中国少数民族旧期刊集成》宣传册

## 功德无量的事情

季羡林

中华五千年文明史，是由中国各族共同创造的。在这千百年的发展历程中，历朝历代的文人墨客为中国人民和世界人民留下了宝贵的精神财富，这就是文献数量位居世界第一位的汉文古籍。在这汗牛充栋的汉文古籍之中，有许多关于中国少数民族政治、哲学、军事、经济、文化、语言、文学、艺术、史地、民俗、天文、医学等方面的典籍，为中华文化乃至世界文化宝库，增添了无限光彩。

中国历史上有许许多多大型丛书和类书，如：《四库全书》、《古今图书集成》、《四部备要》、《小方壶斋舆地丛钞》、《廿四史》、《太平御览》、《册府元龟》、《四库全书存目丛书》、《万有文库》等等，不胜枚举。而有关中国少数民族古籍方面的大型丛书却从未有人编纂，至今仍然是一片空白。这些大型丛书中的少数民族古籍，则一再重复刊印。然而，那些明清以来的中国少数民族古籍，则大都为写本、抄本、稿本、民间刻本留传于世。孤本较多，数量有限。为妥善保存这些古籍，为向科学工作者提供更丰富的研究资料，编纂这套《中国少数民族古籍集成》是很有必要的，这有利于保护中国少数民族古籍，继承民族优秀文化遗产，有利于加强民族团结和维护祖国统一，同时也是中国共产党关心和保护少数民族文化，繁荣少数民族文化的重要举措。

《中国少数民族古籍集成》是第一部专门的少数民族古籍丛书，其收书原则是："以收录单册少数民族古籍为主，大型丛书中已收录的少数民族古籍和近期出版过的少数民族古籍基本不予收录。尽量收入未曾出版过的写本、抄本、稿本和刻本。"这个原则定得好，有两个好处，其一，避免重复浪费；二，收书可以精一些。

《中国少数民族古籍集成》所收古籍中，确有不少抄本、稿本和孤本，如：《饶应祺奏稿》、《西藏奏稿》、《新疆四道志》、《新修中甸志书稿本》、《解决藏事说帖》等，都是孤本，价值极高。因此，编纂《中国少数民族古籍集成》这么一部丛书，是很有必要的，也是一件功德无量的事。这个工作本来早就应该做了，虽然现在才完成，但总是做完了，值得庆幸。是为序。

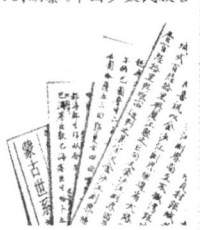

图 8-17　《光明日报》刊载季羡林所作《中国少数民族古籍集成》序

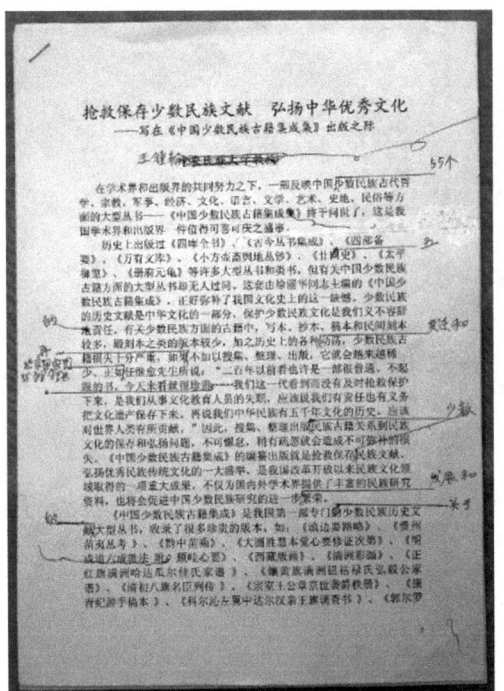 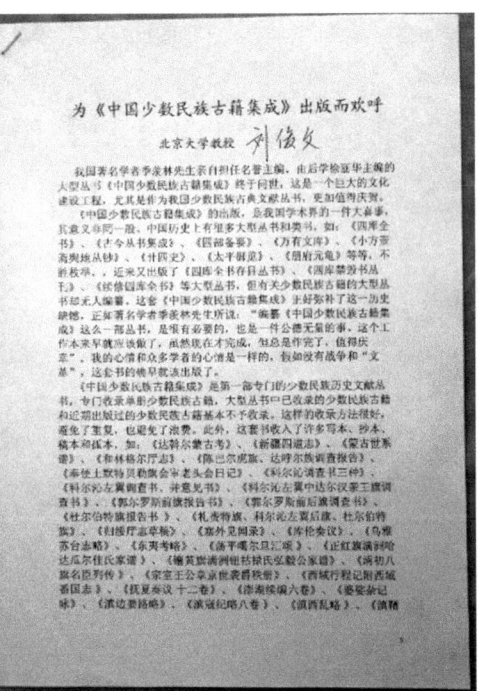

图 8-18 王中翰先生的《抢救保存少数民族文献，弘扬中华优秀文化——写在＜中国少数民族古籍集成＞出版之际》的修改稿。

图 8-19 北京大学刘俊文先生的《为＜中国少数民族古籍集成＞出版而欢呼》。

图 8-20 2018 年藏学研究院硕士生答辩

图 8-21　美国国会图书馆（2007）

图 8-22　弗吉尼亚大学图书馆（2007）

图 8-23 研讨会发言（土耳其 2013 年）　　图 8-24 圣彼得堡黑水城调查陈列室（2016 年）

图 8-25 圣彼得堡东方研究院（2016）

八、研究成果

图 8-26　德国中央图书馆古籍库（2018 年）

图 8-27　德国哥廷根大学宣读论文（2018 年）

图 8-28 参加国家图书馆专家论证会（2019）

图 8-29 1990年10月11日，徐丽华等拜会曾经路过中甸的老红军——萧克将军，萧将军为中甸县纪念牌题词"飞马拾银"

# 九、直属党支部、职工名录

## （一）直属党支部

自中央民族大学图书馆成立以来，图书馆党支部一直是直属党支部。2000年，中央民族大学出版社书记崔利群从该社调出，故将中央民族大学博物馆与中央民族大学图书馆合并成立正处级的图书馆博物馆联合党总支，崔利群任书记，徐丽华任副书记。2007年崔利群调信息工程学院任党总支书记，"图书馆博物馆联合党总支"随之撤销，恢复图书馆直属党支部建制，徐丽华担任书记，随之开展"知民大、爱民大、建民大"活动。所谓"知"，即了解中央民族大学历史、办学宗旨、学科特色和知名教授及其学术成果；所谓"爱"，即关爱少数民族、热爱民族教育事业和爱护民大的荣誉；所谓"建"，就是在宣传爱国主义精神、加强民族团结、突出民族文化特色的基础上，努力建设求真务实、追求真理的民大。

图9-1 中央民族大学图书馆直属党支部资料

图9-2 中央民族大学图书馆直属党支部章

图 9-3 中央民族大学图书馆直属党支部荣誉证书（1999 年、2009 年）

图 9-4 支部活动

图 9-5 图书馆直属党支部"知民大、爱民大、建民大"网页

图 9-6 支部活动

图 9-7 支部活动

图 9-8 支部活动

图 9-9 支部活动

2013年，成立图书馆博物馆现代教育技术部联合党总支，图书馆降为党支部，徐丽华成为最后一任直属支部书记。2014年4月撤销图书馆博物馆现代教育技术部联合党总支，成立图书馆、博物馆、现代教育技术部、学报、校医院联合教辅单位党委，敖玲任书记，赵秀琴任副书记。2016年2月，图书馆、博物馆、现代教育技术部、学报、校医院联合教辅单位党委，更名为中央民族大学机关直属党委（简称六机关党委），敖玲任书记，东珍任副书记；现代教育技术部改建为信息化建设管理处，敖玲任副处长。2018年，田宁任六机关党委书记。

## 1. 历任图书馆堂支部、直属党支部书记

陈义福，男，汉族（1976年—）

张绍孔，男，汉族（1980年—）

哈斯，女，蒙古族（1983年—1985年）

张积明，男，汉族（1985年—1997年）

蓝荃彬，男，壮族（1997年—2000年）

徐丽华，男，藏族（2007年—2013年）

## 2. 图书馆馆长及任期

陈述，男，汉族，主任，教授（1952—1956年）

吴文藻，男，汉族，主任，教授（1956年—1957年）

武子服，男，汉族，馆长（1966年—）

葛殿玉，男，汉族，馆长（1981年—1982年）

张绍孔，男，汉族，馆长，副研究馆员（1987年—1988年）

李作霖，男，汉族，馆长，教授（1988年—1992年）

李德君，男，汉族，馆长，副教授（1992年—1995年）

蓝荃彬，男，壮族，馆长，研究员（1997年—2000年）

李德龙，男，汉族，馆长，教授（2000年—2018年）

刘明新，女，回族，馆长，教授（2018年9月—）

## 3. 图书馆副馆长名录及任期

张正，女，汉族，副馆长（1956年—1966年）

黄静波，男，汉族，副馆长（1966年—）

沈景贤，男，汉族，负责人（1973年—1975年）

李志密，女，汉族，负责人（1975年—1976年）

张绍孔，男，汉族，负责人（1976年—1979）

席廷枢，男，汉族，副馆长（1979年—1982年）

黄思正，男，土家族，副馆长，副研究馆员（1984年—1996年）

张积明，男，汉族，副馆长（1985年—1997年）

王家才，男，汉族，副馆长，副教授（1993年—1999年）

徐丽华，男，藏族，副馆长，研究馆员（1995 年—2017 年）

叶志刚，男，土家族，副馆长（2004 年—）

崔莲，女，朝鲜族，副馆长，研究馆员（2007 年—2012 年）

杨蔚宇，男，回族，副馆长，高级实验员（2013 年—）

董印红，女，汉族，副馆长，副研究馆员（2018 年—）

## （二）职工名录

1950 年 8 月，中央民族学院图书馆成立，馆舍设在国子监的 8 间清代平房。1951 年 6 月，位于魏公村校区的教学楼、礼堂、教工宿舍建成，1952 年，图书馆搬入魏公村中央民族学院校区的 8 号平房，作为临时图书馆。1961 年，4800 平方米的图书馆落成，是年 5 月新馆启用。建馆以来，先后有汉、满、蒙古、藏、维吾尔、哈萨克、朝鲜、彝、壮、回、苗、土家、土、高山、达斡尔、鄂温克、仫佬、布依、塔塔尔共 19 个民族的员工在本馆工作。

**1950 年**

图书馆筹办小组成员：万宪章（图书组组长）、王玉珍

**1951 年**

图书馆筹办小组成员：万宪章、王玉珍、贺云彪、马骋、马国庆

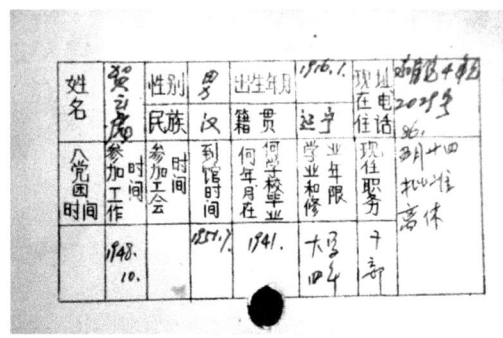

图 9-10 贺云彪先生档案卡片（正面）

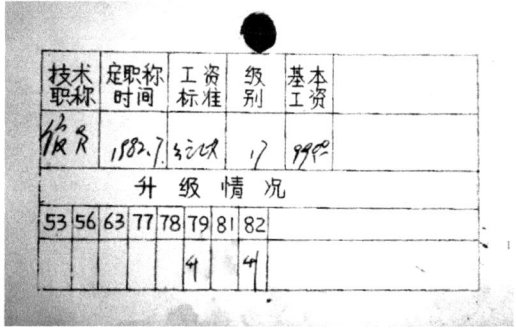

图 9-11 贺云彪先生档案卡片（背面）

**1952 年**

万宪章（组长）、陈述（主任）、王玉珍、贺云彪、马骋、马国庆、黄思正、钟善华

**1953 年**

陈述（主任）、王玉珍、贺云彪、马骋、马国庆、黄思正、孟珂、乔仁诚、赵金燕、钟善华

**1954 年**

陈述（主任）、王玉珍、贺云彪、马骋、马国庆、黄思正、乔仁诚、赵金燕、孟珂、蔡雨生、李蕊、梁新成、叶美棣、钟善华

**1955 年**

陈述（主任）、王玉珍、贺云彪、马骋、马国庆、黄思正、乔仁诚、赵金燕、孟珂、蔡雨生、李蕊、梁新成、叶美棣、钟善华

**1956 年**

陈述（主任）、张正（主任）、吴文藻（主任）、王玉珍、贺云彪、马骋、马国庆、黄思正、乔仁诚、赵金燕、孟珂、蔡雨生、李蕊、梁新成、叶美棣、侯秉德、钟善华

**1957 年**

吴文藻（主任）、张正（主任）、王玉珍、贺云彪、马国庆、黄思正、乔仁诚、赵金燕、孟珂、蔡雨生、李蕊、梁新成、叶美棣、侯秉德、吴丰培、王银娥、王明芝、弓云闪、钟善华、李仲楹

**1958 年**

张正（主任）、王一舟（党支部书记）、贺云彪、马骋、马国庆、黄思正、乔仁诚、赵金燕、孟珂、蔡雨生、李蕊、梁新成、叶美棣、侯秉德、吴丰培、王银娥、王明芝、弓云闪、钟善华、李仲楹、张绍孔、刘远

**1959 年**

张正（主任）、贺云彪、马骋、马国庆、黄思正、乔仁诚、赵金燕、孟珂、蔡雨生、李蕊、梁新成、叶美棣、侯秉德、吴丰培、王银娥、王明芝、弓云闪、钟善华、李仲楹、张绍孔、刘远、金文良

**1960 年**

张正（副馆长）、贺云彪、马骋、马国庆、黄思正、乔仁诚、赵金燕、孟珂、蔡雨生、李蕊、梁新成、叶美棣、侯秉德、吴丰培、王银娥、王明芝、弓云闪、钟善华、李仲楹、罗廷兰、张绍孔、刘远、金文良、苏伦嘎、谭石亭、何稚洁

**1961 年**

张正（副馆长）、贺云彪、马骋、马国庆、黄思正、乔仁诚、赵金燕、孟珂、

蔡雨生、李蕊、梁新成、叶美棣、侯秉德、吴丰培、王银娥、王明芝、弓云闪、钟善华、李仲楹、罗廷兰、张绍孔、刘远、金文良、苏伦嘎、裴琳、何稚洁、梁新成、叶美娣、黄致华、谭石亭

**1962 年**

张正（副馆长）、贺云彪、马骋、马国庆、黄思正、乔仁诚、赵金燕、孟珂、蔡雨生、李蕊、梁新成、叶美棣、侯秉德、吴丰培、王银娥、王明芝、弓云闪、李仲楹、罗廷兰、张绍孔、刘远、金文良、苏伦嘎、裴琳、何稚洁、韩竹松、梁新成、叶美娣、黄致华、谭石亭

**1963 年**

张正（副馆长）、贺云彪、马骋、马国庆、黄思正、乔仁诚、赵金燕、孟珂、蔡雨生、李蕊、梁新成、叶美棣、侯秉德、吴丰培、王银娥、王明芝、弓云闪、李仲楹、罗廷兰、张绍孔、刘远、金文良、苏伦嘎、裴琳、何稚洁、韩竹松、范学宗、高淑贤、梁新成、叶美娣、黄致华、谭石亭

**1964 年**

张正（副馆长）、贺云彪、马骋、马国庆、黄思正、乔仁诚、赵金燕、孟珂、蔡雨生、李蕊、梁新成、叶美棣、侯秉德、吴丰培、王银娥、王明芝、弓云闪、李仲楹、罗廷兰、张绍孔、刘远、金文良、苏伦嘎、裴琳、何稚洁、韩竹松、范学宗、高淑贤、梁新成、叶美娣、黄致华、谭石亭

**1965 年**

张正（副馆长）、贺云彪、马骋、马国庆、黄思正、乔仁诚、赵金燕、孟珂、蔡雨生、李蕊、梁新成、叶美棣、侯秉德、吴丰培、王银娥、王明芝、弓云闪、李仲楹、罗廷兰、张绍孔、刘远、金文良、苏伦嘎、裴琳、何稚洁、韩竹松、范学宗、高淑贤、王纯洁、金顺子、梁新成、叶美娣、黄致华、谭石亭

**1966 年**

张正（副馆长）、武子服、黄静波、贺云彪、马骋、马国庆、黄思正、乔仁诚、赵金燕、孟珂、蔡雨生、李蕊、侯秉德、吴丰培、王银娥、王明芝、弓云闪、李仲楹、罗廷兰、张绍孔、刘远、金文良、苏伦嘎、裴琳、何稚洁、韩竹松、范学宗、高淑贤、王纯洁、金顺子、金炎爱、黄致华、谭石亭

**1967 年（退休：张正）**

张绍孔（负责人）、贺云彪、马骋、马国庆、黄思正、乔仁诚、赵金燕、孟珂、

蔡雨生、李蕊、侯秉德、吴丰培、王银娥、王明芝、弓云闪、李仲楣、罗廷兰、刘远、金文良、苏伦嘎、裴琳、何稚洁、韩竹松、范学宗、高淑贤、王纯洁、金顺子、金炎爱、黄致华、谭石亭

**1968年**

张绍孔（负责人）、贺云彪、马骋、马国庆、黄思正、乔仁诚、赵金燕、孟珂、蔡雨生、李蕊、侯秉德、吴丰培、王银娥、王明芝、弓云闪、李仲楣、罗廷兰、刘远、金文良、苏伦嘎、裴琳、何稚洁、韩竹松、范学宗、高淑贤、王纯洁、金顺子、金炎爱、黄致华、谭石亭

**1969年**

张绍孔（负责人）、贺云彪、马骋、马国庆、黄思正、乔仁诚、赵金燕、孟珂、蔡雨生、李蕊、侯秉德、吴丰培、王银娥、王明芝、弓云闪、李仲楣、罗廷兰、刘远、金文良、苏伦嘎、裴琳、何稚洁、韩竹松、范学宗、高淑贤、王纯洁、金顺子、金炎爱、黄致华、谭石亭

**1970年至1971年** 人员无增无减。

**1972年**（退休：黄致华）

张绍孔（负责人）、贺云彪、马骋、马国庆、黄思正、乔仁诚、赵金燕、孟珂、蔡雨生、李蕊、侯秉德、吴丰培、王银娥、王明芝、弓云闪、李仲楣、罗廷兰、刘远、金文良、苏伦嘎、裴琳、何稚洁、韩竹松、范学宗、高淑贤、王纯洁、金顺子、金炎爱、黄致华、丁良

**1973年**

沈景贤（负责人）、张绍孔（负责人）、贺云彪、马骋、马国庆、黄思正、乔仁诚、赵金燕、孟珂、蔡雨生、李蕊、侯秉德、吴丰培、王银娥、王明芝、弓云闪、李仲楣、罗廷兰、刘远、金文良、苏伦嘎、裴琳、何稚洁、韩竹松、范学宗、高淑贤、王纯洁、金顺子、金炎爱、丁良

**1974年**

沈景贤（负责人）、张绍孔（负责人）、贺云彪、马国庆、黄思正、乔仁诚、赵金燕、孟珂、蔡雨生、李蕊、侯秉德、吴丰培、王银娥、王明芝、弓云闪、李仲楣、罗廷兰、刘远、金文良、苏伦嘎、裴琳、何稚洁、韩竹松、范学宗、高淑贤、王纯洁、金顺子、金炎爱、丁良、马骋、马丽敏

**1975年**（进：马丽敏、图拉罕）

沈景贤（负责人）、李志密（负责人）、张绍孔（负责人）、贺云彪、马骋、

马国庆、黄思正、乔仁诚、赵金燕、孟珂、蔡雨生、李蕊、侯秉德、吴丰培、王银娥、王明芝、弓云闪、李仲楹、罗廷兰、刘远、金文良、苏伦嘎、裴琳、何稚洁、韩竹松、范学宗、高淑贤、王纯洁、金顺子、金炎爱、丁良、马丽敏、图拉罕

1976年（进：余小苏、陈义福）

李志密（负责人）、张绍孔（负责人）、陈义福、贺云彪、马骋、马国庆、黄思正、乔仁诚、赵金燕、孟珂、蔡雨生、李蕊、侯秉德、吴丰培、王银娥、王明芝、弓云闪、李仲楹、罗廷兰、刘远、金文良、苏伦嘎、裴琳、何稚洁、韩竹松、范学宗、高淑贤、王纯洁、金顺子、金炎爱、丁良、沈景贤、谭石亭、马丽敏、图拉罕、余小苏

1977年

张绍孔（负责人）、贺云彪、马骋、马国庆、黄思正、乔仁诚、赵金燕、孟珂、蔡雨生、李蕊、侯秉德、吴丰培、王银娥、王明芝、弓云闪、李仲楹、罗廷兰、刘远、金文良、苏伦嘎、裴琳、何稚洁、韩竹松、范学宗、高淑贤、王纯洁、金顺子、金炎爱、丁良、沈景贤、谭石亭、马丽敏、图拉罕、余小苏

1978年（进：全心、梁晓雯、王歆晖、郑燕、赵笑都）

张绍孔（负责人）、贺云彪、马骋、马国庆、黄思正、乔仁诚、赵金燕、孟珂、蔡雨生、李蕊、侯秉德、吴丰培、王银娥、王明芝、弓云闪、李仲楹、罗廷兰、刘远、金文良、苏伦嘎、裴琳、何稚洁、韩竹松、范学宗、高淑贤、王纯洁、金顺子、金炎爱、丁良、沈景贤、谭石亭、马丽敏、图拉罕、郑燕、王歆晖、梁晓雯、赵笑都、全心、余小苏

1979年（进：董玉梅、金贞爱、钟美珠）

席廷枢（副馆长）、张绍孔（负责人）、贺云彪、马骋、马国庆、黄思正、乔仁诚、赵金燕、孟珂、蔡雨生、李蕊、侯秉德、吴丰培、王银娥、王明芝、弓云闪、钟善华、李仲楹、罗廷兰、刘远、金文良、苏伦嘎、裴琳、何稚洁、韩竹松、范学宗、高淑贤、王纯洁、金顺子、金炎爱、丁良、沈景贤、谭石亭、马丽敏、图拉罕、郑燕、王歆晖、梁晓雯、赵笑都、全心、刘志军、董玉梅、钟美珠、余小苏

1980年（进：张燕、席淑华、彭守亮、王晓红）

席廷枢（副馆长）、张绍孔（负责人）、贺云彪、马骋、马国庆、黄思正、乔仁诚、赵金燕、孟珂、蔡雨生、李蕊、侯秉德、吴丰培、王银娥、王明芝、弓云闪、钟善华、李仲楹、罗廷兰、刘远、金文良、苏伦嘎、裴琳、何稚洁、韩竹松、范学

宗、高淑贤、王纯洁、金顺子、金炎爱、丁良、沈景贤、谭石亭、马丽敏、图拉罕、郑燕、王歆晖、梁晓雯、赵笑都、全心、刘志军、董玉梅、钟美珠、张燕、迪丽拜尔、席淑华、彭守亮、王晓红、侯力军、刘菊英、金贞爱、余小苏

1981年（进：陶凤珍、张润霞）

葛殿玉（馆长）、席廷枢（副馆长）、张绍孔（负责人）、王宗江、贺云彪、马骋、马国庆、黄思正、乔仁诚、赵金燕、孟珂、蔡雨生、李蕊、侯秉德、吴丰培、王银娥、王明芝、弓云闪、钟善华、李仲楹、罗廷兰、刘远、金文良、苏伦嘎、裴琳、何稚洁、韩竹松、范学宗、高淑贤、王纯洁、金顺子、金炎爱、丁良、沈景贤、谭石亭、马丽敏、图拉罕、郑燕、王歆晖、梁晓雯、赵笑都、全心、刘志军、董玉梅、钟美珠、张燕、迪丽拜尔、席淑华、彭守亮、王晓红、侯力军、刘菊英、张润霞、周家平、王宗江、马耀光、陶凤珍、金贞爱、余小苏

1982年（退休：葛殿玉、席廷枢、李仲楹；进：宫燕、金红、王英达、吴银洋、周广英）

葛殿玉（馆长）、席廷枢（副馆长）、张绍孔（负责人）、王宗江、贺云彪、马骋、马国庆、黄思正、乔仁诚、赵金燕、孟珂、蔡雨生、李蕊、侯秉德、吴丰培、王银娥、王明芝、弓云闪、钟善华、李仲楹（档案退休时间1987年12月1日）、罗廷兰、刘远、金文良、苏伦嘎、裴琳、何稚洁、韩竹松、范学宗、高淑贤、王纯洁、金顺子、金炎爱、丁良、沈景贤、谭石亭、马丽敏、图拉罕、郑燕、王歆晖、梁晓雯、赵笑都、全心、刘志军、董玉梅、钟美珠、张燕、迪丽拜尔、席淑华、彭守亮、王晓红、侯力军、刘菊英、张润霞、周家平、王宗江、马耀光、陶凤珍、宫燕、金红、吴银洋、郭少梅、于显中、伍马骅、刘远、金贞爱、王英达、余小苏、周广英

1983年（进：杨坚伟、张津沛、王兆格、李亚中、平京、哈斯、王明芝、马耀光、王宗江、马大中）

**办公室：** 张绍孔（负责人）、哈斯（直属党支部书记）、侯力军、王宗江、马耀光、刘远、王兆格、周广英

**采编室：** 何稚洁、金文良、孟珂、王银娥、钟美珠、余小苏、全心、梁晓雯、马耀光、钟善华、郭少梅、金贞爱、彭守亮

**阅览室：** 马国庆、贺云彪、侯秉德、蔡雨生、罗廷兰、董玉梅、王明芝、刘志军、王英达、张润霞、席淑华

流通室：苏伦嘎、高淑贤、郑燕、平京、张津沛、宫燕、王歆晖、英锋、王延、姜兵、金红、迪丽拜尔、吴银洋、杨坚伟、刘菊英、陶凤珍、张燕

古籍库：吴丰培、乔仁诚、李蕊、丁良、周家平

报刊室：韩竹松、金顺子、王晓红、赵笑都、马大中

资料室：黄思正、赵金燕、王纯洁、马骋、裴琳、李亚中、王歆晖

1984年（进：司林、徐丽华、其其格、王延、龙东云）

办公室：张绍孔（负责人）、哈斯（直属党支部书记）、王宗江、刘远、王兆格、周广英

采编室：何稚洁、金文良、孟珂、王银娥、钟善华、钟美珠、余小苏、金贞爱、全心、梁晓雯、徐丽华、郭少梅

阅览室：马国庆、贺云彪、侯秉德、蔡雨生、罗廷兰、张津沛、刘志军、王英达、张润霞、彭守亮、弓云闪、董玉梅

流通室：苏伦嘎、侯力军、郑燕、平京、张津沛、宫燕、王歆晖、英锋、姜兵、金红、迪丽拜尔、吴银洋、杨坚伟、司林、王延、龙冬云、刘菊英、陶凤珍、张燕

古籍库：吴丰培、乔仁诚、李蕊、丁良、周家平

报刊室：韩竹松、高淑贤、金顺子、图拉罕、马大中、王晓红、赵笑都

资料室：黄思正、赵金燕、王纯洁、马骋、裴琳、李亚中、席淑华、王歆晖

1985年（退休：哈斯、刘远；进：顾晓明、龙殿斌、崔石岩、英锋、唐宝利、于晓茹、贾国宝、王辉、姜滨、张积明、左振海、刘友谊、白梅花、陶克腾）

办公室：张绍孔（负责人）、哈斯（直属党支部书记）、王兆格、周广英、侯力军、王宗江、刘远

采编室：何稚洁、金文良、孟珂、王银娥、钟美珠、钟善华、余小苏、全心、金贞爱、梁晓雯、徐丽华、郭少梅

阅览室：马国庆、贺云彪、侯秉德、蔡雨生、张津沛、刘志军、王英达、张润霞、彭守亮、弓云闪、董玉梅、刘菊英、白梅花

流通室：苏伦嘎、高淑贤、罗廷兰、郑燕、热比亚、平京、张津沛、宫燕、王歆晖、英锋、姜兵、金红、吴银洋、杨坚伟、司林、王延、龙冬云、陶凤珍、张燕

古籍库：吴丰培、乔仁诚、李蕊、丁良、周家平

报刊室：韩竹松、金顺子、图拉罕、马大中、王晓红、赵笑都

资料室：黄思正、赵金燕、王纯洁、马骋、裴琳、韩竹松、李亚中、席淑华、

陶克腾、王歆晖

**其他：**迪丽拜尔

**1986 年**（退休：韩竹松、贺云彪；进：马志坚、耿辉、海健平、梁振山、胡金华、任永萍、吾马尔艾力、汪萍、李凤萍、马飞、戴英伟、陈刚、李凤平、李欣、刘颖；调出：周家平）

**办公室：**张绍孔（负责人）、黄思正（副馆长）、张积明、王兆格、高淑贤、周广英

**采编室：**何稚洁、金文良、孟珂、王银娥、钟美珠、钟善华、余小苏、全心、金贞爱、梁晓雯、徐丽华、吾马尔艾力、李凤平、汪萍

**阅览室：**马国庆、贺云彪、侯秉德、蔡雨生、罗廷兰、张津沛、刘志军、王英达、张润霞、彭守亮、弓云闪、董玉梅、白梅花

**流通室：**苏伦嘎、乔仁诚、丁良、周家平、郑燕、平京、张津沛、宫燕、王歆晖、英锋、姜兵、金红、吴银洋、司林、王延、龙冬云、耿辉、任永萍、陶凤珍、张燕

**古籍库：**吴丰培、乔仁诚、李蕊、丁良、周家平

**报刊室：**韩竹松、金顺子、图拉罕、马大中、杨坚伟、王晓红、赵笑都、刘菊英

**资料室：**赵金燕、范学宗、王纯洁、马骋、裴琳、李亚中、席淑华、陶克腾、马飞、王歆晖

**1987 年**（退休：吴丰培、何稚洁、钟善华、范学宗、苏伦嘎、乔仁诚、孟珂、马国庆；进：于波、马东旭、张晖、王朝平、张美花、热比亚、张虹、李静、张晔、李杰、洪社娟、王丽）

**办公室：**张绍孔（馆长）、黄思正（副馆长）、张积明、王兆格、周广英

**采编室：**何稚洁、金文良、孟珂、王银娥、钟美珠、余小苏、全心、梁晓雯、徐丽华、金贞爱、汪萍、吾马尔艾力、张虹、李凤平

**阅览室：**马国庆、侯秉德、蔡雨生、罗廷兰、张津沛、刘志军、王英达、张润霞、彭守亮、弓云闪、董玉梅、周淑桂、白梅花、洪社娟

**流通室：**苏伦嘎、高淑贤、郑燕、热比亚、平京、张津沛、宫燕、王歆晖、英锋、姜兵、吴银洋、司林、王延、龙冬云、金红、张晔、耿辉、李杰、任永萍、陶凤珍、张燕、张晖

**古籍库：**吴丰培、乔仁诚、李蕊、丁良、戴英伟、陈刚

报刊室：金顺子、图拉罕、马大中、王晓红、赵笑都、刘菊英

资料室：赵金燕、范学宗、王纯洁、马骋、裴琳、李亚中、席淑华、陶克腾、马飞、王歆晖

**1988 年**（退休：张绍孔、侯秉德、马骋；进：李作霖、杨秀芝、刘新宇、宿凤兰、乌仁莎娜、徐文胜）

办公室：李作霖、张绍孔（馆长）、黄思正（副馆长）、张积明、王兆格、周广英

采编室：金文良、王银娥、钟美珠、余小苏、全心、梁晓雯、徐丽华、金贞爱、汪萍、吾马尔艾力、张虹、李凤平

阅览室：侯秉德、蔡雨生、罗廷兰、张津沛、刘志军、王英达、张润霞、彭守亮、弓云闪、董玉梅、宿凤兰、杨秀芝、白梅花、张燕、洪社娟、张晖

流通室：高淑贤、郑燕、热比亚、平京、宫燕、王歆晖、英锋、姜兵、金红、吴银洋、杨坚伟、司林、王延、龙冬云、张晔、耿辉、李杰、刘新宇、任永萍

报刊室：金顺子、图拉罕、马大中、王晓红、赵笑都、刘菊英

资料室：赵金燕、王纯洁、马骋、裴琳、李亚中、席淑华、陶克腾、马飞、王歆晖

古籍库：丁良、张津沛、李杰、戴英伟、陈刚、陶凤珍

**1989 年**（退休：金文良、张绍孔、王纯洁、弓云闪、王银娥；进：安德忠、卓玛、金桂红、崔莲、穆军、董印红、满达日花日花）

办公室：李作霖、黄思正、张积明（直属党支部书记）、王兆格、高淑贤、周广英

采编室：金文良、王银娥、钟美珠、余小苏、全心、梁晓雯、金贞爱、汪萍、吾马尔艾力、张虹、李凤平

阅览室：蔡雨生、王英达、张润霞、彭守亮、弓云闪、董玉梅、宿凤兰、杨秀芝、白梅花、张燕、洪社娟、张晖、安德忠

流通室：罗廷兰、郑燕、热比亚、平京、张津沛、宫燕、王歆晖、英锋、姜兵、吴银洋、杨坚伟、司林、王延、龙冬云、金红、张晔、耿辉、刘新宇、满达日花日花（以下简称满达日花）

报刊室：金顺子、图拉罕、马大中、王晓红、赵笑都、刘菊英、卓玛

情报室：赵金燕、王纯洁、裴琳、席淑华、陶克腾、马飞、任永萍、王歆晖

**古籍库**：丁良、陶凤珍、张津沛、李杰、徐丽华

**1990年**（退休：钟美珠、蔡雨生、赵金燕、高淑贤、裴琳；进：白研、吕林惠、周淑桂；调出：王晓红）

**办公室**：李作霖（馆长）、黄思正（副馆长）、张积明（直属党支部书记）、王兆格、高淑贤、周广英

**采编室**：钟美珠、余小苏、全心、梁晓雯、金贞爱、汪萍、吾马尔艾力、张虹、李凤平

**阅览室**：蔡雨生、罗廷兰、张津沛、王英达、张润霞、彭守亮、董玉梅、周淑桂、宿凤兰、杨秀芝、吕林惠、白梅花、张燕、洪社娟、张晖

**流通室**：罗廷兰、郑燕、热比亚、平京、宫燕、王歆晖、英锋、姜兵、金红、张晔、吴银洋、杨坚伟、司林、王延、龙冬云、耿辉、满达日花

**报刊室**：金顺子、图拉罕、马大中、王晓红、赵笑都、刘新宇、刘菊英、卓玛

**情报室**：赵金燕、裴琳、席淑华、陶克腾、白研、马飞、任永萍、王歆晖

**古籍室**：丁良、陶凤珍、李杰、张津沛、徐丽华

**1991年**（退休：王兆格、罗廷兰；进：陆鸿雁；调出：马飞、赵笑都、王萍）

**办公室**：李作霖（馆长）、黄思正（副馆长）、张积明（直属党支部书记）、王兆格、周广英、白梅花

**文献信息中心**：崔莲

**采编室**：余小苏、全心、梁晓雯、金贞爱、汪萍、吾马尔艾力、张虹、李凤平

**阅览室**：张津沛、王英达、张润霞、彭守亮、董玉梅、周淑桂、宿凤兰、杨秀芝、吕林惠、张燕、洪社娟、张晖

**流通室**：郑燕、热比亚、平京、宫燕、英锋、姜兵、金红、张晔、吴银洋、杨坚伟、司林、王延、龙冬云、满达日花、耿辉

**古籍室**：丁良、陶凤珍、张津沛、李杰、徐丽华

**报刊室**：金顺子、图拉罕、马大中、赵笑都、刘新宇、刘菊英、卓玛

**情报室**：席淑华、陶克腾、李亚中、白研、马飞、任永萍、王歆晖

**1992年**（退休：李作；进：李德君、李侠、侯振洪、谭鲁岳、王萍、呼群、卢晶华、王旭东、马秀林、王伟光；调出：吾马尔艾力、全心；去世：张虹）

**办公室**：李作霖（馆长）、李德君（馆长）、黄思正（副馆长）、张积明（直属党支部书记）、周广英、侯振洪、白梅花

**文献信息中心**：崔莲、马秀林

**采编室**：金贞爱、侯力军、刘颖、李侠、卢娜、洪社娟、龙冬云、余小苏、阿布力孜、其其格、郭伟时、董印红、李静、穆军、吾马尔艾力、张虹、李凤平、全心、梁晓雯

**阅览室**：彭守亮、图拉罕、陶凤珍、王英达、宿凤兰、吕林惠、马玉蕤、王丽、葛歆、卓玛措、张润霞、董玉梅、周淑桂、杨秀芝、洪社娟、张晖

**流通室**：郑燕、平热比亚、平京、宫燕、王歆晖、英锋、姜滨、金红、张晔、杨坚伟、司林、王延、龙冬云、王伟光、吴云、王旭东、董英明、王萍、卢晶华、顾晓明、呼群、金桂红、耿辉、李侠、满达日花

**报刊室**：刘菊英、马东旭、马大中、图拉罕、杨坚伟、刘新宇、卓玛、马骅

**情报室**：金顺子、李亚中、席淑华、陶克腾、白研、任永萍

**古籍室**：丁良、陶凤珍、张津沛、徐丽华、王彤、张燕

**其他**：王歆晖、李杰、吴银洋

**1993 年（退休：董玉梅、罗廷兰；进：王家才、阿布力孜、王玉萍、郭伟时、吴云、卢娜、王彤、董英明、乌日古木勒）**

**办公室**：李德君（馆长）、黄思正（副馆长）、张积明（直属党支部书记）、王家才（副馆长）、王彤、周广英、侯振洪、白梅花

**信息中心**：崔莲、马秀林

**采编室**：金贞爱、侯力军、刘颖、李侠、卢娜、洪社娟、龙冬云、吴银洋、余小苏、阿布力孜、其其格、郭伟时、董印红、李静、穆军、张虹、李凤平、梁晓雯、王朝平

**阅览室**：彭守亮、图拉罕、陶凤珍、王英达、宿凤兰、吕林惠、马玉蕤、王丽、葛歆、卓玛措、张润霞、董玉梅、杨秀芝、周淑桂、乌日古木勒（以下简称乌日）

**流通室**：满达日花、卢晶华、王延、热比亚、张晔、王伟光、顾晓明、李凤平、呼群、金桂红、司林、王旭东、宫燕、王歆晖、英锋、姜滨、金红、王萍、李侠、杨坚伟、龙冬云、董英明

**报刊室**：图拉罕、马大中、刘菊英、张晖、马东旭、刘新宇、卓玛

**情报室**：金顺子、席淑华、陶克腾、白研、任永萍

**古籍室**：丁良、陶凤珍、张津沛、张燕、徐丽华、王彤、乌云

**其他**：郑燕、平京、李杰、吴银洋

## 九、直属党支部、职工名录

**1994 年**（退休：杨秀芝、周淑桂；进：郑刚、马玉蕤；调出：宫燕、吴云、王萍、梁晓雯、刘新宇）

**办公室：** 李德君（馆长）、黄思正（副馆长）、张积明（直属党支部书记）、王家才（副馆长）、于显中、王丽萍、周广英

**文献信息中心：** 崔莲、马秀林

**采编室：** 金贞爱、侯力军、刘颖、李侠、卢娜、洪社娟、龙冬云、吴银洋、余小苏、阿布力孜、其其格、郭伟时、董印红、王朝平、李婷、李凤平、梁晓雯、李静、穆军

**阅览室：** 彭守亮、宫燕、图拉罕、陶凤珍、王英达、吕琳慧、马玉蕤、王丽、宿凤兰、葛歆、杨秀芝、周淑桂、吕林惠、金红、乌日古木勒、白梅花

**流通部：** 满达日花、平京、顾晓明、李凤萍、麻晓红、金桂红、张晔、呼群、司林、王延、卢晶华、王伟光、满达日花、王旭东、董英明、王萍、郑燕

**报刊室：** 刘菊英、图拉罕、马大中、张晖、马东旭、卓玛

**情报室：** 金顺子、白研、任永萍、陶克腾、席淑华

**古籍室：** 丁良、张津沛、张燕、徐丽华、吴云、王彤

**服务部：** 候式亨、侯振洪、顾晓鸣

**其他：** 李杰、吴银洋、平京、郑燕、王歆晖、张润霞、热比亚

**1995 年**（退休：李德君、金顺子、丁良、热比亚；进：李婷、葛歆、崔石岩、岳遥；调出：张晔、王彤、董英明）

**办公室：** 李德君（馆长）、黄思正（副馆长）、张积明（直属党支部书记）、王家才（副馆长）、徐丽华（副馆长）、于显中、王玉萍、周广英

**文献信息中心：** 崔莲、马秀林

**采编室：** 金贞爱、侯力军、刘颖、李侠、卢娜、洪社娟、龙冬云、吴银洋、李婷、余小苏、阿布力孜、其其格、郭伟时、董印红、李静、穆军、岳遥

**阅览室：** 彭守亮、白梅花、图拉罕、陶凤珍、王英达、马玉蕤、吕林惠、王丽、宿凤兰、葛歆、卓玛措、乌日古木勒

**流通部：** 满达日花、卢晶华、王延、顾晓明、李凤平、呼群、金桂红、司林、王旭东、张晔、王伟光

**报刊室：** 刘菊英、马东旭、张晖、崔石岩、马大中、金红、马骅、卓玛

**情报室：** 金顺子、席淑华、任永萍、王朝平、陶克腾、白研

**古籍部**：丁良、张津沛、张燕、王彤

**服务部**：侯振洪

**其他**：侯式亨、平京、郑燕、王歆晖、张润霞、吴银洋、李杰

1996年（退休：黄思正、侯振洪、刘菊英、王旭东、王萍；进：麻晓红）

**办公室**：黄思正（副馆长）、张积明（直属党支部书记）、王家才（副馆长）、徐丽华（副馆长）、于显中、王玉萍、周广英

**阅览室**：彭守亮、白梅花、图拉罕、王英达、马玉蕤、吕林惠、王丽、宿凤兰、乌日古木勒**流通部**：满达日花、卢晶华、王延、王伟光、李凤平、呼群、金桂红、司林、王旭东、王萍

**报刊室**：刘菊英、马东旭、张晖、马大中、崔石岩、金红、马骅、卓玛

**情报室**：席淑华、任永萍、王朝平、陶克腾、白研

**服务部**：侯振洪、顾晓鸣

**古籍部**：丁良、陶凤珍、张津沛、张燕

**文献中心**：崔莲、马秀林

**其他**：侯式亨、平京、郑燕、王歆晖、张润霞、吴银洋、李杰

1997年（退休：张积明；进：蓝荃彬、贾风琴、木哈白提、斯琴格日勒、卓玛措、白秀荣）

**办公室**：蓝荃彬（馆长）、张积明（直属党支部书记）、王家才（副馆长）、徐丽华（副馆长）、于显中、王玉萍、周广英

**文献中心**：崔莲、马秀林

**采编部**：李静、金贞爱、侯力军、余小苏、卢娜、穆军、洪社娟、郭伟时、刘颖、王朝平、龙冬云、吴银洋、董印红、李婷、李侠、其其格、阿布力孜

**流通部**：满达日花、顾晓明、王伟光、李凤萍、麻晓红、金桂红、司林、王延、卢晶华、葛歆、斯琴

**情报室**：席淑华、任永萍、陶克腾、张晖、金红、白研

**阅览部**：彭守亮、白梅花、图拉罕、陶凤珍、王英达、马玉蕤、吕林惠、王丽、宿凤兰、乌日古木勒、葛歆、白秀荣

**报刊部**：卓玛、崔石岩、贾风琴、马大中、马东旭

**古籍室**：张津沛、张燕、马骅、卓玛措

**文献检索与利用教研室**：李静

其他：候式亨、平京、王歆晖、郑燕、张润霞、李杰、吴银洋

**1998年**（进：赵洪帅）

**办公室：** 蓝荃彬（馆长）、王家才（副馆长）、徐丽华（副馆长）、于显中、王玉萍、陶凤珍、周广英

**汉文采编室：** 李婷、郭伟时、龙冬云、王朝平、余小苏、卢娜、李侠、穆军、刘颖

**外文民文采编室：** 金贞爱、其其格、洪社娟、董印红、阿布力孜

**阅览室：** 彭守亮、白梅花、图拉罕、王英达、吕林惠、马玉蕤、王丽、宿凤兰、乌日古木勒、葛歆、白秀荣、贾凤琴

**流通部：** 满达日花、王伟光、司林、李凤平、王延、麻晓红、金桂红、李静、葛歆、顾晓明、马秀林、斯琴、刘兰

**报刊室：** 卓玛、崔石岩、贾凤琴、马大中、马东旭、李凤萍

**情报室：** 席淑华、任永萍、陶克腾、张晖、金红、白研

**古籍室：** 张津沛、张燕、马骅、卓玛措

**中心：** 崔莲、马秀林

**技术部：** 侯力军、赵洪帅

**其他：** 候式亨、郑燕、平京、王歆晖、张润霞李杰、吴银洋

**1999年**

**办公室：** 蓝荃彬（馆长）、王家才（副馆长）、徐丽华（副馆长）、于显中、王玉萍、陶凤珍、周广英

**汉文采编室：** 李婷、郭伟时、龙冬云、王朝平、余小苏、穆军、李侠、卢娜、阿布力孜、刘颖

**外文民文采编室：** 金贞爱、其其格、董印红

**阅览室：** 彭守亮、白梅花、图拉罕、王英达、吕林惠、马玉蕤、王丽、宿凤兰、乌日古木勒、葛歆、白秀荣、贾凤琴

**流通部：** 满达日花、王伟光、司林、李凤平、王延、麻晓红、金桂红、李静、葛歆、顾晓明、马秀林、斯琴、刘兰

**报刊室：** 卓玛、崔石岩、贾凤琴、马大中、马东旭、李凤萍

**情报室：** 席淑华、任永萍、陶克腾、张晖、金红、白研

**古籍室：** 张津沛、张燕、马骅、卓玛措

信息中心：崔莲、马秀林

技术部：侯力军、赵洪帅

劳保：候式亨、平京、郑燕、王歆晖、张润霞、李杰、吴银洋

2000年（退休调整：蓝荃彬、马玉蕤、金红、金贞爱、马大中、马秀林、任永萍、陶凤珍、陶克腾、王伟光、王英达、余小苏、张润霞、张燕、崔石岩、平京、司林、宿凤兰、王歆晖、吴银洋、郑燕、周广英、李凤萍；进：王洪顺、李德龙）

办公室：李德龙（馆长）、徐丽华（副馆长）、于显中、王玉萍、周广英、陶凤珍、王洪顺、阿布力孜

汉文采编室：李婷、郭伟时、龙冬云、李侠、王朝平、余小苏、穆军、卢娜、刘颖

外文民文采编室：金贞爱、其其格、洪社娟、董印红

阅览室：彭守亮、白梅花、图拉罕、王英达、吕林惠、马玉蕤、王丽、宿凤兰、乌日古木勒、葛歆、白秀荣、贾凤琴

流通保管部：满达日花、热比亚、马秀林、王伟光、司林、顾晓明、王延、李静、麻晓红、斯琴、葛歆、刘岚、金桂红、李凤平

报刊部：卓玛、崔石岩、马大中、马东旭、李凤萍

情报部：席淑华、任永萍、陶克腾、张晖、金红、白研

古籍室：张津沛、张燕、马骅、卓玛措

信息中心：崔莲

技术部：侯力军、赵洪帅

其他：候式亨、平京、郑燕、王歆晖、张润霞、李杰、吴银洋

2000年4月，王英达、金贞爱、陶凤珍、马秀林、崔石岩、陶格腾、马大中、白梅花、张燕、任永萍、候式亨、余小苏、王伟光、宿凤兰、张润霞、平京、郑燕、王歆晖、吴银洋、李颖、司林、金红等，按规定分流或退休。5月，第一次组成新部门，即：

办公室：李德龙（馆长）、徐丽华（副馆长）、于显中、王延、王洪顺、阿布力孜

汉文采编室：崔莲、卢娜、郭伟时、王朝平、梁辉

阅览室：董印红（兼英文编目）、洪社娟、王丽、彭守亮、吕林惠、张晖、卓玛措（兼藏文编目）、图拉罕、其其格（兼蒙古文、俄文编目）、任志芳

**流通部：**满达日花、麻晓红、候式亨、李侠、龙冬云、木哈白提（兼维文、哈文编目）、金桂红、斯琴、刘岚

**报刊部：**李静、卓玛、顾晓明、马东旭、穆军、马骅、席淑华、白研

**古籍室：**张津沛、白秀荣、宗玉梅、马茜

**技术部：**侯力军、赵洪帅

**回溯建库小组：**李婷、贾凤琴、葛歆、张颖、乌日、李凤萍

2000年8月，第二次组成新部门，即：

**办公室：**李德龙（馆长）、徐丽华（副馆长）、于显中、王延、高桂芬、王洪顺、阿布力孜

**采编部：**崔莲、卢娜、郭伟时、王朝平、其其格

**阅览室部：**董印红（兼英文编目）、洪社娟、王丽、白秀荣、斯琴、彭守亮、吕林惠、张晖、卓玛措（兼藏文编目）、图拉罕、王玉萍、刘秀芳

**流通部：**满达日花、麻晓红、龙冬云、金桂红、呼群、李侠、木哈白提（兼维文、哈文编目）、刘岚

**报刊部：**李静、席淑华、卓玛、穆军、马骅、顾晓明、马东旭、白研

**古籍部：**李婷、张津沛、葛歆

**技术部：**侯力军、赵洪帅

**回溯建库小组：**崔莲、赵洪帅、卢娜、穆军、李燕、贾凤琴、张颖、乌日、李凤萍

2001年（进：张颖、马茜）

**办公室：**李德龙（馆长）、徐丽华（副馆长）、于显中、王延、王洪顺、阿布力孜

**采编室：**崔莲、郭伟时、穆军、卢娜、王朝平

**阅览室：**董印红、洪社娟、彭守亮、图拉罕、吕林惠、王丽、乌日古木勒、白秀荣、贾凤琴、龙冬云、其其格、卓玛措

**流通保管部：**满达日花、麻晓红、顾晓明、葛歆、刘岚、金桂红、李侠、斯琴

**报刊部：**李静、卓玛、马东旭、李凤萍、马骅、席淑华、张晖、白研

**古籍室：**李婷、张津沛、马茜

**技术部：**侯力军、赵洪帅

**回溯建库小组：**贾凤琴、张颖、乌日、李凤萍

2002年（进：宗玉梅）

办公室：李德龙（馆长）、徐丽华（副馆长）、于显中、王延、王洪顺、阿布力孜

采编部：崔莲、董印红（兼西文）、郭伟时、穆军、卢娜、王朝平、其其格、卓玛措

流通部：满达日花、麻晓红、顾晓明、葛歆、刘岚、金桂红、李侠、斯琴

阅览部：洪社娟、彭守亮、图拉罕、吕林惠、王丽、乌日古木勒、白秀荣、贾凤琴、龙冬云

报刊部：李静、卓玛、马东旭、李凤萍、马骅、席淑华、张晖

古籍部：李婷、宗玉梅、马茜

技术部：侯力军、赵洪帅

情报室：李静、席淑华

**2003年进系科资料室管理员及相关人员**：孟忆严、于璞、金辉、任志芳、高桂芬、刘量、周新、杨建群、剧艳春、刘秀芳、康拜尔尼沙、刘岚、马燕、李刚群（央金拉姆）

办公室：李德龙（馆长）、徐丽华（副馆长）、于显中、王延、王洪顺、高桂芬、阿布力孜

五丛办：金辉、剧艳春

采编部：崔莲、郭伟时、王朝平、卢娜、梁辉

报刊部：李静、马骅、席淑华

技术部：侯力军、赵洪帅

1楼新书：洪社娟、王丽、张晖、刘量

5楼报刊：卓玛、顾晓明、穆军、马东旭、孟忆严、李刚群（央金拉姆）

6楼文学书库：麻晓红、龙冬云、侯式亨、英锋

7楼基藏库：满达日花、李侠、金桂红、马丽敏

8楼理科借阅室：图拉罕、吕林惠、彭守亮、杨建群、周新

9楼民文外文借阅室：董印红、其其格、木哈白提、卓玛措、米丽古力

10楼库本库：乌日、张颖、葛歆、贾凤琴、刘秀芳

11楼古籍室：李婷、张津沛、宗玉梅、马茜

12楼工具书室及马列、法学、经济、艺术资料室：任志芳、斯琴、李焕生、宋敏淑、张莉、刘岚

**13 楼历史、哲学、教育、民语室：** 刘培红、马燕、康巴尔尼沙、包七月、宁兰、高慧芳

**14 楼民族学室：** 白秀荣、董舒平

校方临时决定宁兰、李焕生、宋明淑、张莉、高慧芳、董舒平共六名系科资料员不归并入图书馆。

**2004 年**（进：叶志刚、梁晖、郭慧莹、米丽古力、陶晓辉、吴中平、米佳琪、薛峰、赵玉华、阿依努尔、郑喜淑、罗树新）

**办公室：** 李德龙（馆长）、徐丽华（副馆长）、叶志刚（直属党支部书记）、于显中、王延、高桂芬

**五种丛书办公室：** 金辉

**技术部：** 候力军、吴中平、薛峰、郭慧莹、玉璞

**采编部：** 崔莲、卢娜、梁晖、乌日、郭伟时、侯式亨、麻晓红、阿依努尔、木哈白提、卓玛措、张颖

**公共阅览室：** 董印红（兼编英文）、洪社娟、其其格（兼编蒙古文）、卓玛措（兼编藏文）杨建群、米丽古力、郑喜淑、陶晓辉、白秀荣、刘量、吕林惠、伍马骅、彭守亮、米佳琪、剧艳春、周新

**流通保管部：** 满达日花日花、王朝平、龙冬云、马丽敏、英锋、李侠、金桂红、罗树新、张晖、贾凤琴、张津沛

**期刊部：** 李静、顾晓明、马东旭、孟忆严、李刚群、赵玉华、图拉汗、穆军、卓玛、席淑华、白研

**古籍部：** 李婷、宗玉梅

**专业阅览部：** 刘培红、刘岚、斯琴、包七月、康拜尔尼沙、王丽、刘秀芳、任志芳、葛歆、马燕

**2005 年**（进：任宇轩、金丹峰、孙雨志）

**办公室：** 李德龙（馆长）、徐丽华（副馆长）、叶志刚（直属党支部书记）、于显中、王延、高桂芬

**五种丛书办公室：** 金辉

**技术部：** 候力军、吴中平、薛峰、郭慧莹、玉璞

**采编部：** 崔莲、乌日古木勒、郭伟时、董印红、麻晓红、侯式亨、阿依努尔、木哈白提、卓玛措、梁晖、卢娜

公共阅览室：洪社娟、其其格、杨建群、米丽古力、郑喜淑、陶晓辉、白秀荣、刘量、吕林蕙、伍马骅、彭守亮、米佳琪、孙雨志、剧艳春、呼群

流通保管部：满达日花日花、王朝平、龙冬云、马丽敏、英锋、李侠、金桂红、罗树新

期刊部：李静、顾晓明、马东旭、孟忆严、李刚群、赵玉华、图拉汗、穆军、卓玛、席淑华、白研

古籍部：李婷、张津沛、宗玉梅、张晖、贾凤琴

专业阅览部：刘培红、刘岚、斯琴、包七月、康拜尔尼沙、王丽、刘秀芳、任志芳、葛歆、马燕

2006年（进：王静、黄金东）

办公室：李德龙（馆长）、徐丽华（副馆长）、叶志刚（直属党支部书记）、于显中、王延、高桂芬

五种丛书办公室：金辉

技术部：候力军、金丹峰、吴中平、薛峰、郭慧莹

采编部：崔莲、赵玉华、乌日古木勒、郭伟时、董印红、麻晓红、侯式亨、阿依努尔、木哈白提、卓玛措

公共阅览室：其其格、杨建群、米丽古力、郑喜淑、陶晓辉、白秀荣、刘量、呼群、伍马骅、彭守亮、黄金东、孙雨志、剧艳春、米佳琪、王静

流通保管部：满达日花日花、王朝平、龙冬云、马丽敏、英锋、李侠、金桂红

期刊部：李静、顾晓明、马东旭、孟忆严、李刚群、图拉汗、穆军、卓玛、白研、席淑华

古籍部：李婷、张津沛、贾凤琴、罗树新、米佳琪

专业阅览部：刘培红、刘岚、斯琴、包七月、康拜尔尼沙、王丽、刘秀芳、任志芳、张晖、马燕

回溯建库小组：葛歆、梁辉、张颖

2007年（进：张强、刘洋、陆万红、古力加马力、侯爱梅、孔丽华、郭凤文、韩芬、丁菊霞、吴畅、周加才让）

办公室：李德龙（馆长）、徐丽华（副馆长兼图书馆直属党支部书记）、崔莲（副馆长）、于显中、王延、高桂芬、周加才让、侯爱梅

五种丛书办公室：金辉

技术部：金丹峰、郭慧莹、吴中平、薛峰、黄金东、张强、刘洋

采编部：董印红、麻小红、卢娜、郭伟时、赵玉华、卓玛措、贾凤琴、阿依努尔、木哈白提、梁辉、张颖、郑喜淑、穆军

古籍部：李婷、黄金东、侯式亨

流通部：满达日花日花、王丽、白秀荣、金桂红、李侠、古力加马力、任志芳、康拜尔尼沙、马丽敏、王朝平、龙冬云、英锋、刘量、刘秀芳、王静、斯琴、路万红、葛歆、韩芬

阅览部：其其格、伍马骅、张晖、杨建群、吴畅、郭凤文、米丽古力、包七月、呼群、陶晓辉、贾凤琴、罗树新、张津沛、刘岚、陆万红

期刊部：刘培红、顾晓明、马东旭、李刚群、任宇轩、图拉汗、孔丽华

参考咨询部：李静、丁菊霞

其他：侯力军、孟忆严

**2008 年**（进：罗惠琼）

办公室：李德龙（馆长）、徐丽华（副馆长）、崔莲（副馆长）、于显中、王延、高桂芬、周加才让

技术部：侯力军、金丹峰、吴中平、薛峰、黄金东、张强、刘洋、罗惠琼

采编部：董印红、麻小红、赵玉华、郭伟时、梁辉、侯式亨、张颖、阿依努尔、木哈白提、卓玛措、贾凤琴、葛歆、任志芳、卢娜

古籍部：李婷、黄金东、侯式亨

流通保管部：满达日花日花、王朝平、龙冬云、马丽敏、英锋、金桂红、刘量、白秀荣、王静、穆军、呼群、古力·加马力、郭凤文

公共阅览室：其其格、伍马骅、杨建群、张晖、米丽古力、郑喜淑、张津沛、侯爱梅、孔丽华

期刊部：李静、顾晓明、马东旭、孟忆严、李岗群、任宇轩、图拉汗

专业阅览部：刘培红、斯琴、包七月、康拜尔尼沙、王丽、刘秀芳、陆万红、丁菊霞、刘岚

其他：侯力军、孟忆严

**2009 年**

办公室：李德龙（馆长）、徐丽华（副馆长）、崔莲（副馆长）、于显中、王延、高桂芬、周加才让

**技术部：** 金丹峰、韩芬、薛峰、罗惠琼、张强、刘洋

**采编部：** 董印红、麻小红、郭伟时、赵玉华、梁辉、张颖、木哈白提、卓玛措、卢娜、郑喜淑、穆军

**古籍部：** 黄金东、李婷、侯式亨

**流通部：** 满达日花日花、王丽、马丽敏、龙冬云、金桂红、王朝平、斯琴、葛歆、古力·加马力、任志芳、吴中平、刘量、刘秀芳、陆万红、刘岚

**阅览部：** 其其格、伍马骅、张晖、杨建群、郭凤文、阿依努尔、康拜尔尼沙、米丽古力、包七月、呼群、贾凤琴、罗树新、张津沛、王静

**报刊部：** 刘培红、英锋、顾晓明、马东旭、李刚群、任宇轩、图拉罕、侯爱梅、孔丽华

**参考咨询部：** 李静

**2010 年**（进：王素霞）

**办公室：** 李德龙（馆长）、徐丽华（副馆长）、崔莲（副馆长）、于显中、王延、高桂芬、侯爱梅

**技术部：** 金丹峰、韩芬、薛峰、罗惠琼、张强、刘洋

**采编部：** 董印红、麻小红、郭伟时、赵玉华、张颖、木哈白提、卓玛措、卢娜、郑喜淑、穆军

**古籍部：** 黄金东、李婷、宗玉梅

**流通部：** 满达日花日花、王丽、金桂红、梁晖、古力·加马力、吴中平、马丽敏、龙冬云、王朝平、刘量、刘秀芳、斯琴、葛歆、陆万红、刘岚

**阅览部：** 其其格、伍马骅、任志芳、张晖、郭凤文、米丽古力、包七月、呼群、贾凤琴、罗树新、阿依努尔、王素霞、阿尼克孜

**报刊部：** 刘培红、英锋、顾晓明、马东旭、任宇轩、孔丽华、康拜尔尼沙

**参考咨询部：** 李静

**2011 年**（进：古扎努尔）

**办公室：** 李德龙（馆长）、徐丽华（副馆长）、崔莲（副馆长）、于显中、王延、高桂芬、侯爱梅

**技术部：** 金丹峰、韩芬、薛峰、罗惠琼、张强、刘洋

**采编部：** 董印红、麻小红、赵玉华、张颖、木哈白提、卓玛措、卢娜、郑喜淑、穆军

**古籍部：**黄金东、李婷、宗玉梅

**流通部：**满达日花日花、王丽、王朝平、龙冬云、金桂红、古力·加马力、刘量、刘秀芳、王静、任宇轩、刘岚、郭凤文、古扎努尔、吴中平、陆万红

**阅览部：**其其格、伍马骅、任志芳、张晖、阿依努尔、罗树新、米丽古力、包七月、呼群、贾凤琴、王素霞、梁晖、斯琴、郭伟时

**报刊部：**刘培红、英锋、顾晓明、马东旭、孔丽华、康拜尔尼沙

**参考咨询部：**李静

2012年（进：杜荣华、李超、安灵芝）

**办公室：**李德龙（馆长）、徐丽华（副馆长）、崔莲（副馆长）、于显中、王延、高桂芬、侯爱梅

**技术部：**金丹峰、韩芬、薛峰、罗惠琼、张强、刘洋

**采编部：**董印红、麻小红、赵玉华、张颖、木哈白提、卓玛措、卢娜、郑喜淑、穆军

**古籍部：**黄金东、李婷、宗玉梅

**流通部：**满达日花日花、王丽、王朝平、龙冬云、金桂红、古力·加马力、刘量、刘秀芳、王静、任宇轩、刘岚、郭凤文、古扎努尔、吴中平、陆万红

**阅览部：**其其格、伍马骅、任志芳、阿依努尔、罗树新、米丽古力、包七月、呼群、贾凤琴、王素霞、梁晖、斯琴、郭伟时

**报刊部：**刘培红、英锋、顾晓明、马东旭、孔丽华、康拜尔尼沙

**参考咨询部：**李静

2013年（进：罗英、崔美玲、杨静；调出：孔丽华）

**办公室：**李德龙（馆长）、徐丽华（副馆长）、崔莲（副馆长）、杨蔚宇（副馆长）、于显中、王延、高桂芬、侯爱梅

**采编部：**董印红、麻小红、赵玉华、张颖、木哈白提、卓玛措、卢娜、郑喜淑、穆军

**流通部：**满达日花日花、王丽、王朝平、龙冬云、金桂红、古力·加马力、刘量、刘秀芳、王静、任宇轩、刘岚、古扎努尔、陆万红、李超、杨静、罗瑛

**阅览部：**其其格、伍马骅、任志芳、阿依努尔、罗树新、米丽古力、呼群、贾凤琴、郭伟时、王素霞、梁晖、斯琴、杜荣华、安灵芝、崔美玲

**报刊部：**刘培红、梁晖、英锋、顾晓明、马东旭、康拜尔尼沙

**技术部：** 金丹峰、韩芬、薛峰、罗惠琼、张强

**古籍部：** 黄金东、李婷、宗玉梅

**参考咨询部：** 李静

2014 年（进：刘如娟、李霞）

**办公室：** 李德龙（馆长）、徐丽华（副馆长）、杨蔚宇（副馆长）、于显中、王延、高桂芬、侯爱梅

**采编部：** 董印红、麻小红、赵玉华、卓玛措、穆军、卢娜、张颖、古力·加马力、崔美玲

**流通部：** 满达日花日花、王丽、葛歆、刘量、任宇轩、刘岚、呼群、龙冬云、陆万红、李超、罗瑛、古扎努尔、李霞、刘如娟、罗瑛、杨静

**阅览部：** 其其格、任志芳、阿依努尔、罗树新、贾凤琴、郭伟时、王素霞、梁晖、斯琴、王静、杜荣华、安灵芝、黄海华

**报刊部：** 刘培红、英锋、顾晓明、马东旭、金桂红、米丽古力

**技术部：** 金丹峰、韩芬、薛峰、罗惠琼、张强

**古籍部：** 黄金东、李婷、宗玉梅

**参考咨询部：** 李静

2015 年

**办公室：** 李德龙（馆长）、徐丽华（副馆长）、杨蔚宇（副馆长）、于显中、王延、高桂芬

**采编部：** 董印红、麻小红、赵玉华、卓玛措、穆军、卢娜、张颖、古力·加马力

**流通部：** 满达日花日花、王丽、葛歆、刘量、任宇轩、刘岚、呼群、龙冬云、李霞、刘如娟、陆万红、罗瑛、古扎努尔

**阅览部：** 其其格、任志芳、阿依努尔、罗树新、贾凤琴、郭伟时、梁晖、斯琴、王静、杜荣华、安灵芝、王素霞、黄海华

**报刊部：** 刘培红、英锋、顾晓明、马东旭、金桂红、米丽古力

**技术部：** 金丹峰、韩芬、薛峰、罗惠琼、张强

**古籍部：** 黄金东、李婷、宗玉梅

**参考咨询部：** 李静

2016 年

**办公室：** 李德龙、徐丽华、杨蔚宇、于显中、王延、高桂芬、塔纳

**采编部：** 崔莲、董印红、麻小红、赵玉华、卓玛措、穆军、卢娜、张颖、古力·加马力

**流通部：** 满达日花日花、王丽、葛歆、刘量、任宇轩、呼群、龙冬云、李霞、刘如娟、陆万红、罗瑛、古扎努尔、郑蕊、何俊丽

**阅览部：** 其其格、任志芳、阿依努尔、罗树新、贾凤琴、郭伟时、梁晖、斯琴、王静、黄海华、杜荣华、安灵芝、王素霞

**报刊部：** 刘培红、英锋、顾晓明、马东旭、金桂红、米丽古力

**技术部：** 金丹峰、韩芬、薛峰、罗惠琼、张强

**古籍部：** 黄金东、李婷、宗玉梅

**参考咨询部：** 李静

2017 年

**办公室：** 李德龙（馆长）、徐丽华（副馆长）、杨蔚宇（副馆长）、于显中、王延、高桂芬、塔纳

**采编部：** 崔莲、董印红、麻小红、赵玉华、卓玛措、穆军、卢娜、张颖、古力·加马力

**流通部：** 满达日花日花、王丽、葛歆、刘量、任宇轩、呼群、龙冬云、李霞、刘如娟、陆万红、罗瑛、古扎努尔、郑蕊、何俊丽

**阅览部：** 其其格、任志芳、阿依努尔、罗树新、贾凤琴、郭伟时、梁晖、斯琴、王静、黄海华、杜荣华、安灵芝、王素霞

**报刊部：** 刘培红、英锋、顾晓明、马东旭、金桂红、米丽古力

**技术部：** 金丹峰、韩芬、薛峰、罗惠琼、张强

**古籍部：** 黄金东、李婷、宗玉梅

**参考咨询部：** 李静

表 9-1　中央民族大学图书馆离退休、调离人员时间表

| 姓名 | 职务、部室 | 退休／离馆时间 | 退休／离馆 |
|---|---|---|---|
| 黄致华 |  | 1972 年 | 退休 |
| 葛殿玉 | 办公室馆长（司局级） | 1982 年 1 月 | 离休 |
| 席廷枢 | 办公室馆长（正处级） | 1982 年 1 月 | 离休 |
| 哈斯 | 办公室书记（直属支部书记） | 1985 年 1 月 | 退休 |
| 韩竹松 | 情报室（馆员） | 1986 年 4 月 | 退休 |
| 贺云彪 | 阅览室（副研究馆员） | 1986 年 5 月 | 离休 |
| 何稚洁 | 采编室主任（副研究馆员） | 1987 年 6 月 | 退休 |
| 苏伦噶 | 书库主任（副研究馆员） | 1987 年 12 月 | 退休 |
| 乔仁诚 | 古籍室（副研究馆员） | 1987 年 12 月 | 退休 |
| 范学宗 | 情报室（副研究馆员） | 1987 年 12 月 | 退休 |
| 钟善华 | 采编室（副研究馆员） | 1987 年 12 月 | 退休 |
| 张绍孔 | 办公室馆长（副研究馆员） | 1988 年 3 月 | 退休 |
| 金文良 | 采编室（馆员） | 1989 年 1 月 | 退休 |
| 王纯洁 | 情报室（副研究馆员） | 1989 年 1 月 | 退休 |
| 弓云闪 | 阅览室（馆员） | 1989 年 1 月 | 退休 |
| 王银娥 | 报刊室（馆员） | 1989 年 1 月 | 退休 |
| 马骋 | 情报室（副研究馆员） | 1989 年 1 月 | 退休 |
| 钟美珠 | 采编室（副研究馆员） | 1990 年 12 月 | 退休 |
| 蔡雨生 | 阅览部（馆员） | 1990 年 12 月 | 退休 |
| 高淑贤 | 业务秘书（副研究馆员） | 1990 年 12 月 | 退休 |
| 裴琳 | 情报室（馆员） | 1990 年 12 月 | 退休 |
| 赵金燕 | 情报室（馆员） | 1991 年 1 月 | 退休 |
| 王兆格 | 办公室秘书（正科） | 1991 年 6 月 | 退休 |
| 董玉梅 | 阅览室（馆员） | 1993 年 12 月 | 退休 |
| 李作霖 | 办公室（教授） | 1993 年 8 月 | 退休 |
| 周淑桂 | 阅览室（助理馆员） | 1994 年 11 月 | 退休 |
| 杨秀之 | 阅览室（馆员） | 1994 年 6 月 | 退休 |

续表

| 姓名 | 职务、部室 | 退休/离馆时间 | 退休/离馆 |
|---|---|---|---|
| 金顺子 | 情报室主任（馆员） | 1995年1月 | 退休 |
| 丁良 | 古籍室主任（副研究馆员） | 1995年1月 | 退休 |
| 李德君 | 办公室馆长（副教授） | 1995年4月 | 退休 |
| 罗廷兰 | 阅览室（馆员） | 1996年11月 | 退休 |
| 刘菊英 | 报刊室主任（馆员） | 1996年12月 | 退休 |
| 黄思正 | 办公室副馆长（副研究馆员） | 1996年8月 | 退休 |
| 侯振洪 | 服务部副主任（正科） | 1996年8月 | 退休 |
| 白研 | 情报室（馆员） | 1997年1月 | 调离 |
| 张积明 | 办公室书记（馆员） | 1997年4月 | 退休 |
| 马玉蕤 | 阅览室（馆员） | 2000年1月 | 退休 |
| 王英达 | 阅览室（馆员） | 2000年4月 | 退休 |
| 金贞爱 | 外民采编室主任（副研究馆员） | 2000年4月 | 退休 |
| 陶凤珍 | 阅览室（馆员） | 2000年4月 | 退休 |
| 马秀林 | 流通部（馆员） | 2000年4月 | 退休 |
| 崔石岩 | 期刊室（馆员） | 2000年4月 | 退休 |
| 陶克腾·其其格 | 情报室（馆员） | 2000年4月 | 退休 |
| 马大中 | 期刊室（馆员） | 2000年4月 | 退休 |
| 白梅花 | 阅览室（馆员） | 2000年4月 | 退休 |
| 张燕 | 古籍部（馆员） | 2000年4月 | 退休 |
| 任永萍 | 情报部（馆员） | 2000年4月 | 退休 |
| 余小苏 | 采编部（馆员） | 2000年4月 | 退休 |
| 王伟光 | 流通部（馆员） | 2000年4月 | 退休 |
| 司林 | 流通部（馆员） | 2000年4月 | 调离 |
| 宿凤兰 | 阅览室（馆员） | 2000年4月 | 调离 |
| 蓝荃彬 | 办公室馆长（教授） | 2000年6月 | 退休 |
| 王玉萍 | 阅览部（馆员） | 2002年4月 | 退休 |
| 彭守亮 | 阅览部（馆员） | 2006年12月 | 退休 |
| 吕林惠 | 阅览部（馆员） | 2006年7月 | 退休 |

续表

| 姓名 | 职务、部室 | 退休/离馆时间 | 退休/离馆 |
| --- | --- | --- | --- |
| 孙雨志 | 阅览部（馆员） | 2006年7月 | 退休 |
| 席淑华 | 报刊部（馆员） | 2006年7月 | 退休 |
| 卓玛 | 报刊部（馆员） | 2007年5月 | 调离 |
| 陶晓辉 | 阅览部（馆员） | 2007年12月 | 退休 |
| 李侠 | 流通部（馆员） | 2007年12月 | 退休 |
| 金辉 | 五种丛书（编辑） | 2007年6月 | 退休 |
| 白秀荣 | 流通部（助理馆员） | 2009年6月 | 调离 |
| 王家才 | 办公室副馆长 | 2009年12月 | 退休 |
| 杨建群 | 流通部（馆员） | 2010年8月 | 退休 |
| 李刚群 | 报刊部（馆员） | 2010年12月 | 退休 |
| 侯式亨 | 古籍部（馆员） | 2010年12月 | 退休 |
| 张津配 | 阅览部（馆员） | 2010年12月 | 退休 |
| 图拉罕 | 报刊部（馆员） | 2010年12月 | 退休 |
| 马丽敏 | 流通部（馆员） | 2011年3月 | 退休 |
| 张晖 | 阅览部（馆员） | 2011年4月 | 退休 |
| 木哈白提 | 采编部（馆员） | 2012年12月 | 退休 |
| 郑喜淑 | 采编部（副研究馆员） | 2013年7月 | 调离 |
| 王朝平 | 流通部（馆员） | 2013年6月 | 退休 |
| 刘秀芳 | 流通部（初级） | 2014年6月 | 退休 |
| 康拜尔尼沙 | 报刊部（馆员） | 2014年6月 | 退休 |
| 伍马骅 | 阅览部副主任（馆员） | 2014年9月 | 退休 |
| 崔莲 | 办公室（研究馆员） | 2015年4月 | 退休 |
| 李德龙 | 馆长（教授） | 2016年10月 | 退休 |
| 郭伟时 | 流通部（副研究馆员） | 2016年7月 | 退休 |
| 徐丽华 | 办公室 副馆长（研究馆员） | 2017年5月 | 退休 |

# 参考文献[①]

[1] 西藏人民出版社编：《藏学研究论丛·吴丰培专辑》，西藏人民出版社，1999年。

[2] 国庆：《士林哲人，藏学耆英：记吴丰培教授》，《中国西藏（中文版）》1997-06-15。

[3] 北京市地方志编纂委员会：《北京出版志》，北京出版社，2005年。

[4] 徐丽华：《藏学报刊汇志》，中国藏学出版社，2003年。

[5] 刘蔷、朱崇先：《清华大学图书馆收藏古彝文典籍述论》，载《文献》2006年第2期。

[6] 马学良：《马学良学述》，浙江人民出版社，2000年。

[7] 东嘎·洛桑赤列著，陈庆英译：《论西藏政教合一制度 藏文文献目录学》，中国藏学出版社，2001年。

[8] 黄润华：《北京图书馆民族文字图书的藏书建设及其管理机构》，载《北京图书馆馆刊》1997年第3期。

[9] 中国民族图书馆：《中国少数民族图书馆概况》，北京民族出版社，1998年。

[10] （清）张照等：《石渠宝笈》，涵芬阁石印本，1918年。

[11] 谭卫华、罗康隆：《〈百苗图〉传世抄本收藏情况概说》，载《贵州文史丛刊》2010年第1期。

[12] 本社编：《清实录》，中华书局，2008年。

[13] 清绘本《苗蛮图册》。

[14] 石建中：《〈百苗图〉：苗族的历史画卷》，《民族论坛》，1994年第4期。

---

① 有关中央民族学院藏文古籍的来源资料由黄明信先生、格桑居冕先生、黄润华先生、黄布凡教授及赵金燕老师、黄思正馆长、张绍孔馆长、乔仁诚先生、丁良老师等提供。

[15] 石建中：《〈百苗图〉与苗族的历史和文化》，《中央民族大学学报》，1997年第1期。

[16] 杨庭硕：《〈百苗图〉贵州现存抄本述评》，《贵州民族研究》。2001年第4期。

[17] 胡进：《〈百苗图〉源流考略：以黔苗图说为范本》，《民族研究》，2005年第4期。

[18] 王尧：《平凡而伟大的学者——于道泉》，河北教育出版社，2001年。

# 附　录

## 一、陈时夏先生捐赠古籍书目[1]

古经解汇函 23 种　清刻本　64 册
皇清经解 169 种　清刻本　360 册
汉魏丛书 86 种　清刻本　120 册
稗海 70 种　明刻本　40 册
秘书 21 种　清刻本　10 册
古逸书 10 种　清刻本　20 册
二酉堂丛书 21 种　清刻本　12 册
心斋 10 种　清刻本　10 册
玉函山房辑佚书 633 种　清刻本　100 册
龙威秘籍书 168 种　清刻本　80 册
说铃前后集 53 种　清刻本　32 册
岭南遗书 30 种　清刻本　80 册
湖北丛书 31 种　清刻本　100 册

绍兴先生遗书 12 种　清刻本　48 册
永嘉丛书 11 种　清刻本　69 册
永嘉诗人祠堂丛书 14 种　清刻本　8 册
行素草堂金石丛书 21 种　清刻本　40 册
正气堂全集 63 种　清刻本　160 册
咫进斋丛书 33 种　清刻本　24 册
小万卷楼丛书 17 种　清刻本　26 册
涉喜斋丛书 28 种　清刻本　18 册
百二汉镜斋秘书 4 种　清刻本　1 册
平津馆丛书 42 种　清刻本　64 册
读画斋丛书 46 种　清刻本　64 册
湖海楼丛书 13 种　清刻本　34 册
宜稼堂丛书 11 种　清刻本　64 册

---

[1] 《陈时夏先生捐赠古籍书目》《张荣昌先生捐赠古籍书目》《中央民族学院善本书目》（初稿）《中央民族学院馆藏民国报刊目录》（初稿）和《中央民族学院善本补充书目》（初稿）都是繁体字抄本，其中有许多行书、草书及异体字，录入时虽然做了核对，但由于笔者水平有限，错漏万一，仅为提供资料而已。《陈时夏先生捐赠古籍书目》是 1954 年由中央民族学院图书馆穆衡伯等先生编纂的，为表格式目录，著录内容有"序号、书名、卷数/种数、册数"。本处为节省篇幅，省略了序号和表格，改成条目式目录。

知不足斋丛书 35 集　清刻本　255 册
函海 150 种　清刻本　159 册
十万卷楼丛书 51 种　清刻本　108 册
海山仙馆丛书 56 种　清刻本　120 册
粤雅堂丛书　清刻本　245 册
邵武徐氏丛书 14 种　清刻本　20 册
邵武徐氏丛书 14 种　清刻本　20 册
正觉楼丛书 29 种　清刻本　36 册
功顺堂丛书 18 种　清刻本　24 册
啸园丛书 58 种　清刻本　36 册
竹柏山房 13 种　清刻本　32 册
小嫏嬛山馆汇刻 12 种　清刻本　8 册
拜梅山房几上书 19 种　清刻本　4 册
雪堂丛刊 3 种　铅印本　4 册
长沙叶氏丛刊 7 种　清刻本　10 册
拜经楼丛刊 7 种　清刻本　7 册
东熟丛书 初函 4 种附 1 种　清刻本　9 册
雅雨堂　清刻本　8 册
龙庄遗书 7 种　清刻本　6 册
浙刊武英殿丛书残种　清刻本　12 册
周易折中 22 卷　清刻本　16 册
易学象数论 6 卷　清刻本　2 册
易释 4 卷　清刻本　1 册
周易本义辨证 5 卷　清刻本　4 册
周易便蒙衬解　清刻本　3 册
禹贡说断 4 卷　清刻本　1 册
书经集传 6 卷　明刻本　6 册
书传音释 6 卷　清刻本　6 册

尚书申孔　清刻本　1 册
尚书逸汤誓考 6 卷　清刻本　2 册
尚书说 7 卷　清刻本　7 册
诗缉 36 卷　清刻本　10 册
三家诗拾遗 10 卷　清刻本　1 册
山中学诗记 5 卷　清刻本　2 册
毛诗名物图说 9 卷　清刻本　1 册
周礼疑义举要 7 卷　清刻本　1 册
周官义疏 48 卷　清刻本　30 册
考工记图　清刻本　2 册
礼记义疏 82 卷　清刻本　50 册
仪礼义疏 49 卷　清刻本　37 册
尊孟辨 7 卷仪礼 2 卷　清刻本　1 册
仪礼古今文异同疏证 5 卷　清刻本　1 册
仪礼私笺 8 卷轮兴和笺 2 卷　清刻本　3 册
礼记义疏释言 8 卷　清刻本　1 册
三礼图 20 卷　清刻本　1 册
礼书 150 卷　明刻本　24 册
乐书 200 卷　明刻本　18 册
周礼提纲辑要　清刻本　1 册
礼记集说 30 卷　明刻本　12 册
春秋正旨 1 卷左传附注 1 卷　清刻本　1 册
左传事纬 12 卷　清刻本　6 册
左传义法举要　清刻本　1 册
春秋大事 50 卷　清刻本　24 册
读左补义 50 卷　清刻本　16 册
十三经注疏 333 卷　清刻本　128 册
五经注疏 55 卷　清刻本　36 册

## 附 录

经典释文 30 卷　清刻本　12 册

古微书 36 卷　清刻本　4 册

古经解钩沉 30 卷　清刻本　10 册

六经图定本 6 卷　清刻本　6 册

六经图考 6 卷　清刻本　6 册

经学辨异　旧抄本　1 册

经传释义 50 卷　清刻本　20 册

句溪杂著 6 卷　清刻本　1 册

经义考 300 卷　清刻本　24 册

四书笺义纂要 12 卷　清刻本　2 册

此本宣四书说 9 卷　清刻本　1 册

四书释地补 1~3 续　清刻本　8 册

乡党图考 10 卷　清刻本　4 册

乡党考目录　清刻本　1 册

四书人名考 20 卷　清刻本　10 册

四书解疑 20 卷　清刻本　12 册

四书经注集证　清刻本　16 册

尔雅注疏 11 卷　明刻本　4 册

尔雅补郭 2 卷　清刻本　1 册

尔雅正义 20 卷　清刻本　8 册

小尔雅训纂 6 卷　清刻本　1 册

说文解字 15 卷　清刻本　8 册

隶辨 8 卷　清刻本　8 册

隶辨 8 卷　清刻本　8 册

汉简笺证 8 卷　清刻本　4 册

亲属记 2 卷　清刻本　1 册

积古斋钟鼎款识 10 卷　清刻本　6 册

方言注疏证 13 卷　清刻本　4 册

千文六书统要 2 卷　清刻本　1 册

埤雅 20 卷　清刻本　4 册

史记 130 卷　清刻本　12 册

汉书 120 卷　清刻本　24 册

后汉书 130 卷　清刻本　18 册

三国志 65 卷　清刻本　10 册

晋书 130 卷　清刻本　24 册

宋书 100 卷　清刻本　20 册

南齐书 59 卷　清刻本　6 册

梁书 56 卷　清刻本　6 册

陈书 36 卷　清刻本　4 册

魏书 114 卷　清刻本　24 册

北齐书 50 卷　清刻本　6 册

周书 50 卷　清刻本　6 册

随书 85 卷　清刻本　16 册

南史 85 卷北史 100 卷　清刻本　40 册

新唐书 225 卷　清刻本　40 册

新唐书 225 卷　清刻本　40 册

旧五代史 150 卷　清刻本　16 册

新五代史 74 卷　清刻本　6 册

新五代史 74 卷　清刻本　6 册

明史 332 卷　清刻本　80 册

史记注补正 1 卷　清刻本　1 册

后汉书批评 100 卷　明刻本　14 册

楚汉诸侯疆域志 3 卷　清刻本　2 册

汉书地理志稽疑 6 卷钞本　2 册

汉书地理志稽疑 6 卷钞本　2 册

汉书地理志 2 卷　清刻本　4 册

249

汉书地理志水道图考 2 卷　钞本　1 册
汉书水道疏证 4 卷　清刻本　1 册
汉书西域传补注 2 卷　清刻本　1 册
三国志证闻 3 卷　清刻本　2 册
三国志考证 8 卷　清刻本　2 册
补晋书兵志　清刻本　1 册
补晋书艺文志 4 卷　清刻本　2 册
九家旧晋书辑本 76 卷　清刻本　10 册
新旧唐书互证 20 卷　清刻本　4 册
唐书西域传注　清刻本　1 册
补五代史艺文志 1 卷　清刻本　1 册
宋史艺文志补 1 卷　清刻本　1 册
补辽金元艺文志 1 卷　清刻本　1 册
补元史艺文志 4 卷　清刻本　1 册
元史氏族表 3 卷　清刻本　2 册
三史拾遗 5 卷　清刻本　1 册
诸史拾遗 5 卷　清刻本　1 册
历代史表 59 卷　清刻本　6 册
十七史商榷 100 卷　清刻本　20 册
竹书记年统笺　清刻本　4 册
前汉书 30 卷　清刻本　6 册
后汉书 30 卷　清刻本　8 册
资治通鉴 294 卷　明刻本　75 册
通鉴释文辨误 12 卷　清刻本　4 册
稽古录 20 卷　清刻本　4 册
宋季三朝政要 6 卷　清刻本　1 册
资治通鉴前编 18 卷举要 2 卷　明刻本　11 册
御批通鉴辑览 120 卷　清刻本　48 册

资治通鉴后编 184 卷　清刻本　48 册
资治通鉴纲目 20 卷　清刻本　4 册
通鉴擥要正续编附明史　清刻本　24 册
统鉴纪事本末前编 12 卷　明刻本　12 册
西夏纪事本末 36 卷　清刻本　4 册
辽史纪事本末 40 卷　清刻本　4 册
金史纪事本末 52 卷　清刻本　6 册
三藩纪事本末 4 卷　清刻本　1 册
圣武记 14 卷　清刻本　12 册
蜀鉴 10 卷　清刻本　1 册
绥寇纪略 12 卷补 3 卷　清刻本　8 册
首鄢纪略　清刻本　1 册
建文逊国记　明刻本　1 册
国朝典汇 200 卷　明刻本　24 册
平浙纪略 16 卷　清刻本　4 册
绎史 160 卷　清刻本　48 册
东观汉记 24 卷　清刻本　6 册
东都事略 130 卷　清刻本　8 册
东都事略 130 卷　旧抄本　8 册
路史 47 卷　清刻本　16 册
晋略 66 卷　清刻本　10 册
西魏书 24 卷　清刻本　6 册
明史稿 210 卷　清刻本　80 册
东华录 32 卷　清刻本　8 册
弘简录 254 卷　清刻本　64 册
元史类编 42 卷　清刻本　16 册
续唐书 70 卷　清刻本　6 册
尚史 70 卷　清刻本　16 册

## 附 录

隆平集 20 卷　清刻本　4 册

东华录 100 卷石印本　18 册

国语国策　清刻本　6 册

战国策释地　清刻本　1 册

涑水记闻 16 卷　清刻本　4 册

钱塘遗事 10 卷　清刻本　2 册

弇山堂别集 100 卷　清刻本　20 册

明季稗史 16 种　清刻本　10 册

南疆绎史 57 卷　清刻本　20 册

名是南北略 42 卷　清刻本　32 册

野获编 34 卷　清刻本　20 册

小腆纪年 20　清刻本　12 册

荆驼逸史 50 种 88 卷　清刻本　32 册

胜朝遗事初编 33 种二编 19 种

　清刻本　18 册

蜀碧 4 卷　清刻本　2 册

陆宣公集 42 卷　清刻本　6 册

皇朝嘉隆疏钞 12 卷　明刻本　24 册

沈文肃公政书 7 卷首 1 卷　铅印本　8 册

同治中兴京外奏议约编 8 卷　清刻本　8 册

历代名儒传 8 卷　清刻本　3 册

金陀粹编 28 卷　清刻本　12 册

京口耆旧传 9 卷　清刻本　1 册

胜朝殉节诸臣录 12 卷首 1 卷　清刻本　4 册

儒林宗派 16 卷　清刻本　2 册

国朝先正事略 60 卷　清刻本　24 册

中兴将帅别传 30 卷　清刻本　8 册

逆臣传贰臣传 16 卷　清刻本　8 册

黄明浙士登科考 12 卷　明刻本　5 册

贡举考略明 2 卷清 3 卷　清刻本　2 册

显忠录 7 卷　清刻本　1 册

国朝两浙科名录　清刻本　2 册

明清两代进士题名录　清刻本　10 册

国朝翰詹源流编年爵里缢法考 4 卷

　清刻本　2 册

内阁汉票签中书舍人题名 2 卷　清刻本　1 册

清秘述闻续 8 卷　清刻本　4 册

两浙令长考 2 卷　清刻本　1 册

使琉球录 1 卷　钞本　1 册

鹤征录 21 卷　清刻本　4 册

纯德汇编 9 卷　清刻本　4 册

晋史略　清刻本　1 册

华阳国志 13 卷　清刻本　4 册

十六国春秋 100 卷　清刻本　12 册

蛮书 10 卷　清刻本　1 册

蛮书 10 卷仿聚珍版　清刻本　1 册

九国志 12 卷附拾遗　清刻本　1 册

南唐书 30 卷　明刻本　4 册

南唐书 30 卷　明刻本　4 册

吴越备史 6 卷　清刻本　2 册

十国春秋 116 卷　清刻本　20 册

越史略 3 卷　清刻本　1 册

元朝征缅录 4 种　清刻本　1 册

临安旬制记 3 卷　清刻本　1 册

诸史夷语音义 4 卷　明刻本　1 册

邺史记 2 卷　清刻本　1 册

251

职方外纪 5 卷　清刻本　1 册

四名它山水利备览 2 卷　清刻本　1 册

河朔访古录 3 卷　清刻本　1 册

河朔访古录 3 卷　清刻本　1 册

海国图志 100 卷　清刻本　24 册

六朝事迹类编 2 卷钞本　1 册

日下旧闻 42 卷　清刻本　16 册

四明谈助 46 卷　清刻本　20 册

山海经水经合刊　明刻本　8 册

全校水经注 42 卷　清刻本　12 册

浙江通志 280 卷卷首 3 卷　清刻本　100 册

宁波府志 36 卷　清刻本　16 册

鄞县志 32 卷　清刻本　16 册

鄞县志 32 卷　清刻本　16 册

镇海县志 40 卷　清刻本　20 册

奉化县志 36 卷　清刻本　12 册

奉化县志 36 卷　清刻本　12 册

象山县志 24 卷　清刻本　8 册

定海县志 30 卷续 12 卷　清刻本　10 册

武功县志 3 卷　清刻本　1 册

三迁志 12 卷　清刻本　8 册

阿育王志 16 卷　明刻本　6 册

天台山全志 18 卷　清刻本　8 册

普陀山志 21 卷　清刻本　4 册

天童寺志 10 卷　清刻本　4 册

天童寺志 10 卷　清刻本　4 册

北麓书院志 17 卷　清刻本　4 册

巩县志 4 卷　清刻本　8 册

太康县志 8 卷　清刻本　8 册

灵宝县志 4 卷　清刻本　4 册

登封县志 10 卷　清刻本　9 册

郏县志 4 卷　清刻本　8 册

成都县志 6 卷　清刻本　6 册

漳浦县志 21 卷　清刻本　14 册

归安县志 10 卷　清刻本　8 册

慈溪县志 56 卷　清刻本　24 册

天童寺续志 2 卷　清刻本　2 册

天童寺续志 2 卷　清刻本　2 册

太平寰宇记 200 卷　清刻本　60 册

古今逸史残种 7 种　清刻本　4 册

琉球国志略 16 卷　清刻本　4 册

东汉会要 100 卷　清刻本　8 册

西汉会要 70 卷　清刻本　10 册

唐会要 100 卷　清刻本　24 册

五代会要 30 卷　清刻本　6 册

宋朝事实 20 卷　清刻本　8 册

三国会要 22 卷　清刻本　6 册

大清会要 100 卷　清刻本　10 册

大清通礼 54 卷　清刻本　12 册

庙制图考 4 卷　清刻本　1 册

汉律考 不分卷　清刻本　1 册

唐律疏议 36 卷　清刻本　8 册

大清律例 42 卷　清刻本　12 册

六部例限 6 卷　清刻本　1 册

通志略 20 略　清刻本　24 册

幸鲁盛典 40 卷　清刻本　12 册

## 附 录

唐六典 30 卷　清刻本　8 册

历代职官表 72 卷　清刻本　22 册

郡斋读书志 20 卷　清刻本　10 册

直齐书录解题 22 卷　清刻本　6 册

读书敏求记 4 卷　清刻本　4 册

天一阁书目 4 卷　清刻本　5 册

善本书室藏书志 41 卷　清刻本　16 册

四库全书总目 230 卷　清刻本　130 册

四库全书简明目录 20 卷　清刻本　12 册

汇刻书目 20 种　清刻本　20 册

续汇刻书目 10 卷　清刻本　10 册

江刻书目 3 种　清刻本　4 册

分隶偶存 2 卷　清刻本　1 册

金石录 30 卷　清刻本　6 册

籀史等 3 种　清刻本　1 册

金石萃编 160 卷　清刻本　44 册

两所金石录 18 卷　清刻本　12 册

孙制军年谱　清刻本　1 册

史通通释 21 卷　清刻本　6 册

唐鉴 24 卷　清刻本　4 册

百子全书 27 种　清刻本　10 册

二十二子全书　清刻本　83 册

家语疏证 6 卷　清刻本　1 册

文中子 10 卷　明刻本　4 册

小学集解 6 卷　清刻本　2 册

张子全书 15 卷　清刻本　10 册

近思录集注 14 卷　清刻本　4 册

朱子全书 66 卷　清刻本　36 册

黄氏日钞 97 卷

附古今汇要 19 卷　清刻本　26 册

大学衍义 43 卷　明刻本　12 册

性理大中 28 卷　清刻本　12 册

性理会通 42 卷　明刻本　5 册

明儒学案 62 卷　清刻本　16 册

理学宗传 26 卷　清刻本　12 册

义门读书记 58 卷　清刻本　12 册

人范 6 卷　清刻本　2 册

东越证学录 16 卷　活字本　8 册

经济文衡 72 卷　清刻本　12 册

孙武子本义 2 卷　清刻本　1 册

纪效新书 18 卷　清刻本　4 册

历代兵制 8 卷　清刻本　1 册

读史兵略 46 卷　清刻本　16 册

折狱龟鉴 8 卷　清刻本　1 册

孙子书校解引类 3 卷　钞本　3 册

齐民要术 10 卷　民国刻本　1 册

脉经 10 卷　清刻本　1 册

瘟疫论 2 卷　清刻本　1 册

几何原本 15 卷　清石印本　8 册

笔算便览 5 卷　清石印本　2 册

数理精蕴 45 卷　清石印本　24 册

太元经 10 卷　清刻本　2 册

藏经宅经　清刻本　1 册

画禅室随笔 4 卷　清刻本　2 册

昭代名人尺牍小传 24 卷　清刻本　2 册

赐烟斋题画偶录　清刻本　1 册

博古图 30 卷　明刻本　10 册
墨子闲诂 19 卷　清刻本　8 册
鹖冠子评注 2 卷　清刻本　1 册
吕氏春秋纂要 3 卷　明刻本　2 册
白虎通 4 卷　清刻本　2 册
容斋随笔 3 集　明刻本　14 册
梦溪随谈 26 卷　清刻本　4 册
意林 5 卷　清刻本　2 册
纬略 12 卷　清刻本　2 册
日损斋笔记等 4 种　清刻本　1 册
困学纪闻集证 22 卷　清刻本　10 册
爱日斋丛钞 5 卷　清刻本　1 册
坦齐通编等 3 种　清刻本　1 册
通雅 52 卷　清刻本　16 册
少室山房笔丛 48 卷　清刻本　16 册
日知录 32 卷附录 4 卷　清刻本　20 册
七修类稿 51 卷续 7 卷　清刻本　20 册
谌园札记 4 卷　清刻本　2 册
经史问答 10 卷　清刻本　1 册
池北偶谈 26 卷　清刻本　8 册
十驾斋养新录 23 卷　清刻本　8 册
癸巳类稿 15 卷　清刻本　6 册
读书杂志 82 卷　清刻本　24 册
曝书新记 3 卷　清刻本　3 册
求阙斋弟子记 32 卷　清刻本　16 册
春明梦余录 70 卷　清刻本　24 册
管天笔记外编 6 卷　钞本　2 册
郎潜纪闻二笔三笔 28 卷　清刻本　4 册

郎潜纪闻 14 卷　清刻本　6 册
邰扫集　明刻本　1 册
贵耳集 3 卷　明刻本　1 册
初学记 30 卷　清刻本　30 册
初学记 30 卷　清刻本　12 册
册府元龟 1000 卷　明刻本　504 册
古今姓氏书辩证 40 卷　清刻本　4 册
玉海 200 卷　清刻本　80 册
广博物志 50 卷　明刻本　32 册
博物典汇 20 卷　明刻本　4 册
考古类编 12 卷　清刻本　3 册
金壶字考 21 卷　清刻本　2 册
事类统编 93 卷　清刻本　48 册
山海经汇说 4 卷　清刻本　1 册
搜神记 20 卷　清刻本　2 册
搜神后记 10 卷　清刻本　1 册
世说新语 8 卷　明刻本　2 册
酉阳杂俎 20 卷续 10 卷　清刻本　6 册
扩言 15 卷　清刻本　4 册
太平广记 500 卷　清刻巾箱本　64 册
清异录 2 卷　清刻本　2 册
唐语林 8 卷　清刻本　4 册
玉壶野史 10 卷　清刻本　1 册
辍耕录 30 卷　明刻本　16 册
坚瓠瓠集 64 卷　清刻本　32 册
寄园寄所寄 12 卷　清刻本　12 册
表异录 20 卷　清刻本　2 册
香祖笔记 12 卷　清刻本　3 册

香祖笔记 12 卷　清石印本　3 册

两般秋雨盦随笔 8 卷　清刻本　24 册

茶香室丛钞 3 抄　清刻本　24 册

庸盦笔记 6 卷　石印本　3 册

湘山野录 4 卷　清刻本　2 册

华严要解　清刻本　1 册

老子道德经　清刻本　1 册

庄子翼 8 卷　明刻本　4 册

庄子因 6 卷　清刻本　3 册

四经丛隐　清刻本　1 册

老子道德经解 2 卷　清刻本　2 册

楚辞 8 卷　明刻本　2 册

楚辞 8 卷　明刻本　1 册

离骚正义不分卷　清刻本　1 册

屈原赋注　清刻本　1 册

楚辞辩证 2 卷　清刻本　1 册

忠武侯集 32 卷　明刻本　8 册

陈思王集 2 卷　清活字本　4 册

建安七子集 28 卷　明刻本　4 册

陆士衡集 10 卷　明刻本　1 册

汉魏百三家集零本 3 种　明刻本　4 册

陶靖节诗 4 卷　清刻本　1 册

陶诗　清石印本　1 册

陶渊明集 10 卷　清刻本　2 册

颜延之谢慧连集 2 卷　明刻本　1 册

庾子山全集 16 卷　清刻本　12 册

晋二后集 20 卷　清刻本　4 册

徐孝穆集 6 卷　清刻本　3 册

唐初四杰集 37 卷　清刻本　10 册

东壁图书府十二家集存三家　明刻本　2 册

张燕公集 25 卷　清刻本　5 册

王右丞集 30 卷　清刻本　8 册

曲江县 12 卷　清刻本　6 册

李太白集 36 卷　清刻本　16 册

杜诗镜铨 20 卷　清刻本　12 册

颜文忠公集 20 卷　清刻本　3 册

权载之文集 50 卷　清刻本　8 册

韩昌黎集 50 卷　明刻本　8 册

韩文 50 卷　日本刻本　6 册

昌黎诗注 11 卷　清刻本　6 册

昌黎先生集 51 卷　清刻本　11 册

柳河东集 50 卷　清刻本　15 册

元白长庆集元 66 卷白 71 卷　明刻本　16 册

白香山诗集 40 卷　清刻本　10 册

李义山诗集 16 卷　清刻本　2 册

玉谿生诗文集详注　清刻本　10 册

温飞卿诗集笺注 9 卷　清刻本　2 册

林和靖先生集 4 类　清刻本　2 册

元宪集 36 卷　清刻本　6 册

安阳集 50 卷附 13 卷　清刻本　24 册

文恭集 41 卷　清刻本　8 册

祠部集 35 卷　清刻本　8 册

公是集 54 卷　清刻本　10 册

彭城集 40 卷　清刻本　8 册

净德集 30 卷　清刻本　6 册

忠肃集 20 卷　清刻本　5 册

欧阳文忠公集 153 卷附 6 卷　明刻本　36 册

欧阳文萃 10 卷　明刻本　10 册

施注苏诗 42 卷　清刻本　8 册

苏文忠公诗编注集成 93 卷　清刻本　24 册

元丰类稿 50 卷　清刻本　20 册

临川诗文集 44 卷　明刻本　8 册

临川文集 100 卷　明刻本　12 册

山谷诗 内外集 43 卷　清刻本　13 册

沈氏三先生文集 39 卷　清刻本　10 册

陶山集 16 卷　清刻本　3 册

后山集 24 卷　清刻本　4 册

柯山集 62 卷　清刻本　12 册

参廖集 14 卷　清刻本　2 册

学易集 8 卷　清刻本　2 册

浮止集 9 卷　清刻本　2 册

龟山先生全集 42 卷　清刻本　8 册

昆林集 17 卷　清刻本　8 册

简斋集 16 卷　清刻本　2 册

刘屏山先生集 20 卷　明刻本　4 册

雪山集 16 卷　清刻本　3 册

攻愧集 112 卷　清刻本　26 册

乾道淳熙章泉稿 28 卷　清刻本　9 册

蒙斋集 20 卷　清刻本　4 册

洁齐集 24 卷　清刻本　6 册

陆放翁全集 157 卷　明刻本　100 册

南涧甲乙稿 21 卷　清刻本　8 册

石屏集 10 卷　清刻本　5 册

龙川集 34 卷　民国刻本　10 册

东山诗选 2 卷　清刻本　1 册

耻堂存稿 8 卷　清刻本　2 册

白石道人 4 种　清刻本　2 册

四明文献集 5 卷　钞本　1 册

深宁先生文钞 8 卷　清刻本　9 册

牧庵集 36 卷　清刻本　7 册

元遗山诗集笺注 14 卷　清刻本　4 册

金渊集 6 卷　清刻本　1 册

牧潜集 7 卷　清刻本　2 册

诚意伯文集 20 卷　清刻本　10 册

逊志斋集 24 卷　清刻本　16 册

大全集 18 卷　清刻本　12 册

奚囊蠹馀 23 卷　清刻本　6 册

王文成公全书 38 卷　清刻本　24 册

陈后冈诗集 2 卷　明刻本　1 册

辟尘记 4 卷　明刻本　1 册

薛文介公文集 4 卷　明刻本　8 册

震川先生集 31 卷　清刻本　12 册

茅鹿门集 8 卷　清刻本　4 册

留硕稿　明刻本　5 册

杨忠愍公集 4 卷　清刻本　2 册

汲古堂集 28 卷　清刻本　12 册

吞月子集 不分卷　清钞本　2 册

哭殉难诸公诗 2 卷 清钞本　1 册

宾阳诗文集 2 卷　清钞本　1 册

密娱斋诗集 13 卷　清钞本　8 册

奇零草　清钞本　1 册

冰搓集　清钞本　1 册
牧斋全集 163 卷　铅印本　40 册
舜水遗书 25 卷　铅印本　12 册
道园学古录 50 卷　清刻本　20 册
由拳集 32 卷　明刻本　12 册
壮悔堂文集 10 卷　清刻本　8 册
梅村诗集笺注 18 卷　清刻本　8 册
吴诗集览 20 卷　清刻本　16 册
曝书亭集 91 卷　清刻本　14 册
香屑集 19 卷　清刻本　10 册
湛园未定稿 6 卷　清刻本　6 册
樊榭山房集 28 卷　清刻本　8 册
南雷文约 4 卷　清刻本　4 册
黎洲遗著汇刻 29 种 57 卷　铅印本　20 册
渔洋山人精华录笺注 22 卷　清写刻本　8 册
蚕尾集 10 卷　清刻本　10 册
林惠堂文集 12 卷　清刻本　6 册
呆堂诗文钞 12 卷　清刻本　10 册
古欢堂全集　清刻本　24 册
湖海楼全集 51 卷　清刻本　16 册
白田草堂存稿 24 卷　清刻本　6 册
证三堂集 8 卷　清刻本　2 册
果堂集 12 卷　钞本　3 册
尖山堂诗文集 8 卷　清刻本　6 册
望溪先生文集 32 卷　钞本　14 册
呆堂诗文集 13 卷　清刻本　6 册
管邨先生文钞 3 卷　清刻本　3 册
春草堂记 不分卷　清刻本　1 册

千之草堂编年史 3 卷　清刻本　1 册
鲒埼亭集 98 卷　清刻本　24 册
有正味斋全集 86 卷　清刻本　16 册
惜抱轩全集 16　清刻本　14 册
茗柯文稿 3 编　清刻本　2 册
大云山房文稿 10 卷　清刻本　10 册
述学 6 卷　清刻本　2 册
鹿洲全集 46 卷　清刻本　18 册
洪北江全集 140 卷　清刻本　40 册
船山诗注 20 卷　清刻本　16 册
鉴止水斋集 20 卷　清刻本　6 册
尊闻居士集 8 卷　清刻本　4 册
宠寿堂诗集 16 卷　清刻本　6 册
韫山堂文集 8 卷　清刻本　4 册
柏枧山房集 32 卷　清刻本　6 册
疑雨集 4 卷　　石印本　2 册
笠翁文集 10 卷　清刻本　14 册
刘氏遗书 10 卷　清刻本　2 册
板桥集 5 卷　清刻本　4 册
仪顾堂集 16 卷　清刻本　4 册
复莊骈俪文权 8 卷　清刻本　1 册
鹤泉集　清刻本　1 册
诗稿合订　清刻本　3 册
拙吾诗稿 4 卷　清刻本　4 册
存政集 12 卷　清刻本　2 册
滤月轩集 7 卷　清刻本　2 册
琴隐园诗集 41 卷　清刻本　8 册
秋生文稿 3 卷　清刻本　1 册

东圃诗钞9卷　清刻本　1册

月吟草　清刻本　1册

逸云居士诗编　清刻本　1册

继雅堂诗集34卷　清刻本　10册

金白华堂诗集13卷　清刻本　4册

金白华堂诗文集41卷　清刻本　6册

正义堂文集24卷　清刻本　6册

月船居士诗稿　清刻本　1册

运甓斋诗稿8卷　清刻本　1册

运甓斋诗稿8卷　清刻本　1册

随山馆诗简4卷　清刻本　1册

八指头陀诗集10卷　清刻本　2册

八指头陀诗集19卷　1919年刻本　5册

五峰佳话　清刻本　1册

桂山房诗钞6卷　清刻本　3册

句铨土音上下集　抄本　1册

袁忠节公遗书3卷　清刻本　1册

渐西村舍集13卷　清刻本　9册

文选60卷　清刻本　24册

文选60卷　清刻本　16册

文选音义8卷　清刻本　8册

文选集萃16卷　清刻本　6册

文选集腋　清刻本　1册

文选苑21卷　清刻本　2册

文选苑21卷　清刻本　4册

唐文萃100卷　清刻本　24册

乐府诗集100卷　民国刻本　16册

文章轨范8卷　民国刻本　2册

宋元诗185卷　明刻本　16册

宋元诗钞　清刻本　6册

唐诗百名家全集298卷　清刻本　63册

全唐诗录100卷　清刻本　24册

宋十五家诗　清刻本　8册

唐诗别裁集20卷　清刻本　20册

明诗别裁集12卷　清刻本　12册

国朝诗别裁集32卷　清刻本　8册

明世综100卷　清刻本　40册

十种唐诗选　清刻本　4册

二三家宫词　清刻本　1册

甬上耆旧诗30卷　清刻本　16册

续甬上耆旧诗80卷　钞本　16册

续甬上耆旧诗80卷　清刻本　24册

国朝骈体正宗12卷　清刻本　6册

湖海文传75卷　清刻本　16册

湖海诗传46卷　清刻本　12册

万氏诗传22卷　清刻本　4册

古文辞类纂74卷续34卷　清刻本　20册

咏物诗选8卷　清刻本　4册

随园弟子诗选5卷　清刻本　1册

女才子集12卷　清刻本　4册

一笑集　清刻本　1册

西昆酬唱集2卷　清刻本　1册

元诗才调集8卷　钞本　2册

柳柳州文钞12卷　明刻本　1册

文心雕龙10卷　清刻本　4册

东坡乌台诗案　钞本　2册

词韵声调普　清刻本　1册

词林正韵3卷　清刻本　1册

定香亭笔谈4卷　清刻本　4册

四六丛话33卷　清刻本　12册

诗学指南8卷　清刻本　1册

浩然斋雅谈3卷　清刻本　1册

欧阳文忠公近体乐府　明刻本　1册

绝妙好词笺13卷　清刻本　4册

十国宫词　清刻本　1册

外国竹枝词1卷　清刻本　1册

玉凫词2卷　清刻本　1册

珂雪词不分卷　清刻本　2册

词辨2卷　清刻本　1册

疏影楼词5卷　清刻本　1册

春在堂词录2卷　清刻本　1册

四名近体乐府14卷　清刻本　2册

说文通训定声38卷　石印本　8册

尚书讲义文解　钞本　4册

五经备旨　清刻本　24册

五经精义　清刻本　10册

说文解文注15篇　石印本　6册

书仪10卷　清刻本　4册

汗简石印本　1册

说文解字30卷　清刻本　6册

说文字源韵表　清刻本　1册

宋拓夏承碑本　石印本　1册

清代浙江乡试硃卷　清刻本　13册

浙闱备考　清刻本　4册

宁波乡会试题名录　钞本　4册

浙江乡试同年齿录 辛酉壬戌　清刻本　3册

浙江乡试同年齿录 甲子丁卯　清刻本　4册

四书乡会试闱题备考　清刻本　1册

浙江藏书楼书目 甲乙编　铅印本　3册

壬子文渊阁所存书目5卷　清刻本　4册

宋刑统30卷　民国刻本　6册

圣武记14卷　石印本　6册

尚友录22卷　铜版印本　6册

西园汇史义例子2卷　明刻本　1册

三才略　清刻本　3册

国际邮政公约　铅印本　1册

日本新政考2卷　石印本　2册

万国史纲目上下2篇8卷　日本刻本　8册

调查民事习惯问题　铅印本　1册

两汉蒙拾4卷　石印本　2册

痛史17种　铅印本　28册

皇朝武功纪盛4卷　清刻本　1册

甬上族望表2卷　清刻本　1册

草莽私乘　清刻本　1册

汉西域图考7卷　石印本　4册

湖山便览13卷　清刻本　6册

陈氏法学笔记　钞本　12册

中国矿产志略　铅印本　铅印本　1册

补续汉书艺文志1卷　清刻本　1册

历代服饰考原2卷　清刻本　2册

刑考5卷　明刻本　2册

九朝野记4卷　铅印本　2册

259

大清搢绅全集　清刻本　4册
积古斋钟鼎款识10卷　石印本　5册
海国图志100卷　石印本　16册
史记萃华录　石印本　6册
年天痕26卷　铅印本　6册
泰西新史揽要24卷　铅印本　7册
海通图说15卷　铅印本　8册
三河创业记4卷　石印本　3册
天台山行记　清刻本　1册
朔方备乘80卷　石印本　8册
测地绘图12卷　清刻本　4册
水道提纲28卷　铅印本　8册
烂柯山志13卷　清刻本　4册
大清民律草案　铅印本　3册
大清刑律总纲草案17章　清刻本　2册
洗冤录全纂6卷　清刻本　1册
大清现行刑律案语　铅印本　48册
大清宣统新法令　石印本　32册
约章大全　石印本　48册
大清光绪新法令　铅印本　20册
大清现行刑律　铅印本　4册
三不朽图赞　铅印本　1册
九通全书　石印本　128册
侯鲭集五家　清刻本　2册
侧古编　清刻本　1册
劝修净土切要　民国刻本　1册
学疆怒斋笔算10卷　石印本　10册
芥子园画谱　清刻本　3册

金鸡谈荟15卷　清刻本　8册
回文类聚14卷　清刻本　4册
中西兵法四种　石印本　2册
会稽王氏银管录　清刻本　1册
行厨集18卷　清刻本　10册
宋稗类钞8卷　清刻本　24册
孔子家语10卷　石印本　5册
先型录　清刻本　1册
洴澼百金方14卷　清刻本　5册
右台仙馆笔记16卷　石印本　8册
庸闲斋笔记8卷　清刻本　4册
杂钞　钞本　1册
中西天文蒙求8卷　石印本　2册
景船斋杂记2卷　铅印本　2册
明夷待访录　清刻本　1册
汉学商兑3卷　清刻本　4册
情史24卷　清刻本　16册
增广诗韵合璧5卷　清刻本　5册
康熙字典　铅印本　44册
舟仙瘖述3卷　铅印本　10册
人海记2卷　石印本　2册
说郛续18卷　明刻本　1册
雍训4卷　清刻本　1册
天婴宝集　石印本　1册
统一分治刍议　铅印本　1册
困学纪闻2卷　清刻本　3册
民事丛录　清刻本　1册
传习录集评6卷　铅印本　2册

# 附 录

宋稗类钞 8 卷　铅印本　8 册

渊鉴类函 450 卷　清刻本　160 册

香艳丛书 3、6、7 集　铅印本　12 册

富强斋丛书 81 种　石印本　64 册

国粹丛书 112 种　铅印本　13 册

古今说部丛书 1—8 集　铅印本　48 册

西学大成 12 编　石印本　12 册

古今说海 142 卷　铅印本　12 册

观世音菩萨本迹感应颂 4 卷　铅印本　2 册

劝戒录类编 32 章　铅印本　4 册

指南真诀　钞本　1 册

御製诗 3 集　清刻本　40 册

古文析义合编 28 卷　清刻本　14 册

寸草庐奏稿 10 卷　清刻本　4 册

十三家诗 6 卷　石印本　6 册

苏黄词合刊　石印本　2 册

纯飞馆词 1 卷　清刻本　1 册

象山先生集 36 卷　铅印本　8 册

九九乐府　石印本　1 册

缀白裘 12 集　石印本　12 册

句东诗　清刻本　1 册

诗笺别疑 1 卷　钞本　1 册

甬上屠氏家集 14 卷　活字本　8 册

自怡吟初稿 4 卷　石印本　2 册

怀古堂偶存 4 卷　清刻本　1 册

唐诗三百首　清刻本　1 册

吴挚甫文集 4 卷　铅印本　5 册

龚定庵全集 15 卷　铅印本　7 册

有正味斋集 16 卷　清刻本　1 册

欧阳文忠文钞 32 卷　明刻本　3 册

范文正公全集 48 卷　清刻本　24 册

文山别集 12 卷　铅印本　4 册

自适斋诗钞 2 卷　活字本　5 册

鸿春小草 7 卷　清刻本　1 册

睫巢诗钞　石印本　1 册

四明高僧诗 2 卷　清刻本　1 册

容膝轩文稿 7 卷　清刻本　1 册

定斋集 3 卷　钞本　1 册

小眉小馆诗稿 6 卷　清刻本　1 册

舫庐文存内外集　清刻本　2 册

青莲馆诗存　铅印本　2 册

礼本堂诗集 12 卷　活字本　2 册

同人词选 9 卷　清刻本　4 册

唐宋八大家文钞　明刻本　34 册

方望溪文钞 6 卷　铅印本　5 册

慎江草堂诗 4 卷　清刻本　2 册

八指头陀诗集 4 卷　清刻本　1 册

戴南山文钞 6 卷　铅印本　3 册

长勿勿斋诗集 5 卷　铅印本　2 册

南归集　铅印本　1 册

雅园诗钞 8 卷　清刻本　4 册

自怡集 不分卷　清刻本　1 册

句馀嗣响　清刻本　2 册

听月楼诗钞 2 卷　石印本　1 册

稻花斋诗钞 8 卷　清刻本　8 册

蛟川诗繋 39 卷　铅印本　10 册

261

| | |
|---|---|
| 陶唐遗文　清刻本　2册 | 梦窗词5卷　清刻本　1册 |
| 毋自欺斋录存9卷　钞本　3册 | 温飞乡诗笺注9卷　石印本　4册 |
| 半严堂遗集不分卷　清刻本　2册 | 清稗类钞44卷　铅印本　44册 |
| 列女传8卷　清刻本　2册 | 吾国与吾民　铅印本　2册 |
| 安雅堂集15卷　铅印本　6册 | 中华通史2册　铅印本　2册 |
| 赤堇遗稿19卷　清刻本　4册 | 世界读史地图略说日本　铅印本　1册 |
| 雪交亭集12卷　钞本　6册 | 江浙两省沿海列岛图　3册 |

## 二、张荣昌先生捐赠古籍书目[①]

| | |
|---|---|
| 梅村家藏藁　吴伟业　民国刻本　10册 | 洗冤录集证　王又槐　清刻本　4册 |
| 梦坡室获古丛编　周庆云　影印本　12册 | 㽕澼百金方（三书宝鉴共20册） |
| 味雪斋文钞　戴綗孙　清刻本　4册 | 　惠麓酒民　清刻本　20册 |
| 晋宁诗文征　方树梅　铅印本　3册 | 钱氏家乘　钱文选　铅印本　1册 |
| 甲骨学文字编　朱芳圃　石印本　2册 | 林文忠公政书　林则徐　家刻本　17册 |
| 惜抱轩文集　姚鼐　清刻本　16册 | 通鉴辑览　清光绪万宝书局　石印本 |
| 汉碑大观　石印本　8册 | 　20册 |
| 古香书屋诗钞　赵辉璧　清刻本　4册 | 辞源　铅印本　12册 |
| 诚意伯文集　刘基　清刻本　16册 | 类经图翼　张介宾　清刻本　8册 |
| 韵府群玉　阴时夫　清刻本　12册 | 内务部古物陈列所书画目录　何煜 |
| 滇南文略　袁文典　清刻本　24册 | 　铅印本　10册 |
| 日知录　黄汝成　清刻本　16册 | 光绪条约　汪毅　铅印本　34册 |
| 渊鉴类函　张英　石印本　10册 | 西林岑氏族谱　岑毓英　清刻本　10册 |
| 金银图鉴　日文近藤首重　日本刻本　7册 | 湖海诗钞　王昶　清刻本　12册 |
| 滇南诗略　袁文典　清刻本　10册 | 皇朝经世文编　贺长龄　石印本　12册 |
| 诚意伯文集　刘基　局刻本　10册 | 唐四家集　孟浩然　石印本　4 |

---

[①] 本目录于1952年由图书馆编纂，表格式目录，著录内容包括序号、书名作者、版本、和册数，其中缺部分作者。本处为节省版面省略了序号和表格，改成条目式目录。

古玉图考　吴大澂　石印本　4册
篆刻针度　陈克怒　石印本　2册
滇诗嗣音集　黄琮　清刻本　6册
岭南群雅　刘彬华　清刻本　7册
刘真谱稿　杨守静　清刻本　20册
四书全译　汪恒　清刻本　14册
史存　刘远　清刻本　24册
蚕桑萃编　卫杰清刻本　8册
康熙字典　局刻本　6册
史传三编　朱轼　清刻本　24册
通志略　郑桥　铅印本　16册
石鼓释文　强运开　石印本　2册
东游日记　董康　石印本　3册
陶雅　寂园叟　石印本　4册
东华录　蒋良骐　石印本　12册
古玉图录　瞿中溶　民国刻本　1册
云南乡试录　刻本　2册
罗浮志　陈琏　1册
滇中琐记　杨琼　铅印本　1册
南诏野史　杨慎　清刻本　2册
寒山寺志　叶昌炽　清刻本　2册
百将图传　丁日昌　清刻本　2册
湖山便览　翟灏　清刻本　6册
滇贤像传初稿　方树梅　民国刻本　1册
滇南书画录　方树梅　民国刻本　1册
十三经字辨　陈鹤龄　清刻本　8册
福惠全书　黄六鹤　清刻本　12册
元遗山诗集笺注　施国祁　清刻本　4册

岳忠武王文集　黄邦宁辑清刻本　4册
困学纪闻集证　万稀槐　清刻本　12册
历代古钱图说　丁福保　石印本　2册
希古堂文存　黄炳堃　清刻本　10册
泉货汇考　王锡棨　石印本　12册
古泉丛话　戴熙　石印本　4册
吴汝论尺牍　吴汝论　清刻本　3册
盛谕像解　佚名　清刻本　5册
半舫印存　王琛辑　清刻本　1册
剑侠传　郑官应　清刻本　3册
五知斋琴谱　黄镇　清刻本　6册
俞俞斋诗文稿　史念祖　清刻本　6册
积古斋钟鼎彝器款识　阮元　清刻本　6册
成唯识论学记　释太贤　清刻本　4册
蒋庄勤公勋绩录　赵耀基　石印本　3册
关帝圣迹图录　庐湛　清刻本　5册
道咸同光名人手札　林则徐等　石印本　8册
农政全书　徐光启　抄本　16册
广列女传　刘开　清刻本　8册
聊斋志异　蒲松龄　石印本　8册
翁松禅手札　翁同龢　石印本　10册
古事比　方中德　石印本　6册
赏奇轩合编　上海同文书局石印本　8册
文学津梁　周中游　石印本　8册
历代诗话　何文焕编　石印本　16册
清史话　丁福保　铅印本　20册
文惠全书　黄世荣　5册
吕祖汇集　刘体恕辑　清刻本　20册

说文句读　王筠　清刻本　14册

国朝滇南诗略　袁文揆　清刻本　12册

备斋集古录　吴大澂　石印本　26册

古文辞类纂　姚鼐　清刻本　10册

历代画史汇传　彭运璨　清刻本　24册

全汉三周晋南北朝诗　丁福保　铅印本　20册

定山堂诗集　龚鼎孳　清刻本　18册

庚开府全集　庚信　清刻本　12册

思益梵天所问经　鸠摩罗什译　清刻本　2册

文庙丁祭铺　蓝钟端　清刻本　8册

马氏诗钞　清刻本　10册

陆轩公集　陆贽　清刻本　7册

康熙字典　清刻本　40册

阅薇草堂笔记　纪昀　清刻本　8册

淮南子　刘安　清刻本　6册

玉台新咏　徐凌　清刻本　6册

红树山庄诗钞　刘家庭　清刻本　2册

舌鉴辨正　梁玉瑜　铅印本　2册

易经精华　清刻本　4册

鸳鸯镜传奇　傅玉书　清刻本　2册

莲湖吟社稿　清刻本　2册

华严经　清刻本　17册

忍古楼诗　夏敬观　铅印本　4册

翁松禅尺牍　翁同龢　石印本　12册

樊榭山房集　厉鹗　清刻本　8册

春秋繁露　董仲舒　清刻本　2册

校碑随笔　方若　木活字本　6册

痘疹指南　宋麟祥　清刻本　1册

梅花喜神谱　宋伯仁　影印本　2册

隶辨　顾蔼吉　清刻本　8册

有正味斋骈体　吴锡麒　清刻本　8册

经书院课艺　清刻本　4册

国朝文汇　国学扶轮社　石印本　101册

全唐诗　石印本　32册

词章讲义　铅印本　2册

渔洋精华录笺证　徐淮　石印本　12册

自远堂琴谱　吴虹　清刻本　12册

续增河东盐法备览　宝棻　清刻本　3册

周易恒解　刘远民国　刻本　6册

天台治略　戴兆佳　抄本　6册

四书正蒙三辨　清刻本　8册

性理精义　清刻本　8册

历代古印大观　汪厚昌　石印本　4册

香雪斋诗钞　严鈖　清刻本　2册

种榆仙馆印谱　石印本　4册

说苑　刘向　铅印本　4册

历代论略　清刻本　6册

金刚经　翁方纲　石印本　1册

古泉拓存　王懿荣　石印本　2册

二百州孝图　胡文炳　清刻本　8册

嘉祐集　苏洵　石印本　2册

怡云诗草　张其禄　清刻本　4册

卧学堂诗集　袁嘉谷　铅印本　2册

惕斋遗集　周蕴良　民国刻本　2册

评点春秋纲目　1册

左传句解汇隽　清坊刻本　6册
范家集略　秦坊　清刻本　4册
唐宋八家文读本　清刻本　16册
史记　司马迁　清刻本　14册
西洋杂志　黎庶昌 8册
熏簏集　刘沅 4册
诗词杂俎　8册
怡云山馆诗存　杨柄铿 4册
昌黎先生集　韩愈 8册
断肠诗集　朱淑真 2册
槐轩杂著　刘沅 4册
汉魏六朝名家集　30册
随园全集　袁枚 64册
毛诗　影印本　4册
篆学丛书　石印本　16册
臣鉴录　蒋伊　清刻本　20册
国朝先正事略　李元度　石印本　10册
周易　清刻本　3册
汉碑篆额　和瀓　清刻本　3册
近思录　朱熹　局刻本　4册
廿二史考略　钱大昕　局刻本　18册
国朝六家诗选　清刻本　4册
书经图说　石印本　16册
飞鸿堂印谱　汪启淑　石印本　20册
金石粹编未刻稿　王昶　石印本　3册
东周列国传　8册
翁文恭公日记　翁同龢　40册
金石粹编　王昶　32册

后汉书　范晔　石印本　12册
三国志　陈寿　石印本　1册
历代诗话续编　丁保福　铅印本　24册
吾学录　吴荣光　局刻本　6册
韩昌黎全集　韩愈　石印本　12册
陶渊明集　陶潜　石印本　4册
画禅室随笔　董其昌　石印本　3册
李长吉集　李贺　石印本　2册
匾额轨范（日文）　日本刻本　5册
思过斋诗钞　萧培元　清刻本　2册
净土圣贤录　清刻本　6册
许氏说文　许慎　石印本　4册
归方评点史记　归有光　石印本　12册
五灯会元　影印本　12册
千甓亭古砖图释　陆心源　石印本　4册
西泠闺咏　清刻本　6册
附西泠仙咏　清刻本　6册
续富国策　瑶林馆主　坊刻本　4册
琴学入门　张鹤　石印本　3册
病鹤丛书　钱病鹤　石印本　4册
知足斋文集　朱珪　清刻本　14册
赵撝叔印谱　赵之谦　石印本　8册
云南丛书　民国刻本　32册
太平天国诗文钞　铅印本　3册
西泠印社所刻书　活字本　19册
四部丛刊　影印本　58册
管子　影印本　4册
四部备要　铅印本　18册

| | |
|---|---|
| 竹窗随笔　袾宏　影印本　3册 | 馆律分类初编　石印本　4册 |
| 地理玉髓真经　张之洞　坊刻本　12册 | 馨室所藏鈢印　罗振玉　石印本　4册 |
| 山海经　影印本　2册 | 馨室所藏鈢印　罗振玉　石印本　8册 |
| 吴氏聚珍四种　活字本　6册 | 五唐人集　茅子晋　石印本　6册 |
| 岭南遗书　清刻本　12册 | 薛氏钟鼎款释　石印本　5册 |
| 粤十三家集　清刻本　30册 | 清六家诗钞　刘执玉　铅印本　4册 |
| 杜工部集　杜甫　清刻本　10册 | 角山楼增补类腋　姚培谦　石印本　8册 |
| 楚辞　局刻本　4册 | 陶斋藏印初集　石印本　4册 |
| 诗　胡应麟　清刻本　4册 | 汉西域图考　李广庭　铅印本　4册 |
| 文选　清刻本　12册 | 痛史　铅印本　31册 |
| 三国志　陈寿　局刻本　8册 | 四川盐法政　丁宝桢　清刻本　20册 |
| 方望溪全书　方苞　石印本　8册 | 明滇南诗略　袁文揆　清刻本　10册 |
| 史记　司马迁　局刻本　11册 | 增补事略统编　黄葆真　石印本　12册 |
| 吾学录　吴荣光　坊刻本　8册 | 点石斋画丛　石印本　8册 |
| 佩文韵府　石印本　60册 | 四库全书简明目录　石印本　6册 |
| 史通通释　刘知几　铅印本　8册 | 诗画舫　石印本　6册 |
| 子史精华　石印本　10册 | 西湖志　李卫　清刻本　20册 |
| 毛诗稽古篇　陈启源　石印本　8册 | 钦定大清会典　石印本　20册 |
| 论说大观　铅印本　24册 | 续百家印谱　吴大澂　石印本　1册 |
| 困学纪闻注　翁元圻　铜版印本　6册 | 双清阁印谱　石印本　3册 |
| 唐宋八家文读本　沈德潜　铅印本　8册 | 增订画征录　张庚　石印本　2册 |
| 典林　江永　铜版印本　8册 | 归元恭文续钞　铅印本　2册 |
| 文献通考详节　严虞惇录　铅印本　14册 | 奇器图说　王征　清刻本　3册 |
| 分类尺牍便览　石印本　8册 | 鸡足山志　范承勋　清刻本　7册 |
| 吴氏世德录　清刻本　3册 | 鸡足山补志　赵藩李根源　铅印本　1册 |
| 纪效新书　戚继光　清刻本　4册 | 石钟山志　丁义芳　清刻本　8册 |
| 东坡奏议　苏轼　石印本　4册 | 重修昭觉寺志　释中恂　清刻本　4册 |
| 韦苏全集　韦应物　石印本　6册 | 经义述闻　王引之　石印本　6册 |

牧庵集　姚燧　清殿本　7册

吴昌硕先生遗作集　珂罗版　1册

百汉砚碑缩本　石印本　1册

悲盦胜墨　赵之谦　石印本　1册

秦汉瓦当文字　罗怀玉　石印本　1册

重刻清文虚子指南编　清刻本　2册

光绪续修云南通志　岑毓苏　200册

光绪续修云南通志稿　魏光焘　99册

道光云南通志稿　赵慎畛　112册

光绪续修云南通志稿　王文韶　100册

云南省城六河图说　清刻本　1册

云南备征志　王崧　铅印本　16册

云南备征志　王崧　民国刻本　18册

滇系　师范　清刻本　40册

广西府志　储之盘　清刻本　6册

广南府志　李熙龄　清刻本　7册

新平县志　魏镛　石印本　8册

新平县志　马太元　石印本　8册

新平县志　李诚　铅印本　4册

石屏县志　袁嘉谷　铅印本　14册

新兴州志　任中有　铅印本　6册

晋宁县志　朱庆春　铅印本　12册

巧家县志稿　汤祚　铅印本　6册

建北州志　祝宏　铅印本　10册

建北州志　祝宏　清刻本　12册

续修建水县志2部　梁家荣　铅印本　18册

续修建水县志3部　梁家荣　铅印本　12册

邓川州志2部　钮方图　清刻本　8册

沾益州志3部　李杰　清刻本　6册

武定州志　杨洱林　清刻本　6册

元江志稿3部　刘达武　铅印本　12册

石屏州志2部　管学宣　清刻本　8册

石屏新志　袁嘉谷　铅印本　1册

洱源县志4部　周沅　清刻本　6册

宣威县志稿5部　缪果章　铅印本　6册

宣威乡土志3部　缪果章　铅印本　3册

定远县志2部　李德生　抄本　6册

定远县志　李德生　抄本　5册

定远县乡土志　吴联珠　抄本　2册

河西县志　董枢　铅印本　4册

迁江县志　刘宗尧　铅印本　1册

禄劝县志2部　许实　铅印本　13册

宜良县志2部　许实　铅印本　12册

永北直隶厅志2部　朱庭珍　清刻本　10册

永昌府志4部　刘毓珂　清刻本　14册

蒙自县志3部　李焜　清刻本　6册

安宁州志　何齐圣　清刻本　5册

续修蒙化直隶厅志2部　吴蒲　清刻本　4册

蒙化府志2部　蒋旭　清刻本　4册

蒙化志稿4　梁友檍　铅印本　6册

宁县志　抄本　1册

大理县志稿2部　周宗海　铅印本　16册

大理府志2部　范承勋　铅印本　4册

南川县志　韦麟书　铅印本　13册

姚州志　甘雨　清刻本　12册

大姚县志 3 部　刘荣黼　清刻本　8 册
腾越厅志 3 部　赵端礼　清刻本　12 册
腾越州志 3 部　屠述濂　清刻本　6 册
安宁州乡土志合编 2 部　赵彬　铅印本
　1 册
盐丰县志 3 部　郭燮熙　铅印本　11 册
马龙县续志 3 部　王懋昭　铅印本　5 册
大定县志　李芳　石印本　18 册
邱北县志 2 部　缪云章　石印本　10 册
呈贡县志 7 部　朱若功等清刻本　8 册
罗江县志　李桂林　清刻本　6 册
鹤庆县志　杨金和　清刻本　10 册
南宁县志　张翊辰　清刻本　4 册
南川县志　蒋作梅　清刻本　5 册
云南府志　范承勋　清刻本　20 册
路南县志 3 部　杨中润　铅印本　4 册
昆明县志 5 部　戴絅孙　清刻本　6 册
昭通县志　杨履乾　民国刻本　10 册
民国昭通县志稿 4 部　卢金锡修、
　杨履乾、包鸣泉纂　铅印本　9 册
普安县志　杨学溥　石印本　16 册
普思沿边志略　柯树勋　铅印本　1 册
会理州志　王启晋　清刻本　9 册
桐梓县志　犹海龙　铅印本　20 册
续秀嵩明州志 3 部　汪焭　清刻本　4 册
嶍峨县志　陆绍?　清刻本　4 册
缅宁县乡土志　铅印本　4 册
黎里志　徐达源　清刻本　4 册

黎县志　刘启藩　铅印本　4 册
休纳县乡土志　抄本　3 册
续修白盐井志　罗其泽　清刻本　11 册
续修顺宁府志　党蒙　清刻本　12 册
滇边要路略　王沛霖　抄本　2 册
普洱府志　郑绍谦　清刻本　8 册
镇雄州志 2 部　宋成基　清刻本　8 册
陆良县志稿 2 部　俞赓唐　石印本　8 册
通海县志 4 部　魏荩臣　石印本　4 册
通海县志 2 部　魏荩臣　清刻本　4 册
续修通海县志 5 部赵自中　石印本　6 册
东川县志 5 部　方桂　清刻本　6 册
罗平乡土志 2 部　罗凤章　铅印本　4 册
镇南州志 3 部　甘孟贤　清刻本　10 册
陆凉州之　沈生遴　清刻本　2 册
成都县志　罗廷权　清刻本　16 册
遵义府志 2 部　黄乐之　清刻本　20 册
汾阳县志　李文起　清刻本　8 册
盐山县志　潘振义　清刻本　8 册
江川县乡土志　抄本　4 册
西藏通览　铅印本　4 册
西藏通览　铅印本　2 册
西藏图考　黄沛翘　清刻本　4 册
云南县志　黄炳堃　清刻本　5 册
云南北界勘察记　尹明德　铅印本　1 册
寰宇访碑录　孙星衍　清刻本　8 册
千甓亭古砖录　陆心源　清刻本　4 册
滇南名胜图　赵鹤清　石印本　3 册

附 录

通海乡土合编　徐振声　铅印本　1册
通海乡土参考　徐振声　铅印本　1册
云南地志　刘盛堂　石印本　3册
平彝地质资料表册　抄本　1册
万历云南通志　李元阳　铅印本　8册
华阳县志　曾鉴　民国刻本　16册
弥勒县志纲目小序　洗瑛　铅印本　1册
罗茨县志　王秉煌　清刻本　1册
广西府志　周埰　清刻本　1册
腾冲县志稿　刘梦湘　抄本　2册
云南滕永龙顺思普沿边图　刻本　1册
昆阳州志　朱庆椿　清刻本　6册
陆凉州志　沈生遴　清刻本　4册
罗茨县志　王炳煌　清刻本　4册
普宁州直　朱庆椿　清刻本　6册
云龙州志　陈希芳　抄本　1册
卫藏通志　和琳、松筠?　铅印本　4册
昆明市志　张维翰　铅印本　1册
中国经营西域史　曾问吾　铅印本　1册
察绥蒙民经济的解剖　贺扬灵　铅印本　1册
绥远志略　廖兆骏　铅印本　1册
西康疆域溯古录　胡吉庐　铅印本　1册
西南边城—缅宁　彭桂萼　铅印本　1册
云南省地志—思茅　刘盛堂　铅印本　1册
云南省地志—宣威　刘盛堂　铅印本　1册
分省地志—广西　方国汉　铅印本　1册
西藏人民的生活　刘光炎　铅印本　1册
西藏风俗志　汪今鸾　铅印本　1册

西康社会之鸟瞰　柯象峰　铅印本　1册
青海　周振鹤　铅印本　1册
琼崖　陈献荣　铅印本　1册
缅甸史纲　李田意　铅印本　1册
梵文经一部　1册
高士贤传　皇甫谧　清刻本　6册
蒙古地志　柏原教　日本铅印　3册
云南首义拥护共和始末记　庾恩旸　铅印本　2册
古滇士人图考　董贯之　石印本　2册
西康　梅心如　铅印本　1册
滇绎　袁嘉谷　铅印本　1册
云南省地志　张维翰　铅印本　1册
云南省地志　张维翰　铅印本　1册
滇中戏谑录　铅印本　1册
前丽江府彭公军次化俗歌　彭继志　刻本　1册
西藏交涉史　谢彬　铅印本　1册
云南旅沪学会会刊　该学会　铅印本　1册
腾越杜乱纪实　曹琨佩瑶述　1册
饭蘸老人笔记　铅印本　1册
滇云历年传　倪蜕　清刻本　8册
续资治通鉴　毕沅　石印本　39册
证治准绳　王肯堂　明刻本　24册
金刚经集注　清刻本　3册
大悲咒　清刻本　2册
蒋壮勤公勋绩录　李根源署　石印本　3册
佛经　刻本　30册
佛经　刻本　10册

**线装杂书**　刻本等　102 册　　　　**地图**　图册等　18 册

**旧平装杂书**　铅印等　95 册　　　　**外文图书**　铅印本　8 册

　　图册 16 册　　　　　　　　　　　**藏文**　石印本　4 册

## 三、吴丰培同志赠书草目[①]

### 1 页上

**吴丰培同志赠书草目**

**北平故宫博物院图书馆概况**　北平故宫博物院图书馆编，民国二十年该馆出版，1 册，平装。

**果文经笔记**　［清］陈倬撰，刊本，1 册，线装。

**国立北平图书馆馆务报告**　国立北平图书馆编，民国十九年（1930）该馆出版，1 册，平装。

**（钦定）四库全书总目二百卷**　［清］乾隆敕撰，刊本，存 106 册，线装。

**北平直隶书局书目**　直隶书局编，民国十七年（1928）铅印本，1 册，线装。

**北平直隶书局书目**　直隶书局编，民国廿五年（1936）铅印本，1 册，线装。

**三友堂书目（第 2 期）**　三友堂编，民国廿五年（1936）铅印本，1 册，线装。

**四存学会出版部书目**　四存学会出版部编，民国三十二（1933）铅印本，1 册，线装。

**来薰阁书目（第 3 期）**　来薰阁编，民国铅印本，1 册，线装。

---

[①] 按：这是吴丰培先生赠与中央民族学院图书馆的赠书目录。该目录编于 20 世纪 50 年代，手抄本，繁体字行楷，字迹清楚，书法上乘，字序下行，行序为自右至左排列。16 开本线装本，23 页（46 面），牛皮纸书衣，蓝色复写本，表格式目录，按书名、作者、年代和版本、册数、装帧 5 项（5 行）著录。除 1 页上 9 条、3 页上 11 条、4 页下 11 条、8 页下 12 条、10 页下 11 条、12 页 12 条、16 页下 11 条、19 页上 11 条、23 页 3 下条外，其余每页均为 10 条，共计 461 条，但该目录卷末统计为"471 条"，不知原因。该目录是 20 世纪 50 年代编目者的重要目录书，反映了当时图书馆老前辈的编目思想、著录方法、版本鉴别等情况，是研究 20 世纪 50 年代目录学发展轨迹的重要史料。因此，本次录入出版时，除改动个别字外，均按原文录入。

## 1页下

**保萃斋书目**　保萃斋编，民国廿四年（1935）铅印本，1册，平装。

**中国书店书目**　中国书店编，民国廿四年（1935）铅印本，1册，平装。

**通学斋书目（第1期）**　通学斋编，民国廿四年（1935）铅印本，1册，平装。

**富晋书社书目**　富晋书社编，民国十六（1927）铅印本，1册，平装。

**文奎堂书目（第11期）**　文奎堂编，民国廿六年（1937）铅印本，1册，平装。

**文奎堂书目（第11期续编）**　文奎堂编，民国廿七年（1938）铅印本，1册，平装。

**稽古堂书目（第1期）**　稽古堂编，民国廿五年（1936）铅印本，1册，平装。

**修绠堂书目（第4期）**　修绠堂编，民国廿四年（1935）铅印本，1册，平装。

**修绠堂书目（第5期）**　修绠堂编，民国廿六年（1937）铅印本，1册，平装。

**文殿阁新旧书目（第3期）**　文殿阁编，民国廿五年（1936）铅印本，1册，平装。

## 2页上

**萃文书局书目（第9期）**　萃文书局编，民国廿五年（1936）铅印本，1册，平装。

**文奎堂书目（第10期）**　文奎堂编，民国廿四年（1935）铅印本，1册，平装。

**东来阁书目（第4期）**　东来阁编，民国廿六年（1937）铅印本，1册，平装。

**群玉斋书目（第1期）**　群玉斋编，民国廿五年（1936）铅印本，1册，平装。

**江苏省立国学图书馆印行书籍提要**　江苏省立国学图书馆编，民国铅印本，1册，平装。

**世界图书馆展览会目录**　中国国际图书馆（上海）编，民国廿三年（1934）铅印本，1册，平装。

**相台本周易校记**　孟森撰，北平图书馆行馆民国铅印本，1册，平装。

**易经二卷**　主编不详，清嘉靖十年（1805）刊本，2册，线装。

**书经六卷**　主编不详，清嘉靖十年（1805）刊本，6册，线装。

**礼记**　主编不详，清嘉靖十年（1805）刊本，（存卷五至十）3册，线装。

2 页下

**春秋十六卷 附陆氏三传释文音义** ［唐］陆德明撰，阙名辑，清嘉庆十年（1805）刊本，12册，线装。

**学庸新义** 张新悟撰，民国廿三年（1934）铅印本，1册，线装。

**论语新编** 江希张编注，民国排印本，1册，平装。

**汪龙庄遗书** ［清］王辉祖撰，清同治元年（1862）刊本，6册，线装。

**万国政治艺学全书** ［清］朱大文、凌赓飚编，清光绪壬寅（1902）鸿文书局石印本，30册，线装。

**滂喜斋丛书** ［清］潘祖荫辑，清光绪潘氏刊本，存12册，线装。

**庚辰丛书** 赵诒琛、王大隆编，民国庚辰（1940）排印本，4册，线装。

**商务官报** ［清］商务官报局撰，清光绪廿二年（1906）刊本，174册，线装。

**交通官报** ［清］邮传部图书通译局官报处编，清宣统元年（1912）该处出版，23册，线装。

**时务报** ［清］梁启超编，清光绪时务报社铅印本，六册（1函），线装。

3 页上

**国学萃编** ［清］沈宗畸等编，清光绪戊申（1908）样印本，清光绪铅印本，6册（1函），线装。

**北平** 北平研究院史学研究会出版，民国廿一年（1932）该会出版，2册，线装。

**古学丛刊** （伪）北京古学院编，民国廿八年（1939）该院出版，9册，线装。

**蒙古白话报** 蒙藏院办报处编，民国二年（1913）该处出版，18册，平装。

**东方杂志** 商务印书馆编，清光绪卅二、卅三年（1906、1907）该馆出版，4册，平装。

**藏文白话报** 蒙藏院办报处编，民国二年（1913）该处出版，18册，平装。

**藏文白话报** 蒙藏院办报处编，民国二年（1913）该处出版，13册，平装。

**南社** 南社编，民国年间铅印本，2册，线装。

**独立评论** 独立评论社编，民国廿一年（1934）该社出版，1册，平装。

**出版周刊** 商务印书馆编，民国廿三年（1934）该馆出版，1册，平装。

**国学丛刊** （伪）国学丛刊书院第一院编，民国卅一年（1942）该院出版，3

册，平装。

## 3 页下

**国闻周报**　国闻周报社编，民国廿三年（1934）大公报社出版，1 册，平装。

**历史学报**　国立武汉大学历史学会编，民国廿五年（1936）该会出版，1 册，平装。

**中法大学月刊**　中法大学编，民国二十年（1930）该校出版，2 册，平装。

**中学丛刊**　北平国立师范大学史学会编，民国二十年（1930）该校出版，一卷一期，平装。

**中国学报**　中国学报社编，民国元年（1912）该社出版，1 册，平装。

**旅行杂志**　中国旅行社编，民国廿二年（1933）该社出版，七卷五期，平装。

**藏文报**　蒙藏院办报处编，民国四年（1915）该处出版，13 册，平装。

**国风报**　国风报馆编，清宣统三年（1911）该社出版，10 册，平装。

**旗族**　旗族报社编，民国三年（1914）该社出版，12 册，平装。

**北京图书馆月刊**　北京图书馆编，民国十七年（1928）该馆出版，2 册，平装。

## 4 页上

**国立北平图书馆月刊**　国立北平图书馆编，民国十八年（1929）该馆出版，2 册，平装。

**北平北海图书馆月刊**　北平北海图书馆编，民国十八年（1929）该馆出版，5 册，平装。

**北大图书部月刊**　北大图书部编，民国十八年（1929）该馆出版，2 册，平装。

**边事**　筹边协会编，民国十三年（1924）该会出版，1 册，平装。

**西北杂志**　西北协进会编，民国元年（1912）该会出版，2 册，平装。

**考古**　考古学社编，民国廿六年（1937）该社出版，1 册，平装。

**醒回篇**　［清］虹山编，清光绪卅四（1908）日本东京铅印本，1 册，平装。

**逸经**　谢兴尧编，民国廿五年（1936）逸经社出版，1 册，平装。

**小说月报**　商务印书馆编，清宣统二年（1910）该馆出版，2 册，平装。

**新纪元星期报**　新纪元星期报社编，民国元年（1912）该社出版，1 册，平装。

4 页下

**艺林月刊**　中国画学会编，民国廿七年（1938）该社出版，1册，平装。

**清华周刊**　清华周刊编，民国十二年（1923）该社出版，31册，平装。

**回文报**　蒙藏院办报处编，民国四（1915）该处出版，13册，平装。

**蒙古文报**　蒙藏院办报处编，民国五年（1916）该处出版，1册，平装。

**回文白话报**　蒙藏院办报处编，民国二年（1913）该处出版，14册，平装。

**回文白话报**　蒙藏院办报处编，民国二年（1913）该处出版，25册，平装。

**教育月刊**　吴江县公署编，民国四年（1915）该县公署出版，73册，平装。

**史料旬刊**　故宫博物院文献馆编，民国十九年（1930）该馆出版，8册，平装。

**雅言**　雅言社编，民国廿九年（1940）该社出版，4册，线装。

**光绪三十四年旧报**　［清］不著撰人，剪贴本，2册，线装。

5 页上

**古今图书集成一□卷**　［清］康熙敕撰，清殿本铜印本，存111册，线装。

**（御定）骈文类编二百四十卷**　［清］康熙敕撰，清殿刊本，存33册，线装。

**管子二十四卷**　［唐］房玄龄注，民国三年（1914）扫叶山房石印本，6册，线装。

**近思录十四卷**　［宋］朱熹、吕祖谦辑，［清］江永集注，清咸丰癸丑（1853）刊本，4册，线装。

**儒宗心法**　刘大坤辑，民国卅六年（1947）排印本，1册，线装。

**二十二史感应录**　［清］彭希涑辑，清光绪八年（1882）刊本，1册，线装。

**家庭直讲**　［清］陆钓川辑，清坊刻本，1册，线装。

**增补地理直指原真三卷**　［清］释如玉撰，清康熙五十二年（1713）刊本，8册1函，线装。

**地学形势集八卷**　［清］倪华南撰，清乾隆刊本，8册1函，线装。

**教务纪略四卷**　［清］李刚己撰，清光绪甲辰（1904）排印本，5册1函，线装。

5 页下

**大佛顶经序指味疏**　［清］谛闲撰，清光绪廿八年（1902）铅印本，1册，线装。

**大佛顶首楞严经十卷**　［唐］般剌密谛译，清铅印本，5册，线装。

**金刚经续本注解二卷**　［清］不著撰人，清咸丰甲寅（1854）刊本，2册，线装。

**等不等观杂录**　［清］杨文令撰，清刊本，1册，线装。

**清真教考**　孙可庵撰，民国十年（1921）北京清真书报社重刻本，1册，线装。

**天方典礼择要解二十卷**　刘智撰，民国十三年（1924）铅印本，存3册，线装。

**启蒙要略**　真回老人注，真唐刊本，1册，线装。

**回教要括**　杨敬修撰，民国三年（1914）排印本，1册，平装。

**天方典礼择要解二十卷**　刘智撰，民国十三年（1924）中华书局排印本，1册，线装。

**天方理性五卷**　刘智撰，民国十三年（1914）中华书局重排印本，1册，平装。

## 6页上

**回教考**　白铭庵编，清宣统排印本，1册，线装。

**正教真诠二卷**　真回老人撰，民国十一年（1922）铅印本，1册，平装。

**清真释疑补辑**　［清］金天柱撰，清光绪辛巳（1818）刊本，1册，线装。

**回耶雄辩论**　［印度］亚布敦拉原注、王文清译，民国三年（1914）铅印本，1册，线装。

**劝学篇**　［清］张之洞撰，清光绪戊戌（1898）刊本，1册，线装。

**佛教中学课本四集**　不著撰人，刊本，4册，线装。

**清华学校览**　清华学校编，民国十二年（1923）该校排印本，1册，平装。

**（北平）辅仁大学一览**　辅仁大学编，民国廿七年（1938）出版，1册，平装。

**奏定学堂章程**　清学部编，清光绪年间排印本，存6册，线装。

**清华的根本改造**　清华学校学生会编，铅印本，1册，平装。

## 6页下

**（国立）北平研究院第六年工作报告**　国立北平研究院编，民国廿四年（1935）该院出版，1册，平装。

**故宫博物院文献馆二十二年度工作报告及将来计划**　故宫博物院文献馆编，民国廿三年（1934）该院出版，1 册，线装。

**（国立北平）故宫博物院文献馆二十三年度工作报告**　故宫博物院文献馆编，民国廿四年（1935）该院出版，1 册，线装。

**（国立）北平研究院史学研究会历史组编辑及出版计划**　北平研究院史学研究会历史组编，民国廿四年（1935）该院出版，1 册，平装。

**己未词科录外录**　孟森撰，张菊生先生纪念文集排印本，1 册，平装。

**英国文官考试制度**　费福雄撰，民国二十年（1931）民智出版社出版，1 册，平装。

**石渠余纪六卷**　［清］王庆云撰，清光绪庚寅（1890）刊本，6 册，线装。

**奏折谱**　［清］饶旬宣编，清光绪癸巳（1893）荣录堂刊本刊本，1 册，线装。

**（钦定）宗室觉维律例二卷附一卷**　［清］定寿等纂修，清宣统二（1910）年铅印本，1 册，线装。

**（钦定）吏部铨选则例八卷**　［清］吏部编，清光绪刊本，12 册，线装。

## 7 页上

**（钦定）吏部铨选则例八卷**　［清］吏部编，清光绪刊本，12 册，线装。

**（钦定）六部处分则例五十二卷**　［清］不著撰人，清光绪八年（1890）上海图书集成局铅印本，8 册 1 函，线装。

**盛京典制备考八卷**　［清］崇厚，清光绪四年（1876）刊本，6 册，线装。

**吏部四司事宜二卷**　［清］不著撰人，清光绪抄本，2 册 1 函，线装。

**庆典成案**　［清］不著撰人，清铅印本，5 册 1 函，线装。

**庆典成案**　［清］不著撰人，清铅印本，5 册 1 函，线装。

**资治新书十四卷二编二十卷**　［清］李渔编，清坊刻本，1 册，平装。

**交通文学**　曾鲲记编，民国二年（1913）排印本，18 册 2 函，平装。

**热河蒙汉联欢会议议案**　不著撰人，铅印本，1 册，平装。

**（钦定）新官制全案**　［清］陈荔孙编，清光绪卅一年（1906）日本铅印本，1 册，平装。

## 7 页下

**杭嘉湖三府减漕纪略**　［清］戴槃撰，清同治戊辰（1868）重刻刊本，8 册，线装。

**租税论** 晏才杰撰,清民国十一年(1922)铅印本,2册,平装。

**星轺考辙四卷(又名各国铁路考)** [清]刘启彤译,清光绪廿二年(1896)仓山书局石印本,7册,线装。

**中国铁路史** 曾鲲化撰,民国十三年(1924)铅印本,2册,平装。

**禁吸鸦片烟刍议** [清]蒋履增撰,清宣统二年(1910)排印本,1册,线装。

**社会通论** [英]甄克斯撰、严复译,清光绪癸卯(1903)石印本,2册,线装。

**国际联合会之目的及其组织** 国际联合会编、郑毓旒译,民国二十年(1931)铅印本,1册,平装。

**新编条约** [清]吴葆诚编,清宣统二年(1910)铅印本,10册1函,线装。

**宣统条约** 胡振平等编,民国元年(1912)外交部排印本,2册1函,线装。

**苏俄工法法典** 刘贵斌译,民国十五年(1926)排印本,1册,线装。

## 8 页上

**苏维埃社会主义俄罗斯联邦共和国刑法** 裘汾龄译,民国十三年(1924)排印本,1册,平装。

**矿业条例实行细则** 不著撰人,民国排印本,1册,线装。

**实行类聚法规大全** [日]内川义章编,日明治卅二年(1899)排印本,1册,平装。

**大清光绪新法令** 商务印书馆编,清宣统元年(1909)排印本,24册4函,线装。

**民法总览** 许壬编,民国年间排印本,1册,平装。

**国会法典汇编** 不著撰人,民国年间排印本,1册,平装。

**(新译)日本法规大全** [清]刘崇杰等译,清宣统二年(1910)出版,81册(1箱),线装。

**中华法规大全** 上海共和编译局编,民国四年(1915)该局出版,53册(1箱),线装。

**钦定中枢政考三十二卷** [清]兵部纂修,清嘉庆廿年(1815)刊本,24册,线装。

**纪效新书六卷**　［明］戚继光撰，刊本，4册，线装。

8 页下

**乡兵管见二卷**　［清］李东撰，清光绪廿一年（1895）重刊本，1册，线装。

**见闻辑要**　［清］刚毅撰，清光绪十五年（1889）江苏书局重刊本，1册，线装。

**兵鉴二卷**　［清］徐宗乾撰，清咸丰二年（1852）刊本，2册，线装。

**洴澼百金方十四卷**　［清］袁宫桂撰，旧刊本，10册1函，线装。

**康熙字典**　［清］凌少文等编，清刊本，40册1函，线装。

**韵对大全**　［清］阮元辑，清旧抄本，40册4函，线装。

**鬼字原始意义之试探**　沈兼士撰，国学季刊（1921—1941）排印本，1册，平装。

**清文启蒙四卷**　［清］舞格寿平撰，清坊刻本，4册，线装。

**又一部**

**清汉对音字式**　［清］福隆安撰，清宣统元年（1909）镜古堂刊本，1册，线装。

**天文仪器志略**　常福元撰，民国十年（1921）铅印本，1册，线装。

**又一部**

9 页上

**淮河运河等之治理**　［德］哈奴浮著，宋海瑞译，地学杂志抽印本，1册，平装。

**关于东北造纸事业之商榷**　蔡振瀛撰，民国二十年（1931）排印本，1册（6册），平装。

**又六部**

**史学纲要**　陈去病撰，民国十六年（1927）排印本，2册，线装。

**二十四诗品浅解**　［清］杨廷芝撰，清光绪元年（1875）刊本，1册，线装。

**枝巢四述**　夏仁虎撰，民国癸卯（1943）排印本，1册，线装。

**辞赋学纲要**　陈去病撰，民国十六年（1927）排印本，1册，平装。

**卧雪诗话八卷**　袁嘉毂撰，民国甲子（1924）铅印本，2册，平装。

**德国绘画展览会**　中德学会编，民国二十五年（1936）铅印本，1册，线装。

**宋永思陵平面及石藏子之初步研究**　陈仲篪编，铅印本，1册，平装。

**嘉定秦希实先生翰墨**　秦曾荣写，民国十三年（1924）石印本，1册，线装。

## 9页下

**君子馆论书绝句一百二十首**　边城撰、袁照注，民国甲申（1949）刊本，1册，线装。

**集苏一百八书笺序目**　[清]徐琪辑，清光绪廿一年（1895）刊本，1册，线装。

**集涪翁文一百四十书笺叙目**　[清]撰，清光绪廿八年（1902）刊本，1册，线装。

**元刑法志四卷**　明 宋濂等修 [明]侯恪、谢德溥修补，清光绪间法律馆铅印本，1册，线装。

**汉魏名文乘**　[清]不著撰人，明坊刻本，4册，线装。

**桐城吴氏古文读本十三卷**　[清]吴汝纶编，清光绪卅二年（1906）文明书局出版，4册，线装。

**汉魏名文乘**　不著撰人，明坊刻本，2册，线装。

**晚村精选八大家古文**　[清]吕蜀良辑，吕氏家刻本，4册，线装。

**晋西家诗**　[清]戴廷栻辑，民国元年（1912）石印本，2册，线装。

**潘太常集**　[晋]潘尼撰，重刻汉魏六朝百三家集本，1册，线装。

## 10页上

**绿野斋归田集**　[清]刘鸿翱撰，民国卅年（1941）排印本，1册，线装。

**述梅草堂遗集三卷**　[清]蒋仁撰，民国七年（1918）铅印本，1册，线装。

**陶楼文抄十四卷**　[清]黄彭年撰，民国癸亥（1923）刊本，6册，线装。

**述梅草堂遗集甲集**　[清]蒋仁撰，民国铅印本，1册，线装。

**蕴真居诗集六卷 附诗余一卷**　[清]陆学钦撰，清光绪丁亥（1887）刊本，1册，线装。

**杏庐文抄八卷**　[清]褚福坤撰，清光绪辛丑（1901）刊本，3册，线装。

**蛰庐遗稿不分卷**　[清]王徐庠撰，清光绪廿七年（1901）刊本，1册，线装。

**求志轩文稿四卷**　[清]杨觐东撰，清光绪己巳（1905）排印本，1册，平装。

**龙川先生诗抄一卷 诗文补抄一卷 李氏遗书一卷** ［清］李光炘撰，铅印本，1册，线装。

**龙川先生诗抄一卷 诗文补抄一卷 李氏遗书一卷** ［清］李光炘撰，铅印本，1册，线装。

## 10 页下

**小安乐窝文集四卷诗存一卷** ［清］张海珊撰，清道光辛卯（1831）刊本，2册，线装。

**香树斋文集续抄五卷** ［清］钱陈群撰，清乾隆间刊本，2册，线装。

**天逸道人存稿** ［清］瞿元霖撰，民国廿二年（1933）瞿氏丛刊本，1册，线装。

**周悫慎公全集五十卷首一卷** 周馥撰，民国十一年（1922）周氏刊本，36册，线装。

**式洪室诗文** 梁庆桂撰，民国辛未（1931）排印本，1册，线装。

**廿四花风馆诗抄词抄** ［清］陈照常撰，民国庚午（1930）刊本，1册，线装。

**胜庄文抄一卷附年谱** 林扬光撰，民国戊午（1918）石印本，1册，线装。

（**胜庄文抄一卷附年谱** 林扬光撰，民国年戊午（1918）石印本，1册，线装。）（此条目上画有删除的红线）

**螾庐未定稿三卷续编一卷** 王季烈撰，民国廿三年（1934）石印本，3册，线装。

**郑斋汉学文稿** ［清］孙雄撰，清光绪戊申（1908）排印本，2册，线装。

## 11 页上

**余园丛稿** ［清］汪述祖撰，清光绪年间刊本，2册，线装。

**泡景集十卷** 陈度撰，民国乙丑（1925）铅印本，2册，线装。

**观所尚斋文存七卷** 夏孙桐撰，民国廿八年（1939）铅印本，2册，线装。

**顾渔溪先生遗集四卷** 顾璜撰，民国丙子（1936）刊本，1册，线装。

**江山万里楼史抄十三卷词四卷** 杨圻撰，民国乙丑（1925）铅印本，2册，平装。

**陈定山遗集** 陈浏撰，民国庚申（1930）铅印本，3册，线装。

志盦文稿四卷史稿六卷　王式通编，民国廿六年（1937）刊本，2册，线装。

蠖园文存三卷　朱启钤撰，民国廿六年（1937）铅印本，2册，线装。

匑厂文稿六卷　黄孝纾撰，民国己卯（1939）排印本，2册，线装。

张司空集　［晋］张华撰，重刊汉魏六朝一百三家集本，2册，线装。

11 页下

东莱博议四卷　［宋］吕祖谦换撰，清光绪己巳（1905）排印本，4册1函，线装。

怀旧集二卷　［清］冯疏辑，清光绪三年（1877）刊本，1册，线装。

引玉篇四卷　［清］廷清辑，清宣统二年（1910）石印本，1册，线装。

一微尘集五卷　［清］何震彝辑，清宣统元年（1909）铅印本，1册，线装。

明贤生日诗十卷 附名人生日表一卷　孙雄辑，民国十年（1921）铅印本，6册，线装。

东陆诗选三集六卷　袁嘉毂撰，民国己巳（1929）铅印本，1册，线装。

东莞袁崇焕都辽饯别用诗　不著撰人，民国乙亥（1935）铅印本，1册，线装。

南塘张氏诗略二卷　［清］张家鼎撰，清光绪戊寅（1878）刊本，1册，线装。

郁庐遗文　陈毅撰，伪满康德三年（1937）石印本，1册，线装。

艺园律社第八卷　艺园林律社编，民国年间铅印本，1册，线装。

12 页上

丁卯除夕戊辰元旦酬唱集　宗鹤年辑，民国戊辰（1928）铅印本，1册，线装。

蝇尘酬唱集八卷　孙雄辑，民国甲子（1924）排印本，2册，线装。

花之证果　梁士诒辑，民国十四年（1925）排印本，1册，线装。

唐女即鱼玄机诗一卷　［唐］鱼元机辑，仿宋字排印本，1册，线装。

函楼诗抄八卷 因遇诗一卷 词一卷　［清］易佩绅撰，清光绪八年（1882）刊本，2册，线装。

随扈纪行诗存　［清］蒋廷黻撰，铅印本，1册，线装。

读左杂咏　［清］蒋廷黻撰，家刻本，1册，线装。

又一部

龙川先生诗抄　［清］李光炘撰，光绪佚丛甲集本铅印本，1册，线装。

素兰集二卷 补遗一卷　［清］翁孺安撰,光绪佚丛甲集铅印本,1册,线装。

汪悔翁诗续抄　［清］汪士铎撰,民国丙寅(1926)石印本,1册,线装。

湖天啸咏集　［清］徐琪撰,清光绪八年(1882)刊本,1册,线装。

12 页下

长生录词一卷　［清］俞樾撰,清光绪卅一年(1905)刊本,1册,线装。

鹊泉山馆诗七卷 词一卷　［清］潘观宝撰,清末家刊本,2册,线装。

博议楼遗诗　［清］张乃淳撰,民国辛酉(1921)排印本,1册,线装。

冬日百咏　［清］徐琪撰,清光绪元年(1875)刊本,1册,线装。

俞楼诗记　［清］俞樾撰,清光绪辛巳(1881)刊本,1册,线装。

豆篱诗草　希文撰,清稿本,1册,线装。

莘庐遗诗六卷　［清］凌泗撰,清宣统辛亥(1911)刊本,4册,线装。

留春山房集古诗抄初集二卷 二集三卷 三集二卷 四集一卷　［清］龚璁撰,清道光廿九年(1849)刊本,3册,线装。

吾炙集　［清］钱谦益撰,佚丛甲集铅印本,1册,线装。

麻鞋纪行诗存　［清］蒋廷黻撰,清光绪年间家刻本,1册,线装。与《扈纪行诗存》合为1册。

13 页上

随扈纪行诗存　［清］蒋廷黻撰,家刻本,1册,线装。

小林壑诗抄八卷　［清］钟鼎撰,清光绪癸未(1885)刊本,3册,线装。

瞿园诗草三卷　［清］袁祖光撰,清光廿七绪(1901)刊本,2册,线装。

敦素堂诗集八卷　［清］任其昌撰,民国壬子(1912)排印本,2册,线装。

麻园遗集　［清］谢烺枢撰,清宣统元年(1909)排印本,1册,线装。

铁琴铜剑楼词草　［清］瞿镛撰,清光绪丁未(1907)刊本,1册,线装。

吹月填词馆剩稿三卷　［清］瞿绍坚撰,清光绪丁未(1908)排印本,1册,线装。

墨池赓和　［清］徐琪撰,清光绪丁亥(1888)刊本,1册,线装。

春雨草堂剩稿四卷　［清］高埰撰,家刻本,1册,线装。

枫江渔唱删存五卷　［清］徐世勋撰,民国四年(1915)刊本,2册,线装。

13 页下

藤花书屋集词牌卅韵　　［清］藤花书屋主人撰，清光绪十四年（1888）刊本，1册，线装。

万甲游草残稿三卷　　［清］陆光祖撰，民国甲子（1924）朱印本，1册，线装。

青箱集三卷　　［清］德钟辑，民国四年（1915）铅印本，2册，线装。

示儿诗　　［清］徐琪撰，清光绪丁未（1907）刊本，1册，线装。

退思轩诗集六卷 附补遗　　［清］张百熙撰，清宣统三年（1911）排印本，1册，线装。

寿芝仙馆诗存一卷　　［清］衡瑞撰，民国二年（1913）石印本，1册，线装。

话语楼遗诗一卷 附录一卷　　［清］徐涛撰，民国六年（1917）排印本，1册，线装。

竹斋戊申诗卷　　［清］檀玑撰，清光绪戊申（1908）排印本，1册，线装。

知不可斋咏诗　　［清］汪莹撰，清光绪卅三年（1907）排印本，1册，线装。

六斋诗存二卷　　［清］丁善宝撰，清光绪九年（1883）刊本，2册，线装。

14 页上

荚庵退叟诗剩一卷　　［清］耿苍龄撰，清光绪申辰（1904）石印本，1册，线装。

亦有秋斋诗抄二卷　　［清］钮福畴撰，民国七年（1918）排印本，1册，线装。

佩秋阁诗稿二卷 词稿一卷　　［清］吴苣撰，清光绪元年（1875）刊本，1册，线装。

纫兰室诗抄三卷 鲽砚庐诗抄二卷 联吟集一卷　　［清］严永华撰，清光绪丁酉（1897）刊本，2册，线装。

超览楼诗稿六卷　　［清］瞿鸿禨撰，民国廿四年（1935）芪氏刊本，1册，线装。

适斋诗集四卷　　［清］崇实撰，清光绪三年（1877）刊本，1册，线装。

杂诗　　不著撰人，抄本，1册，线装。

盍簪书屋遗诗　　吴鸣钧撰，民国丁巳（1917）铅印本，1册，线装。

秋华堂诗　　［清］丁傅靖撰，清宣统三年（1911）铅印本，1册，线装。

浩歌堂诗抄十卷　　陈去病撰，民国十三年（1924）刊本，2册，线装。

14 页下

**胜庄诗抄**　林扬光撰，民国丁巳（1917）石印本，1 册，线装。

**郑斋类稿**　孙雄撰，民国排印本，1 册，线装。

**郑斋感逝诗甲集四卷 乙集一卷 题词一卷**　孙雄撰，民国戊午年（1918）铅印本，3 册，线装。

**梅湖吟稿**　[清]林栋撰，清宣统庚戌年（1910）排印本，1 册，线装。

**可园诗抄六卷**　[清]三多撰，清光绪十八年（1892）石印本，4 册，线装。

**知稼轩诗**　张元奇撰，民国七年（1928）铅印本，1 册，线装。

**袁中节公遗诗**　[清]袁昶撰，清宣统元年（1909）铅印本，1 册，线装。

**弄拙吟**　[清]佘燊撰，清宣统己酉（1909）排印本，1 册，线装。

**辽东集**　赵元礼撰，民国癸丑（1913）铅印本，1 册，线装。

**余园诗稿**　汪述祖撰，家刊本，1 册，线装。

15 页上

**忏慧词**　[清]徐自华撰，清光绪戊申（1908）排印本，1 册，线装。

**度针楼遗稿**　[清]徐蕙贞撰，清光绪戊申（1908）排印本，1 册，线装。

**昔园诗录四卷**　[清]程澍撰，清光绪宣统元年（1909）排印本，1 册，线装。

**知稼轩诗六卷**　张元奇撰，民国二年（1913）排印本，1 册，线装。

**补学斋文抄二卷 诗抄四卷**　胡调元撰，民国二年（1913）排印本，2 册，线装。

**焦桐集二卷**　俞寿沧撰，民国乙亥年（1935）排印本，1 册，线装。

**东游诗草 附日程**　孟桀撰，伪满康德元年（1934）排印本，1 册，平装。

**云史悼亡四种**　杨圻撰，民国铅印本，1 册，平装。

**大江集**　胡怀琛撰，民国十年（1921）排印本，1 册，平装。

**禾庐新年杂咏一卷**　丁立中撰，民国八年（1919）铅印本，1 册，线装。

15 页下

**和永嘉百咏一卷**　丁立中撰，民国甲子（1924）铅印本，1 册，线装。

**成趣园诗抄**　郑霁光编，民国乙丑（1915）铅印本，1 册，线装。

**大淳山房文抄四卷诗抄四卷**　秦敦世撰，民国辛巳（1931）铅印本，2 册，线装。

**枸橼轩诗抄二卷附一卷** 何桂珍撰，民国乙丑（1925）俞氏刊本，1册，线装。

**小竹里馆吟草八卷乐静词一卷** 俞陛云撰，民国戊辰（1928）刊本，2册，线装。

**卧雪楼诗集十卷** 袁嘉毂撰，民国丁卯（1928）铅印本，2册，线装。

**蔼庐诗草** 金城撰，民国丙寅（1936）铅印本，1册，线装。

**上下古今谈** 吴敬恒撰，民国铅印本，2册，线装。

**前三十六天诗一卷后三十天诗一卷引玉篇一卷** 延清撰，清宣统三年（1911）排印本，2册，线装。

**板桥集** ［清］郑燮撰，刊本，3册，线装。

## 16页上

**松客诗** 黄式叙撰，民国丁卯（1927）铅印本，1册，线装。

**一行小集** 丁祖荫撰，民国三年（1914）排印本，1册，线装。

**如许斋集续编窗课存稿** ［清］如许斋古人撰，清光绪乙酉（1885）刊本，4册，线装

**和陶诗四卷** 夏仁虎撰，民国辛巳（1941）排印本，1册，线装。

**铁梅花馆北风集** ［清］庆珍撰，清光绪三十年（1904）刊本，1册，线装。

**复庵诗集二卷** 许珏撰，铅印本，1册，线装。

**忍冬书屋诗集八卷** 郭家声撰，民国十九年（1930）铅印本，2册，线装。

**忍冬书屋诗集八卷** 郭家声撰，民国十九年（1930）铅印本，1册，线装。

**忍冬书屋诗续集八卷** 郭家声撰编，民国廿八年（1939）铅印本，1册，线装。

**嘤鸣馆百叠集** ［清］孙点撰，清光绪庚寅（1890）排印本，1册，线装。

## 16页下

**山外楼诗稿一卷尘天阁诗稿一卷** 徐商济撰，民国七年（1918）铅印本，1册，线装。

**双修阁诗存二卷** 张元默撰，民国三年（1914）排印本，1册，线装。

**亢盦诗稿一卷初稿一卷** 徐寿兹撰，民国十二年（1923）刊本，1册，线装。

**谏果书屋遗诗二卷** ［清］郑恭和撰，民国七年（1918）铅印本，1册，线装。

**又一部**

啸盦诗稿六卷词稿六卷　夏仁虎撰，民国庚申（1920）刊本，4册，线装。

松陵女子诗徵十卷　费善庆、薛凤昌辑，民国戊午（1918）排印本，4册，线装。

春帆入蜀图题咏　戴振声辑，民国庚午（1930）刊本，1册，线装。

屏庐肊说　金钺撰，民国辛酉（1921）刊本，1册，线装。

黄介卿言行瑑记　踽盦老人编，民国年间铅印本，1册，线装。

盛京府（满汉合璧）　不著撰人，抄本，1册，线装。

17 页上

诗碑新编　王恰撰，民国卅二年（1943）铅印本，1册，平装。

偶语百联　金钺撰，民国辛酉（1921）刊本，1册，线装。

蜩厂词遗稿　黄孝纾，民国年间铅印本，1册，线装。

清声阁词　吕凤撰，民国丁巳（1917）刊本，1册，线装。

盟庐词一卷 看镜词一卷　［清］蒋廷黻撰，家刊本，1册，线装。

碧山楼传奇　夏仁虎撰，民国乙丑（1925）铅印本，1册，线装。

泰西新史揽要廿四卷　［英］马恳西撰、［英］李提摩太译、蔡尔康述，清光绪廿一年（1895）铅印本，8册，线装。

古史辨（第二册）　顾颉刚编，民国十九年（1930）北平朴社出版，1册，平装。

战国秦汉间人的伪造与辨伪　顾颉刚撰，史学年刊排印本，1册，平装。

王韬上书太平天国事考　谢兴尧撰，国学季刊排印本，1册，平装。

17 页下

平定粤匪纪略十八典　［清］杜文澜撰，清光绪辛巳（1881）坊刻本，4册，线装。

谕摺汇存　［清］不著撰人，清光绪卅一年（1905）排印本，36册6函，线装。

阁抄汇编　［清］不著撰人，清光绪排印本，40册10函，线装。

历代名臣奏议选三十卷　［清］赵承恩辑，清光绪辛丑（1901）扫叶山房石印本，10册，线装。

（御选）明臣奏议四十卷　佚名编，清末刊本，10册，线装。

**张江陵书牍二卷** ［明］张居正撰，清光绪卅二年（1906）广智书局出版，4册，平装。

**熊襄愍书牍** ［明］熊廷弼撰，清光绪卅四（1908）广智书局出版，2册，平装。

**黄石斋书牍** ［明］黄道周撰，清光绪卅四年（1908）铅印本，1册，平装。

**周忠节公奏疏** ［明］周怡撰，清乾隆四年（1726）刊本，1册，线装。

**洪文襄公对笔记二卷** ［清］洪承畴撰，清光绪癸巳（1893）荣录堂刊本，1册，线装

## 18 页上

**抚豫宣化录四卷** ［清］田文镜撰，清道光辛卯（1831）刊本，10册2函，线装。

**彭刚直公奏议四卷** ［清］彭玉麟撰，清光绪十七年（1891）刊本，4册1函，线装。

**湘藩案牍抄存** ［清］赵濬彦辑，清宣统三年（1911）铅印本，4册，线装。

**三星使书牍三卷** 广智书局编，清光绪卅四年（1908）该局出版，2册，平装。

**度支部通阜司奏案辑要六卷** ［清］度支部通阜司编，清光绪铅印本，6册1函，线装。

**户部井田科奏咨辑要二卷** ［清］户部井田科编，清光绪铅印本，2册1函，线装。

**户部广西司奏案辑要四卷** ［清］户部广西司编，清光绪铅印本，4册1函，线装。

**许竹筼出使函稿十四卷** ［清］许景澄撰，清道光铅印本，4册，线装。

**李文忠公函稿七十卷** ［清］吴汝纶编，清光绪壬寅（1902）铅印本，12册，线装。

**郑斋刍论** ［清］孙雄撰，清光绪石印本，1册，线装。

## 18 页下

**兴登堡自传** ［德］兴登堡撰，魏江新译，民国廿三年（1934）商务出版，1册，平装。

**越中三不朽图赞** ［明］张岱撰，民国年七年（1918）绍兴铅印本，1册，线装。

**满汉名臣传八十卷** ［清］国使馆编，巾箱本，存74册，线装。

**孔子弟子籍** 袁嘉毂辑，民国廿年（1931）云南石印本，1册，线装。

**金学士国史循史传稿一卷** ［清］朱锦撰，民国戊辰（1928）刊本，1册，线装

**陆文端行状（陆润痒）** 不著撰人，民国五年（1916）刊本，1册，线装。

**李文忠公事略** ［清］吴汝纶撰，［日］明治卅五年（1902）三省堂出版，1册，线装。

**李中丞行状（李明墀）** 李盛铎撰，民国铅印本，1册，线装。

**曾孟朴讣告及纪念特辑** 曾炢编，民国排印本，2册，线装。

**沈翠岭君墓志铭（槱惠）沈瀌生事略（中圣）** 不著撰人，家刊本，1册，线装。

## 19 页上

**冯叙惠行述（风光元）** 不著撰人，石印本，1册，线装。

**程壮勤公事略（程文炳）** 不著撰人，石印本，1册，线装。

**鹿文端公荣哀录八卷（鹿传霖）** 不著撰人，清宣统二年（1910）排印本，2册，线装。

**陆文端公荣哀录（陆润痒）** 不著撰人，民国五年（1916）排印本，1册，线装。

**无补老人哀挽录（赵尔巽）** 不著撰人，民国十六年（1927）排印本，1册，线装。

**又一部**

**（宋本）韩文类谱七卷 柳谱一卷（韩愈、柳宗元）** ［宋］吕大防著，清雍正八年（1710）仿宋重刻本，4册，线装。

**宗忠简公年谱二卷** ［清］宗佳谟著，清光绪十二年（1886）铅印本，1册，线装。

**广元遗山年谱二卷（元好问）** ［清］李光廷纂，民国八年（1919）铅印本，1册，线装。

**胡应麟年谱** 吴晗著，民国廿三年（1934）清华学校排印本，1册，平装。

**周恭节公年谱** ［明］吴达可著，清乾隆四年（1726）刊本，1册，线装。

19 页下

**成山老人自撰年谱六卷 附录一卷**　［清］唐炯撰，清宣统二年（1911）铅印本，3册，线装。

**金正希先生年谱（金声）**　［清］程锡类撰，民国戊辰（1928）刊本，1册，线装。

**露桐先生年谱四卷（李殿图）**　［清］钱映辉著，清嘉庆八年（1803）家刻本，4册1函，线装。

**还读我书室老人年谱二卷（董恂）**　［清］董恂撰，清光绪年间刊本，2册1函，线装。

**王靖毅公年谱二卷 列传一卷 行述一卷（王懿德）**　［清］王家勤著，清咸丰刊本，4册1函，线装。

**宝应刘楚桢先生年谱（刘宝楠）**　［清］刘文兴著，辅仁学志排印本，1册，平装。

**刘润临先生年谱（刘台拱）**　［清］刘文兴著，国学季刊排印本，1册，平装。

**晏海澄先生年谱四卷 附录一卷（晏安澜）**　［清］金兆丰著，民国庚午（1930）晏氏刊本，4册，线装。

**惕盦年谱（自订）**　［清］崇实撰，清光绪刊本，1册，线装。

**景牧自订年谱**　吴廷燮著，民国廿六年（1937）铅印本，1册，线装。

20 页上

**军机章京题名**　［清］吴孝铭编，清道光七年（1827）刊本，1册，线装。

**内阁汉票签中书舍人题名及续编**　［清］鲍康辑、薛浚辑，清咸丰辛酉（1861）刊本、续编光绪卅一年（1905）刊本，2册，线装。

**（大清）搢绅全书 附新增二卷 中枢备览二卷（光绪戊戌［二十四年秋季］）**　不著撰人，清光绪戊戌（1898）荣宝斋刊本，8册1函，线装。

**（大清最新）百官录（光绪戊申［二十四年夏季］）**　［清］彭汝畴编，清光绪戊申（1908）槐荫山房刻本，4册，线装。

**（大清）搢绅全书 附中枢备览二卷（光绪丙午［三十二年冬季］）**　不著撰人，清光绪丙午（1906）荣余堂刊本，6册，线装。

（大清）搢绅全书（同治甲戌［十三年春季］） 不著撰人，清同治甲戌（1874）斌陞堂刊本，4册1函，线装。

（大清）搢绅全书（光绪乙丑［十五年秋季］） 不著撰人，清光绪乙丑（1989）斌陞堂刊本，4册1函，线装。

（大清）搢绅全书（光绪戊子［十四年冬季］） 不著撰人，清光绪戊子（1888）荣录堂刊本，4册1函，线装。

（大清）搢绅全书（光绪丙午［三十二夏季］） 不著撰人，清光绪丙午（1906）荣宝斋刊本，4册1函，线装。

（大清）搢绅全书（光绪甲申［十年春季］） 不著撰人，清光绪甲申（1884）荣录堂刊本，4册1函，线装。

20 页下

（大清）搢绅全书（光绪癸巳［十九年夏季］） 不著撰人，清光绪癸巳（1893）荣录堂刊本，4册1函，线装。

（大清）搢绅全书 附中枢备览（光绪辛卯［十七年夏季］） 不著撰人，清光绪辛卯（1891）荣录堂刊本，6册1函，线装。

（大清）搢绅全书 附中枢备览（宣统己酉［元年秋季］） 不著撰人，清宣统己酉（1909）荣录堂刊本，6册，线装。

（大清）搢绅全书（宣统庚戌［二年秋季］） 不著撰人，清宣统庚戌（1910）荣录堂刊本，4册，线装。

（大清）搢绅全书 附中枢备览二卷（光绪戊戌［廿四年冬季］） 不著撰人，清光绪戊戌（1898）荣录堂刊本，8册，线装。

（大清）搢绅全书（光绪己未［廿一年秋季］） 不著撰人，清光绪乙未（1895）荣录堂刊本，4册，线装。

（大清）搢绅全书（咸丰癸丑［三年春季］） 不著撰人，清光绪（1853）文宝斋刊本，4册，线装。

（大清）搢绅全书（光绪丙午［卅二年春季］） 不著撰人，清光绪丙午（1906）荣宝斋刊本，4册，线装。

（大清）搢绅全书（同治二年） 不著撰人，清同治癸亥（1864）荣宝斋刊本，4册，线装。

（大清）搢绅全书（光绪戊子［十四年夏季］） 不著撰人，清光绪戊子年（1888）荣宝斋刊本，4册，线装。

## 21 页上

（大清）搢绅全书（光绪己巳［卅一年春季］） 不著撰人，清光绪己巳（1905）荣录堂刊本，4册1函，线装。

（大清）搢绅全书（光绪癸卯［廿九年春季］） 不著撰人，清光绪癸巳（1903）荣录堂刊本，4册1汉，线装。

（大清）搢绅全书（光绪丙午［十二年春季］） 不著撰人，清光绪癸巳（1886）荣录堂刊本，4册1函，线装。

搢绅爵秩全览（光绪丁未［卅三年春季］） 不著撰人，清光绪丁未（1907）荣录堂刊本，4册1函，线装。

搢绅爵秩全览（光绪戊申［卅四年春季］） 不著撰人，清光绪戊申（1908）荣录堂刊本，4册1函，线装。

**盐务署职员录** 盐务署编，民国十二年（1923）该署出版，1册，平装。

**财政部职员录** 财政部编，民国十六年（1927）该部出版，1册，平装。

**陇泰豫海铁路职员录** 该路驻京总办公所编，民国十一年（1922）该局出版，1册，平装。

**京汉铁路管理局职员录** 京汉铁路管理局编，民国八年（1919）该局出版，1册，平装。

**财政部职员录** 财政部编，民国十二年（1913）该部出版，1册，平装。

## 21 页下

**（国立）北京大学职员录** 北京大学文牍课编，民国十九年（1930）该校出版，1册，平装。

**蒙藏院职员录** 蒙藏院秘书处编，民国十六年（1927）该院出版，1册，平装。

**京奉铁路职员录** 京奉铁路局编，民国七年（1928）该局出版，1册，平装。

**苏州府长元吴科第谱四卷** ［清］陆懋修辑、陆润华补辑，清光绪丙午（1906）刊本，2册，线装。

**游庠录二卷（吴江震泽县）** 汝仁龙辑，民国十三年（1924）铅印本，2册，线装。

**苏州府长元吴三邑诸生谱九卷** ［清］钱国祥辑，清光绪丙午（1906）刊本，2册，线装。

**嘉庆庚申科直省同年录** 不著撰人，清光绪元年（1875）吴仁杰刊本，1册，线装。

**桐城叶氏家传** 叶玉麟撰，铅印本，1册，线装。

**韬厂蹈海录四卷（陆仁熙）** 不著撰人，清宣统年间排印本，2册，线装。

**伊尔根觉罗氏家传** 佚名编，清咸丰申寅（1854）刊本，1册，线装。

## 22 页上

**阚氏故实** 阚铎撰，民国十三年（1924）排印本，1册，线装。

**食德录** 不著撰人，俞氏家刻本，1册，线装。

**闽县何氏赠品展览会目录** 国立北平图书馆编，民国廿三年（1934）该馆出版，1册，平装。

**北平图书馆北平研究院展览拓片目录** 图书馆研究院合编，民国廿五年（1936）该馆出版，1册，平装。

**元大都宫苑图考** 阚铎撰，民国十九年（1930）营造学社汇刊抽印本，1册，平装。

**北京文物保存保管状态之调查报告** 伪华北综合调查研究所编，民国卅四年（1945）油印本，1册，平装。

**焦山志二十六卷 续志八卷** ［清］吴云撰，清同治甲戌（1874）刊本，10册，线装。

**拟梁曜北答段懋堂论戴赵二家水经注书** 孟森撰，民国廿五年（1936）北平故宫博物院文献论丛排印本，1册，平装。

**大岳太和山纪略八卷** ［清］李榤修、姚世倌等著，清乾隆九年（1744）刊本，8册1函，线装。

**寒山寺志三卷** 叶昌炽撰，民国壬戌（1922）潘氏刊本，2册，线装。

## 22 页下

**华岳志八卷** ［清］李榕著，清光绪九年（1883）补刻本，4册，线装。

**俄游汇编十二卷** 〔清〕缪祐孙著，清光绪乙丑（1889）石印本，4册1函，线装。

**赴日考察记** 殷体扬撰，民国廿五年（1936）实报社出版，1册，线装。

**东游分类志要** 〔清〕谢绍左撰，清宣统元年（1909）铅印本，1册，平装。

**青春之线** 伪北京大学访日旅行团编，民国廿八年（1939）北大农学院出版，1册，平装。

**改划全国郡区说明书** 内务部编，民国初年铅印本，1册，平装。

**光绪增改郡县表** 〔清〕吴廷燮编，清光绪丙午（1906）刊本，1册，线装。

**厦门志** 〔清〕周凯著修，清道光十二年（1832）刊本，12册2函，线装。

**光化存志八卷** 钟钢山等修、段映斗等著，清光绪十三年（1887）刊本，8册，线装。

**乌青镇志十二卷** 〔清〕董世宁著，民国七年（1918）铅印本，2册，线装。

**23 页上**

**昌平山水记** 〔清〕顾炎武撰，民国六年（1917）京绥路局出版，1册，线装。

**孙文定公南游记** 〔清〕孙嘉淦撰，清嘉庆乙丑（1805）刊本，1册，线装。

**周公才旅行笔记** 周公才撰，民国七年（1918）铅印本，1册，线装。

**广济寺新志三卷** 〔释〕别室湛祐编，清康熙刊本，1册，线装。

**西洋史要图** 编译者不详，金粟斋第一次印刷，石印本，5册，线装。

**（新编）沿海险要图说十六卷 长江险要图说五卷 附图一卷** 不著撰人，清光绪廿九年（1903）江震学堂石印本，1册，线装。

**（大）清帝国全图** 商务印书馆编，清光绪卅一年（1905）商务出版，1册，线装。

**中国形势一览图** 〔清〕童世亨编，清宣统元年（1909）排印本，1册，线装。

**新京吉林图道** 〔伪〕满国道局新京建设处编，伪满康德二年（1935）该处出版，1册，线装。

**历代舆地沿革险要图注** 〔清〕杨守敬、饶敦秩撰，清光绪丙申（1896）石印本，1册，线装。

**23 页下**

**北满经济地图**　中东铁路经济局编，民国年二十年（1931）该局出版，1册，平装。

**日本大词典**　［日］落合直文编，日明治卅八年（1905）大仓书店出版，1册，平装。

**现行类集法规全书**　［日］小林左吉编，日明治卅八年（1905）修学堂出版，1册，平装。

一、日文图书：3种，3册。

二、汉文平装图书：120种，367册。

三、汉文线装图书：348种，1778册。

合计：471种，2148册。

附表1　《吴丰培同志赠书草目》条目统计表

| 页 | 条 | 页 | 条 | 页 | 条 | 页 | 条 | 页 | 条 |
|---|---|---|---|---|---|---|---|---|---|
| 1上 | 9 | 6上 | 10 | 11上 | 10 | 16上 | 10 | 21上 | 10 |
| 下 | 10 | 下 | 10 | 下 | 10 | 下 | 11 | 下 | 10 |
| 2 | 10 | 7 | 10 | 12 | 12 | 17 | 10 | 22 | 10 |
|  | 10 |  | 10 |  | 10 |  | 10 |  | 10 |
| 3 | 11 | 8 | 10 | 13 | 10 | 18 | 10 | 23 | 10 |
|  | 10 |  | 12 |  | 10 |  | 10 |  | 3 |
| 4 | 10 | 9 | 11 | 14 | 10 | 19 | 11 |  |  |
|  | 11 |  | 10 |  | 10 |  | 10 |  |  |
| 5 | 10 | 10 | 10 | 15 | 10 | 20 | 10 |  |  |
|  | 10 |  | 10 |  | 10 |  | 10 |  |  |
| 计 | 101 |  | 103 |  | 102 |  | 102 |  | 53 |

共计461条

| 吴丰培同志赠书草目 | | | | | | | | | |
|---|---|---|---|---|---|---|---|---|---|
| 北平故宫博物院图书馆概况 | 果文经笔记 | 国立北平图书馆馆务报告 | （钦定）四库全书总目二百卷 | 北平直隶书局书目 | 北平直隶书局书目 | 三友堂书目（第二期） | 四存学会出版部书目 | 来薰阁书目（第三期） | |
| 北平故宫博物院图书馆编 该馆出版 | 清 陈垿 撰刊 | 国立北平图书馆编 该馆出版 | （清）乾隆敕撰刊 | 编 直隶书局 | 编 直隶书局 | 三友堂编 | 四存学会出版部编 | 来薰阁编 | |
| 民国二十年 1931 | 本 | 民国九年 1930 | 本 | 民国廿五年 1936 | 民国十七年 1928 | 民国廿五年 1936 | 民国廿二年 1933 | 民国 铅印本 | |
| 一册 | 一册 | 一册 | 一○六册 | 一册 | 一册 | 一册 | 一册 | 一册 | |
| 平装 | 线装 | 平装 | 线装 | 线装 | 线装 | 线装 | 线装 | 线装 | |

附图 1 《吴丰培同志赠书草目》第 1 页

## 四、中央民族大学特藏目录[1]

### （一）中央民族学院善本书目（初稿）[2]

1. 经部

**书经集传** 6卷　［宋］蔡沈集传　明刻本　6册

**禹贡今释二卷**　［清］芮日松　钞本　1册

**禹贡四考**　金锡稿本　1册

**东莱书说** 9　［宋］吕祖谦撰中社影印本　即严修能　抄本（1928年抄本）　2册

**尚书讲义文解** 4　［清］陈氏康熙陈氏　抄本　4册

**禹贡汇览** 4　［清］夏之芳　乾隆十二年（1747）刻本　4册

**毛诗品物图考** 7　［日］冈元凤　［日］天明四年（1784）四书坊刻　3册

**毛诗古音考附读书诗拙言** 4　［明］陈第　明万历年刻本　4册

**周礼** 20　明刻本　吴兴凌氏刻本　6册

**礼记集说** 30　明刻本　12册

**乐律全书** 14种　［明］朱载堉　明刻本　20册

---

[1] 此处的《中央民族学院善本书目》《中央民族学院善本补充书目》《中央民族学院旧报刊目录》《中央民族学院藏文古籍目录》都是在更换校名之前完成的工作，故本书中未作变动。其中，《中央民族学院善本书目》和《中央民族学院旧报刊目录》初稿完成于1960年，由吴丰培、穆衡伯、乔仁诚、李蕊、范学宗、贺云彪、黄思正、赵金燕等编辑，1986年后，由李蕊、范学宗、丁良等补充。《中央民族学院善本补充书目》则完成于1995年，所有善本均已经完成著录，有"善本书卡片目录"一套。本次虽然对以上目录作了一些核对、整理，但由于古籍内容繁杂，数量庞大，时间较紧，故基本上保持了原貌，文中之不足、遗漏等，敬请见谅。1993年以前，中央民族大学图书馆所有汉文古籍基本完成编目和入藏工作，有一些复本、残缺、散乱的古籍和"文革"中抄没的古籍未编。善本之取舍，各家有各家的特色，大馆以宋元版、明之珍品和清代精刻本为主，小馆按所藏年代、存世数量和内容取舍。中央民族大学图书馆则遵循以下几条原则：其一，清以前的刻本；其二，清代之殿本、家刻本、旧活字本；其三，清末民初之精刻精印本；其四，孤本、罕见本、旧抄本、手稿、批注本、精拓本、朝鲜、日本的精刻本和珍贵民族文献。

[2] 本目录原为表格式目录，著录项目有"书名、卷、作者、版本、册数"，其中缺部分卷数、作者姓名和册数等。本书中为节省版面将汉文的卷数改为阿拉伯数字，表格式目录改为条目式目录。

礼书 150　［宋］陈祥道　明万历刻本　24 册

春秋经传集解 30　［晋］杜预注　［明］穆文熙编　明万历十五年（1587）刻本　16 册

驳吕留良四书讲义　［清］朱轼　清雍正年刻本　8 册

四书集注 19 卷或问二卷 21　［宋］朱熹注　［清］内府刻本　10 册

音韵阐微 18　［清］李光地、王兰生　［清］雍正四年（1726）刻本　10 册

瀛涯敦煌韵辑 24 卷　姜亮夫上海出版公司　1955 年石印本　4 册

草书均海 10 卷　［明］陈鼎新　明崇祯年重刻本　10 册

篇海类编 20 卷　［明］宋濂撰　景廉着、屠隆订证　清康熙刻本　5 册

古今韵略 5 卷　［清］邵长蘅　清康熙刻本　10 册

古今通韵 12 卷　［清］毛奇龄　清刻本学者堂刊本　8 册

五音集韵（四声篇十五卷贯珠集切韵指南）15 卷　［金］韩考彦　明刻本　23 册

洪武正韵 16 卷　［明］乐韶凤、宋濂等　10 册

尔雅注疏 11 卷　［晋］郭璞注　明刻本　4 册

御定奎章全韵 2 卷　朝鲜　刻本　1 册

满汉字汇　清抄本　1 册

字汇子至亥集首一卷末一卷　［明］梅膺祚音释　明刻本　14 册

清文全览 32 卷　［清］　抄本　4 册

说文解字　［汉］许慎　明万历刻本陈氏刊印　6 册

经学博采录 12 卷　［清］桂文灿　古学院抄本　4 册

篆文六经　［清］内府　刻本　20 册

经学辨异　［清］蒋拭之　旧钞本　1 册

四书人物考 40 卷　［明］薛应旂　明刊本　8 册


2. 史部

史记 130 卷　［汉］司马迁、［明］陈仁锡评　［明］崇祯元年（1628）刻本　16 册

北史 100 卷　［唐］李延寿　元刻本，明嘉靖年补刻　50 册

汉史蠡测 3 卷　［日］续敬　［日］明治铅印本　3 册

五代史记 75 卷　［宋］欧阳修　明万历年间刻本　8 册

旧唐书 150 卷　刘昫　［明］嘉靖年间刻本　40 册

宋书 100 卷　梁沈约、[明]冯梦桢等校　明刻本　20 册

汉书评林 100 卷　[汉]班固、[明]凌稚隆编　明万历刻本　50 册

十七史详节 273 卷　[宋]吕祖谦编　[明]隆庆四年（1570）刻本　60 册

后汉书批评 100 卷　[明]顾起元　[明]万历年刻本　14 册

晋书斠注 130 卷　吴士鉴、刘承干注 1928 年　刻本　60 册

元史删余 2 卷　叶映榴　旧抄本　8 册

汉书地理杂稽疑 6 卷　[清]全祖望　抄本　1 册

明史 232 卷　[清]张挺玉　清刻本　120 册

清圣祖本纪　[清]国史馆纂修　抄本　6 册

资治通鉴前编 18 卷，举要 2 卷　[宋]金履祥　[明]崇祯年刻本　11 册

通鉴纪事本末前编 12 卷　[明]沈朝阳、焦竑校　[明]万历年　刻本　12 册

通鉴释文辨误 12 卷　[元]胡三省吴勉学校　[明]宜兴路氏　刻本　4 册

少微通鉴节要外纪 4 卷，正 50 卷，续 30 卷　[宋]江贽明正德年间 [1506-1521] 司礼监　刻本　60 册

宋元通鉴 157 卷　[明]薛应旗著　[日]元治元年本　48 册

御批资治通鉴纲目前编 18 卷，正编 59 卷；续编 27 卷　[宋]芈等校　[清]康熙殿本　50 册

宋朝文鉴一百五十卷　[宋]吕祖谦　[明]刻本　40 册

（皇明）通纪直解 14 卷续 2 卷　[明]张嘉和张居正等　明刻本　16 册

汉纪 32 卷　[汉]荀悦，[明]吕柟校勘　明刻本　16 册

历代通略 4 卷　[明]陆锡明　明刻本　4 册

守郧纪略不分卷　[明]高斗枢　清康熙年刻本　1 册

千之草堂编年文钞 2 卷，杂着 1 卷　[清]万承勋　钞本　1 册

稽古録 20 卷　[宋]司马光　明刻本　6 册

陆状元通鉴 120 卷　[宋]陆唐老　明刻本　40 册

## （1）纪事本末

平定两金川方略 8 卷　[清]阿桂等　抄本　8 册

清开国方略 32 卷，首 1 卷　[清]乾隆敕撰[清]阿桂等　清内府刻本　16 册

皇清开国方略 32 卷　[清]阿桂等　清乾隆内府刻本　16 册

平回始末　［明］李日宣　明崇祯年刻本　2册

水西安氏叛服本末1卷　《黔西州志》旧钞本　1册

平番始末1卷　［明］许诰抄本　1册

平定回疆剿捦逆裔方略80卷，卷首6卷　［清］道光九年曹振镛等奉敕撰清道光内府　刻本　86册

钦定平定教匪纪略42卷，卷首1卷　［清］姚祖同等、梁承福等　清嘉庆内府刻本　20册

钦定剿平三省邪匪方略续36卷，附12卷　［清］庆桂等　清嘉庆内府刻本　411册

钦定平苗纪略　52卷，卷首4卷　［清］鄂辉等　清嘉庆内府刻本　24册

御制亲征平定朔方漠略48卷，纪略1卷　［清］玄烨（康熙）　康熙内府刻本　50册

钦定廓尔喀纪略　54卷，卷首4卷　［清］鄂辉等撰　乾隆内府刻本　32册

太祖皇帝大破明于萨尔浒山之战书事1卷　［清］内府刻本　1册

平定罗刹方略4卷　佚名　清刻本　1册

元祖始末志不分卷　［明］王世贞　旧抄本　6册

明太祖革命武功纪17卷　方觉慧　1940年刻本　8册

边略纪事　5卷　［明］高拱　清康熙刻本　2册

（2）杂家

竹书纪年集注50卷，卷首1卷　［清］陈逢衡　清嘉庆裛露轩刻本　24册

李氏藏书68卷　［明］李贽　明万历刻本　12册

函史上下编102卷　［明］邓元锡纂　明崇祯刻本　48册

弘简录254卷，续42卷　［明］邵经邦，邵平远续　清康熙仁和邵氏刻本　192册

隆平集20卷　［宋］曾巩　清康熙刻本　10册

蒙兀儿史记160卷　［清］屠寄武进屠氏　刻本　28册

弇州史料前集30卷，后集70卷　［明］王世贞　万历四十二年（1614）刻本　20册

名山藏37卷　［明］何乔远辑　明崇祯十三年（1640）刻本　40册

东都事略 130 卷　[宋] 王称　旧钞本　24 册

尚史 71 卷　[清] 李锴纂　清悦道楼刻本　28 册

路史 47 卷　[宋] 罗沁　明万历刻本　74 册

古史 60 卷　[宋] 苏辙　明刻本　16 册

战国策奇抄 8 卷　[明] 陈仁锡　明刻本　4 册

战国策 12 卷　明万历刻本　10 册

元功垂范 2 卷，续 1 卷　[清] 尹源进，张允格续　清乾隆刻本　3 册

逸民史 22 卷　[明] 陈继儒　明刻本　12 册

史脔 25 卷　[明] 余文龙　明万历刻本　10 册

皇朝太平治迹统类 30 卷　[宋] 彭百川　旧抄本　10 册

太平天国杂史　抄本　1 册

六朝事迹类编 2 卷　[宋] 张敦颐　旧抄本　6 册

夷夏用兵鉴古录 40 卷　[清] 钱响果　清光绪活字本　6 册

使琉球録 1 卷　[明] 陈侃　抄本　1 册

靖康孤臣泣血録　[宋] 丁特起　抄本　1 册

西番事迹　[明] 王琼　抄本　1 册

世变略 8 卷　[清] 许鸿盘　稿本　4 册

蛮书 10 卷　[唐] 樊绰　仿聚珍版　1 册

晋史乘　佚名　清康熙刻本　1 册

回回原来（民间故事）　佚名　清康熙刻本　1 册

读史日课 4 卷　张彭城　稿本　4 册

甲申传信録 10 卷　钱士馨　抄本　4 册

马端肃公三记 3 卷　[明] 马文升　明刻本　1 册

建文逊国记不分卷　[明] 郑晓　明刻本　1 册

两朝平攘録 5 卷（缺第 5 卷）　[明] 诸葛元声辑　明万历刻本　1 册

琉球入学见闻记 4 卷　琉球·潘相　清乾隆刻本　4 册

逊国臣记 8 卷　[明] 郑晓　明刻本　2 册

滇西乱略　抄本　1 册

剿灭台湾逆贼生擒林爽文纪事语等　[清] 弘历（高宗）　拓本　3 册

山书 18 卷　[清] 孙承译　抄本　9 册

牂柯客谈 7 卷　曾廉　清光绪刻本　4 册

诸史夷语音义 4 卷　［明］陈士元　明万历刻本　1 册

西园汇史义例 2 卷　［明］张萱　明刻本　1 册

大义觉迷录 4 卷　［清］胤禛（雍正）　清雍正内府刻本　6 册

### （3）史抄

南史 31 卷　［唐］李延寿［明］茅国缙明刻本　6 册

古今史取 12 卷　［明］贺详　明刻本　6 册

四史鸿裁 40 卷　［明］穆文熙辑　明刻本　6 册

读史便览 2 卷　［明］张名坤　明万历刻本　2 册

读史快编 60 卷　［明］赵维寰选　明刻本　20 册

### （4）史表

雍和宫奏销表　抄本　2 册

历代帝王历祚考 8 卷　［明］吴继安　明刻本　8 册

### （5）战记

中山传信录 6 卷　［清］徐葆光　日明和三年　6 册

国朝宝鉴　蔡济恭等　刻本　22 册

南唐书 30 卷　［宋］马令　明刻本　4 册

南唐书 18 卷　［宋］陆游　明汲古阁刻本　6 册

五代史抄 20 卷　［宋］欧阳修　明刻本　6 册

### （6）外国史

东国史略 6 卷　［朝鲜］柳希龄编　抄本　2 册

大日本史 243 卷　［日］源光圀修　日本嘉永四年（1851）刻本　100 册

十八史略 7 卷　［明］曾先之　日天保刻本　7 册

### （7）传记

蒙古世系谱 5 卷　旧抄本、民国二十八年（1939）排印本　1 册

古今人物谕　36 卷 [明] 陈继儒　明万历刻本　16 册

金华先民传　10 卷 [明] 应廷育　抄本　8 册

历代僭伪传　元魏至元佚名　抄本　8 册

建文年谱 2 卷　[明] 赵士喆著　旧抄本　1 册

张惠肃年谱（张亮基）8 卷　[清] 张祖佑等　稿本　4 册

宗室王公功绩表传 4 卷　[清] 内府　刻本　4 册

八旗满洲氏族通谱 80 卷　[清] 鄂尔泰清乾隆内府　刻本　26 册

孙文正公年谱 5 卷　[清] 孙铨编　明刻本　4 册

国史馆履历底册　抄本　1 册

镶黄旗满洲钮祜禄氏弘毅公家谱（十房）不分卷　精抄本　1 册

钦定宗室王公功绩表传 12 卷，首 1 卷　[清] 佚名　清乾隆二十九年（1764）武英殿刻本　12 册

续吴先贤赞 15 卷　[明] 刘凤　明万历三年刻本　6 册

广名将谱 19 卷　[明] 黄道周　明崇祯刻本　20 册

明清两代进士题名录不计卷　佚名　清嘉庆刻本　10 册

皇明浙士登科考 12　[明] 陈汝元　明天启年间刻本　5 册

王谢世家 30 卷　[明] 韩昌箕，夏仪　明刻本　8 册

周宋周列传附子沟传　精抄本　12 册

纯德汇编 7 卷，续 1 卷，首 1 卷　[清] 董景沛　清嘉庆刻本　4 册

东林列传 24 卷，卷末 2 卷　[清] 陈鼎　清刻本　12 册

宁波乡全试名录 1 卷　陈时夏辑　抄本　2 册

国朝两浙科名录　清咸丰　刻本　2 册

## （8）地理

大明一统志 90 卷　[明] 李贤，万安　明天顺五年刻本　38 册

大明舆地名胜志 193 卷　[明] 曹学佺　明崇祯刻本　120 册

名山胜概记 46 卷　[明] 何振卿　明刻本　50 册

五边典则 24 卷　[明] 徐日久　明刻本　50 册

广舆图 2 卷　[明] 朱思本　明万历刻本　2 册

舆图备考 18 卷　［明］潘光祖　明刻本　2 册

直隶河渠志 102 卷　［清］戴震　抄本　24 册

皇舆表　［清］揆叙，吴涵奉敕撰　清康熙殿本　24 册

御制舆地全图　清殿本　6 册

帝京景物略 8 卷　［明］刘侗，于奕正　明刻本　16 册

云南五府州图　抄本　6 册

钦定日下旧闻考 160 卷　［清］于敏中　清刻本　48 册

春明梦余录 70 卷　［清］孙承译　清乾隆内府刻本　48 册

游名山记　王思任等　抄本　4 册

粤西通载（诗，文，从）　［清］汪森　清康熙刻本　36 册

平闽记　13 卷［清］杨捷　清康熙刻本　8 册

闽都记　33 卷［清］王应山　清道光刻本　6 册

楚纪　60 卷［明］廖道南　明嘉庆刻本　48 册

贵州名胜志　［明］曹学佺　明刻本　1 册

五凉考治六德一集全志 5 卷　［清］张之俊　清乾隆刻本　20 册

平山堂图志 10 卷首 1 卷　［清］赵之壁编纂　清乾隆刻本　20 册

滇南纪要　抄本　2 册

括异志 10 卷［宋］张师正　抄本　4 册

蒙山志　抄本　1 册

筹海图编　13 卷［明］胡宗宪辑　明刻本　8 册

西江志　206 卷［清］白潢，查慎行　清康熙刻本　80 册

西湖志 8 卷，附志余 18 卷　［清］田汝成辑　清康熙刻本　80 册

长安志 20 卷，志图 3 卷　［宋］宋敏求　清乾隆刻本　2 册

东西洋志 12 卷　［明］王起宗　明万历刻本　6 册

嵩书 22 卷　［明］傅梅　明万历刻本　12 册

阿育王志 16 卷　［明］郭子章　明万历刻本　6 册

遊名山一览记 16 卷　［明］慎蒙　明万历刻本　20 册

苗族风俗图说　佚名　石印本　2 册

武夷志不分卷　［明］徐表然　明万历刻本　4 册

晋乘搜略 32 卷　［清］康基田　清嘉庆刻本　35 册

滇略6卷　谢肇淛著　旧抄本　1册

贵州诸苗图说　65幅佚名　清绘本　4册

青海图说1卷　章光庭　旧钞本　1册

云栈纪程8卷　张邦伸　清乾隆刻本　4册

四厅记程　[清]王治平　清道光二十三年（1843）刻本　1册

四译馆考10卷　[清]　乾隆刻本　2册

滇志33卷　[明]李仁甫，包汝钝　抄本　33册

诸苗考　[清]张汝怡　抄本　1册

西陲今略4卷　[清]皇燕赞　旧抄本　4册

贵州全省诸苗图说2卷　旧抄　2册

滇南人物志　[清]张照清　钞本　4册

绥猺厅志　[清]姚柬之　清道光刻本　1册

陋室志8卷　[明]吕兆祥　明刻民国印本　1册

皇朝藩部要略存18、14、15五卷，存四系表四卷全　[清]祁韵士精抄本　5册

山海经水经合刻山海经18卷，水经40卷　[明]黄省曾编　明万历刻本　8册

皇清职贡图　[清]永璇　清乾隆年殿本　8册

北虏译语北虏九边图　[明]王鸣鹤　明刻本　2册

六种译语　抄本　6册

## （9）时令

月令辑要24卷　[清]吴建桢　清康熙殿本　12册

## （10）诏令奏议

孝肃包公奏议10卷　[宋]包拯、[清]张纯修辑　清中天楼刻本　4册

孙文定公奏疏12卷　孙嘉淦撰　清乾隆刻本　4册

陆宣公奏议7卷　[唐]陆贽　明刻本　6册

孝肃奏议10卷　[宋]包拯　明嘉靖刻本　8册

历代名臣奏议350卷　[明]永乐敕辑　明经厂本　150册

皇明嘉隆疏抄12卷　[明]贾三近辑　明万历年刻本　24册

经济録 18 卷　[明]陈九德编　明刻本　20 册

朱文懿公奏疏 12 卷　[明]朱赓　明刻本　6 册

明律诗类抄 24 卷　[明]狄斯彬　明万历刻本　12 册

皇明经济文辑 23 卷　[明]陈其愫辑　明天启刻本　16 册

皇明诏令 21 卷　朝鲜　刻本　10 册

抚夏奏议 12 卷　[明]皇嘉善　抄本　12 册

李文襄奏议　奏议 2 卷，年谱 1 卷，疏 10 卷，别录 6 卷　[清]李之芳清康熙刻本　8 册

关中奏议 12 卷，首 1 卷　[明]杨一清　清嘉庆刻本　12 册

抚黔奏疏康熙十八至二十三年计 52 本，8 卷　[清]杨雍建　清康熙年刻本　8 册

中俄蒙议订条文　佚名　抄本　1 册

哈埠各局函稿　稿本　1 册

新疆稿议佚名　旧钞本　1 册

金川奏稿　[清]温福　传抄本　5 册

张之洞电稿　[清]张之洞　抄本　19 册

奏折録要　[清]曾国藩　抄本　1 册

九年抄存　丙辰至甲子　抄本　10 册

档案杂录　抄本　2 册

和珅犯罪全案　抄本　1 册

同治年档案　八年正月至十三年十一月　抄本　2 册

平蛮奏疏　[清]鄂尔泰　清雍正刻本　2 册

回话奏疏　[明]毕自严　明刻本　1 册

蓄褉款议 1 卷　[明]毕自严　明刻本　1 册

## （11）政书

钦定太常寺则例 119 卷，另辑 6 卷　清刻本　36 册

日本政记 16 卷　[日]赖幺太郎　日明治刻本　8 册

治台必告録 8 卷　[清]丁日建　清同治刻本　8 册

铜政便览 8 卷　[清]　刻本　6 册

为政忠告 4 卷　〔元〕张养浩　写本　4 册

大典会通 6 卷，首 1 卷　〔朝鲜〕仁政殿编　清乾隆刻本　5 册

通文馆志　金庆门　刻本　5 册

洪武圣政记　〔明〕宋濂明　刻本　1 册

通典 200 卷　〔唐〕杜佑明　嘉靖覆宋刻本　40 册

续文献通考 254 卷　〔明〕王圻明　万历刻本　56 册

天台治略 9 卷　戴兆佳　抄本　6 册

未信编 6 卷　〔清〕潘杓灿　清康熙刻本　6 册

抚苗録不分卷　〔清〕鄂海　清康熙刻本　4 册

幸鲁盛典 40 卷　〔清〕孔毓圻　清康熙刻本　12 册

南巡盛典 120 卷　〔清〕高晋等　清乾隆刻本　48 册

援黔録 6 卷　〔清〕刻本　3 册

广治平略 44 卷　〔清〕蔡方炳编　清康熙刻本　16 册

汉制考 3 卷　〔宋〕王应麟　元刻本、明补明印　4 册

万寿衢歌乐章 6 卷　〔清〕彭元瑞　清内府聚珍版　6 册

奉天刑赏録　〔明〕袁褧　明刻本　1 册

国朝典汇 200 卷　〔明〕徐学聚辑　明万历刻本　24 册

宪章録 47 卷　〔明〕薛应旂　明万历刻本　24 册

刑考 5 卷　〔宋〕马端临　明刻本　2 册

蒙盐考略　抄本　1 册

察垦汇编　冯汝珍　稿本　6 册

台湾拺东上堡采访册　吕赓虞　抄本　1 册

皇明百官述上下卷　〔明〕郑晓　明刻本　2 册

无冤録 2 卷　〔元〕王与　抄本　1 册

皇明异典述 5 卷　〔明〕王世贞　明崇祯刻本　2 册

刑政大观 8 种　〔清〕刘邦翰　清康熙刻本　20 册

蒙古律例 12 卷　〔清〕　殿本　2 册

百僚金鉴 12 卷　〔清〕牛天宿辑　清康熙本　8 册

### （12）目录

贞元新定释教目录 30 卷　[日]释园照　日享保刻本　30 册

钦定四库全书简明目录 24 卷　抄校本　10 册

### （13）金石

秦汉金文录秦 1 卷，汉 7 卷　容庚 1931 年印　5 册

中州金石记 5 卷　[清]毕沅　抄本　4 册

观妙斋金石文考略 16 卷　[清]李光暎　清雍正刻本　12 册

博古图 30 卷　[宋]王黻等撰　明万历刻本　10 册

佩文斋书昼谱 100 卷　[清]孙岳颁　清康熙殿本　36 册

晦庵题跋 3 卷　[宋]朱熹　明刻本　3 册

### （14）史评

史记评林 130 卷　[明]凌稚隆编　明万历刻本　24 册

史通通释 20 卷　[唐]刘知允[清]浦起龙释　清乾隆刻本　6 册

钦定评鉴阐要 12 卷　[清]刘统勋等　清抄本　12 册

读古时代弋 10 卷　[明]李一阳　明天启本　10 册

仁宋睿皇帝仪经不分卷　抄本　2 册

汉隽 10 卷　[宋]林越明　刻本　4 册

清理红本记　奉宽稿本　4 册

尧山堂外记 100 卷　[明]蒋一葵[明]万励　刻本　36 册

愧郯录 15 卷　[宋]岳珂　明刻本　2 册

史通训故补 20 卷　[唐]刘知几　[清]黄叔琳清乾隆刻本　6 册

职方考镜 6 卷（缺第 6 卷）　[明]卢傅印　明万历刻本　10 册

新疆四道志 4 卷　王树柟　抄本　4 册

浔阳跖醢 6 卷　[清]文行远　清同治刻本　12 册

泛槎图 1 至 6 卷　[清]张宝　清道光刻本　6 册

端溪砚志上下卷　[清]吴绳年　清乾隆刻本　2 册

盘山志 10 卷首 5 卷　[清]蒋溥　清乾隆殿本　10 册

3. 子部

庄子 4 卷　明刻本　4 册

管子 24 卷　［春秋齐］管仲　明万历朱墨套印本　10 册

赵注孙子 5 卷　［明］赵本学注　日文刻本　5 册

孙子书校解引类 3 卷　［清］赵本学　抄本　3 册

孙武子本义 2 卷　［明］郑灵　明正统刻本　1 册

淮南子 28 卷　［汉］刘安　明嘉庆刻本　6 册

文中子 10 卷　［随］王通　明刻本　4 册

庄子翼 8 卷　［明］焦竑编　明万历刻本　2 册

中都四子集老庄管淮南　［明］朱东光辑　明万历刻本　20 册

诸子汇函 26 卷　［明］归有光辑　明刻本　26 册

吕氏春秋纂要 3 卷　［明］陈经邦　明万历刻本　2 册

册府元龟 1000 卷　［宋］王钦若　明刻本　240 册

册府元龟独制 30 卷　［明］曹胤昌评选　明刻本　20 册

锦绣万花谷集前、后续集　［宋］佚名，［明］秦汴订　明刻本　20 册

古今合璧事类备集前、后、续、别、外集　［宋］谢维新，卢载（别、外）明刻本　118 册

古今事文类聚 221 卷　［宋］祝穆等　明刻本　54 册

事文类聚翰墨大全葵集 17 卷　元刻本　4 册

说郛 120 卷，续卷　［明］陶宋仪　［清］顺治刻本　160 册

学海 240 卷　［明］茅绚　明万历刻本　48 册

潜确类书 120 卷　［明］陈仁锡辑　明刻本　80 册

唐宋白孔六帖 100 卷　［唐］白居易，［宋］孔传续　明嘉靖刻本　50 册

唐类函 200 卷　［明］俞安期纂　明万历刻本　80 册

北堂书抄 160 卷　［唐］卢世南　明刻本　16 册

艺文类聚 100 卷　［唐］欧阳询　明刻本　16 册

初学记 30 卷　［唐］徐坚　清乾隆刻本　30 册

卓氏藻林 8 卷　［明］卓明卿　明万历刻本　8 册

五杂俎 16 卷　［明］谢肇淛　明刻本　16 册

广博物志 50 卷　［明］董斯张　明刻本　32 册

博物典汇 20 卷　［明］黄道周纂　明崇祯刻本　12 册

古今万姓统谱 140 卷　［明］凌迪知　明万历刻本　24 册

书记洞诠 116 卷　［明］梅鼎祚编　明万历刻本　28 册

格致镜原 100 卷　［清］陈元龙　清雍正刻本　24 册

群书治要 50 卷　［唐］魏徵　日本天明本　25 册

群书备要 4 卷　［明］袁黄　明崇祯刻本　8 册

名物考 20 卷　［明］陈禹谟　明刻本　6 册

涌幢小品 32 卷　［明］朱国祯　明刻本　16 册

学史 13 卷　［明］邵宝　明正德刻本　4 册

水东日记 40 卷　［明］叶盛　明刻本　12 册

管天笔记外编 6 卷　［明］王嗣奭　抄本　2 册

丹铅总録 27 卷　［明］杨慎　明刻本　10 册

鸿宝应本 17 卷　［明］倪元璐　明崇祯刻本　4 册

明书传集 8 卷　［明］沈起　抄本　8 册

湘烟録 16 卷　［明］闵元京　 2 册
凌义渠同辑　清嘉庆刻本

余冬序録 65 卷　［明］何孟春　明刻本　13 册

殷顽録 6 卷　［清］杨陆荣　旧抄本　4 册

古谣谚 100 卷　［清］杜文澜　清咸丰刻本　20 册

雕丘杂录 18 卷　［清］梁清远　清康熙刻本　6 册

三才汇编 6 卷　［清］龚在升　清康熙刻本　2 册

清嘉録 12　［清］顾禄　日本天保本　5 册

毋自欺斋録存 9 卷　［清］陈政錀　腾清稿本　3 册

水曹清暇録 12 卷　［清］汪启淑　日本刻本　4 册

蓉槎蠡说 12 卷　［清］程哲　清康熙刻本　4 册

贵耳集 3 卷　［宋］张端义　明刻本　1 册

小学绀珠 4 卷　［宋］王应麟　明汲古阁刻本　4 册

却扫编 2 卷　［宋］徐度　明汲古阁刻本　1 册

容斋随笔五集 74 卷　［宋］洪迈　明崇祯刻本　14 册

辍耕録 30 卷　［元］陶九成　明成化刻本　12 册

风俗通义 4 卷　［汉］应劭　明刻本　4 册

盐铁论 12 卷　［汉］桓寛　明嘉靖刻本

事物类考　卢有猷编　聚珍堂旧抄本　20 册

杂抄　抄本　1 册

黄江问答附后洞问答及杂着　［朝鲜］佚名　朝鲜抄本　1 册

先哲从谈先编 8 卷后编 8 卷　［日］原善公　道日文化刻本　8 册

修辞指南 20 卷　［明］浦南金　明刻本　10 册

性理大中 28 卷　［清］应捻谦撰　清康熙刻本　12 册

御制数理精蕴上 5 卷、下 40 卷、表 8 卷　［清］玄烨订　清康熙铜活字版　53 册

经籍籑诂 106 卷　［清］阮元辑　旧抄本　12 册

御制宋镜録 100 卷　［宋］释延寿集　清雍正刻本　20 册

神僧传 9 卷　［明］朱棣编　明崇祯刻本　8 册

英杰归真　清洪仁玕撰　抄本　1 册

悉昙三密抄 3 卷　［日］净严　日贞享本　7 册

楞伽阿跋多罗宝经义疏 3 卷　天竺·求那跋陀罗释智旭疏　旧抄本　4 册

大明三藏法数 50 卷　［明］释一如　明刻本　16 册

西方合论 10 卷　［明］袁宏道　明刻本　2 册

指南真诀不分卷　清抄本　1 册

释迦如来应化事迹不分卷　［清］比丘开慧　篆刻明刻本　1 册

上清灵宝大成金书 40 卷　［明］周恩得　明宣德刻本，清康熙补抄　40 册

大学衍义 43 卷　［唐］真德秀　明刻本　12 册

伊洛渊源録 14 卷　［宋］朱熹　明刻本　6 册

读书録 11 卷，续 12 卷　［明］薛瑄　明嘉靖刻本　8 册

李卓吾批点世说新语补 20 卷　［宋］刘义庆等　明刻本　12 册

世说新语 8 卷　［宋］刘义庆　明刻本　2 册

世说新语补 20 卷　［宋］刘义庆，［明］何良俊增　日永安刻本　10 册

唐世说新语 13　［唐］刘肃　明万历刻本　4 册

山海经汇说 4 卷　［清］陆逢衡　清道光刻本　1 册

儒林外史 56 回　［清］吴敬梓　清同治活字本　10 册

野叟曝言 154 回　［清］夏敬渠　清光绪活字版　20 册

**第一奇书金瓶梅**100回　清刻本　38册

**兵垣四编**　〔明〕闵声辑　明闵刻本　5册

**武编**前后编各卷　〔明〕唐顺之，焦竑校　活字板　12册

**经象列宿步天歌**　〔隋〕丹元子　明兰格抄本　4册

**琴谱合璧大全**6卷　〔明〕杨表正　明万历刻本　6册

**古今律历考**72卷　〔明〕魏文魁　明嘉靖刻本　28册

**婴童百问**10卷　佚名　明嘉靖刻本　8册

**册府元龟序论**36卷　〔宋〕王钦若，杨亿　明刻本　10册

**金垒子**上篇12卷，中篇12卷，下篇12卷　〔明〕陈绛　明万历刻本　14册

**通俗编**38卷　〔清〕翟灏　〔清〕乾隆刻本　12册


4. 集部

**楚辞**8卷　〔宋〕朱熹集注　明万历刻本　2册

**楚辞**17卷　〔楚〕屈原，〔明〕陈深批点　明刻本　6册

**楚辞后话**6卷　沈圻订　明刻本　4册

**楚辞**5卷　〔汉〕王逸章句，〔宋〕朱熹集注　明刻本　1册

**曹子建集**10　〔魏〕曹植　明刻本　4册

**忠武候集**32卷　〔汉〕诸葛亮，〔明〕诸葛羲辑　明崇祯刻本　8册

**刘沈合集**刘2卷，沈16卷　〔梁〕刘峻，沈约　明崇祯刻本　8册

**韩诗外传**10册　〔汉〕韩婴　明刻本　2册

**文选纂注**　〔梁〕萧统，〔明〕张凤翼　12册

**沈休文集**　〔梁〕沈约　明万历刻本　4册

**梁昭明太子文集**5卷　〔梁〕萧统　明刻本　2册

**中州集**11卷　〔金〕元好问　明汲古阁刻本　10册

**蔡中郎集**8卷　〔汉〕蔡邕　明嘉靖刻本　4册

**玉台新咏**10　〔陈〕徐陵　明寒山赵氏刻本　2册

**陆士衡集**10卷　〔晋〕陆机　明刻本　1册

**遗山先生诗集**20卷　〔金〕元好问　明汲古阁刻本　4册

**韩文公文钞**16卷　〔唐〕韩愈　明刻本　8册

**韩柳文合刻**　〔唐〕韩愈、柳宗元，〔明〕游起敬编　日嘉永重刊　32册

韩柳集 2 卷　［唐］韩愈、柳宗元　［日］永禄抄本　2 册

白香山诗集附年谱本传　［唐］白居易　清康熙刻本　16 册

元白长庆集 137 卷　［唐］元稹、白居易　明万历刻本　16 册

韩昌黎集 40 卷，外集 10 卷，遗文 1 卷　［唐］韩愈、［明］蒋之翘注　明崇祯刻本　8 册

柳柳州文抄 12 卷　［唐］柳宗元　明刻本　1 册

王摩诘集 6 卷　［唐］王维　明刻本　2 册

李太白集（分类补注）30 卷　［唐］李白、杨齐贤集注　明刻本　16 册

元氏长庆集 60　［唐］元稹　明刻本　4 册

张曲江集 20 卷　［唐］张九龄　明成化刻本　6 册

松陵集 10 卷　［唐］皮日休、陆龟蒙　明汲古阁刻本　6 册

李诗补注 25 卷　［唐］李白、［明］许自昌校　明万历刻本　12 册

孟浩然岑嘉州高常侍集　［唐］孟浩然、岑参，高适　明嘉靖刻本　8 册

河东先生集 45　［唐］柳宗元、［唐］刘禹锡编　明刻本　40 册

白氏长庆集 71 卷　［唐］白居易　明刻本　32 册

杜工部全集 66 卷　［唐］杜甫　明刻本　16 册

柳先生文集 45 卷　［唐］柳宗元　明刻本　24 册

元丰类稿 50 卷　［宋］曾巩　清康熙刻本　24 册

水心文集 29 卷　［宋］叶适　清乾隆刻本　12 册

香溪先生范贤良文集 22 卷　［宋］范浚、高栴编　元刻本　6 册

文章轨范 7 卷　［宋］谢枋得批点　元刻本（白口）　6 册

昌黎先生外集 10 卷　［宋］朱熹校　元刻本　4 册

文山先生全集文集 19 卷、别集 6 卷　［宋］文天祥　元版明初补刻本　20 册

乐府诗集 100 卷　［宋］郭茂倩　元刻本　84 册

陆放翁全集 157 卷　［宋］陆游　明汲古阁刻本　100 册

野客丛书 30 卷　［宋］王楙　旧刻本　6 册

山谷集内 20 卷、外 70 卷，别上下卷　［宋］黄庭坚　朝鲜刻本　20 册

忠肃集 20 卷　［宋］刘挚　清聚珍版　8 册

东坡乌台诗案不分卷　［宋］朋九万　旧抄本　4 册

晁贝茨诗集 6 卷　［宋］晁冲之择　宋绍兴刻本

张子全书 15 卷　［宋］张载　明刻本、清康熙重印　10 册

龟山先生全集 42 卷　［宋］杨时　清顺治刻本　8 册

范文正公忠宣公全集 73 卷　［宋］范仲淹、范纯仁岁寒堂刊本　16 册

欧阳文萃 10 卷　［宋］欧阳修　明刻本　10 册

欧阳文忠公集 153 卷，附录 6 卷　［宋］欧阳修　明嘉靖刻本　36 册

临川诗文集 44 卷　［宋］王安石　明万历刻本　8 册

南丰先生元丰类稿 51 卷，首 1 卷　［宋］曾巩　明刻本　20 册

刘屏山先生集 20 卷　［宋］刘子翚　明写刻本　4 册

临川文集 100 卷　［宋］王安石　明万历刻本　12 册

颜延之集谢惠莲集 2 卷　［宋］颜延年、谢惠莲　明刻本　1 册

欧阳文忠公近体乐府存 131 卷　［宋］欧阳修　明刻本　1 册

欧阳文忠公文抄 32 卷　［宋］欧阳修　明宏治黑口本　3 册

文范英华 1000 卷　［宋］李昉编　明刻本　240 册

苏文定公文抄 20 卷　［宋］苏辙　明刻本　6 册

楚辞评林 8 卷　［宋］朱熹集注　明崇祯刻本　6 册

楚辞后语 8 卷　［宋］朱熹辑　［明］蒋之翘校明刻本　2 册

宋蔡忠慧公文集 36　［宋］蔡襄　明万历刻本　8 册

苏文忠公策选论 12 卷，表 3 卷、启 2 卷　［宋］苏轼撰［明］茅坤、钟惺批评明刻本　14 册

古文苑 21 卷　［宋］章樵校正　明刻本　8 册

苏文忠公文抄 28 卷　［宋］苏轼、苏辙　明刻本　18 册

唐文粹 100 卷　［宋］姚铉　明嘉靖刻本　20 册

渭南文集 50 卷　［宋］陆游　明刻本　12 册

山谷先生全书 97　［宋］黄庭坚　明嘉靖刻本　48 册

白玉蟾集 6 卷　［宋］葛长庚　明刻本　6 册

淮海集 40 卷，后集 9 卷　［宋］秦观、［明］李之藻校　明万历刻本　10 册

牧庵集 31 卷　［元］姚燧　清内府聚珍本　7 册

国朝文类 70 卷　［元］苏天爵编　［元］元统刻本　32 册

遗山先生文集 40 卷，附录 1 卷　［元］元好问　清康熙刻本　6 册

卢伯生诗 8 卷附补遗　［元］卢集　明刻本　6 册

存心堂遗集 12 卷　［元］吴莱着　明万历刻本　8 册

萨天锡诗 3 卷　［元］萨都剌　明刻本　1 册

元文类 70 卷　［元］苏天爵　明晋藩重刻本　20 册

陈后冈诗诗 1 卷文 1 卷　［明］陈东　明刻本　1 册

留硕稿　［明］水佳胤　明崇祯年刻本　5 册

辟尘集 4 卷　［明］陆宝　明刻本　1 册

宋元诗 185 卷　［明］潘是仁选　明天启刻本　16 册

汉魏名文乘　佚名　明坊刻本　2 册

建安七子集 28 卷　［明］陈朝辅辑　明崇祯刻本　4 册

东壁图书府唐十二家集存五家　［明］张逊叶校　明万历刻本　2 册

薛文介公文集 4 卷　［明］薛三省　明刻本　8 册

汉魏百三家集另本三种　［明］张补辑　明刻本　4 册

唐宋八大家文抄　［明］茅坤评　明万历刻本　34 册

古今振雅云笺 10 卷　［明］徐渭　明崇祯刻本　5 册

啸余谱 10 卷，附切韵　［明］程明善　明万历刻本　8 册

古今词统 16 卷　［明］卓人月　明刻本　16 册

舒文节公全集内 8 卷，外 10 卷　［明］舒芳　明万历刻本　12 册

谋野集 10 卷　［明］王穉登　明刻本　6 册

谭友夏合集附东斋诗草 23 卷　［明］谭元春、张泽　明刻本　12 册

初潭集 30 卷　［明］李贽　明刻本　12 册

秦汉文准 12 卷　［明］程梦庚　明刻本　6 册

商文毅公集 10 卷　［明］商辂　明万历刻本　6 册

四六精华上下卷　［明］胡松辑　明嘉靖刻本　4 册

容台集 10 卷　［明］董其昌　明崇祯刻本　10 册

白雪楼诗集 12 卷　［明］李子麟　明庆隆刻本　8 册

何大复先生集 38 卷　［明］何景明　明嘉靖刻本　8 册

凌鸡集 18 卷　［明］朱应登　明刻本　4 册

洹词 12 卷　［明］崔铣　明刻本　12 册

甫田集 56 卷　［明］文征明　明刻本　16 册

白华楼全集正 11 卷，续 15 卷，吟稿 10 卷　［明］茅坤　明万历刻本　32 册

冯宋伯全集 81 卷　　［明］冯琦　明万历刻本　28 册

皇明十六家小品　　［明］陆云龙　明刻本　32 册

李沧溟先生集 30 卷　　［明］李于麟　明庆隆刻本　6 册

南朝宋文 28 卷　　［明］张采辑　明崇祯刻本　12 册

文湖州丹渊集 40 卷　　［明］文同　明万历刻本　12 册

魏仲子集 9 卷　　［明］魏允中　明万历刻本　6 册

横浦集 20 卷　　［明］张九成　明万历刻本　5 册

靳两城先生全集 20 卷　　［明］靳学颜　明万历刻本　8 册

阳明先生文粹 11 卷　　［明］王守仁　明刻本　4 册

海忠介公集 10 卷　　［明］海瑞　明刻本　8 册

徐文长三集 29 卷　　［明］徐渭　明万历刻本　20 册

唐文粹 100 卷　　［明］姚铉辑　明刻本　32 册

黎云馆类定袁中郎全集 24 卷　　［明］袁宏道　明刻本　12 册

王缑山先生集 27　　［明］王衡辰　明刻本　12 册

睡庵集 6 卷　　［明］汤宝尹　明刻本　3 册

茅鹿门先生集 36 卷　　［明］茅坤　明万历刻本　12 册

四六争奇 8 卷　　［明］许以忠选　明刻清印本　8 册

文选章句 28 卷　　［梁］萧统撰　明万历刻本　28 册

名媛诗归 36 卷　　［明］钟惺辑　明刻本　16 册

晚香堂小品 24 卷　　［明］陈继儒　清初刻本　12 册

徐文长文集 30 卷　　［明］徐渭、袁宏道评点　明刻本　8 册

李崆峒先生诗集 33 卷　　［明］李梦阳　明万历刻本　10 册

唐六家集　　［明］张逊叶编　明嘉靖刻本　12 册

丽句集 6 卷　　［明］许之吉编　明刻本　8 册

广文选 60 卷　　［明］刘节编　明嘉靖刻本　18 册

沧溟先生集 30 卷，附录 1 卷　　［明］李攀龙　明隆庆刻本　12 册

诚意伯文成公文集 20 卷　　［明］刘基　明嘉靖刻本　20 册

两汉文选 东汉 20 卷，西汉 2 卷　　［明］张采编　明崇祯刻本　20 册

九愚山房诗集 13 卷　　［明］何东序　明万历刻本　6 册

杨太史合编 7 种，24 卷　　［明］杨慎　明刻本　14 册

张文忠公集 16 卷　　［明］张孚敬　　明刻本　　10 册

皇明文选 20 卷　　［明］汪宋元编　　明嘉靖刻本　　20 册

（新刊）宋学士全集 33 卷　　［明］宋濂　　明嘉靖刻本　　20 册

甔甀洞稿 54 卷　　［明］吴国伦　　明万历刻本　　30 册

杨生庵诗集 10 卷　　［明］杨慎　　明万历刻本　　2 册

皇明文衡 98 卷　　［明］程敏政编　　明刻本　　32 册

高太史集 18 卷　　［明］高启　　明万历刻本　　8 册

白沙全集 20 卷　　［明］陈献章　　明刻本　　14 册

词苑英华 5 种　　［明］毛晋辑　　明刻本　　6 册

王文恪公全集 36 卷　　［明］王鏊　　明刻本　　16 册

古今议论参 55 卷　　［明］林德谋编　　明刻本　　10 册

明文奇赏 40 卷　　［明］陈仁锡　　明刻本　　20 册

刘文烈公全集 12 卷　　［明］刘理顺　　清顺治刻本　　4 册

古文真宝 20 卷　　［明］黄坚　　明万历刻本　　6 册

采风记 5 卷，附时务论 1 卷　　［清］宋育仁　　清光绪刻本　　4 册

尧山堂偶隽 7 卷　　［明］蒋一葵　　明刻本　　4 册

仓霞草 7 集，118 卷　　［明］叶白高　　明刻本　　46 册

绣像玉茗牡丹亭 2 卷　　［明］汤显祖、三妇合评　　明刻本　　4 册

由拳集 23 卷　　［明］屠隆　　明写刻本　　12 册

秦汉文钞 6 卷　　［明］闵日斯等编订　　明万历四十八（1620）刻本　　7 册

荆州先生右编 40 卷　　［明］唐顺之　　明万历刻本　　30 册

黔南十集　　［明］刘玉受　　明刻本　　36 册

弇州山人四部稿 174 卷　　［明］王世贞　　明万历刻本　　62 册

右编补 10 卷　　［明］姚文蔚　　明刻本　　8 册

元诗才调集 8 卷　　［明］魏浣初辑　　旧抄本　　2 册

奇零草附采薇集　　［明］张煌言　　旧抄本　　1 册

冰槎集　　［明］张煌言　　旧抄本　　1 册

蜜娱斋诗集 13 卷，后集 2 卷，目 1 卷　　［明］王嗣爽　　抄本　　8 册

茅鹿门集 8 卷　　［明］茅坤、张汝湖评　　清康熙刻本　　4 册

宋布衣集 2 卷　　［明］宋春登　　清乾隆刻本　　3 册

瑞阳阿集 10 卷　［明］江东之　清乾隆刻本　8 册

弘艺录 32 卷，卷首 1 卷　［清］邵经邦　清康熙刻本　8 册

杜诗会粹笺注 24 卷　［清］张远注　清康熙刻本　24 册

宋诗纪事 100 卷　［清］厉鹗　清乾隆刻本　24 册

吕晚村先生家训真迹 4 卷　［清］吕留良　清康熙刻本　4 册

陈检讨集 22 卷　［清］陈维崧　清康熙刻本　8 册

全上古三代秦汉三国六朝文编目 103 卷　［清］蒋壑编　清光绪刻本　16 册

御选历代诗余 120 卷　［清］沈辰垣　清康熙刻本　40 册

西斋三种 7 卷　［清］博明　清嘉庆刻本　4 册

御选四朝诗宋金元明 315 卷　［清］玄烨（圣祖　清康熙殿本　156 册

御定骈文类编 240 卷　［清］康熙勅编　清康熙殿本　33 册

御制文集 40 卷　［清］玄烨（圣祖　清康熙殿本　10 册

拟白居易新乐府不分卷　［清］弘历（乾隆）　清刻本　4 册

词曲谱词 40 卷，曲 20 卷，卷末 1 卷　［清］陈廷敬、王奕清等　清康熙殿本　56 册

御定历代题画诗类 120 卷　［清］陈邦彦　清康熙殿本　24 册

清艳堂六种　［清］裕瑞　清嘉庆写刻本　8 册

御制避暑山庄诗并图　［清］弘历　清乾隆刻本　2 册

御制诗文十全集 64 卷，首 1 卷　［清］弘历著　清乾隆殿本　32 册

御制诗二集 90 卷　［清］弘历　清乾隆年刻本　8 册

御制诗初集初集 44 卷二集 90 卷　清乾隆刻本　6 册

吕晚村文集　［清］吕留良　清活字本　4 册

悔翁杂抄　［清］汪士铎　清汪手稿　2 册

勾余士音上下集　［清］全祖望　清旧抄本　1 册

续甬上耆旧诗（附国朝甬上耆旧诗）119 卷，目 2 卷　［清］全祖望　清旧抄本　16 册

句束诗　清旧抄本　1 册

管邨先生文抄内编 3 卷　［清］万言　清旧抄本　3 册

贺耦庚遗文录存不分卷　［清］贺长龄　清抄本　1 册

草堂诗余摘抄　清旧抄本　4 册

投笔集 2 卷　［清］钱谦益　清抄本　2 册

宋文偶见 16 卷　［清］徐斐然　清抄本　16 册

扁舟子文集　［清］范寅　稿本　1 册

兼山堂诗文集 8 卷　［清］陈锡嘏　清康熙刻本　6 册

（重订）唐诗别裁集 20 卷　［清］沈德潜　清乾隆抄本　20 册

明诗别裁集 12 卷　［清］沈德潜、周准　清乾隆写刻本　12 册

国朝诗别裁集 32 卷　［清］沈德潜、周准　清乾隆写刻本　12 册

宠寿堂诗集 16 卷　［清］张竞光　清康熙刻本　6 册

越吟草 2 卷　［清］李凯　清乾隆写刻本　1 册

桃花扇 2 卷　［清］孔尚任　清刻本　4 册

杜诗论文 56 卷　［清］吴见思注 清康熙刻本　10 册

南雷文约 4 卷　［清］黄宗羲　二老阁郑氏刊本　4 册

杲堂文抄 6 卷，附诗抄 6 卷　［清］李邺嗣　清康熙刻本　10 册

御纂朱子全书 66 卷　［清］熊赐履等修纂　清康熙刻本　24 册

红苗归化诗　［清］陶贞一诗 王掞行书序　清康熙刻本　2 册

楚秦兴颂　［清］祖允焜、徐客等　清宽恕堂刻本　2 册

塞松堂全集 12 卷　［清］魏全枢　清康熙刻本　12 册

绵津山人诗集 29 卷　［清］宋荦　清刻本　16 册

渔洋山人精华录笺注 12 卷　王士祯、金荣笺注　清刻本　10 册

诗稿合订 4 卷　［清］陈意荣　刻本　3 册

文选笔记　清陈倬　原稿本　2 册

非宇馆文存　萧一山　手稿　10 册

磻溪随录 26 卷　［朝鲜］柳馨远　朝鲜刻本　13 册

觉世明言 6 卷　［清］李渔　清嘉庆刻本　4 册

刘香宝卷全集 2 卷　刘香宝　清玛瑙寺经房刻本　2 册

隋唐演义 上下卷　褚人获　清刻本　20 册

董恂氏手抄书　［清］董恂　抄本　228 册

邵氏手抄书八种 12 种　［清］邵锐　清手抄　10 册

喜咏轩丛书 甲至戊集　陶湘辑　涉园陶氏刻本　42 册

快书五十种 50 卷　　［明］闵景贤，何伟然　明天启刻本　48 册

广快书五十种 50 卷［明］何伟然　［明］天启　刻本　12 册

荆川五编（文、武、左、右、稗）381 卷　　［明］唐顺之　明刻本　208 册

弇州山人续稿 207 卷　　［明］王世贞　明万历刻本　40 册

稗海 449 卷　　［明］商浚辑　明刻本　40 册

津逮秘书 1 至 15 集　　［明］毛晋辑　明刻本　200 册

随园诗草 8 卷　　［明］边连宝　　［清］乾隆刻本　8 册

燕岩集 6 卷　朝·朴趾源　朝鲜活字版（1900）　20 册

江湖长翁集 40 卷　　［宋］陈造［明］李之藻校　明万历刻本　22 册

嘉祐集 20 卷　　［宋］苏洵　明刻本　40 册

## （二）中央民族学院满文书目[①]

### 1. 总类

诰命（青山两巡抚刘弘遇及妻徐唐氏）　　［清］顺治八年　刻本　1 册

七本头不分卷　　［清］和素译　清康熙年间刻本　7 册

满汉文八种　　［清］松淮　翻译

广州将军衙门辑　　［清］光绪京都　翻译书坊刻本　8 册

### 2. 宗教

师子峰如如颜丙劝修净业文　　宋颜丙撰　清刻本　1 册

心经（满藏汉）不分卷　　丰伸济伦施刻　清乾隆年刻本　1 册

佛说阿弥陀经心经不分卷　清刻本　1 册

地藏菩萨本愿经（满汉）2 卷　　［清］刻本　1 册

贤劫千佛号（梵满蒙汉五体合璧残本）2 卷　　章嘉喇嘛译　清刻本　1 册

大方广圆觉修罗了义经（满汉合璧）满文 4 卷汉文 1 卷　　［清］刻本　5 册

---

[①]《中央民族学院善本书目》（初稿）原文均为手写繁体字，也有部分异体字，录入时虽然做了校对，但这是一件难度较大的工作，故目录中一定存在漏错，望海涵。

金刚般若波罗多经（满汉）清道光十四年（1834）　刻本　1册

观世音菩萨普门品经　清抄本　1册

太上感应篇（满汉）　内三院译　清刻本　1册

阴骘文（满蒙汉）　清光绪　刻本　1册

吾主耶稣基督新约圣书（满汉）2卷　1911年上海圣经公会　铅印本　2册

3. 哲学

御制翻译易经4卷　清抄本　4册

性理一则、御制三角形推林法2卷　[清]刻本　1册

性理真诠2卷　[清]殿本　3册

满汉合璧性理4卷　清雍正十年（1732）墨华堂　刻本　8册

御纂性理精义存8册　[清]李光地等译　清雍正刻本　8册

御制翻译四书　[清]乾隆敕译

鄂尔泰厘定　清聚珍堂　刻本　4册

满汉字四书　清康熙年　刻本　5册

进讲四书　[清]裕成等译　1册

四书（满蒙汉）　清译本　刻本　20册

孟子　清译本　乾隆刻本　2册

大学衍义43卷　[宋]真德秀、孟保重译　抄本　60册

黄石公素书1卷　[宋]张商英注，[清]达海译　清刻本　2册

御制人臣儆心总录　[清]福临（世祖）　清顺治十二年（1655）刻本　1册

御制劝善要言　[清]福临（世祖）　清顺治十三年（1656）刻本　1册

圣谕广训　[清]胤禛（世祖）　清雍正二年（1724）殿本　2册

圣谕广训（满蒙汉）　[清]胤禛（世祖）　清雍正年刻本　1册

训旨十则（满汉）　清雍正敬修堂　刻本　1册

翻译养真集2卷　[清]容斋译　清光绪二十六年（1900）　抄本　4册

朱子节要（满汉）14卷　[明]攀龙（高攀龙）　清康熙刻本　5册

翻译朱子家训1卷　[清]宣统　刻本　1册

小儿语（又名童谚）　[明]吕德胜、禧恩译　清康熙刻本　1册

**四本简要**4卷　富公鲁辑、富明安译　清乾隆刻本　4册

**七训须知**2卷　［清］博赫辑　清乾隆刻本　2册

**百二老人语录**　吗拉特氏松筠　16册

**菜根谈（满汉）**2卷　和秦较记、辛太敬译　2册

**射说（附观马图说不分卷**　叶河那兰氏常筠　2册

**延寿格言**不分卷　博赫译　清乾隆刻本　1册

**满汉三四言格言**　［清］孟保译　清咸丰元年（1851）刻本　2册

**幼训（附译文）**2卷　清刻本　1册

**弟子规（满汉）**1卷　李子潜　清同治刻本　1册

**孝经（满汉）**　清康熙　刻本　1册

**翻译忠孝经**　清刻本　1册

**小学（满汉）**12卷　清咸丰　刻本　6册

**小学合解**4卷　古巴岱译　6册

**薛文清先生要语**　内外编、富德礼译　清康熙刻本　4册

**翻译醒世要言**4卷　［清］和素　清刻本　4册

**醒世词及其他**1卷　清刻本　1册

**众女及其他（残损）**　清抄本　1册

**御制朋党论**　［清］胤禛（世祖）　清雍正殿本　1册

**吏治集成子至亥集**　［清］晓峰　清抄稿本　12册

**翻译六事箴言**不分卷　［清］叶玉屏、孟保译　清咸丰刻本　4册

## 4. 自然科学

**御制三角形推林法论**　抄本　1册

**历书（宣统四年）**1卷　奉敕编纂　1912年印本　1册

**壬辰历书（光绪十八年）**1卷　奉敕编纂　清刻本　2册

## 5. 社会科学

**钦定满洲祭神祭天典礼**6卷　［清］允禄　清殿本　1册

礼记（满汉）30卷　［清］弘历（高宗）敕译　清乾隆四十八年（1783）殿本　12册

祭祀条例1卷　光绪重修　抄本　1册

钦定中枢政考31卷　［清］鄂尔泰等撰、文福译　清乾隆七年（1742）殿本　10册

钦定兵部处分则例16卷　［清］鄂尔泰等　殿本　32册

钦定宗人府则例24卷　内抄本　1册

理藩院则例　清殿本　32册

钦定回疆则例　［清］尚阿　清殿本　9册

白塔信炮章程不分卷　清殿本　1册

军令、军律　清刻本　2册

钦定太常寺则例　内抄本　3册

洗冤录4卷　律例馆校正　4册

孙子十三篇2卷　［周］孙武　［清］光绪刻本　4册

吴子六篇2卷　［周］吴起　［清］光绪刻本　2册

孙子兵法4卷　［周］孙武原注　清道光刻本　1册

钦定总理神机营事务1卷　［清］同治刻本　1册


6. 语言

园音正考　清道光刻本　1册

音韵逢源4集　［清］容斋、裕恩、仲蓄、禧恩校　清道光刻本　4册

翻译话条　抄本　4册

十二头（满汉）不分卷　［清］咸丰刻本　2册

钦定清汉对音字式　清光绪刻本　1册

成语字典　抄本　13册

清汉文海40卷　［清］巴尼珲　清道光刻本　20册

满俄字典　［俄罗斯］杂哈劳　1939铅印本　1册

满汉袖珍字典　抄本　2册

（增补）满汉篆文字汇12卷　梅赝祚　清乾隆二十七年（1762）带月楼刻本　14册

**大清全书** 14 卷　沈启亮辑　清康熙刻本　14 册

**清文总汇** 12 卷　［清］李延基、志厚等编　清光绪刻本　12 册

**清文汇书** 12 卷　［清］李延基　北京三槐堂（雍正）　12 册

**清文补汇** 8 卷　［清］李延基　清嘉庆刻本　8 册

**三合便览（满蒙汉）**　［清］富俊　刻本　12 册

**上谕成语**　抄本　6 册

**清文要典** 4 卷　［清］乾隆　刻本　12 册

**对音辑字**上下卷 2 卷　［清］瑞宝臣　清光绪刻本　2 册

**御制清文鉴** 25 卷［清］康熙　清康熙殿本　26 册

**（御制）增订清文鉴** 48 卷　　［清］傅恒　清康熙殿本

**音汉清文鉴** 20 卷　清刻本　4 册

**四体合璧文鉴（满蒙汉藏）** 32 卷　清刻本　11 册

**单清语**　［清］志宽等　清光绪刻本　8 册

**广汇全书附联珠集** 1 卷、4 卷　　［清］刘顺编辑　5 册

**同文要览附大清国语真引全书** 2 卷　1 册

**满汉同文全书** 8 卷　［清］康熙　刻本　8 册

**清语摘抄** 4 种　清光绪　刻本　4 册

**翻译类编** 4 卷　［清］冠景　清乾隆刻本　4 册

**满汉类书全集** 32 卷　清康熙　刻本　2 册

**六部成语（满汉）** 6 卷　清嘉庆　刻本　6 册

**清文鉴外新语**　抄本　1 册

**清文接字** 1 卷　［清］嵩洛峰　清同治刻本　1 册

**清文备考**不分卷　［清］戴毂　清康熙刻本　10 册

**清文虚字指南编（满汉）** 2 卷　［清］万福　清光绪刻本　2 册

**清文虚字指南编读本**　抄本　1 册

**清文启蒙（御制孝经满汉）** 4 卷　　［清］舞格　清刻本　4 册

**兼满汉语满洲套话清文启蒙** 1 卷　2 册

**凝华集** 20 卷　［清］尚玉章　清雍正刻本　1 册

**清文指要续编** 2 卷、3 卷　清刻本　4 册

323

翻译批苔不分卷　抄本　1册

清语要指　（满汉）　抄本　2册

御制满文十种清文七种　［清］弘历（高宗）

钦定新清语　抄本　2册

钦定新语　抄本　8册

满文指蒙歌　抄本　1册

满文缀附翻译左传　1册

初学必读　清光绪刻本　6册

庸言知旨（满汉）4卷　清刻本　2册

清语易言1卷　［清］博赫辑　清乾隆刻本　1册

一学三贯清文鉴（满汉）4卷　清乾隆刻本　4册

满汉成语对待4卷　清刻本　4册

满汉合璧四十条　清光绪刻本　4册

翻译附注千字文（满汉）　［梁］周兴嗣　精抄本　1册

满汉合璧三字经　［清］陶格译　清乾隆刻本　1册

### 7. 文学

翻译词联诗赋　清刻本　1册

御制全韵诗8卷　乾隆　精抄本　8册

盛京赋不分卷　乾隆　清乾隆刻本　1册

文章一篇附三角形推刻法　清康熙刻本　1册

螃蟹段儿子弟书（汉满）　清抄本　1册

聊斋志异（满汉）24卷　［清］蒲松龄、扎克丹译　清道光刻本　24册

西厢记4卷　［元］王实甫　清康熙刻本　4册

金瓶梅残本68至77回　［明］兰陵笑笑生　清刻本　5册

水浒传残本　［元］罗贯中　清抄本　4册

古文（满汉）16卷2　孟保译　清咸丰刻本　10册

御论（讲章满汉）　［清］奕詝　（文宗）　1册

诗经8卷　［清］　乾隆殿本　2册

## 8. 史地

**资治通鉴纲目**残本　［宋］朱熹　清内府精抄本　1册

**平定两金川方略**　［清］阿贵等　清乾隆殿本　12册

**平定朔漠方略**残本　［清］温达等　清殿本　3册

**太祖大破明师于萨尔浒山之战事文书（满汉）**　［清］弘历（高宗）　清殿本　2册

**潘氏总论**不分卷　［元］潘荣、阿什坛译　1册

**书经（满汉）**6卷　［清］纳腊肠阿布看乡氏译　清雍正刻本　4册

**满汉经文成语（书易诗）**　［清］董佳明译　清乾隆刻本　4册

**满洲八旗根源**　清刻本　5册

**实録满蒙晰义（附实録馆蒙古文成语）**　清宣统石印　4册

**雍正上谕**　［清］胤禛　3册

**上谕八旗、上谕旗务议覆、谕行旗务奏议**　［清］王允禄等　抄本　20册

**奏文集（满汉）**　［清］元禄等　2册

**满汉奏议**　抄本　4册

**顺治年间档（伪）**　康德九年　石印本　1册

**考试候补满腾録官试题**　3册

**多罗贝勒致吴三桂之书**　［清］多罗贝勒　清康熙刻本　1册

**海兰察列传**　稿本　1册

**文彬列传（满汉）**　内抄本　1册

**和硕怡亲王行状（满汉）**　［清］张廷玉　2册

**宗室王公功绩表傅**残本　［清］允秘等译　清乾隆殿本　2册

**钦定续纂外藩蒙古回部王公表傅**　清殿本　12册

**蒙古王公谱**　内府精抄本　1册

**点名簿**抄本　1册

## （三）中央民族学院善本补充书目（初稿）[①]

**丁良**

| 122.4/481 | 贞元新定释教目录 | 1929 年日本刻本 |
| 122.5/781 | 汲古阁 | 1800 年刻本 书目 |
| 122.5/859=8 | 四库书目 | 日本刻本 题名据内容补 |
| 123.3/834 | 经义考 | 1701 年刻本 配本 |
| 123.4/378 | 直斋书录 | 1774 年武英殿刻本 有批佼 |
| 123.4/745 | 浙江采集遗书总录：十一集 | 乾隆年刻本 |
| 123.4/936 | 读书敏求记 | 乾隆年刻本 |
| 123.17/0.677 | 文会笔录 | 日本刻本 |
| 132.17/166 | 黄氏日钞 | 乾隆年覆元刻本 |
| 132.17/289 | 测古篇 | 乾隆年刻本 |
| 132.17/384 | 金子 | 万历年刻本 |
| 132.17/630 | 西斋语录 | 乾隆年刻本 |
| 132.17/902 | 义门续书记 | 乾隆年刻本 |
| 132.19/170 | 日损垒书记 | 乾隆年刻本 |

---

[①] 按：丁良老师退休时将《馆藏地方志收入〈中国地方志联合目录〉的独本稀有版本目录》草稿和一叠有关善本书目和民族类珍贵书目草稿给笔者，让笔者做学习资料，这些资料令我在古籍研究中受惠良多，但因没有出版机会，保存至今。《馆藏地方志收入〈中国地方志联合目录〉的独本稀有版本目录》编辑于 1995 年 12 月 28 日，共收 52 种，其中，独本 22 种，两家藏的 10 种，三家藏的 18 种。有关善本书目和民族类珍贵书目草稿共 13 页，是为了补充善本而做的工作，本馆善本书多为明本和康乾殿本及精抄本，清刻清抄较少，更无民国本，故从清代刻本抄本和民国年间的刻本抄本中遴选出清初刻本、孤本、稀见本和民族类古籍加入善本库。故本次将其题名为《中央民族学院善本补充书目》，此目中部分已入善本，有重复，稿中亦有重复。该稿编辑后由张津沛等按照分类号誊录，但稿子过于潦草，且书名和版本中有较多的空字、问号和省略符号，笔者在整理录入时虽然尽量作了核对、查考，但未经丁良老师过目，故错漏和不足是意料之中的事，望读者见谅。今利用编纂《中央民族大学业务志》的机会将其刊出，一是为研究者提供参考，二是展示丁良老师辛勤劳动的成果。

| 索书号 | 书名 | 版本 |
|---|---|---|
| 132.19/198 | 陔馀丛考 | 乾隆年刻本 石印本 |
| 132.19/217 | 订伪杂录 | 康熙刻本 |
| 132.19/720 | 容斋随笔 | 康熙刻本 |
| 142.2/0.347 | 十三经 | 皕忍堂重刻民国本 云套 |
| 132.19/965=12 | 日知录 | 乾隆年刻本 |
| 140.21/380=4 | 春秋世族谱 | 乾隆年刻本 |
| 141.16/960=4 | 春秋大事记 | 乾隆年刻本 |
| 141.16/396=1 | 经典释文 | 乾隆年刻本 |
| 141.5/861 | 道去堂经解 | 康熙年刻本 360 册 |
| 142.4/120 | 六经图定本 | 乾隆年刻本 |
| 142.4/978 | 六经图文考 | 乾隆年刻本 |
| 143/217 | 周易函书约存 | 乾隆年刻本 |
| 143/370-7 | 周易正义 | 乾隆年刻本 |
| 144/348 | 禹贡汇览 | 乾隆年刻本 |
| 144/906=6 | 禹贡说断 | 乾隆年刻本 |
| 145/289 | 诗所 | 雍正年刻本 |
| 145/536 | 三家诗拾遗 | 乾隆年刻本 |
| 145/892 | 诗经叶音辨讹 | 乾隆年刻本 |
| 145.0.33/949 | 毛诗名物解 | 乾隆年刻本 |
| 147/414 | 左传 | 乾隆年刻本 |
| 147/759 | 左传会笺 | 康熙年刻本 |
| 149/428-2 | 缮译四书（满文） | 聚珍刻本 |
| 149/428.6 | 日讲四书解义 | 康熙刻本 |
| 149/827 | 驳吕留良四书 | 雍正年刻本 |
| 151/352-3 | 百川学海 | 民国砵印本 |
| 151/399-7 | 说郛续 宛委山堂 | 清顺治三年（1646） |
| 151/915 | 心斋十种 | 乾隆年刻本 |
| 151.1/380 | 文选 | 康熙年刻本 |
| 151.1/736 | 汤子 | 祠堂刻本 |
| 151.1/799 | 庄渠先生遗书 | 明刻本 |

| 索书号 | 书名 | 版本 |
|---|---|---|
| 181.2/117.5 | 二酉汇删 | 康熙年刻本 |
| 181.2/183 | 山堂肆考 | 明刻本 |
| 181.2/247 | 三才略 | 清杜氏刻本 |
| 181.2/327 | 通俗篇 | 乾隆年刻本 |
| 181.2/337 | 事物异名录 | 乾隆年刻本 |
| 181.2/337 | 格致镜原 | 雍正年刻本 |
| 181.2/378-2 | 表异录 | 康熙年刻本 |
| 181.2/501 | 省轩考古类编 | 乾隆年刻本 |
| 181.2/526 | 三才略 | 清刻本 |
| 181.2/902 | 分类字锦 | 康熙年刻本 |
| 181.2/966-7 | 经济类考后编 | 雍正年刻本 |
| 181.2/944.6 | 类林新咏 | 康熙年刻本 |
| 231.10/ | 雕邱杂录 | 康熙年刻本 |
| 232.26/893 | 新序 | 日本刻本 |
| 235.2/811 | 朱子经济 | 乾隆年刻本 |
| 235.4/307 | 张子全书 | 康熙年刻本 |
| 252.3/289 | 性理精义 | 康熙年刻本 |
| 254.2/711 | 庸训 | 乾隆年刻本 |
| 254.23/219 | 二百州孝图 | 年代不详刻本 |
| 254.42/165 | 庭书平说 | 乾隆年刻本 |
| 271.3/951 | 天下山河图志 | 雍正年刻本 |
| 271.5/0.301 | 指南图 | 清抄本 |
| 271.84/857 | 钦定协记辨方书 | 乾隆年刻本 |
| 284.191/103 | 基督教教会在华经过史 | 日本抄本 |
| 284.35/128 | 一切经音义 | 康熙年刻本 |
| 284.35/354 | 妙法莲华经 | 康熙年刻本 |
| 284.35/856 | 五体文心经 | 日人译本 |
| 284.53/892=9 | 天方 | 乾隆年刻本 |
| 433.7511/892 | 刑政大观 | 康熙年刻本 |
| 433.7512/0.153-0 | 西藏奏稿 | 抄本 |

| 分类号 | 书名 | 版本 |
|---|---|---|
| 433.7512/614 | 许都 | 康熙年本 |
| 433.7512/630 | 郭华奏稿 | 雍正年抄本 |
| 433.7512/956-1 | 三合圣谕广训 | 清汉满蒙合璧刻本 |
| 433.7517/117 | 汉制考 | 明补本 |
| 433.7517/561 | 广治平略 | 康熙年刻本 |
| 433.752/350 | 则例图要 | 乾隆年刻本 |
| 458.6/0.455 | 贵州全省诸苗图说 | 绘本，旧绘本 |
| 459.203/0.333 | 云南风俗图 | 绘本，旧绘本 |
| 467.1/0.675 | 杂录 | 抄本 边疆地理论文 |
| 473.813/453=3 | 新条 | 乾隆年刻 |
| 492.812/516 | 武备志 | 明刻本 |
| 492.22321/385 | 历代兵制 | 乾隆年刻本 |
| 541.4/235 | 御制四体清文鉴 | 清刻本 |
| 524.24/329 | 尔雅正义 | 乾隆年刻本 |
| 546/329 | 古今韵略 | 康熙年刻本 |
| 542.2/667 | 问奇典注 | 乾隆年刻本 |
| 546.3/279 | 韵法直图 | 清抄本 |
| 546.3/306 | 佩文韵府 | 康熙年刻本 |
| 546.3/719.3 | 韵歧 | 乾隆年刻本 |
| 546.3/752 | 满文 | |
| 522.24/1 | 蒙古文总汇 | 1890年刻本 |
| 522.4/0.153 | 西番译语 | 乾隆年刻本 |
| 522.6/0.481 | 回汉译语 | 清刻本 |
| 522.6/0.675 | 六种译语 | 抄本 |
| 731.1/116 | 脉经 | 乾隆年刻本 |
| 725.321/314 | 居济一得 | 康熙年刻本 |
| 741.7/526 | 授时通考 | 乾隆年刻本 |
| 785.3/544 | 奕学会海 | 康熙年刻本 |
| 785.3/628-5 | 奕理指归 | 乾隆年刻本 |
| 815.32/374 | 回文类聚 | 清刻本 |

| 索书号 | 书名 | 版本 |
|---|---|---|
| 823.35/217 | 十竹斋书画谱 | 摹刻本 |
| 823.35/118 | 芥子园画传 | 刻本 |
| 823.35/118.6 | 钦定元王恽承华事略 | 清刻本 |
| 823.35/308 | 大风堂敦煌乐谱 | 刻本 |
| 823.35/312 | 泛搓图 | 刻本 |
| 823.35/318 | 红楼梦图说 | 浙江刻本 |
| 823.35/627 | 棉华图 | 拓本 |
| 823.35/735 | 镜影箫声 | 日本铜版印本 |
| 824./821 | 历朝圣贤篆书 | 康熙年刻本 |
| 824.1/522 | 分隶偶得 | 乾隆年刻本 |
| 824.1/830 | 墨池编 | 雍正年刻本 |
| 824.2/0.667 | 唐吐蕃碑拓本 | 雍正拓本 |
| 824.2073/118=5 | 淳化秘阁法帖 | 摘藻堂刻本 |
| 824.3/452 | 吕晚邨先生四书讲义 | 康熙年刻本 |
| 825.3/308 | 清河书原航 | 乾隆年刻本 |
| 828.1021+/267 | 琴谱合璧大全 | 明万历年刻本 |
| 828.1013/370 | 文庙 | 抄本 |
| 825.2/828 | 晦庵先生朱文公易说 | 明刻本 |
| 841.1/234=1 | 昌黎先生文集 | 明刻本、宋版 |
| 841.11/313 | 张曲江集 | 明刻本 |
| 841.11/513 | 文选章句 | 明刻本 |
| 841.11/513-5=5 | 文选 | 康熙年刻本 |
| 841.11/513-52 | 文宣答注 | 明刻本 |
| 841.11/657 | 古文苑 | 明刻本 |
| 841.11/747 | 沈休文集 | 明刻本 |
| 841.11/889 | 刘沈文集 | 明刻本 |
| 841.11/892 | 广文选 | 明刻本 |
| 841.12/167 | 古文真室 | 明刻本 |
| 841.12/679 | 颜廷文集 | 明刻本 |
| 841.12/696 | 吴风 | 康熙年刻本 |

| | | |
|---|---|---|
| 841.12/817 | 章严周先生藏山录 | 乾隆年刻本 |
| 841.12/882 | 邱海二公文集 | 乾隆年刻本 |
| 841.12/119 | 王右函集 | 乾隆年刻本 |
| 841.31/947 | 古文渊鉴 | 清玉色刻本 |
| 919.49/375.3 | 逊国臣记 | 刻本 |
| 919.6/382.1 | 摄山志 | 乾隆年苏州府刻本 |
| 841.21/234=12 | 韩文五百家论 | 乾隆年刻本 |
| 841.21/211 | 文道林集 | 旧抄本 |
| 841.21/350 | 石徂徕先生集 | 康熙年刻本 |
| 841.21/388 | 陆士衡集 | 明刻本 |
| 841.21/504 | 水心文集 | 乾隆年刻本 |
| 841.21/754-2 | 潘黄门集 | 明刻本 |
| 841.21/887 | 刘屏山先生全集 | 康熙年刻本 |
| 841.21/887=6 | 刘屏山先生全集 | 写刻本 |
| 841.21/950 | 宋文偶见 | 抄本 钤翁同龢藏书章 |
| 841.21/953 | 节孝先生集 | 康熙年刻本 |
| 841.21/953=0 | 节孝先生集 | 仿宋刻本 |
| 841.21/982 | 元丰类物 | 康熙年刻本 |
| 841.21/102 | 淮海集 | 明刻本 |
| 841.21/113.1 | 金全部王先生集 | 明刻本 |
| 841.22/118-23 | 阳明文录 | 明刻本 |
| 841.22/118-5 | 新刻临川王介文集 | 明刻本 |
| 841.22/118.64 | 丰川续集 | 乾隆年刻本 |
| 841.22/128=9 | 遗山先生文集 | 康熙年刻本 |
| 841.22/129 | 来禽馆集 | 明刻康熙年补刻 |
| 841.22/109-4 | 山谷集 | 朝鲜刻本 |
| 841.22/176 | 靳两城先生全集 | 明刻本 |
| 841.22/197 | 饴山文集 | 乾隆年刻本 |
| 841.22/197-2 | 饴山文集 | 乾隆年写刻本 |
| 841.22/209 | 中山集 | 康熙年刻本 |

| 索书号 | 书名 | 版本 |
|---|---|---|
| 841.22/229 | 有怀堂诗文稿 | 康熙本 |
| 841.22/263 | 林次崖先生集 | 乾隆年刻本 |
| 841.22/289.4 | 杲堂文钞 | 康熙年刻本 |
| 841.22/289.4-5 | 杲堂诗文钞 | 乾隆年刻本 |
| 841.22/312 | 张龙湖文集 | 雍正年刻本 |
| 841.22/329.7 | 弘毅录 | 康熙年刻本 |
| 841.22/369 | 龟山先生全集 | 顺治年刻本 |
| 841.22/381 | 白沙全集 | 明刻本 |
| 841.22/384 | 陈检讨集 | 康熙年刻本 |
| 841.22/384.7 | 道荣堂全集 | 乾隆年刻本 |
| 841.22/38407-6 | 江湖长翁文集 | 明刻本 |
| 841.22/386 | 兼山堂集 | 康熙年刻本 |
| 841.22/393 | 陆放翁全集 | 明刻本 |
| 841.22/424 | 欧阳先生遗粹 | 明刻本 |
| 841.22/434 | 绿洋馆稿 | 康熙年刻本 |
| 841.22/436 | 甄甄洞稿 | 明刻本 |
| 841.22/437 | 存心堂遗集 | 明刻本 |
| 841.22/490 | 尊水源集略 | 顺治刻本 |
| 841.22/516 | 百花楼全集 | 明刻本 |
| 841.22/522.1 | 万文恭公摘集 | 明刻本 |
| 841.22/532 | 范忠贞公集 | 康熙年刻本 |
| 841.22/554.6 | 苏老泉先生全集 | 康熙年刻本 |
| 841.22/601 | 谭友夏全集 | 明刻本 |
| 841.22/642 | 高文襄公全集 | 康熙年刻本 |
| 841.22/650 | 高太史集 | 明刻本 |
| 841.22/661 | 商文毅公集 | 明刻本 |
| 841.22/677 | 文丞相全集 | 雍正年刻本 |
| 841.22/677-5 | 文山先生文集 | 元刻明补本 |
| 841.22/677.5 | 文潞公文集 | 明刻本 |
| 841.22/690 | 安雅堂未刻稿 | 乾隆年刻本 |

| | | |
|---|---|---|
| 841.22/690-6 | 安雅堂集 | 康熙年刻本 |
| 841.22/692 | 宋布衣集 | 乾隆年刻本 |
| 841.22/692-1 | 宋布衣集 | 康熙年刻本 |
| 841.22/736 | 睡庵集 | 明刻本 |
| 841.22/747 | 杲堂集 | 乾隆年刻本 |
| 841.22/765 | 冯宗伯全集 | 明刻本 |
| 841.22/795 | 苏文忠先生寓惠全集 | 明刻本 |
| 841.22/797 | 河南集 | 旧抄本 |
| 841.22/832 | 凌谿先生集 | 明刻本 |
| 841.22/833.6 | 竹园类辑 | 康熙年刻本 |
| 841.22/834.7-5 | 曝书亭集 | 康熙年刻本 |
| 841.22/853 | 解文毅公集 | 乾隆年刻本 |
| 841.22/866=3 | 诚意伯文集 | 乾隆十一年刻本 |
| 841.22/887.2 | 屏山集 | 明刻本（弘治） |
| 841.22/925.4 | 舒节公全集 | 明刻本 |
| 841.22/925-9 | 徐文长 | 明刻本 |
| 841.22/978 | 韩村诗文选 | 康熙年刻本 |
| 841.22/982-2 | 曾南丰全集 | 康熙年刻本 |
| 841.31/0.102 | 秦汉文钞 | 明刻本 |
| 841.31/113 | 正续名世文宗 | 明刻本 |
| 841.31/117 | 读书引 | 乾隆年刻本 |
| 841.31/234 | 韩柳隽 | 日本天禄刻本 |
| 841.31/315.9 | 南朝宋文 | 明刻本 |
| 841.31/315.9-0 | 两汉文选 | 明刻本 |
| 841.31/385 | 明文奇赏 | 明刻本 |
| 841.31/393 | 切问斋文钞 | 乾隆年刻本 |
| 841.31/472 | 古文约选 | 雍正年刻本 |
| 841.31/513-2 | 文选尤 | 明刻本 |
| 841.31/516 | 唐宋八大家文钞 | 明刻本 |
| 841.31/554 | 苏文忠公策选钞 | 明刻本 |

| 索书号 | 书名 | 版本 |
|---|---|---|
| 841.31/617-3 | 叠山先生批点文章规范 | 日本永嘉刻本 |
| 841.31/7499=3 | 唐宋八家文读本 | 日本明治本 |
| 841.31/938 | 两汉文归 | 明刻本 |
| 841.31/947 | 古文渊鉴 | 清五色刻本 |
| 841.31/944.9=9 | 唐文粹 | 明家塾刻本 |
| 841.33/390=2 | 历朝名媛诗词 | 乾隆年刻本 |
| 841.523/277 | 燕严集 | 朝鲜铅印本 |
| 841.523/277=5 | 燕严集 | 朝鲜刻本 |
| 841.535/810 | 南郭先生文集 | 日本刻本 |
| 844.1156 | 古今明贤丛话史林广记 | 明刻本 |
| 844.11/316 | 清内庭联句 | 写本 |
| 844.111/201 | 梁园风雅 | 康熙年刻本 |
| 844.111/308 | 东壁图书府 | 明刻本 |
| 844.111/521 | 四言徵 | 康熙年刻本 |
| 844.111/627 | 瀛奎律髓 | 日本刻本 |
| 844.111/676 | 御选四朝诗 | 康熙年殿刻本 |
| 844.111/990 | 咏物诗选 | 雍正年刻本 |
| 844.1124/145 | 全唐诗 | 康熙年刻本 |
| 844.1124/293 | 李杜合刻 | 明刻本 |
| 844.1124/357 | 孟岑王高集 | 明刻本 |
| 844.1124/394 | 松陵集 | 明刻本 |
| 844.1124/627 | 唐诗汇 | 明刻本 |
| 44.356/290 | 玉屏山人续集 | 康熙年刻本 |
| 44.381/17 | 历朝赋楷 | 康熙年刻本 |
| 44.11912 | 延平二王遗集 | 抄本 |
| 44.245/2 | 西山 | 康熙年刻本 |
| 44.245/13 | 卢陵宋丞相信国公文忠烈先生全集 | 明刻本 |
| 848.111/378 | 留青采珍集 | 康熙年刻本 |
| 848.121/103 | 下石山房 | 乾隆年刻本 |
| 848.111/212 | 南山 | 活字本 |

| | | |
|---|---|---|
| 848.121/281-2 | 唐大家柳柳州全集 | 清初刻本 |
| 848.111/294.91 | 琴语堂文述：二卷 | 活字本 |
| 848.121/399=5 | 辍耕录 | 明刻本 |
| 848.111/440 | 林慧堂全集 | 乾隆年刻本 |
| 848.123/680 | 坚瓠集 | 康熙年刻本 |
| 848.131/506 | 非宁馆文存 | 稿本 |
| 848.18/0.761 | 瓶庵杂记 | 抄本 |
| 848.18/113 | 居易录 | 乾隆年刻本 |
| 848.18/716 | 鄢署杂抄 | 康熙年刻本 |
| 848.27/911 | 台风杂记 | 日本明治三十六牵引本 |
| 914.22/340 | 蒙古世系谱 | 抄本 |
| 914.22/949 | 徐氏宗谱 | 乾隆年刻本 |
| 915.6/312 | 诸苗考 | 抄本 |
| 915.6/482 | 哀牢夷雄列传考 | 稿本 |
| 916.4923/0.944 | 惩毖录 | 朝鲜刻本 |
| 916.4933/997 | 法兰西志 | 日本明治 露月楼刻本 |
| 916.4935/354 | 日本政纪 | 日本明治本 |
| 916.6/718 | 新选和汉洋年契 | 日本文求堂本 |
| 917.131/303 | 史记索引 | 明刻本 |
| 917.133/273 | 史义拾遗 | 明刻本 |
| 917.133/436 | 史记论文 | 日本刻本 |
| 917.133/948 | 古今治统 | 明刻本 |
| 917.135/310 | 西园汇史义例 | 明刻本 |
| 917.136/707 | 史中要言 | 康熙年刻本 |
| 917.24/754 | 琉球入学见闻录 | 乾隆年刻本 |
| 917.31/329 | 弘简录 | 康熙年刻本 |
| 917.322/504 | 纲鉴汇编 | 康熙年刻本 |
| 917.322/696=5 | 资治通鉴 | 康熙年刻本 |
| 917.325/526 | 东华录 | 蒋良骐本 |
| 917.326/326 | 稽古录 | 日本刻本 |

| | | | |
|---|---|---|---|
| 917.33/414 | 绎史 | | 日本刻本 |
| 917.332/2 | 巴勒部记略 | | 旧抄本 |
| 917.332/441 | 绥寇纪略 | | 康熙年刻本 |
| 917.332/781-1 | 平叛记 | | 康熙年刻本 |
| 917.335/183 | 蜀碧 | | 乾隆年刻本 |
| 917.336/433 | 古今逸史 | | 康熙年刻本 |
| 917.4/982=5 | 隆平集 | | 康熙年刻本 |
| 917.51/522-5 | 补历代史表 | | 康熙年刻本 |
| 917.52/667 | 史汉精选 | | 雍正年刻本 |
| 917.55/982 | 十八史略 | | 日本刻本 |
| 917.550/416-7 | 文献通考纂 | | 康熙年刻本 |
| 917.56/973=9 | 通志略 | | 乾隆年刻本 |
| 917.56/396 | 蒙藏事务局文 | | 民国铅印本 |
| 917.56/478 | 抚豫宣化录 | | 雍正年刻本 |
| 917./517=5 | 东征录 | | 雍正年刻本 |
| 917.61/294 | 尚书 | | 乾隆年刻本 |
| 917.61/482=2 | 路史 | | 明万历年刻本 |
| 917.61/482 | 路史 | | 乾隆年刻本 |
| 917.61/908 | 晋史乘 | | 康熙年刻本 |
| 917.63/625 | 西魏书 | | 乾隆年刻本 |
| 917.63/638 | 晋证 | | 康熙年刻本 |
| 917.63043/293 | 南北史类钞 | | 康熙年刻本 |
| 917.64/399 | 五代史补 | | 明汲古阁刻本 |
| 917.64/424-2 | 五代史 | | 明汲古阁刻本 |
| 917.66/1 | 西夏志略 | | 旧抄本 |
| 917.66/113 | 元主始末志 | | 抄本 |
| 917.56/504-0-2 | 契丹国志 | | 乾隆年刻本 |
| 917.66/945 | 增补元明史略 | | 日本刻本 |
| 917.67/295-2 | 罪惟录 | | 稿本 目别本 |
| 917.68/911 | 清朝史略 | | 日本本 |

| | | |
|---|---|---|
| 917.9/0.484 | 四夷译馆考 | 乾隆年刻本 |
| 917.9/417 | 西番事迹 | 抄本 |
| 917.9/516 | 东夷考略 | 抄本 |
| 917.9/954-2 | 越南辑略 | 抄本 |
| 917.153/288 | 御制自醒翁自述 | 朝鲜活字本 |
| 917.918/116.46 | 金华征献略 | 雍正年刻本 |
| 918.311/309 | 滇南人物志 | 抄本 |
| 918.311/443 | 九国志 | 乾隆年刻本 |
| 918.311/754 | 俎豆集 | 汲古阁 清乾隆年刻本 |
| 918.321/827-2 | 历代名儒传 | 雍正年刻本 |
| 918.321/357 | 三迁志 | 雍正年刻本 |
| 918.341/ | 德楞泰传 | 抄本 |
| 918.341/970 | 弘毅公衍庆录 | 乾隆年刻本 |
| 918.44/683 | 普照国师年谱 | 日本刻本 |
| 918.4/362 | 京畿金石考 | 乾隆年刻本 |
| 918.4/440 | 端溪研志 | 乾隆年刻本 |
| 918.4/667 | 文房肆考图说 | 乾隆年刻本 |
| 918.6/158.3 | 鼎湖山志 | 康熙年刻本 |
| 918.6/306 | 天台山全志 | 康熙年刻本 |
| 918.6/374 | 庐山红事 | 康熙年刻本 |
| 918.6/382.1 | 摄山志 | 康熙年刻本 |
| 918.6/466 | 嵩岳庙史 | 康熙年刻本 |
| 918.6/482 | 卧龙岗至 | 康熙年刻本 |
| 918.6/670 | 白鹿书院志 | 康熙年刻本 |
| 918.6/677 | 长安志 | 乾隆年刻本 |
| 919.6/722 | 弘慈广济寺新志 | 康熙年刻本 |
| 919.6/752 | 五莲山志 | 康熙年刻本 |
| 919.6/832 | 衡岳志 | 康熙年刻本 |
| 919.6/844 | 茅山志 | 康熙年刻本 |
| 919.6/846 | 青原志略 | 康熙年刻本 |

| 索书号 | 书名 | 版本 |
|---|---|---|
| 919.6/903 | 西湖志 | 雍正本 |
| 919.6/915 | 趵突泉志 | 乾隆年刻本 |
| 919.6/939 | 清凉山志 | 乾隆年刻本 |
| 919.6/946 | 武夷志 | 明万历年刻本 |
| 919.6/965 | 虎丘山志 | 康熙年刻本 |
| 919.7/383 | 金陵古今图考 | 明万历年刻本 |
| 918.8/939 | 阙特勒碑释文 | 日本刻本 |
| 922.3/987.0 | 河套新编 | 抄本 |
| 924.1/393 | 八紘译史 | 清刻本 |
| 924.1/482 | 成宾录 | 清刻本 |
| 924.1/953 | 瀛寰志略 | 日本刻本 |
| 924.36/429=-1 | 殊域周咨录 | 抄本 |
| 924.362/237 | 东亚三国地志 | 日本刻本 |
| 924.362/857 | 东亚各港志 | 日本刻本 |
| 924.36223/291 | 朝鲜地理小志 | 朝鲜刻本 |
| 925.2/787 | 广奥古今钞 | 乾隆年刻本 |
| 925.34/321 | 广东新语 | 康熙年刻本 |
| 925.34/321=2 | 广东新语 | 康熙年刻本 |
| 925.35/976-1 | 朝鲜安南琉球图 | 康熙年刻本 |
| 925.354/1 | 湟中杂记 | 抄本 |
| 925.354/2 | 讯鲜录 | 抄本 |
| 925.354/431.0 | 洗浴锁谈 | 抄本 |
| 925.355/0.153-1 | 西藏地理考 | 抄本 |
| 925.355/0.153-04 | 西藏志 | 抄本 |
| 925.355/316 | 西藏志 | 抄本 |
| 925.356/0.282 | 松理茂懋汶各屯土概况 | 抄本 |
| 925.356/0.723 | 滇南纪要 | 抄本 |
| 925.356/118 | 滇边要路略 | 抄本 |
| 925.357/819 | 琉球国志略 | 清刻本 |
| 925.356/781 | 蛮司合志 | 乾隆年刻本 |

| | | |
|---|---|---|
| 925.361/720-1 | 乾隆府厅州县图志 | 嘉庆年刻本 |
| 925.41/838 | 栈云峡雨日记 | 日本刻本 |
| 925.42/113=2 | 蜀道驿程记 | 康熙年刻本 |
| 925.42/382 | 康清纪游 | 1945年稿本于右任题签 |
| 925.45/1 | 出塞纪程 | 抄本 |
| 925.47/0.282 | 松潘西游记 | 1933年稿本 |
| 925.47/1 | 西域闻见录 | 清刻本 巾箱本 |
| 925.47/290 | 出口程记 | 乾隆年刻本 |
| 925.47/385 | 使琉球录 附夷语夷文 | 影音从书本 |
| 925.47/401 | 西域闻见录 | 乾隆年刻本 |
| 925.47/401=1 | 西域闻见录 | 抄本 |
| 925.47/675 | 番社采风录 | 乾隆年刻本 |
| 925.47/313 | 云栈纪程 | 乾隆年刻本 |
| 925.35/0.926 | 钜鹿县志 | 康熙年刻本 |

## （四）馆藏地方志收入《中国地方志联合目录》的独本和稀有版本目录（初稿）

丁良

### 1. 独本，22种

蒙：归绥厅志稿

辽：盖平县志

吉：永吉县志十二卷

黑：黑龙江不分卷

新：西域纪略八卷

苏：龙砂志略

皖：重修颖州二十卷

闽：政和县志十一卷、仙游乡土志

台：楝东上堡采访册

桂：平南县志概略

川：蜀故、茂县志概略、汶川县志概略、理番县志概略、松理茂懋汶各土屯概况、西康

滇：昆明新志、西南边域缅宁五章、云龙州志不分卷

藏：藏政撷要、西藏

## 2. 两馆存，10 种

甘：康县要览

陕：永寿县志余二卷

蒙：伊克昭盟概况

皖：宁国县志

台：粤湖续编二卷

豫：灵宝县志

川：大邑县乡土志、璧山县志

滇：新兴乡土志（休纳县）、牟定县乡土志不分卷

## 3. 三馆存，18 种

晋：汾阳县志四卷

蒙：绥远通志采访要点

吉：蒙旗志稿二卷

陕：广两曲志二编、麟游县志四卷

新：讯鲜录

鲁：邹平县志十八卷

浙：平湖县乡土志十八卷

皖：直隶和州志

皖：来安县乡土志

鄂：竹溪县志、新宁县志

粤：化州志、蓬溪县志

川：长宁县志补遗、安宁州乡土志合编

滇：龙云州志十三卷

藏：藏事举要

## 4. 版本，独本

冀：康熙重修无极志二卷

蒙：蒙旗概观

辽：万历开原图说二卷

甘：民国新修张掖县志、道光续修山丹县志十卷

新：西陲要略四卷、新疆述略、创修镇西乡土志四卷

浙：咸淳临安县志一百卷、四明图经十二卷、忠义乡土志

皖：备修天长县志稿

闽：福建兴华县志

台：澎湖续编

豫：顺治西华县补志八卷、康熙西华县补志二卷

粤：康熙文昌县志

桂：钦州志

川：泸定县乡土志、义敦概况资料

滇：江川县志、马关县志

藏：藏纪概

## 5. 版本两家有书

京：康熙怀仁县新志八卷

晋：乾隆蒲县志十卷首一卷

辽：乾隆塔子沟纪略十二卷、打胜乌拉地方乡土志

浙：竹里述略十二卷附录一卷

台：道光澎湖续编二卷

湘：乾隆攸县志、光绪石门县志

鄂：顺治江陵志余十卷

粤：康熙徐闻县志

鲁：朝城县乡土志一卷

苏：正德江宁县志十卷、嘉庆新修荆西县

新：光绪新疆四道志、光绪新疆志、光绪新疆志纪略、道光喀喇沙尔志略、喀什噶尔附英吉沙尔

青：光绪西宁府续志十卷、青海图说一卷

滇：缅宁厅乡土志、民国腾冲县志稿三十二卷、乾隆开化府志、乾隆蒙自县志

川：嘉庆井研县志十卷、巴塘盐井乡土志

## 6. 三馆有书

冀：嘉靖两镇三关通志、民国交河县志十卷首一卷

蒙：民国绥远通志草稿一百卷、伊盟左翼三旗调查报告、咸丰和林格尔厅志

辽：民国昭乌达盟纪略不分卷

陕：道光留霸厅志十卷

甘：居延海（额济纳旗）

新：喀什噶尔志十卷、叶城县乡土志

豫：乾隆登封县

鲁：康熙靖海卫志十二卷增补一卷、光绪曹县志十八卷首一卷

苏：四镇略绩一卷

鄂：嘉靖兴国州志

粤：光绪镇平县志

滇：天启滇志、康熙嶍峨县志、保山县志目次说明书、弥勒县志纲目小序稿本

## （五）中央民族学院图书馆藏民国报刊目录（初稿）[①]

凡例

1. 本目所收解放前旧期刊截至 1960 年 8 月入藏为限，嗣后续收，俟积有成数再续录。

2. 本目以刊物内容分类（如分类简目所列），同类者，以出版地区和创刊年代为序，后附字顺索引，一边检查。

3. 刊名依原刊，为改用简体，笔划相同，以"点横竖撇"为序，首字相同，查第二字，余类推。

4. 本目分类，采用上海市报刊图书馆分类法，并结合馆藏实际情形，酌予变通。

5. 本目著录项目如次。⑥附注（凡更名更地、改组、停刊等，摘要注明）。

6. 刊物差期照以下简化：①如三卷五期，简作 3：5.②一年度计者，如 1948 年三期，简作 1948：3.③合刊本，如三四期合刊，简作 3.4.④复本，如三期有两本，简作 3/3.⑤连续，如二卷一期至十八期，简作 2：1～18。

7. 编辑机构与刊名同（如文学，文学社编）或刊期已见刊名（如国闻周报），均不另著录。

8. 本目所收"五四运动"前后现代革命时期刊物列于总类之手，清末各地所出政治性刊物次之，以示醒目。

9. 综合性大专学报（中学刊物）编入"文化教育"。专门性学报，依其性质分类。

10. 刊物内容涉及两个专题以上（如文史、文史哲等），均收入总类。

11. 本目编印仓卒，又限于编者水平，缺点尚多，望读者惠予指正。1960 年 10 月。

---

[①] 按：此目录初编于 1959 年，1960 年 5 月增补，10 月完成初稿，抄录成册。1961、1962 年增补。此目录为繁体字行书、草书抄本，故在录入时做了大量查对和补漏工作，虽然尽力与期刊和相关工具书做了校对，但由于时间紧，有些刊物的数据没有得到落实，望海涵。原目录为表格式目录，为节省篇幅，今改为条目式目录。本次未录"刊名笔画索引"。

出版此目录之目的有二，一是向研究报刊、新闻的学人提供 20 世纪 60 年代的报刊编目思想、编目方法、体例和本馆资料，让前辈的成绩散发出光和雨露，慈润学林。二是以此行为，感谢和纪念那些兢兢业业、无私奉献的图书馆前辈。

## 附表 2　中央民族学院图书馆藏民国报刊目录报刊分类表

| | |
|---|---|
| 一、社会科学 | （2）通俗教育 |
| 1. 哲学、宗教 | （3）大学学报 |
| 2. 政治、法律 | （4）学习 |
| （1）清末政治刊物 | （5）图书馆刊物 |
| （2）政治、社会 | （6）读书出版翻译 |
| （3）行政 | （7）出版业 9.语文 |
| （4）官报（公报） | 10. 文学 |
| （5）一般性报刊 1930 年以前 | （1）总论 |
| （6）一般性报刊 1931—1940 年 | （2）文学创作 |
| （7）一般性报刊 1941—1949 年 | （3）趣味文（小品文） |
| （8）综合刊物 | （4）小说戏剧 |
| （9）报纸副刊 | 11. 艺术 |
| 3. 团体 | 12. 历史、地理 |
| （1）中国共产党 | （1）综论 |
| （2）青年 | （2）史学 |
| （3）农民 | （3）考古 |
| （4）妇女 | （4）人物 |
| 4. 国际时事（外交） | （5）民族（民俗风土） |
| 5. 法律 | 13. 地理 |
| 6. 军事 | （1）总论 |
| 7. 经济财政（1）总论 | （1）外国地理 |
| （2）地方经济 | （2）本国地理（西部地区） |
| （3）财政财务 | （3）西南地区 |
| （4）资源 | （4）东北地区 |
| （5）银行金融 | （5）各省市 |
| （6）实业 | 14. 边疆问题 |
| （7）合作 | 15. 文献资料 |
| （8）建设 | 二、自然科学总论 |
| 8. 文化教育 | 2. 自然科学、应用技术 |
| （1）总论 | 三、补充刊物 |

## 1. 社会科学

### （1）哲学、宗教

**醒回篇** 不定期，东京，留东清真教育会主办，1908 年创刊，存：1924 年 1 期。

**信义报** 周刊/月报，汉口/重庆，汉口两仪街信义书局主办，1913 年 10 月创刊，存：1931 年 19：37；20：38；23：15 期。1932 年 20：49、50 期（《信义报二十年周年纪念特刊》）。

**鲁东信义会刊** 双月刊，青岛，青岛中华信义会主办，1921 年创刊，存：日期不详 2：3；1940 年 1；1941 年 3、4 期。

**末世牧声** 半月/月刊，上海，上海时兆报馆主办，1921 年创刊，存：16：23；1936 年 2—4 期。自 20 卷起改为月刊。1942 年迁至重庆，该名为《牧声》，由时兆报馆编印。1946 年 1 月迁回上海，续出 46 卷。

**明德月刊** 月刊，天津，回教联合会主办，1924 年创刊，存：9：10 期。

**中国回教学会月刊** 月刊，上海，该杂志社主办，1926 年创刊，存：1：8 期。

**哲学评论** 半月刊，上海，中国哲学会主办，1927 年创刊，存：10:1、4、5 期。

**天方学理月刊** 月刊，广州，广州濠畔街回教礼拜堂天方学理月刊社主办，1928 年 10 月创刊，存：1930 年 13、18 期。

**清真铎报** 月刊，昆明，云南回教促进会主办，1929 年 2 月创刊，存：4、11、12 期。

**总会公报** 月刊，上海，中华基督教会全国总会主办，1928 年 11 月创刊，存：1931 年 3:10 期。中华基督教会全国总会机关刊物。初名《总会公报》，后改为《公报》，1949 年改为《中华基督教会全国总会公报》。

**月华** 周刊，北平，成达师范学校北平月华社编辑部主办，1929 年 11 月创刊，存：1:1～6；2:1～36；3:2、4、6、9～11、13、16～34；4：1～50；5：1～50；6：1～50；7：1～50；1946 年 1～9 月；1947 年 1～50；1947 年 6～12 月；1948 年 1～6 月。又 7:18～36；8:1～11、13～20、35；9:1～3、11～14 期。

**信义宗神学志** 季刊，汉口，汉口两仪街信义书局主办，1930 年创刊，存：

1:3 期。

**佛教评论** 季刊，北平，北平佛教评论社主办，1931 年 1 月创刊，存：1:1、3 期。

**突崛** 月刊，南京，南京中央政治学校附设蒙藏学校回族青年学生会主办，1933 年创刊，存：1:1、2；2:2、6；3:6～12。又 12 期。

**磐石杂志** 月刊，北平，北平辅仁大学中华公教青年会主办，1932 年 6 月创刊，存：3:8～9；4:1～2 期。

**成师月刊** 月刊，北平，成达师范主办，1934 年创刊，存：1:12；2:11、12 期。

**扬善半月刊** 半月刊，上海，陈撄宁、张竹铭主编，1935 年创刊，存：2:18，3:2 期。该刊发扬中国学术文化的优良传统，以儒释道三教平等为原则，是全国唯一的仙道学术专刊，上海翼化堂发行。

**晨熹** 旬刊/月刊，南京，南京晨熹杂志社主办，1935 年 1 月创刊，存：1:1～32；2:1～12；3:1、3～6；又 1:1～3、5、9～26；2:2～5、10～12；3:6 期。

**佛海灯** 月刊，沙市，湖北沙市佛海灯杂志社主办，1936 年创刊，存：1935 年 3、5～6 期。

**粤赣会刊** 月刊，广州下芳村，中华信义会粤赣总会主办，1936 年创刊，存：1937 年 20 期。该刊又叫《中华信义会粤赣会刊》。

**微妙声** 月刊，北平，北平微妙声杂志社主办，1936 年 11 月创刊，存：1～2 期。

**回教** 月刊，北京，中国回教联合会主办，1938 年创刊，存：1:1～2、6 期。

**回教大众** 半月刊，汉口/重庆，沙蕾主编，1938 年 2 月 25 日创刊，存：8、9；1939 年 3:2 期。

**研究与进步** 季刊，北平，中德学会主办，1939 年创刊，存：1:1～4 期。

**中国回教救国协会会刊** 半月刊，重庆，该会主办，1939 年创刊，存：1、2 期。

**回教月刊** 月刊，上海，中国回教宣道所主办，1939 年 8 月创刊，存：1942 年 2:3

**中德学志** 季刊，北平，中德学会主办，1940 年创刊，存：2:1～4；3:1～4；4:1～4；5:1～4；6:1～2 期。该刊原名《研究与进步》，于 1939 年 4 月创办，出版 1 年（4 期）之后于 1940 年改名，连续出版 5 年，第 6 卷为止。刊期号与《研究与进步》相接。

**妙法轮**　月刊，上海，上海佛学院主办，1943 年 1 月　4、5 期（玄奘法师纪念号）。

**天风周刊**　周刊，成都，基督教联合出版社主办，1945 年 2 月 10 日创刊，存：1～32 期。该刊亦简称《天风》。

**上智编译馆馆刊**　双月刊，北京，该馆主办，1946 年 1 月创刊，存：1:1 期。

## （2）政治、法律

### ①清末政治刊物

**时务报**　旬刊，上海，梁启超主编，1896 年创刊，存：1～30 期。

**经世报**　旬刊，杭州，宋恕主编，1897 年创刊，存：1～3、5、9～15 期。

**清议报**　旬刊，横滨，冯镜如、梁启超主编，1898 年 12 月 23 日创刊，存：6～36、38、39、60～73、76～78、80、83、100 期。

**清议报全编**　旬刊，横滨，冯镜如等主编，1898 年 12 月 23 日创刊，存：1～16 期。（横滨新民社汇编）

**新民丛报**　半月刊，横滨，梁启超主编，1902 年 2 月 8 日创刊，存：光绪 28 年 1～15；光绪 29 年 1～13；光绪 30 年、31 年，7；又 12 期。

**民报**　月刊，东京，张继主编，1905 年 11 月 26 日创刊，存：创刊号（原刊本）又 1～26 期。（1957 年科学出版社影印本）

**第一晋话报**　月刊，东京，山西同乡会主编，1906 年创刊，存：1～9 期。

**国风报**　旬刊，东京，何国桢、梁启超等主编，1910 年 2 月 20 日创刊，存：1:1～26；2:1～17 期。

### ②政治、社会

**社会科学季刊**　季刊，北京，北京大学主办，1922 年创刊，存：1:1～4；2:1 期。

**政治旬刊**　旬刊，三台，二十九军政治部主办，1927 年创刊，存：31、32 期。

**社会学界**　季刊，北京，燕京大学主办，1927 年 6 月创刊，存：1933 年

1:1～4、6～10；7：1～6期。

**社会学刊** 季刊，南京，中国社会学社主办，1929年创刊，存：1～6；1948年6期。

**国立武汉大学社会科学季刊** 季刊，武昌，该社主办，1930年创刊，存：1～7卷。

**社会科学杂志** 季刊，北平，社会调查所主办，1930年创刊，存：1、3、6、8、9卷。

**社会问题** 季刊，北平，燕京大学主办，1931年创刊，存：1:4期。

**新社会科学** 季刊，南京，中华社会科学社主办，1934年创刊，存：1:2期。

**社会研究** 周刊，北平，燕京大学主办，1934年创刊，存：51～128。

**中国社会** 季刊，南京，中国社会问题研究会主办，1934年创刊，存：2:2期。

**社会研究** 季刊，广州，中山大学社会研究所主办，1935年创刊，存：1:1～2；2:1～2期。

**社会科学** 季刊，北平清华大学主办，1935年10月创刊，存：1:1～4；2:1～3；4:1～2；5:1、2；6:1期。

**社会科学季刊** 季刊，重庆，中央大学社会科学委员会主办，1943年创刊，存：1:1期。

**社会学讯** 月刊，广州，中山大学社会学系主办，1947年创刊，存：4～7期。

**中国社会学讯** 月刊，地址不详，中国社会学讯社主办，创刊时间不详，存：1～7；又4期。

**社会科学** 季刊，北京，燕京大学主办，1948年创刊，存：1:1～2；2:1～2期。

**社会寻根** 季刊，南京，汪积恭主编，1948年创刊，存：18期。

③行政

**中国华洋义赈会救灾总会丛刊** 出版周期不详，北平，中国华洋义赈会救灾总会主办，1925年创刊，存：6、17、20、24、27、31、35、37、41期。

**中华民国拒毒会云南分会会刊** 出版周期不详，昆明，中华民国拒毒会云南分会主办，1925年创刊，存：1～2期。

**浙江民政年刊** 年刊，杭州，浙江民政厅主办，1929年创刊，存：1、2期。

**地政月刊** 月刊，南京，中国地政学会主办，1933 年创刊，存：1～4 卷。

**行政效率** 半月刊，重庆，行政效率研究会主办，1934 年创刊，存：2:1～8 期。

**政治季刊** 季刊，重庆，政治学校研究部主办，创刊时间不详，存：1940 年 4:2 期。

**中国行政** 季刊，成都，中国行政问题研究会主办，1941 创刊，存：1:1～10；2:1～6 又 1:2～6 期。

**社会行政季刊** 季刊，西安，陕西社会行政研究会主办，1942 年 9 月创刊，存：1:1；2:1 期。

**地政通讯** 月刊，重庆/南京，地政研究会主办，1943 年 7 月创刊，存：1～8、12～21、24 期。

④官报（公报）

**谕摺汇存** 日刊，北京，内阁印铸局主办，清光绪年间创刊，存：光绪 20 年～25 年、28 年～31 年、33 年号。北京撷华书局编印，光绪十七年（1891）正月起至三十三年（1907）九月止。该刊主要刊载上谕与奏折，每月出刊若干册，首册按日列出奏折目录，然后按日刊载所奉上谕、皇帝活动、召见官员姓名等，以及官员奏折。光绪三十三年九月，撷华书局奉外城巡警总厅札附宪政编查馆咨文，饬令停止刊印。该书局于同年十一月出版《华制存考》以补其缺。

**浙江新政交儆报** 月刊，杭州，浙江省政府主办，1902 年 2 月 18 日创刊，存：光绪 28 年 4 期。该报原名《浙江五日报》。

**学部官报** 月刊/旬刊，北京，清政府学部编辑，1906 年 8 月创刊，存：6、20、23、25、26、28、29、32、33、35～38、40、42～44、58、60～76、78、79、89 期。该报由学部图书处发行。

**政治官报** 日刊，北京，内阁印铸局主办，1907 年创刊，存：光绪 33 年～民国 1928 年 5 月号。

**泰报** 旬刊，西安，课吏馆主办，1903 年创刊，存：光绪 29 年 1 月～9 月号。

**江西官报** 半月刊，南昌，官报局主办，1903 年创刊，存：光绪 29 年 7；光绪 30 年 28；光绪 31 年 3、7、12；光绪 32 年 4、24 期。

**湖南官报** 日刊，长沙，湖南官报局主办，1904 年创刊，存：光绪 31 年

1~3 期。

**秦中官报** 5日，西安，课吏馆主办，1904年创刊，存：光绪30年1~10、26、27、33、34、38、39；光绪31年1~16、18、20、25~30、32~37；光绪31年文牒等35~42；光绪32年71-72期。

**华北杂志** 月刊，天津，华北杂社主办，1904年创刊，存：5、26卷。

**南洋官报** 周刊，南京，南洋官报主办，1904年创刊，存：1904年46~60；1908年118；1909年36、53、55、62期。

**四川官报** 月刊，成都，四川总督府主办，1904年3月7日创刊，存：光绪30年1、2、4、7~11、13、16、20、23、28、32；光绪31年5、9、11、14、21、25、26；光绪32年1、5、10、14、15、20；光绪33年6~9、12、13、1~22、27；光绪34年1~3、4、8、9、14~16、22、24、30；宣统元年24、25、33、34；宣统2年1~32；宣统3年1~18、21~40期。

**四川学报** 月刊，成都，四川总督府主办，1905年创刊，存：宣统2年5、17、21、26期。

**吉林官报** 日刊，吉林，吉林官报局主办，1906年创刊，存：光绪34年147~184期。

**行在发来谕旨** 日刊，北京，内阁印铸局主办，1906年创刊，存：光绪26年8月8日~26日。

**商务官报** 日刊，北京，农商部主办，1906年创刊，存：光绪32年1~9；33年1~33；34年1~9、11~33；宣统元年1~36；2年1~36；3年1~8、12~16；又1908：12、16、17；1910：27；1911：4期。

**广西官报** 周报，桂林，广西省巡抚主办，1907年11月创刊，存：1910年54期。

**交通官报** 月刊，北京，邮传部官报处主办，1909年创刊，存：1~23期。

**陕西官报** 旬刊，西安，陕西学务公所主办，1909年创刊，存：光绪34年2~5、7~15；光绪35年7~9、13、18、19

**浙江官报** 周报，杭州，浙江官报局主办，1909年创刊，存：目录1、2；谕旨1、2；奏折1~3；法令1~10；文牍1~5；函电1~2；表式1~2；调查1；判决1期。

**江苏自治公报** 旬刊，上海，上海苏属地方自治派主办，1909年8月创刊，存：51～65又7册。

**内阁官报** 日刊，北京，内阁印铸局主办，1911年创刊，存：1～8期。

**秦中公报** 日刊西安，陕西行政公署主办，1912年创刊，存：1919年411～430、433～440；1914年738～818期。

**四川都督府政报** 旬刊，成都，四川总督府主办，1912年创刊，存：1912年8、12、22期。

**云南省政府公报** 10日刊，昆明，云南军都督府法制局主办，1912年2月创刊，存：12:52、53、55～61、64～66；1940年7、8期。

**甘肃公报** 月刊，兰州，甘肃省府主办，1912年6月创刊，存：1912年6～12；1913年1～10、12期。

**内务公报** 月刊，北京，内务部主办，1913年创刊，存：1920年:77期。

**甘肃政报** 月刊，兰州，政府秘书处主办，1914年2月1日创刊，存：1914年1～8、10、11期。

**垦务公报** 月刊，齐齐哈尔，黑龙江清丈庄招垦局主办，1914年12月创刊，存：1～18期。

**洪宪 政府公报** 月刊，北京，政府办报处主办，1916年创刊，存：2、3期。

**云南公报** 旬刊，昆明，云南省都督府秘书厅主办，1916年6月创刊，存：1919年1～3期。

**新疆公报** 周刊，迪化，该社主办，1918年创刊，存：1～21期。

**南洋商报** 半月刊，新加坡，陈嘉庚主办，1923年9月创刊，存：1期。共4页。

**无锡县政公报** 旬刊，无锡，无锡县政府秘书科主办，1929年5月创刊，存：1、3、6～10期。

**武进县政公报** 半月刊，武进，武进县政府主办，1929年创刊，存：1933年63～70、73、74、81～90期。

**新疆省政府公报** 月刊，迪化，该社主办，1930年创刊，存：11、13～17期。

**四川省政府公报** 半月刊，成都，四川省政府主办，1931年创刊，存：1931年～1932年3、4、8、9、12、14、27期。

**四川省政府公报** 旬刊，成都，四川省政府主办，1934年创刊，存：1935年4、12、17、18、26、28、37；1936年42、43；1037年47～49、51、54、

57、58、66、73、74；1938 年 81、93～100、109～111、120、121、130、133～135、145、152～154、168；1939 年 171、175、，197、203～205、209～211 期。

**隆昌县政月刊** 月刊，隆昌，隆昌县政府主办，1934 年创刊，存：1～4、8、10、13、14、17、18 期。

**四川省政府公报** 5 日刊，成都，四川省政府主办，创刊日期不详，存：1941 年 24 册 226、223～247、257、259、268、274；1942 年 12 册 285、286、295、301、303、326、329、331、342、347、350；1943 年 17 册 379、384、385、390～394、398、405、406、409、410、412、420、421、427；1944 年 429、447、460、480、488、494、497、499；1945 年 21 册 500、505、511、512、516、517、519、527、534、536、537、539、548、557、559、561、562、564、569、570；1946 年 46 册 573、574、576～588、591、593～606、609～611、613、615、616、622、627、628、632～634、638、640～642；1947 年 31 册 644、645、647、649、651、658、661、667、669～672、676、674、680、682、683、687、688、693、694、696、700、712～715；1948 年 14 册 717、719、722～725、741～743、747、751、769、771、782；1949 年 13 册 783、798、807、812、813、815～821、823 期。

**福建县政** 旬刊，福州，福建县政指导委员会主办，1936 年创刊，存：1:1～7；2:1～4 期。

**内政公报** 月刊，南京，内政部公报处主办，1937 年创刊，存：10:6 期。

**江北县政月刊** 月刊，江北，江北县政府主办，1938 年创刊，存：创刊号。

**华北政务委员会公报** 5 日，北平，总务厅主办，1941 年创刊，存：1943 年 193～252；1944 年 253～324；1945 年 325～354

**台湾省行政长官公署公报** 月刊，台北，台湾省府秘书处主办，1946 年创刊，存：1946 年 961～1256；1947 年 735～755；1948 年 273～280、289～290 期。

**台湾省政府公报** 月刊，台北，台湾省府秘书处主办，1936 年创刊，存：1947 年 5:16、17、19～24、26～28、30、31；6:2～7、9～14、21、27～30；7:2～5、7～12、14；8:2、4～8、10～19、22、23、15、16、28～30；9:1、3～6、8、19、20；1948 年 5:21、22、24～29、31；6:1～5、7、8、10、11、14～19、21～26、28～30；7:1～3、5、7、12～17、19～24、26～31；

8:2～7、9、11～14、16；9:3、25、27～30；10：2、4～9、11～13、15、16、18～21、23、26、27、29；11:5、6、8～11、13、15、19、20、22～26；12:4 期。

**陕政** 旬刊，西安，政府秘书处主办，1939年创刊，存：1:1、2、4、5、7、8、14～18、20～26、30～48、61～63、70～72；4:5、6；5:4～8；6:12；7:1～6；8:5、6；9:3、4 期。

**内蒙古自治政府公报** 不定期，乌兰浩特，政府秘书处主办，民国三十七年10月（1948年）1 创刊，存：1:1～6 期。该报使用蒙汉两种文字不定期发行，共发行8期。1950年1月20日更名为《内蒙政报》，截至1954年1月31日，共发行49期。其中2期与《绥远行政周报》联合出版。

**辽东行政导报** 月刊，沈阳，政府秘书处主办，1949年创刊，存：1:1 期。

**新疆政报** 月刊，迪化，新疆省秘书处主办，1950年创刊，存：1:4～6；2:1 期。

⑤一般性报刊1930年以前

**益闻录** 半月刊，上海，李杕主编，1879年3月6日创刊，存：1882～1884年 148～324 期。天主教报纸。

**万国公报** 月刊/周刊，上海，[英]李提摩太主编，1874年9月创刊，存：1897:79～100、102、107；1898:110～119；1899:120～131；1900:132 期。原名《中国教会新报》，简称《教会新报》。1874年9月改名《万国公报》，周刊。

**京报** 上海，府内办报处主办，1882年创刊，存：1～200 期。上海申报馆转录。该刊与邵飘萍于1918年10月5日所创《京报》不同。

**广益丛报** 旬刊，重庆，杨庶堪等主编，1903年4月7日创刊，存：4:1、9；6:31；7:1、31；8:15、20、21、28；9:2、4～7、13～16、19、21、22 又12册。

**东方杂志** 月刊/半月刊，上海，该社主编，1904年3月11日创刊，存：1904～1948：1～44 卷（东方杂志总目：三联书店，1957）。

**中华报** 日刊，北京，彭翼仲主编，1905年创刊，存：1905：2、3；1906:5 期。

**中国新报** 月刊，上海，杨度主编，1906年创刊，存：1～9，又1～6、8、9 期（刊于日本）。

**巴黎新世纪** 周刊,巴黎,吴稚晖等主编,1907年5月21日创刊,存:1~21期(1949年重印本)。

**光复学报** 月刊,上海,李瑞椿主编,1911年4月创刊,存:1~3期。

**独立周报** 周报,上海,章士钊主编,1912年创刊,存:1年1~14;2年1~21;3年。

**新纪元报** 周刊,上海,黄大暹(孟曦)主编,1912年创刊,存:7期。

**庸言** 半月刊,天津,吴贯国、梁启超主编,1912年日创刊,存:1:1~2期。

**神州** 月刊,上海,该社主办,1913年创刊,存:1:1期。

**不忍** 月刊,上海,康有为主编,1913年2月创刊,存:1~10期

**震旦** 月刊,北京,统一党主办,1913年2月创刊,存:1~3期。

**甲寅** 周刊,东京,章士钊等主编,1914年5月10日创刊,存:1:1~7期。

**甲寅周报汇订周刊** 周刊,东京,章士钊等主编,1914年5月10日创刊,存:1:18~34期。

**大中华** 月刊,上海,该社主办,1915年1月创刊,存:1:1~12期。

**唤群特刊** 不定期,上海,徐翰臣主编,1915年创刊,存:1期。

**民彝** 月刊,东京/北平,张公琼主编,1916年5月15日东京1927年2月创刊,存:1927年7期。

**民铎杂志** 季刊/月刊,东京/上海,民铎杂志社主办,1916年6月东京1925创刊,存:3:5;4:1;6:1期。

**丁巳** 月刊,北京,李仲公主编,1917年2月创刊,存:1:1~2期。

**新潮** 月刊,北京,北京大学学生会主办,1919年1月创刊,存:1:1~5期。

**解放与改造** 半月刊,上海,北平新学会主办,1919年9月1日创刊,存:1:1~8;2:1~16;3:1~12;4:1~3期。

**新中国** 月刊,北京,新中国主办,1919年5月创刊,存:1:4、6;2:4、5期。

**奋斗** 旬刊,北京,朱谦之主编,1920年1月创刊,存:4~6、8、9期。

**学林** 月刊,北京,学林主办,1921年9月创刊,存:1:2~5;又1:4、5期。

**努力周报** 周刊,北京,胡适主编,1922年5月创刊,存:1~75期。

**孤军** 月刊,上海,孤军主办,1922年9月创刊,存:1:1、2;2:5、6、8、

10、11 期。

**国闻周报** 周刊，天津，国闻周报主办，1924 年 8 月创刊，存：1~14 期；1937:2~12 特刊（国闻周报总目，三联书店，1957 年出版）。

**真理评论** 半月，出版地不详，真理评论主办，1926 年创刊，存：15~18 期。

**台州评论** 出版周期不详，上海，台州同乡会主办，1926 年创刊，存：1926：4 期。

**突击周刊** 周刊，广州，第一军政治部主办，1926 年创刊，存：3 期。

**中央半月刊** 月刊，上海，国民党中央宣传部主办，1927 年创刊，存：1~24 期。

**生活周刊** 周刊，上海，生活书店主办，1927 年创刊，存：1~8 期。

**南金杂志** 天津，姚君素主编，1927 年创刊，存：1~10 期。

**贡献旬刊** 旬刊/月刊，上海，嘤嘤书屋主办，1927 年 12 月创刊，存：1~5 期。

**现代中国** 半月刊，上海，主办不详，1928 年 1 月创刊，存：1:1 期。

**新生命** 月刊，上海，新生命主办，1928 年 1 月创刊，存：1:1~12；2:1~12；3:1~5 期。

**战线周刊** 周刊，上海，战线周刊主办，1928 年 4 月创刊，存：1:1、2 期。

**前进** 半月刊，上海，前进主办，1928 年 6 月创刊，存：1、2 期。

**中外评论** 旬刊，南京，宓汝卓主编，1929 年 8 月创刊，存：1~20 期。

**太平杂志** 月刊，上海，田桐主编，1929 年 10 月 1 日创刊，存：1:1 期。

**新思潮** 月刊，上海，新思潮主办，1929 年 11 月创刊，存：1:1；2:1~3、4~7 期。

**新东方** 月刊，南京，新亚洲书局主办，1930 年 1 月创刊，存：1:2、3；3:1、4；4：1；5：4；6：6；7:1~3；8:1、2、5；9:2、6；10：1~6 期。

**人文月刊** 月刊，上海，人文月刊主办，1930 年 2 月创刊，存：1~8 期。

**鞭策周刊** 周刊，北平，北平女子文理学院主办，1932 年 3 月 7 日创刊，存：1:9、10 期。

⑥一般性报刊 1931~1940 年

**云南同乡会第一次报告** 出版周期不详，东京，刘钟华等主编，1904 年创刊，存：1期。

**人民周报** 周刊，上海，张太雷主编，1926年2月创刊，存：105～188号。

**前导** 半月刊，广州，该社主办，1930年9月创刊，存：6期。

**新民** 半月刊，杭州，该社主办，1930年11月创刊，存：1～64期。

**平等** 月刊，南京，主办不详，1931年1月创刊，存：1:8期。

**世界杂志** 月刊，上海，杨哲明主编，1931年创刊，存：1:1、2、5期。

**重华月刊** 月刊，辽宁，该社主办，1931年5月创刊，存：1期。

**突进** 半月刊，北平，该社主办，1931年创刊，存：1～9、11、13～17期。

**现代学术** 月刊，上海，该社主办，1931年创刊，存：1:2期。

**国讯** 半月刊，重庆，俞颂华等主编，1931年12月创刊，存：1945年38期。

**新创进** 半月刊，上海，主编不详，1932年创刊，存：1:5期。

**独立评论** 周刊，北京，胡适主编，1932年5月33日创刊，存：18、93期。

**时代公论** 周刊，南京，中大时代社主办，1932年创刊，存：1～23期。

**现代** 月刊，上海，施蛰存主编，1932年创刊，存：1～6期。

**申报月刊** 月刊，上海，俞颂华主编，1932年7月创刊，存：1～12期。

**大陆** 月刊，南京，该社主办，1932年7月创刊，存：1:2、6～10；1933年1～12；2:1期。

**国风** 半月刊，南京，该社主办，1932年9月创刊，存：1～8卷。

**新中华** 半月刊，上海，该社主办，1933年1月10日创刊，存：1933～1937年:1～5卷；1943～1951年:1～9期。

**前途** 月刊，上海，该社主办，1933年1月创刊，存：1:2～9；4:7、8期。

**锄声** 月刊，地点不详，湘湖师范学生会主办，1933年创刊，存：1934年1:4～5、7～8期。

**革命公论** 月刊，南京，该社主办，1933年7月创刊，存：1、4～6期。

**汗血月刊** 月刊，上海，国民党上海市党部主办，1933年7月10日创刊，存：2:16；3:1期。

**云南旅平学会季刊** 季刊，北平，该社主办，1934年创刊，存：创刊号。

**云南旅沪学会季刊** 季刊，上海，该社主办，1934年创刊，存：1935年2期。

**新人** 月刊，天津，新天津报主办，1934年创刊，存：12、13期。

**新生** 周刊，上海，杜重远主编。1934年创刊，存：1:1～50；2：1～22期。

**创进** 出版周期不详，南宁，第4集团军主办，1934年5月创刊，存：1:1、6、7；2:1～4；3:2、8～12期。

**正风** 半月刊，天津，吴柳隅主编，1935年1月创刊，存：1～3、5、7、8、21～24期。

**大众生活** 周刊，上海，邹韬奋主编，1935年创刊，存：1期。

**越风** 半月刊，上海，黄萍荪主编，1935年创刊，存：10、17、20期。

**求是月刊** 月刊，济南，健康实验学会主办，1935年创刊，存：1:8；2:1、2、4～12期。

**新民** 出版周期不详，广州，明德社主办，1935年创刊，存：1:1、2、4～12；2:1～3期。

**国论** 月刊，上海，常燕生主编，1935年7月创刊，存：1～3期。

**实报半月刊** 半月刊，北京，管翼贤主编，1935年10月16日创刊，存：1935年1～5；1936年:6～24；1936年、1937年1～19期。

**复兴月刊** 月刊，上海，新中国建设协会主办，1935年9月1日创刊，存：3:6～12；4:1～2期。

**中外问题** 半月刊，上海，费友文主编，1935年创刊，存：1936年14～1～6，又14:2期。

**正风** 半月刊，北平，余天休主编，1935年创刊，存：1936年2:3期。

**进德** 月刊，主办不详，1936年创刊，存：2:1～6、8～11期。

**申报周刊** 周刊，上海，申报社主办，1936年创刊，存：1～38期。

**钞文** 月刊，上海，主办不详，1936年创刊，存：1:1期。

**民生** 出版周期不详，出版地不详，徐昂若主编，1936年创刊，存：34期。

**时论** 半月刊，上海，徐平主编，1936年创刊，存：1:2期。

**时代论坛** 半月刊，上海，王达夫主编，1936年4月创刊，存：1:1、4期。

**现世界** 半月刊，上海，钱俊瑞主编，1936年8月创刊，存：1:1～12，2:1～2期。

**新认识** 半月刊，上海，夏征农主编，1936年9月创刊，存：1:1～6期。

**文摘** 月刊，上海，孙寒冰主编，1937年1月创刊，存：1:1～2期。

**月报** 月刊，上海，胡愈之主编，1937年1月创刊，存：1:1～7又1:1～7期。

**新学识** 半月刊，上海，徐步主编，1937年2月创刊，存：1:1、9、11；1:5、6期。

**国民** 周刊，上海，谢六逸主编，1937年创刊，存：1:1～19期。

**苏衡** 出版周期不详刊，上海，主编不详，1937年创刊，存：25期。

**旬论** 出版周期不详刊，北平，主编不详，1937年创刊，存：1:2期。

**南华** 月刊，广州，胡毅生主编，1937年创刊，存：1:1～4期。

**新时代** 旬刊，重庆，郭祖劼主编，1937年创刊，存：2:5、6期。

**抗战** 三日刊，上海，邹韬奋主编，1937年8月创刊，存：1、5、6、9、13、15、16、18～21、23～32、38～55、57～72期。

**战时联合旬刊** 旬刊，上海，金仲华主编，1937年9月创刊，存：1～4又1、4期。

**抗战旬报** 旬刊，广州，广州民主御侮救亡会主办，1937年10月创刊，存：1:1、2期。

**抗敌先锋** 半月刊，西安，陕西抗战后援会主办，1937年12月创刊，存：1:3、6、10；2:1期。

**民意** 周刊，汉口，主编不详，1937年12月创刊，存：1～12期。

**战鼓** 旬刊，成都，主编不详，1938年1月创刊，存：1:1、3、4期。

**朔风** 月刊，北京，方纪生主编，1938年创刊，存：1～10期。

**新民报** 本月刊，北京，主编不详，1939年1月创刊，存：3:3；4:3、17～24；5:1～18、21期。

**理论宣传** 季刊，重庆，沈志远主编，1939年创刊，存：1:3、4；2:1期。

**时代精神** 月刊，重庆，该社主办，1939年8月创刊，存：3：1、3；4：4；6：1、3～6；7：2～6；8：1、3、4；10:6期。

**现实** 半月刊，上海，吕家瑞主编，1939年创刊，存：1～3期。

**改进** 半月刊，福建永安，黎烈文主编，1939年3月创刊，存：1:11期。

**中国公论** 月刊，北京，该社主办，1939年4月创刊，存：1:1～6；2:2～4；3:6；6：1～3、6；7：1、2；10:1～5；11:2、6；12：4期。

**文汇年刊** 出版周期不详，上海，该社主办，1939年创刊，存：1期。

**当代** 出版周期不详，上海，该社主办，1939年创刊，存：1:1～3期。

**国民公论** 半月刊，重庆，千家驹等主编，1939年创刊，存：1：1、2；2：1、

3、4；3;2；4:1、2；5:1～7；6:9、12；9：1～12 期。

**中美周刊** 周刊，上海，该社主办，1939 年 9 月创刊，存：1:1～50；2:1～50；3:1～12 期。

**东亚论丛** 出版周期不详，上海，1939 年创刊，存：22、35、37、43～48 期。

**中和** 月刊，北京，该社主办，1940 年 1 月创刊，存：1:1、6、9、11、12；2:12；3:1～6、8、10、12；4:1～12；5:2、6 期。

**东亚联盟月刊** 月刊，北京，该杂志社主板，1940 年创刊，存：1:1～3 期。

**天下事** 月刊，上海，朱雯等主编，1940 年创刊，存：1:5 期。

**南洋学报** 出版周期不详，上海，该社主办，1940 年创刊，存：1:1 期。

⑦一般性报刊 1941—1949 年

**国民杂志** 月刊，北京，武德报社主办，1941 年 1 月创刊，存：4:9、10 期。

**人与地** 半月刊，重庆，主编不详，1941 年 1 月创刊，存：1:1～24；2:1～12 期。

**思想与时代** 月刊，贵州，主编不详，1941 创刊，存：6～8、10、12～14、20、23、24、31、33 期。

**大学** 月刊，成都，陈中凡主编，1941 年创刊，存：1:1、2、6、9；2:9；3:2、9～12；4:4、7、8；5:2～4；6:3、4 期。

**华文月刊** 月刊，成都，华西大学文学院主办，1942 年创刊，存：1：1～6；2:1～5 期。

**古今** 月刊，上海，周黎庵主编，1942 年 3 月创刊，存：1～57 期。

**利民** 半月刊，北京，蒙疆新闻社主办，1942 年创刊，存：2:2、3、9、10、14、17、19、22～24 期。

**时代中国** 月刊，江西赣县，新赣南出版社主办，1942 年创刊，存：5:6；8:5、6；7:2；9:1 期。

**人文科学学报** 月刊，昆明，1942 年创刊，存：1:2 期。

**时代生活** 月刊，重庆，周新主编，1943 年 2 月创刊，存：1～3 期。

**新都周刊** 周刊，上海，陈若虹主编，1943 年 3 月创刊，存：1～30 期。

**风雨谈** 月刊，上海，柳雨生主编，1943 年 4 月创刊，存：1～16 期。

**石室学报** 成都，主编不详，1943 年 12 月创刊，存：1 期。

**民主周刊** 周刊，昆明，1945年1月创刊，存：1:12、13、19、22；2:2、4~6期。

**建国导报** 昆明，该社主办，1945年创刊，存：16期。

**新世纪** 月刊，上海，该社主办，1945年4月创刊，存：1~4期。

**新闻月报** 月刊，上海，该社主办，1945年5月创刊，存：1:1~4又1:1~3期。

**周报** 周报，上海，柯灵等主编，1945年9月8日创刊，存：1~50期。

**中国文摘** 半月刊，汉口，徐慧棠主编，1945年10月创刊，存：1~5期。

**民主** 周刊，上海，郑振铎主编，1945年10月创刊，存：1~54期。

**新语** 半月刊，上海，周煦良主编，1945年10月创刊，存：1~5期。

**文萃** 周刊，上海，该社主办，1945年10月创刊，存：1~22，31~40，41~50期。

**建国评论** 北平，该社主办，1946年2月创刊，存：1:2期。

**集纳** 半月刊，北平，1946年2月创刊，存：1~3期。

**唯民周报** 周报，重庆，邓初民主编，1946年3月创刊，存：1:1~9；3:1；4:1~10期。

**太平洋** 月刊，北平，耿宁铨主编，1946年6月创刊，存：试刊1~4，1~10期。

**大中** 月刊，北平，齐思等主编，1946年6月创刊，存：1:1~9，又1:1~9。

**正报** 周刊，香港，主编不详，1946年8月创刊，存：1:21、22、43、48；2:5、6、24、96、100；3:101~114、109、111、114、115期。

**民主生活** 周刊，重庆，宋云彬主编，1946年9月创刊，存：1~4,6~8期。

**观察** 周刊，上海，该社主办，1946年9月创刊，存：1:5、13~24；2:13~24；4:13~24期。

**评论报** 周刊，上海，主编不详，1946年11月创刊，存：1:1~20，又1:1~10期。

**世纪评论** 周刊，南京，主编不详，1947年1月创刊，存：1:1~21、23、24；2:1、2期。

**文汇丛刊** 出版周期不详，上海，文汇报社主办，1947年创刊，存：1~6号又1、3~6期。

**京沪周报** 周报，上海，吴正主编，1947年创刊，存：1:1、5、9、14～19、22～32、35、37、38、41、45、48～51；2：1、3～5、7～52期。

**时与文** 周刊，上海，主编不详，1947年3月创刊，存：1:1、4、5、7、9、10、14～17、19、20、21、23、34；2:5、6、8～11、13、17～19、22；3:1、3、7、8、10、11、13期。

**消息半周刊** 半周，上海，宋明志等主编，1947年4月创刊，存：1～4期。

**知识与生活** 半月刊，北平，该社主办，1947年4月创刊，存：1～18期。

**主流** 月刊，南京，该社主办，1947年创刊，存：1～12期。

**现代新闻** 周刊，上海，章伯钧主编，1947年5月创刊，存：2～5期。

**现代知识** 半月刊，北平，该社主办，1947年5月创刊，存：1:1～9期。

**学识** 半月刊，南京，吴斐丹主编，1947年创刊，存：1:1～2、4～6、11、12；2:2、3、6、7、9、10、12；3:3～6期。

**现代学报** 月刊，南京，该社主办，1947年创刊，存：1:1～3期。

**综合评论** 月刊，广州，李秀然主编，1947年6月创刊，存：1～7期。

**大学评论** 周刊，南京，倪青原主编，1947年8月创刊，存：1:1～10期。

**自由丛刊** 出版周期不详，出版地不详，自由世界社主办，1947年创刊，存：6期。

**建设评论** 周刊，上海，曹茂良主编，1947年9月创刊，存：1:1～7期。

**创世** 周刊，上海，姚大均主编，1947年9月创刊，存：1～16期。

**周论** 周刊，北平，该社主办，1948年创刊，存：2:1、7期。

**陇铎** 月刊，南京，该社主办，1948年创刊，存：2:8期。

**亚洲世纪** 出版周期不详，上海，该社主办，1948年创刊，存：2:5、6；3:1～5期。

**中建** 半月刊，上海，中国建设服务社主办，1949年创刊，存：1～10期。

⑧综合刊物

**国立第一中山大学语言历史研究所周刊** 周刊，广州，该社主办，1927年创刊，存：1: 2、5～7；2:18；3:35～36；4:46、47；5:56；又1～11期。

**国立中央研究院历史语言研究所集刊** 季刊，南京，该社主办，1928年创刊，存：1～20（上下册）、22～24、27、28；外编2册；又1～29册。

**国立中山大学文史研究所辑刊** 出版周期不详，广州，该社主办，1931年创刊，存：1:1期。

**国立中山大学文史研究所月刊** 月刊，广州，该社主办，1933年创刊，存：1:1～5；2:1～5；3:1～3期。

**政治经济学报** 季刊，天津，南开大学张纯明主编，1934年创刊，存：3:1～5期。**文史** 双月刊，北平，中国学院主办，1934年5月创刊，存：1:1～3期。

**社会经济月报** 月刊，上海，社会经济调查所主办，1934年创刊，存：1:7～12；2:1～12；3:5～7期。

**学林** 上海，开明书店主办，1941年1月创刊，存：4～10期。

**文史季刊** 季刊，江西，中正大学主办，1941年创刊，存：1:3、4；2:1又1:4期。

**文史杂志** 半月刊，重庆，顾颉刚主编，1941年创刊，存：1：3～7、9、10；2：1～3、5～12；3：1～12；4：1～12；5：1～12期。

**学术界** 月刊，上海，该社主办，1943年8月创刊，存：1:1～6；2:1～2期。

**政治经济学报** 季刊，北京，中国大学王乐田主编，1943年创刊，存：1、2期。

**真理杂志** 双月刊，重庆，方豪主编，1944年创刊，存：1：1～2期。

**浙江日报** 日报，临海，该社主办，1945年创刊，存：2～4期。

**文讯** 月刊，上海，该社主办，1948年创刊，存：9:4期。

**国立中山大学语言历史学研究所周刊** 周刊，广州，该社主办，1948年创刊，存：1:121、125～132期。

⑨报纸副刊

**觉悟** 季刊，上海，民国日报副刊主办，1925年1月创刊，存：1期。

**晨报增刊** 出版周期不详，北京，晨报社主办，1925年1月创刊，存：5～7期。

**新天津副刊** 出版周期不详，天津，新天津社主办，创刊日期不详，存：1～3期。

**时与潮副刊** 出版周期不详，重庆/上海，时与潮社主办，1942年创刊，存：1：1～6;2:16;3:16;4:16;5:1～3;6:1、4;7:1～1、3～6;8:3、5、6;9:1;10:1、3、5、6期。

**东方副刊** 出版周期不详,重庆,东方社苏继庼主编,1945年创刊,存:1～18期。

**中央日报周刊** 周刊,南京,该社耿修业主编,1947年创刊,存:1:1～12;2:1～5;3:1～12;4:1～12;5:1～12;6:1～1、2、5、6期。

### (3)团体

①中国共产党

**每周评论** 周刊,北平,每周评论主办,1918年创刊,存:1～37号(1954年人民出版社翻印)。

**觉悟** 月刊,天津,觉悟主办,1919年12月创刊,存:1期。

**新生** 出版周期不详,天津,新生主办,1920年创刊,存:3期。

**共产党** 月刊,出版地不详,共产党主办,1920年创刊,存:1～6号(1954年人民出版社翻印)。

**人道** 月刊,北京,社会实进会主办,1920年创刊,存:1期(创刊号)。

**先锋** 半月刊,先锋主办,青年团中执委会主办,1922年11月创刊,存:1～25号(1954年人民出版社翻印)。

**评论之评论** 周刊,上海,费觉天主编,1923年创刊,存:1:1～4期。

**前锋** 月刊,广州,平民书社主办,1923年创刊,存:1～2期。

**前锋** 月刊,广州,平民书社主办,1923年创刊,存:1～3期(1954年人民出版社翻印)。

**向导周报** 周刊,广州,向导周报 主办,1924年1月创刊,存:1～201期(1～5集)(1954年人民出版社翻印)。

**向导周报** 周刊,广州,向导周报主办,1924年1月创刊,存:1～50期(1924年再版合订本)。

**向导周报** 周刊,广州,向导周报主办,1924年1月创刊,存:50～70,85、93、101、146～148、155、170、171、177～179、183～192期。

**上海追悼列宁大会特刊** 出版周期不详,上海,追悼大会主办,1924年创刊,存:1期。

**劳动旬刊** 旬刊,上海,劳动社主办,1924年创刊,存:3期(劳动纪念专刊）。

**政治周刊** 周刊，广州，国民党中央宣传部主办，1925年12月5日创刊，存：1～14（1925.12.5～1926.6.5）又5、13期（1954年人民出版社翻印）。

**少年共产国际** 出版周期不详，汉口，中国青年社主办，1926年创刊，存：创刊号（1927年再版）。

**布尔什维克** 出版周期不详，上海，中国青年社主办，1927年创刊，存：27、30号。

**解放** 周刊，延安，解放主办，1937年7月创刊，存：17～34、36～46、49、52～57、59～69、89、90、95、97、101、106、107，1～4（1946）期。

**群众** 周刊，汉口等，群众周刊社主办，1937年12月11日创刊，存：1937年1：1、9～16；2：7、8、10、11、15～18、20、21、23～25；3：2、3、5～7、13、15、16；5：1～18；6：1～12；7：1～12；8：1～7、9～12；9：1～9、11～14、16、17、28～24；10：1～9、20～24；11：1～9、11；12：1、4；13：1、3、8、11、12、14期。1947年46、49、50期。1948年1～3、29期。1949年121～130期。（1938年2卷重庆出版，1946年13卷移至山东出版，1947年香港地下出版，1949年10月20日出至第143期停刊）

**新华** 周刊，重庆，新华周刊社主办，1943年3月创刊，存：1:4～10；2:1～7期。

**新华文摘** 周刊，山东，新华书店主办，1946年创刊，存：3:6、12；4:1期。

**鸭绿江** 月刊，沈阳，鸭绿江主办，1946年创刊，存：2:3、6；3:1、3、5期。

**文摘** 周刊，出版地不详，华北文摘主办，1948年创刊，存：4、5期。

**苏北周刊** 周刊，出版地不详，苏北新华社主办，1948年创刊，存：1～8期。

**知识** 半月刊，哈尔滨，知识主办，1948年创刊，存：7:2、3、5、6；8:1～4、6；9:3、46；10:1、6期。

②青年

**新青年** 月刊，北京广州，新青年主办，1915年创刊，存：1:1～9；2:1～9；3:1～9；4:1～9；

5:1～9；6:1～9。8、9卷为原刊本。又1～6卷（1935年求益书局翻印本。又1954年人民出版社翻印本。

**少年中国** 月刊,上海,少年中国学会主办,1919年7月创刊,存:1:1～6;2:7、8、10;3:1、5～7、10、11;4:7～12;又1:1～12期。

**少年世界** 月刊,少年中国学会主办,1920年2月创刊,存:1:1～12期。

**新青年季刊** 季刊,广州,新青年季刊主办,1923年创刊,存:2、4、5册。

**新青年季刊** 季刊,广州,新青年季刊主办,1923年创刊,存:1～4期。又1954年人民出版社翻印本。

**中国青年** 周刊,上海,中国青年主办,1923年创刊,存:2～10、12～15、17、23、26、83、85、86期。

**青年之友** 半月刊,成都,青年之友主办,1924年创刊,存:9、10期。

**中国青年** 月刊,汉口,长江书店主办,1927年创刊,存:7:3、4期。

**中国青年汇刊** 出版周期不详,出版地不详,中国青年社主办,1927年创刊,存:6:126～150期。

**中学生** 半月刊,上海,夏丏尊、叶圣陶主编,1930年创刊,存:184～190期。

**青年界** 月刊,上海,石民等主编,1931年3月创刊,存:创刊号。

**西北青年** 季刊,北平,丰镇县旅平学生会主办,1932年创刊,存:13期。

**好朋友** 周刊,南京,好朋友主办,1933年4月创刊,存:20、42～45、47～50期。

**伊斯兰学生杂志** 季刊,上海,伊斯兰学生杂志主办,1934年创刊,存:1:3、4期。

**新青年** 季刊,广州,新青年主办,1935年创刊,存:1～5期,又1954年人民出版社翻印本。

**回教青年月刊** 月刊,南京,石觉民主编,1936年4月创刊,存:1:2期。

**回教青年月报** 月刊,上海,1936创刊,存:6、7期。

**战时青年** 月刊,重庆,战时青年主办,1939年9月创刊,存:2:4;3:1、2、4、5期。

**西康青年** 半月刊,西昌,西康省三民主义青年团主办,1939年10月创刊,存:1941:年2:3～5;1942年2:11期。

**青年正论** 半月刊,洛阳,谢东平主编,1939年创刊,存:1941年3:1、2期。

**中国青年** 月刊,延安,中国青年主办,1939年4月创刊,存:2:1～11期

（包括创刊号）。

**陕西青年** 月刊，西安，陕西青年主办，1940年7月创刊，存：4、5期。

**青年知识** 半月刊，上海，青年知识主办，1940年创刊，存：1:3、7期。

**中国青年季刊** 季刊，重庆，中国青年季刊主办，1940年创刊，存：2:3期。

**中国青年** 月刊，重庆，中国青年社主办，存：1942年7:4、5期。

**中国流日同学会季刊** 季刊，东京，中国流日同学会季刊主办，1943年创刊，存：3期。

**青年知识** 月刊，重庆，青年知识主办，1945年7月创刊，存：1:1、2、4；2:2期。

**大连青年** 月刊，大连，民主青年联合会主办，1946年11月创刊，存：1～10期。

**民主青年** 半月刊，大连，关东青联总会主办，1947年创刊，存：11～68期。

**青年知识** 月刊，上海，青年知识主办，1947年3月创刊，存：7～9期。

**中国青年** 半月刊，河北平山，中国青年主办，1948年创刊，存：1～3期。

③农民

**农民** 10日，北平，中华平民教育促进会主办，1925年3月1日创刊，存：1～72期。

**中国农村** 月刊，上海，农村经济研究会主办，1934年创刊，存：1:1～12；1937年3:5、6期。

**中国农民** 月刊，重庆，农民经济研究会主办，1941年创刊，存：2:5期。

④妇女

**新妇女** 半月刊，上海，新妇女主办，1920年创刊，存：1:1～4期。

**妇女生活** 月刊，上海，妇女生活主办，1935年7创刊，存：1:1～6期。

**妇女月报** 余月报，上海，妇女月报主办，1937年创刊，存：3:7期。

**（4）国际时事（外交）**

**欧洲风云周刊** 周刊，上海，中外编辑部主办，1914年创刊，存：2～4、6～11期。

**外交评论** 月刊，南京，外交评论主办，1924 年创刊，存：1924 年 3:1～5；1936 年 6:1～5；1936 年 7:1～5；1937 年 8:1～5 期。

**革命外交周刊** 周刊，南京，该社主办，1930 年创刊，存：1～25 期。

**外交评论** 月刊，南京，主编不详，1932 年 6 月创刊，存：1:4；2:1～4 5:2～5；又 1:1～8 期。

**外交月报** 月报，北京，该社主办，1932 年 7 月创刊，存：1:1、2、4、5；2:4、6；3:1～4；4:2～6 又 1932 年～1936 年 1-54 期。

**国际每日文选** 出版周期不详，上海，孙师毅主编，1933 年创刊，存：1～92 号。

**外交周报** 周报，北平，外交周报主办，1934 年 1 月创刊，存：1:2～11、17～23；2:1～17、19～26；3:1～8、10～14 期。

**中国与苏俄** 季刊，南京，中国与苏俄主办，1934 年创刊，存：1:1～4 期。

**世界知识** 半月刊，上海，毕云程等主编，1934 年创刊，存：1:1～10；2:11～21 期。

**国际汇刊** 旬刊，上海，主编不详，1935 年创刊，存：1:4、8；2:4～10；3:1～8 期。

**中外月刊** 月刊，南京，主编不详，1935 年 12 月创刊，存：1:1、4、5、7、10 期。

**中苏文化** 月刊，沅陵，翦伯赞主编，1936 年创刊，存：1:1；7:4；8:3、4 期。

**中苏文化** 月刊，重庆，王昆仑等主编，1936 年创刊，存：16:1～12；17:2、3；18:1～5、7～12；19:2、3、6；20:3、7～9 期。

**世界政治** 出版周期不详，南京，中国国际联盟同志会主办，1937 年创刊，存：2:1；4:4、5 期。

**中苏月刊** 月刊，沅陵，翦伯赞主编，1940 年创刊，存：4:6～9 期。

**世界政治** 出版周期不详，重庆，创刊日期不详，存：7:3 期。

**新闻类编** 周刊，南京，苏联大使馆新闻处主办，1941 年 7 月 17 日创刊，存：1562～1587、1604～1642、1656～1668；又 1946 年 1522、1523、1525、1537、1552、1554、1555；1947 年 1571、1573、1579、1585、1587～1589；1948 年 1669、1671、1674、1675、1677、1678、1681～1683、1685～1689、1692、1693、1695、2696 期。

**白皮书** 南京，国民党政府外交部主办，1948 年创刊，存：68～105 期。

### （5）法律

**政治学报** 月刊，东京，译出汇编设主办，1903年创刊，存：1～8期。

**法学专刊** 季刊，北平，北平大学法商学院主办，1935年创刊，存：3、4期。

**现代司法** 季刊，南京，司法行政部主办，1936年创刊，存：2:1～3期。

### （6）军事

**黄埔潮周刊** 周刊，上海，黄埔同学会主办，1926年创刊，存：3期。

**屯殖** 季刊，雅安，川康边防军团殖司令部主办，1931年7月创刊，存：2～5期。

**八路军军政杂志** 季刊，出版地不详，政治部主办，1939年创刊，存：3期。

**战地通讯** 月刊，出版地不详，战地党政委员会主办，1940年创刊，存：3期。

**西北经理通讯** 月报，西安，西北经理业务研究会主办，1942年创刊，存：1943年3；1944年24～26；1945年29期。

**国防月刊** 月报，南京，国防部新闻局主办，1946年创刊，存：1:1～4；2:1～4；3:1～4；4:1～4；5:24；6:13期。

**国防部公报** 月刊，南京，国防部新闻局主办，1946年创刊，存：1:3、4；2:2～6期。

### （7）经济财政

①总论

**经济丛编** 半月刊，北京，华北译书局主办，1902年创刊，存：1～20期。

**经济学季刊** 季刊，上海，唐庆增主编，创刊日期不详，存：1932年3：4；1935年5：1、2期。

**中国近代经济史研究集刊** 半年，北平，中央研究院科学研究所主办，1932年创刊，存：1：1；2：1；3：1；1937年5：2；1946年7：2；1949年8：1期。

**中国经济** 月刊，南京，中国经济研究会主办，1933年创刊，存：1:4～8:2:1；3：1～6、8又1：4、5、7期。

**食货** 半月刊，上海，陶希望主编，1934年创刊，存：1:1～11；2:1～12；3:1～3、5～12；4:1～10；5:4、8～9期。

**社会经济月报** 月报，上海，社会经济调查所主办，1934年创刊，存：1：7～12；2：1～12；3：1～12；4：5～7期。

**政治经济学报** 季刊，天津，南开大学张纯明等主编，1934年创刊，存：3:1～3；4:1～3；5:1～3期。

**经济学报** 季刊，上海，黄松龄主编，1935年创刊，存：1：1期。

**经济统计月志** 月刊，上海，经济统计研究会主办，1935年创刊，存：2:1～12；3:1～12；4:1～7期。

**中国经济季刊** 季刊，出版地不详，中外出版社主办，1936年创刊，存：1期。

**新经济** 半月刊，重庆，主编不详，1938年11月创刊，存：1：1～12；2:1～12；3：1～12；4：11；5:8～12；6:1～11；7:1～8、10-12；8:1～12；9：3～4、6、10、12；10：1～12；11：6、11；12：1期。

**经济丛刊** 周刊，上海，1939年创刊，存：1:1～30；2：1～21期。

**中外经济统计汇报** 出版周期不详，北京，中国联合准备银行主办，1940年创刊，存：1:1～6；2:1～6；3:1～6；4:1～6；5:1～6；6:1～6；7:1～6；8:1～6；9:1～6；10：1～6期。

**经济学报** 季刊，北京，燕京大学主办，1940年5月创刊，存：创刊号。

**四川统计月刊** 月刊，成都，四川省政府主办，1940年创刊，存：1:5期。

**农业（浙大）** 出版周期不详，贵州，农业经济学报主办，1942年创刊，存：2期。

**经济建设季刊** 季刊，重庆，吴半农主编，1942年7月创刊，存：1942年1：1～2；1943年3：1期。

**政治经济学报** 出版周期不详，北京，中国大学王乐田主编，1943年创刊，存：1、2又1期。

**经济评论** 季刊，重庆，主编不详，1943年4月创刊，存：1：2期。

**经济汇报** 半月刊，重庆，中央银行主办，创刊日期不详，1940年2：1、2；1942年6：9；1943年8：1～6期。

**经济建设** 季刊，出版地不详，经济建设出版社主办，创刊日期不详，存：1:8～11；2:1～5；3:3～4期。

**经济论衡** 双月刊，重庆，民生主义经济主办，1943年创刊，存：1:1～3期。

**华大经济学报** 出版周期不详，成都，华大经济学研究所主办，1944年7月创刊，存：创刊号。

**经济评论** 周刊，上海，方显廷主编，1947年创刊，存：1：1～24期。

**南大经济** 出版周期不详，广州，岭南大学主办，1948年创刊，存：1期。

**经济年报** 出版周期不详，香港，经济年报主办，创刊日期不详，存：1949年1～51期。

②地方经济

**四川经济月刊** 月刊，重庆，四川经济银行主办，1934年创刊，存：1:1～2；2:4；3:8；4:3；5:5；6:1、3、6；7:3～6；8:4；10：1、4、5期。

**经济旬刊** 旬刊，南昌，江西省政府秘书处主办，创刊日期不详，存：1935年4：1～9；5：12期。

**广西统计季刊** 季刊，桂林，广西省政府秘书处主办，创刊日期不详，存：1939年10期。

**四川农村经济调查报告** 出版周期不详，重庆，中国农业银行主办，1941年创刊，存：1～7期。

**四川经济季刊** 季刊，重庆，四川省银行主办，1943年创刊，存：1：1～4；2：1～4；3：1～4；4：1～4期。

**西康经济季刊** 季刊，康定，西康经济研究会主办，1943年创刊，存：2～4期。

**贵州经济建设** 月刊，贵阳，贵州建设厅主办，创刊日期不详，存：1947年2：1、2期。

**东北经济** 月刊，沈阳，王念祖等主编，1947年4月创刊，存：1：2期。

**绥远财政年刊** 年刊，绥远，绥远财政厅主办，1947年创刊，存：1、2期。

**四川经济汇报** 双月刊，重庆，四川省银行主办，1948年创刊，存：1：1～6期。

**西北经济** 月刊，西安，陕西省银行主办，1948年创刊，存：1：2期。

③财政财务

**秦省财政公报** 月刊，西安，山西财政司主办，1912年创刊，存：1：1期。

**财务月刊** 月刊，重庆，川康边务督办公署主办，1916年创刊，存：2期。

**甘肃财政月刊** 月刊，兰州，甘肃财政厅主办，1923年创刊，存：1926年

33、35 期。

**财政评论月刊** 月刊,香港,财政评论月刊主办,1939 年创刊,存:2:3；3:1、3、5；4:1；5:1～6；6:1～4、6；8:1、2、4～6；13：1、3～5；14：2；15：1～3；17:3、5、6；18:3～4 期。

**财政评论** 月刊,桂林,财政评论主办,创刊日期不详,存:7:1～6；8:1～6；9:1～6；10：1～6；11:1～6；12:1～6 期。

④ 资源

**资源委员会季刊** 季刊,重庆,经济部主办,1939 年 4 月创刊,存:1942 年 2：1、2 期。

**资源委员会季刊** 季刊,重庆/南京,资源委员会主办,1939 年创刊,存:3:3；4:2～4；5:4；6:1～2；8:1 期。

**资源委员会月刊** 月刊,重庆,资源委员会主办,1939 年 5 月创刊,存: 1940 年 2：1；1941 年 3：1～6 期。

**资源委员会公报** 月刊,南京,资源委员会主办,创刊日期不详,存:15：4、5 期。

**西北资源** 出版周期不详,西安,西北文化社主办,创刊日期不详,存: 1946 年 2：3 期。

⑤ 银行金融

**中行月刊** 月刊,上海,中国银行经济研究室主办,1930 年 7 月创刊,存:1～94（1～16 卷）期。

**中联银行** 月刊,北京,中国联合准备银行主办,1934 年创刊,存:5:4；8:1～6；9:1～6 期。

**金融周报** 周报,上海,中央银行经济研究处主办,1936 年创刊,存:15：25；16：17、20；18：2、7 期。

**金融知识** 双月刊,重庆,邮政储金汇业局主办,1942 年创刊,存:1：1、3、5；2：1 期。

**农业月刊** 月刊,出版地不详,农民银行主办,创刊日期不详,存:1943 年 4：11 期。

**台湾银行季刊** 季刊,台北,台湾银行金融研究室主办,1947 年 6 月创刊,存：1：1、2、4期。

⑥实业

**黑龙江实业公报**　月刊，齐齐哈尔，黑龙江实业厅主办，1919年8月创刊，存：1～18期。

**伙友**　周刊，上海，工商友谊会主办，1921年创刊，存：1：1～4、6～11；2：2期。

**实业杂志**　出版周期不详，张家口，察哈尔实业厅主办，1926年创刊，存：1：3期。

**四川善后督办公署土产改进委员会月刊**　月刊，成都，四川善后督办公署土产改进委员会主办，1934年创刊，存：1：1、3～5期。

**中华实业月报**　月报，太原，中华实业协会主办，1936年创刊，存：3:1～9、11；4:1～4期。

**国际贸易导报**　季刊，上海，实业部上海商品检验所主办，1936年创刊，存：7:1～12；8:1～12；9:1～6期。

**国立上海商学院季刊**　季刊，上海，国立上海商学院季刊主办，1937年创刊，存：1：1期。

**棉业月刊**　月刊，上海，全国经济委员会棉业统制委员会主办，1937年创刊，存：1：3期。

**商专月刊**　月刊，上海，上海法商学院商业专修科主办，1937年创刊，存：1：6期。

**汉口商业月刊**　月刊，汉口，汉口商会主办，1937年创刊，存：2：3期。

**西南实业通讯**　月刊，重庆，中国国民经济研究所主办，创刊日期不详，存：3:1～3、5、6；4:1、3、5、6；5:6；7:4、5；8:1、4；9:4；10：5、6；11：3、4；12：3～6；13:1～6；14:1、2；15:4～9；16:4～6；17:1～4期。

**贵州企业**　季刊，贵阳，贵州企业主办，创刊日期不详，存：1944年2：2期。

**海光**　月刊，上海，上海商业银行主办，创刊日期不详，存：1945年9：1～12；1946年10：1～12期。

**西北实业月刊**　月刊，太原，西北实业公司主办，1946年创刊，存：1:1～6；2:1～3、5、6；3:1～6；4:1、2、5；5:1、3、4期。

**台湾糖业季刊** 季刊,台北,台湾糖业季刊主办,1947年创刊,存:创刊号。

⑦合作

**棉运合作** 季刊,出版地不详,中央棉业改进所主办,1936年创刊,存:1936年1:7期。

**农业合作** 出版周期不详,出版地不详,中国农村合作社主办,1936年创刊,存:1937年2:8期。

**西北工合** 出版周期不详,宝鸡,中国工业合作协会主办,1940年创刊,存:1941年4:6期。

⑧建设

**村治** 半月刊,北平,河南村治学院主办,1930年创刊,存:1:1~6期。

**浙江省建设月刊** 月刊,杭州,浙江建设厅主办,1932年创刊,存:6:2期。

**绥远建设季刊** 季刊,绥远,绥远建设厅主办,1933年创刊,存:14期。

**中国建设** 月刊,南京,中国建设主办,创刊日期不详,存1934年6期。

**都市与农村** 旬刊,青岛,该社主办,1935年创刊,存:1、2、10、13~22期。

**现代读物** 旬刊,重庆,1936年创刊,存:1:1~2;2:4、26、29、30;3:6;4:9、10;5:4、5;6:1、10;9:9、10、20~22期。

**山东省建设半月刊** 半月刊,济南,山东建设厅主办,1936年创刊,存:1:4、7~9、14~16;2:1~6期。

**广东建设研究** 季刊,广州,广东建设研究会主办,1936年创刊,存:1947年2:2期。

**建设周讯** 周刊,成都,四川建设厅主办,1937年创刊,存:1:1~2;2:3~7、9~12期。

**乡村改造** 季刊,出版地不详,河南百泉乡村师范实验研究所主办,1937年创刊,存:6:4、5期。

**北碚** 月刊,重庆,嘉陵江三峡乡村建设实验区署主办,1937年创刊,存:1:9、10;2:1~6;3:4期。

**建设周讯** 周刊,成都,四川建设厅主办,1937年创刊,存:1938年1:21期。

**建设研究** 月刊，桂林，广西建设研究院主办，1939年创刊，存：1:3；2:5、6；3:1、2、4～6；4:1～6；5:1、3、6；6:1～3、5；7:1、2、4；8:1～3期。

**川康建设** 季刊，重庆，傅况麟主编，1943年创刊，存：1:1～4；2:1～2 又1:1、2期。

**四川建设** 不定期，成都，张益弘主编，1944年2月创刊，存：创刊号。

**云南建设** 季刊，昆明，云南建设厅主办，1945年创刊，存：2期。

**中国建设** 月刊，上海，中国建设主办，1946年创刊，存：2:1～6；3:2、3；4:2、35、6；5:1～6；6:1、3、4、6；7:1、2、5；12:12期。

**社会建设** 季刊，重庆，社会建设主办，1946年创刊，存：1:2、3期。

### （8）文化教育

①总论

**湖北学报** 旬刊，武昌，湖北学报馆主办，1903年创刊，存：1:5、6期。

**关中学报** 半月刊，西安，陕西宏道高等学堂主办，1906年创刊，存：1、5～12期。该报是文理综合性学术杂志，也是中国最早的高等学校学报。

**四川教育官报** 月报，成都，四川教育厅主办，1907年创刊，存：光绪33年9～12；光绪34年4、5、7；宣统元年2、4、6；宣统2年2、7、10期。

**教育杂志** 月刊，上海，陆费达主编，1909年创刊，存：1:1～4；2:1～4；3:1～4期。

**教育月刊** 月刊，吴江，吴江县公署主办，1915年创刊，存：1:1～6；2:1～5；3:1～5；5:1～7；6:1～7；7:1～14；8:1～5；9:1～14期。

**伙友** 周刊，上海，上海工商友谊会主办，1920年10月10日创刊，存：1、2期（影印本）。

**文化批判** 月刊，上海，主编不详，1928年1月创刊，存：1～5期。

**教育研究** 出版周期不详，广州，中山大学研究院主办，1928年创刊，存：62、63、65～75期。

**工人宝鉴** 出版周期不详，上海，上海全国总工会主办，1929年2月1日创刊，存：1、2期（影印本）。

**东方文化** 月刊，成都，主编不详，1933年创刊，存：创刊号。

**教育与社会** 季刊，出版地不详，主编不详，创刊日期不详，存：2：1～4期。

**文化半月刊** 半月刊，上海，陈质夫主编，1932年11月创刊，存：创刊号（影印本）。

**中南文化** 半年，上海，中南文化协会主办，1934年创刊，存：1～2期。

**中南情报** 半月刊，上海，暨南大学海外文化事业部主办，1934年创刊，存：2：1期。

**福建文化** 季刊，福州，协和大学福建文化研究会主办，创刊日期不详，存：1933年3：23期。

**文化批判** 月刊，北平，文化批判主办，1934年5月创刊，存：2：1～3、5、6；3：1～3期。

**中山文化教育馆季刊** 季刊，出版地不详，主编不详，1934年创刊，存：1934年1～4；1935年1～4；1936年1～4；1937年1～4期。

**吴江教育月刊** 月刊，吴江，吴江县公署主办，1935年9月创刊，存：1～26、29～30期。

**教育杂志索引** 出版周期不详，上海，商务馆主办，1936年创刊，存：24～25卷。

**民教** 月刊，天津，天津社教编审会主办，1938年创刊，存：1：1～4、6、7期。

**东方文化** 月刊，北京，主编不详，1938年1月创刊，存：1：1、2期。

**四川教育丛刊** 不定期，成都，四川教育厅主办，1939年创刊，存：1934年47期。

**西北文化月刊** 月刊，西安，该社主办，1941年创刊，存：2、5、7～12期。

**文化杂志** 月刊，桂林，主编不详，1941年8月创刊，存：1：1～6；2：1～6期。

**高等教育季刊** 季刊，重庆，主编不详，创刊日期不详，存：1942年2：3期。

**中国文化研究汇刊** 出版周期不详，成都，齐鲁大学国学研究所主办，1941年9月创刊，存：1～5卷。

**华西齐鲁金陵三大学中国文化研究集刊** 出版周期不详，成都，华西齐鲁金陵三大学主办，1942年创刊，存：2期。

**中山文化季刊** 季刊，桂林，中山文化季刊主办，1943年4月创刊，存：1：1期。

**群众文化** 半月刊，山东，群众文化主办，1944年创刊，存：1～2、4；1949年3～12；1950年7～9期。

**文化年刊** 年刊，北京，华北政务委员会总务厅情报局主办，1945年创刊，存：1～3卷。

**南风** 月刊，重庆，南风杂志社主办，1945年创刊，存：创刊号。

**北方文化** 半月刊，张家口，成仿吾主编，1946年创刊，存：1:1～2期。

**华西金陵二大学中国文化研究所集刊** 出版周期不详，成都南京，华西金陵二大学主办，1947年创刊，存：7～10卷。

**华西协和大学中国文化研究所集刊** 出版周期不详，成都，华西协和大学主办，1947年创刊，存：1～5卷、7～9卷。

**华西大学中国文化研究所集刊** 出版周期不详，成都，华西大学主办，1947年创刊，存：甲种1～3；乙种12期。

**台湾文化** 月刊，台北，台北台湾文化社主办，1947年创刊，存：2：4期。

**文教丛刊** 出版周期不详 内江，东方文教研究院主办，1945年创刊，存：1、2、5、6期。

**冀中教育** 月刊，保定，主编不详，1948年创刊，存：1949年2：1～5期。

**西北民族文化研究丛刊** 出版周期不详，上海，西北民族文化研究丛刊主办，1949年创刊，存：1期。

②通俗教育

**杭州白话报** 旬刊，杭州，项兰生主办，1901年创刊，存：第2年18～20期。

**通俗杂志** 半月刊，上海，李辛白主办，1915年创刊，存：创刊号。

**平民导报** 半月刊，上海，上海第二师范主办，1919年12月创刊，存：1～3期。

**民间旬报** 旬刊，镇江，民众教育馆主办，1930年10月创刊，存：26～36期。

**民众教育季刊** 季刊，杭州，民众教育馆主办，创刊日期不详，存：1933年3：2期。

**青岛民众季刊** 季刊，民主教育馆主办，1933 年创刊，存：创刊号。

**山西省立民众教育馆月刊** 月刊，太原，民主教育馆主办，1934 年创刊，存：1:2～8；2:5～8；3:1～10；4:1～3 期。

**开封实验教育季刊** 季刊，开封，实验教育出版部主办，1935 年创刊，存：1:1～4；2:1 期。

**儿童科学画报** 出版周期不详，北平，中国科学化运动协会北平分会主办，1936 年创刊，存：1～9 期。

**皖北民教** 出版周期不详，蚌埠，安徽第三民众教育馆主办，创刊日期不详，存 1937 年 3：4 期。

**民众周刊** 周刊，上海，民众读物社主办，1947 年 5 月创刊，存：1:1～30 期。

**歌谣周刊** 周刊，北京，北大研究所主办，创刊日期不详，存 73～96 期。

③大学学报

**复旦** 季刊，上海，复旦大学中学部 1919 年创刊，存：3 期。

**民国大学季刊** 季刊，北京，主编不详，1919 年创刊，存：创刊号。

**北京大学生周刊** 周刊，北平，北京大学生周刊主办，1920 年 1 月创刊，存：1、14、16、17 期。

**清华学报** 半年，北京，主编不详，1924 年创刊，存：1:1、2；2:1；3:1、2；4:1、2；5:1；6:1～3；7:2；8:2；9:1～4；10：1～4；11：1～4；12：1～3；13：2 期。

**复旦** 季刊，上海，李权时主办，1925 年创刊，存：1925 年 7 月 1 日 1:2；1926 年 1 月 11 日 2:1 期。

**民大月刊** 月刊，北京，主编不详，1925 年 3 月创刊，存：1925 年 8 期。

**中大季刊** 季刊，北京，北京中国大学主办，1926 年创刊，存：1：2 期。

**清华周刊** 周刊，北京，谌志远主编，1927 年创刊，存：28：9、10、12；31：11、12；37：4、9、10；41：3、4、13、14；42：1 期。

**燕京学报** 半年，北京，燕京大学主办，1927 年创刊，存：1927 年～1951 年 1～40 期。

**辅仁学志** 出版周期不详，北京，辅仁大学主办，1928 年创刊，存：1:1、2；2:1、2；3:1、2；；4:1、2；5:1、2；6:1、2；7:1、2；8:1、2；9:1、2；10：1、2；

11:1、2；13:1、2；；14:1、2；15:1、2 期。

**师大月刊** 月刊，北京，北京师范大学主办，1928 年创刊，存：1～32 期。

**岭南学报** 季刊，广州，岭南大学主办，1929 年 2 月创刊，存：1:1～3，2:3，3:1～4 4:1～4 5:1～4，6:1～3 7:1～2，9:1～2，10—2，11:2 12:1 期。

**大夏季刊** 出版周期不详，上海，大夏大学主办，1929 年 9 月创刊，存：2 期。

**燕大月刊** 月刊，北京，燕大国学研究所主办，1930 年 6：3 期。

**朝华** 季刊，出版地不详，河北省立师范主办，1930 年创刊，存：2:3 期。

**北京大学日刊** 日刊，北京，北京大学主办，1931 年创刊，存：1:1～10:5 期。

**女师大学术期刊** 出版周期不详，北京，女师大学主办，1931 年创刊，存：1:1，2:1，又 1:2～3，2:1～2 期。

**国立四川大学周刊** 周刊，成都，国立四川大学主办，1932 年 9 月创刊，存：1:1～3:39 期。

**华西学报** 出版周期不详，成都，华西大学（钟正楙）主办，1933 年 9 月创刊，存：1935 年 3；1941 年 6.7；1933 年 1～5 期。

**励学** 季刊，济南，山东大学主办，1933 年创刊，存：1 期。

**湖南大学期刊** 季刊，长沙，湖南大学学生自治会主办，1933 年创刊，存：1933 年 8 期。

**女师大学院期刊** 季刊，天津，女师学院出版社主办，1933 年创刊，存：1933 年 1:2；1935 年 3:1 期。

**安徽大学月刊** 月刊，安庆，安徽大学编审委员会主办，创刊日期不详，存：1933 年 1:4；1934 年 9 月 1:8 期。

**大夏** 月刊，上海，大夏大学主办，1934 年 5 月创刊，存：1:5 期。

**齐大季刊** 季刊，济南，齐鲁大学主办，1934 年创刊，存：2、3、5、7 期。

**光华大学半月刊** 月刊，上海，光华大学主办，创刊日期不详，存：1934 年 10 月 3:1；1935 年 4:1～4 期。

**铁路学院月刊** 月刊，北京，铁路学院主办，创刊日期不详，存：1935 年 2、26 期。

**天籁** 出版周期不详，上海，沪江大学主办，创刊日期不详，存：1935 年 24:1 期。

**暨南大学** 季刊，上海，暨南大学主办，1936 年创刊，存：1:1～2 2:

1~2 期。

**新苗** 出版周期不详，北平，北平大学女子文理学院主办，1936 年创刊，存：1~15、17 期。

**光华附中** 半月刊，上海，光华附中主办，创刊日期不详，存：1936 年 5 月 4:4、5 期。

**中大学刊** 出版周期不详，北京，北京中国大学主办，创刊日期不详，存：3:1~2 期。

**广大学报** 出版周期不详，广州，广大出版社主办，1937 年创刊，1949 年复刊，存：1:1 期。

**贵阳中学月刊** 月刊，莱阳，莱阳县立中学学生会主办，1937 年创刊，存：4 期。

**中山学报** 季刊，广东石坪，国立中山大学主办，1941 年 11 月创刊，存：1:1，6:7，2:1 期。

**新民学院季刊** 出版周期不详，北京，新民学院主办，1942 年创刊，存：1:1~2:1 期。

**云南大学学报** 出版周期不详，昆明，西南文化研究室主办，1942 年 2 期。

**齐鲁大学学报** 半年，济南，齐鲁大学国学研究主办，1941 年创刊，存：1~2 期。

**安大季刊** 季刊，安庆，安徽大学编审委员会主办，1936 年 1 创刊，存：1:1。

**山西大学法学学院季刊** 季刊，太原，山西大学主办，1937 年创刊，存：1:1 期。

**新大夏** 月刊，贵阳，主办不详，1938 年创刊，存：1:3 期。

**国师季刊** 季刊，湖南，国立师范主办，创刊日期不详，存：1940~41 年 2、8、10、11、12 期。

**复旦学报** 季刊，上海，该校主办，创刊日期不详，存：1941 年 1；1945 年 2；1949 年 4 期。

**贵大学报** 季刊，贵阳，国立贵州大学主办，1946 年创刊，存：1 期。

**北平进山高级商业学校校刊** 季刊，北平，北平进山高级商业学校主办，创刊日期不详，存：1948 年 7 月 1 期。

④学习

**学习生活** 半月刊，重庆，赵冬云等主办，1940 年 4 月创刊，存：1:3；2:5、6；3:1、2、4、6；4:1～5 期。

**干部学习** 半月刊，出版地不详，中共中央东北局宣传部主办，1940 年 4 月创刊，存：1、2、4 又 2 期。

**学习** 月刊，长春，东北民主联军总政治部 / 东北军区政治部主办，1947 年 1 月创刊，存：3、12、13 期。

**学习生活** 月刊，大连，主办不详，1948 年创刊，存：1:5、6；2:1～2 期。

⑤图书馆刊物

**中华图书馆协会会报** 双月刊，北平，中华图书馆协会理事会主办，1926 年 4 月创刊，存：1:2，2:1～2、4；5:1～2 期。

**图书馆学季刊** 季刊，北平，中华图书馆协会主办，1927 年创刊，存：1934 年 9:5、6；1937 年 12:4 期；3:1～4；4:1～4；5:3、4；6:1～4；7:1、3、4；8:1、2、4；9:1～4；10:1～4；11:2，又 2:2 期。

**国立历史博物馆丛刊** 出版周期不详，北京，国立历史博物馆主办，1927 年创刊，存：2、3 期。

**国学图书馆年刊** 出版周期不详，南京，江苏国学图书馆主办，1928 年创刊，存：1～9 年（1928～1936）。

**国立北京图书馆月刊** 月刊，北京，国立北京图书馆主办，1928 年创刊，存：1～8 卷。第 1 卷 5 号更名《北京北海图书月刊》，第 3 卷 1 号改名《国立不平图书馆月刊》，第 4 卷 1 号改名为《北平图书馆馆刊》。

**国立中山大学图书馆周刊** 周刊，广州，国立中山大学图书馆主办，1928 年 3 月创刊，存：1:1～6 期。

**北平图书馆协会会刊** 季刊，北平，北平图协会联合目录委员会主办，1929 年创刊，存：1、2 期。

**武昌文华图书科季刊** 季刊，武昌，武昌文华图书科季刊主办，1929 年 1 月创刊，存：1:1～4，2:3、4 期。

**北大图书馆月刊** 月刊，北京，北京大学主办，1929 年创刊，存：1:1～2；2:1～2。又 1:1～2 期。

**国立中央研究院院务月刊**　月刊，南京，国立中央研究院主办，1929 年创刊，存：1929～1930 年 1:2、5、6、10、13；1931 年 2:8 期。

**国立北平研究院院务年刊汇刊**　双月刊，北平，国立北平研究院主办，1930 年创刊，存：1930 年 1:3；1931 年 2:3.5.6；1932 年 3:5；1933 年 4:4～6；1934 年 5:1～6。1935 年 6:1～4；1936 年 7:3、6 期。

**北京市立第一普通图书馆周年纪念刊**　出版周期不详，北平，北京市立第一普通图书馆主办，1930 年 1 月创刊，存：1 期。

**江苏省苏州图书馆馆刊**　月刊，苏州，江苏省苏州图书馆主办，1930 年创刊，存：2 期（1930.7）。

**福建图书馆协会会报**　出版周期不详，福州，福建图书馆协会主办，1930 年 9 月创刊，存：1 期。

**山东省立图书馆季刊**　季刊，济南，山东省立图书馆主办，1931 年创刊，存：1931 年 1～2；1936 年 2 期。

**北京市立第一普通图书馆馆刊**　季刊，北平，北京市立第一普通图书馆主办，1931 年 6 月创刊，存：1 期。

**河北省第一博物院半月刊**　半月刊，天津，河北省第一博物院主办，1931 年 9 月创刊，存：1～120 期。

**浙江省立图书馆月刊**　月刊，杭州，浙江省立图书馆主办，1932 年创刊，存：1:1～6；2:1～6；3:1～6；3:1～6 期。

**广东国民大学图书馆馆刊**　半年刊，广州，广东国民大学图书馆主办，1933 年 5 月创刊，存：创刊号。

**河南图书馆馆刊**　双月，开封，河南图书馆主办，1933 年 2 月创刊，存：1 期。

**浙江省立西湖博物馆馆刊**　半年，杭州，浙江省立西湖博物馆主办，1934 年 1 月创刊，存：2、3、4 期。

**图书季刊**　季刊，北平，国立北平图书季刊编委会主办，1934 年 3 月创刊，存：1:1、3、4；2:2、3.4；3:1～4；4:3、4；5:1、2；6:1～4；7:1～4；8:1～4；9:1、2 期。

**文澜学报**　季刊，杭州，浙江省立图书馆主办，1935 年创刊，存：2:1、2；3:2 期。

**厦大图书馆报**　月刊，厦门，厦门大学主办，1935 年创刊，存：1:11、2、4、

8 期。

**国立北平故宫博物院年刊**　年刊，北平，故宫博物院主办，创刊日期不详，存：1936 年 1 期。**学风**　月刊，安徽，安徽省立图书馆主办，1936 年创刊，存：3:1、2，4:4、8、9。

**学觚**　出版周期不详，南京，中央图书馆筹备处　1936 年创刊，存：1:1～2、5～12；2:1～3 期。

**书林**　出版周期不详，广州，广州市立中山图书馆主办，1936 年创刊，存：1:8，2:1 期。

**图书展望**　出版周期不详，杭州，浙江省立图书馆主办，1936 年创刊，存：1:9～12，2:8 期。

**河南博物馆馆刊**　出版周期不详，开封，河南博物馆主办，1936 年创刊，存：4、6、9 期。

**广州学报**　季刊，广州，中山图书馆主办，1937 年 1 月创刊，存：1:1～2 期。

**北平近代科学图书馆馆刊**　季刊，北平，北平近代科学图书馆主办，1937 年 9 月创刊，存：1～4 期（1937.9～1938.7）。

**北京近代科学图书馆馆刊**　出版周期不详，北京，石仓善主办，1938 年创刊，存：1～4 期。

**图书集刊**　季刊，成都，四川省图书馆主办，1942 年创刊，存：1～5 期。

**国立华北编译馆馆刊**　月刊，北京，国立华北编译馆主办，1942 年创刊，存：1:1～3，2:1～10，1～13 期。

**研究院月报**　月刊，长春，该院主办，1943 年创刊，存：存：1 期。

**燕京大学图书馆学报**　出版周期不详，北平，燕京大学图书馆主办，1943 年创刊，存：61～67；70～71；74～77；79～80；103、104。

**中法文学研究图书馆馆刊**　出版周期不详，北平，中法文学研究图书馆主办，1945 年 3 月创刊，存：1、2（1946.10）期。

**中央图书馆馆刊**　月刊，南京，中央图书馆主办，1947 年创刊，存：1～2，又 1:3 期。

**浙江省立图书馆通讯**　出版周期不详，杭州，浙江省立图书馆主办，创刊日期不详，存：1950 年 1:6；1951 年 2:1～12；1952 年 3:1 期。

**厦门图书馆馆刊**　月刊，厦门，厦门图书馆主办，创刊日期不详，存：3:1、2、

7~9 期；6:9、10 期。

**国立沈阳博物院筹备委员会汇刊** 出版周期不详，沈阳，孙作云等主办，1947年创刊，存：1 期。

⑥读书出版翻译

**读书月报** 月刊，上海，主办不详，1931 年 6 月创刊，存：1:1~6；2:4、5；又 1:3、4；1：1~12 期。

**读书杂志** 月刊，上海，王礼锡主编，1931 年 1 月创刊，存：1：1~9；2:1~12；3:1~7；又 1:4、5；2:7、8；3:3、4 期。

**图书评论** 月刊，南京，刘英士主编，1932 年创刊，存：1:1~4；2:2~12；又 2：1~6 期。

**读书生活** 月刊，上海，李公朴主编，1934 年创刊，存：1:1~5 期。

**译文** 月刊，上海，黄源主编，1934 年创刊，存：1:1~4；又 1:1~7 期。

**读书季刊** 季刊，北平，中国文化建设协会主办，1935 年 6 月创刊，存：1:1 期。

**书人** 月刊，上海，主办不详，1937 年 1 月创刊，存：1:1 期。

**西书精华** 季刊，上海，林语堂主编，1940 年创刊，存：1~6 期。

**读书与出版** 月刊，上海，主办不详，1946 年创刊，存：1：1~8；2:1~12；3:1~9 期。

⑦出版业

**国立中央大学图书目录** 出版周期不详，南京，国立中央大学图书馆主办，1929 年创刊，存：1~4 期。

**中国新书月刊** 月刊，出版地不详，主办不详，1930 年创刊，存 1931 年 1~12。

**中国出版月刊** 月刊，杭州，主办不详，1932 年 1 月创刊，存：1:2~6；2:1~6；3:1~6；4:1~6；5:1~6；6:1~6 期。

**期刊索引** 月刊，上海，中山文化教育馆主办，1933 年创刊，存：1:1~6；2:1、2、4~6；3:1~6；4:1~6；5:1、2、4~6 期。

**出版周刊** 周刊，上海，上海商务主办，1934 年创刊，存：存：101~104、107~128、131、134、136 期。

**新闻纸展览特刊**　出版周期不详，汉口，主办不详，1936 年创刊，存：1 期。

**出版月刊**　月刊，上海，中华书店主办，1937 年创刊，存：1～12.

### （9）语文

**蒙古文白话报**　月刊，北京，蒙藏院办报处主办，1913 年创刊，存：2:5～18，又 5、8、10～18 期。

**回文白话报**　月刊，北京，蒙藏院办报处主办，1913 年创刊，存：5～18，又 5、8、10～18 期。

**藏文白话报**　月刊，北京，蒙藏院办报处主办，1913 年创刊，存：1～18，又 5～8、10～18 期。

**蒙古文报**　月刊，北京，蒙藏院办报处主办，1915 年创刊，存：4、5 期。

**藏文报**　月刊，北京，蒙藏院办报处主办，1915 年创刊，存：第 4 年 1～9；第 5 年 1～4 期。

**回文报**　月刊，北京，蒙藏院办报处主办，1915 年创刊，存：第 1 年 1～9；第 5 年 1～4，又 1 期。

**国立暨南大学中国语文学系期刊**　出版周期不详，上海，国立暨南大学主办，1928 年创刊，存：创刊号。

**国语周刊**　周刊，南京，教育部国语推行委员会主办，1931 年创刊，存：1～260 期。

**国语月刊**　月刊，上海，国语研究会主办，创刊日期不详，存：1932 年 6 月 1 册。

**蒙古文周报**　周报，绥远，国民日报社主办，1933 年创刊，存：64、65 期。

**语言**　月刊，成都，四川注音符号促进会主办，1935 年创刊，存：1:5；2:1、2；3:1.2 期。

**语言文学专刊**　季刊，广州，中山大学研究院中国语言文学部主办，创刊日期不详，存：1936 年 6 月 1:2 期。

**建设语言月刊**　月刊，陕西，建设语言月刊主办，1942 年 5 月创刊，存：创刊号。

## （10）文学

### ①总论

**国粹学报**　月刊，上海，登实主办，1905年创刊，存：1905年7；1906年1～5；1907年3～8；1908年3～8；1909年1～8期。1912，2 10月终刊。

**国学萃编**　月刊，北京，沈宗畸等主办，1908年创刊，存：1908～1911年1～5、8、10～24、26～28、30～46、48期。

**中国学报**　月刊，北京，主办不详，1912年创刊，存：1期。

**雅言**　出版周期不详，上海，康遵唐主编，1913年创刊，存：1913年1:1～4；1914年1:8、9期。线装本。

**国学**　旬刊，东京，吕学沅主办，1914年7月创刊，存：创刊号。

**国学杂志**　月刊，上海，倪羲艳主办，1915年创刊，存：1～2、4～5期。

**中国学报**　月刊，北京，刘师培主办，1916年创刊，存：1～5期。

**广仓学演说报**　月刊，上海，广仓学宭主办，1916年1月创刊，存：1～3期。

**广仓学会杂志**　月刊，上海，广仓学宭主办，1917年9月创刊，存：1～4期。

**亚洲学术杂志**　出版周期不详，上海，孙德谦主办，1921年10月创刊，存：1921年11月1:2期。

**学衡**　月刊，上海，学衡社主办，1922年创刊，存：3～9、42～58、61～63；又1～8、10～14、16、18～24、26～30、35、36、64、68期。

**国文学会丛刊**　出版周期不详，北京，北京高等师范主办，1922年创刊，存：1:1期。

**国学汇编**　周刊，上海，国学研究社主办，1924年创刊，存：1～3集。

**安雅**　月刊，武昌，王青垞主办，1925年1月1日创刊，存：1936年1:12期。

**国学**　月刊，上海，胡韫玉主办，1926年1月创刊，存：1:3期。

**北京大学研究所国学所周刊**　周刊，北京，北京大学主办，1926年1月创刊，存：1:1～12；2:15、16、19～22期。

**国学专刊**　出版周期不详，上海，陈衍主办，1926年3月创刊，存：1:1～4期。

**国学论丛**　月刊，北京，清华研究院主办，1927年6月创刊，存：1:1～4；2:1～2期。

**国学季刊** 季刊，北京，北大国学季刊编委会主办，1928年1月创刊，存：1:1~4；2:1~4；3:1~4；4:3~5；6:1~2；7：7:3期。

**古学丛刊** 双月刊，北京，古学院主办，1928年创刊，存：1~9，又1~9期。线装本。

**文科季刊** 季刊，开封，河南中山大学主办，1930年1月创刊，存：创刊号。

**文艺研究** 季刊，上海，鲁迅等主编，1930年2月创刊，存：1:1期（1959年影印本）。

**学文** 出版周期不详，北平，王重民等主办，1930年创刊，存：1:1~5期。

**国学丛编** 双月刊，北平，中国大学主办，1931年创刊，存：1:1~6；2:1~2期。

**齐大月刊** 月刊，济南，齐大主办，1931年创刊，存：2:1、5、7期。

**师大国学丛刊** 季刊，北平，师大国文学会主办，创刊日期不详，存：1932年3月1:1、3期。

**词学季刊** 季刊，上海，龙沐勋主办，1933年创刊，存：1:1~4；2:1~4；3:1~3期。

**文学杂志** 出版周期不详，上海，文学社主办，1933年4月创刊，存：1~4期。1959上海文艺影印。

**国学论衡** 半年，苏州，国学论衡编委会主办，1933年6月1日创刊，存：1937年1~9期。

**瓯风杂志** 月刊，温州，瓯风社主办，1934年创刊，存：1~18，又1~12期。

**学文** 出版周期不详，北平叶公超主办，1934年创刊，存：1:1、2期。

**文学专刊** 出版周期不详，广州，中山大学文科研所主办，1935年创刊，存：1:1、3、4期。

**人生与文学** 出版周期不详，天津，柳无忌主办，1935年4月创刊，存：1:2期。

**学术世界** 月刊，上海，陈柱尊主办，1935年6月创刊，存：1:1、9；2:5期。

**制言** 半月刊，苏州，章炳麟主办，1935年9月创刊，存：1~62期。

**国学** 出版周期不详，天津，李廷玉主办，1937年创刊，存：1:1~4期。

**论学** 月刊，无锡，李源澄主办，1937年1月创刊，存：1~4期。

**国学月报** 月刊，无锡，述学社主办，1937年1月创刊，存：2：8~12，又

2：8～10；汇刊1～3册。

**学鉴** 出版周期不详，上海，主办不详，1937年6月创刊，存：1:1期。

**经世** 半月，上海，主办不详，1937年创刊，存：1:5、6期。

**南社** 出版周期不详，主办不详，创刊日期不详，存：2、21期

**文学杂志** 月刊，北京，朱光潜主办，1937年创刊，存：1:1～3，2:1～12，3:1～6。又1:1～2期。

**抗战文艺** 3日刊，汉口，抗战文艺主办，1938年5月4日创刊，存：1期（影印本）。

**民族文化** 月刊，广东曲江，广东民族文化研究会主办，1938年创刊，存：1938年1:2期。

**说文月刊** 月刊，上海，卫聚贤主办，1939年2月创刊，存：1:1～12；2:1～12；1942年3:7～12；1944年4:1～12；又1:1～4、5～9、12；3:9～11期。第2卷移至重庆出版。

**齐大国学季刊** 季刊，成都，齐大主办，1940年11月创刊，存：1:1、2期。

**国文月刊** 月刊，昆明，西南大学师范学院主办，1940年创刊，存：1940～1949年1～82期（5册）；又3、6～9、11～46、48～77期。

**国立浙江大学文学院集刊** 出版周期不详，遵义，郭斌龢主办，1940创刊日期不详，存：1～4集。

**同声月刊** 月刊，南京，主办不详，1940年12月创刊，存：1:1～12；2:1～12；3:1～12，又1:1～6、11、12；2:1～3、5、6；3:3期。

**文学年报** 年刊，北京，燕大国文学会主办，创刊日期不详，存：1941年6月7期。

**国学丛刊** 不定期，北京，国学书院主办，1941年创刊，存：1:1～15，又2～4、6、8～13、15,1～12期。

**国文杂志** 月刊，成都，胡墨林主办，1942年1月创刊，存：1～6期。

**国文杂志** 月刊，桂林，主办不详，1942年8月创刊，存：1:1～6；2:1～6；3:2，又2:1期。

**学术季刊** 季刊，重庆，1942年创刊，存：1:2、3；又1:2期。

**民族文学** 月刊，重庆，陈铨主办，1943年7月创刊，存：1:1～5期。

**中国学报** 不定期，重庆，方湖主办，1943年10月创刊，存：1:1～4期，又1:2期。

**文学集刊** 出版周期不详，成都，四川大学文科研究所主办，1943年11月创刊，存：1~2期。

**学海** 月刊，南京，主办不详，1944年创刊，存：1:4~6；2:1~2期。

**中国学报** 月刊，北京，主办不详，1944年创刊，存：1:1~6；2:2~4；3:1~4期。

**国故** 不定期，北京，刘师培等主办，创刊日期不详，存：1~4期。

**文学战线** 月刊，哈尔滨，文学战线社主办，1948年创刊，存：1:1、3；2:1期。

**金陵大学文学院季刊** 季刊，南京，高小夫主办，创刊日期不详，存：1:2期。

**斯文** 半月刊，成都，金陵大学文学院主办，创刊日期不详，存：2:3、5、6、11~14；3:7、8期。

**国学月刊** 月刊，北京，主办不详，1945年1月创刊，存：1:1~6期。

**中国学术** 出版周期不详，重庆，中国学术工作协会主办，1946年8月创刊，存：创刊号。

**龙门杂志** 月刊，北平，晏鸿敬主办，1947年1月创刊，存：1:1~5期。

**学原** 月刊，南京，学原社主办，1947年5月创刊，存：1:3~8；又1:1、2、4、5、9、11、12；2:1、3、5期。

②文学创作

**学艺** 出版周期不详，北京，丙辰学社主办，1917年4月创刊，存：1:1；2:2、4、8；3:5；又1:4、7期。

**学艺选定本** 出版周期不详，北京，丙辰学社主办，创刊日期不详，存：2册。

**创造季刊** 季刊，上海，创造季刊主办，1922年创刊，存：1:1、2；2:1、2期。

**创造周报** 周刊，上海，创造周报主办，1923年创刊，存：1~52，又1、28~52期。

**创造月刊** 月刊，上海，创造月刊主办，1923年创刊，存：1册，又1册。

**创造日汇刊** 日刊，上海，创造日汇刊主办，1923年创刊，存：1:4 又~1

**语丝** 周刊，北京，新潮社主办，1924年创刊，存：1~156；4:1~52；5:1~52；又132期。周作人主持发行12卷。

**洪水** 半月刊，上海，洪水社主办，1925年创刊，存：1~4卷，行36期，附增刊1期。又1926年2:2~4期。

**幻洲** 半月刊，上海，潘汉年等主办，1926 年 10 月 1 日创刊，存 :1:1 ~ 8；2:1 ~ 8 期。

**野火** 半月刊，宁波，野火主办，1926 年 10 月创刊，存：1 ~ 3 期。

**流沙** 半月刊，上海，流沙主办，1928 年 3 月创刊，存：1 ~ 6 期（影印本）。

**我们月刊** 月刊，上海，我们月刊主办，1928 年 5 月 20 日创刊，存：1 ~ 3 期（影印本）。

**思想月刊** 月刊，上海，创造社主办，1928 年 8 月 15 日创刊，存：1 ~ 5 期（影印本）。

**大众文艺** 月刊，上海，大众文艺主办，1928 年 9 月 20 日创刊，存：1 ~ 6 期（影印本）。

**时代文艺** 出版周期不详，上海，蒋光慈等主编，1928 年 10 月创刊，存：1:1 期（1960 年影印

**日出旬刊** 旬刊，上海，林箐等主编，1928 年 11 月创刊，存：1 ~ 5 期（1960 年影印本）。

**太阳月刊** 月刊，上海，太阳社主办，1928 年创刊，存：1:1 ~ 4、6 期。1961 年上海文艺影印。

**春潮月刊** 月刊，上海，主办不详，1928 年创刊，存：1:1 ~ 8 期。

**熔墟** 月刊，上海，徐霞村主办，1928 年 12 月创刊，存：1 期。

**奔流** 月刊，上海，主办不详，1928 年创刊，存：1:1 ~ 5；2:1 ~ 5 期。

**朝花旬刊** 旬刊，上海，柔石主办，1929 年创刊，存：1 ~ 12 期。

**海风周报** 周报，上海，钱杏村 1929 年创刊，存：1 ~ 17 期。1959 年上海文艺影印。

**睿湖** 月刊，北平，罗慕华主办，1929 年 2 月创刊，存：1 期。

**新流月报汇刊** 月刊，上海，蒋光慈主办，1929 年 3 月创刊，存：1930 年 1 册；又 1 ~ 4 册。第 3 期改名为《拓荒者》。1959 年 11 月上海文艺影印。

**学艺** 月刊，上海，中华学艺社主办，创刊日期不详，存：1930 年 10:1；1933 年 12:1、2、5 ~ 9 期。

**萌芽月刊** 月刊，上海，鲁迅主办，1930 年创刊，存：1:1 ~ 5；又 1:1 ~ 5 期。

**拓荒者月刊** 月刊，上海，蒋光慈主办，1930 年创刊，存：1:1 ~ 31 期。又

1：1～5册。1960年上海文艺影印。

**海燕** 月刊，上海，蒋光慈主办，1930年创刊，存：4、5期。1960年上海文艺影印。

**艺术** 月刊，上海，夏衍主编，1930年3月创刊，存：1:1期（1959年影印本）。

**文艺周刊** 周刊，大连，主办不详，1930年5月创刊，存：1～46期。《春东日报》副刊。

**十字街头** 半月刊，上海，鲁迅主编，1931年12月创刊，存：1～3期（影印本）。

**北斗** 出版周期不详，上海，丁玲主办，1931年创刊，存：1:1～4；2:1～4；又1:1～4；2:1～4期。1959年上海文艺影印。

**前哨/文学导报** 月刊，上海，夏衍主编，1931年4月创刊，存：1:1～8期（影印本）。该刊原名《前哨》，从第二期更名为《文学导报》。

**文艺战线** 出版周期不详，出版地不详，张少峰主办，1931年9月创刊，存：5:5～7、10、14期。

**青鹤** 半月，上海，主办不详，1932年11月创刊，存：1:1～12、14～24；又1～12；2:2、14、21；4:19期。

**文学月报** 月刊，上海，周起应主办，1932年创刊，存：1:1～6期。

**文学** 半月刊，上海，瞿秋白主办，1932年4月创刊，存：1:1期。1959上海文艺出影印。

**艺术月报** 月刊，上海，艺术月报主办，1933年6月创刊，存：1:1～3期（影印本）。

**光明** 出版周期不详，上海，洪深等主办，1933年创刊，存：1～3卷。

**庠声** 周刊，开封，河南大学文艺研究会主办，1933年1月创刊，存：2:11～20；:3:21～26期。

**文艺丛刊** 月刊，南京，国立中央大学主办，1933年11月创刊，存：1:1、2期。

**文学** 月刊，上海，文学主办，1933年9月创刊，存：1～9卷。

**艺文** 双月刊，南京，夏剑丞主办，1933年11月创刊，存：1～21期。

**文学新地** 出版周期不详，上海，文学新地主办，1934年9月创刊，存：创刊号（影印本）。

**月牙** 月刊，桂林，主办不详，1935年创刊，存：2～4、5期。

**海燕** 月刊，上海，史青文主办，1936年创刊，存：1、2期。

**西北风** 半月刊,汉口,主办不详,1936年1月创刊,存:1~16期。

**文艺战线** 月刊,延安,周扬主办,1939年2月创刊,存:1:1~3期。延安文艺战线社出版。

**创作月刊** 月刊,桂林,张煌主办,1942年3月创刊,存:1~6期。

**新艺** 月刊,成都,王希瑾主办,1944年11月 1~4期。

**逸文** 出版周期不详,出版地不详,谢兴尧 1945年4月 1、2期。

**雍华** 月刊,西安,主办不详,1946年创刊,存:创刊号。

**文艺复兴** 月刊,上海,郑振铎等主编主办,1946年1月10日创刊,存:1~4卷,又《中国文学研究号》1册。

**文章** 月刊,上海,主办不详,1946年1月创刊,存:1:1~4期。

**文坛月报** 月报,上海,魏金枝主办,1946年1月创刊,存:1:1~3期。

**文艺与生活** 月刊,北平,世界科学科主办,1946年4月创刊,存:1:1~2;2:1;3:1~3期。

**平原文艺** 出版周期不详,朝城,王亚平主办,1947年1月创刊,存:存:第4期。

**水准** 周刊,上海,张骏祥主办,1947年3月创刊,存:1~3期。

**文学** 月刊,广州,中山大学文学院主办,1947年7月创刊,存:创刊号。

**中国作家** 季刊,上海,全国文艺协会主办,1947年10月创刊,存:1:1~3期。

**高尔基研究院年刊** 年刊,上海,罗果夫等主办,创刊日期不详,存:1947年1;1948年1期。

**西北文艺** 月刊,兰州,郭廓主办,1948年1月创刊,存:1:1期。

**华北文艺** 月刊,北平,华北文艺界协会主办,1948年创刊,存:创刊号、4~6期。

**长歌** 月刊,成都,巫怀毅、魏良淦主编,1949年创刊,存:1:3~6;2:1期。

③趣味文(小品文)

**论语半月刊** 半月刊,上海,林语堂主办,1932年创刊,存:1~141、151~177、129期。

**太白** 半月刊,上海,陈望道主办,1934年创刊,存:1:1~12;2:1~12期。

**人间世** 半月刊,上海,凤子等主办,1934年4月创刊,存:1947.31~42;

又 1～42 期。上海良友图书公司发行，1936 年 1 月迁汉口，改由华中图书公司发行。

**宇宙风** 半月刊，上海，林语堂等主办，1936 年 9 月创刊，存：1～66；又 1～46；14:7、8 期。

**西风** 月刊，桂林，黄嘉德主办，1936 年 9 月创刊，存：1943 年 1 月第 65 期。创刊于上海。

**谈风** 半月刊，上海，谈风主办，1936 年 10 月创刊，存：1～12 期。

④小说戏剧

**小说月刊** 月刊，上海，王蕴章主办，1910 年创刊，存：1～22 卷，又 1910 年 6；1911 年 1 期。

**小说丛报** 月刊，上海，徐枕亚主办，1914 年创刊。存：1～11 期。

**小说大观** 季刊，上海，包天笑主办，1915 年 8 月创刊，存：1～8 号。

**戏剧月刊** 月刊，上海，刘豁公主办，1930 年创刊，存：1:1～12；2:1～12；3:1～12 期。

**戏剧集纳** 半月刊，广州，该社主办，1933 年 7 月 15 日创刊，存：1 期（影印本）。

**太平洋** 月刊，北平，该社主办，1947 年创刊，存：12 期。

## （11）艺术

**点石斋画报** 旬刊，上海，点石斋主办，1884 年创刊，存：1～40 册。1894 年停刊。

**美术** 出版周期不详，上海，美术杂志社主办，1919 年创刊，存：第 2 期。

**艺术讲座** 不定期，上海，冯乃超主编，1930 年 4 月创刊，存：1～5 期（影印本）。

**墨林** 月刊，上海，该杂志社主办，1933 年创刊，存：1、2 期。美术杂志。

**国画月刊** 月刊，上海，中国画会月刊社主办，1934 年创刊，存：1:2、4～8 期。

**金石书画** 旬刊，杭州，余绍宋主编，1934 年创刊，存：25～48 期。该刊是杭州《东南日报》的特种副刊，在金石书画类报刊中颇具影响。

**国画** 不定期，上海，中国画学出版主办，1936 年创刊，存：1:3～5 期。

**新光** 月刊，杭州，新光邮票会主办，创刊日期不详，存：1937年1月6:1～6期。邮票钱币刊物。

**艺林月刊** 月刊，出版地不详，中国画学研究会主办，创刊日期不详，存：1938年97号。

**上海艺术月刊** 月刊，上海，艺术学会主办，1941年11月创刊，存：1～8期。绘画、雕塑、音乐、文艺、戏剧等综合艺术刊物。

**草书月刊** 月刊，上海，刘延寿主办，1941年12月创刊，存：1941～1947年1：1～4期。

**书学** 出版周期不详，重庆，中国书学研究会主办，1943年7月创刊，存：1～5期。

### （12）历史、地理

① 综论

**史地学报** 季刊，南京，南京高等师范史地研究会主办，1921年11月创刊，存：1:1～2；2:1～8；又2:3、6期。

**史地学报** 月刊，南京，东南大学主办，1921年11月创刊，存：3:1～7、8；又3:1、25、7期。东南大学由南京师范改称。

**史地学报** 出版周期不详，上海，向达等主办，1926年1月创刊，存：1～3；3:8期。

**史学与地学** 不定期，上海，中国史地学会主办，1926年12月创刊，存：1～4，又1期。

**史学丛刊** 出版周期不详，上海，大夏大学史地学会主办，1931年创刊，存：1期。

**史地社会论文摘要月刊** 月刊，上海，大夏大学史地社会学研究室主办，1934年10月创刊，存：1:1～12；2:1～12；3:1～6、8～10。

**史地杂志** 出版周期不详，杭州，浙江大学史地学系主办，1937年创刊，存：1:1～2期。

**历史与文化** 不定期，南京，牟宗三等主办，1937年创刊，存：1～3期。

**历史与考古** 月刊，济南，历史学会主办，1937年创刊，存：1、2期。

**历史与考古** 出版周期不详，沈阳，沈阳博物馆主办，1937年创刊，存：1号，又1号。

②史学

**史学年报** 年刊，北平，燕大历史学会主办，1919年创刊，存：1:5；2:1～5 3:1、2；又2:1；3:1、2；又2:1期。

**史学杂志** 双月刊，南京，中国史学会主办，1929年创刊，存：1:1～6；2:1～6；又1:1～5；1930年～1931年1:1～6期。

**史学杂志** 年刊，成都，成都大学历史研究社主办，1929年创刊，存：1、2期；又1册。

**师大史学丛刊** 出版周期不详，北平，师范大学史学会主办，1931年6月创刊，存：1:1；又1:1期

**史学** 出版周期不详，北平，北京大学史学主办，1935年1月创刊，存：1期。

**史学专刊** 出版周期不详，广州，中山大学研究院历史学部主办，1935年创刊，存：1:1～4；又1:1、4期。

**二十五史刊行月报** 月考，上海，开明书店主办，1935年创刊，存：1册。

**史学论丛** 出版周期不详，北京，北京大学主办，1935年11创刊，存：2册；又2册。

**逸经** 半月刊，上海，谢兴尧主办，1936年创刊，存：1～36，又3期。

**历史学报** 出版周期不详，武昌，武汉大学历史学会主办，1936年创刊，存：1期。

**现代史学** 出版周期不详，广州，中山大学史学研究会主办，创刊日期不详，存：2:3～4；3:1～2期。

**史学集刊** 半年刊，北平，北平研究院主办，1936年4月创刊，存：1～7期。又1、2期。

**史学消息** 月刊，北京，燕大历史学系主办，1936年创刊，存：1:1～8；又1:2～8；1:3～8期。

**志林** 出版周期不详，四川三台，东北大学主办，1940年创刊，存：1940～1944年1、2、5、7期。手写石印、线装本，无连续页码。

**史学述林** 出版周期不详，重庆，中央大学历史学会主办，1941年1月创刊，

存：1 期。

**史学季刊** 出版周期不详，成都，史学季刊社主办，1940 年 3 月创刊，存：1:1～2；又 1:1～2 期。

**史董** 出版周期不详，四川三台，教育部第五服务团研究部主办，1940 年 8 月创刊，存：1940～1943 年 1～3 期。

**责善半月刊** 半月刊，成都，齐鲁大学国学研究所主办，1940 年创刊，存：2:15、18 期。

**史学杂志** 出版周期不详，重庆，史学杂志社主办，1945 年 12 月创刊，存：创刊号。

**历史社会季刊** 季刊，上海，大夏大学主办，1947 年创刊，存：创刊号。

**国史馆馆刊** 季刊，南京，国史馆主办，1947 年创刊，存：1:1；2:1 期。

**国立中山大学文史集刊** 出版周期不详，广州，中国语言研究所主办，1948 年创刊，存：1 期。

③考古

**考古** 半年刊，北平，燕京大学考古学社主办，1934 年创刊，存：1～6，又 1、3～6 期。从第 2 期起，刊名改为《考古学社刊》。

**考古学报** 季刊，北平，北平研究院史学研究所主办，1935 年 1 月创刊，存：1:1 期。

**中国考古学报** 出版周期不详，北平，李济主办，1947 年 3 月创刊，存：1～4，又 2 期。该刊由 1936 年 8 月创刊的《田野考古报告》改称。

④人物

**人物月刊** 月刊，北平，杨开道主办，1936 年创刊，存：1:2～3 期。

**人物杂志** 月刊，重庆，主办不详，1947 年创刊，存：1：1～12；又 1:23；又 1946～1949 年选集 1 册。

⑤民族（民俗风土）

**民俗** 周刊，广州，中山大学语言历史研究所主办，1928 年创刊，存：4、5～16、25、26、72～91、110 期。又 4、13～16、51、58、59 期。

**民族杂志** 月刊，上海，严续光主办，1933 年 1 月创刊，存：1:2、9；1：

7~12；3:7；4:2 期。

**民族先锋** 半月刊，上海，1936 年 3 月创刊，存：1:1、2、4~6 期。

**民俗** 双月刊，广州，中山大学语言历史研究所主办，1936 年 11 月创刊，存：1:2、3 期。

**新夷族** 出版周期不详，南京，王奋飞主办，1937 年创刊，存：1:2 期。

**新民族** 周刊，重庆，国立中央大学主办，1938 年 2 月创刊，存：1:1~15、20；2:2~8、10、12、14、17、20；3:1~4；4:1~4 期。

**回民言论** 半月刊，重庆，主办不详，1939 年创刊，存：1:2 期。

**民族学研究集刊** 出版周期不详，重庆，中山文化教育馆主办，1942 年创刊，存：1、3~6。又 3、4~6 期。

**风土杂志** 月刊，成都，谢扬清等主办，1943 年创刊，存：1:1~6；2:1~4；3:1~2，又 1~3 卷。又 1:1、4、5；2：3、5；3:2 期。

**开展** 月刊，杭州，开展文艺社主办，1943 年创刊，存：1931 年 7 月 10、11 期。民族学内容的杂志。【此刊属于稀见刊物，1961 年的《全国中文期刊联合目录》、1991 年史和的《中国近代报刊名录》中均未收。】

**风物志集刊** 出版周期不详，重庆，顾颉刚主办，1944 年创刊，存：1 期。

**回民大众** 月刊，北京，回民大众社主办，1949 年 11 月创刊，存：1、2；又 1、2；又创刊号。

## （13）地理

### ①总论

**地学杂志** 月刊/季刊，北京，中国地学会主办，1909 年创刊，存：1:1、7~10；4:1~12；7:3~5、8、9；8:1~12；10:1~10；11:1~12；13:1~9；14:1~6；17:1；19:1~4 期。

**地学季刊** 季刊，上海，中华地学会主办，1932 年创刊，存：1:1~4；2:2~3 期。

**地理学季刊** 季刊，广州，中山大学地理主办，1933 年创刊，存：1:1~2；

**方志** 月刊，南京，南京大学地学系编主办，1933 年创刊，存：7:1.3~5，7~10。该刊原名是 1928 年创刊的《地理杂志》。

**上海市通志馆馆刊** 季刊，上海，上海市通志馆主办，1933年创刊，存：1:1～4；2:1～4；又1：1～4；2:1～4期。

**地理学报** 季刊，南京，中国地理学会主办，1934年9月创刊，存：1:1～2；2:2、4；3：2、3；1948年1期。

**水陆地图审查委员会会刊** 出版周期不详，杭州，水陆地图审查委员会主办，1935年创刊，存：2～3期。

**地理教育** 出版周期不详，出版地不详，胡焕庸主办，1936年4创刊，存：1:1、4、5、7～9；2:1～5、7期。

**地理教学** 月刊，北平，师范大学主办，1937年创刊，存：1:1～6；2:1～4期。

**地理** 季刊，重庆，中国地理研究所主办，1941年创刊，存：1:2期。

**浙江省通志馆馆刊** 季刊，杭州，浙江省通志馆主办，1945年创刊，存：1:1～4期。

**地理** 季刊，南京，中国地理研究所主办，创刊日期不详，存：1945年12月5:3、4期（白碚专号）。

**地学集刊** 出版周期不详，湖南新化，清华大学地学会主办，1943年创刊，存：创刊号、1:4；2:2；3:1、2；4:1、2期。第5卷起地址迁武昌。

**地理专刊** 半月刊，四川白碚，中国地理研究所主办，1944年创刊，存：1～4册。

**禹贡** 月刊，南京，顾颉刚等主办，1934年创刊，存：1～7卷，322册。

**台湾省通志馆馆刊** 月刊，台北，台湾省通志馆主办，1948年创刊，存：1～3期。

②**本国地理（西部地区）**

**西北杂志** 月刊，北京，西北协进会主办，1912年创刊，存：1～5；又1～3,1～4期。

**西北杂志** 月刊，南京，西北杂志社主办，1912年创刊，存：1～4；又1～3、1～～4期。

**西北** 半月刊，北京，中华西北协会主办，1924年1月创刊，存：2、4、8、10、17～27期。21期改为月刊。

**西北问题** 半月刊，南京，西北问题社主办，1924年创刊，存：2:6～14期。

**西北月刊**　月刊，北京，中华西北协会主办，1925年创刊，存：21、22、24～27期。

**西北汇刊**　周刊，张家口，主办不详，1925年8月创刊，存：1:1～16；2:1～3；又1:1～4、6、12期。

**西北史地**　季刊，西安，西北史地学会主办，1928年2月创刊，存：1:1期。

**西北**　月刊，北平，西北文化促进会主办，1929年创刊，存：1～12期。

**新西北**　双月刊，西安，**新西北**刊编辑部主办，1929年8月创刊，存：创刊号。

**西北研究**　月刊，北平，西北研究社主办，1931年11月创刊，存：1～8期。

**西北问题**　周刊，南京，西北问题社主办，1932年创刊，存：1:1～2期。

**开发西北特刊**　月刊，上海，西北屯垦委员会主办，1932年创刊，存：创刊号。

**西北月刊**　月刊，张家口，西北月刊社主办，1933年创刊，存：2、3期。

**西北问题**　季刊，上海，郭维屏主办，1934年创刊，存：1:1～2；2:1～2期；

**西北论衡**　月刊，北平，西北论衡社主办，1934年创刊，存：4:6～7；5:6；6:13；7:19～21；9:3、11；10:1期。

**开发西北**　月刊，南京，开发西北协会主办，1934年创刊，存：1:4、6；2:1、4-6；3:1、3、6；4:6期。又1:6；2:1、2；3:1、2期。

**西北春秋**　半月刊，北平，主办不详，1934年创刊，存：1、3、7、12～15、17、20～22期。

**西北评论**　月刊，南京，西北评论社主办，1934年创刊，存：2:6；3:1、2期。

**西北刍议**　月刊，南京，西北刍议社主办，1935年创刊，存：2:1～4、6、7期。

**西北**　出版周期不详，北京，西北公学主办，1935年创刊，存：1、3、4期。

**西北向导**　旬刊，西安，西北向导主办，1936年4月创刊，存：3、7、9～25期。

**西北问题论丛**　出版周期不详，上海，西北问题论丛主办，1942年创刊，存：1期。

③西南地区

**西南评论**　半月刊，南京，西南评论编辑部主办，1930年8月创刊，存：1:9；2:1；3:2；

**西南研究** 月刊，广州，中山大学西南研究会主办，1932 年创刊，存：创刊号、2 期。

**西南周报** 周刊，成都，主办不详，创刊日期不详，存：1932 年 2:2、3 期。

**西南导报** 月刊，重庆，西南导报主办，1938 年创刊，存：1~7 9~13 5~19 期。

**西南研究** 月刊，杭州，中华西南研究主办，1939 年创刊，存：集刊号。

**新西北** 月刊，兰州，新西北编辑部主办，1939 年创刊，存：1:2；4:5；5:1~6；6:1~3；7:1~4、5、7~11；8:1~3 期。

**西南边疆** 月刊，昆明，西南边疆编辑部主办，1939 年 12 月创刊，存：3~8、13、15~17；又 1~3、5~9、11；又 6、15、17 期。

**西南研究** 出版周期不详，昆明，西南学会主办，1940 年创刊，存：1 号。

**西南边疆** 月刊，昆明，西南边疆主办，1940 年创刊，存：3~8，13~14 15~17 期。

**西南研究** 出版周期不详，昆明，西南学会主办，1940 年创刊，存：3~8 期。

**新西南** 旬刊，成都，新西南杂志社主办，1941 年 1 月创刊，存：第 1 号期。

**新西南** 旬刊，成都，新西南杂志社主办，1941 年 2 月创刊，存：1~7、9~13；又 5~9 期。

**西南导报** 月刊，西南导报主办，1941 年 2 月创刊，存：2:2、3 期。

**西南通报** 周刊，成都，西南通报编辑部主办，创刊日期不详，存：2:33 期。

**现代西北** 月刊，兰州，现代西北编辑部主办，创刊日期不详，存：1:2；3:2、4 期。

**西北之声** 月刊，张家口，孙国威主办，1947 年 6 月创刊，存：创刊号、2 期。

**西北通讯** 半月刊，南京/兰州，该社主办，1947 年 8 月创刊，存：2:1~6；3:3 期。

④东北地区

**东北** 月刊，奉天，奉天教育厅主办，1925 年创刊，存：1925 年 7 月 19 期。

**东北丛刊** 出版周期不详，沈阳，辽宁教育厅主办，1930 年创刊，存：1~11；13~17 期。

**东北** 月刊，重庆，东北问题研究社主办，1940 年创刊，存：1:6 期。

**东北集刊** 出版周期不详，四川三元，东北大学主办，1941年创刊，存：1、6、7期。

**东北前锋** 月刊，重庆，东北教育协会主办，1942年创刊，存：1:1、4期。

**东北纪念** 出版周期不详，北平，今日东北社主办，1945年创刊，存：1期。

⑤各省市

**渝报** 旬刊，重庆，该社主办，1897年创刊，存：1897年7期。

**云南** 月刊，东京，李根源、赵伸等主办，1905年8月28日创刊，存：1～12；又1、2、5、6、8、12期。附《留日同乡会报告》。1911年10月休刊，共出23期，其中17、21、22、13期存世极少。

**蜀报** 半月刊，成都，朱山主办，1910年创刊，存：2、4～6期。出12期后休刊。

**旗族月报** 月报，北京，北京旗族报社主办，1914年7月创刊，存：2:14；3:1～4；5：1；6:1期。

**蜀评** 月刊，上海，四川旅沪同乡所主办，1924年创刊，存：6、10、11期。

**新广西** 旬刊，南宁，新广西主办，1927年9月创刊，存：4期。

**西藏班禅驻京办事处月刊** 月刊，南京，西藏班禅驻京办事处主办，1929年创刊，存：创刊号、1、2；2：5～8；3:9、10；又创刊号1册。7、8期后该名为《班禅驻京办公处月刊》。

**新西康** 月刊，南京，西康诺那呼图克图驻京办事处主办，1930年创刊，存：1:5～6期。

**蒙藏周报** 周报，南京，蒙藏委员会主办，1930年创刊，存：50、56、64、65、75～81期。又81期。

**蒙古旬刊** 旬刊，南京，蒙古各盟旗联合驻京办事处主办，1931年创刊，存：23～26、28。又25、25期。

**蒙藏旬刊** 旬刊，南京，蒙藏委员会主办，1931年创刊，存：1～11、23～69、88、94～96、1115；又1～9期。

**大国师章嘉呼图克图驻京办事处月刊** 月刊，南京，大国师章嘉呼图克图驻南京办事处主办，1931年3月创刊，存：1～1、2期。

**河北** 月刊，天津，瞿宣颖主办，1931年4月创刊，存：1:1～12；2:1～1；

3:1～6、9～12；4:1～12；5:1～6 期。

**新陕西** 月刊，西安，新陕西主办，1931 年 4 月创刊，存：1:1、6、8、9；2:1～3；又 1:4 期。

**四川月报** 月刊，重庆，中国银行主办，1932 年 7 月创刊，存：1、4、8、12～14、16～18、21～27、29、32、33、36～45、47、50～54、56～66、68～72；又 14、50 期。

**北平** 出版周期不详，北平，北平研究院史学研究会主办，1932 年创刊，存：1～2 期。

**复兴月刊** 月刊，上海，孙畿伊主办，1932 年创刊，存：1935 年 3:6、7 期。

**康藏前锋** 月刊，南京，该社主办，1933 年创刊，存：1:3～7、8～12；2:1～7、9～12；3:1～12；4:1～10；又 1:4～12；3:1～11；

**新青海** 月刊，南京，新青海主办，1933 年创刊，存：1:1～5、8、9、12；2:3～7、10、12；3:1、3、4～8、10～12；4:1～12；又 1～12；2:10；3:6～8 期。

**蒙古前途** 出版周期不详，南京，南京中央政治学校附设蒙藏学校蒙古族学生会主办，1933 年创刊，存：23～26、28 期。该杂志由江苏模范监狱印刷厂承印，陈独秀当时因此，曾校对过该刊。

**新蒙古月报** 月刊，北平，北平新蒙古月刊社主办，1934 年 1 月创刊，存：1:1、3；2:1；3:2～6；4:1～5；又 1:2、3；4:4 期。

**天山** 月刊，南京，天山月刊社主办，1934 年 10 月创刊，存：1:1～6；又 1:3、4 期。维汉对照本。

**蒙藏月刊** 月刊，南京，蒙藏委员会主办，1934 年 4 月创刊，存：1:2～6；2:1～5；3:3、4；4:6；7:1；12:4、5；13:2；14:7；15:9、10；17:5、6；19:8～10。又 2：1、5 期。

**蒙藏半月刊** 半月刊，南京，蒙藏委员会主办，1934 年创刊，存：3:3～4 期。

**新黔** 月刊，北平，新黔学社主办，1935 年创刊，存：1:1～5、7、8、10～12；2:1～4 期。

**秦风周报** 周刊，西安，秦风周报社主办，1935 年创刊，存：6、15、19、24、27～36、38、42；又 24 期。

**川边季刊** 月刊，重庆，重庆中国银行编辑发行主办，1935 年 3 月创刊，存：

2:1～4；又2:1～4期。

**西陲宣化使公署月刊** 月刊，南京，西陲宣化使公署主办，1935年创刊，存：1:1～9；又1:6期。西陲宣化使公署前身为西藏班禅驻京办事处。

**蒙古向导** 月刊，绥远，蒙古向导主办，1935年创刊，存：1:1期。

**蒙藏学校专刊** 月刊，南京，中央政治学校设蒙藏学校主办，1936年创刊，存：8期。封面陈果夫题签"蒙藏学校校刊"。

**江苏研究** 出版周期不详，上海，江苏研究所主办，1937年创刊，存：3:4～6期。

**新秦月刊** 月刊，西安，新秦月刊社主办，1937年7月创刊，存：1:3期。

**新西康** 月刊，康定，新西康研究社主办，1938年4月创刊，存：1:1、3；3:9、10；4:5、6；又1:1期。

**康导月刊** 月刊，康定，康导月刊社主办，1938年创刊，存：1:1～12；2:1～9；3:1、4～7；4:1～3；5:1～12；6:2～8；又1:1、2、10、11；2:1、2；5:1～5、7～10；6:7、8期。

**新四川** 月刊，成都，新四川主办，1939年创刊，存：1:1～6、1、11；又2:2、3；又1:1～3、6、10、11期。

**广东** 月刊，曲江，广东月报社主办，1940年创刊，存：4、10期。

**新宁远** 月刊，西昌，新宁远月刊社主办，1940年9月创刊，存：1:1、3、10、11期。

**江西文物** 双月刊，泰和，江西文物社主办，1941年创刊，存：2:1（1942.2）

**新福建** 月刊，永安，福建省府秘书处 1942年创刊，存：1:1-3、6；2:1、3；3:1、2、4；5:1、4、6；6:1～6；7:1、2、5；8:3～6；9:1～6；10:1、2期；

**台湾研究季刊** 季刊，台北，萧直增等主办，1945年3月创刊，存：1:2期。

**新蒙** 出版周期不详，张家口，新蒙杂志社主办，1945年7月创刊，存：创刊号。

**康藏研究** 月刊，成都，康藏研究主办，1946年1月创刊，存：1～29；又3、20、24、28、29期。

**台湾月刊** 月刊，台北，白克等 1946年创刊，存：2:2～6期。

**新台湾** 半月刊，台北，曹哲隐主办，1946年3月创刊，存：1:4期。

**镇丹金常溧扬联合月刊** 月刊，镇江，镇丹金常溧扬联合会主办，1946年9月创刊，存：1～5期。该刊存世极少，所载有关清史、究道教史和艺术史文章有重要文献价值。

**内蒙古周报** 周刊，张家口，内蒙古报社主办，1946年3月创刊，存：创刊号。蒙汉对照本。

**故都** 出版周期不详，北京，张半陶等主办，1946年11月创刊，存：1、2期。

**新蒙** 半月刊，绥远，绥远省蒙旗文化福利委员会 1947年创刊，存：4:5～8期。

**瀚海潮** 月刊，上海，国民党新疆省党部主办，1947年创刊，存：1、2～6期。

**新甘肃** 月刊，兰州，兰州省府秘书处主办，1947年创刊，存：1:2、3；2:1、3～11、13、14、18、20、23、25、28、30、～32、36、40～421期。

**新疆论丛** 季刊，兰州，南北文化建设协会主办，1947年创刊，存：创刊号2册。

**西康社政** 季刊，康定，西康省政府社会处主办，1947年11月创刊，存：1号。复刊号。

**闽南风** 双周刊，厦门，陈士秋主办，1948年9月创刊，存：1:1～5期。

**康声报** 月刊，成都，康声报主办，1949年4月8日创刊，存：1949年1:4期。

**云南杂志选辑** 出版周期不详，北京，中国科学院历史研究所主办，1958年10月创刊，存：3期。

⑥外国地理

**南岛风光** 出版周期不详，上海，南风出版社主办，1936年10月创刊，存：创刊号（印度支那特号）。

**新南洋** 季刊，重庆，南洋研究社主办，1943年创刊，存：1:1～2期。

**南洋研究** 月刊，上海，暨南大学海外研究事业部主办，1928年创刊，存：1:1～3；2:1～3；3:1～3：4:1～3；1935年5:4期。

**日本研究** 月刊，北京，日本研究主办，1943年创刊，存：1:1～4；2:1～6；3:1～6；4:1～期。

**（14）边疆问题**

**边铎月刊** 月刊，南京，南京边铎月刊社主办，1934年创刊，存：1:4；2:1期。

**边铎半月刊** 半月刊，贵阳，贵州省政府边胞文化研究会主办，1934年创刊，存：创刊号、1:3；2:1期。

**边声** 周刊，兰州，兰州边声周刊社主办，1919年创刊，存：1～7、9～16、18、21～23、24～30、36、3期7

**边事** 季刊，北京，北京筹边协会主办，1924年创刊，存：1期。该刊存世极少。

**边政月刊** 月刊，康定，西昌川康边防总指挥部主办，1929年创刊，存：1～9；又1期。

**新亚细亚月刊** 月刊，上海，该社主办，1930年创刊，存：1:1～6；2:1～6；3:1～6；4:1～6；5:1～6；6:3；7:1；8:1～6；10:3、6期。

**边事月刊** 月刊，青海，边区司令部主办，1932年创刊，存：2期。

**边事研究** 月刊，南京，南京边事研究会主办，1934年创刊，存：1:1、4～6；2:2～4；3:2～6；4:1、2、4、5；5:1～6；7:5、6；又1:1、5、6；3:4；4:4；5:1期。

**殖边** 月刊，上海，上海中国殖边社主办，1934年创刊，存：2:04期。

**戍声周报** 周报，西康定乡，四川省定乡县国民党陆军24军136师408旅旅部编主办，1936年1月创刊，存：1937年8月1；1937年1；1938年2；1939年3；1940年1。1941年1册。又51、101、125、146期。油印本。

**边疆** 半月刊，南京，南京边疆半月刊社主办，1936年8月创刊，存：1:1～9；2:1、2、5～12；3:1～4、6；又1:5；2:1期。

**边讯** 月刊，上海，上海中国通讯社主办，1936年创刊，存：2、4期。

**边事研究** 月刊，重庆，重庆边事研究会主办，1940年创刊，存：12:2期。

**边疆研究季刊** 季刊，重庆，中国边疆文化促进会主办，1940年创刊，存：创刊号。

**边疆青年** 月刊，重庆，重庆边疆青年月刊社主办，1941年创刊，存：创刊号。

**边疆研究论丛** 不定期，成都，金陵大学中国文化研究所主办，1941年创刊，存：1~3 期。

**边政公论** 月刊，巴县，南京边政学会边政公论社主办，1941 年创刊，存：1:1、3、4、9~11；2:3~5、9、10；4:1、4~8；6:2；7:1~3。又 1:1-12；2:1~12；3:1~3、6、7；4:2-6 期。

**中国边疆** 月刊，南京，南京中国边疆月刊社主办，1942 年创刊，存：1:1、4；3:12 期。

**边疆研究通讯** 双月刊，成都，成都金陵大学文学院社会学系边疆社会研究所主办，1942 年 1 月创刊，存：2:1、4 期。

**中央亚细亚** 三月刊，北京，中央亚细亚协会主办，1942 创刊，存：1:1~2；2:1~4；3:1~2。又 1:1~2；2:1~3；3:1~2 期。

**中国边疆** 月刊，重庆，黄奋生主办，1942 年 1 月创刊，存：1:2；2:7~12；3:12 期。

**边疆通讯** 月刊，四川巴县，南京蒙藏委员会编译室主办，1942 年 11 月创刊，存：1:1-9；2:1~9、12；3:1、2~9、12；4:1、3、8、9、12；5:2、3；又 2:6；4:3 期。第 4 卷（1947 年）起迁至南京出版。

**边疆人文** 双月刊，昆明，天津南开大学文科研究所（云南大学边疆人文研究所）主办，1943 年 9 月创刊，存：1~4 卷。该刊在云南昆明创刊，第 4 卷起（1947 年）在迁至天津南开大学出版。

**边疆服务** 双月刊，成都，南京中华基督教会边疆服务部主办，1943 年 5 月创刊，存：1944 年~1946 年 7、9~11；1947 年 7；1948 年 9、10、12 期。该刊 1947 年迁至南京。

**边疆服务通报** 月刊，成都，成都中华基督教会全国总会主办，1945 年 3 月创刊，存：4 期。

**边疆建设** 月刊，长春，东北边疆问题研究社主办，1946 创刊，存：创刊号 2 册。

**中央边报** 不定期，南京，边疆文化教育馆主办，1946 年创刊，存：4~8、10~14、17、18 期。汉蒙合璧。

**边疆资料** 不定期，雅安，西康省训团主办，1946 创刊，存：1 册。

**边锋月刊** 月刊，贵阳，贵州省边疆文化研究所主办，1946 年 3 月创刊，存：2、3 期。

**边政导报** 月刊，康定，吴谧赓主办，1947 创刊，存：1、5 期。

**边区政报** 周刊，延安，陕甘宁边区政府秘书处主办，1947 年 7 月 15 日创刊，存：1:3 期。

**中国边疆** 季刊，云南，主该社办，1948 创刊，存：创刊号。

**边政公论** 月刊/季刊，成都，中国边政学会边政公论社主办，1948 年创刊，存：4:3；5:3；6:1～4；7:2～4 期。

**边听** 月刊，成都，成都边听杂志社主办，1949 年创刊，存：1:2 期。

## （15）文献资料

**文献** 半月，北京，国学拾零社主办，1926 年创刊，存：1～4；又 1、2 期。

**史料旬刊** 旬刊，北京，故宫博物馆文献馆主办，1930 年创刊，存：1930～1931 年 1～39；又 1～39；又 18、19、23、24、26～28、31 期。线装本。

**文献丛编** 出版周期不详，北京，故宫博物院主办，1930 年创刊，存：1～60；又增刊 1～4 期。线装本。

**潍县文献丛刊** 出版周期不详，潍县，潍县丁锡田主办，1932 年创刊，存：1936 年 3 期。该刊汇编了近 30 种孤本、珍本，亦刊亦书，由潍县东关和记印刷局印刷。

**文献论丛** 出版周期不详，北平，故宫博物馆主办，1936 年创刊，存：1 册。

**贵州文献季刊** 季刊，贵阳，贵州文献征集馆主办，1938 年 5 月创刊，存：1～3 期。

**贵州文献汇刊** 出版周期不详，贵阳，贵州文献征集馆主办，创刊日期不详，存：1940 年 4；1949 年 5 期。

**文献专刊** 出版周期不详，北京，文献社主办，1944 年创刊，存：1 册。

**史料与史学** 出版周期不详，重庆，中央研究院主办，1944 年创刊，存：1、2；又 1 期。

**现代文献月刊** 月刊，天津，现代文献社主办，1946 年创刊，存：创刊号。

**中山文献** 出版周期不详，北京，中山文献主办，1947 年创刊，存：1 册。

**南京文献** 出版周期不详，南京，南京通志馆主办，1948 年创刊，存：20 期。

## 2. 自然科学总论

### （1）自然科学、应用技术

**科学** 月刊，上海，杨铨等主办，1915年创刊，存：1～20卷，21:2、3、5、6期。

**河务季刊** 季刊，北京，全国河务研究会主办，1919年9月创刊，存：1～9；又5期。

**督办江苏运河工程局季刊** 季刊，南京，督办江苏运河工程局主办，1920年创刊，存：1、3、6、10、13期。

**地质汇报** 季刊，南京，地质调查所主办，1920年创刊，存：2、4～7期。

**华北水利月刊** 月刊，天津，华北水利委员会主办，1928年创刊，存：1:1～3；2:1～12；3:2～7期。

**中国营造学社汇刊** 季刊，北平，清华大学营造系主办，1930年创刊，存：1937:6:4期。

**工业** 月刊，南京，中国牛顿社主办，1931年创刊，存：3:6期。

**四川建设公报** 月刊，成都，四川建设厅主办，1931年创刊，存：1期。

**土壤学** 季刊，南京，农业部地质调查所主办，1932年创刊，存：4、5期。

**工业安全** 月刊，上海，工业安全主办，1934年创刊，存：2:6；3:1、2、4、6；4:1～4期。

**土木工程学会会刊** 季刊，北京，清华大学主办，1934年创刊，存：3期。

**西北农业周刊** 周刊，桂林，广西农林局主办，1934年创刊，存：创刊号。

**工程学会会刊** 季刊，北京，清华大学主办，1935年创刊，存：4:1、2期。

**农学月刊** 月刊，北平，北平大学农学院主办，1935年创刊，存：1:1～6；2:1～6；3:1～6；4:1～3；7:10～15期。

**水利** 季刊，出版地不详，中国水利工程学会主办，1935年创刊，存：8:1～6；9:1～6；10:1～6；11:1、4～6；12:1～6；13:1期。

**气象杂志** 月刊，南京，中国气象学会主办，1935年创刊，存：11:1～6；12:1～6、8、10～12；13:1～4、7期。

**公路** 季刊，出版地不详，全国经济委员会公路处主办，1935年创刊，存：1:1～4；2:1～3期。

**四川公路月刊** 月刊,成都,四川省公路局主办,1936年创刊,存:2、3期。

**理工杂志** 季刊,上海,震旦大学主办,1936年创刊,存:2:4;3:1、2期。

**矿冶资料** 季刊,太原,中华矿业促进会社主办,1936年创刊,存:1:1～5期。

**道路月刊** 月刊,出版地不详,中华全国道路建设协会主办,1936年创刊,存:49:3;50:1～3;52:1～3;53:1～3;53:1～3;54:1～2期。

**地质评论** 季刊,南京,中国地质学会主办,1936年创刊,存:1:1～6;2:1、3期。

**陕西水利季刊** 季刊,西安,陕西水利局主办,1936年创刊,存:1:2;2:1期。

**兽医月刊** 月刊,出版地不详,陆军兽医学校主办,1936年创刊,存:1～7、9期。

**航空机械** 月刊,出版地不详,航空机械主办,1937年创刊,存:2:1～2期。

**中国新农业** 季刊,上海,中国农业书局主办,1937年创刊,存:1:2期。

**大地** 季刊,广州,中山大学地质学会主办,1937年创刊,存:1:1～5、7;又7期。

**乐西公路** 出版周期不详,西昌,乐昌公路工程处主办,1941年1月创刊,存:1～3、5、6期。

**西北公路** 月刊,兰州,公路管理局主办,1944年创刊,存:1946:8:4、5期。

**科学世界** 月刊,南京,南京大学主办,1947年创刊,存:16:6期。

## (2) 补充刊物

**汇报** 3日报,上海,汇报主办,1874年6月16日年创刊,存:第7～9年。

**湘学报** 旬刊,长沙,湘学报主办,1897年创刊,存:1～28册。

**集成报** 旬刊,上海,集成报,1901年创刊,存:1、3～20、22～25期。

**外交报** 旬刊,上海,外交报社主办,1901年创刊,存:光绪29年1、23～29、31、32;光绪30年4、15、19、23、24;光绪31年2、11、18～23、32;光绪34年2期。

**大公报** 日报,天津,大公报主办,1902年创刊,存:1902年6月6～8;22～24;1902年9月20～24、96～100号。

**引擎月刊** 月刊,上海,引擎月刊主办,1929年5月创刊,存:创刊号(影印本)。

**新兴文化** 月刊，上海，新兴文化主办，1929年8月创刊，存：创刊号（影印本）。

**故宫** 月刊，北京，故宫博物院主办，1929年9月创刊，存：1～43期。

**故宫周刊** 周刊，北京，故宫博物院主办，1929年10月10日创刊，存：1～510期。

**巴尔底山** 旬刊，上海，巴尔底山主办，1930年4月创刊，存：1:1～5（影印本）。

**五一特刊** 出版周期不详，上海，彭康等主编，1930年5月创刊，存：3期（影印本）。

**新地月刊** 月刊，上海，鲁迅主编，1930年6月创刊，存：1期（影印本）。

**沙仑** 月刊，上海，夏衍主编，1930年6月创刊，存：1:1期（影印本）。

**世界文化** 月刊，上海，夏衍主编，1930年9月创刊，存：1:1期（影印本）。

**文化斗争** 周刊，上海，该社主办，1930年8月15日创刊，存：1:1、2（影印本）。

**海外月刊** 月刊，南京，海外月刊主办，1932创刊，存：1934年26、29期。

**今日之苏联** 周刊，上海，今日之苏联主办，1933年5月14日创刊，存：1:1期（影印本）。

**正路** 月刊，上海，张耀华主编，1933年6月创刊，存：1:1～2期（影印本）。

**创导** 半月刊，南京/汉口，创导主办，1937年5月创刊，存：1期（影印本）。

**国土** 半月刊，西安，国土志社，1940年7月创刊，存：2、5～10期。

**社会部公报** 季刊，重庆，社会部公报主办，1941年创刊，存：1943年9期。

（《中央民族学院旧报刊目录》（初稿）的三分之一由硕士研究生巴灯郎加录入，其余由徐丽华录入和校对。

### 3. 日文期刊

**人文研究** 月刊，大阪，大阪市立大学人文学会，存：1949年1:2；1957年1～11期。

**人文地理** 双月刊，京都，人文地理学会，存：1957年9:1～6期。

**人类学杂志** 季刊，东京，日本人类学，存：1956 年 6:1～5；1957 年 6:1～4 期。

**支那研究** 出版周期不详，东京，教育学术研究会，存：33、35、37～47 期。

**支那丛报** 季刊，东京，岩井大慧，存：1942 年 1～5 卷。重印本。

**支那学** 季刊，京都，日本支那学社，存：6:4；7:1；3:5 期。

**中国文化** 出版周期不详，东京，中国文化协会，存：创刊号。

**民族** 双月刊，东京，周村千秋，存：3:5 期。

**民族学研究** 季刊，东京，古野清人，存：1936 年 1:1、2、4；2:1；3:2、4；4:4:1；5:3～6；7:1、3；8:4；12:4。又 1:1～4；2:1～4；3:1～4；4:1～4；5:1～6；6:1～4；7:1～4；8:1～4；9:1～6；10:1～6；11:1～4；13:1～4；14:1～4；15:1～4；16:1～4；17:1～4 期。

**民间传承** 月刊，东京，桥浦泰雄存：11:1～11；17:5～8；12:1～12；13:1～12；14:1～12；15:1～12；16:1～12 期。

**北方圈** 月刊，长春，北方圈学会，存：1957 年 4 号。

**北满研究** 月刊，长春，满铁造林式会社，存：1934 年 2:8 期。

**史林** 季刊，东京，史学研究会，存：1619～1951 年 1 卷～34 卷；总目索引；1946 年 39:1～6；1957 年 40:1～6；1958 年 41:1～4 期。

**史潮** 四月刊，东京，大塚史学会，存：1931～1943 年 1～12 卷。

**史潮** 季刊，东京，大塚史学会，存：1952～1953 年 46～50；1951 年 62、63 号。

**史学** 半年刊，东京，史学会，存：1957 年 301～4 期。

**史学研究** 半年刊，广岛，广岛史学研究会，存：1931 年 3:1～3；1932 年 4:1；1933 年）5:1～2 期。

**史学杂志** 月刊，东京，史学会，存：1889～1953 年 1～62 编；1929 年 40 编 1；1930 年 41:1；1931 年 42 编 1～12；1956 年 65 编:1～12；1957 年 66 编:1～12；1958 年 67 编:1～7 期。

**史观** 半年刊，东京，早稻田大学史学会，存 1957 年 48～50 期。

**外交时报** 月刊，东京，外交时报社，存：1819～1907 年 1～121；99:1、2；106:3；107:1～3；108:1、24；

**考古学杂志** 月刊，东京，日本考古学会，存：1936 年 26:12；1941 年 31:3；

1938 年 28:7 期。1956 年 41:3、4；1957 年 42:1～4；1958 年 43:1～3 期。

**回教世界** 月刊，东京，赤泽义人，存：1939 年 1:1、3～9；1940:2：1～12；1941 年 3：1～10、12 期。又 1:4；2:11；3:3 期。

**回教事情** 季刊，东京，日本外省调查部，存：1938 年 1：1～3 期；1939 年 2:1～4；1940 年 3:1～4；1941 年 4:1～3 期。

**回教圈** 月刊，东京，小林元，存：1938 年 1:1～6；1939 年 2：1～4、6；1941 年 4:3、5～7；1942 年 5:1～6、8～12；1943 年 6:1～6、7、10；1944 年 7:1～12；1945 年 8:6、7。又 5:2、3、6、11；6：1、5；7:1～3 期。

**收书月报** 月刊，大连，满铁奉天图书馆，存：55 期。满铁奉天图书馆书目系主任植野武雄曾任该刊主编。

**沙翁复兴** 月刊，东京，东京中央公论社，存：1933～1935 年 2～6、8～12 号。

**社会经济学史** 双月刊，东京，小野武夫，存：1931～1943 年 1～19 卷。

**社会学研究** 东京，社会学会，存：1948 年 1:1～3 册。

**亚细亚公论** 月刊，东京，金光铉，存：1922～1923 年 1:1、2；2:1、2 期。

**社会圈** 出版周期不详，东京，黑川统一，存：10；又 10 期。

**社会学研究** 出版周期不详，东京，日社会学报，存：第一卷 1～3 第一卷第三编

**东方学** 半年刊，东京，东方学会，存：1951～1953 年 1～7；1957 年 14、15；1955 年 16 辑。

**东方学报** ，东京，东方文化学院，存：1931～1955 年 1～15 册。

**东方学报** 出版周期不详，京都，东方文化学院，存：1～15 册。

**东光** 三月刊，东京，西谷能雄，存：1940 年 1～4、6、7 期。

**东京人类学会杂志** 月刊，东京，该会，存：1906 年 25:28；1908 年 27:9 期。

**东亚文化园** 月刊，东京，日青年文化协会，存：1:11（1942）19:20，21*（1942～3）

**东亚研究所报** 双月刊，东京，东亚研究所，存：1942～1943 年 19～21。又 20、21 期。

**东洋史研究** 双月刊，东京，东洋史研究，存：1037～1944 年 3:1～6；4:1～6；5:1～6；6:1～6；7:1～6；8:1～6；1959 年 9：5、6；1948～1949 年 10:1～4；1957 年 16:2～4；1958 年 17:1。又 10:2、3 期。

**东洋史学** 月刊，福冈，九州大学东洋史学研究会，存：1957 年 14～18；1959 年 19 期。

**东洋史研究文献类目**，京都 森鹿三，存：1938～1940 年 2 册。

**东洋学报** 半年刊，东京，东洋协会学术调查部，存：15:1～4；16:1～4；17:2～4；22:3；31:1、3、4；32:1～4；33:1～3；34:1～3；35:1～3；36:1～3；40:1～4；又 32:2 期。

**制度研究所** 月刊，东京，松泽保和，存：1～16 期，合订本 2 册。

**前进** 月刊，沈阳，马场忠，存：1949～1952 年 2～5、7～16、18、19、21、22、26～30、32～33 期。

**思想科学** 月刊，先驱社，存：7 期。

**书香** 月刊吗，大连，岩由实，存：1943 年 15:6 期。

**书志学** 月刊，东京，本村一郎，存：1933 年 1:1～6；2:1～6；3:1～6；4:1～5；5:1、6；7:1～4、6；8:1、2、4～6；9:1～6；10:1～6；11:1、3～6；12:1、3、5、6；13:2、5；14:5；15:1、2；又 5:6；6:1 期。

**部落问题研究** 月刊，京都，小森茂等，存：1～11、13、14、16～34、36、38～39、41、42、44～51 期。

**维神道** 月刊，北京，岩崎正男，存：1941～1942 年 1～8 期。

**现代佛教** 月刊，东京，松冈让，存：1933 年《现代佛教》十周年纪念刊。

**国立中央博物馆** 月刊，长春，国立中央博物馆，存：1943 年 21 期。

**教育画报** 月刊，东京，教育画报，存：1917 年 2～4 期。

**冈华** 月刊，长春，山本六三郎，存：1889～1890 年 1～12 期。

**善邻协会调查月报** 月刊，东京，三岛泰雄，存：1936～1938 年 44～46、68～79、81。又 77 期。

**新亚细亚** 月刊，长春，冈田卓雄，存：1940 年 2:11 期。

**实业部月刊** 月刊，长春，实业部，存：1936～1937 年 4:2、7；5:4 期。

**汉学会杂志** 月刊，长春，帝国大学文学部，存：1936 年 4:3；5:1 期。

**满洲民族学会会报** 双月刊，长春，满洲民族学会，存：1:3；2:1～5 期。

**满洲史学** 季刊，沈阳，满洲史学会，存：1:1～3 3:1～2（1937～40）

**满洲学报** 出版周期不详，大连，满洲学会，存：1932～1944 年 1～9 册；又 6～9 册。

**满铁调查月报**　月刊，沈阳，满洲铁路株式会社，存：21:1～3、5、7、8期。

**满蒙**　月刊，大连，日中文化协会，存：1927年7～9号；1929年8号，1935年1～12号。

**台北农林学会报**　月刊，台北，台北农林学会，存：1939年4:1期。

**蒙古**　月刊，东京，善邻协会，存：8:3～5；10:1～7、9～11；11:1～10；又10:9期。

**蒙古研究**　月刊，长春，存：1929年3辑。

**历史地理**　季刊，东京，历史地理学会，存：1933年1～66卷（索引2册）；1956年1～4卷；

**历史评论**　月刊，东京，民主主义科学，存：1:1～3；2:1～8；3:1～7；4:1～8；1951年1～12；1952年1～11；1953年1～12；1956年1～12期。

**历史教育**　，东京，历史教育会，存：1932年7:9期。

**历史学研究**　月刊，东京，历史学研究会，存：1:1～6；2:1～6；3:1～6；4:1～6；5:1～2；6:1～12；7:1～12；8:1～12；9:1～5；10:1～12；13:1～12；14:1～4；

1956年1～12；1957年1～12；1958年1～7期。

**杂志记事索引**　主编不详，东京，主办不详，存：1955年8:3、4；1956年9:1～6期。

**边疆支那**　月刊，东京，边疆问题研究会，存：1934年1:2、3；2:2、3期。

**朝鲜**　月刊，出版地不详，朝鲜总督官房文书课，存：1935年239～247；1936年254～258期。

**社会学研究**　月刊，出版地不详，社会学会，存：1948年1:3；又3期。

# 五、中国少数民族图像总目（初稿）

## 徐丽华

1988 年，笔者开始对《苗蛮图》等少数民族图谱感兴趣，于是开始搜集各图书馆的少数民族图谱目录，经过多年努力，基本摸清大图书藏书情况。1995 年后由于行政工作和图书馆业务较重而搁置，退休时在整理书柜时发现此目录，想到这是研究民族服饰、民俗、建筑、生产、美术等方面的珍贵资料，故公布出来供研究者参考。少数民族图谱主要收藏于中国大陆和台湾的十几家图书馆和博物馆，部分散藏英国、美国、法国、德国、日本、越南等国。目前笔者掌握的具体数量为中央民族大学 17 本、北京图书馆 13 本、中国社会科学院民族研究所 15 本、民族文化宫图书馆 6 本、贵州省图书馆 8 本、台湾"中央研究院"历史语言所 6 本、湖北省和四川省图书馆 5 本、其他单位 2 本、国外 20 本；笔者未掌握的目录有中国社会科学院历史所 54 种（彩绘 50 本，墨色 4 本）、北京师范大学 2 种、云南省（云南省博物馆、云南省社会科学院和云南大学等）8 种、中国大陆零散 5 种、台北故宫博物院和台湾大学等机构 28 种（包括《蛮图》《苗蛮图》《百苗图》《百苗图抄本汇编》等）。据以上数据，各种少数民族图谱（复本、复绘本、汇编本、刻本、重刻本等）总计 189 种。20 年前，笔者曾在一个搬迁的博物馆见过两本清代民族图谱，今问询得知已无此书，遗憾无处不在啊！

附表2 中央民族学院图书馆馆藏少数民族目录（1989年统计）

| 序 | 书名 | 册 | 说明 |
|---|---|---|---|
| 1 | 贵州全省诸苗图说 458.6/0.455 | 2 | 绘本，旧绘本 |
| 2 | 云南风俗图 459.203/0.333 | 2 | 绘本，旧绘本 |
| 3 | 苗族风俗图说 459.203/0.523 | 1 | 墨印，刻本 |
| 4 | 中国边疆苗族风俗图考 459.2034/454 | 1 | 石印本，墨色 |
| 5 | 少数民族图 26.798/10 | 1 | 清旧彩绘，绢绘本，8幅，洮州、西宁人物图，查墨色为清中期绘本。 |
| 6 | 苗族图 26.798/12 | 1 | 清绘本 折装娟本 |
| 7 | 台湾民族图说 26.798/13 | 1 | 清绘本 折装娟本 |
| 8 | 黔中苗乘 26.79817/1 | 1 | 童振藻著，20章，1965年抄本 |
| 9 | 旬格图 26.798/1（1-5）142912-16 | 5 | 折装，彩绘本，84幅，系1923年天畸重摹绘 |
| 10 | 贵州苗族风俗图 26.798/2（1-4）152546-49 | 1 | 精绘本，66幅 |
| 11 | 御制外苗图 26.798/3（1-2）152544-45 | 2 | 彩绘本，108幅 |
| 12 | 云南民族图考 26.798/4 152550 | 1 | 精绘本，一函，40幅 |
| 13 | 维西夷人图 维西舆图 26.798/5 152693 | 1 | 彩绘本，1册 |
| 14 | 苗蛮图 26.798/6 | 2 | 清绘本 |
| 15 | 少数民族图 26.798/8 | 1 | 彩绘本 |
| 16 | 黔南苗蛮图说 26.798/9（1-2）196051 | 2 | 1881年桂馥彩绘本，86幅 |
| 17 | 琼州黎族风俗图说 26.798/11 | 1 | 清绘本 |

## 附表3  北京图书馆馆藏少数民族图像目录（1990年统计）

| 序 | 书名 | 册 | 说明 |
|---|---|---|---|
| 1 | 湖南苗民图 041.3/266（5554） | 1 | 清光绪三十四年（1908）清彩绘本，36.2×29.7cm，首页附湖南苗疆地舆全图并附图说。 |
| 2 | 苗民图 041.3/23（2571） | 1 | 清光绪二十年（1894）彩绘本，卷轴，78.2×184.3cm。 |
| 3 | 湟川人排猺峒图 041.3/233.453（9003） | 1 | 清光绪元年（1875）绢底彩绘本，31×35.5cm，共10幅，首总图1幅，横坑排等8幅，末为瑶人行乐图。本图装贴锦面绫边，古香古色，但设色欠佳。 |
| 4 | 贵州全省苗族图说 041.3/236（9017） | 1 | 清嘉庆二十五年（1820）彩绘本，24.4×18.3cm，共41幅，绘各地苗族服装和民俗，均附图说，色调似清嘉庆年内府绘本。 |
| 5 | 贵州兄弟民族图 041.3/236（10468） | 2 | 清道光三十年（1850）内府精致彩绘本，19.7×25cm，有铸铁、水车、引水灌溉等劳作图。 |
| 6 | 贵州兄弟民族图 041.3/236（10481） | 1 | 清光绪二十六年（1900）彩绘本，17幅，19.7×25cm，绘有铸铁、狩猎、纺织、下棋等内容。 |
| 7 | 新疆各族分布图 041.6/255（21389） | 1 | 民国三十七年（1948）彩绘本，戈定邦制，2幅，53×78cm。附说明1册。内容包括新疆各民族分布、伊利在新疆的位置、新疆宗族与苏联之关系等。 |
| 8 | 新疆舆图风土考 041.7/255（0253） | 1 | 光绪八年（1882）点石斋石印本，清椿园七十一著，墨印，不注比列。 |
| 9 | 大理府浪穹县所属地方风土人情及舆图清册 041.7/235、622（0607） | 1 | 清光绪三十四（1908）内府彩绘本，19×12.2cm。 |
| 10 | 云南永昌府永平县属风土人情汉夷耕读各类清册 041.7/235、622 | 1 | 清光绪二十七年（1901）内府彩绘本，清王宝制，20×15.2cm。 |

续表

| 序 | 书名 | 册 | 说明 |
|---|---|---|---|
| 11 | 蒙化所属汉夷风俗及各种夷蛮情形分类图册 041.7/235、63 | 1 | 清光绪二十七年（1901）绘本，清邹振驿制，不注比列。25.7×15cm。 |
| 12 | 西藏番族图 041.3/266（1097） | 1 | 清宣统三年（1911）佚名彩绘卷轴，不注比列。94.5.7×172cm。 |
| 13 | 全球人种宗教分布 041.1/041.7（1）（0131） | 1 | 上海昌明公司清光绪三十二年（1906）印制，清沈仪镕编，彩色印图。82×58cm。 |

**附表4 中国社会科学院民族研究所所藏少数民族图像目录（1988年11月4日统计）**

| 序 | 书名 | 册 | 说明 |
|---|---|---|---|
| 1 | 仇十洲先生苗景人物真迹传 22.917/152 | 1 | 明仇英绘，彩绘本，24幅 |
| 2 | 黔苗图说 22.917/802 | 1 | 清彩绘本，82幅，附图说（图下附释文） |
| 3 | 苗蛮图 22.917/332 | 1 | 旧彩绘本，83幅.附图说 |
| 4 | 苗蛮图 22.917/332 | 1 | 旧彩绘本，18幅，附图说 |
| 5 | 苗蛮图 22.917/332.2 | 1 | 旧彩彩绘本，67幅，附图说（图下附释文） |
| 6 | 苗蛮图说 536.26/332 | 1 | 旧彩彩绘本，42幅，附图说（图下附释文） |
| 7 | 苗蛮图 22.917/332.3 | 1 | 旧彩彩绘本，74幅，图下附释文 |
| 8 | 苗蛮图 22.917/332 | 1 | 旧彩彩绘本，82幅，图上附小传和律诗一首。 |
| 9 | 苗图 22.917/332 | 1 | 翻拍本，旧彩绘本，82幅，无释文 |
| 10 | 贵州苗图 22.917/633 | 1 | 旧彩绘本 |
| 11 | 贵州八苗图 22.917/633-1 | 1 | 旧彩绘本，8幅，有释文 |
| 12 | 黔西苗俗图 22.917/802 | 1 | 清彩绘本，40幅，半页图，半页释文，附同治元年跋文。 |
| 13 | 黔省苗族生活 22.917/ | 1 | 清彩绘本，82幅，附释文，卷末墨书"公元1951年梅花书屋主人识"。 |
| 14 | 西南各种苗夷生活图 22.917/657 | 1 | 彩绘本，82页，附释文，首页题"百苗图全部"。 |
| 15 | 滇省夷人图说 | 1 | 彩绘本，108幅，附图说。 |

附表 5  中国社会科学院民族研究所所藏少数民族图像目录（1989 年 2 月 22 日统计）

|  | 书名 | 册 | 说明 |
| --- | --- | --- | --- |
| 1 | 仇十洲先生苗景人物真迹传 | 1 | 明仇英绘，彩绘本，24 幅 |
| 2 | 黔苗图说 | 1 | 彩绘本，108 幅，附图说 |
| 3 | 苗民图 | 1 | 旧绘本，12 幅 |
| 4 | 苗民图 | 1 | 旧绘本，73 幅，附图说 |
| 5 | 百苗图说 | 1 | 卷首题：此即原任八寨理苗同知陈浩所辑八十二种苗图说，是书旧有刻板，今已无存，此录只七十四种，因所见原印本残缺不全故也。 |
| 6 | 苗民图 | 1 | 旧绘本，墨色，70 幅，附图说 |
| 7 | 苗蛮图 | 1 | 清彩绘本，82 幅，附图说 |
| 8 | 全黔苗图 | 1 | 清彩绘本，42 幅，附图说。题签《黔全苗图》 |
| 9 | 黔边苗族风土图志 | 1 | 民国年绘本，22 幅，附序、图说 |
| 10 | 苗族风俗图 | 1 | 旧绘本，12 幅，系《苗民图》之再绘本 |
| 11 | 苗疆风景全图 | 1 | 旧绘本，47 幅，有"曾琪光"印。 |
| 12 | 百苗图 | 1 | 石印本，墨色，70 幅，附图说 |

附表 6  民族文化宫图书馆馆藏少数民族图像目录（1990 年 4 月 28 日统计）

|  | 书名 | 册 | 说明 |
| --- | --- | --- | --- |
| 1 | 苗疆人物风俗全图 | 1 | 不详 |
| 2 | 全苗图 | 1 | 73 图 |
| 3 | 苗民图 | 1 | 70 图 |
| 4 | 全黔苗图 | 1 | 不详 |
| 5 | 黔边苗族风土图志 | 1 | 不详 |
| 6 | 苗族风俗图 | 1 | 不详 |

附表 7  贵州省收藏少数民族图像目录（1990 年 4 月 28 日统计）

|  | 书名 | 册 | 说明 |
| --- | --- | --- | --- |
| 1 | 七十二苗全图 | 1 | 69 页 69 图 69 文（刘雍） |

续表

| | 书名 | 册 | 说明 |
|---|---|---|---|
| 2 | 黔苗图说 | 1 | 40幅40图 附说（刘雍） |
| 3 | 百苗图 | 1 | （刘雍） |
| 4 | 百苗图 | 1 | （贵州省图书馆） |
| 5 | 百苗图 | 1 | 41图 附说（贵州民族学院图书馆） |
| 6 | 黔苗图说 | 2 | 80图 附说（贵州博物馆） |
| 7 | 百苗图 | 1 | （贵州博物馆） |
| 8 | 百苗图 | 1 | （贵州师范大学图书馆） |

附表8 台湾"中央研究院"历史语言研究所所藏少数民族图像目录（1995年统计）

| | 书名 | 册 | 说明 |
|---|---|---|---|
| 1 | 苗蛮图册 | 1 | 82图 附说 |
| 2 | 黔苗图说 | 1 | 80图 附说 |
| 3 | 番苗图册 | 1 | 16图 附说 |
| 4 | 黔苗图说补 | 1 | 7图 附说 |
| 5 | 苗蛮图 | 2 | 52图 |
| 6 | 苗蛮图 | 1 | 82图 无说 |

附表9 湖北省、四川省收藏少数民族图像情况（1999年统计）

| | 书名 | 册 | 说明 |
|---|---|---|---|
| 1 | 苗族生活礼俗图 | 1 | 80图（中南民族学院图书馆） |
| 2 | 贵州全省百苗图说 | 1 | 有图附说（中南民族学院图书馆） |
| 3 | 贵州少数民族风土画 | 1 | 40幅，有图说诗（西南民族学院民族博物馆） |
| 4 | 百苗图 | 1 | （四川省民族研究所） |
| 5 | 百苗图 | | 约50幅（凉山州博物馆霍登成） |

附表10 其他单位收藏少数民族图像情况（2000年统计）

| 序 | 书名 | 册 | 说明 |
|---|---|---|---|
| 1 | 百苗风俗图 | 1 | 82幅有图说诗（中国历史博物馆） |
| 2 | 百苗图 | 1 | 40幅，其中36幅附说（北京翰海艺术品拍卖公司） |

## 附表 11 国外收藏少数民族图像情况

| 国家和藏地 | | 书名 | 说明 |
|---|---|---|---|
| 英国大英博物馆 | 1 | 黔省各种苗图 | 清彩绘本，2 册 78 幅，附图说； |
| | 2 | 苗图 | 清彩绘本，1 册 48 幅，附图说 |
| | 3 | 黔苗图说 | 清彩绘本，4 册 72 幅，附图说 |
| | 4 | 百苗图 | 清彩绘本，13 张图 |
| | 5 | 罗甸遗风农桑雅化 | 彩绘本，2 册 40 幅 |
| 英国牛津大学博林图书馆 | 6 | 蛮僚图说 | 清彩绘本，2 82 图附说 |
| | 7 | 苗疆图说 | 清彩绘本，1 册，图佚，存图说 |
| 英国牛津大学比里博物馆 | 8 | 黔省苗图 | 清彩绘本，4 册 82 幅 |
| | 9 | 贵州苗图 | 清彩绘本，3 册 45 幅 |
| 伦敦中国内地会图书馆 | 10 | 苗图 | 清彩绘本，1 册 82 幅 题《黔苗图说》 |
| 德国 Go tha 图书馆 | 11 | 苗蛮图 | 清彩绘本，2 册 |
| 德国 schen 民族志博物馆 | 12 | 黔省八十二种苗图 | 清彩绘本，2 册，41 幅 |
| 汉堡 Dr Fi orozzo 教授 | 13 | 苗图 | 清彩绘本，1 册 |
| 美国哈佛大学 | 14 | 百苗图 | 清彩绘本，1 册，图上题诗、释文 |
| 日本东洋文库 | 15 | 皇清职贡图—苗图 | 刻本，2 册 83 幅 |
| | 16 | 苗族风俗图 | 清彩绘本，1 册 78 幅 |
| 东洋文化研究所 | 17 | 苗子风俗画记 | 清彩绘本，1 册 61 幅，附图说 |
| | 18 | 异族图说 | 清绘本，残本，1 册 21 幅，附图说 |
| | 19 | 内府精绘苗蛮图 | 清彩绘本，1 册 27 幅，附图说 |
| 日本庆应大学伊藤清司教授家藏 | 20 | 苗图 | 清彩绘本，1 册，附图说 |

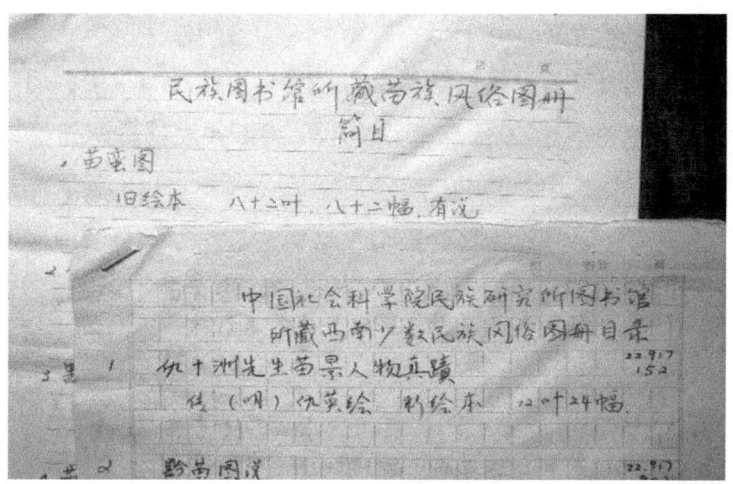

附图 2　中国社会科研院民族研究所 1988 年、1989 年所藏民族图像目录

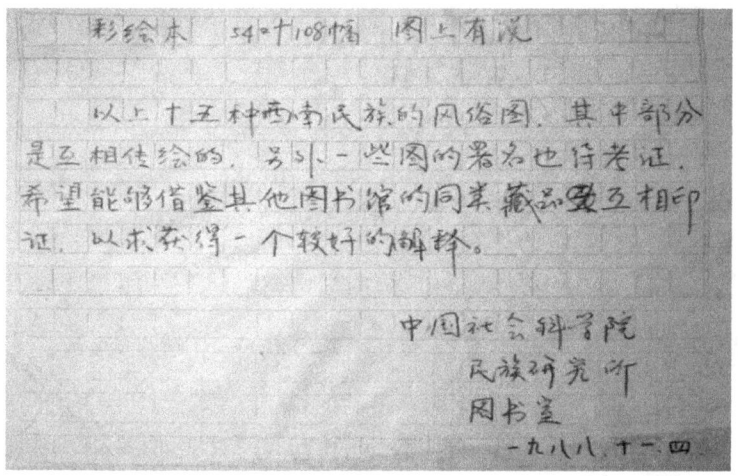

附图 3　中国社会科研院民族研究所 1988 年所藏民族图像目录

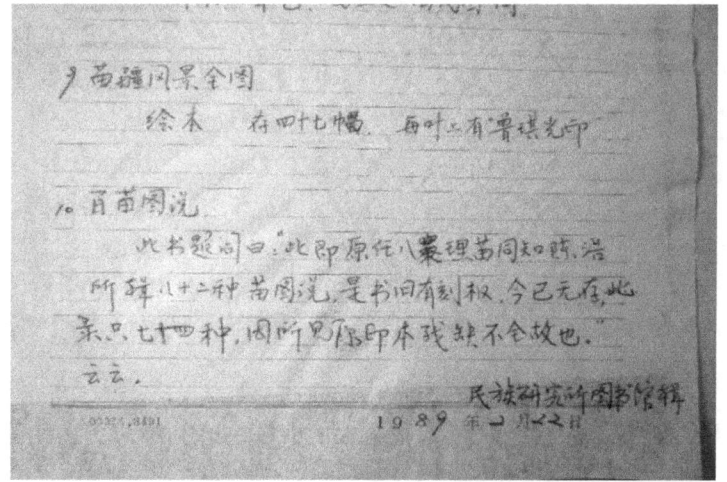

附图 4　中国社会科研院民族研究所 1989 年所藏民族图像目录

本来徐丽华、钟善华和马丽敏三人合编的《中央民族学院藏文古籍目录》（初稿）应收入本书，但因诸多因素而搁置。目录虽然不能及时出版，但不得不介绍合作者钟善华先生。钟善华于1921年8月出生在四川省成都市西郊红豆树村一户贫农家，3岁丧母，寄养在亲戚家。1932年（11岁），被三叔送到成都西一家理发店当学徒，同年冬天，被表叔邓大极和尚带至峨眉山，在其主持的中峰寺削发为僧。1934年赴重庆学经，并在私塾学"四书"。1936年进汉藏教理学院当补习生，1937年正式考入该院第三届普通藏文班，学习4年，1941年6月毕业，7月参加重庆"三青团夏令营"21天，并随同学一起集体宣誓加入"三青团"。9月返汉藏教理学院进修至1942年年底。1943年在合江法王学院和合川嘉陵佛学院任教1年，并向"三青团"和蒙藏委员会申请赴藏路费和生活费，年底获得经费。1944年初，自渝启程，经成都、康定、巴塘、昌都等地，8月抵达拉萨，入住色拉寺学经。1946年夏，到拉萨测候所任气象观测员。1947年至1949年兼任拉萨小学事务员。1948年秋，参加江新西、贺丹增、闵志成和春载阳等8人以边疆青年组织名义秘密成立的"维扬盟社"①，并入股该会投资的咖啡馆。1949年初，江新西等8人被逐。7月钟善华随拉萨小学、测候所和部分汉僧离开拉萨赴印度。1950年夏，入印度国际大学中国学院作研究生，边学习边从事印度哲学与西藏佛教的研究工作。1951年在大吉岭遇到张大千，因为是四川老乡，十分亲切，并帮张先生打理琐事一段时间，向他说出回国的事情，"现在的国家和以前不一样，需要青年人来建设"。张先生听后说"你们这些人，共产党把你们的肠肠肚肚都看得清清楚楚的，还是跟我去吧"。但钟善华还是坚定了回国报效祖国的决心。于是张大千先生说"那好吧，送你两幅画，做个留念，老乡！"1951年年底，钟善华研究工作结束，与祖国联系，获得有关方面的支持。他于1952年初带着张大千先生给的两幅画和400多张照片及一些资料杂物抵达香港，休息数日后，与邢肃芝商量一起回内地并一起购买了船票。上船时，邢肃芝手提皮箱从楼梯上倒退回去，说"我还是不去了，你去吧！"钟善华义无反顾回到了祖国。在广州上岸后，发现有人跟踪，他顿感情况不妙，但又以"可能是职业病为由"来宽慰自己，仍然坚信新中国是欢迎青年人的。1952年2月，钟善华从广州到北京中央华侨事务委员会报道，7月分配到中央民族学院图书馆工作。1954年，与张淑勤（北京一街道办事处主任，其父张星垣，其母苏康生）结婚。1961年，下放到甘肃省玛曲县文教科工作。1962年，在玛曲县新华书店工作。1970年至

---

① "维扬盟社"在民国文献中未载，也未曾听说过。当时没有问钟先生是什么含义，成为一大憾事。

1972年5月，关拘留所审查。同年7月释放，分配到玛曲县物资局工作。1980年，落实政策返回中央民族学院图书馆工作。

钟善华先生和我都是学藏文的，因此我们之间有很多话题，交往三年后，成了无话不谈的忘年之交。他表面不善言辞，但熟悉后他很愿意讲"自己的历史"。从言谈中得知，他在重庆学习藏文时加入"三青团"，后来"三青团"派他和几个学僧去拉萨色拉寺学经，走之前提供照相机并进行照相技术培训，他在拉萨四年多时间里拍了400多张照片资料。起初，他在拉萨的生活费在西藏办事处领取，后来在拉萨小学领取；领导是邢肃芝。邢肃英每星期布置一次任务，要求领薪水时汇报情况。钟善华的工作主要是搜集寺院、噶厦的动态，尤其是它们与国外势力的态度和动向。他风趣地说："用现在的话说是搜集分裂祖国的阴谋。我这个僧人，应该算一个维护祖国的积极分子，是有功劳的。"他原名钟善化，是佛教的名字，后来改为钟善华，意思是"我姓钟的要维护新中华、效忠祖国"。钟先生不仅有很深的古文功底，还精于藏英两文，工作勤奋，一丝不苟，对繁体字和简体字笔画了然于心，排片很快。不管汉英图书，他的分类都准确无误。他是一位待人和蔼、为人谦虚、德才兼备的先生。

# 后 记

　　李德君担任中央民族大学图书馆馆长期间，他舍弃个人的研究工作，一心投入图书馆建设，注重馆风和业务工作，在制度方面制定了较为系统的图书馆管理制度细则，其中包括馆长职责、馆办、流通、阅览、古籍、情报、报刊、中心和读者服务部的工作范围、职责等，多次培训部室主任，强化管理，严格图书馆工作纪律；在业务方面，既抓资料建设又注重职工的业务培训，还特别注意图书馆学和文献学方面的研究工作，召开了图书情报学术研讨会和组织编写《大学生导读手册》《图书馆学术论文集》等，完成了剔旧、更换《山东法》和《科图法》以及试用马克格式编目等业务工作。另外，对老馆进行了维修粉刷、制作图书馆铜牌、更换暖气和新漆桌椅板凳，使旧馆换新颜，改善了读者的学习环境。此外，他特别关注图书馆的历史，一再嘱咐要注意资料的积累，为后人留一些有用的东西。笔者谨记前辈教导，一直关注中央民族大学图书馆的建设和发展历史。在黄思正馆长退休前8个月，我请他撰写本馆发展简史，他欣然答应。黄老从1952年起就在中央民族大学图书馆工作，是图书馆的老人，最熟悉图书馆历史。在编写过程中他不辞劳顿，四处拜访，找了很多图书馆老先生，查对历任领导任职的时间、人物和文献建设等情况，经过数月辛劳终于完稿。完稿后交打字员打印，不巧在油印过程中出错，蜡纸不知所踪。值得庆幸的是此稿在2003年搬新馆时失而复得，实为一大幸事。此稿后交办公室保管，但遗憾的是又遗失了，幸亏原稿还在。

　　铁打的图书馆，流水的馆员。馆长和馆员一茬接一茬，进馆→工作→退休，……永不停息地循环着、发展着，这就是工作，这就是生活。建设一个有特点、有底蕴的图书馆，得靠一代代有责任心的馆长接力赛跑，一棒接一棒，棒棒不松懈才能建立起来。笔者在图书馆建设中虽然尽心尽力，埋头苦干，但缺乏向上交流、打通关节的能力，致使建设一个权威民族文献图书馆之梦随着时光的迁移而一点点消失，但我坚信在图书馆向社会开放和突破馆际壁垒、实现全国资源共享之时，这个梦想必定随着历史的发展而终将得以实现。

在退休之际，感慨万千，把30多年图书馆人的业务经历，乃至热爱图书馆的情感记录于此，目的有三：一是记录中央民族大学图书馆资料建设过程和业务内容，二是纪念老一代图书馆人的奉献精神，三是希望后来的图书馆人青出于蓝胜于蓝，把中央民族大学图书馆建设得更加美好。退休后，我拜访了老一辈图书馆人。他们待人至深、至诚，教诲难忘，令我受益良多，在此祝愿他们：心情愉悦福如东海，精神矍铄寿比南山。

在过去的十几年里，建设民族研究资料、教师文库和少数民族文字古籍数据库等计划未能实现，但数据库是未来教学和研究的必由之路，相信这些数据库来日必将实现。

多少年来，在遇到困难、瓶颈之时，总会想起《行路难》，面对"欲渡黄河冰塞川，将登太行雪满山"的窘境，总会鼓励自己，树立"长风破浪会有时，直挂云帆济沧海"之信念。坚守图书馆人辑佚和研究文献之理念，同时以尚未研究的课题、尚未汇编的古籍为重点。因此，笔者把自己的研究称为"补针眼"，把居所名为"针眼斋"。这些年来在这个小小的书斋"补"了一些图书馆人应"补"的"针眼"，[①]虽无填补学术空白的旷世巨著，但多数论著都是首次研究，甚是欣慰。这些成果的取得，固然值得庆幸，但不能忘记这与国家、学校和图书馆息息相关，并非一己之力所及。有了学校这个平台，才能从助理馆员、馆员、副研究馆员发展到研究馆员，才能得到季羡林、任继愈等大师的指导和帮助，才能在浩瀚的图书海洋自由航行，采撷晶莹的浪花，浇灌繁茂的学术园地。在倍感欣慰之际，感恩中心镇省立完小和附设初中及中甸县第一中学，感恩中央民族大学，感恩所有的老师和图书馆同仁，感恩国家！

几天之后我即将退休，回首30多年的图书馆工作，百感交集。在图书馆建设和专题资料及民文数据库建设方面，我留下了很多遗憾，许多工作想做但没能去做，有的工作做了但没有做好。但在有生之年，仍将把文献学研究和协助有关单位建设民族研究数据库的工作进行下去，尽可能地弥补一些缺憾吧！

徐丽华<br>2017年3月8日　于北京海淀区魏公村

---

① 觉得针眼斋过于小气，于是改为"精卫斋"，取精卫小鸟之刻苦填海精神，但又怕与汪精卫犯冲，故据"北京西直门外魏公村"之"京魏"，谐音"精卫"，改为"京魏斋"。又因"寄居北京魏公村的外乡读书人"，故以"京村墨客"为号。2016年完成书稿，仅剩下校对和拍照图片，但由于其他工作，拖了3年，就在此时，部分重要资料丢失，成为不可弥补的遗憾。

此稿于 2017 年 3 月完成，后因《康区古藏文写本丛刊》《藏学金石匾额目录》（暂名）的编写而拖延了补充、修改和校对工作。补充和修改属"锦上添花"和"精益求精"之举，但想要做成这件事，仅靠个人的力量的确是太难了，不是受限于客观条件，就是自身水平不及。因此，书中挂一漏万，甚至舛误、谬说都是意料之中的事，祈同仁和读者见谅。

2020 年 10 月 10 日　复记